DONGSUH MYSTERY BOOKS 102

TRIAL AND ERROR
시행착오
앤서니 버클리/황종호 옮김

동서문화사

옮긴이 황종호(黃鍾灝)
서울대학원 영문학 전공. 서울대·성균관대 교수. 대림대학장 역임. 한국 미스터리클럽 부회장, 미스터리동인지 〈미스터리〉 편집위원, 옮긴 책 P.D. 제임스 《검은 탑》, 엘린 《특별요리》 등이 있고 미스터리 평론을 많이 썼다.

DONGSUH MYSTERY BOOKS 102
시행착오
앤서니 버클리 지음/황종호 옮김
초판 발행/1977년 12월 1일
중판 발행/2003년 7월 1일
발행인 고정일/발행처 동서문화사
창업 1956. 12. 12. 등록 16-345(윤)
서울강남구신사동540-22 ☎546-0331~6 (FAX) 545-0331
www.epascal.co.kr

*

이 책의 출판권은 동서문화사(동판)가 소유합니다.
의장권 제호권 편집권은 저작권 법에 의해 보호를 받는 출판물이므로
무단전재와 무단복제를 금합니다.

편찬·필름·제작 일체 「동판」 자본으로 이루어짐에 따라
출판권 소유권자 「동판」에서 제조출판판매 세무일체를 전담합니다.
사업자등록번호 211-90-02201
ISBN 89-497-0187-1 04840
ISBN 89-497-0081-6 (세트)

시행착오
차례

프롤로그 토론회······ 11

제1부 악한소설풍(피카레스크)
토드헌터 씨, 희생자를 찾다······ 25

제2부 신파연극풍(트랜스폰타인)
정자에서의 살인······ 153

제3부 미스터리소설풍(디텍티브)
초완전 살인사건······ 203

제4부 신문소설풍(저널리스틱)
법정 장면······ 303

제5부 괴기소설풍(고딕)
지하감옥······ 399

에필로그······ 443

버클리의 최정점······ 452

〈런던 리뷰〉지의 기고가 토드헌터 씨는, 동맥류(動脈瘤)로 주치의로부터 앞으로 몇 달밖에 살지 못한다는 진단을 받는다. 그리하여 그는 얼마 남지 않은 삶 동안 유익한 살인을 실행해야겠다고 결심한다. 그러나 삶과 죽음에 관해 논리적이지만 괴팍한 견해를 가진 편집장과, 아마추어 범죄 연구가, 쾌락을 위해 한 가족을 희생시키는 작가, 범인의 고백을 믿지 않는 수사관 등, 이들 앞에서 사태는 기존의 미스터리 소설을 야유하는 유머와 어우러져 뜻밖의 방향으로 발전한다. 《살의》를 잇는 버클리 최고 걸작!

P.G. 우드하우스(1881~. 영국의 유머 소설의 거장)에게 바침

등장인물

로렌스 토드헌터 평론가
앰브로스 치터웍 범죄연구가
페라스 문예지 편집장
A.W. 퍼스 정계 유력자
니콜라스 팔로웨이 대중작가
그레이스 니콜라스의 아내
바이올라 파머 니콜라스의 큰딸
빈센트 바이올라의 남편
펠리시티 팔로웨이 니콜라스의 둘째딸. 여배우
진 노우드 여배우 겸 매니저
배드 극장 매니저
그린힐 부인 가정부
이디스 하녀
어니스트 프리티보이 경 왕실 고문 변호사
베인스 경찰 측 변호사
모즈비 수석 경위 런던 경시청 수사관

프롤로그 토론회

"'인명의 존엄성은 지나치게 과장되고 있다'는 말을, 구제할 길 없는 감상주의자들, 그것도 직업적인 감상가들에게 말하는 데는 얼마나 배짱이 필요한지 생각해 본 적 있소?" 페라스는 말했다.

"그렇다면 그 말이 진리라고 생각하시오?"

자크 데니 목사가 말했다.

"물론."

"하기야, 야유를 하는 것도 저널리스트인 당신 직업의 일부라고 생각하지만." 목사는 미소를 지으며 포트와인을 홀짝였다.

페라스는 세상일이 돌아가는 이치쯤은 훤히 안다는 듯한 미소로 답하면서, 멋스러운 검정색 나비넥타이에 잠시 손을 가져갔다. 그는 저널리스트는 아니었다. 하기는, 런던에서 가장 오래되고 가장 권위 있는 주간 문예지의 편집자를 그렇게 부를 수 있다면 모르지만. 그는 그런 우회적인 표현에 함축되어 있는 의미를 잘 알고 있었다. 그와 자크 데니는 오랜 논적이었다.

"감상적인 것이 목사인 당신 직업의 일부인 것처럼?"

그는 도발적으로 되받았다.

"그래요, 그럴지도 모르겠군요."

목사는 그 도전을 살짝 피해갔다.

테이블 맞은쪽에서는 군인과 은퇴한 인도 관리가 요즘 세대의 청년들에 대해 논쟁을 벌이고 있었다.

백발이 섞인 머리에 콧수염을 기른, 키 크고 풍채 좋은 밸링턴 소령은, 세계 대전 직후 정규 육군에서 퇴역한 뒤 외교관이 되어, 얼마 전에 그 새로운 세대에 속하는 여자와 결혼했기 때문에, 사람들은 그가 그 세대에 대해 잘 알고 있을 거라고 생각했다. 한편 전쟁이 시작되기 직전에 인도에서 돌아온 관리 데일은, 신세대들에게 커다란 당혹감을 느끼지 않을 수 없었다. 요즘 젊은 세대는 그가 알고 있던 옛날 청년과는 완전히 다른 언어를 사용하고 있는 것만 같았다.

데일은 테이블 맞은쪽에서 여기저기서 주워들은 지식으로 자기 논리를 밀어붙였다. "인명의 존엄성!" 그는 목양견처럼 이마 위에 가볍게 흘러내린 잿빛 머리카락을 흩뜨린 채 콧방귀를 뀌었다. "맞아요, 바로 그것입니다. 하나의 시대적 상징이지요. 나도 방금 그것에 대해 말하려던 참이었어요. 요즈음은 모두 내 한 몸만 소중하고 타인에 대해선 조금도 배려하지 않습니다. 그들은 그것을 '인명의 존엄성'이라는 그럴듯한 말로 포장하지 않으면 안 되나 봅디다."

"하지만, 그들의 좋은 점은 내 몸을 소중히 하는 대신, 남도 소중히 한다는 거예요." 소령이 변호했다. "이기주의로 똘똘 뭉친 덩어리는 결코 아니지요."

토드헌터 씨는 주인답게 이쯤에서 얘기를 일반적인 방향으로 이끄는 게 좋겠다고 생각했다. 그는, 미처 자루에 담지 못하고 흘린 감자처럼, 그 앙상한 몸 위에 달랑 얹혀 있는 작고 둥근 대머리를 내밀고 안경 너머로 관리를 지그시 쳐다보았다.

"그럼, 당신은 페라스의 말에 동감인가 보군요, 인명의 존엄성이 너무 과장되어 있다는 의견에?" 토드헌터 씨는 물었다.

"뭐, 꼭 그렇다고 단정할 수는 없지만."

"그렇지만, 당신이 말하는 의미는 그런 것 아니오?" 페라스가 지적했다. "남자답게 '나도 그렇게 생각한다'고 말하는 게 어떻소?"

"하는 수 없군요. 아마, 그럴 겁니다."

"물론 상식적인 사람이라면 인정하는 게 당연하지요. 어딘가에 있는 바보의 목숨도 신성하다고 믿는 척하는 건, 여기 있는 자크 같은 감상가나 하는 거지. 그렇지 않소, 소령?"

"얘기의 범위를 좀 더 좁히는 게 좋을 것 같군." 소령이 말했다. "단순한 바보에 대해서 논하고 싶지는 않소. 하지만 다른 사람들에게 위험한 종류의 바보라면, 언제라도 당신 의견에 동의하겠소."

"거 보시오, 자크, 어떻게 생각하시오?" 페라스는 18세기적인 미소를 띠며 무의식적으로 가볍게 고개를 숙여 보였다. 페라스는 완전히 18세기적인 존재였다. "소령은 군인답고 용감한 사람이오. 우리 모두가 마음속으로 생각하는 것을, 솔직하게 입 밖에 내어 말할 수 있는 건 용감한 행위요. 이를테면, 어리석은 운전기사에게 가장 좋은 길은, 그 자가 전신주나 뭔가에 부딪쳐서 가능한 한 빨리 목숨을 잃는 일일 것이오. 그것이 우리 모두에게 유익하지요. 그런데 당신은, 우리에게 위험을 끼치는 자들의 생명까지 신성하다고 보는 거요?"

"물론, 신성하고말고." 목사 데니 씨는 작고 동글동글한 몸을 의자 등받이에 기대어, 어떤 증거나 어떤 논리에서도, 자기 의견이 절대적으로 옳다는 것을 믿어 의심치 않는 모습으로 옆 사람에게 미소 지어 보였다. 이런 태도는, 도대체 목사라고 하는 부류와 토론하려는 바보에게는 가장 화나는 것이었다.

밸링턴 소령은 포도주잔 다리를 만지작거리며 말했다.

"난 어리석은 운전기사 따위는 별로 생각해 본 적이 없어요. 그보다 자기 나라를 전쟁으로 몰아넣으려는 정치가를 예로 들어 봅시다. 이를테면, 오직 그 사람만이 전쟁을 막을 수 있는 힘을 가지고 있는데 그것을 방지하려 하지 않는 경우 말이오. 그자는 수천 수만 명의 목숨, 그것을 신성하다고 간주하고 안 하고는 자유지만, 어쨌든 수많은 인명을 잃게 되는 원인을 만들고 있어요. 그때 한 애국적인 암살자가 나타나, 최상의 동기에 의해 그자를 제거했다고 칩시다. 그 경우, 그것을 나쁘다고 말할 수 있겠소? 그 정치가가 무슨 짓을 하려 했든, 그 자신에게는 신성한 일이라고 생각할 수 있소?"

"과연 육군답군." 페라스가 예의 바르게 한마디 했다. "그래도 할 말이 있소, 자크?"

"선을 초래하기 위해 악을 행하라, 그런 말인가요?" 목사는 포도주잔 다리를 만지작거렸다. "맞아요, 그건 상당히 오래 전부터 있어 왔던 문제지요."

"그렇소." 페라스가 동의했다. "하지만, 우선 당신 의견을 들어 보고 싶군."

조심스러운 목소리가 테이블 맞은쪽 끝에서 들려왔다.

"나는 제대로 전쟁을 방지하는 최선의 길이 있다고 자주 생각하지요. 그것은 바로, 전쟁을 일으키면 암살하겠다고 주요 정치가 한두 사람을 위협하는 것입니다. 물론 진심이라는 것을 상대방으로 하여금 믿게 하지 않으면 안 되지만."

"정치가에 대해 그리 좋게 생각하지 않는 것 같군요."

목사가 웃는 얼굴로 말했다.

"요즘에는 누구나 다 그렇지 않은가요?"

앰브로스 치터윅 씨는 여전히 조심스러운 어조로 말했다.

"그래요. 하지만 소령, 난 인간이 단순히 살아 있다는 사실보다는 오히려 인간의 생명이 어떻게 사용되는가에 따라, 그것이 신성한지 아닌지 결정된다는 점에서는 당신과 같은 의견입니다. 그건 흥미로운 사안이에요. 인명을 가장 가치롭게 만드는 것이 과연 무엇인가 하는 문제 말입니다." 토드헌터 씨가 말했다.

다른 사람들은 이 주인역에 마땅한 경의를 표하며, 그의 얘기를 경청했다. 그러나 그들은 속으로 그런 질문은 토드헌터 씨답지 않다고 느끼고 있었다.

"물론, 그런 건 뻔한 것 아닐까요?" 목사가 끼어들었다.

"인류에 대한 봉사라는 말인가요?"

"그렇습니다."

"그야 그렇지요. 하지만 어떤 봉사 말인가요? 거기에는 두 가지 방법이 있어요. 어느 정도 적극적인 것과 소극적인 것, 즉 스스로 선행을 베푸느냐, 아니면 사람들에게 위협이 되는 것을 제거하느냐 하는 것입니다. 그리고 전 인류 또는 한 나라 같은 큰 집단의 사람들을 위해 이익을 가져다주는 것——결과는 두고 봐야 하지만, 그것을 목적으로 하는 것이 좋은가, 아니면 그보다 훨씬 작은 집단의 사람들에게 힘을 집중하여 성공확률이 높은 쪽을 택하는 것이 좋은가 하는 문제입니다."

"아아, 놀랐습니다. 상당히 거창한 문제를 제시하셨군요."

"하지만 약간 공론으로 흐를 우려가 있는 것 같군."

페라스가 끼어들었다.

사람들은 문제가 뭔지 정확하게 이해하고 있는 듯한 표정들이었다.

"공론이라고요? 천만에요. 가능한 한 구체적인 예를 들어 보지요. 음, 그러니까, 그래요. 예를 들면, 의사에게 2, 3개월밖에 살지 못한다는 진단을 받은 사람의 경우를 예로 들어볼까요? 그 사람은…

…."

그러자 페라스가 웃으면서 말했다.

"어디선가 그런 얘기를 들은 적이 있는 것 같군. 그런 경우에 일어나는 뻔한 스토리는 이런 거요. 그 남자는 죽음이 가까워진 것을 알고 냉정함을 잃어 버린다. 원래 겁쟁이에 공처가인 비참한 사람이었는데, 갑자기 스스로도 알 수 없는 엄청난 힘을 발휘하여 악당들과 필사의 결투를 벌여 혼자서 갱단을 처치한다. 그리고 처음에는 갱단과 한패인 줄 알았지만, 나중에는 턱까지 물에 잠겨 지하실 벽에 매달려 있던 멋진 미인과 사랑에 빠진다. 하지만 죽음을 앞두고 있어서 결혼할 수 없다. 그런데 마지막 순간에 결국 의사의 오진이었다는 것이 밝혀진다. 당신이 말하는 건 그런 종류의 것이오?"

"물론 소설에는 그런 상황이 가끔 등장하더군요." 토드헌터 씨는 은근히 미소지으면서 동의했다. "하지만 실생활에서는 더욱 자주 일어나는 것 같아요. 아무튼 불치병이 많은 건 사실이니까. 그럼, 구체적으로 그런 사람이 있다고 치고 이야기를 해 봅시다. 그 사람이 자신에게 남겨진 몇 개월 동안 인류에 대해 뭔가 선행을 하고 싶다고 생각한다면, 다시 말해 뭔가 위대한 봉사를 하기 위해 마지막 몇 달을 바치려고 생각한 경우, 어떻게 하는 게 좋다고 생각합니까?"

토드헌터 씨는, 이 질문을 특정한 누구에게라기보다 그 자리에 함께 있는 모든 사람들에게 던지고 있었다. 곧 거기에 대한 대답이 각자의 입에서 쏟아지기 시작했다.

"무솔리니를 사살하는 거지요." 밸링턴 소령이 주저하지 않고 말했다. "그는 분명히 대단한 사람이오. 그렇지만 전 세계에 위협을 주고 있소."

"아니, 히틀러요." 인도 관리가 정정했다. "히틀러야말로 위협적인 존재입니다. 내가 본 바로는 유대인은 언제나 훌륭한 사람들이에요. 하지만 그보다 더 좋은 건, 일본 군벌의 지도자를 말살하는 일일지도 모릅니다. 우리나라의 정치가들은 너무나 형편없는 자들이어서 일부러 암살할 만한 가치도 없어요."

"나 개인적으로는 정치적 암살 같은 건 믿지 않소." 페라스가 말했다. "히틀러를 말살한다고 반드시 나치즘이 괴멸되는 건 아니라고 봐요. 이런 운동은 자멸하기를 기다리는 수밖에 없소. 만약 내가 그런 입장에 있다고 하면, 극히 작은 그룹 사람들의 생명과 삶을 고의적으로 괴롭히고 있는, 이름도 없는 인간을 제거하는 것이 좋다고 생각해요. 실제로 계산하면 거기서 나오는 이익의 총계는, 하나의 운동에 있어 꼭두각시에 지나지 않는 독재자를 말살하는 것보다 훨씬 클 것이오."

"동감입니다." 치터윅 씨가 자기 마음을 정하는 것을 도와준 데 대해 감사한다는 듯이 말했다. "물론 스스로 나서서 자기 나라를 전쟁으로 이끌려는 정치가가 바로 눈앞에 있고, 그 사람만 제거하면 확실하게 전쟁을 피할 수 있는 경우는 다르지만."

토드헌터 씨는 목사 쪽을 쳐다보았다. "데니, 당신의 의견은?"

"나 말이오? 그래요, 난 폭력에 가담할 수는 없어요. 나라면 죽음이 가까워진 사람에게가 아니면 할 수 없는 위험한 의학 실험에 나를 사용할 수 있도록 병원이나 연구 기관에 내 몸을 제공할 것이오. 그리고 당신들 같은 성질이 거친 사람들보다 내 쪽이 훨씬 더 인류에 도움이 될 거라고 믿어요."

토드헌터 씨는 무척 흥미롭다는 표정으로 말했다.

"그건 정말 새로운 생각인 것 같군요."

막상 토드헌터 씨 본인은 자기 의견을 전혀 말하지 않았다는 것을, 아무도 눈치채지 못하고 있는 것 같았다.

"자크, 당신은 여전히 틀렸소." 페라스가 놀리듯이 말했다. "우선 가장 확실한 것은, 당신을 사용해 줄 병원이 없을 거라는 것. 혹시 실험이 위험한 것이라면 세상이 너무 시끄러워질 테니까. 게다가, 어차피 당신은 아무 도움도 되지 않을 거요. 동물은 어떤 도움도 되지 않고 인간이 꼭 필요한 의학 실험이 있다 하더라도 그러한 경우는 적을 테니까."

"그게 정말이오?" 토드헌터 씨가 진지한 얼굴로 물었다.

"정말이고말고."

목사는 어깨를 으쓱 치켰다. "뭐, 이 문제 전체는 공론적인 것에 지나지 않아요."

"물론이에요." 토드헌터 씨는 이내 동의했다. "하지만 다섯 사람 가운데 네 사람이나 제거하는 쪽에 찬성한다는 건 흥미롭지 않습니까? 내가 소극적인 방향이라고 부른 것, 즉 선을 보태기보다는 현존하는 악을 제거해서 인류에게 도움이 되는 것, 바꿔 말해 살인에 찬성한 셈이지요. 그러면 문제는 처음으로 돌아가는군요. 인명의 존엄성이라는 것으로."

토드헌터 씨는 자신을 위해 포트와인을 한 잔 더 따른 뒤 모두에게 병을 돌렸다. 그에게는 아내가 없었기 때문에, 만찬 테이블에 오래 앉아 있는 것도 자유였다. 게다가 오늘 밤에는 부인을 동반한 사람이 아무도 없었다.

술병이 두 번째로 돌 무렵에는, 좌중의 분위기는 더욱 느슨해져 있었다. 가벼운 토론에 안성맞춤인 화제를 찾아냈고 포도주도 고급이었다. 게다가 초조하게 기다리는 아내들이 없다는 것이 더욱 느긋한 기분을 느끼게 해주었다.

"좋아요." 페라스가 입을 열었다. "다시 한번 말하지만 인명의 존엄성은 너무 과장되어 있어요. 그래서 이번에는 누구든 내 의견에 찬성하지 않는 사람에게 묻고 싶은데, 가장 악질적인 고리대금업자나 공갈범, 젊은 처녀를 유혹하는 매독에 걸린 남자, 우매한 고용주에게 빌붙어 처자가 있는 착실하고 근면한 사람들을 쫓아내는 악덕 관리자, 이들이 계속 살아 있는 것에 어떤 존엄성이 있는지 누가 나에게 가르쳐 줬으면 좋겠군……." 페라스의 목소리는 전에 없이 거칠어져 있었다. 그는 테이블을 에워싼 사람들을 둘러보며 마음을 진정시키려는 것 같았다. "정말이오. 아니면, 백치 같은 불치의 정신병자의 경우라도 좋소. 자크, 당신은 어떻게 생각하시오?"

"그럼 당신은, 인간의 생사를 결정하는 심판관을 자임하는 건가요?" 목사가 반박했다.

"그래서 뭐가 나빠요? 난 제법 괜찮은 심판관이 될 수 있을 거라고 생각하는데."

"그렇다면 당신의 목적은, 그런 사람들을 향상시키는 것이 아니라 제거해 버린다는 거군요?"

"개선의 여지가 없다고 판단될 경우에는."

"그럼 인간 생사의 심판관뿐만 아니라 인간 영혼의 선악 가능성을 결정하는 심판관이 되려는 건가요?"

페라스는 조금도 놀라지 않았다. "물론이오. 당신이 생각하는 것처럼 진부를 파악하기 어려운 일은 아니지."

"당신처럼 자신감을 가지고 있다면야."

"아, 하지만 당신은 직업적으로 불리한 입장에 있으니까. 당신은 공갈범, 고리대금업자, 난봉꾼 같은 그런 영혼도 구원할 수 있다고 믿지 않으면 안 되거나, 믿고 있는 척하지 않으면 안 돼요. 나는 그럴 필요가 없소. 게다가 만약 그들의 영혼이 정말 구원할 수 있는 것이라 해도, 그때까지의 과정이 너무 길어서 사회적으로 보아 그렇게 할 만한 가치가 없을 거요."

"그럼 당신은 역시, 내가 지금 말한 경우 인간이 할 수 있는 최선의 일은, 악의 근원을 제거하는 거라고 생각하고 있군요?"
토드헌터 씨가 열정적인 목소리로 말했다.
"비참함이나 부정의 근원이지." 페라스는 상대의 말을 정정했다.
"난 추상적인 악에는 관심이 없거든. 그렇소, 난 그렇게 생각하고 있어요. 진심으로 그것을 확신하고 있어요. 정치 조직에서 인체에 이르는 모든 것에서, 선이 증가되는 선결 조건으로서 악은 제거되지 않으면 안 돼요. 그 순서를 반대로 하면 효과를 망치게 되고 말 거요. 동의하시오, 소령?"
"동의합니다, 맞아요. 그 의견은 옳다고 생각해요."
"절대적으로 맞는 말입니다." 관리도 발언했다.
모두의 시선이 치터윅 씨에게 쏠리자 그는 얼굴을 붉혔다. "그래요, 나도……, 나도 동의하지 않을 수 없을 것 같군요. 어떤 의미에서 이건 한심한 얘깁니다. 그러나 우리는 사물을 있는 그대로 받아들이지 않으면 안 됩니다. 희망적으로 받아들이려고 해서는 안 돼요."
"그럼, 이제 결론이 난 것 같군요." 토드헌터 씨가 마지막으로 말했다. "요컨대, 이런 얘기겠지요. 인명의 존엄성에도 예외가 있다. 그리고 인간이 할 수 있는 최대의 선은, 어떤 악을 행하는 자의 죽음이 불행을 행복으로 바꾼다면 그 인물을 제거해야 한다는 것, 이것이 여러분의 생각이지요?"
"여기 예외가 한 사람 있어요." 목사가 단호한 목소리로 말했다.
"당신들은 살인에 대한 제법 그럴듯한 이론을 갖다 붙였어요. 하지만 거기에는 부정할 수 없는 답이 있어요. 즉, 살인은 어떠한 때 어떠한 경우에도 정당화될 수 없다는 사실입니다."
"잠깐만." 소령이 제지했다. "설마 그걸 토론하자는 건 아니겠지요? 그건 증거를 제시할 수 없는 단순한 주장에 지나지 않아요. 감히 말하자면 살인은 경우에 따라서는 정당화될 수 있습니다. 그것이 최종적인 결론입니다."

페라스의 눈이 장난기로 빛났다. "소령, 당신은 자크의 토론은 십중팔구 단순한 주장에 지나지 않는다는 것을 몰랐단 말이오? 누구한테도 증명할 수 없는 것을 변호하지 않으면 안 되는 입장에 놓이면, 가련한 목사로서 그것 말고 무엇을 할 수 있겠소? 스스로 자명한 통념으로 생각하는 것을 되풀이하지 않을 수 없지 않겠소? 그렇지만 우리가 그것을 일반적인 통념으로 수용하지 않으면 물론 거기서 벽에 부딪치는 거요."

"그런 통념이 있다는 것을 솔직하게 받아들이기만 하면 더욱 선인이 될 수 있을 텐데, 라이오넬." 목사가 사교적으로 되받았다.

"그럴까? 하기는 당신으로서는 그렇게 말하지 않을 수 없을 테니까."

"그렇습니다." 토드헌터 씨가 말했다. "그렇다면 몇 달밖에 생명이 남지 않은 사람이 할 수 있는 최선의 일은, 이미 정의된 타입의 살인을 실행하는 것뿐이군요. 여러분은 정말로 그렇게 믿습니까?"

"불쾌한 말이기는 하지만 피하고 싶지는 않군." 페라스는 미소지었다. "살인이라고 하든 제거라고 하든, 어쨌든 그것이 내 신념이오."

"그런 입장에 처한 사람으로서는 당연히 정당한 살인을 행하는 입장에 있다고 할 수 있지 않을까요?" 치터윅 씨가 과감하게 끼어들었다. "내 말은 만약 그가 때를 잘 맞추어 살인을 행한다면 살인 방지의 가장 강력한 실제적 이유, 즉 사형의 공포가 사라진다는 얘기입니다."

"그래요, 맞습니다." 토드헌터 씨는 흥미를 느끼면서 말했다. "그렇지만 살인을 해도 좋다는 결론을 내린다면 어떤 종류의 살인을 선택해야 할까요? 여러분 가운데 두 사람은 전 세계, 또는 적어도 한 나라의 국민에게 유익함을 줄 수 있는 정치적 암살을 원하는 것 같고, 다른 두 사람은 개인적인 살인 쪽이 좋다는 생각인 것 같군요. 이 양쪽에 대한 의견을 듣고 싶은데."

"아, 난 무솔리니를 취소하겠소." 밸링턴 소령이 말했다. "그 얘기는 꼭 진심으로 말한 건 아니에요. 게다가 무솔리니나 히틀러가 오늘날의 세계에서 뭔가 필요를 충족시키고 있는 게 아닌가 하고 판단하는 책임을 맡는 것도 사양하겠어요. 설사 예를 들어 그것이, 세계가 좋아지기 위해서는 먼저 악을 행하지 않으면 안 된다고 하는 이론을 세운 경우에 한한다 하더라도 말이오. 다시 말해 페라스와 마찬가지로 난 정치적 암살은 믿지 않아요."

"데일, 당신은 어떻습니까?"

"그야, 소령이 무솔리니를 철회한다면 나도 내 후보자를 철회하겠소. 이 나라의 부정직한 정치가가 한 사람도 남김없이 죽는 것을 보고 싶기는 하지만."

"그렇게 하면 정치가가 한 사람이나 남을까?"

페라스가 말하며 미소지었다.

"잠깐, 잠깐만!" 목사가 입술을 내밀며 말했다. "스탠리 볼드윈(1867~1947. 23년에 수상이 되어, 24년의 잠시 동안을 제외하고 29년까지 재직. 35~37년 다시 수상에 임명. 그동안 실업대책을 보호무역에서 찾아, 31년 이후의 거국연립내각에 의해 그 방침을 실현했다)이 있지 않습니까?"

"그리고 그의 파이프가 있어요."

"평화의 파이프 말이군요."

"어떤 대가를 치르더라도 평화라는 거지요. 이를테면 그 대가가 15억 파운드라 해도. 그래요, 게다가 그의 돼지들이 있어요. 뭐, 그 돼지들은 내각의 빈 자리를 메우는 데 쓸모가 있겠지만, 크게 차이는 없어요."

"아아, 차이가 없지도 않아요." 소령이 빙그레 웃으며 말했다. "돼지라면, 프랑스 수상하고 말도 안 되는 협정을 맺은 결과, 세계 곳곳에서 우리를 배신하는 짓은 하지 않지요. 게다가 돼지도 돼지 나름의 용도가 있으니까요."

"그렇군요." 토드헌터 씨는 말했다. "그러면 정치적 암살보다 개인적인 살인 쪽이 바람직하다는 거군요. 이번엔 어떤 종류의 개인이 죽으면 인류에게 가장 유익할지에 대해 의견을 듣고 싶군요."

"이익을 위해 독자를 고의적으로 속이는 신문사 사주."

소령이 발언했다.

"그러면 모든 신문의 사주가 되지 않겠소?"

치터윅 씨가 자기도 모르게 조소를 보이며 물었다.

페라스는 벌레 씹은 얼굴을 했다.

"아니, 물론 〈런던리뷰〉만은 예외입니다." 목사가 그에게 말했다. "〈런던리뷰〉가 신문계에서 고고함을 유지하고 있는 것은 모두들 잘 알고 있어요. 그렇지 않다면 라이오넬이 거기서 일하고 있을 리가 없으니까."

"〈런던리뷰〉는 신문이 아니오." 페라스가 지적했다.

"난 정말 악질적인 익명의 투서가를 들고 싶군요." 데일이 말했다. "그런 자들만큼 해악적인 존재는 없고 또 처벌하기 어려운 존재도 없어요."

"공갈범을 제외하면 말이지요, 그렇지 않습니까?"

치터윅 씨가 덧붙였다.

"그렇소, 치터윅 씨. 당신은 분명히 살인에 대한 지식이 있을 거라고 생각하는데?" 페라스는 말했다. "당신이 관련된 살인이 두 번인가 있지 않았소 (그중 하나는 〈독초쿨릿 사건〉)?"

"뭐, 어떤 의미에서는 그렇다고 할 수 있지요." 치터윅 씨는 당황한 기색으로 고개를 끄덕였다. "그렇지만······."

"아니, 걱정은 마시오, 모두 비밀이고 우리끼리의 얘기니까. 공표하는 일은 절대로 없을 거요. 자, 얘기해 보시오."

치터윅 씨는 뭐라고 불평을 하면서도 재촉을 받자 하는 수 없이 자신의 경험을 한두 가지 얘기하지 않을 수 없었다.

술병이 세 번째 돌았다.

토드헌터 씨는 거기서 토론이 끝나도록 내버려 두었다. 더 이상 토론을 계속하려고 하다가는 의심을 사게 될 거라고 느낀 것이다. 어쨌든 그는 자기가 알고 싶었던 것을 알아냈다.

토드헌터 씨는 1주일 전에 주치의로부터, 앞으로 두세 달밖에 살 수 없다는 선고를 받았다. 그래서 이런 각계각층의 인물들을 신중하게 뽑아 한 자리에 모아놓고, 자기에게 남겨진 시간을 어떻게 사용할지에 대해 그들한테서, 자기를 의식하지 않은 조언을 얻고자 한 것이다.

그리고 매우 놀랍게도 그들은 만장일치로 살인을 할 것을 권장한 것이었다.

제1부 악한소설풍(피카레스크)
토드헌터 씨, 희생자를 찾다

I

1

 로렌스 토드헌터 씨가 주치의로부터, 자신이 대동맥류에 걸려 있으며 앞으로 몇 달 이상 살 수 없다는 말을 들었을 때, 그가 맨 처음 느낀 감정은 믿을 수 없다는 것이었다.
 "지금 나이가 몇이신가요?"
 믿을 수 없다는 듯한 그의 모습을 보고 의사가 이렇게 물었다.
 "쉰하나입니다." 토드헌터 씨는 갈비뼈가 드러나 보이는 가슴의 셔츠 단추를 채우면서 대답했다.
 "그렇군요. 그런데 당신은 건강 상태가 좋았던 적이 한번도 없었네요."
 "지난 몇 년 동안은 그랬죠." 토드헌터 씨는 무거운 어조로 동의했다. "예, 분명히 그랬어요."
 의사는 청진기를 빙글빙글 돌렸다. "그렇다면 당연하지 않소? 당신의 혈압은 오래 전부터 굉장히 높았어요. 내 지시를 철저하게 따르지 않았더라면 벌써 오래 전에 사망했을 겁니다." 옛 친구인 의사는 토드헌터 씨에게 몹시 냉담한 투로 말했다.

토드헌터 씨는 짐짓 냉소적인 웃음을 지어 보였으나, 자기 귀에도 값싸고 허세 부리는 높은 웃음소리로 들렸다. "그렇겠지요. 하지만 두세 달 이상은 살 수 없다니, 현실보다 더 로맨틱한 소설 속의 일 같지 않습니까?"

"하지만 현실에서는 종종 있는 일입니다." 의사는 냉담하게 대답했다. "아무튼 당신이 지금 걸려 있는 병 말고도 불치병은 많으니까요. 암이라는 것도 있지요. 육체는 언젠가는 못쓰게 되기 마련입니다. 무척 복잡한 기구거든요. 그 놈이 현실적으로 계속 일하고 있다는 것 자체가 이미 놀라운 일입니다."

"당신은 죽음을 가볍게 생각하고 있는 것 같군요." 토드헌터 씨는 약간 부러운 듯이 말했다. 그가 '죽음'이라고 한 것은 '나의 죽음'을 말하는 것이었다.

"예, 그렇습니다." 의사는 약간 웃으며 말했다.

"예?" 한순간 토드헌터 씨는 어이가 없었다. 죽음을 가볍게 생각하는 사람이 있다니! 특히, 이 토드헌터의 죽음을 가볍게 여기는 사람이 있다는 건 참으로 놀라운 일이었다.

"나는 죽음을 가볍게 생각하고 있다고 말했습니다. 그렇다고 내가 신앙심이 깊은 사람이라는 의미는 아닙니다. 적어도 정통적인 의미에서 신앙심 깊은 사람은 아니에요. 다만, 적자생존을 굳게 믿고 있을 뿐입니다."

"아, 그러시군요!" 토드헌터 씨는 약간 곤혹스럽게 대답했다.

"나는 또, 육체적인 면에서 현세라는 것은 지극히 괴로운 것이라고 믿고 있습니다. 그리고 거기서 빨리 벗어날수록 좋다고 생각하지요. 죽어가는 사람을 동정하라는 것은, 감옥에서 자유로운 세상으로 나가는 사람을 동정하라는 것과 같아요."

"허참!" 토드헌터 씨는 시선을 고정한 채 말했다. "그래도 당신처럼 맛있는 클라렛(붉은 포도주의 일종)을 좋아하는 사람이 하는 말치고는 너무 난폭한 것 아닙니까?"

"죄수는 위안을 얻지 않으면 안 됩니다." 의사는 이 화제에 열을 올리며 말했다. "동정은 감옥에 갇혀 있는 자들에게 보내는 것이지요. 그들에게는 개인적으로 상실하는 것이 있습니다. 다만, 그것에 대한 그들의 감정은 비탄이 아니라 오히려 선망의 감정임이 틀림없어요. 그러나 당신의 경우는 그 상실조차도 없어요. 아내도 없고 자식도 없고 가까운 친척도 없으니까요. 정말 행운을 타고난 사람이죠. 그래서 감옥에서 안심하고 나갈 수 있어요."

토드헌터 씨는 자신이 운이 좋다고는 전혀 생각하지 않았기 때문에 약간 화가 난 듯이 신음소리를 냈다.

"하지만……." 의사는 목소리를 누그러뜨리며 말했다. "그런 견해에 동의하지 않는다면, 우리는 당신을 가능한 한 오래 감옥에 가두어 둘 수 있도록 노력해야겠지요. 하지만 나는, 당신 같은 기회가 나에게도 있었으면 좋겠어요. 솔직하게 말해, 당신은 타소 부인의 밀랍 인형관에 진열되어 있는 인물, 즉 군중에 의해 바스티유 감옥에서 구출되었으면서도 그것에 대해 언제까지나 전전긍긍했던 그 가련한 남자를 닮았어요."

"말도 안 되는 얘기는 그만 두시오!"

토드헌터 씨는 분연히 말했다.

"화를 내는 건 몸에 해로워요." 의사가 충고했다. "그게 무엇보다 중요한 겁니다. 격한 감정에 사로잡혀선 안 돼요. 안 그러면 당장 감옥에서 쫓겨나고 말아요. 격렬하게 체력을 소모하는 것도 안 됩니다. 천천히 걷고 절대로 뛰어서는 안 됩니다. 이층으로 올라갈 때는 한 걸음마다 쉬세요. 흥분은 금물입니다. 급격한 긴장을 피하도록 늘 조심하세요. 단조롭기 짝이 없는 삶이지만 그 삶을 진심으로 연장시키고 싶다면 그렇게 해야 합니다. 음식물은 더 이상 줄일 수 없습니다. 그럴 여지가 있었으면 벌써 그렇게 했을 거예요. 무슨 짓을 해도 대동맥류는 6개월 이내에, 예, 아무리 길게 잡는다 해도 1년 안에 터지게 되어 있습니다. 아무리 주의한다 해도. 아시겠습니까? 솔직하게 말하라니까 하는 말입니다."

"물론 그렇게 말했소." 토드헌터 씨는 씁쓸하게 고개를 끄덕였다.

"가능한 한 요양을 하세요. 알코올류는 절대 안 됩니다. 담배도 끊으세요. 진심으로 말하지만, 만약 내가 당신이라면 곧장 집에 돌아가서 덜컥 죽어 버리겠어요. 유언은 써 두었겠죠?"

"당신이 이렇게 냉혹한 사람일 줄은 정말 몰랐소."

토드헌터 씨는 불쾌한 듯이 말했다.

"천만에요." 의사는 화를 내며 반발했다. "냉혹하다는 건 당치도 않은 얘기예요! 그건 당신의 어리석은 상식 때문입니다. 당신은 항상 상식을 만능으로 생각하는 사람이었어요. 죽어가는 사람에게 동정하는 것을 보통 사람들은 인정으로 생각하고 있어요. 예, 종교에서는 악당이 아닌 한 실제로는 살아 있는 것보다 죽는 쪽이 훨씬 수지가 맞는다고 가르치고 있는데도 말입니다. 그래서 당신은 내가 당신을 동정하지 않으면 안 된다고 생각하고, 당신을 부럽다고 말하는 나를 냉혹하다고 여기는 겁니다."

"맞는 말이오." 토드헌터 씨는 위엄을 가장하며 말했다. "그럼, 당신이 냉혹하지 않다고 칩시다. 하지만 내 행복에 대한 당신의 이기적이지 않은 염려가, 당신의 진단을 왜곡시키고 있지 않은가 하는 생각이 드는군요. 바꿔 말하면, 다른 의사의 의견을 듣고 싶소만."

의사는 빙그레 웃으며 한 장의 종이조각을 그에게 내밀었다. "그런 말로는 나를 당황하게 만들 수 없을 겁니다. 두 사람이든 세 사람이든 얼마든지 가서 물어 보세요. 모두 내 진단을 확인해 줄 뿐일 겁니다. 여기에 주소가 있으니까 가 보세요. 나무랄 데 없는 의사로, 이런 방면에서는 가장 신뢰할 수 있는 인물이지요. 한 3기니는 뜯기겠지만, 당신한테 그런 건 문제도 아니겠지요."

토드헌터 씨는 재킷을 입었다.

"당신은 보기보다는 엉터리가 아닐지도 모르겠소."

그는 마지못해 말했다.

"다시 말하면, 내 말에 뭔가 진리가 들어 있을지도 모른다는 얘긴가요? 물론 커다란 진리가 있지요. 적자생존은 이미 증명이 끝났어요. 과학적으로 검증된 사실이죠. 그건 무엇을 의미할까요? 그렇습니다, 내 의견으로는, 육체의 상태만큼 저급하고 불쾌한 것은 없어요. 그것은 육체 뒤에 오는 상태가 평범하고 착실한 사람에게는 지금보다 훨씬 편안한 것이 틀림없다는 얘기입니다. 거기서 필연적으로 나오는 결론으로서……."

"그렇소, 당신 말이 맞아요."

토드헌터 씨는 이렇게 말하면서 그 자리를 떠났다.

2

발이 땅에 닿지 않는 느낌으로 토드헌터 씨는 택시를 타고 웰벡 가로 갔다. 돈은 충분히 있지만, 그가 살고 있는 리치먼드에서 웨스트엔드까지 택시를 이용한 것은 이번이 처음이었다. 토드헌터 씨는 건강 문제와 마찬가지로 돈 문제에도 매우 세심했기 때문이다. 그러나 이번만큼은 택시를 타지 않으면 안 될 것 같다는 생각이 들었다.

그 전문의는 3기니를 받고 주치의의 진단이 정확하다는 것을 확인해 주었다. 그리고 앞으로의 예후에 대해서도 모든 미세한 부분까지 똑같은 진단을 내렸다.

완전히 동요한 토드헌터 씨는 다시 택시를 잡아타고 달렸다. 그는 용의주도한 성격으로, 적어도 세 사람의 의견을 검토하기 전에는 자신의 마음을 결정하지 않는 사람이었다. 그래서 세 번째 전문의에게 달려간 것이다. 그 의사가 지금까지의 두 의사와 결탁했을 가능성은 생각할 수 없었다. 이 세 번째 의사의 의견이, 앞의 두 사람의 그것과 완전히 일치했을 때, 비로소 토드헌터 씨는 수긍할 수 있었다.

그는 택시를 타고 리치먼드로 돌아갔다.

3

토드헌터 씨는 독신이었다.

그것은 그가 스스로 선택한 길이었다. 여성에게 정열을 불러일으킬 만한 것은 하나도 가지고 있지 않았음에도 불구하고, 그 선택을 바꿔야 한다고 사람들은 종종 그에게 말했다. 토드헌터 씨는 여성을 싫어하는 것은 아니었다. 그의 성격에는, 냉소적인 환멸의 표정 뒤에 속일 수 없는 묘하게 부드러운 데가 있었다. 사실을 말하면, 토드헌터 씨는 항상 사람을 너무 믿어서 실망에 실망만 거듭한 불운한 사람 가운데 하나였다. 사람들이 아무리 충고를 해도, 토드헌터 씨는 자기 친구가 비열한 행동을 할 거라는 생각은 꿈에도 하지 않았다. 어느 정도는 어른이 아이를 괴롭히는 일도 있다는 건 알고 있었다. 또 겉으로 보기에 멀쩡한 부인이 몹시 저속한 익명의 편지를 쓴다는 것과, 완전함과는 거리가 먼 이 세상은 모순으로 가득 차 있다는 것도 알고 있었다. 그러나 그런 묘한 행동을 하는 자들은 언제나 자기와는 거리가 먼 사람들이었고, 자기 친구와 지인들은 아니라고 믿고 있었다. 자기 친구는 자기와 같은 높은 수준에 있는 사람이라고 무의식적으로 믿었던 것이다. 그것과 반대되는 뚜렷한 증거가 제시되면, 토드헌터 씨는 분연히 무시해 버렸다.

그의 이런 특징은, 누구든 나이 서른이 넘은 여자의 눈에는 역력하게 보였다. 당연히 그녀들은 토드헌터 씨를 더할 나위 없는 남편감으로 여겼다. 더 젊은 여자들은, 그의 여위고 앙상한 체구와 말을 할 때 앞으로 쑥 내미는 작은 대머리, 재킷의 꾀죄죄한 깃, 또 노처녀 같은 잔소리와 건강 염려증, 여자의 매력에 대한 무관심, 심지어는 약간 오만한 학자풍까지 경멸의 눈길로 보았을지 모른다. 만약 토드헌터 씨가 성적 매력의 결여와 꾀죄죄한 차림새 같은 결점을 보완하고도 남는 어떤 것을 가지고 있지 않았더라면, 다시 말해 두둑한 수입이 없었더라면 한층 더 경멸의 눈길을 보냈을 것이다.

그 두둑한 수입 덕택에, 토드헌터 씨는 리치먼드의 특별한 구역에 있는 쾌적한 집에 살며, 가정부와 하녀를 비롯하여 구두를 닦고 정원을 손질하고 난로를 담당하는 하인까지 거느리고 살 수 있었다.

토드헌터 씨는 이 여유로운 생활에 완전히 만족하고 있었던 것은 아니었다. 그는 양심의 가책을 느끼고 있었다. 200만 명이 넘는 동포들이 쥐꼬리만한 수입으로 생활하고 있을 때, 이런 사치를 누리며 살고 있다는 것에 이따금 죄책감을 느꼈다. 정부가 그의 동포에게 재정적인 원조를 하거나, 외국인을 살육하는 목적을 위해 직접 또는 간접적인 방법으로 자기 수입에서 적어도 반을 빼앗아간다는 사실도, 그의 양심의 가책을 씻어주지는 못했다. 그리고 1년에 1100 내지 1200파운드의 수입 가운데 일부가, 가정부와 하녀와 초로의 하인 세 사람을 상당히 안락하게 살게 해주고 있다는 것에도 조금도 만족할 수 없었다. 그와 더불어, 적어도 한 사람의, 한창 일할 나이임에도 불구하고 일자리를 얻지 못한 건강한 남자와 그 가족이 어딘가에서 초조한 무위의 상태에 방치되어 있을 것이 틀림없다는 것, 또한 한 사람의 이름 모르는, 아마도 쓸모없는 사람으로 낙인찍힌 관리를 거의 먹여 살리고 있다는 것, 그리고 국가에 매년 적어도 반 다스의 포탄과 한

두 정의 기관총의 주요 부품을 제공하고 있다는 것 등, 이런 모든 사실에 조금도 만족하지 못하고, 토드헌터 씨는 따로 떼어낼 수 있는 한의 돈을, 자기가 좋아하는 비밀 자선사업과, 운이 나빠 어려움에 처해 있다는 거짓 사연을 가지고 자기 집 현관에 나타나는 누군가에게 쓰고 있었다.

세 번째 전문의의 진찰을 받고 집에 돌아온 토드헌터 씨는 서재의 팔걸이의자에 앉아 있었다. 마침 차를 마실 시간이었다. 그는 매일 4시 15분 정각에 서재에서 차를 마시는 것이 습관이었다. 차가 만약 4시 14분에 나온다면, 토드헌트 씨는 정해진 시간에 다시 한번 가지고 오라고 돌려보낼 사람이었다. 또 4시 15분 30초가 지나도 차가 오지 않으면, 벨을 눌러 화난 목소리로 그러나 점잖게 야단칠 것이다. 그런데 오늘은 전에 없이 토드헌터 씨가 집에 없었기 때문에, 차가 5분이나 늦어지고 말았다. 그런데도 토드헌터 씨는 의자에 피곤한 듯이 앉아 한마디도 하지 않았다.

"이상해요." 2분 뒤에 하녀는 가정부에게 이렇게 말했다. "얼굴에 설탕 항아리라도 날아올 줄 알았어요. 틀림없이 뭔가 나쁜 소식을 들으신 거예요. 틀림없어요."

"이제 그만 해, 이디." 그린힐 부인이 엄하게 말했다.

그러나 그녀도 이디가 말하는 것처럼 이상하다는 걸 느끼고 있었다. 나쁜 소식이 아니면 토드헌터 씨가 이렇게 가만히 있지 않을 것이기 때문이다.

4

토드헌터 씨의 가슴속에는 기묘한 생각이 맴돌고 있었다.

그것은 다음 주에도 계속되었고 갈수록 더 기묘해졌다. 그 전에 그는, 자기 생활을 모두 정리하는 일에 가능한 한 오랜 시간을 들여 사홀 동안 매달려 있었다. 그 뒤에는 그저 가만히 앉아서 결과를 기다리며, 절대로 이층에 뛰어 올라가지 않는 것 말고는 아무것도 할 일이 없는 것 같았다. 이것은 토드헌터 씨에게는 병적으로 음울하고 참을 수 없이 지루한 일로 생각되었다.

바로 그러한 때, 그 기묘한 생각이 가슴속에 떠오르기 시작했다. 그리고 다시 사흘이 지난 뒤에는, 더 이상 아무것도 하지 않고 앉아 있을 수는 없다고 결심했다. 그는 뭔가 하지 않으면 안 되었다. 무엇인지는 모르지만 하여튼 뭔가를 해야 했다, 가능하면 엄청난 무엇을. 토드헌터 씨는 약간 놀라는 기분으로, 자기 생애가 너무나 평범했다는 것을 느끼기 시작했다. 만약 이 단조로운 레코드를 부숴버릴 수 있는 기회가 있다고 한다면, 지금이 바로 그 기회라고 생각했다. 실제로 누구보다 세속적이고 평범한 사람이었던 토드헌터 씨는, 죽기 전에 단 한 번이라도 뭔가 놀라운 일을 하고 싶다는 기묘하고 분방한 충동을 난생 처음으로 경험하기 시작했다.

불행하게도, 다른 사람이 한 것 중에서 그가 기억하고 있는 놀라운 행위는 모두 지극히 하찮은 것으로밖에 생각되지 않았다. 여자에게 투표권을 달라고 외치며 더비 경주마의 발굽 아래 몸을 던진 여자가 있었다. 또 의회 방청석에서 엉뚱한 때에 기발한 행동을 연출하여 쫓겨난 사람들도 있었다. 그리고 가장 놀랍고 가장 어리석은 존재로 모즐리 (1896~1980, 영국의 파시스트 지도자)가 있다. 그런가 하면, 물론 아라비아의 로렌스 (1888~1935, 영국의 군인·고고학자·작가, 《지혜의 일곱 기둥》의 저자) 같은 예도 있다. 그러나 로렌스 같은 기회는 아무한테나 주어지는 것이 아니다.

그렇다면, 뭐가 있을까? 토드헌터 씨는 리치먼드의 쾌적한 서재에 앉아 길쭉한 손가락을 비비면서, 점점 자주 생각에 빠져 있었다. 자기와 같은 입장에 있는 사람에게 이 기묘하고 새로운 자기 주장의 충동을 만족시킬 수 있는, 어떤 놀라운 일이 가능할 것인가? 게다가 무거운 통나무를 들어올리고, 계단을 쿵쾅거리며 뛰어올라가거나, 알코올을 마시는 것 같은 일이 아닌, 어떤 놀라운 일이 가능하단 말인가? 해답은 어디에도 없는 것 같았다.

또 토드헌터 씨의 지금까지의 경험 속에도 답을 주는 것은 아무것도 없었다.

그는 지금까지 줄곧, 이른바 '온실 속의 화초' 같은 생활을 해왔다. 맨 처음, 그는 어머니의 보호를 받았다. 그 다음, 제1차 세계대전 중에는 영국군이 조금이라도 병이 있는 자의 징집을 금지하는 관대한 조치를 취했기 때문에, 그는 병역에 복무할 수가 없었다. 이것은 그의 의지에 크게 반하는 일이었지만, 영국 육군을 위해서는 오히려 다행한 일이라고 생각하지 않을 수 없었다. 그리고 자신이 게으르고 아무 쓸모도 없는 존재라는 자책감에서 벗어나기 위해 일을 해야겠다는 생각에서 잠시 교사로 일했던 사립학교에서는 어린 학생들의 비호를 받았다. 그 어린 신사들은 다른 교사들에게는 제멋대로 심한 장난을 했지만, 토드헌터 씨를 괴롭히는 일은 마치 두 살 된 아기에게 권투 장갑을 끼워주고 학교 챔피언과 시합을 시키는 것과 같다고 여길 만큼 옳은 판단력을 가지고 있었다. 몇 년 전, 어머니가 세상을 떠난 뒤로는 나이 많은 가정부로부터 지극히 능률적으로 보호받고 있었다. 그리고 이 세상의 단 한 가지, 진정으로 견디기 어려운 고난으로부터는, 충분한 개인 수입에 의해 언제나 보호받고 있었다. 그래서 과거의 경험에 관한 한, 토드헌터 씨에게 도움이 될 만한 것은 아무것도 없었던 것이다.

넓은 세상과의 접촉에 대해 말하자면, 토드헌터 씨의 경우 1주일에 한두 번 라디오에서 좋은 음악 방송이 없는 밤에 몇 명의 중년과 초로의 친구들과 브리지 게임을 하거나, 매주 양심이 시키는 대로 소아 진료소에 가서 리치먼드 빈민 아동의 나력(경부임파선의 종기)에 걸린 피부를 치료해 주는 일을 자발적으로 6시간이나 하거나, 아니면 매주 수요일 오후에 〈런던리뷰〉의 편집실에 가는 것 등으로 한정되어 있었다. 학자풍의 취향을 가진 토드헌터 씨는, 약간 까다롭기는 하나 건전하고 비판적인 지적 능력을 가지고 있어, 금요일마다 적당한 전기와 역사 연구서에 관한 평론을 〈런던리뷰〉의 서평란에 기고하고 있었다. 사실, 수요일마다 플리트 거리를 방문하여, 편집장의 방에서 서평을 기다리고 있는 다수의 책들을 뒤적이거나, 페러스와 잡담하며 보내는 약 30분의 즐거운 시간은, 토드헌터 씨의 생활에서 빛나는 부분으로 자리잡고 있었다.

그래서 이때 토드헌터 씨는 평소의 습관대로 타인의 의견을 들어보기로 결심했다. 그러나 이번 경우에 상담은 은밀하게 이루어지지 않으면 안 되었다. 그래서 그는 신중하게 뽑은 사람들을 저녁 식사에 초대하여 포도주를 대접하면서 교묘하게 자기 문제를 꺼냈다. 품성에 있어서 한 점 나무랄 데 없는 손님들이 그 문제에 대한 해결법으로서 살인에 의견을 모았다는 것은, 토드헌터 씨에게는 큰 충격이었다. 게다가 많은 사람들이 좋아하는, 크리켓을 잘 하는 자크 데니 목사까지, 술병이 한 차례만 더 돌면 자기가 성직자라는 것도 잊어버리고 인간으로서 정말 생각하고 있는 말을 거침없이 털어놓아, 다른 자들과 한 부류가 되지 않을 거라고는 단언할 수 없는 일이었다.

토드헌터 씨는 크게 놀라기는 했으나 깊이 감명 받은 것 또한 사실이었다. 살인이라는 단어가 그의 머리에는 전혀 떠오르지 않았다. '바로 이거야!' 하고 말할 정도는 아니었지만 자선 사업 같은 것이 희미하게 뇌리에 떠올랐을 뿐이다. 그러나 지금 새삼스럽게 생각해 보니, 살인이야말로 이 요구를 멋지게 충족시키는 것이었다. 세상의 평화와 행복에 위협을 주는 인물을 제거하는 것은, 인류에게 그 어떤 것 못잖은 유익한 일이 될 것이고 또 그보다 더 놀라운 일이 어디 있을 것인가?

 그렇다고 하면 그의 충고자들이 정치적 암살은 피하라고 권한 것은 옳은 생각이었을까?

 토드헌터 씨에게는 마음을 정하기 전에 남의 의견을 구하는 버릇은 있었지만, 그 뒤에 그가 내리는 결정이 그가 들은 충고와 의견과 반드시 일치하는 것은 아니었다. 완전히 정반대되는 결심을 하는 경우도 종종 있었다. 물론 그렇다 해서 그것이 충고의 가치를 깎아내리거나 하지는 않았다. 어쨌든 이 지극히 중대한 문제에 대해서는 토드헌터 씨도 스스로 결정을 내릴 수가 없었던 것이다.

 굉장히 학구적인 이론도 있었다. 이타적인 살인을 이행하기에 그의 입장은 참으로 이상적이었다. 사실 더욱 매혹적인 순간, 이를테면 의사의 지시를 무시하고 한 잔의 포트와인을 조금씩 음미해 보는 밤에 토드헌터 씨는 자기가 위대한 대의에 몸을 바치고 있는 인물, 즉 역사를 바꿀 수 있는 인물, 오로지 인류를 위해 봉사하는 인물이 된 것 같은 기분에 잠길 수 있었다. 그것은 무척 흥미로운 일로서 앞으로 몇 달밖에 살 수 없는 사람에게는 큰 위안이 되는 것이었다. 그러나 실제로는, 아무래도 살인은 마음이 내키지 않는 일이었다. 토드헌터 씨는 그것이 얼마나 꺼림칙한 일인지를 생각하자, 인류에게 특별한 공헌을 할 수 있는 수단이 뭐가 또 있을지 다시 궁리하기 시작했다. 그러나 아무것도 찾을 수가 없었다.

 토드헌터 씨는 점차 살인이라는 아이디어를 받아들이게 되었다. 그렇게 되기까지는 2, 3주일이 걸렸다. 그의 마음은 몇 번이나 제자리를 맴돈 끝에 가까스로 한 자리에 머물렀다. 그렇지만 일단 머무르자 바위처럼 꿈쩍도 하지 않게 되었다. 무슨 일이 있어도 살인이 아니면 안 되었다.

 어쩌면 정치적인 암살 같은 것이 좋을지도 모른다. 이 점에 대해서도 역시 토드헌터 씨는 거의 결심을 굳히고 있었다. 누가 뭐라 해도, 인류에 이익을 주기 위해서는 적당한 대상을 찾을 수만 있다면 정치적 암살이 무엇보다 좋았다. 그리고 그 대상은 얼마든지 있었다. 히틀러를 제거하든, 무솔리니를 처치하든, 아니면 스탈린을 암살하든, 인류의 진보는 진일보하는 것이다.

이런 식으로, 스스로를 인류의 손에 쥐어진 헌신적인 산탄총으로 여기게 된 토드헌터 씨는, 다시 타인의 충고를 들어보기로 결정했다. 실패하지 않는 것이 무엇보다 중요했다. 대상은 가장 가치 있는 목표에 정확하게 맞추지 않으면 안 된다. 그래서 이 문제에 대한 가장 좋은 의견을 들어둘 필요가 있었다. 모든 각도에서 검토한 결과, 토드헌터 씨는 A.W. 퍼스 씨보다 나은 조언자는 없을 거라고 판단했다. 그리하여 그는 퍼스를 좀 알고 있다는 치터윅 씨에게 전화를 걸어 적당히 둘러대서 소개를 해주겠다는 약속을 받아냈다.

그의 소개 덕택에 사흘 뒤 퍼스 씨한테서 그의 클럽에서 점심 식사를 함께 하자는 제의가 들어왔다. 토드헌터 씨는 흔쾌히 그 초대에 응했다.

II

1

퍼스는 머리숱이 풍성한 커다란 머리를 긁적였다.

"그렇다면 누구든 내가 추천하는 사람을 죽이겠다는 말이라고 해석해도 되는 겁니까?" 그는 조심스럽게 말했다.

"하하." 토드헌터 씨는 소리 높이 웃었다. "뭐, 노골적인 표현을 하자면 그렇게 되는 셈이지요."

"이런 일은 확실하게 하는 편이 좋다고 생각합니다."

"예, 물론입니다."

퍼스는 생각에 잠긴 모습으로 다시 두세 번 음식을 입에 넣었다. 그리고 클럽의 식당을 둘러보았다. 사방의 벽은 아직 그대로 버티고 서 있었고 나이 지긋한 웨이터들도, 차가운 테이블 위의 소 허릿살도, 자신의 손님을 제외하고는 모두 정상으로 보였다.

"그럼 당신의 말을 요약하면 이렇게 되겠군요. 당신은 불치병에 걸려 앞으로 석 달밖에 살지 못한다. 그러나 현재의 몸 상태는 매우 좋다. 그래서 당신은 자기와 같은 입장에 있는 사람이 아니면 절대로 할 수 없는 일을 세상을 위해 하고 싶다. 거기에는 올바른 동기의 살인이 가장 적합하다는 결론에 도달했다. 그런 얘기죠?"

"그렇습니다. 하지만 조금 전에도 말했듯이 이건 제 아이디어가 아닙니다. 저는 2, 3주일 전에 몇 명의 친구를 식사에 초대하여 이 문제를 넌지시 꺼내보았습니다. 물론 가정을 전제로 한 얘기였지만. 그런데 오직 목사 한 사람을 제외하고는 전원이 살인에 찬성했습니다."

"그래서 당신은 이번에는 독일에 가서 히틀러를 암살해야 하는지 어떤지에 대해 내 의견을 구하고 계신 거군요?"

"예, 제발 부탁합니다."

"좋아요. 우선 첫째로 당신은 절대로 히틀러에게 접근할 수 없습니다. 두 번째 이유는, 사태를 한층 더 악화시키게 될 뿐입니다. 히틀러는 그 후계자들만큼 나쁘지는 않아요. 그리고 이 말은 무솔리니와 스탈린에게도, 또 스탠퍼드 크립스 경(영국 정치가, 사회주의 지도자, 1889~1952)에게도 적용할 수 있어요. 바꿔 말하면 현재에도 장래에도 독재자에게는 접근하지 말라는 겁니다."

토드헌터 씨는 반박하고 싶었다. "휴이 롱(미국의 법률가이자 정치가, 루이지애나 주지사, 상원의원이며 히틀러의 축소판으로 알려졌다. 그 형제에게 암살되었다. 1893~1935)을 사살한 자는 미국을 위해 루스벨트 이상으로 좋은 일을 한 거라고 생각하지 않습니까?"

"그럴지도 몰라요. 싱클레어 루이스가 그런 교훈에 대해 말한 적이 있지요. 그렇지만 그건 특별한 예에 지나지 않습니다. 그 운동은 휴이 롱의 암살과 함께 괴멸되었습니다. 그러나 나치스는 히틀러가 살해되어도 괴멸하지 않습니다. 실제로 독일의 유대인은 더 큰 고통을 겪게 될지도 몰라요."

토드헌터 씨는 못마땅한 듯이 말했다.

"며칠 전 밤에도 모두들 그런 말을 했습니다."

"상당히 분별심이 있는 사람들이었던 것 같군요. 그런데 치터윅은 당신이 나에게 이런 얘기를 할 거라는 것을 모르고 있나요?"

"물론 모릅니다. 전혀 몰라요. 그는 다른 사람들과 마찬가지로 가공의 문제를 토론한 거라고 믿고 있습니다."

퍼스는 약간 웃어보였다. "혹시 현실 문제라는 것을 알았더라면, 그 사람들이 그렇게 쉽사리 살인을 권하지 않았을 거라고 생각하지는 않습니까?"

"물론, 그건 확실합니다." 토드헌터 씨는 약간 짓궂게 웃어보였다. 그는 클라렛을 한 모금 마셨다. "이해하시겠지만, 제가 그것을 가공의 문제로 한 것은, 그렇게 하지 않으면 진심에서 나오는 의견을 들을 수 없기 때문입니다."

"그렇군요, 맞는 말이오. 그래서 치터윅에게 나를 소개해 달라고 부탁했을 때, 그는 아무 의심도 하지 않았나요?"

"무엇을 의심한다는 말이죠? 저는 오래 전부터 당신의 활동을 적극적으로 지지해 왔으며, 점심 식사에 당신을 초대하여 얘기를 나눠보고 싶다고 말했습니다. 그런데 그럴 것도 없이 당신 쪽에서 먼저 저를 초대해 주신 겁니다."

"그렇군요. 그렇다 해도 도저히 이해가 되지 않는 것은, 도대체 어떤 이유로 내 충고를 필요로 하는가 하는 것입니다. 이런 것은 혼자 생각해서 해결해야 할 일입니다. 어째서 나에게 이런 미치광이 같은 일에 대해 조언하는 책임을 지라는 건가요?"

토드헌터 씨는 테이블 위로 몸을 내밀었다. 그의 머리가 앙상한 어깨에서 앞으로 나와, 마치 거북이처럼 보였다.

"그건 말이죠." 토드헌터 씨는 열심히 말했다. "당신은 책임을 두려워하는 사람이 아니라고 확신했기 때문입니다. 대부분의 사람들은 책임을 두려워하지요. 저도 그렇습니다. 게다가, 당신이 말씀하신 약간 미치광이 같은 일이 당신의 흥미를 끌 거라고 생각했습니다."

퍼스는 별안간 큰 소리로 웃음을 터뜨려 웨이터를 놀라게 했다.

"그건 맞는 말이군요. 그 점에 있어서는 당신이 말하는 그대로요."

"그리고, 세 번째로는" 토드헌터 씨는 다시 진지한 얼굴이 되어 말을 계속했다. "당신은 진정으로 세상을 위해 선행을 하고 있는, 많지 않은 사람들 중의 한 사람이기 때문입니다."

"무슨 당치도 않은 소리를!" 퍼스는 반발하며 말했다. "세상에는 사람들한테서 감사도 받지 못하고 인정도 받지 못하면서 묵묵히 일하고 있는 사람들이 많이 있어요. 그런 사람들이 얼마나 많은지 알고 나면 당신도 놀랄 거요."

"그렇겠지요." 토드헌터 씨는 무뚝뚝하게 말했다. "어쨌든 저는 치터윅을 통해 당신이 전후 압박당하는 중산계급을 위해 한 일을 알고 있습니다. 그리고 치터윅이 말한 것처럼 요즘 의회에서 통과중인 샐러리맨을 위한 보험 같은 법안에서도 모두 당신의 공헌이 컸다고 하니 당신이 얼마나 훌륭한 일을 했는지 잘 알 수 있어요. 그래서 당신이야말로 내 입장에 서서 조언을 해주고, 세상을 위해 이용하는 방법을 가르쳐 줄 수 있는 가장 적절한 인물이라고 생각한 겁니다."

"정말 어이없는 얘기군요. 그 법안만 해도, 우리의 동료가 수십 명이나 함께 일하고 있고, 또 많은 사람들이 실업자를 위해 여러 가지 대책을 세우려고 노력하고 있어요. 다행스럽게도 이타주의는 아직도 세상에 넘치고 있어요, 언제까지 계속될지는 모르지만. 그런데 당신 문제에 대해 진심으로 내 의견을 듣고 싶다면……."

"뭡니까?" 토드헌터 씨는 눈을 반짝이며 말했다.

"얼른 돌아가서 가능한 한 즐거운 시간을 보내시오. 그리고 히틀러에 대한 건 까맣게 잊어버리는 거요."

잠시, 토드헌터 씨는 실망한 것처럼 보였다. 그의 머리가 마치 거북등딱지 속으로 들어가는 것처럼 원래 자리로 돌아갔다가 다시 앞으로 튀어나왔다. "그래요? 알겠습니다. 그것이 당신의 충고로군요. 그럼, 만약 당신이 내 입장에 있다면 어떻게 하실지 얘기해 주실 수 있겠습니까?"

"아, 그건 완전히 별개의 문제입니다. 미안하지만 그건 얘기할 수 없어요. 무엇보다 지금까지 서로 전혀 모르는 사이였으니까요. 당신에 대해 치터윅이 말한 것은 모두 틀림없는 사실이라고 생각하지만, 나중에 사전 종범이 될 수도 있는 짓을 할 수는 없어요."

토드헌터 씨는 한숨을 내쉬었다. "그렇군요, 말씀하시는 건 잘 알겠습니다. 물론 제 착상이 터무니없는 것으로 생각되시겠지요. 어쨌든 귀 기울여 주셔서 감사합니다."

"아니, 천만에요. 무척 재미있었어요. 치즈를 더 드시겠소? 이 집의 그린체다는 맛있기로 정평이 나 있어요."

"아닙니다, 됐습니다. 유감이지만 치즈는 저와는 맞지 않습니다."

"그게 정말이오? 유감이군요. 그런데 혹시 크리켓에 흥미를 가지고 있나요? 지난 주 수요일, 나는 로즈에 다녀왔어요. 그리고……."

"오오, 기이한 인연이군요. 저도 갔습니다. 멋진 피날레였지요. 아, 그러고 보니 당신과 저는 함께 시합을 한 적이 있어요."

"그게 정말이오?"

"예. 저는 전쟁 중에, 당신이 위킷키퍼를 하고 있던 해에, 윈체스터에 시합하러 갔던 발레추디날리안 팀에 있었습니다."

"그 형편없는 팀에? 그게 정말이오? 그 시합은 나도 잘 기억하고 있소. 그럼, 딕 워버튼을 아시겠군?"

"예, 알다마다요. 우리는 같은 해에 셔번 중학교에 다녔습니다."

"오호, 그럼 셔번 중학 출신인가요? 지금 내 어린 사촌동생이 그곳에 다니고 있어요."

"아, 어느 기숙사입니까?"

사립중학 교육 같은 건 아무한테도 도움이 되지 않는다는 터무니없는 주장을 하는 무지한 사람들이 있다. 이런 생각이 얼마나 잘못되어 있는 건지, 지금 이 자리에서 예증되고 있는 토드헌터 씨의 경우를 봐도 잘 알 수 있을 것이다. 토드헌터 씨는 옛날 얘기를 충분할 만큼 한 뒤, 얘기를 다시 원래대로 되돌려 그 질문을 한번 더 되풀이했다.

"그런데 퍼스 씨, 솔직하게 말해 당신이 나라면 어떻게 하시겠습니까?"

그리고 이번에는 제대로 대답을 들을 수 있었다.

같은 사립중학교 정신에 따라 마음을 터놓게 된 퍼스는, 커다란 머리를 또 긁으며 다음과 같은 연설을 했다.

"글쎄요, 내 말에 영향을 받아서는 곤란하지만 내가 당신 입장이라면, 그게 악의에서이든 단순한 완고함에서이든 여러 명의 사람들에게 생활의 무거운 짐을 지우고 있는 인물을 물색하겠소. 예를 들면 공갈범이나, 반쯤 굶어죽어 가는 자식과 손자에게 땡전 한 닢 주려고 하지 않는, 죽지도 못한 늙은 부자 폭군 같은 자나······. 뭐, 아까도 말했듯이 이런 얘기는 차마 해서는 안 되지만."

"이거 놀랐습니다. 정말 기묘하군요." 토드헌터 씨는 완전히 놀라 소리쳤다. "그날 밤 그 사람들이 조언해 준 것과 똑같습니다."

"그래요? 현자에게는 한마디면 충분하다, 뭐 그런 거겠지요." 퍼스는 빙그레 웃었다. 그런 다음 자기 손님이 죽음을 선고받은 남자라는 것을 떠올리고 웃음을 거두었다.

이 이타적인 살인에 관한 심각한 대화를, 퍼스는 한마디도 진심으로 받아들이지 않았다. 퍼스가 큰 착각을 범한 것은 바로 그 점이다.

2

왜냐하면 토드헌터 씨는 완전히 진심으로 받아들였기 때문이다.

그는 퍼스한테서 깊은 감명을 받아 친구들의 의견보다 퍼스의 의견에 무게를 더 두고 있었다. 어쨌든 사람들은 생판 모르는 남의 의견에 더 이끌리기 쉬운 법이다. 그래서 토드헌터 씨는 자기 의사 표시로서의 정치적 암살은 그만두기로 했다. 히틀러와 무솔리니가 그 사실을 알았더라면 틀림없이 가슴을 쓸어내렸으리라.

그러나 그는 여전히 사명을 지닌 남자였다. 다만 문제는 적당한 대상을 찾아내는 것이었다.

어떤 수단을 사용할지에 대해서는 토드헌터 씨는 당분간 생각하고 싶지 않았다. 그의 마음은 그런 잔혹한 세부에 이르러서는 주춤하고 마는 것이었다. 또 아마 그의 본능적인 조심성이 살인에 얽힌 불쾌함을 뇌리에 노골적으로 그리는 것을 가로막은 건지도 모른다.

이때까지 토드헌터 씨는 문제 전체를 완전히 관념적으로밖에 생각하지 않았다. 그리고 세계 자체도 그에게는 하나의 언어 이상의 것은 아니었다. 그런 반면 그는 적어도 이런 결론에 도달하는 데 필요한 용기와 결단력이 자신에게 있었다는 것을 알고 놀랍고 기쁘기까지 했다. 지금까지 자신에게 그런 면이 있으리라고는 꿈에도 생각하지 않았던 그는 크게 만족했다.

토드헌터 씨의 목적은 관념적인 것이었을지 모르지만, 한 가지만은 뚜렷하게 인식하고 있었다. 그것은 희생자를 찾아내지 않으면 안 된다는 것이었다.

약간 마음이 내키지 않는 기분으로 토드헌터 씨는 천천히 몸을 일으킨 뒤, 동맥류 때문에 아주 천천히 걸으면서 희생자를 찾으러 나섰다.

3

 사람을 구하기 위한 살인을 하겠다고 용감하게 결심했지만, 그 대상을 찾는 것은 그리 호락호락한 일이 아니다. 아무리 그래도 친구들에게 이렇게 말할 수는 없는 노릇 아닌가……
 "좀 물어보겠네만, 사는 것보다 차라리 죽는 게 나은 인간이 어디 없을까? 난 그 일을 떠맡기로 했다네."
 설사 그럴 수 있다 하더라도 아마 친구는 아무런 도움도 되지 않을 것이다. 누가 뭐라 해도 일반적으로 사람이 죽어주는 게 낫다고 생각하는 이는 거의 없을 것이기 때문이다. 그리고 그 대상을 압축해 들어가서 실제로 죽이는 게 마땅할 것 같은 인물을 찾는다 하더라도 결과는 종종 매우 부정적인 것이 된다.
 그래서 탐색은 극히 신중하지 않으면 안 되었다. 토드헌터 씨 개인의 생각으로는 공갈범이 가장 안성맞춤인 것 같았지만 거기에도 역시 난점이 있었다. 공갈범이라는 건 참으로 막연한 상대이기 때문이다. 세상 대부분의 사람들과 달리 공갈범은 자기 자신을 전혀 선전하지 않는다. 그렇다고 친구를 향해 공갈범에게 협박을 당하고 있지 않느냐고 물으면 그들은 아마 분개할 것이다.
 한번은 토드헌터 씨가 익명의 편지의 발신인을 알아냈다고 생각한 적이 있었다. 그러나 피해자는 자기에게 편지를 보낸 사람으로 한 여성을 확실하게 지적했는데, 그 여성은 피해자인 수취인만 증오하고 있었을 뿐이었다. 결정적인 증거는 어느 왕실 변호사의 사무소에 있었다. 게다가 그 변호사는 그 여성을 비호하고 싶어하는 눈치였다. 그래서 토드헌터 씨는 손을 대지 않는 것이 좋겠다고 생각했다.
 한 달이 지난 무렵에 토드헌터 씨는 너무 걱정이 되어서 식후 소화제를 먹는 것까지 종종 잊을 때가 있었다. 언제라도 살인을 실행할 수 있는 준비를 갖추고 있는데도 요구에 응하는 것이 없는 것 같았다.
 시간은 자꾸자꾸 흘러갔다. 얼마 안 가 그에게는, 이젠 정말 죽어 버리는 게 아닌가 하는 생각으로 가득 차서 살인 같은 데 할애할 시간이 완전히 없어져 버릴 것만 같았다. 그것은 정말 불안한 일이었다.
 이러한 모순 속에서 토드헌터 씨는 몇 시간이나 깊이 생각한 끝에, 하룻저녁 치터윅 씨를 초대하여 넌지시 그의 의견을 들어봐야겠다고 결심했다.

4

 "7월이 되었는데도 난롯불을 바라보는 것이 기분 좋을 때가 있군." 토드헌터 씨는 웃으면서 말했다.
 "정말이오." 치터윅 씨는 통통하게 살찐 작은 발을 타오르는 불꽃 쪽으로 뻗으면서 고개를 끄덕였다. "저녁에는 정말 쌀쌀해지니까요."
 토드헌터 씨는 지나가는 말처럼 넌지시 얘기를 꺼내보았다.
 "지난달의 저녁 모임 때는 무척 재미있는 토론을 했어요, 안 그렇소?"
 "아, 무척 재미있었소. 과일나무의 수정에 대한 얘기를 했던가?"
 토드헌터 씨는 눈썹을 찡그렸다.
 "아니, 그 뒤에 한 얘기 말이오. 살인에 대한 얘기."
 "아, 그랬나? 맞아, 그랬어요."
 "당신은 아마 범죄 연구 클럽에 들어 있지요?"
 "맞아요. 상당히 훌륭한 멤버들이지요." 치터윅 씨는 자랑스러운 듯이 말했다. "로저 셰링엄이 회장을 맡고 있어요."
 "알고 있소. 그런데……." 토드헌터 씨는 더욱 아무렇지도 않은 듯한 어조로 말했다. "클럽에서 토론을 할 때는 살해당해 마땅한 자들의 이름도 많이 나오겠죠?"
"살해당해 마땅한?"
"그렇소. 지난달에 살해당해 마땅한 사람에 대해 토론한 것, 기억하실 텐데? 당신은 그런 사람에 대한 얘기를 많이 듣고 있지 않소?"
"아니에요." 치터윅 씨는 당혹스러운 듯한 목소리로 말했다. "꼭 그렇지는 않아요."
"그래도 공갈범들을 몇 명쯤은 알고 있겠지요?"
"아니, 몰라요."
"마약왕이나 인신매매업자도 모르오?"
토드헌터 씨는 조금 거칠게 물었다.
"몰라요, 그런 건 아무것도. 우리는 그저 살인에 대해 얘기할 뿐이오."
"그건 이미 일어난 살인이라는 뜻인가요?"
"물론이오." 치터윅 씨는 놀랍다는 표정이었다.
"그래요?" 토드헌터 씨는 몹시 실망하여 중얼거렸다. 그는 난롯불을 침울하게 바라보았다.
　치터윅 씨는 의자에 앉은 채 몸을 꼼지락거리고 있었다. 어찌된 영문인지 알 수 없지만 이 집 주인을 실망시키고 만 것 같았다. 그래서 뭔가 잘못한 것 같은 느낌이 들었다.
　토드헌터 씨는 자기가 알고 있는 범위 안에서 죽일 만한 인간으로서, 다시 한번 히틀러를 음울하게 생각하고 있었다. 그리고 물론 무솔리니도, 그 에티오피아인들……. 그래, 그것은 위대한 의지의 표시가 될 것이다. 자기가 죽은 뒤 누군가 동상을 세워주는 사람까지 나올지도 모른다. 그것도 썩 괜찮은 일이다. 그러나 자기 죽음은 어쩌면 그 마르세유의 암살자처럼, 격노한 나치 군대의 무거운 군홧발에 짓밟히는 형태로 찾아올지도 모른다. 싫다, 그건 그다지 마음에 들지 않아.

토드헌터 씨는 손님을 다시 돌아보며 힐문하듯이 물었다.

"당신은 죽음을 당해도 되는 사람을 한 사람도 모른단 말이오?"

"그야…… 그…… 아무래도." 치터윅 씨는 변명하지 않으면 안 되었다. "유감이지만 모릅니다." 그로서는 이 집 주인이 왜 살해되어 마땅한 사람을 알고 있고, 없고를 이렇게 중요시하는 건지 영문을 알 수가 없었다. 하지만 그것을 물어보고 싶은 마음은 아무래도 내키지 않았다.

토드헌터 씨는 얼굴을 찡그리며 그를 응시했다. 그에게는 치터윅 씨가 뭔가 거짓 구실로 자기 초대에 응한 것처럼 생각되었다.

또한, 지금이야말로 모든 계획을 포기하는 게 좋지 않을까 하는 생각도 들었다.

아무리 토드헌터 씨라 해도 자선적 살인을 필요로 하는 사람들을 위해, 그 봉사자로서 신문에 광고를 낼 생각까지는 없었다. 그렇지만 그런 비상수단이라도 취하지 않는 한 아무도 그런 봉사를 원하는 사람은 없을 거라고 생각했다. 그는 안도하는 동시에 기묘한 실망을 맛보았다.

5

뭔가를 찾으러 나갔다가 그것을 찾지 못하고 집에 돌아오면, 뜻밖에 친절한 한 친구가 지금까지 찾아 헤매던 것을 너무나 쉽게 눈앞에 내미는 일이 있다.

치터윅 씨가 아무런 도움도 되지 않았기 때문에, 자기의 원대한 계획을 포기하지 않을 수 없다고 토드헌터 씨가 결심한 것은 화요일 밤이었다. 그 이튿날 오후, 〈런던리뷰〉의 문예편집장 페라스가 참으로 우연히, 바로 토드헌터 씨가 찾고 있는 것을 안겨준 것이다. 그가 여기저기 돌아다니며 적당한 대상을 찾고 있던 동안, 그 대상은 내내 그의 코앞에서 잔뜩 도사리고 있었던 것 같았다.

그 계기가 된 것은 토드헌터 씨가 우연히 한 질문이었다. 비평할 책을 고르러 페라스의 방에 가기 전에 그는 논설위원으로 지내고 있는 옛 친구와 잡담이라도 나누려고 다른 복도를 어슬렁거리며 걸어갔다. 토드헌터 씨가 현재 〈런던리뷰〉와 약간의 관계를 맺게 된 것은, 그 옛 친구의 추천 덕택이었다. 그는 방에 없었다. 그리고 문에는 다른 사람의 이름이 나붙어 있었다.

"그런데" 하고 토드헌터 씨는 낡은 갈색 펠트 모자를 플리트 거리가 내려다보이는 페라스의 커다란 방 신문 파일 위에 놓으면서 말했다. "그런데 오길비가 어디 병이라도 걸렸나? 방에 없던데."

페라스는 파란 연필을 쥐고 손질을 하고 있던 원고에서 고개를 쳐들었다. "병? 아니네. 그는 나갔어. 그뿐이야."

"나갔다고?" 토드헌터 씨는 약간 당혹하여 되물었다.

"해고야! 정확하게 말하면 오길비 선생은 안됐지만 목이 잘렸네. 어제, 6개월 치 급료에 해당하는 수표를 받고 나가라는 통고를 받았지."

"오길비가 해고되다니?" 토드헌터 씨는 깜짝 놀랐다. 뇌수가 가득 차 있는 커다란 머리의 오길비, 그의 냉정하고 투철한 펜은 늘 〈런던리뷰〉의 핵심을 이루고 있다고 생각했다. "정말 놀라운 일이군. 그 사람은 이곳에 뿌리를 내리고 있는 인물인 줄 알았는데."

"정말이지, 너무한 얘기야. 그렇게 쫓겨나 버렸으니."

페라스는 평소의 신중함은 어디로 갔는지 몹시 흥분하여 말했다.

소설 비평가 한 사람이 창가 테이블 위에 높이 쌓여 있는 신간 소설을 뒤지고 있었다. "이유가 뭔가?" 그가 물었다.

"뭐, 돼먹지 않은 사내 정략이지. 너무 복잡해서 젊은 자네는 이해 못할걸."

우연히 편집장보다 석 달 연상인 이 문예 비평가는 빙그레 웃으면서 말했다. "그것 참 고마운 말이군, 보스." 페라스가 '보스'라고 불리는 것을 싫어한다고 믿고 있었던 것이다.

"이보게, 오길비가 왜 나가지 않으면 안 되었다고?"

토드헌터 씨가 물었다.

"내부개혁이라는 걸세." 페라스는 불쾌한 듯이 말했다. "그게 어떤 건지 아나?"

"모르네."

"그건 말이네, 내가 이해하기로는 조금이라도 기골이 있는 사람은 모조리 쫓아내고 부끄러운 줄 모르는 추종자들만 남겨두는 일인 것 같네. 우리 같은 주간지에는 있을 수 없는 일 아닌가?"

페라스는 〈런던리뷰〉와, 그 확고하고 고풍스러운 위엄, 성실함, 높은 격조 등에 의해 이룩한 명성을 진심으로 자랑으로 생각하는 사람이었다. 그리고 그는 이 주간지가 현재의 어울리지 않는 소유자 컨솔러데이티드 출판사의 지배하에 들어간 뒤에도, 그 명성을 유지하려고 분투하고 있는 사람이었다.

"오길비는 앞으로 어떻게 되는 건가?"

"내가 어떻게 알겠나. 뭐, 아무래도 돌봐야 할 처자가 있으니까."

"힘들이지 않고 다른 일자리를 구할 수 있겠지?"

토드헌터 씨는 몹시 걱정하며 말했다.

"구할 수 있을 거라고? 글쎄, 그럴까? 오길비는 이젠 풋내기가 아니야. 게다가 컨솔러데이티드 출판사에서 해고되었다는 사실이 아무래도 걸림돌이 되겠지. 말이 나왔으니 말이네만 자네도 잘 기억해

두는 게 좋을 거야." 페라스는 소설 비평가를 향해 이렇게 덧붙였다.

"좀더 보수를 올려 준다면 해고당할 걱정을 끼치지는 않겠네만……." 문예비평가가 반격했다.

"자네한테 더 이상 지불한다 한들 뭐가 달라지겠나? 자넨 내 마음에 드는 평론을 쓸 생각이 없지 않나?"

"자네가 말하는 뜻이, 매주 가장 큰 광고주를 위해 과장된 인용문을 잔뜩 늘어놓은 역겨운 찬사를 쓰라는 것이라면 사양하겠네. 미안하기는 하나 전에도 말했지만 난 그런 비평가는 아니네."

비평가는 심술궂게 말했다.

"그러니까 나도 전에 말했듯이 자네는 결국 곤경에 처하게 될 거라는 얘기네. 세상은 있는 그대로 받아들이지 않으면 안 돼."

비평가는 거친 소리를 내며 다시 자기 일로 돌아갔다.

토드헌터 씨는 논픽션물이 들어 있는 커다란 책장문을 열었지만 이때만큼은 그의 눈빛도 빛나지 않았다. 그는 곤경에 처한 사람에 대해서는 모든 논리를 뛰어넘어 일종의 책임감을 느끼는 불행한 기질의 인종이었다. 오길비의 현재의 불행과 장래의 곤경이 벌써부터 그를 괴롭히고 있었다. 토드헌터 씨는 자기가 뭔가 해주지 않으면 안 된다고 생각했다.

"오길비를 쫓아낸 건 암스트롱인가?" 그는 페라스를 돌아보며 물었다. 암스트롱은 컨솔러데이티드 출판사의 새로운 편집국장이었다.

다시 파란 연필을 들고 바쁘게 일하고 있던 페라스는 참을성 있게 고개를 들었다.

"암스트롱? 천만에. 그는 지금 그런 일에는 발언권이 없어."

"그럼, 펠릭스본 경?" 펠릭스본 경은 회사 사주였다.

"아니, 그건……. 하지만 뭐, 거기에 대해선 말하지 않는 편이 좋을 것 같군. 어쨌든 비열한 일이야."

"다음 차례는 자네일 가능성은 없나, 페라스?" 소설 비평가가 물었다. "한 달에 한 번쯤, 나쁜 소설을 나쁘다고 말하게 해 주는 새 편집자가 오면 좋겠군."

"자네는 하고 싶은 말을 다하고 있지 않나? 난 별로 간섭하지 않네."

"아니야, 자네는 내가 쓰는 글의 가장 좋은 부분을 삭제해 버리고 있을 뿐이네." 문예 비평가는 방을 가로질러 페라스의 어깨 뒤에 섰다. 그는 슬픈 듯한 절망의 목소리를 내며, 데스크 위의 원고를 찌를 듯이 가리켰다. "아, 이게 무슨 짓인가? 그 구절을 삭제해 버리다니! 도대체 이유가 뭔가? 경우에 어긋나는 말은 하나도 없는데. 내가 말하려 한 것은 다만……."

"내 말을 들어보게, 토드헌터. 바일이 쓴 것은 이런 거네. '만약 이것이 퍼킨 씨의 처녀작이라면, 이 과장된 언어의 나열과 크림 덩어리 같은 상투적인 문구를 늘어놓은 문장도, 아직 허용될지도 모른다. 도구를 사용하기 전에 그 사용법을 알 필요가 있다는 걸 생각하지 않은 것에 불과할지도 모르기 때문이다. 하지만 여섯 번째 작품을 쓸 때까지 퍼킨 씨는 적어도 영어 문법 정도는 알아두었어야 했다. 또 다른 점에 대해서 말하면, 그의 노도 같은 요설 속에 뭔가의 의미가 숨겨져 있다 하더라도, 나는 그것을 발견할 수가 없다. 아마 실제로는 아무것도 말하지 않으면서 장황하게 얼마든지 계속 늘어놓는 퍼킨 씨의 능력에 감탄하여, 그의 전작에 수많은 찬사를 퍼부은 나의 동업자들은, 이 소설이 어떻게 하여 쓰였는지 틀림없이 설명해 줄 것이다. 아니면, 그것은 퍼킨 씨의 출판사만이 아는 비밀일까?' 어떤가, 이러면서도 이 남자는 예의를 잃지 않았다고 말하고 있네. 자네가 나라면 도대체 어떻게 하겠나?"

토드헌터 씨는 자조하는 것 같기도 하고, 거의 죄의식을 느끼는 것 같기도 한 독특한 미소를 지었다. "하기는 사양하는 데가 좀 없기는 하군."

"너무 뻔뻔스러울 정도지."

페라스가 말하면서 문제의 구절에 두 줄의 선을 다시 그었다.

격정적인 비평가는 발을 구르며 화를 냈다. "나는 자네가 하는 말을 이해할 수가 없네. 이게 무슨 짓인가! 토드헌터, 자네는 내 편이 되어야 해. 물론 사양하지 않겠어. 그래서 도대체 어디가 나쁘단 말인가? 퍼킨에 대해서는 이런 말을 해도 좋은 시기가 되었네. 그 사람에 대한 평판은 어처구니가 없을 정도로 과장되어 있어. 그는 조금도 좋은 작가가 아니야. 아니, 나쁜 작가야! 그런데도 이런 속이 메스꺼워지는 찬사를 듣고 있는 건, 비평가들의 반이 그의 작품을 끝까지 읽어낼 만한 끈기가 없고, 비판하기보다 칭찬하는 쪽이 더 쉽다고 생각하기 때문이네. 그리고 나머지 반은, 그 4분의 1의 분량으로 두 배나 되는 얘기를 할 수 있는 작가에게 감탄하는 것이 당연한데도 무턱대고 긴 작품을 천재의 표시라고 진심으로 믿고 있어. 그렇지 않으면 일반 독자는 지불한 돈만큼의 값어치를 원한다는 이유로, 가치와 장황함을 혼동하고 있는 것이겠지. 어리석기 짝이 없는 일이야. 그런 기만의 거품은 이제 터뜨려도 좋을 때가 되지 않았나, 응?"

"자네, 정말 좋은 얘기로군." 페라스는 이 격정적인 돌발에 대해 태연자약하게 대꾸했다. "하지만 도끼를 사용하지 않더라도 거품을 터뜨릴 방법은 있지. 요컨대 거품을 터뜨리는 데 정육점의 칼을 사용할 것까지는 없다는 얘기네. 만약 내가 이것을 활자화하면, 이튿날 아침에 친애하는 노부인들한테서 퍼킨 씨가 그렇게 심혈을 기울여 쓴 책을 공격하는 건, 게다가 그가 당신한테 특별히 나쁜 짓을 한 것도 아닌데 공격하는 건 너무 가혹하다는 편지를 한 아름 받게 될걸세. 그리고 사적인 감정을 가지지 않은 비평가를 데려오는 게 어떠냐고 할걸."

"사적인 감정이 있을 리가 없지!"

비평가는 입에 거품을 물며 화를 냈다.

"나도 알고 있어." 페라스는 달랬다. "그러나 그들은 그걸 몰라."

토드헌터 씨는 책장에서 닥치는 대로 책을 한 권 뽑아들고 아무 말 없이 방에서 나갔다. 나오는데 등 뒤에서 바일의 흥분한 목소리가 들렸다.

"좋아, 난 사직하겠어. 당신의 그 부인네들은 지옥에나 가라고 해! 어떻게 되든 상관없어. 정직하게 비평할 수 없다면 차라리 사직하겠어."

토드헌터 씨는 별로 놀라지 않았다. 바일은 매주 수요일 오후마다, 자기가 쓴 원고가 삭제되어 있는 것을 보면 사직하겠다고 말하지만, 만약 삭제되지 않으면 그 원고를 잊어버리고 싱글벙글하는 것이다. 아무튼 단기간에 〈런던리뷰〉에 걸맞은 다른 비평가를 찾는 건 어렵다는 페라스의 절절한 간청에 바일 씨는 마음을 풀고 딱 1주일만 더 있는 것에 동의하는 것이었다. 그리고 같은 과정이 늘 되풀이되고 있었다.

문예 편집장의 첫 번째 요건은 임기응변이다. 두 번째 요건도, 세 번째 요건도 임기응변이다.

6

토드헌터 씨는 전에 없이 기묘한 행동을 하고 있었다.

그는 오길비의 해고에 대해 더 자세한 것을 알고 싶었다. 페라스는 얘기하려고 하지 않았지만, 토드헌터 씨는 가십을 약간 입수하려면 어디로 가면 되는지 알고 있었다. 그래서 그는 편집 조수의 방으로 갔다.

레즐리 윌슨은 자기 나름대로 문학적 야심을 가진 사교적인 청년이었다. 그는 음악란 편집자와 한방을 썼는데, 이 동료는 좀처럼 방에 있는 일이 없었다. 토드헌터 씨가 이 빌딩 꼭대기에 있는 레스토랑에서 차를 한 잔 마시자고 하자, 윌슨은 기꺼이 응했다. 이 청년은, 페라스와 편집국장 외에는 거의 아무한테도 존경심을 가지고 있지 않았다. 하지만 토드헌터 씨에 대해서는 그의 약간 노처녀 같은 행동거지와 대학 기숙사 사감 같은 사고방식 등에 늘 호의를 품고 있었다. 윌슨의 능력과 젊음 앞에서 언제나 주눅이 드는 걸 느끼는 토드헌터 씨가 그 사실을 알았다면 크게 놀랐을 것이다.

두 사람은 엘리베이터를 탔다. 잠시 뒤 토드헌터 씨는 자신의 앙상한 몸을 딱딱한 의자 위에 얹었다. 그리고 웨이트리스에게 중국차를 주문하면서 찻잎을 몇 스푼 넣으라는 것까지 엄중하게 지시했다. 윌슨은 뭐든 토드헌터 씨와 같은 것을 마시겠다고 했다.

그리고 두 사람은 8분 동안 서평란에 대해 얘기를 나눴다.

마지막에 오길비의 이름을 슬쩍 꺼낸 토드헌터 씨는, 상대방이 이내 반응을 나타내는 것을 보고 속으로 쾌재를 불렀다.

"정말 너무한 얘기입니다." 젊은 윌슨이 흥분하여 말했다.

"그래, 그런데 그렇게 갑자기 해고된 이유가 뭘까?" 토드헌터 씨는 주의 깊게 차를 따른 뒤 설탕 그릇을 청년 쪽으로 밀어주었다. 아직 시간이 일렀기 때문에 레스토랑에는 그들 둘밖에 없었다. "무척 유능한 사람이라고 생각했는데 말이야."

"유능하고말고요. 여기서 일하는 가장 우수한 논설위원 중의 한 사람입니다. 하지만 그런 건 그의 해고와는 아무 상관도 없습니다."

"그래? 그럼 뭐가 상관이 있단 말인가?"

"예, 그게 언제나 가장 중요한 점이지요. 오길비가 해고된 건 피셔에게 아부하지 않았기 때문입니다."

"피셔라고? 처음 듣는 이름인데, 누군가 대체?"

"정말 불쾌한 자입니다." 문예란 편집 조수는 앞뒤 가리지 않고 말했다. "그 이상 불쾌한 작자는 없을 겁니다. 본명은 피셔맨이라고 합니다. 미국의 독일계 유대인으로, 온갖 불쾌한 것을 한 몸에 모아놓은 것 같은 자지요. 그는 지금 이곳을 지옥으로 만들고 있습니다."

토드헌터 씨의 질문에 응하여, 윌슨은 사건의 전모를 얘기했다. 그것은 불쾌한 얘기였다.

〈런던리뷰〉는 최근에 친절하고 관대한 존 버니 경의 손에서 컨솔러데이티드 출판사의 사장 펠릭스본 경의 손에 넘어갔다. 펠릭스본 경은 젊고 활력이 넘치는 사람을 좋아하는데, 〈런던리뷰〉의 최대 장점은, 영국의 신문계에서 판치고 있는 저속함이 없다는 점이라는 것을 깨달을 만한 분별은 가지고 있었다. 그래서 그는 〈스펙테이터〉의 오만한 따분함과, 미국의 타블로이드판을 흉내 낸 대중신문에 공통된 방자함의 중간을 유지한다고 하는 전통적인 방침을 인정하고 있었다. 분명히 펠릭스본 경은 〈런던리뷰〉의 경이적인 발행 부수를 받쳐주고 있는 것은 바로 그러한 방침 때문이라는 것을 잘 이해하고 있었다. 이 주간지의 독자층은 아직은 옛날부터의 점잖은 예의를 지니고 있지만, 토요일 아침 식사 테이블에서는 너무 딱딱한 격식에 지겨움을 느끼는 그런 종류의 사람들이었기 때문이다.

그러나 펠릭스본 경은 그것에 만족하지 않았다. 그 방침은 계속 유지했지만 그것을 만든 사람은 그만두어야 하거나 개선되어야 한다고 그는 생각했다. 플리트 거리에서는 〈런던리뷰〉에 취직하면 평생 그곳에서 일하는 것을 의미한다는 것이 상식이 되어 있었다. 〈런던리뷰〉에서는 지금까지 해고된 사람이 아무도 없었고 견책을 당하는 일도 별로 없었다. 스태프에게 모든 것이 일임되어 있었다. 하지만 새로운 사주가 바꾸고 싶었던 것은 바로 그러한 상태였다. 펠릭스본 경은 저널리스트라는 것은, 아무리 사소한 일이라도 실수를 하면 즉각 해고될 거라고 위협해 두면 열심히 뛰는 법이라고 생각했다. 그는 배려해줄 줄 아는 사람이었지만, 저널리스트는 항상 긴장하여 부지런히 뛰어다녀야 한다고 진심으로 믿고 있었다. 그래서 그는 사주의 지위를 물려받자 〈런던리뷰〉의 전 사원에게 이런 취지의 내용을 연설했다. 고급 주간지가 일간 신문과 다르다는 생각은 그의 머릿속에는 없는 것 같았다.

〈런던리뷰〉의 스태프는 그다지 동요하지 않았다. 그들은 각자 자신의 일에 숙달되어 있었고, 다른 어떤 주간지 스태프에 못잖은, 오히려 세상의 평판에서는 훨씬 훌륭하게 일을 하고 있다고 자각하고 있었다. 사주라는 존재는 가끔 잘난 척하는 말을 하고 싶어하기 마련이다. 그러나 구독자는 꾸준히 늘어가고 있고 잡지는 유럽의 어느 주간지에 지지 않는 정평을 얻고 있었다. 파타고니아에서는 지진이 일어날지 모르지만, 이 〈런던리뷰〉의 아늑한 편집실에서는 아무런 흔들림도 일어나지 않았다.

하지만 그건 그들이 잘못 생각한 것이었다. 펠릭스본 경은 배려심이 있는 사람이었기 때문에 자기가 직접 해고하는 건 못할 짓이라고 생각했다. 그는 상당한 돈을 들여 이시돌 피셔맨 씨를 미국에서 영입했고 자기 대신 그 일을 할 수 있는 모든 권한을 주었다. 그리하여 컨솔러데이티드 출판사 전체가 이 사람의 생각 하나에 좌지우지되기 시작했다. 피셔맨 씨는 취임한 지 1주일도 지나지 않아 일찌감치 본성을 드러내어 〈런던리뷰〉의 편집장을 해고하고 말았다.

윌슨 청년은 공정하게 말했다. 그는 빈센트 노인이 이제 은퇴해도 좋을 때가 되었다는 것을 충분히 인정하고 있었다. 노인은 빅토리아 저널리즘의 유물로, 완전히 시대착오적인 농담거리가 되고 있는 인물이었다. 그러나 펠릭스본 경이 노인을 잘 설득하여 사직시키고 충분한 연금을 주었더라면 모양새 좋은 조치라고 할 수 있었을 것을, 노인은 1년 치 급료의 수표 외에는 한 푼도 받지 못하고 이 피셔맨이라는 남자에게 쫓겨난 것이다. 어째서 연금을 주지 않았느냐고 묻자 피셔맨은, 노인은 오랫동안 너무 많은 보수를 받아왔기 때문에 길지 않은 여생을 살아갈 만한 돈의 세 배는 저축해 두었을 거라고 대답했다. 실제로 노인은 돈은 좀 모았지만 그것과는 문제가 달랐다. 노령에 사직하는 편집자에게——〈런던리뷰〉에서는 그 밖의 이유로 사직한 자는 아무도 없었다——충분한 연금을 주는 것은 그곳 전통의 하나였다.

스태프는 전원 당황했다. 그러나 그들의 불만은 그 뒤 석 달 동안 이 출판사 전체를 덮친 동요에 비하면 아무것도 아니었다. 그 동요는 어떤 때는 공황에 가까운 것이었다. 왜냐하면 해고는 참으로 흔해빠진 일상사가 되어 버렸기 때문이다. 플리트 거리에 폭풍이 몰아쳤고, 컨솔러데이티드 출판사 직원들은 선풍기 앞의 담뱃재처럼 흩어져갔다.

윌슨 청년은 여전히 공정한 태도를 유지하려고 노력하면서도 시시각각 흥분의 빛을 띠며, 근본적인 문제는 피셔맨이 그 일에 전혀 어울리지 않는 사람이라는 데에 있다고 말했다. 〈런던리뷰〉의 편집 스태프를 약간 새롭게 교체하는 것은 그야말로 합리적인 일이라고 할 수 있었다. 그렇지만 새로운 방침으로 전환하는 데 옛날 갱단들이 사용하던 무서운 수법인 위협 같은 모험을 무릅쓸 필요까지는 없었다. 피셔맨은 이성을 완전히 잃고 있었다.

자기 손에 들어온 권력에 의해 이성을 잃은 피셔맨은, 이제 전 회사의 직원들을 능력이나 값어치가 없다는 이유가 아니라 자기에게 독립적인 태도를 보였다는 정도의 일로 직원들을 자꾸자꾸 해고해 갔다. 사태는 급속하게 악화되어 결국 아무리 무능한 자라도 피셔맨의 추종자 무리에 끼어들기만 하면, 버젓한 정기간행물의 편집장쯤은 될 수 있을 정도가 되었다. 아무리 우수한 사람이라도 독립적인 태도를 바꾸지 않는 한, 늦든 빠르든 사직하지 않으면 안 되었다. 해고 사유로서는 적의까지도 필요하지 않았다. 지금은 복도에서 피셔맨을 만났을 때 모자를 벗는 시늉을 하지 않았다는 이유만으로도, 플리트 거리에서 손꼽히는 유능한 사람도 12시간 이내에 책상을 비우라는 통고를 받는 지경이었다.

"하지만 그런 일이 이곳에서 일어나고 있다는 게 믿어지지가 않는군." 토드헌터 씨는 말했다. "대중신문에서는 그런 말도 안 되는 일이 있다는 얘기를 들었지만 설마 이 〈런던리뷰〉에서 그런 일이 일어날 줄이야."

"그럼, 페라스에게 물어보십시오. 오길비 본인에게든 누구에게든 물어보십시오." 윌슨이 말했다.

"페라스한테는 이미 물어 봤네. 아무 말도 하려 하지 않더군."

"그럴 겁니다." 윌슨은 약간 친근하게 미소지었다. "페라스는 이런 일은 우리만의 비밀로 해두는 것이 제일이라고 생각하고 있습니다. 게다가 그때 바일이 옆에 있었겠죠? 그 선생은 자신이 '추상적 정의'라고 부르고 있는 것에 대한 문제에서는 이내 흥분하는 사람이니까요." 윌슨은 이 완전히 구체적인 부정에 대해 지금 그 자신이 크게 흥분하고 있으면서도 너무나 여유만만한 모습으로 말했다.

정의란 추상적인 것이 아니고 무엇이란 말인가. 이러한 생각이 토드헌터 씨의 마음속에서 고개를 쳐들었다. 그러나 물론 정의는 완전히 구체적일 수 있고 부정은 대체로 구체적인 것이다.

토드헌터 씨는 윌슨을 좋아했다. 매주 수요일 오후에 페라스처럼 노련하고 권위 있는 태도를 취하지 않는 윌슨이, 분노한 바일에게 자주 붙들려 그의 가장 좋은 신랄한 비평 부분이 어째서 삭제된 것이냐, 그가 특별히 비평하고 싶었던 책을 왜 스태프가 가져가 버렸는가 하는 공격을 당하고 있는 모습을, 한구석에서 가만히 미소지으며 바라보는 것이 토드헌터 씨의 큰 즐거움의 하나였다. 윌슨이 쩔쩔매면서 "뭐, 그렇게 흥분할 것 없지 않습니까. 제발 조용히 하세요!"라고 말하는 것을 듣는 것은 상당히 짓궂은 즐거움이었다. 이 청년이 그럴듯하게 변명하는 기술을 아직 터득하지 않은 것이 너무나도 확연했기 때문이다.

따라서 윌슨이 그 일에 대해 얘기한 것을 토드헌터 씨는 사실로 받아들이지 않을 수 없었다. 이 정보는 그의 기분을 우울하게 했다. 그 일은 〈런던리뷰〉의 정신과는 완전히 어울릴 수 없는 것처럼 생각되었다. 왜냐하면 토드헌터 씨는 〈런던리뷰〉와 관련을 가진 사람이라면 누구나 그렇듯이, 이 주간지의 위엄과 전통에 특별한 긍지를 가지고 그것을 위해 일하는 것을 자랑으로 여기고 있었기 때문이었다.

"정말 놀라운 일이군." 그는 작고 앙상한 얼굴에 결연한 빛을 띠며 중얼거렸다. "펠릭스본 경은 무슨 일이 일어나고 있는지 모르고 있나?"

"알고 있습니다. 하지만 아무런 행동도 하지 않고 있습니다. 그 자에게 이미 모든 권한을 맡겼으니 취소하는 일은 절대로 없을 겁니다."

"하지만 부정이라는 문제는 그만두고라도 자네가 말한 그런 끔찍한 상태에 이르러 있다면 현실적으로 곤경에 빠져 있는 사람들도 많을 것 아닌가? 그런 사람들이 금방 다른 일자리를 찾을 수 있을 것 같지는 않으니까. 게다가 오길비처럼 처자가 있는 사람들도 있을 거고."

"잔인한 것은 바로 그 점입니다." 윌슨은 거의 외치듯이 말했다. "그들의 반은 두 번 다시 일자리를 얻지 못할 겁니다. 모두 나이를 너무 먹었으니까요. 하지만 오길비 씨는 일을 찾을 수 있을지도 모릅니다. 특별히 유능한 사람이니까요. 하지만 그런 그조차 어떻게 될지 장담할 수 없는 일이에요. 차마 눈뜨고 볼 수 없는 상황입니다."

토드헌터 씨는 고개를 끄덕였다. 어떤 생각이 갑자기 머리에 떠올라 가슴이 두근거려서 마음속으로 대동맥류를 떠올리지 않으면 안 될 정도였다. 이 10분 남짓한 동안의 강렬한 감정 때문에 병에 대해서는 완전히 잊고 있었던 것이다.

윌슨은 말을 계속했다.

"그렇다고 해고된 사람들 모두가 부당한 처우를 받았다는 얘기는 아닙니다. 그중 한두 사람은 해고되어 마땅한 것으로 생각되는 사람도 있습니다. 하지만 다른 열 명 정도는······."

"그렇게 많이?" 토드헌터 씨는 약간 방심한 듯이 말했다. 그는 만약 젊은 윌슨에게, 자기가 앞으로 3, 4개월 안에 죽는다는 것을 솔직하게 말하면 뭐라고 말할지 궁금했다. 토드헌터 씨는 이를 고백하여 이 착한 청년의, 뭐라 말로 표현할 수 없는 동정심으로 위로받고 싶다는 어리석은 열망을 품었다.

"예, 하지만 아직 끝나지 않았지요. 이 소동이 끝날 때까지는 다시 열 명이 넘는 희생자가 더 나올 겁니다. 암스트롱은 태연자약합니다. 피셔맨이 지금의 자리에 앉혀주었으니까요. 그는 매일 아침 회사에 나오면 피셔맨의 비위를 맞추느라 여념이 없습니다. 이런 건 우리 같은 회사에서는 있을 수 없는 얘기입니다. 완전히 데일리와 이어사에나 있을 법한 일이죠."

토드헌터 씨는 머리를 앞으로 내밀고 안경을 고쳐 쓴 뒤 청년의 얼굴을 쳐다보았다.

"피셔맨 자신이 해고된다면?"

윌슨은 차갑게 웃었다. "그런 일은 없을 겁니다. 해고할 수 있는 사람은 그 사람뿐이니까요. 생각도 할 수 없습니다."

"하지만 가령 그가 중병에라도 걸려 사직하지 않으면 안 될 경우라면 펠릭스본 경은 누군가 다른 사람을 임명할까? 어쩌면 더 나쁜 사람을?" 토드헌터 씨는 물었다. 그는 자멸해야 할 히틀러와 나치즘 운동을 머리에 떠올리고 있었다.

"놈보다 더 나쁜 사람은 없을 겁니다." 윌슨은 단호하게 대답했다. "솔직하게 말해, 그런 일이 있어도 펠릭스본은 별로 유감으로 생각하지 않을 겁니다. 어쨌든 그 자리에 다른 사람을 임명하는 일은 없을 거라고 생각합니다. 우리는 예전처럼 다시 마음대로 할 수 있게 될 겁니다. 게다가 피셔맨이 없어지면 암스트롱도 붙어 있지 못할 겁니다. 페라스 같은 제대로 된 사람이 〈런던리뷰〉를 맡게 된다면, 다시 예전의 모습을 되찾을 수 있겠지요."

"페라스가?"

"그럼요, 그가 다음 편집국장이에요. 몇 년 전부터 예정되어 있었습니다. 게다가 펠릭스본은, 적어도 뛰어난 사람을 알아보고 그것을 인정할 줄 아는 머리는 가지고 있습니다. 실제로 페라스는 머지않아 편집국장이 될 거예요. 이 회사 전체의 보스 말입니다. 그래서 페라스는 다른 사람들처럼 해고되지 않는 거죠. 의심의 여지없이 그 비열한 돼지에게 아첨하고 있지 않은데도 말입니다. 그리고" 윌슨은 솔직하게 덧붙였다. "그것은 제가 아직도 이곳에 붙어 있을 수 있는 유일한 이유이기도 합니다. 저는 피셔맨이 이곳에 온 첫 주에, 놈에 대한 제 생각을 분명하게 말해주었거든요. 그때 페라스가 저 해고되는 것을 막아주었습니다. 어떻게 한 건지는 모르겠지만."

"그래서 만약 페라스가 편집국장이 된다면" 하고 토드헌터 씨는 조심스럽게 말했다. "부당하게 해고된 사람들을 구제해 줄까?"

"물론이지요." 청년은 분연히 소리쳤다. "페라스는 정말 훌륭한 사람입니다. 편집국장이 되면 제일 먼저 그 사람들을 모두 복직시킬 겁니다. 그리고 펠릭스본도 그것을 인정할 거예요."

"그렇군." 토드헌터 씨는 생각에 잠겨 고개를 끄덕였다. "에, 그러니까, 그 해고 통지가 떨어지는 게 언제라고 특정한 날이 정해져 있나, 아니면?"

"토요일 아침인데요. 그건 왜?"

"아니, 아무것도 아니네."

III

1

 토드헌터 씨는 일단 면밀하게 조사한 뒤가 아니면, 본명이 피셔맨인 이 남자를 죽일 생각은 없었다. 앞에서 말한 것에서도 알 수 있듯이 토드헌터 씨는 어떤 행동을 하더라도, 자기 의도가 타당한지 아닌지에 대해 많은 사람들의 의견을 들어보기 전에는 결코 실행에 옮기지 않는 습관을 가지고 있었다. 그리고 살인 같은 일에도 예외를 둘 생각은 없었다. 행동 자체에 대해 결심이 선 이상, 그 예정된 희생자가 그런 인물이 틀림없는지 확인하지 않으면 안 되었다. 조심에 또 조심을 하지 않으면 안 되었던 것이다.
 그 확인의 첫걸음은 햄머스미스에 있는 오길비의 아파트를 찾아가는 일이었다. 토드헌터 씨는 윌슨과 얘기한 다음날 이 방문을 실행에 옮겼다.
 오길비는 상의를 벗고 맹렬한 기세로 뭔가 쓰고 있는 중이었다. 오길비 부인은 별로 눈에 띄지 않는 자그마한 여자였는데, 잠시 애교 있는 웃음을 짓는가 했더니 이내 안으로 사라지고 말았다. 토드헌터 씨는 오길비에게 어떻게 지내고 있느냐고 정중하게 물었다.
"뭐가 어떻게 된 건지 도무지 알 수가 없네." 오길비는 우울한 듯이 말했다. 자그마하고 눈에 띄지 않는 아내를 둔 남편이 대개 그렇듯이 그는 크고 살집이 좋은 사람이었다. 그의 무거운 얼굴은 평소보다 더욱 침통한 표정을 띠고 있었다.
"거참, 드릴 말씀이 없군요."
토드헌터 씨는 그렇게 말하며 의자에 앉았다.
"이번 일에는 정말 화가 나더군. 내가 〈런던리뷰〉를 그만뒀다는 얘기는 물론 들었겠지?"
"예, 페라스한테서 들었습니다."
"덕분에 위장이 무척 나빠졌어."
"저도 걱정거리가 있으면 늘 위가 먼저 탈이 나더군요."
토드헌터 씨는 당사자보다 오히려 자신을 동정하듯이 말했다.
"그렇게 된 뒤부터 위장이 고기를 받아들이지 않아."
"저도 고기를 먹을 때는 무척 조심해야 합니다." 토드헌터 씨는 음울한 흥미를 느끼면서 말했다. "사실은 제 주치의가……."
"차라도?"
"작은 잔으로 포도주 한 잔만……."
"모든 게 엉망이 되고 말았네." 오길비는 크게 한숨을 토해내면서 말했다. "오랫동안 근무한 결과가 이렇게 됐으니."
"이제부터 어떻게 하실 생각입니까?"
"내가 뭘 할 수 있겠나? 이제 직장을 얻는 건 불가능하네."
"오, 그렇게 생각하시면 안 됩니다."
토드헌터 씨는 거북한 듯이 말했다.
"어째서 안 되는 거지? 사실이지 않나? 난 나이를 너무 먹었어. 그래서 소설을 쓰기 시작했네." 오길비는 잠시 밝은 표정을 보이며 말했다. "윌리엄 드 모건이 소설을 쓰기 시작한 것도 나이 일흔이 넘어서였으니까."

"게다가 당신은 지금까지 글을 계속 써온 사람이지요……. 그렇지만 이번 일에 대한 당신 개인의 심정은 어떻습니까? 당신도 수많은 해고 가운데 한 예에 지나지 않지만."

"정말 놀라운 일이었네." 오길비는 무거운 어조로 말했다. "그 자는 절대로 인정할 수 없는 사람이야. 사내의 유능한 사람을 모조리 쫓아내려고 결심한 사람 같아. 정말 영문을 모를 일이네."

"아마 어떤 의미에서는 미쳐 있는 거라고 할 수 있겠죠?"

"그렇지 않다고 말할 확신은 없네. 그게 아니면 도저히 설명이 되지 않아."

"어쨌든" 하고 토드헌터 씨는 신중하게 말했다. "방금 말씀하신 것처럼 당신 자신의 경우가 아니더라도, 그 피셔맨이라는 자가 정당한 이유도 없이 다수의 행복을 위협하고 있는 건 분명한 거군요?"

"그렇고 말고. 그는 이미 많은 불행을 불러일으켰네. 그리고 더욱 많은 불행을 불러일으키려 하고 있어. 일에 관한 한 아무런 이유가 없는데도 그에게 해고당하고, 거기에 처자를 거느린 데다 한 푼 저축도 없이 곤경에 처해 있는 사람을 여러 명 알고 있네. 그런 사람들은 앞으로 어떻게 살아갈지 정말 막막한 상태지. 다행히 우리는 그 정도까지는 아니지만 그래도 앞날을 낙관할 수는 없어. 토드헌트, 정말이지, 한 사람이, 이 기고만장한 악당 하나가 매주 토요일 아침마다 백 명의 사람들을 이런 잔인한 공포 상태로 몰아넣는다는 건 정말 비참한 얘기 아닌가? 모두 공산주의자가 되고 싶을 정도로 참혹한 상태에 빠져 있어."

"예, 맞습니다." 토드헌터 씨는 고개를 끄덕였다. "토요일 아침이었군요." 그는 지긋이 생각에 잠겨 "그런 자는 사살되어야 합니다"

하고 결국 마음속 깊이 분노를 담아 말하고 말았다.

"정말 사살되어 마땅한 자지." 오길비는 동의했다. 어찌된 셈인지 이 사살되어야 한다는 흔해빠진 표현이, 한 남자에 의해 일반적으로 사용되는 것보다 글자 그대로의 의미로 사용되었고, 또 한 남자에 의해 그것이 받아들여진 것이다.

2

토요일 아침마다, 컨솔러데이티드 출판사가 있는 거대한 빌딩에는 늘 활기가 넘쳤다. 두 달 전까지도 그 활기는 불쾌한 것이 아니었다. 컨솔러데이티드사가 주력하는 화려한 주간지 편집자들은, 내일은 휴일이라는 생각에 기운을 얻어 여비서의 책상 옆을 지나가다가 걸음을 멈추고 잡담을 했고, 미술 담당기자는 잠시 일손을 쉬고 영화비평가와 얘기를 나누었다. 편집장들까지 평소보다 더욱 밝은 모습으로 박쥐우산을 빙글빙글 돌렸다. 컨솔러데이티드 출판사의 편집장들은 고만한 자들이 아니었기 때문이다.

그러나 이번 토요일 아침은, 지난 다섯 번의 토요일 아침이 그랬던 것처럼 그런 유쾌한 여유가 전혀 없었다. 편집자들은 마치 자신의 책상에 도착하는 것 말고는 아무것도 안중에 없는 것처럼, 찌푸린 얼굴로 생각에 잠긴 채 여비서들 옆을 한 걸음에 지나갔고, 미술 담당기자도 영화 비평가도 일과 회사의 이익만이 자신들의 유일한 관심사라는 듯한 표정을 짓고 있었다. 그리고 편집장들은 고상하고 조심스럽게 걸었다. 어느 사무실이나 많은 사람들이 활동하는 소음으로 가득 차 있었으나, 지금은 그 활기에 공포의 기색이 섞여 있었다. 중요한 일이 벌어지는 한두 개의 작은 방에서는 히스테리에 가까운 날카로운 울림까지 느껴졌다.

곧 소문이 퍼져갔다.

4층에서는 〈핍쇼〉 편집자인 베넷 청년이 오늘따라 10분 지각한 것을 몹시 걱정하면서 책상 앞에 앉으려는 순간, 문이 열리더니 미술 담당 편집자 오언 스테이시스의 큰 키가 방안에 들어왔다.

"여어, 베니. 중앙 페이지의 연결에 대한 것 때문에 왔는데 말이야." 그는 큰 소리로 말하면서 뒤에 있는 문을 닫더니 갑자기 목소리를 낮췄다. "자네, 아직인가?"

"아직이네. 누군가 당한 자가 있나?"

"아무 얘기도 못 들었어. 아직 시간도 좀 이르고."

"늘 11시쯤 서류를 돌리니까."

"그래." 스테이시스는 호주머니의 동전을 짤랑거렸다. 걱정스러운 듯한 표정이었다. "토요일 아침이 이렇게 싫어지다니! 가슴이 두근거릴 정도라네." 스테이시스는 결혼을 해서 어린 아들이 하나 있었다.

"뭘, 자네는 안전해."

"내가 안전하다고? 그럼 지난 주 가엾은 그레고리 노인이 잘린 건 어떻게 된 건가? 그자는 우리 미술 관계의 편집자를 한 사람도 남김없이 쫓아내려는 게 분명해."

"하지만 자네는 그레그의 일을 하고 있지 않나? 피셔맨도 〈핍쇼〉뿐만 아니라 〈하우스와이프〉까지 미술 편집자 없이 내버려둘 순 없을걸."

"놈이 무슨 짓을 할지 알 게 뭐야." 스테이시스는 초조한 듯이 베넷의 책상 다리를 걷어찼다. "맥을 만났나?"

"아니. 오늘 아침엔 10분 늦었거든."

"그 사람은 피하고 싶어. 마주치지도 않았나?"

"아니, 하지만 놈의 방 앞을 지나갈 때 문 너머로 틀림없이 날 봤을 거야. 당장이라도 통지가 올 것 같아서 겁이 나는군."

제1부 악한소설풍

"바보 같은 소리 말게……. 오, 젊은 베츠."

〈필름팬시〉의 편집자인 큰아버지 베츠 씨와 구별하기 위해 '젊은'이라는 형용사와 함께 불리고 있는 청년이 거북한 웃음을 지으면서 천천히 다가왔다.

"자네들, 플레처가 당했다는 게 사실인가?"

"플레처? 설마!" 스테이시스가 놀라며 말했다. "플레처가 없으면 〈선데이메신저〉는 어떻게 된단 말인가?"

"그런 말을 할 거면, 한 달 전에 퓨어포이 없이 어떻게 되느냐고 말하지 그랬나? 아니면 피치 없이 〈필름트레이더〉는 어떻게 되느냐고 말하든지. 빌어먹을! 그걸 창간한 건 피치였어. 그리고 20년이나 상당한 이익을 올려왔는데, 그런데도 해고당해 버렸으니."

"악마가 따로 없군." 스테이시스는 중얼거렸다.

그때 문을 노크하는 소리가 들리더니 젊은 여자가 연필과 노트를 든 채 실내를 들여다보았다. 미인이었다. 그러나 남자들은 마치 메두사(그리스 신화의 마녀. 그녀의 눈에 띈 자는 돌로 변했다고 한다)가 출현한 것 같은 시선으로 그녀를 쳐다보았다.

"베넷 씨, 피셔 씨가 지금 방에서 만나고 싶다고 하는군요."

베넷은 어색하게 일어섰다. "나, 나, 나를 말이오?" 그는 말을 더듬었다.

"네." 여자의 얼굴에는 동정의 빛이 떠올랐다. "이런 얘기, 해서는 안 되는 건지 몰라도, 당신이 오늘 15분 늦게 출근하는 것을 봤다고 사우디 씨가 피셔맨에게 일렀어요."

"빌어먹을 자식!" 청년은 신음소리를 냈다. "결국 그것 때문에 망하는군. 알겠소, 고마워요, 미스 메리맨." 베넷은 억지로 쾌활하게 덧붙였다. "그 밀고자에게 독약이 든 잔이라도 준비해 놓으라고 말해 줘요. 얼른 가서 마셔줄 테니까."

여자는 나갔다. 일동은 서로 얼굴을 마주보았다.

"이럴 수가!" 스테이시스가 소리쳤다. "사우디도 괜찮은 사람이었는데. 괜찮은 사람들이 자신이 해고당하지 않으려고 비열한 밀고자와 아첨꾼이 되는 꼴은 더 이상 보고 싶지 않아."

"동감이네, 오언." 베넷 청년이 말했다. "난 그대로 말해줄 생각이네. 그럼 제군들, 잘 있게. 사형 선고 받은 남자가 돌아오기를 기다리고 있게."

베넷은 겨우 5분 정도 방에서 사라졌다. 그 동안 스테이시스와 젊은 베츠가 나눈 말은 세 마디가 넘지 않았다.

"사우디는 아내가 있으니까." 베츠가 말했다.

"그건 나도 마찬가지야." 스테이시스가 대꾸했다. "하지만 난 그런 비열한 짓은 하지 않아."

"그럼, 자네도 해고당할 거야." 젊은 베츠는 간단하게 대답했다.

방으로 돌아온 베넷은 약간 당혹스러운 표정이었다.

"아니야." 그는 다른 사람들의 얼굴에 떠올라 있는 질문에 대답하여 말했다. "아니었어. 난 해고당한 게 아니었어. 그 자는, 다른 사람 같으면 해고했겠지만, 나를 정말 유능한 사람으로 생각하느니 어쩌니 하면서, 도대체 무슨 생각에서 그러는 건지 모르겠지만 입에 발린 소리를 늘어놓더군. 그리고 나를 점심 식사에 초대했어."

"점심 식사에?"

"그래, 지금 놈의 정신은 정상이 아니야."

다른 두 사람은 오랫동안 서로 얼굴을 쳐다보았다.

"그럼, 자네가 피셔에 대해 어떻게 생각하고 있는지 당사자에게 말하지 않았단 말인가?"

"사정이 사정이라서 말하지 않았네."

다시 문을 노크하는 소리가 들렸다. "스테이시스 씨, 계세요?" 웨이터 소년이 말했다. "방에 계시지 않기에……. 정말 안됐습니다." 소년은 난처한 듯이 덧붙였다. "우리 모두 유감으로 생각하고 있습니다."

스테이시스는 제대로 쳐다보지도 못하면서 봉투를 받아들었다.

"고마워, 짐……. 그럼 베니, 내가 놈에게 대신 말해주겠어. 아무 도움도 되지 않겠지만 별로 해로울 것도 없을 거야. 내친 김에 한 발 쏘아줘도 좋고."

스테이시스는 나갔다.

"바로 2, 3분 전에 해고될 거라고 그에게 말했는데……."

젊은 베츠가 말했다.

"도대체" 베넷이 거친 어조로 말했다. "피셔맨이란 놈은 미술 편집자 없이 〈핍쇼〉를 어떻게 해나갈 생각일까? 그게 궁금해."

"점심 식사 때 물어보게나."

젊은 베츠는 그렇게 말하며 천천히 방에서 나갔다.

베넷이 다시 책상 앞에 앉았을 때 정리함 뒤의 의자에 반쯤 숨듯이 앉아 있던 토드헌터 씨가 일어섰다.

"실례지만" 하고 그는 정중하게 말했다. "난 토드헌터라고 하는 사람이오, 〈런던리뷰〉의 윌슨이 오늘 당신과 함께 점심 식사를 하고 싶은데 사정이 어떤지 물어봐 달라고 해서."

베넷은 약간 멍한 눈을 토드헌터 씨에게 향했다.

"오늘요? 아니, 오늘은 안 됩니다."

"그럼, 그렇게 전하지요." 토드헌터 씨는 그렇게 말하며 복도 쪽으로 빠져나갔다. 그때는 어째서 베넷의 눈이 멍하게 보였는지 그는 신경 쓰지 않았다. 그러나 자신이 얼마나 오래 그곳에 있었고 얼마나 엿들었는지 청년이 캐물으려 하지 않았던 것을 의외로 생각했다.

거리로 나가는 돌계단에서 토드헌터 씨는 몇 번이나 머리를 흔들었다. 그는 아직 완전하게 결심을 굳히지 못하고 있었다. 그러나 권총은 어디서 살 수 있는지, 그리고 우선 무엇부터 해야 하는지 생각하는 단계에는 도달해 있었다.

누군가가 돌계단을 올라오다 그와 부딪쳤다. 토드헌터 씨는 희미하게 그것이 베츠 청년이라는 것을 알아보았다.

"실례했습니다." 젊은 베츠가 말했다.

"예." 토드헌터 씨는 멍하니 대답했다. "저, 어디 가면 권총을 살 수 있는지 아십니까?"

"무엇을 산다고요?"

"아니, 아무것도 아닙니다."

토드헌터 씨는 당황하여 우물거렸다.

3

토드헌터 씨는 스트랜드의 총포점에서 의외일 정도로 쉽게 권총을 구입했다. 오래된 군용 리볼버로, 45구경 탄환을 발사하는 무거운 총이었다. 점원은 진열만 되어 있었을 뿐 실제로는 한 번도 사용된 적이 없는 물건이라고 장담했다. 그리고 2, 3일 안에 잘 손질해두겠다고 약속했다. 이 무기를 가지고 가는 것은 아직 불가능했다. 소정의 서류를 구비하여 등록하지 않으면 안 되었기 때문이다. 총기류 휴대 허가증이 나올 때까지 토드헌터 씨는 그 권총을 손에 넣을 수 없었다.

이렇게 총기 매매에 시간과 수고가 들게 되어 있는 것은, 순간적으로 격분한 사람이 갑자기 총포점에 뛰어들어 금방 살인 무기를 손에 들고 나갈 수 없도록 하는 것이 좋다고 당국자가 빈틈없이 고려했기 때문인지는 의심스럽다. 그러나 어쨌든 이 일이 토드헌터 씨에게 준 효과는 엄청난 것이었다. 1주일 정도 뒤에 권총이 배달될 때까지 만사를 곰곰이 생각할 만한 여유가 생겼고, 그동안 격분한 기분이 점점 가라앉았기 때문이다. 그와 동시에 완전한 참견을 넘어서지 않는 동기에서 전혀 모르는 사람을 냉혹하게 살해하려고 기도하는 것 자체가 점점 무모한 일처럼 생각되기 시작했다.

간단하게 말하면 토드헌터 씨는 권총이 도착하기 며칠 전부터, 이런 문제에는 일체 관여하지 않겠다고 결심하고 있었다. 그리고 그 불쾌한 무기가 도착했을 때, 그것을 바라보면서 자신이 제정신으로 돌아간 것은 정말 행운이라고 생각했다.

그것이 금요일 아침의 일이었다.

이튿날 저녁 6시 15분이 지나 이디스가 평소처럼 잘 접은 〈이브닝 머큐리〉를 쟁반에 얹어서 서재로 가지고 들어왔다. 토드헌터 씨가 신문을 집어 들기도 전에 1면의 커다란 표제가 눈에 들어왔다. 그 다음의 30분 동안 약간의 혼란상태가 찾아왔다.

"아이구, 깜짝이야!" 가정부인 그린힐 부인이 숨을 헐떡이면서 하녀 이디스에게 말했다. 그것은 기겁을 하고 놀란 두 여자가, 얼굴이 새파랗게 질리고 입술이 보라색으로 물든 주인을 위해 정신없이 더운 물과 냉습포, 얼음, 각성제, 브랜디, 점적약, 세면기, 수건, 향수, 보온병, 담요, 새의 태운 깃털 같은, 도움이 되든 안 되든 가리지 않고 전부 늘어놓은 것을 가까스로 모두 정리했을 때의 일이었다. "어찌나 놀랐던지! 하마터면 큰일 날 뻔했어."

"저도 꼭 돌아가시는 줄만 알았어요." 이디스도 흥분하여 새된 목소리를 질렀다. "정말 무시무시한 얼굴이었잖아요? 꼭 유령 같았어요."

"이디." 그린힐 부인은 커다란 엉덩이를 그에 비해 너무 작은 부엌의자에 털썩 내려놓으면서 말했다. "식당 찬장에서 브랜디를 스푼에 가득 따라와 다오. 도저히 안 되겠어."

"들키지 않을까요?" 이디스는 불안한 듯이 말했다.

"나한테는 그렇게 인색하지 않으셔."

이디스는 문 앞에서 다시 돌아보았다. "나리께서 정신을 차렸을 때 의사를 불러오라고 하지 않으신 것, 이상하지 않아요? 일어설 수 있게 되자마자 전화를 걸어 큰 소리로 의사를 부르는 게 정상일 텐데, 안 그래요?"

"요즘 그분은 어쩐지 이상한 데가 있었어." 그린힐 부인은 차의 보온 커버로 얼굴에 바람을 부치면서 고개를 끄덕였다. "나도 눈치채고 있었지."

"맞아요, 언젠가 차가 늦었는데도 조금도 화를 내지 않으시던 그날부터 내내 그래요. 그때 제가 그 얘기를 한 것 기억하시죠? 게다가 전처럼 책도 읽지 않으시는 것 같아요. 몇 시간이고 가만히 앉아서 손가락만 비비고 계신다니까요. 뭔가 생각을 하고 계신 거예요, 분명히. 그 방에 들어가서 그렇게 하고 계시는 나리를 보면 정말 소름이 끼쳐요. 게다가 어쩌다가 저를 쳐다볼 때의 그 눈길! 틀림없이 제가 이따금 생각하는 것처럼……."

"이제 그만해, 이디. 어서 가서 브랜디를 가지고 와. 지금 이 집안에서 기분이 이상한 것은 토드헌터 씨만이 아니야."

그러나 토드헌터 씨는 이제 아무렇지도 않았다. 당장이라도 죽는가 하는 생각을 했음에도 불구하고 지병인 대동맥류에는 조금도 이상이 없었고, 완전히 기분이 좋아져서 스스로도 속으로 놀라고 있었다. 그리고 신문의 그 놀라운 표제 아래의 기사를 읽고 있었다.

4

그 기사에는 지극히 간단하게 다음과 같이 적혀 있었다. "미국의 능률 문제 전문가로 현재 컨솔러데이티드 출판사의 개혁에 종사하고 있던 이시돌 피셔 씨가 점심 식사하러 가던 도중 플리트 거리에 있는 같은 회사 건물 앞에서 트럭에 치여 즉사했다."

나흘 뒤 검시에 의해 사건의 전모가 밝혀졌다.

피셔 씨는 그때 혼자가 아니었다. 그의 동행은 같은 컨솔러데이티드사에 근무하는 베넷이라는 청년으로 두 사람은 함께 점심을 먹으러 가던 중이었다.

피셔 씨는, 차들이 달려오는 쪽에 선 베넷과 함께 플리트 거리를 건너고 있었던 것 같다. 두 사람은 정차 중이던 버스 뒤를 지나갔다. 그때 베넷은 자신들 쪽으로 달려오는 트럭을 보고 뒤로 물러섰다. 그러나 그때 뭔가 흥분하며 얘기하고 있던 피셔는 청년의 몸에 가려진 트럭을 보지 못한 것 같았다. 그는 계속 걸어갔다. 베넷이 그의 팔을 붙잡고 끌어내려 했지만 이미 늦은 뒤였다. 트럭은 특별히 속도를 내고 있었던 것도 아니고 베넷은 보통의 주의력으로 어렵지 않게 자신을 구할 수 있었다.

이러한 베넷과 트럭 운전기사의 증언은 정차해 있던 버스 운전기사에 의해 확인되었다. 그는 이 사고를 목격했다. 피셔가 트럭이 달려오는 것을 보고 뒤로 물러서기는커녕 도로 트럭 앞으로 뛰어드는 것처럼 보였다고 했다. 버스 운전기사는 그런 행동을 하는 사람을 전에도 본 적이 있다고 증언했다. 그런 경우, 뒤로 물러나는 것보다 앞으로 뛰어나가는 편이 목숨을 구할 가능성이 있다고 착각하는 것이다. 그래서 이 사고는 피셔 외의 누구의 책임도 아닌 것으로 결론이 났다.

그리하여 사고사라는 평결이 내려졌고 관계자는 사망자 외에 모두 무죄가 되었으며 죽은 자는 말이 없었다.

토드헌터 씨는 서재에서 이 짧은 기사를 면밀하게 검토했다. 사건은 지극히 명명백백하고 지극히 흔한 사고였기 때문에, 토드헌터 씨가 미리 단정할 만한 결론을 내릴 이유는 실제로 아무것도 없었다. 그럼에도 불구하고 그의 확신은 절대적인 것이었다. 신문 표제를 본 최초의 순간부터 토드헌터 씨는, 설명은 할 수 없지만 완전한 확신을 가지고 피셔맨의 죽음은 결코 사고가 아니라는 것을 알았다. 피셔맨을 도우려고 내민 그 손……. 그것은 결코 도우려고 한 것이 아니었다. 그 손은 피셔맨을 끌어당긴 것이 아니라 민 것이다.

토드헌터 씨는 통렬한 자책감에 사로잡혔다.

그 자신이 기개 없는 겁쟁이였기 때문에 그 베넷이라는 좋은 청년을 살인자로 만들고 만 것이다. 피셔맨이 죽기 전에, 권총은 이미 24시간 이상이나 자신의 손안에 있었다. 즉시 피셔맨에게 사용되었어야 할 총이. 만약 권총을 가진 자가 무능한 겁쟁이가 아니었더라면, 베넷 청년은 살인이라는 무거운 짐에 짓눌려 살아가야 하는 고통에 빠질 일은 없었을 것이다. 바로 그 자신 토드헌터야말로 그런 사태에서 베넷을 지켜줄 수 있었는데도 그렇게 하지 않았던 것이다.

토드헌터 씨는 벗어진 머리를 부둥켜안고 자신의 나약함을 저주했다. 이게 무슨 일이란 말인가! 바로 그런 일에 도움이 되고자 계획하고 있었던 자신이.

베넷 청년이 피셔맨과 함께 두 번째로 점심 식사를 하게 되었을 때 상대방을 트럭 앞으로 밀었다는 것을, 토드헌터 씨가 왜 그렇게 확신하고 있었는지 이유는 전혀 모른다. 그 말고는 그런 생각을 하는 자는 아무도 없었다.

사실 토드헌터 씨의 직감은 옳았다.

IV

1

 피셔맨은 정리되고 말았다.
 통렬하기는 했지만, 토드헌터 씨는 일종의 이기적인 안도감을 느끼지 않을 수 없었다. 그는 피셔맨을 죽이고 싶지는 않았다. 아무리 마음에 들지 않는 사람이라 해도 죽이고 싶지는 않았다. 그에게는 살인자의 소질이 없었다. 토드헌터 씨는 이제야 그것을 깨달았다. 스스로 자신을 속이고 있었던 것에 지나지 않는다는 것을 안 것이다. 이러한 반성은 완전히 우울에 빠지게 만들었지만 그래도 보상은 있었다. 누가 뭐라 해도 토드헌터 씨가 진정으로 원하는 것은 평화였던 것이다. 그리고 지금 그는 그것을 손에 넣을 수 있었다. 그는 빤히 들여다보이는 위협의 몸짓을 했지만, 패를 보여 달라는 요구에 손 안의 것을 보여주고 만 것이다. 잘된 일 아닌가?
 토드헌터 씨는 안도감이 커짐에 따라, 이탈리아와 독일의 국민을 아무렇지도 않게 운명에 맡기고 오로지 극락왕생할 준비를 하기에 이르렀다.

그런데 인생이 이제 더할 수 없이 따분해 보이는 것이었다.

토드헌터 씨가 뻔한 위협으로 속이고 있었던 것은 다름 아닌 자기 자신이었다. 일단 자신이 위대한 일을 할 수 있다는 어리석은 몽상을 품었던 것은 그 자신이지, 다른 누구가 아니었기 때문이다. 그리고, 드디어 멋진 행동으로 나가려고 준비하고 있을 때, 자기 발 밑의 중요한 용수철이 갑자기 흐물흐물한 끈처럼 변해 버리자 무력해지지 않을 수 없다. 그것은 이를테면 높이뛰기 선수가 바를 넘으려고 열심히 달려갔는데, 가장 중요한 바는 지상 6피트(183센티미터)가 아니라 6인치(15센티미터) 높이에 걸려 있었던 것과도 같았다.

그러나 지금의 인생이 따분한 것일지는 모르지만 마음은 편안해졌다. 토드헌터 씨는 점점 화를 잘 내게 되고, 끊어질 것 같았던 신경은 점점 회복되었으며, 다시 낮에는 뜰에서 의자에 앉아 쉬고 밤에는 한번도 깨지 않고 푹 잠들 수가 있었다.

"그 발작이 오히려 좋은 결과를 가져온 것 같아요." 이디스가 그린힐 부인에게 말했다. "그때부터 건강이 무척 좋으시잖아요."

"어쨌든 그런 발작은 두 번 다시 일어나지 않았으면 좋겠어." 그린힐 부인은 진심으로 말했다. "그때는 정말 놀랐어."

요컨대 정신적 소화불량을 가라앉히고 다시 예전의 안락한 일상으로 돌아가, 자신이 경험한 기묘한 충동과 강박을, 충격에서 오는 일시적인 병적 현상으로 간주하기 시작한 무렵, 토드헌터 씨에게 우연한 만남이 찾아왔고 그 결과 또다시 일상 생활에서 끌려나와, 그에게 남겨져 있는 짧은 인생뿐만 아니라 여러 다른 사람들의 인생까지 바꾸게 되었던 것이다.

그 만남은 크리스티 경매장에서 일어났다. 토드헌터 씨는 가끔 그곳에 가서 세상의 보물이 주인을 바꾸는 광경을 보는 것이 낙이었다. 그때는 17세기의 커다란 잔이 경매에 나와 있었다. 그것은 제작되었을 때부터 줄곧 노샘프턴 주의 이름도 없는 작은 교회의 소유물이었다. 이 교회의 오래된 탑은 영국의 오래된 탑들이 대부분 그렇듯이 붕괴의 위험에 처해 있었다. 교회에는 은잔보다 튼튼한 탑이 유용하다고 생각한 목사는, 필요한 허가를 얻어 은을 시멘트로 둔갑시키기로 했다.

토드헌터 씨에게는 프레드릭 슬레이츠라는 이름의 학교 시절의 친구가 있었다. 그는 그 친구에 대해 얘기할 때는 '그 슬레이츠란 놈이'라고 하는 약간 험한 표현을 하는 것이 보통이었다. 그런 식으로 말하는 이유는 슬레이츠라는 이름을 꺼냄으로써 자신이 거물 인사를 알고 있다는 것을 과시하고 있다는 오해를 받는 것이 두려워서였다. 슬레이츠 씨는 소설을 쓰고 있는데 그의 작품이 토드헌터 씨의 견해로는 매우 훌륭한 것이었기 때문이다. 그러나 그의 의견은 세상 사람들에게는 적용되지 않았기 때문에 슬레이츠 씨를 알고 있는 사람도 거의 없었다. 따라서 토드헌터 씨의 거친 말투는 의도는 나쁘지 않았지만 거의 필요가 없는 것이었다.

프레드릭 슬레이츠와 토드헌터 씨는 이따금 서로의 집에서 식사를 했는데, 그때 처음 보는 사람을 만나게 되는 것은 때로는 피할 수 없는 일이었다. 그런 사람들은 돌아서면 토드헌터 씨의 머리에서 사라지고 마는 것이 보통이었다. 토드헌터 씨는 사람의 이름과 얼굴에 대해서는 기억력이 무척 좋지 않았다. 하지만 이쪽에서는 그래도 상대편에서는 토드헌터 씨가 그렇게 쉽사리 잊혀지지가 않는 모양이었다. 그가 지극히 편안한 기분으로 경매에 나가기 직전에 초록색 천 위에 놓여 있는 그 큰 잔을 유심히 들여다보고 있을 때, 옆에서 그의 이름을 부르는 목소리가 들려온 것이 그것을 증명했다. 토드헌터 씨가 정중하면서도 어리둥절한 표정을 보이자, 상대는 "작년에 슬레이츠 씨 집에서 만났던 팔로웨이입니다" 하고 말했다.

"팔로웨이 씨!" 토드헌터 씨는 정말 반갑다는 듯이 상대의 이름을 되풀이하며, 자기 옆에 서 있는 자그마한 남자의 깔끔하게 턱수염을 다듬은 얼굴을 응시했다. "물론 기억하고말고요." 실제로 팔로웨이라는 이름은 그 손질이 잘된 작고 뾰족한 턱수염과 결부하여 왠지 모르게 잘 알고 있는 것처럼 생각되었다.

두 사람은 그 잔에 대해 의견을 나누며 초기 조지 왕조 시대의 찻주전자 쪽으로 걸음을 옮겼다.

토드헌터 씨의 머리 속에 점차 기억이 되살아나기 시작했다. 그래 팔로웨이야. 이 사람은 니콜라스 팔로웨이가 틀림없어. 그 뭐라던가 하는 책……, 분명히 〈마이클 스티블링의 구원〉이라고 하는 끔찍한 제목의 책과, 그밖에도 그런 불쾌한 제목의 통속 소설을 많이 쓴 사람이다.

물론 토드헌터 씨는 그 소설들을 한 권도 읽지 않았다. 하지만 이 사람을 처음 만났을 때 그런대로 호감을 느낀 것 같은 기억은 있었다. 적어도 그가 쓰는 글만큼 끔찍한 인물은 아니라고 생각했던 기억. 이 사람에게는 어딘지 온화하고 생각에 잠겨 있는 것 같은, 통속 작가에는 거의 어울리지 않는 순수한 데가 있었다. 슬레이츠도 나중에, 세속적인 성공을 거두었음에도 불구하고 영 못쓰게 되지는 않은 사람이라고 말했던 것 같은데. 그래, 그리고 이 사람은 〈런던리뷰〉의 내 서평에 대해 뭔가 칭찬의 말을 한 것도 같은데? 그래, 지금 생각해보니 분명히 그랬어. 그래 맞아, 이 팔로웨이는 정말 좋은 사람이야. 이 사람과 함께라면 한 시간쯤 같이 보내도 아깝지 않지.

토드헌터 씨와 팔로웨이는 서로 얼굴을 마주 쳐다보았다.

"한번 값을 불러보실 생각이신가요?"

두 사람은 서로 동시에 물었다.

"먼저 하시죠." 토드헌터 씨가 말했다.

"제가요? 아닙니다, 당치도 않아요." 팔로웨이는 망연하게 주위를 둘러보면서 말했다. "그저 가격을 보고 있을 뿐입니다. 뭐, 약간 흥미가 있어서요."

"가격 말인가요?"

"아니, 이런 일 전체에 흥미가 있지요. 그런데 토드헌터 씨는?"

토드헌터 씨는 킬킬 웃었다. 그는 남에게는 그저 짜증만 날 뿐인, 학자풍의 하잘 것 없는 유머에 심취해 있었다. 그것은 진지한 표정으로 황당하기 짝이 없는 거짓말을 하여, 상대가 자신의 말을 믿는 듯이 보이면 보일수록 점점 더 그 거짓말을 부풀려 가는 것이었다. 그래서 토드헌터 씨를 정말로 잘 알게 될 때까지는, 그가 사실을 말할 때와 거짓말을 할 때를 분간하는 것은 불가능했다.

"글쎄요." 토드헌터 씨는 위엄 있는 얼굴로 말했다. "그 컬체스터의 큰 잔을 노려볼까 하는 생각이 있기는 합니다만. 뭐 경매가격이 너무 높지 않다면 말입니다."

이 터무니없는 거짓말을 팔로웨이가 곧이곧대로 믿는 것이 확실하다고 생각한 토드헌터 씨는 악마적인 기쁨을 느꼈다. 팔로웨이는 존경의 빛을 선명하게 얼굴에 드러내며 토드헌터 씨를 쳐다보았다.

"수집하고 계신가요?" 그는 방송국 아나운서가 시를 낭독할 때처럼 숭고한 목소리로 물었다.

"뭘요, 대단한 건 아닙니다." 토드헌터 씨는 앙상한 손을 저으며 겸손한 듯이 대답했다. 토드헌터 씨는 전에 경매에서, 자기 집에 있는 조지 3세의 찻주전자에 꼭 어울리는 은으로 된 설탕 항아리와 크림 통을 산 적이 있다. 그래서 이런 대답을 할 자격이 없는 것도 아니라고 생각했다.

"아, 그러세요?"

팔로웨이는 감탄한 듯이 말하고는 그 뒤로 입을 다물었다.

두 사람은 다시 경매장을 돌아보았다.

토드헌터 씨는 약간 흥미가 끌리는 걸 느꼈다. 팔로웨이는 자신이 수집가라는 말을 듣고 매우 감명을 받은 것처럼 보였다. 그런데 갑자기 그 화제를 딱 끊고 말았기 때문에 어쩐지 기묘한 생각이 들었던 것이다. 그런 반면, 팔로웨이의 '아, 그러세요?' 하는 말투에는 약간 마음에 걸리는 데가 있었다. 그것은 흡사 그 얘기는 잠시 접어두었다가 더 적당한 기회에 다시 하겠다는 의미 같았다. 그러나 내가 수집가인가 아닌가 팔로웨이에게 무슨 상관이 있단 말인가?

그렇다, 틀림없이 팔로웨이 자신도 수집가여서 동호인과 나중에 본격적인 얘기를 나누고 싶어하는 것이다. 그렇다 해도 그 자리에서 당장 얘기를 꺼내지 않는 것은 기묘하지 않은가?

토드헌터 씨는 크게 호기심을 느끼고 큰 잔이 경매에 나왔을 때 팔로웨이에게 한 거짓말을 정말인 것처럼 보이기 위해, 절대로 낙찰될 리가 없는 안전한 가격을 두세 번 불러보았다. 그리고 경매가가 6천 파운드를 넘어서자, 도저히 그런 돈은 낼 수 없다고 탄식해 보였다.

"대단한 금액이니까요." 팔로웨이는 고개를 끄덕이며 말했다.

그 말투가 마음에 걸려 토드헌터 씨는 재빨리 상대를 쳐다보았다. 상대의 얼굴에는 참으로 놀라운 선망의 빛이 있었다. 이 사람은 돈에 대해 뭔가 콤플렉스라도 가지고 있어서 거액의 돈이 이동하는 현장을 보려고 이런 곳에 온 것이 아닐까? 그러나 팔로웨이 같은 대중 작가라면, 적어도 1년에 1만 파운드 이상의 막대한 수입을 올릴 게 틀림없었다. 토드헌터 씨에게는 모든 것이 조금 기묘하게 생각되었다.

거기에 못잖게 기묘했던 것은, 두 사람이 마침내 밖의 거리로 나왔을 때, 팔로웨이가 노골적으로, 하지만 거북한 듯이 토드헌터 씨한테서 그의 재정 상태를 탐색하기 시작한 일이었다. 토드헌터 씨는, 나중에 자기가 곤란해질 만한 얘기는 하나도 말하지 않으면서도, 자기의 리치먼드의 집을 실제의 네 배나 되는 것처럼 얘기하고 수입도 거기에 맞춰서 부풀렸으며, 자기 취미는 사치스럽기 짝이 없다거나, 친구 중에 금융왕과 상업계 거물도 있으니까 재계에 영향력이 없는 것도 아니라는 말까지, 지극히 교묘하게 암시하며 재미있어했다. 참으로 토드헌터 씨는, 이 기회를 자신의 거짓말 재능을 발휘할 수 있는 절호의 기회로 생각했기 때문에, 지나칠 정도로 위험한 선을 넘고 있었다.

하지만 토드헌터 씨는 이렇게 교묘하게 떠벌리면서도, 모든 못된 장난꾼을 노리고 있는 천벌이 자기 배후에서 소리 없이 웃고 있을 줄은 꿈에도 생각하지 않았다. 그 사실을 조금이라도 알았더라면, 여기서 웃음거리가 되는 것은 틀림없이 토드헌터 씨 자신이라는 것을 알았을 것이다. 이번 한번만이라도 좋으니까, 그가 그 짓궂은 유머를 늘어놓지 않았더라면, 그 뒤의 난처한 일의 대부분을 면할 수 있었을 것이기 때문이다. 그리고 그의 앞에 기다리고 있는, 안식이라곤 그림자도 찾아볼 수 없는 죽음 대신, 그가 늘 기대하던 평화로운 최후를 정말로 맞이할 수 있었으리라. 사형수의 감방 속 따위는 들여다보지 않아도 되었으리라. 또 결코, 아니다, 장황하게 설명할 필요는 없다. 요컨대 천벌이 토드헌터 씨를 기다리고 있었다는 얘기다.

운명의 바퀴를 돌린 것은 팔로웨이의 극히 간단한 질문이었다.

"이제부터 무슨 볼일이라도 있습니까?" 팔로웨이는 물었다.

토드헌터 씨는 자신에게 주어진 기회를 이 때도 놓치고 만다. 시내에 급한 볼일이 있어서 가봐야 한다고 단호하게 대답하기만 하면, 아직 모면할 희망이 있다는 것은 꿈에도 몰랐다. 그는 운명의 함정에 너무나 걸리기 쉬운 어수룩한 호인답게 대답했다.

"아니, 특별한 일은 없어요."

"그럼, 제 집에서 차라도 한잔 하시겠습니까? 여기서 그리 멀지 않습니다."

토드헌터 씨는 어리석게도 장난을 즐길 기회가 또 생겼다고 생각했을 뿐이었다.

"좋아요." 그는 정중하게 대답했다.

그의 배후에서 운명의 여신이 가짜 금괴를 치우고 위조증권을 거두고, 가짜 대차대조표를 다시 호주머니에 챙겨 넣었다. 이 호인은 감쪽같이 걸려든 것이다.

2

팔로웨이의 집에 대한 토드헌터 씨의 첫인상은, 자기가 그 집의 소유자를 완전히 오해하고 있었던 게 틀림없다는 것이었다. 방 안에 홀로 남겨지자, 그는 신기한 듯이 주위를 둘러보았다. 그는 팔로웨이가 피아노를 중국 자수로 장식하거나, 전화기 옆에 심을 넣은 치마를 입은 인형을 두는 남자라고는 생각하지 않았다. 팔로웨이는 몸집은 작지만 남성적인 의미에서 완벽한 차림새를 하고 있었다. 그런 그가 이런 남자답지 않은 완전히 유약한 악취미의 소유자라고는 아무도 생각하지 않을 것이다. 토드헌터 씨는 약간 놀랐다.

그 집은 참으로 위풍당당했다. 지금 토드헌터 씨가 약간 침착하지 않은 모습으로 앉아 있는 방에는 커다란 창문이 여러 개 있고, 공원이 한눈에 내려다보이며, 크기 면에서는 귀족의 시골저택이라고 해도 손색이 없었다. 정면 현관에 들어서면 커다란 홀에서 두 개의 길고 널찍한 복도가 뻗어 있고 그 각각에 대여섯 개의 문이 있는 것이 보였다. 이런 집의 집세는 아마 대단한 금액일 것이고 또 아무리 대중작가라 해도 이런 환경에서 살자면 엄청난 비용이 들 것이다.

이런 것을 생각하고 있던 토드헌터 씨는 이 집 주인이 잘생긴 젊은 남자를 한 명 데리고 돌아와서 깜짝 놀랐다.

"제 사위입니다." 팔로웨이가 말했다. "빈센트, 차 마셨나?"
 어찌된 셈인지, 청년은 열 잔도 아무렇지 않게 마실 수 있을 것처럼 보이는데도, 뭔가 곤혹스러워 하고 있는 것처럼 보였다.
 "아닙니다, 기다리고 있었습니다, 장인 어른을." 이 마지막 말 앞의 망설임은 매우 희미한 것이었지만 토드헌터 씨는 똑똑히 알 수 있었다.
 "그럼 벨을 누르게." 팔로웨이는 이런 단순한 명령을 필요 이상으로 차갑게 말했다.
 얘기가 끊어지고 어색한 침묵이 흘렀다.
 토드헌터 씨는 사위가 있는 걸 보니 팔로웨이는 결혼한 게 틀림없으며, 그래서 이 방의 여성적인 분위기도 설명이 된다고 생각했다. 하지만 아무리 그렇다 해도 팔로웨이만한 남자의 아내가 되는 여자가 이런 어처구니없는 취향을 가지고 있는 건 묘한 일이고 설사 그런 취향을 가지고 있다 하더라도, 팔로웨이가 그것을 방임하고 있는 것이 이상하게 생각되었다.
 바닥의 깔개를 응시하고 있던 팔로웨이가 사위를 올려다보았다——문자 그대로 올려다보았다. 왜냐하면, 이 청년은 팔로웨이보다 4인치(약 10센티미터) 이상이나 키가 컸기 때문이다. 금발의 곱슬머리에, 아폴로와 보트 선수를 섞어놓은 듯한 부자연스러울 만큼 아름다운 청년이라고 토드헌터 씨는 생각했다.
 "진은 언제 돌아온다던가?"
 "전 만나지 못했습니다." 청년은 창문 쪽으로 공허한 시선을 향한 채 무뚝뚝하게 말했다. 그는 벽난로에 기대어, 도전이라고도 할 수 있는 몹시 초연한 태도로 궐련을 피우고 있었다.
 토드헌터 씨는 그리 민감한 편은 아니었지만 그런 그조차 뭔가 이상하다는 것을 알 수 있었다. 이 두 사람 사이의 감정은 거의 적의에 가까워 보였다. 그리고 진이라는 여자가 팔로웨이의 아내인지 딸인지는 모르겠지만, 어쨌든 그의 사위가 그 이름을 듣기만 해도 불쾌한 표정을 할 이유는 없을 것이었다.

그 분노가 팔로웨이에게도 감염된 것 같았다.

"자네 회사는 오후에는 일을 하지 않는가, 빈센트?" 팔로웨이는 평소의 온화한 목소리에 명백한 짜증을 섞어서 물었다.

청년은 당돌하게 상대를 마주 쳐다보았다.

"저는 볼일이 있어서 이곳에 온 겁니다."

"그래? 피치 앤드 선의 용무인가?"

그 야유는 노골적이라 해도 좋을 정도였다.

"아닙니다 개인적인 일입니다." 청년은 몹시 냉담하게 대답했다.

"오호! 그럼 더 이상 묻지 않겠네. 하지만 지금은 토드헌터 씨와 ......"

"괜찮습니다." 청년은 무례하게 장인의 말을 잘랐다. "안 그래도 돌아가려던 참이었으니까요."

청년은 토드헌터 씨를 향해 약간 고개를 숙여 보인 뒤 방에서 나갔다. 팔로웨이는 의자에 무너지듯 주저앉아 이마를 닦았다.

점점 더 난처해진 토드헌터 씨는 이때 약간 멍청한 말을 하고 말았다.

"무척 잘생긴 청년이군요."

"빈센트 말인가요? 예, 그렇습니다. 피치 앤드 선 회사에서 기사로 근무하고 있지요. 무슨 철과 관련된 건축 계통의 일을 하고 있는 큰 회사라고 하더군요. 아마 철근 콘크리트 같은 거겠지요. 머리가 그리 좋은 편은 아니지만 일은 정말 잘 합니다. 제 큰딸과 결혼했어요."

팔로웨이는 이 짤막한 인물 소개조차 힘겹다는 듯이 다시 이마를 훔쳤다.
 토드헌터 씨가 뭔가 대답하지 않아도 되었던 것은, 그때 매우 아름다운 하녀가 차를 가지고 들어왔기 때문이었다. 그녀의 아름다움은 마치 뮤지컬 코미디 같은 너무 짧은 검은 비단 치마와, 주름장식이 덕지덕지 달려 있는 너무 작은 앞치마, 그리고 지나치게 꾸민 디자인의 모자 같은 복장에 의해 더욱 두드러져 보였다.
 "나리, 차 가지고 왔습니다."
 하녀는 지나치게 새침한 목소리로 말했다.
 "고맙다, 메리." 팔로웨이는 침울한 목소리로 대답했다. 그리고 하녀가 문까지 걸어갔을 때 이렇게 덧붙였다. "아, 잠깐만 메리, 파리에서 전화가 걸려올 거니까, 받으면 즉시 바꿔다오."
 "알겠습니다." 처녀는 대답한 뒤 얌전하고 새침한 걸음걸이로 방에서 나갔다. 토드헌터 씨는 그녀가 입구에 멈춰 서서 멋진 구두굽 소리를 울릴 거라고 생각했을 정도였다.
 토드헌터 씨는 이런 질문을 해보았다.
 "부인을 만날 수 있겠지요?"
 팔로웨이는 찻주전자 너머로 그를 바라보았다.
 "아내는 집에 있습니다."
 "집에?"
 "북부에 있는 집이지요. 우리는 요크셔에서 살고 있습니다. 아시는 줄 알았는데요." 팔로웨이는 기계적으로 차를 따르면서 생기 없는 목소리로 말했다. 아폴로 같은 청년이 가버린 뒤, 그는 우울증에 빠져 있는 것처럼 보였다. "우유와 설탕은?"
 "먼저 설탕을 아주 조금, 그리고 차를 따른 뒤 우유를 약간 더 넣으면 됩니다." 토드헌터 씨는 엄밀하게 대답했다.
 팔로웨이는 무척 난처한 기색으로 쟁반을 응시했다. "차를 먼저 따르고 말았군요. 그러면 안 됩니까?" 그는 새 컵을 가지고 오게 해야 하나 말아야 하나 망설이고 있는 것처럼 힐끗 초인종을 쳐다보았다.

"아니, 됐습니다." 토드헌터 씨는 예의 바르게 대답했다. 이 방에 들어온 이래 계속 추락하고 있던 그의 팔로웨이에 대한 평가는, 이것으로 인해 한두 단계 더 떨어졌다. 맨 먼저 설탕, 차는 나중이라는 것도 모르는 남자는, 아내에게 피아노를 자수로 장식하게 하거나 하녀에게 〈코크란리뷰〉에서 방금 빠져나온 것 같은 복장을 하게 하는 남자보다 더 나쁘다.

"아하!" 그는 짐짓 쾌활함을 가장하며 말했다. "북부에 사시는 줄은 몰랐습니다. 그럼 이곳은 런던의 임시 거처에 지나지 않는 거군요?"

"뭐, 어떤 의미에서는요." 팔로웨이는 약간 당혹스러운 듯한 기색이었다. "그러니까 이곳은 사실은 제 집이 아닙니다. 그보다……, 뭐, 적어도 런던에 왔을 때는 이곳을 사용하지요. 이곳에 제 침실을 가지고 있어요. 런던에는 나올 일이 자주 있어서요, 일이니 뭐니 해서. 게다가 딸도 둘 다 런던에 살고 있거든요."

"그러시군요." 토드헌터 씨는, 이 남자가 어째서 생판 남에게 자신이 런던에 있는 것을 변명할 필요가 있다고 생각하는 건지 이상하게 여겼다.

"작은딸은 아직 결혼하지 않았습니다." 팔로웨이는 거의 무아지경에 빠진 것 같은 목소리로 계속했다. "그래서 가끔 감시할 필요가 있다고 생각합니다. 아내도 같은 의견이지요."

"그럼요." 토드헌터 씨는 맞장구를 쳤지만 그의 의혹은 점점 커져 갔다.

"무대라는 건 말이죠." 팔로웨이는 모호하게 말한 뒤 그때까지 자기도 모르게 휘두르고 있던, 버터 바른 얇은 빵을 멍한 표정으로 한 입 베어 먹었다.

"그래요? 따님이 무대에 섭니까?"

"펠리시티 말인가요? 아니, 지금은 그렇지 않을 겁니다. 뭐, 확실하게는 아직 모릅니다. 물론 전에는 나갔지만 아마 그만뒀을 겁니다. 지난번에 만났을 때 그만둔다고 했으니까요. 하지만 요사이 한동안 그 아이를 만나지 못했어요."

만약 토드헌터 씨가 교육을 잘 받은 사람이 아니었다면 이 집 주인을 빤히 응시했으리라. 그는 이제 이 남자는 머리가 약간 이상하다고 확신하고 있었다. 정신병자는 싫었다. 그는 점점 마음이 불편해져서 위장에 나쁘다는 걸 알면서도 작은 아이스케이크를 먹었다.

토드헌터 씨가 이 자리를 어떻게 빠져나갈까 궁리하기 시작했을 때, 팔로웨이가 갑자기 달라진 어조로 말했다.

"그런데 대로렌스의 작품 뒤에 나온 그 멋진 유화 소품, 보셨습니까? 오스타드 한 사람의 작품이라고 했지만 저는 스타일이 전혀 다르다고 생각했습니다. 오히려 프란츠 하르스의 초기작이 아닌가 하는 생각이 들더군요. 하마터면 입찰할 뻔 했어요. 돈이 있었으면 해봤을 텐데."

이제 약간 제정신이 돌아왔구나 하고 토드헌터 씨는 생각했다. "아, 물론 기억하고 있어요." 이 상태가 오래 유지되었으면 하는 생각에 그리 확신도 없는 말을 했다. "음, 그러니까 얼마에 낙찰되었죠?"

"24파운드입니다."

"아, 그래요. 맞아요. 무척 흥미로운 작품이었습니다. 뭐, 그 정도 되겠지요." 토드헌터 씨는 한 순간, 팔로웨이만한 수입이 있는 사람이 그림 한 장에 24파운드도 지불할 수 없다는 건 이상하다고 생각했지만, 정상적인 얘기를 계속하는 데 정신이 팔린 나머지 그냥 넘어가고 말았다.
 10분 정도 두 사람은 고미술품에 대해 얘기를 나누었는데 팔로웨이는 흠잡을 데 없이 예리하고 세련된 감상가임을 보여주었다. 조금 전까지의 무기력한 느낌은 완전히 사라지고 그는 정확하고 자신감 있게 얘기했다.
 그때 희미하게 벨이 울리는 소리가 들려왔다. 팔로웨이는 귀를 쫑긋 세웠다. "전화가 온 것 같군요."
 잠시 뒤 아까 그 뮤지컬 코미디풍의 하녀가 문 앞에 다시 나타났다. "파리예요, 나리." 밝은 미소를 지으며 말하는 그녀의 짧은 치마가 가볍게 흔들렸다. 그 교태는 누구에게나 선물하는 것이라는 듯 토드헌터 씨에게 보내는 것 같았다.
 "잠깐 실례하겠습니다." 팔로웨이가 나가자, 토드헌터 씨는 점잖게 시선을 돌렸다. 토드헌터 씨가 혐오하고 두려워하는 것이 있다면, 그건 무엇보다 여성으로부터의 추파였다. 다행히도 그는 지금까지 그런 것을 만난 적이 거의 없었다.
 다시 혼자 남겨진 토드헌터 씨는, 주근깨투성이인 작은 대머리 정수리를 쓰다듬거나 코안경을 닦거나 하면서 주인이 돌아오기를 기다려야 할지, 아니면 이 기회를 틈타 달아나야 할지 마음속으로 망설이고 있었다. 달아나는 편이 상책이라는 건 알고 있었지만, 한편으로는 토드헌터 씨의 보통 사람보다 강한 호기심이, 이곳에 머물게 했으며 팔로웨이의 개인적인 이야기를 들어보고 싶다는 기분을 부추기고 있었다. 팔로웨이에게 어딘가 무척 이상한 데가 있다는 것은, 토드헌터 씨의 대머리가 빛나고 있는 것과 마찬가지로 명백했기 때문이다.
 이 생각은 30초도 지나지 않아 토드헌터 씨가 앉아 있는 방문 밖에서 들려오는 목소리에 의해 중단되었다.
 맨 먼저 무거운 문이 닫히는 소리가 났다. 현관문인 것 같았다. 그런 뒤 굵고 낮은 여자의 목소리가 차갑고 명료한 발음으로 이렇게 말하는 것이 들렸다.

"메리, 너한테 돈을 주고 있는 건, 벨을 누르면 즉시 문을 열라는 것이지 날 바깥에 세워두라는 게 아니야."

3

토드헌터 씨는 부끄러워하는 기색도 없이 앙상한 손을 귀에 대어 귀를 쫑긋 세웠다.

그 목소리에는 몹시 불쾌해 하는 듯한 분위기가 있었고, 굵고 깊은 목소리였음에도 불구하고 귀에 거슬리는 가시가 느껴졌다. 토드헌터 씨는 모든 주의력을 집중하여 열심히 귀를 기울였다.

하녀의 대답은 들리지 않았지만 새롭게 등장한 여자의 말은 똑똑히 들렸다.

"팔로웨이 씨의 전화 같은 건 난 관심 없어. 분명히 말해 두지만 메리, 네가 이 집에 있는 건 내 시중을 들기 위한 것이지 팔로웨이 씨를 위한 게 아니야. 아무래도 요즘 넌 그걸 잊고 있는 것 같구나. 알았어? 또 다시 내 입에서 이런 말 나오지 않도록 하는 게 좋을 거야."

하녀가 변명하고 있는 듯 송구해하는 낮은 목소리가 들리고 이어서 몹시 신경질적인 목소리가 토드헌터 씨의 귀에 날아들었다.

"남자 손님? 어떤 사람인데?"

토드헌터 씨가 우물쭈물할 겨를도 없이 문이 벌컥 열리더니, 목소리의 주인공이 방 안으로 가만가만――그밖에는 표현할 말이 없는 모습으로――들어왔다. 토드헌터 씨는 놀라서 비틀거리며 일어섰다.

그 여자는 정말 문자 그대로 눈부신 미인이었다. 키가 크고 늘씬하고, 옅은 갈색 머리는 깔끔하게 손질되어 있었으며, 사치스러운 차림새를 하고 있었다. 게다가 모피옷도 세련되게 입고 있었다. 그것만으로도 여자의 차갑고 적의가 담긴, 질책하는 듯한 시선을 받은 토드헌터 씨를 어쩔 줄 모르게 만드는 데 충분했지만, 그를 무엇보다 당황하게 만든 것은 그 여자의 묘한 눈길이었다. 그 반짝반짝 빛나는 짙은 갈색 눈은 크고 아름다웠다. 하지만 너무 컸다. 토드헌터 씨는 노골적이고 음란한 눈이라고 생각했다. 그리고 자신의 나약한 옅은 갈색의 눈이 그 시선에 홀린 것처럼 빨려 들어가는 것을 느꼈다.

그 눈을 오래 응시하고 있으면 최면술에 걸려버릴지도 몰라……. 토드헌터 씨는 꿈결처럼 생각하고 있었다. 그렇게 되면 정말 볼썽사나운 꼴이 될 것이다. 하지만 그는 시선을 돌릴 수가 없었다.

"안녕하세요?" 여자가 말했다. 환영하는 투는 아니었다.

"안녕하세요." 토드헌터 씨는 여전히 홀린 듯이 그 커다란 눈을 응시하면서 우물쭈물 말했다. "저어, 죄송하지만……갑자기 실례를 해서……그럴 생각은 전혀 없었는데……팔로웨이 씨가……." 그는 더 이상 말이 나오지 않아서 입을 다물어버렸다.

"팔로웨이 씨는 전화를 즐기고 계신 것 같군요. 우리, 서로 자기소개를 하는 게 어떨까요?"

"아, 저는 토드헌터라고 합니다."

토드헌터 씨는 조심스럽게 말했다.

"그러세요?" 여자는 자신의 이름은 말하지 않았다. 대신, 마치 그의 이름이 자신의 불쾌한 음료수에 잘못 들어간 마지막 한 방울인 것처럼, 차가운 혐오의 눈길로 토드헌터 씨를 훑어보았다. 그리고 모피 코트를 벗기 시작했다. 토드헌터 씨는 자신이 그 코트를 받아 어디에 놓아야 하는 게 아닌지, 또는 그런 짓을 하면 오히려 오해를 받는 게 아닌지 갈피를 잡지 못하고 있었다. 하지만 여자는 불쾌하다는 듯이 모피를 의자 위에 던지고 다른 의자에 털썩 앉음으로써 그의 고민을 해결해 주었다.

"토드헌터 씨는 팔로웨이 씨와 옛날부터 아는 사이인가요?"

"아니오, 아닙니다." 토드헌터 씨는 커다란 팔걸이의자 끝으로 조심스럽게 몸을 내밀면서, 지푸라기라도 잡는 심정으로 이 대화의 실마리에 매달렸다. 여자의 시선은 너무나도 탐탁지 않다는 듯이 그의 바지에 쏠리고 있었다. 그것은 주름도 세우지 않고, 헐렁헐렁한, 정말 비참한 것이었다. 그래도 다행히 그 헐렁함을 무릎으로 얼마간 감출 수 있었다.

"아니, 아닙니다, 그렇지 않습니다. 실은, 지금까지 딱 한 번 만났을 뿐이지요. 그런데 오늘 오후 크리스티 경매장에서 우연히 만났습니다."

"아, 그러세요?" 여자의 말투는, 팔로웨이가 도대체 뭐하러 이런 쓰레기 같은 인간을 주워 와서 자신의 아름다운 집을 더럽히고 있는 걸까 하고 분명하게 말하고 있는 것 같았다. 여자의 시선은 이번에는 그의 조끼를 뚫어지게 쳐다보고 있었다. 그 시선의 초점을 따라 훔쳐보니 계란이 묻은 커다란 얼룩이 있었다. 토드헌터 씨는 마지막으로 계란을 먹은 것이 언제인지 생각이 나지 않았다. 정말 창피한 노릇이었다.

"그러시군요!" 여자는 모자를 홱 벗어 안락의자 위에 던진 다음 장갑과 핸드백도 내던졌다.

토드헌터 씨는 다시 쭈뼛거리기 시작했다. 이번의 그녀의 태도는 언제 일어나서 내 집에서 나가줄 거냐, 당장 그것을 실행하는 게 좋지 않겠느냐 하고 묻고 있는 것 같았다. 정말 그편이 상책이었다. 하지만 뭐라고 말하며 이 자리를 떠난단 말인가? …… 토드헌터 씨는 필사적으로 생각했으나 적당한 구실이 떠오르지 않았다. 그는 비참한 기분으로 핑계거리를 찾았지만, 그 결과는 여주인의 얼굴을 참으로 무례하게 빤히 쳐다보는 꼴이 되고 말았다. 눈썹을 치켜 올린 여자의 항의하는 눈길에 부딪치자 그는 상기된 시선을 창밖으로 돌렸다.

토드헌트 씨가 더 이상 잠시도 견딜 수 없다고 느끼기 시작한 순간 팔로웨이가 돌아왔다. 토드헌터 씨는 그 쪽을 향해 허둥지둥 일어섰다.

"이제 그만 가봐야겠군요." 그는 다짜고짜 말했다.

여자가 비로소 인정하는 표정으로 그를 쳐다보았다.

"아닙니다, 아니에요." 팔로웨이는 반대했다. "진이 돌아왔으니까 서로 인사를 나누는 게 어떨까요?"

"이봐요, 난 극장에 가기 전에 쉬지 않으면 안 된다구요."

여자는 냉담하게 말했다.

"물론 나도 그건 알고 있소. 하지만 2, 3분 정도는 괜찮지 않겠소? 토드헌터 씨와 알고 지내면 좋을 것 같은데."

토드헌터 씨는 난처해져서 팔로웨이를 쳐다보았다. 붙들리고 싶지 않았던 것이다. 게다가 그 남자의 목소리에 뭔가 거짓스러운 친밀감이 담겨 있는 것 같은 느낌이 들어 기분이 내키지 않았다.

팔로웨이는 자신이 불러일으킨 감정은 눈치 채지 못한 듯 더욱 더 자신의 제안을 고집했다.

"앉아요, 토드헌트 씨. 이제 곧 메리가 칵테일을 가지고 올 겁니다. 아! 진, 난 오늘 오후 크리스티에서 토드헌터 씨를 만났소. 아주 훌륭한 오래된 잔이 경매에 나왔더군. 그리고……."

"닉, 당신도 참! 당신의 그 경매 얘기에 내가 얼마나 넌더리를 내고 있는지 잘 아시잖아요."

팔로웨이는 얼굴을 붉혔다. "그야 그렇지, 그런데 이 토드헌트 씨가 그 큰 잔을 살려고 했소. 6천 파운드까지 불러봤지만 결국 낙찰받지 못했어. 8천 파운드에서 넘어갔지. 그래도 6천 파운드야, 응?

어마어마한 돈 아니오?"

"그건 그렇군요, 말도 안 되는 헌 그릇 하나치고는. 토드헌트 씨, 정말로 그런 돈을 쓰려고 생각하신 건가요?" 여자의 목소리는 이제 차갑지 않았다. 그 질문을 하는 목소리는 어리광 부리는 듯한 느낌이라 해도 좋을 정도였다. 그리고, 커다란 눈이 다정한 빛을 띠고 토드헌터 씨를 향해 빛나고 있었다.

"아니, 그건 잘 모르겠지만……." 토드헌터 씨는 자신의 어리석은 장난이 자신에게 되돌아온 것을 알고, 어떻게 해야 좋을지 몰라 더듬거리며 말했다. "하여튼, 이제 저는 그만."

"어머, 벌써 돌아가시면 안 돼요." 여자가 말했다. "좀더 계시면서 저와 함께 칵테일을 드셔야죠. 꼭 그렇게 하셔야 해요."

"진이 꼭이라고 말할 때는 어떻게 되는지, 알고 있겠죠?" 팔로웨이가 킬킬 웃으면서 말했다. "이젠 선택의 여지가 없어요."

"허, 허, 허." 토드헌터 씨도 장단을 맞춰서 낮게 웃었지만, 그는 진이 꼭이라는 말을 하면 어떻게 되는지 전혀 알지 못했고, 어째서 그것을 알고 있어야 하는지도 몰랐다.

팔로웨이는 손님의 표정 속에서 뭔가를 읽고 도저히 믿을 수 없다는 듯한 감탄의 소리를 질렀다. "어허! 당신은 아직 진이 누군지 모르고 계신 거군요? 진, 토드헌터가 당신을 알아보지 못한 모양이구려."

"네, 모든 사람이 다 절 한눈에 알아봐야 하는 건 아니니까요, 닉." 여자는 너그럽게 대답했다.

"진 노우드입니다, 토드헌터 씨." 팔로웨이는 마치 사자 사냥꾼이 가장 멋진 포획물을 소개할 때와 같은 목소리로 말했다.

"오, 이런 참!" 토드헌터 씨는 정중하게 대답했지만 진 노우드라는 이름은 한 번도 들은 적이 없었다.

"몰랐습니까?"

"예, 솔직하게 말하면 몰랐습니다."

"명성이란 바로 그런 거야!" 팔로웨이는 그렇게 말하면서 토드헌터 씨에게는 완전히 바보처럼 보이는 비극적인 몸짓을 해보였다. "하지만 이건 거꾸로 말하면 당신의 경우도 마찬가지입니다. 당신이 〈런던리뷰〉의 유명한 비평가 로렌스 토드헌터 씨라는 것을, 진이 알아보았는지 한번 물어보세요."

"그럼 글을 쓰시는 분이란 말이에요, 토드헌트 씨?"

미스 노우드가 상냥하게 물었다.

토드헌터 씨는 그것을 시인하는 말을 더듬더듬 중얼거렸다.

"취미로 쓰고 계시는 모양이죠?"

"예, 뭐…… 그렇다고 할 수 있습니다."

"그렇다면 저에게 극본을 써주셔야 해요." 미스 노우드가 말했다. 토드헌터 씨에 대한 그녀의 친절은 1분마다 무럭무럭 자라는 것 같았다.

"바보 같은 소리 하면 안 돼." 팔로웨이가 말했다. "저명한 문예비평가가 극본 같은 걸 쓸 리가 있나? 아무리 당신 같은 여배우를 위해서라 해도."

"내가 부탁하면 틀림없이 써주실 거예요." 미스 노우드는 희롱이라도 하듯이 이의를 외치며, 정성 들여 매니큐어를 칠한 길고 화사한 손을 자기 어깨에 놓여 있는 팔로웨이의 손 위에 얹었다. "네? 써주실 거죠, 토드헌터 씨?"

토드헌터 씨는 하는 수 없다는 듯이 히죽 웃었다.

"아, 칵테일이 나왔군." 팔로웨이가 말했다. 그 목소리에는, 조금 전에 토드헌터 씨에게 불쾌감을 준 그 허위의 친밀감이 담겨 있었다. "됐다, 메리. 거기에 내려놓고 가봐." 그는 벌떡 일어나 익숙한 동작으로 셰이커를 흔들었다. "자, 여깄소, 진."

"고마워요, 닉." 미스 노우드는 셰리를 좋아하는 토드헌터 씨의 눈에는 소름끼치게 보이는 연한 녹색의 칵테일을 받아들고, 약간 맛을 본 뒤 판정을 내렸다. "아니, 저 바보 같은 아이가 레몬주스를 충분히 넣지 않았잖아. 벨을 눌러 줘요, 니키."

메리가 나타나 잔소리를 듣고, 레몬주스를 더 넣기 위해 셰이커를 들고 물러갔다. 팔로웨이는 토드헌터 씨에게 기다리게 해서 미안하다고 말했다. 토드헌터 씨는, 자기가 의사한테서 칵테일을 마셔서는 안 된다는 지시를 받은 것을, 쭈뼛쭈뼛——비극적이라기보다는 나약한 느낌의 말투로——설명했다. 그는 다시, 이젠 정말 가봐야 한다고 덧붙였다.

"그럼, 그 전에 저와 함께 점심 식사를 하겠다고 약속해 주셔야 해요." 미스 노우드가 즉각 말했다. "우리, 니콜라스는 따돌리고 둘이서만 여기서 점심 식사를 하면서 얘기 나누기로 해요. 전 새로운 분을 만나는 걸 아주 좋아해요. 게다가 유명한 문예비평가는 아직 한번도 만난 적이 없는 걸요."

토드헌터 씨가 정신을 차렸을 때는 이미, 다음 주 화요일 1시 정각에 미스 노우드와 틀림없이 점심 식사를 하기로 약속이 되어 있었다.

미스 노우드는 선망하는 듯한 눈길로 그를 쳐다보았다. "정말로 그런 걸 취미삼아 즐길 수 있다는 건, 자신의 직업이 취미라는 건, 얼마나 멋진 일이에요? 물론 저도 무대가 싫지 않고, 아무리 부자가 되어도 무대 이외의 일을 할 생각은 없어요. 하지만 남자분한테는 정말 멋진 일일 거예요."

"예, 맞습니다." 토드헌터 씨는 불편한 듯이 중얼거렸다.

"보세요, 토드헌터 씨." 노우드는 다시 말을 이었다. "아무리 생각해도 당신은 부자가 아니라는 생각이 들어요. 물론 갑부라는 의미지만."

"예에?" 토드헌터 씨는 음울하게 웃었다. "왜 그렇게 생각하십니까?"

"그건 잘 모르겠지만, 어쩐지 당신은 그렇게 보이지가 않는군요." 미스 노우드는 그 정열을 담은 시선을, 토드헌터 씨의 조끼에 묻은 계란 얼룩에서 늘어진 바지 무릎으로 옮기면서 대답했다.

"실제로 부자는 아닙니다." 토드헌터 씨는 남자답게 고백했다. "당신은 완전히 오해하신 겁니다, 정말입니다."

미스 노우드는 둘째손가락을 구부려 그에게 흔들어보였다. "당신들 부자는 언제나 그렇게 말해요. 무리도 아니죠. 떡고물이라도 받아먹으려는 사람들이 많을 테니까요."

"그런 사람들도 토드헌터 씨한테는 손대지 못해." 팔로웨이가 밝은 목소리로 끼어들었다. "무엇보다 전혀 흠잡을 데가 없는 인물이니까. 장안의 잘나가는 양반들과의 관계를 물어보구려."

"이번 화요일 점심 식사 때 물어보겠어요." 미스 노우드는 달콤한 목소리로 말했다. 그리하여 토드헌터 씨는 가까스로 풀려났다. 그는 밖으로 나오자, 잠시 멈춰 서서 한숨을 돌리며 이마의 땀을 닦았다.

땀을 닦으면서 토드헌터 씨는 한 가지 결심을 굳혔다. 다음 화요일에는 극심한 두통이 일어나거나, 악성 전염병에 걸리거나, 아니면 꼭 필요하다면 죽어도 좋다. 어쨌든, 무슨 일이 있어도 미스 노우드하고 점심 식사는 절대로 안 된다…….

그렇지만 공교롭게도 그 점에서 토드헌터 씨는 잘못 생각하고 있었다.

V

1

 토드헌터 씨는 모르는 세계를 살짝 엿보았던 것이다. 그것은 사치와 우아함의 세계, 묘한 방향과 아름다운 여성, 칵테일, 꽃, 그리고 뮤지컬 코미디풍 서비스의 세계였다. 리치먼드적인 인생관을 가진 토드헌터 씨에게는, 그 세계가 그리 매력적이지 않은, 오히려 무서운 것으로 느껴졌다. 그는 자택의 서재 겸 거실을 둘러보았다. 미스 노우드의 방에 비하면 참으로 누추하고 단조롭고 추악했지만, 토드헌터 씨에게는 더할 나위 없는 것이었다.

 토드헌터 씨는 지금까지 종종 얘기로는 들어봤지만, 그 존재를 완전히 믿고 있지는 않았던 세계를 잠시나마 엿본 것을 행운으로 생각했다. 그러나 그 일별 이상의 것을 원하지는 않았다.

 진 노우드에 대해서는, 토드헌터 씨는 지금은 그녀가 누구인지 완전히 알게 되어 크게 만족하고 있었다. 우선 그녀가 여배우가 틀림없다는 전제하에 〈더 타임스〉의 공연 안내란을 뒤져보니, 정말 진 노우드라는 이름이 나왔다. 그녀는 사바랭 극장에서 상연중인 〈떨어진 꽃잎〉의 주연 여배우인 것 같았다. 토드헌터 씨는 신문을 석 달 동안 버리지 않고 보관해 두는 것이 규칙이었기 때문에, 이디에게 〈선데이 타임스〉 뭉치를 가져오게 하여 그 극의 비평을 찾아냈다. 그 기사에 의하면, 미스 노우드의 장점은 대중적인 오만한 역을 연기하는 것인 듯했다. 그리고 그녀는 여배우 겸 매니저이며 〈떨어진 꽃잎〉은 아마도 변두리에서 온 관객들에게 먹혀들어 몇 달 동안 흥행할 거라는 것이었다.

"으흠, 그랬군!" 토드헌트 씨는 혼잣말을 말했다.

지금까지 한번도 들은 적이 없었던 이름을 한번 들으면 연달아서 두 번, 세 번 들려오는 일이 흔히 있는 법이다. 또는 생전 처음 보는 사람과 가까워진 직후에 다시 그 상대를 우연히 만나는 일도 자주 있다. 그것은 전보다 주의가 더 가기 때문인지도 모르고 어쩌면 단순한 우연일지도 모른다. 어쨌든 이 두 가지 현상이 팔로웨이를 만난 뒤 나흘 동안 토드헌터 씨에게 일어났다.

진 노우드의 이름을 맨 처음 꺼낸 사람은 먼 친척에 해당하는 젊은 여성으로, 그녀는 그 주말의 토요일에 토드헌터 씨 집에 차를 마시러 왔다. 토드헌터 씨는 젊은 사람들과 사귀는 것을 결코 싫어하지 않았다. 특히 젊은 여성과의 교제는 마음이 편하고 가볍게 얘기할 수 있는 상대라면 무척 좋아했다. 그는 젊은이들의 가식 없는 수다에 귀를 기울이며, 냉소적인 환멸을 가장하여 그들을 놀리는 것을 좋아했다. 하기는 사실은 젊은 사람들 쪽이 토드헌터 씨보다 더욱 환멸을 느끼고 있었을지도 모른다. 어쨌든 먼 혈연관계까지 따져가며 젊은 사람들과 가까워지는 것이 습관처럼 되어 있었다. 청년들은 자주 그에게서 돈을 빌려갔고 토드헌터 씨는 참으로 흔쾌히 빌려주었다. 강한 혈연 의식을 가지고 있었기 때문이다. 젊은 여자들은 리치먼드에 와서 그와 차를 함께 마시며 가족들에 대한 가십거리를 얘기해 주었다. 대부분은 그가 아직 소문도 들은 적이 없는 사람이거나 한번도 만난 적이 없는 사람들에 대한 얘기였지만 그래도 토드헌터 씨는 재미있었다.

그에게 육촌인 젊은 아가씨는 토요일 오후 토드헌터 씨의 잘 손질된 작은 정원에 들어서자마자 단숨에 뉴스를 풀어놓았다.

"정말이지 가슴이 얼마나 두근거렸는지 몰라요, 로렌스! 지난 주 파티에서 누굴 만났는지 아세요?"

"그런 걸 내가 어떻게 알겠니, 에셀." 토드헌터 씨는 속으로 에셀 마컴은 세련되지 않고 약간 멍청한 시골 출신의 아가씨라고 생각하고 있었다. 옥스퍼드 거리의 의상디자이너 회사에서 비서로 일하고 있는데, 본인이 말하는 만큼의 급료를 회사가 어떻게 지불하고 있는 건지 토드헌터 씨는 도무지 이해가 가지 않았다.

"무척 지루한 파티일 거라고 생각했어요. 그런데 그렇지가 않았어요. 진 노우드가 연극이 끝난 뒤 찾아왔지 뭐예요. 그런데 놀랍게도 제가 마음에 든 모양이에요. 어떻게 생각하세요?"

"그 여자는 독부야." 토드헌터 씨는 내뱉듯이 말했다.

"그렇지 않아요. 매력적이고 정말 멋진 사람이에요. 내가 지금까지 만난 사람 중에서 가장 멋있는 여성이었어요."

"그래? 독기로 가득한 여자라고 생각했는데."

토드헌터 씨는 심술궂게 말했다.

육촌 동생은 그를 빤히 쳐다보았다.

"그 여자에 대해 뭘 알고 있어요?"

"뭐……" 토드헌터 씨는 극히 심드렁한 듯이 말했다. "그저께 그 여자 집에서 칵테일을 마셨는데 피아노 위에 핑크색 나비리본이 얹혀 있더구나."

"말도 안 돼요! 진 노우드가 핑크색 나비리본 같은 것에 취미를 가지고 있다구요?"

"어쩌면 중국풍의 자수였는지도 모르겠군. 어쨌든 끔찍한 취향이었어. 게다가, 메리라고 하는 그녀의 하녀는 어떤고 하니, 마치 뮤지컬 코미디에서 방금 빠져나온 것 같은 모습을 하고 있었어."

"로렌스! 날 놀리고 있는 거죠? 너무해요! 진의 집에 가지도 않았으면서."

"아니야, 정말 갔었어. 그뿐만이 아니야. 다음 주 화요일 점심 식사에 초대 받았는걸. 하지만 난 가지 않을 거야. 그리고 부탁인데, 에셀." 토드헌터 씨는 엄격하게 덧붙였다. "미스 노우드를 부를 때, 별로 친한 사이도 아니면서 진이라고 이름을 부르는 건 삼가는 게 어떻겠니? 그런 건 저 변두리의 불량한 젊은이나 저속한 신문에서나 쓰는 거란다. 난 내 친척이 그런 말투를 하는 건 듣고 싶지 않구나."

"그러니까 내가 늘 말하잖아요. 당신은 백 년 전에 태어났으면 좋았을 거라고." 아가씨는 별다른 악의 없이 말했다. "그것도 남자가 아니라 여자로. 정말 당신은 늙은 노처녀 같은 사람이 되었더라면 좋았을 거예요. 머리를 꼭대기에 틀어 모으고, 소름 끼치는 고래뼈 코르셋을 입은 모습이 눈에 선해요."

"흥!" 토드헌터 씨는 약이 올라 말했다.

미스 노우드의 이름을 꺼낸 또 한 사람은, 체격이 다부진 해마 같은 옆집의 남자였다. 이 남자는 가끔, 아내의 잔소리를 피해 토드헌터 씨의 집에 찾아와서 위스키를 마시며 예비 라디오 수신기를 머리에 끼고 사이좋게 말없이 앉아 있곤 했다. 토드헌터 씨는 바흐를 몹시 좋아하여, 바흐의 음악 방송이 있을 때는 어떤 약속도, 일도 팽개치고 라디오 옆에 앉았다. 그러나 친구들도, 그리고 어쩌면 토드헌터 씨 본인도 잘 모르는 이유에서, 스피커를 갖추려 하지 않고 구식 광석 수신기를 계속 사용하고 있었다.

이 사람이 38분 동안이나 침묵한 뒤에, 지난 주 아내와 함께 사바랭 극장으로 진 노우드를 보러 갔다는 얘기를 꺼낸 것이다. 토드헌터 씨는 글을 쓰는 사람의 직감에서, 이 부부가 보러간 것은 〈떨어진 꽃잎〉이 아니라 진 노우드 그 여자라는 것을 짐작했다. 아마, 이 두 사람은 연극 제목도 눈에 들어오지 않았을 것이다. 하물며, 그 연극 극본을 써서 미스 노우드에게 기회를 준 사람이 누구인지는 생각도 해 보지 않았으리라.

다시 7분쯤 침묵이 흐른 뒤에, 이 방문자는 진 노우드를 아는 남자를 알고 있다고 말했다. 이름이 바터즈비라는 그 사람의 얘기에 의하면, 그녀는 매우 인상이 좋은 여자로 무대에 나가지 않을 때도 무대 위에서와 똑같이 매력으로 넘치며, 남을 위해서 무슨 일이든 하고 항상 젊은 여배우를 발굴해서 도와주는 황금의 마음을 가진 사람이라는 것이었다.

"황금이라……." 토드헌터 씨는 고개를 끄덕이며 말했다. "말이 나왔으니 말인데, 난 다음 주 화요일에 그녀와 점심 식사를 함께 할 예정이네."

방문자는 입에서 파이프를 떼더니 그를 빤히 응시했다. "어떻게 그런 일이!" 그는 경의를 담아 말했다.

토드헌터 씨는 그리 나쁘지 않은 기분이었다.

그러나 그는 이해가 되지 않았다.

두 사람이나 미스 노우드는 매력과 친절함의 화신 같은 여성이라는 인상을 받았음에도 불구하고 토드헌터 씨가 본 바로는, 그 여자는 무례하다는 말 한마디로 족한 사람이었다. 그는 공정함을 존중하는 사람이어서 이 문제를 곰곰이 생각해 보았다. 어쩌면 자신이 편견에 사로잡혀 있는 건 아닐까? 그 사치스러운 집을 보고 마음속에 열등감이 생겨서, 그 집 주인에게 흠집을 내고 싶어하는 건 아닐까? 아니,

그렇지 않아. 자신의 마음에 열등감 같은 건 거의 없었다. 어쩌면 자기도 모르게 그 집에 감탄했을지 모르지만, 그래도 리치먼드의 로어 푸트니 거리 267번지의 자기 집이 훨씬 더 살기 좋은 장소라는 생각에는 조금도 흔들림이 없었다. 그것은 도전적인 주장이 아니라 진정한 확신이었다.

아니야, 아니야, 그 여자는 틀림없이 적의를 품고 있었고 차갑고 무례했어. 바로 그때 팔로웨이가 들어와서 이 토드헌터가 부자라는 것을 노골적일 정도로 그 여자에게 말하자, 순식간에 여자의 태도가 돌변했지. 그건 그리 보기 좋은 것은 아니었어. 그 여자는 명백하게 배금주의자야. 돈이 있다는 걸 알면 아무리 싫은 사람도 당장 호감이 가는 남자가 되는 거야. 따분한 남자도 흥미진진한 존재가 될 것이고, 이렇다 할 매력이 없는 남자도 어쩌면 연인이 될 수 있을지 몰라.

그런 일에 대해서는 그다지 밝지 않은 토드헌터 씨는 자기가 상상한 것에 혐오를 느꼈다. 그도 그럴 것이 팔로웨이는 대중적인 인기 작가일지 모르지만 남자로서는 의심할 여지없이 매력 없는 남자였기 때문이다. 그런데도 그는 그 좋은 집에 떡하니 눌러붙어 있는데 도대체 그의 역할은 무엇일까? 그 여자가 그를 지긋지긋하게 생각하고 있는 것은 분명했다. 하지만 그녀는 참고 살고 있다. 거의 조소에 가까운 태도로, 남자가 애정을 표시하는 말을 거부하지 않던가. 토드헌터 씨는 약간 혐오를 느끼면서, 그 두 사람이 '관계를 맺고' 있는 건 의심의 여지가 없다고 생각했다. 그리고 팔로웨이는 옛날에는 부자였을 것이다, 거의 틀림없이. 그런데 지금은 자신에게 값비싼 골동품을 팔아 커미션을 챙기기 위해 필사적으로 기를 쓰고 있는 게 아닐까? 그가 접근해 온 목적이 그게 아니라면 도대체 뭐란 말인가?

여기에는 뭔가 매우 이상한 데가 있다. 토드헌터 씨는 영국 북부에 살고 있다는 팔로웨이의 아내와, 거의 잊혀진 딸들을 떠올리고는 결론을 내렸다. 이건 확실히 이상하다.

그리고 세 번째 우연이 찾아왔다. 그런 일이 너무 자주 일어나서 도대체 정말로 우연인지, 아니면 우리 자신의 한심한 자아도 포함하여 모든 게 거대한 운명의 각본의 일부인지 하는 생각까지 들었다.

토드헌터 씨의 어머니 쪽에 사촌 형이 한 사람 있는데, 그는 친족의 유대를 소중히 여기는 사람으로 해마다 첼시에서 열리는 왕실원예협회의 전시회 초대권을 보내주곤 했다. 토드헌터 씨는 야생란 말고는 원예에 대해서는 아무것도 몰랐다. 다만 난에 대해서만은 어째서 그런지 도무지 모르겠지만 27가지 품종명을 말하고 구별할 줄 알았다. 그러나 그는 모든 꽃을 사랑하는 감성을 지니고 있어서 꽃을 앞에 두고 있으면 만족감과 편안함을 느낄 수 있었다. 그래서 그는 해마다 빠지지 않고 첼시에 가고 있었다. 올해 역시 대동맥류에 걸렸다고 그 평온한 즐거움을 포기할 마음은 없었기 때문에 산책 삼아 첼시에 갔다. 그래도 조심스럽게 천천히 걸어가서 비어 있는 의자를 찾아——좀처럼 눈에 띄지 않았지만——앉아 있었다.

그때 암석 정원과 정식 정원, 부인용 휴대품을 맡기는 장소로 에워싸인 삼각형의 공터에 있는, 난생 처음 보는 커다란 석남 화분 뒤에서, 왠지 모르게 안면이 있는 여자가 역시 어디선가 분명히 본 적이 있는 남자와 시시덕거리고 있는 모습이 눈에 들어왔다. 여자는 늘씬하고 무척 우아한 몸매에 하얀 여우 모피를 자랑스러운 듯이 입고 있었다. 남자 쪽은 음란하다는 느낌이 들 정도의 젊은 미남이었다. 두 사람은 서로 희롱하고 있는 것이 분명했다. 여자의 프랑스풍 장갑을 낀 한 손이 상대의 손 위에 포개져 있고, 토드헌터 씨가 도대체 이 두 사람을 어디서 만났을까 생각하면서 쳐다보고 있으니 청년이 여자에게 키스를 하려고 했다. 여자가 그것을 뿌리치는 모습에서 짐작컨대 그것은 싫어서가 아니라 장소가 적당하지 않다고 생각한 것이 틀림없다는 것은 토드헌터 씨처럼 목석 같은 남자도 금방 알 수 있었다.

토드헌터 씨는 답답해하면서 계속 생각했다. 기억력이 완전히 나빠진 거야. 분명히 어디서 저 두 사람을 만난 적이 있는데 말이야.

"어머, 저기 좀 봐요!" 그때 다행히도 토드헌터 씨 뒤에서 튀어오르는 듯한 여자의 목소리가 들려왔다. "저건 분명히 진 노우드예요. 맞아요, 틀림없어요. 정말 멋있지 않아요?"

토드헌터 씨는 뒤돌아보며 이렇게 말해주고 싶은 충동을 꾹 눌렀다. "아닙니다, 부인, 저 여자는 멋진 사람이 아니란 말이오. 그런 말은 사랑스러운 사람이라는 것을 의미하는 거니까요. 하지만 냉혹한 사실을 말하면 저 여자는 도둑고양이예요. 나는 다음 주 화요일에 저 여자와 점심 식사를 함께 할 예정이오. 그녀의 불순한 의도가 뭔지 알아내고, 왜 그녀가 자신의 애인인 멍청한 중년 남자의 잘생긴 사위와 뻔뻔스럽게 놀아나고 있는지를 밝혀내기 위해서 말이오."

2

그것은 수요일의 일이었다. 남의 일에 참견하기로 결심한 토드헌터 씨는, 점심 식사를 하기로 약속한 날까지 남은 며칠을 이용하기 시작했다.

그의 첫 번째 활동은 그 집에 전화를 걸어——전화번호는 이미 알고 있었다——팔로웨이에게 금요일에 점심 식사를 함께 하고 싶다고 말하는 것이었다. 그는 이 제의를 뛸 듯이 기뻐하며 그 자리에서 승낙했다.

"아, 정말 진이 이곳에 없는 것이 유감이군요." 팔로웨이는 민망할 정도로 감사의 말을 늘어놓다가 전화를 끊기 직전에 말했다. "당신에게 한마디 인사를 하고 싶었을 텐데. 그 사람은 지금 리치먼드에 있어요."

"리치먼드에?"

"예, 그녀는 그곳에 살고 있어요. 아시죠?"

"몰랐소."

그 점심 식사 때 팔로웨이는 고미술품에 대한 얘기와, 굉장히 좋은 물건을 매우 싸게 살 수 있는데 그걸 소개해 주겠다는 말을 했다. 그러나 토드헌터 씨는 화제를 미스 노우드와 팔로웨이 일가에 한정하기로 했다. 점심 식사는 오래 걸렸다. 그도 그럴 것이 팔로웨이가 자기를 돈 많은 미술 애호가로 알고 있는 것이 좋을 것 같아서, 본의 아니게 그 역할에 어울리는 호화스러운 레스토랑을 선택했기 때문에, 식사를 최대한 오래 끌어 투자한 자금을 조금이라도 건지고 싶었던 것이다. 이 음식의 전당을 담당하는 지배인과 웨이터들은 고개를 설레설레 저으며 짜증을 감추지 못하고 있었다. 그리고 주눅이 들어 팁을 너무 많이 주게 될 것을 경계한 토드헌터 씨가, 겨우 참새눈물만큼의 팁을 주어 그리 필요하지도 않은 서비스에 보답했지만 그 정도로는 웨이터들의 못마땅한 얼굴은 펴지지 않았다.

하지만 그 두 시간 15분 동안 토드헌터 씨는 새로운 의미심장한 사실들을 많이 알아낼 수 있었다.

예를 들면 미스 노우드는 대개 리치먼드의 강가에 있는 작은 집에서 생활하며, 그 아파트는 오후의 휴식을 취할 때나 무대에 선 뒤 너무 피곤해서 리치먼드까지 돌아가고 싶지 않을 때의 '임시 숙소'로 사용할 뿐이라는 것을 알았다.

"가엾게도 그녀는 일을 너무 많이 하고 있어요." 팔로웨이는 토드헌터 씨가 한번도 들어본 적이 없는 경박하고 멍청한 목소리로 말했다. "무대 생활이라는 건 정말 힘든 겁니다. 그리고 정상으로 올라가면 갈수록 더 그래요. 저는 진을 만나기 전까지, 여배우들이 이렇게 힘들게 일할 줄은 상상도 못했습니다. 하루 종일 아침부터 밤까지 이리저리 끌려 다니고 있으니까요."

"정말 그렇겠군요." 토드헌터 씨는 동정한다는 듯이 고개를 끄덕였다. "진주 목걸이가 없어지는 일로 신문 기자를 만나거나, 치약이니 화장 크림이니 하는 광고에 이름을 내거나 하는 건 정말 괴로운 일일 겁니다……. 그런데" 하고 토드헌터 씨는 정색하며 이렇게 덧붙였다. "광고에 나가는 일로, 같은 여배우들끼리 경쟁이 무척 심하지 않나요?"

"그런 건 뮤지컬 코미디 스타들이나 하는 것이지요. 진 같은 본격 여배우는 그런 일 하지 않습니다."

팔로웨이는 불쾌한 듯이 대답했다.

토드헌터 씨는 사과한 뒤 스스로도 제법 교묘하다고 생각되는 질문을 다시 시작했다.

그리하여 미스 노우드에 대해 더욱 많은 것을 알 수 있었다. 사바랭 극장에서 그녀를 위해 일하는 매니저의 이름도 알았고, 그녀가 직접 그 극장을 빌리고 있다는 사실도 알았다. 그리고 런던 시의 플레이보이들이 그녀에게 돈을 대주고 싶어해서, 새로운 연극의 자금 모집에는 어려움이 없지만, 언제나 자신의 연극은 자신이 직접 꾸려가고 있다는 것이었다. 또 그녀는 순수한 호의에서 팔로웨이의 둘째딸 펠리시티에게 연달아 세 번이나 연극에 배역을 주었지만, 본인의 연기가 너무 미숙해서 진으로서도 더 이상 펠리시티를 계속 기용하여 배역의 평판을 위험에 빠뜨리는 모험은 할 수 없게 되었다는 것이었다.

"따님에게는 정말 안된 일이군요."

토드헌터 씨는 펠리시티의 실패를 무척 애석해하는 것처럼 말했다.

"그렇습니다. 그 아이는 완전히 낙담해 버렸어요. 그래서 무척 어리석은 말을 하고 말았지요. 그녀가 기회를 준 것을 생각하면 정말 배은망덕한 말을요. 뭐, 예술가 기질이라는 것이겠지만, 그것을 증명해주는 것이 아무것도 없으니까 어쩔 수 없는 일이지요. 정말로 예술가 기질이 있다면 말이지만. 덕분에 저 자신은 그런 일로 고민한 적이 없습니다." 팔로웨이는 만족스러운 듯한 기색으로 말했다. "게다가 제 생각으로는, 예술가 기질이라는 것은 돼먹지 못한 이기주의의 그럴듯한 변명에 지나지 않습니다. 그저 단순한 이름이거나 구실이라고 생각해요."

그러나 토드헌터 씨는, 이야기가 옆길로 새어 나가 예술가 기질에 대한 토론을 벌일 생각은 애초부터 없었다. 그는 펠리시티 팔로웨이가 어떤 어리석고 배은망덕한 말을 했는지 알고 싶어서 그것을 아버지에게 물어보았다.

"그 내용은 모릅니다만." 팔로웨이는 깔끔하게 다듬은 짧은 턱수염을 잡아당기며 모호하게 말했다. 토드헌터 씨는 그의 손에 주목했다. 그 하얗고 작은 손은 마치 여자의 손처럼 화사하고 길고 섬세한 손가락을 가지고 있었다. 진짜 예술가의 손이라고 토드헌터 씨는 생각했다. 하지만 그는 통속 소설을 쓰고 있을 뿐이다.

"모르신다고요?"

"예…… 뭐, 흔히들 하는 말이었을 겁니다. 은인을 모욕하고 주인의 손을 무는 것 같은. 자기 잘못이 아니라 다른 사람 탓을 하는 거지요. 물론 자기는 훌륭한 여배우인데 다른 사람의 질투 때문에 좋은 역할을 얻을 수 없다느니 하는, 아시죠? 실패한 자가 화를 내며 푸념할 때 하는 상투적인 문구. 가엾은 아입니다. 유감이지만 그 일로 저와 말다툼을 했어요. 뭐, 제가 나빴던 거지요. 그 아이가 하는 말을 그대로 받아들여서는 안 되었는데."

"그래서 무대는 그만두었습니까?"

"물론입니다. 진에게 재능이 없다는 이유로 연극에서 쫓겨난 이상 다시는 무대 일은 찾을 수 없을 겁니다. 이런 이야기는 금방 퍼지니까요."

"그래서 집으로 돌아갔나요?"

"아니, 아닙니다." 팔로웨이는 말을 머뭇거렸다. "사실을 말하자면 다른 종류의 일을 찾은 것 같습니다. 사실 언쟁을 한 뒤로는 한번도 보지 못했습니다."

"그런 따님이 어떤 직업을 찾을 수 있을까요?" 토드헌터 씨는 지배인이 노골적으로 싫은 얼굴을 하는 것도 아랑곳하지 않고 주문한 구운 커스터드를 먹으면서 순진하게 물었다. 그러면서 토드헌터 씨는 집에서 그린힐 부인이 만들어주는 것만큼 맛있지 않다고 생각했다.

팔로웨이는 토드헌터 씨가 교묘하게 권한 칵테일을 많이 마신 데다, 그 뒤에도 샴페인을 계속 마셨기 때문에, 자신의 개인적인 일에 대한 상대의 호기심을 불쾌하게 여기지 않았다. 뿐만 아니라 지금은 최초의 장애를 무사히 넘었기 때문에, 오히려 그런 사적인 얘기를 하고 싶어하는 눈치였다.

"사실은 말입니다, 큰딸 바이올라의 얘기로는 그 못난 딸아이가 어느 가게에 일자리를 얻은 모양입니다. 그런 일을 할 필요는 조금도 없는데. 집에 돌아가면 제 어머니가 무척 반기며 환영해 줄 테니까요. 그 아이는 저한테서도 돈을 받으려 하지 않아요. 단호하게 거절하더군요. 그 아이는 늘 독립심이 강했거든요." 팔로웨이는 아무런 스스럼없이 말했다. 그는 자신의 딸에게 일어난 일도, 또 어째서 그 일이 일어났는지에 대해서도 그리 관심이 없는 것처럼 보였다. "오! 이 샴페인, 정말 맛있군요, 토드헌터 씨."

"마음에 드신다니 다행이군요. 한 잔 더 하시겠습니까?" 토드헌터 씨 자신은 신장에 좋다고 해서 보리차를 마시고 있었다.
"아니, 아닙니다. 저 혼자는 더 마시고 싶지 않습니다. 정말이에요."

토드헌터 씨는 팁을 이미 지불한 뒤라 마음 놓고 지배인을 불러, 샴페인 한 병을 더 주문했다. "그리고 이번에는 얼음으로 식히지 말아주게." 그는 보리차에 대담해지는 약효라도 있었던 듯이 덧붙였다. "이 분은 샴페인에 까다로운 분이라네. 차가운 건 좋지만 얼음은 안돼."

지배인은, 그런 직업을 가진 사람들이 대개 그렇듯이 술에 대해 조금은 알고 있었지만, 그래도 충분한 지식을 갖고 있다고는 할 수 없었다. 그는 화가 나서 물러갔다. 토드헌터 씨는 가슴이 다 후련했다.

두 번째 샴페인으로, 토드헌터 씨는 더욱 많은 것을 알아냈다. 팔로웨이의 결혼한 딸의 이름과 브롬리의 주소를 알았고, 팔로웨이 부인이 팔로웨이를 이해해주지 못했다는 것과, 팔로웨이가 부인을 7개월이나 만나지 않은 것, 그리고 그는 이미 1년 이상이나 소설을 쓰고 있지 않으며, 가까운 장래에 새 작품을 시작할 계획도 없다는 것 등이었다.

"어찌된 셈인지 글이 써지지가 않습니다." 팔로웨이는 하소연했다. "어쨌든 저는 그 일이 싫습니다. 수준 낮은 독자를 위해 선정적인 졸작을 잇달아 쓰는 것 말입니다. 늘 못 견디게 싫었습니다. 그래도 전에는 쓸 수 있었지요. 모르는 사이에 요령을 터득하고 있었으니까요. 하지만 지금은 도저히 쓸 수 있을 것 같지가 않아요. 특히 진짜를 만난 뒤부터는."

"진짜?"

"진 말입니다." 팔로웨이는 무거운 말투로 대답했다. "그 여자는 저에게 새로운 감정의 세계를 펼쳐주었습니다. 저는 그녀를 만나기 전까지는 정말로 살아 있었던 적이 한번도 없었습니다. 그때까지는 반은 죽어 있었던 것이나 마찬가지였지요. 질식하고 마비되고 담요에 싸여……, 정말 무엇에라도 비유할 수 있는 상태였습니다. 하지만 이제 진짜 사랑이 어떤 것인지 안 이상, 진짜가 아닌 것에 대해서는 쓸 마음이 들지 않는군요."

토드헌터 씨는 팔로웨이의 이 고백에 반쯤 전율을 느끼고 반쯤 매료되면서, 자신까지 감상적이 되어 손님을 격려하려고 이렇게 말했다.

"저는 사랑이라는 것을 해본 적이 없습니다."

"그건 운이 좋으신 겁니다, 토드헌터 씨. 정말 운이 좋은 거예요. 사랑은 정말 지옥입니다. 진을 만나지 않았으면 좋았을 거라고 생각합니다. 사랑하는 사람은 만나지 않는 편이 좋아요, 토드헌터 씨. 사랑은 지옥입니다. 정말 그래요. 정말 모순이지만 지옥입니다."

이 마지막 고백을 끝내자 팔로웨이는 비틀비틀 일어서서 창백한 얼굴에서 흘러내리는 땀을 닦으며 큰 소리로 말했다.

"화장실이 어디요?"

세 사람의 웨이터에 지배인까지 달려들어 이제 손님이 거의 다 가버린 방에서 팔로웨이를 서둘러 데리고 나갔다.

그가 없는 동안 토드헌터 씨는 기억나는 대로 사람들의 이름과 주소와 그 밖의 중요한 사항을 메모했다.

12분 뒤 팔로웨이가 돌아왔다. 그는 완전히 취기가 깨어 있었지만 빨리 밖으로 나가고 싶어했다.

"그 마졸리카 도자기 말인데요." 휴대품 보관소에서 팔로웨이의 세련된 잿빛 모자와 고급 가죽 장갑, 그리고 토드헌터 씨가 태연자약하게 쓰고 왔던 형태가 찌그러지고 기름얼룩이 배어 있는 모자——

보관소의 시건방진 청년은, 마치 이런 더러운 물건을 만져야 할 경우를 위해 경영자가 부젓가락이라도 준비해줬으면 좋을 텐데 하는 태도로 이 모자를 다루었다──를 받아들었을 때 팔로웨이가 말했다.
"그 도자기 일로 만나야 할 사람은 비고 거리의 하더 씨입니다. 마졸리카 도자기에 대해서는 런던에서 그 사람보다 많이 아는 사람이 없지요. 알고 싶은 것은 뭐든지 가르쳐 주는 데다, 그가 진짜라고 보증하면 절대로 확실하다는 것을 생각하면, 그 가격도 그리 비싼 게 아닙니다. 여기 소개장 대신, 제 명함에 당신의 이름을 써두었습니다. 제 친구인 줄 알면 잘 해 줄 겁니다."
"고맙소." 토드헌터 씨는 적당히 명함을 훑어보면서 말했다. 거기에는 이렇게 적혀 있었다. '로렌스 토드헌터 씨를 소개합니다. 그가 알고 싶어하는 것은 뭐든지 얘기해 주시오. N.F.'
토드헌터 씨는 명함을 호주머니에 찔러 넣었다.

3

이 무렵 토드헌터 씨는 자신이 자신을 상대로 일종의 게임을 하고 있다는 것을 잘 알고 있었다. 그는 팔로웨이의 개인사에 참견할 생각은 없었다. 그것은 분명했다. 팔로웨이는 그에게 아무것도 아니었다. 정말 아무것도 아니었다. 하물며 그의 가족과는 전혀 관계가 없었다. 그러나 혼자서 참견하는 마음이 되어보는 것은 재미있는 일이었다. 다시 말하면, 자신을, 번개 같은 힘으로 모든 어리석은 인간의 문제를 해결하는 힘을 가진 전능한 신처럼 생각해 보는 것은 재미있는 일이었다. 이 경우의 번개 같은 힘이란 물론, 토드헌터 씨의 거울 앞 테이블의 서랍에 하릴없이 들어 있는 권총의 탄환이었다. 게다가 그런 것을 생각하고 있노라면, 비록 일시적이나마 대동맥류에 대한 것을 잊을 수가 있었다.

토드헌터 씨는, 모든 것이 생각한 대로 되지는 않는다고 확신하고 있었음에도 불구하고, 마치 피셔맨의 횡사 사건 뒤, 공익을 위한 살인이라는 터무니없는 생각을 영원히 버렸다는 사실을 잊어버린 것처럼, 팔로웨이가 처해 있는 상황에 대해 여러 가지로 조사하고 신중하게 분석하기 시작했다.

그래서 그는 자신이 메모한 이름과 주소를 근거로 주의 깊게 행동하면서, 대동맥류를 생각해 어디에 가든 택시를 탔으며, 1년 전 같았으면 두려운 나머지 온몸의 동맥을 파열시킬 것 같은 무모함으로 돈을 마구 쓰고 다녔다. 팔로웨이와의 점심 식사에만 6파운드가 넘는 경비가 들었다. 게다가 훈제 송어 튀김 같은 건 끔찍이 싫어했으면서도.

토드헌터 씨가 특히 얘기를 나눠보고 싶었던 사람은 세 사람이었다. 팔로웨이의 두 딸과 사바랭 극장의 매니저였다. 치밀하게 생각한 끝에 토드헌터 씨는, 팔로웨이와의 점심 식사 뒤 즉시 브롬리에 사는 결혼한 딸을 만나러 가는 것이 좋겠다고 마음을 정했다. 그녀의 남편은 그날 오후에는 집에 없겠지만 그 다음날부터 이틀 동안은 집에 있을 거라고 생각했기 때문이다. 그래서 그는 레스토랑에서 빅토리아 역까지 택시를 타고 바로 가서 브롬리행 열차에 몸을 실었다.

가르쳐 준 주소대로라면 글로브파크 지구 내에 집이 있어야 했다. 그런데 브롬리 역에서 잡아탄 택시의 운전기사는, 무엇을 알고 있는 사람이 모르는 사람을 대할 때의 연민과 경멸이 섞인 어조로, 체어링크로스 역에서 북브롬리 역까지 가야 하며, 그곳에서 가는 편이 훨씬 택시 요금이 적게 든다고 말했다. 하긴 지금 시간에는 그 역에서 택시를 탈 수 있을지 장담할 수 없다고 운전기사는 덧붙였다.

"그래요? 하는 수 없지, 빨리 가 주시오." 토드헌터 씨는 조심스럽게 몸을 구부려 차에 올라탐으로써, 다른 역에서 내렸더라면 하는 흥미로운 문제를 더 이상 생각하지 않기로 했다.

"예에?" 운전기사가 놀라며 말했다.

토드헌터 씨는 산의 깎아지른 바위에 있는 둥지에서 밖을 내다보는 얄미운 새처럼 창문에서 머리를 내밀었다. "빨리 가잔 말이오."

"알겠습니다." 운전기사는 대답하고 차를 움직이기 시작했다.

빈센트 파머 부처의 집은, 최근에 브롬리 마을을 북쪽의 인접 지역과 바로 연결하는 새로운 도로 가운데 하나에 위치하고 있었다. 택시는 아직 지은 지 5년 이상은 되지 않아 보이는, 작은 이층집 앞에서 멈춰 섰다. 토드헌터 씨는 운전기사에게 요금을 지불하면서, 집 정면의 쥐똥나무 산울타리는 깨끗하게 손질되어 있는데 반면에 포치에는 크레마티스가 난잡하게 자라 있는 것을 보았다. 이 두 가지 사실은 서로 상반되는 의미를 가지고 있었기 때문에, 토드헌터 씨는 어떤 결론을 내려야 할지 망설여졌다.

그래도 토드헌터 씨는 운이 좋았다. 검은 옷에 하얀 앞치마를 제대로 차려입은 하녀가 초인종 소리를 듣고 나타나서, 파머 부인이 집에 계시다며 이내 거실로 안내해 주었다. 파머 부인은 속을 잔뜩 채워 넣은 안락의자 위에서 낮잠을 자고 있었다.

부인은 화가 나기도 하고 부끄럽기도 한 듯이 벌떡 일어났다. 키가 작은, 스물대여섯 살쯤 된 예쁜 여성으로, 갈색 머리가 약간 매력적으로 흐트러져 있었다. 그러나 그녀보다 훨씬 더 당황한 토드헌터 씨의 모습에 그녀의 당혹감과 분노가 약간 누그러진 듯했다.

"엘지, 너도 참, 왜 그렇게 생각이 없니?" 그녀는 웃으면서 말했다. "저 아인 2년 전에 우리가 이곳으로 왔을 때, 전혀 아무것도 모르는 상태에서 일하게 되었어요. 게다가 아직 저도 완전히 가르치지도 못했구요. 하지만 당신의 이름은 말해 주더군요. 토드헌터 씨라고 하셨죠?"

"예, 그렇습니다. 토드헌터입니다." 토드헌터 씨는 날개처럼 벌어진 귓바퀴까지 빨갛게 되어, 벌써부터 이 충동적인 방문을 반쯤 후회하면서 우물쭈물 말했다. "아무래도 좋지 않은 시간에 찾아온 것 같아서 죄송하군요. 저, 당신 아버님의 친구인데⋯⋯ 지나가던 길에 잠깐⋯⋯."

"어머, 아버지 친구분이세요? 어쩜! 어서 앉으세요, 토드헌터 씨."

토드헌터 씨는 어색함을 감추기 위해, 지극히 느릿하게 지갑에서 팔로웨이의 명함을 꺼내 바이올라 파머에게 건넸다. 상대는 머리를 쓸어 올리던 손길을 멈추고 그 명함을 가만히 들여다보았다.

"네, 알겠어요. 그런데 제가 뭘 얘기해 드리면 되죠?"

토드헌터 씨는 여윈 손을 내밀어 명함을 돌려받아 원래대로 지갑에 꽂아 넣었다. 앞으로도 상당히 도움이 될 명함이다.

"어험!" 토드헌터 씨는 헛기침을 한 뒤, 안경을 약간 고쳐 쓰고 앙상한 무릎에 얌전하게 손을 놓더니 상대의 주의를 끌려고 몸을 앞으로 내밀었다. "부인, 저는 아버님 일로 무척 걱정하고 있습니다."

바이올라 파머는 깜짝 놀란 얼굴을 했다.

"제 아버지에 대해서요?"

"예." 토드헌터 씨는 고개를 끄덕였다. "진 노우드와 관련해서⋯⋯."

"아!" 여자는 토드헌터 씨를 응시했고, 토드헌터 씨는 여자의 얼굴을 걱정스럽다는 듯이 지켜보았다. 이렇게 서곡 없이 주제로 바로 돌입하는 것이 성공이냐 아니면 실패냐 하는 모험이었다. 그러나――토드헌터 씨는 생각했다――바흐가 그것을 잘 해냈다면 자신도 해낼 수 있을지 모른다.

"아, 우리도 모두 걱정하고 있어요!" 부인이 소리쳤다. "왠지 무척 나쁜 일이 있을 것 같은 느낌이 들어요. 그 여자는 정말 악마예요."

토드헌터 씨는 앙상한 정강이를 만족스러운 듯이 때렸다. 성공이냐 실패냐 하는 모험이 성공한 것이다. 파머 부인은 자기를 아버지의 옛 친구로서 두 말 없이 받아들여 귀찮은 질문을 하지 않고, 뭐든지 숨기지 않고 얘기할 것처럼 보였다. 부인이 자신의 남편의 수상한 거동에 대해 알고 있는지 알아내고 싶었던 토드헌터 씨는 지금이 딱 좋은 기회라고 생각했다.

"악마." 토드헌터 씨는 상대의 말을 반복했다. "정말 맞는 말입니다. 그 여자를 표현하는 데 그 이상의 말은 없을 겁니다."

"하지만, 모두들 그 사람을 무척 매력적이라고 말하고 있어요."

"그 여자에 대해 제대로 모르기 때문입니다."

"정말이에요, 모두들 모르고 있어요."

"어떻게 하면 좋을까요?" 토드헌터 씨는 문제를 꺼냈다.

여자는 어깨를 으쓱 치켜 올렸다. "전 모르겠어요. 물론 아버지한테 얘기해 봤지만 아무 소용이 없었어요. 언제나 무엇에 대해서든 그럴듯한 변명을 준비하고 있거나, 그렇지 않으면 불쌍한 얼굴로 도저히 어쩔 수 없다는 표정을 짓고 있을 뿐이에요. 저도 해 봤고, 어머니도 노력해 봤어요. 하지만 그 결과는 사태를 악화시키기만 할 뿐이에요. 가엾은 어머니! 얼마나 괴로우실까!"

"그러시겠지요." 토드헌터 씨는 힘차게 고개를 끄덕이다가 문득 정신을 차리고, 이번에는 조용히 고개를 끄덕였다. "그러실 테지요. 어머니는 아직 북부에 계신가요?"

"네, 이쪽에 와봤자 아무 소용도 없는 걸요. 어머니는 그걸 아실 만한 분별력이 있는 분이에요. 게다가 지금은 이쪽에 올 수 있는 기차삯도 없을지 모르고."

"기차삯이?"

"네, 아버지가 송금을 중지해 버렸기 때문에 거의 무일푼이에요. 이따금 제가 능력껏 돈을 보내 드리고는 있지만, 그래도……."

"그럴 수가! 그런 지경까지 되신 줄은 몰랐군요." 토드헌터 씨는 큰 소리로 말했다. "물론, 그가 부인 곁을 떠난 것은 알고 있었지만." 그는 반만 진실인 말을 덧붙였다. "하지만 송금을 중지했다는 건 몰랐습니다."

"정식으로 헤어진 건 아니지만 아버지는 집을 나가신 뒤 한 푼도 보내지 않았어요. 어머니가 조금 보내 달라고 하면 완전히 불쌍한 시늉을 하면서 돈이 하나도 없다고 하는 거예요. 그 동안 내내 그 여자와 살면서 그 아파트 집세를 내고 돈을 물 쓰듯이 쓰고 있으면서요. 틀림없이……." 팔로웨이의 딸은 온화하게 말했다. "머리가 이상해지신 거예요."

"어떤 의미에서는 그렇겠지요." 토드헌터 씨가 동의했다. "유감이지만, 그 점에 대해서는 당신 아버님이 완전히 제정신이 아닌 것 같군요. 여자에게 너무 빠지게 되면……." 그는 모호하게 덧붙였다.

"흔히 그렇게 되는 것 같더군요."

"어쨌든 논리만 가지고는 아무것도 되지 않는 것 같아요."

그 목소리에서 독특한 비통의 느낌을 눈치챈 토드헌터 씨는 날카롭게 여자를 응시했다.

"아하!" 그는 가능한 한 의미심장하게 맞장구를 쳤다. "그래요? 그럼, 당신은 물론……. 그렇군요. 알고 있을 거라고 생각은 했지만."

"물론 알고 있어요."

그녀는 모멸과 비애가 섞인 목소리로 대답했다.

"그래서 어떻게 하실 생각입니까?"

"빈센트 말인가요? 모르겠어요, 아직."
"당분간은 아무것도 하지 않는 편이 좋아요."
토드헌터 씨는 열심히 말했다.
부인은 그를 응시했다. "아무것도 하지 말라구요?"
"아무것도 하지 마세요. 난…… 뭐 이런 일에 대해서는 그리 지식은 없지만, 지금 단계에서 부인 쪽에서 간섭하거나 공공연하게 반대하면, 치명적인 파탄이 찾아올 뿐이라고 생각합니다. 모든 일이 저절로 잘 해결될지도 모르고, 그렇지 않을지도 모릅니다. 하지만 앞으로 1주일 정도는 아무것도 하지 말고 가만히 있어요. 당신이 알고 있다는 것을 그도 알고 있습니까?"
"모를 거라고 생각해요."
"그럼 다행이군요. 당분간 가만히 내버려 두세요."
"알겠어요."
부인은 잠시 생각한 뒤에 조금 의아하다는 듯이 말했다.
잠시 뒤에 토드헌터 씨는 작별을 고했다. 그가 받은 인상으로는, 파머 부인은 아버지보다 훨씬 강한 성격을 가지고 있는 것 같다는 것이었다. 그녀가 어떻게 해야 할지 아직 모르겠다고 말했을 때, 토드헌터 씨는 그녀가 일단 결심하면 뭔가 과감한 일을 할 거라는 느낌이 들었다. 분명히 이 젊은 파머 부인은 아무것도 하지 않은 채 잠자코 앉아 일이 돌아가는 대로 구경만 하고 있을 사람으로는 보이지 않았다.
 일어서기 전에 토드헌터 씨는 팔로웨이의 또 다른 딸의 주소를 알아냈다.
 런던으로 돌아가는 도중에, 토드헌터 씨는 이 만남을 되짚어 보면서, 분명히 흥미로운 만남이었지만 정황에 대한 새로운 사실은 알아낸 것이 거의 없다고 생각했다.

4

 그러나 여기에 이은 두 번의 만남은 그렇지 않았다.
 그날 밤, 토드헌터 씨는 사바랭 극장으로 매니저를 만나러 갔다. 그 사람의 이름은 배드, 쉰 살가량의 활기가 없는 얼굴의 남자로, 검은 머리에 수염은 항상 깎지 않는 것처럼 보였다. 이 남자로 하여금 얘기를 털어놓게 하는 데는 상당한 시간과 기술이 필요했다. 그러나 한번 입을 열고 나니까, 거기서 나온 새로운 사실은 미스 노우드의 숭배자들을 깜짝 놀라게 하는 데 충분한 것이었다.
 "그 여자는 굴러먹을 대로 굴러먹은 여잡니다, 토드헌터 씨." 배드 씨는 음울한 열의를 보이며 잘라 말했다. "그런 타입의 여자가 연극계에서는 드물지 않지만, 그녀는 지금까지 제가 만난 여자 중에서도 최악이에요. 어째서 그런 여자에게 계속 들러붙어 있을 수 있는지 스스로도 잘 모르겠어요. 뭐, 요즘은 일은 어디까지나 일이고, 그 여자가 자기 극장에서는 내 마음과 몸을 소유할지 몰라도 집에 돌아가면 난 나니까요." 그는 남은 더블 위스키를 서둘러 비운 뒤 한 잔 더 주문하려고 테이블을 두드렸다.
 "그게 정말입니까?" 토드헌터 씨는 재미있다는 듯이 말했다. "어떤 타입의 여자인지 더 얘기해 보세요."
 배드 씨는 자세한 얘기를 시작했다.
 두 사람은 포이에 클럽에 앉아 있었다. 사바랭 극장이 끝난 뒤, 배드 씨가 잠깐 한잔 하자고 하며 토드헌터 씨를 안내한 곳이었다. 토드헌터 씨는 팔로웨이의 명함을 보여주고, 〈런던리뷰〉의 극평에 사용할 정보를 수집하는 척하며 배드 씨의 협조를 요청한 것이다. 배드 씨는 연극이 끝나고 모든 뒤처리가 끝날 때까지 기다려 준다면 기꺼이 응하겠다고 말했다. 토드헌터 씨는 기다렸다. 그리고 지금 의사의 지시를 어기고 약간 들뜬 기분으로 자정이 지난 시간에, 작고 초라한

포이에 클럽에서 보리차를 마시면서 점점 입이 가벼워지는 배드 씨의 얘기에 귀를 기울였다.

"어떤 의미에서는 순진하다고 할 수 있습니다. 그녀는 자신을 위대한 여배우라고 진심으로 믿고 있어요. 적어도 사라 베르나르 이래의 최고의 여배우라고요. 어쩌면 속으로는 베르나르에게 몇 수 가르쳐 줄 수도 있다고 믿고 있을지도 모릅니다. 물론 완전히 착각이지요. 그녀는 위대한 배우는 아닙니다. 다만 관객을 사로잡는 요령을 알고 있을 뿐이지요. 특별히 나쁜 배우라는 얘기는 아닙니다. 사실……" 배드 씨는 관대하게 덧붙였다. "상당히 좋은 여배우예요. 하지만 위대하지는 않습니다, 절대로……. 어이, 이봐, 같은 걸로 한 잔 더 갖다 주게. 토드헌트 씨, 당신의 컵도 빈 것 같은데 이번에는 좀 더 강한 걸로 하시죠."

토드헌터 씨는 강한 술을 거절하는 데 약간 진땀을 뺐다. 배드 씨가 억지로 권할 기색이었기 때문이다. 두 사람은 다시 얘기하던 화제로 돌아갔다.

"그렇군요. 하지만 여자로서는 어떤 사람입니까? 여배우로서는 상당히 매력이 있는 것 같은데 평소의 대인 관계도 그런가요?"

"아니, 그렇지 않아요." 배드 씨는 단호하게 말했다. "진은 무서운 여자입니다. 그녀가 경영 쪽에 발을 들여놓았다는 얘기를 들었을 때는, 온 런던의 연출자들이 안도의 한숨을 쉬며 축배를 들었지요. 이제 두 번 다시 그녀의 성깔에 시달리지 않아도 된다고 생각한 거죠."

"성깔?"

"그렇습니다. 그 여자가 톱스타가 된 뒤로, 그녀가 출연하는 연극에서 리허설이 순탄하게 진행된 적이 한 번도 없을 정도니까요. 언제나 거만하게 굴며 연출자와 싸우거나 대사를 바꿔 달라고 요구하고, 배역 중의 아무한테나 욕을 퍼부으며 모든 사람에게 지옥 같은 기분을 느끼게 했지요."

"그렇다면 왜 그녀를 쓰는 겁니까?" 토드헌터 씨는 이상하다는 듯이 말했다. 이것은 진 노우드 같은 타입의 여배우에 대한 문외한들이 자주 하는 질문이었다. 그리고 한번도 만족할 만한 대답을 들은 적이 없었다.

"그거야, 뭐." 배드 씨는 모호하게 말했다. "그녀에게는 사람을 끌어당기는 힘이 있기 때문입니다. 아무튼 관객을 장악하고 있으니까요. 싫어도 그녀가 필요한 거지요."

"하지만 그렇게 시간을 허비하거나 괴로워하면서까지 그럴 필요는 없을 것 같은데."

"한번은 이런 일이 있었습니다. 1925년에 〈실버 페니〉가 상연되었을 때 저도 그녀와 함께 일했습니다. 그녀가 막 유명해진 무렵이어서 온 세상이 그녀에게 푹 빠져 있었지요. 그녀는 자기 없이는 우리가 해나갈 수 없다는 것을 잘 알고 있었습니다. 그런데 하녀역을 맡은 아가씨가 있었는데——그 연극을 기억하십니까? 모르신다구요? 1년 가까이나 상연했는데요——그 아가씨에게는 웨스트엔드 첫 데뷔작이었기 때문에 리허설 때 너무 긴장하고 말았어요. 진은 무슨 이유에서인지 그 아가씨가 마음에 들지 않았던 모양입니다. 어느 날 아침, 그 아이는 진에게 할 대사를 착각하고 말았어요. 제1막의 리허설을 하고 있었는데 다른 막의 대사를 하고 말았지요. 그러자 진은 무대 정면으로 걸어가서, 그 극을 연출하는 조지 파네스에게 이렇게 말했어요. '파네스 씨, 이 아이를 그만두게 하고 더 유능한 여배우를 써 주세요. 그렇지 않으면 제가 빠지겠어요.' 뭐, 그 다음엔 말할 것도 없지요. 모두들 그녀와 언쟁을 벌였고 아가씨는 울음을 터뜨렸지만 도저히 방법이 없었습니다. 그 아가씨는 결국 그만두지 않을 수 없었지요."

"그건 정말 너무 했군요."

토드헌터 씨는 크게 의분을 느끼며 소리쳤다.

"하지만 진다운 행동이었습니다." 배드 씨는 우울한 듯이 말했다. "제 앞에 그녀의 매니저를 했던 그 가엾은 노인 앨프레드 고든만 해도……." 배드 씨는 미스 노우드가 고든 씨를 얼마나 고통스럽게 했는지, 그리고 결국 노인은 파멸에 직면하여 다른 일자리를 얻을 희망도 없어지자 노턴힐 게이트의 작은 아파트에서 가스를 마시고 자살을 하고 말았다는 얘기를 했다.

"우연히 안 사실이지만 그는 그녀에 대해 쓴 유서를 남겼습니다. 하지만 검시법정에서도 무시되고 말았어요. 이 사건은 한때 그녀에게도 상당히 충격을 주었지만 오래 가지는 않았습니다. 이내 예전과 마찬가지로 우리를 다시 괴롭히기 시작했습니다."

"아무리 그렇다 해도 왜 모두들 그런 여자를 위해 일을 하는 건가요?"

배드 씨는 엷은 웃음을 지으며 상대를 바라보았다. "아무래도 연극에 대해서는 잘 모르시는 것 같군요, 토드헌터 씨. 이 세계에서는 일자리가 그리 많지 않습니다. 게다가" 배드 씨는 냉소적인 말투로 덧붙였다. "진 노우드와 함께 1, 2년만 일했다고 하면 누구나 인정해 주니까요. 진에게 단련을 받은 자라면 일을 잘 할 거라는 건 연출자라면 모르는 사람이 없습니다. 그리고 진은 정말 연기력이 좋은 사람밖에 쓰지 않아요. 그것만은 대단한 점으로 인정해야 합니다. 그녀는 상당히 날카로운 두뇌의 소유자로, 최상급 사람밖에 상대하지 않아요. 하지만 물론 그녀를 위협할 정도로 우수해 보이는 자가 있다면, 그 사람은 오래 버티지 못합니다." 배드 씨는 솔직하게 말했다. "무슨 일이 있어도 자기 무대에서 다른 여배우에게 먹히는 것을 그 여자가 그냥 두고 볼 리가 없으니까요. 예를 들면, 당신 친구인 팔로웨이 씨의 딸처럼 말입니다."

토드헌터 씨는 깜짝 놀라 자세를 고쳐 앉았다. "펠리시티 팔로웨이 말입니까? 그럼 그녀는 연기력이 있다는 말이군요?"

"물론 있고말고요. 그렇게 좋은 소질을 가진 여배우는 본 적이 없습니다. 물론 잘 다듬을 필요는 있었지요. 게다가 기술도 좀 배워야 하고. 하지만 틀림없이 재능이 있었습니다. 그런데 진은 그녀를 쫓아내고 말았어요. 다른 수십 명을 쫓아냈듯이. 이젠 그 아가씨에게 다시 한번 기회를 주려고 하는 용기 있는 사람은 없을 겁니다."

"용기?" 토드헌터 씨의 의분이 다시 불타올랐다. "다른 매니저들도 설마 미스 노우드를 두려워하고 있는 건 아니겠지요?"

배드 씨는 수염을 깎은 뒤의 파란 턱을 쓰다듬었다. "뭐, 그렇게 물으신다면 두려워하지 않는다고 분명하게 말할 수는 없을 것 같군요. 이 장사에서는 우리의 입장이 정말 취약합니다. 이를테면, 미스 대시가 연기가 서툴러서 미스 노우드의 연극에서 쫓겨났다는 소문이 퍼지면, 이 미스 대시는 평생 동안 주선인에게 발이 닳도록 쫓아다니며 부탁해도 배역을 맡을 가능성이 없습니다. 그리고 그런 소문을 퍼뜨린 사람이 진 노우드인 건 두말할 것도 없지요. 그리고 무엇보다 그 아가씨에게는 관객을 끌어들이는 힘이 없으니까요."

"하지만 미스 노우드는 왜 그 아가씨를 파멸시키고 싶어하는 걸까요?"

배드 씨는 거침없이 대답했다. "왜냐하면 그 여자는 굴러먹을 대로 굴러먹은 여자이기 때문입니다. 그뿐이에요. 이보게, 웨이터!"

5

그리하여 일요일 아침, 토드헌터 씨는 버스를 타고 파머 부인이 가르쳐 준 대로 메이다 베일에 있는 펠리시티의 집을 찾아갔다. 그리고 곧 금발에 푸른 눈, 하얀 복숭아처럼 아름다운 피부의 매력적인 젊은 여성을 만나게 되었다. 자연의 여신이 가죽 한 장을 정성껏 세공하다 그만 싫증이 나서 내버려둔 것처럼, 미인들에게는 그저 아름답기만 할 뿐 속이 빈 경우가 많은데 그녀는 전혀 그렇지 않았다. 그것은 그녀의 언니도 마찬가지여서 자매가 한결같이 아버지와는 전혀 닮지 않았다.

그녀는 토드헌터 씨를 무척 작은 거실로 안내했다. 그곳은 가능한 한 현대적인 분위기로 만들려고 가구류는 될 수 있는 한 조금만 진열해 놓았다. 그러나 방 자체가 너무 작아서, 실용적인 최소한의 가구만 두었는데도 상당히 복잡해 보였다. 미스 팔로웨이는 토드헌터 씨의 소중한 명함을 자세히 들여다보고, 함께 사는 통통한 몸집의 아가씨를 안쪽 방에 가 있게 한 다음, 두 개밖에 없는 팔걸이의자에 토드헌터 씨와 나란히 앉았다.

토드헌터 씨는 전에도 무척 유용하게 써먹은 서두를 다시 꺼냈다. 그러나 이번에는 약간 쓸데없는 사족을 달고 말았다.

"팔로웨이 양, 나는 당신 아버님 일로 무척 걱정하고 있습니다. 틀림없이 당신도 같은 심정일 거라고 짐작합니다만."

뒤에 덧붙인 이 교묘한 사족은, 토드헌터 씨로 하여금 진땀을 흘리게 하는 결과를 가져다 주었다. 펠리시티 팔로웨이는 먼저 그를 지그시 쳐다보고, 이윽고 뭔가 생각난 듯이 방을 둘러보더니 다시 한번 그를 응시한 뒤 왁 하고 울음을 터뜨리고 만 것이다.

"아이구, 저런!" 토드헌터 씨는 몹시 당황하여 말했다. "놀라게 할 생각은 조금도 없었어요. 이거 사과해야겠군요. 난······."

"하지만 모르시겠어요?" 미스 팔로웨이는 우는 목소리로 말했다. "모든 책임은 저예요."

토드헌터 씨는 너무 놀라서 그녀가 한 말의 어법상의 실수도 알아채지 못했다. "당신한테?" 그는 진지하게 말했다. "책임?"

"네! 제가 그 두 사람을 연결해 줬으니까요."

"아하, 그랬군요. 정말 안됐어요. 하지만 운이 나빴던 겁니다. 그래도……."

"네, 그래요!" 그녀는 단호하게 되풀이했다. "저는 그녀가 어떤 여자인지 알고 있었어요. 그리고 아버지에 대해서도 잘 알고 있었고요. 무슨 일이 일어날지 예측하지 못한 건 순전히 제 잘못이에요. 제가 잘못한 거라구요!"

그녀는 작은 엽서만한 손수건으로 코를 풀었다.

"자, 자, 울 것 없어요." 토드헌터 씨는 무거운 책임감을 느끼며 말했다. "당신이 자신을 책망할 필요는 없다고 생각합니다. 틀림없이 팔로웨이 양은……."

"당신은 아버지의 친구분이세요?"

"예, 그렇습니다. 나는……."

"그럼, 모든 걸 다 알고 계시겠군요."

"예, 알고 있긴 하지만……, 그래요!" 토드헌터 씨는 교묘하게 말을 돌렸다. "그래요, 일단 당신의 관점에서 모든 것을 얘기해 주는 게 어떨까요, 팔로웨이 양."

"관점 같은 건 문제가 되지 않는다고 생각해요. 이건 사실이니까요. 그리고 이것이 얼마나 혐오스러운 일인지 아무도 모를 거예요. 네! 어쨌든 아버지가 어느 날 극장에 절 찾아오셨어요. 그리고 또 한 명의 아가씨와 함께 사용하고 있는 그 분장실에 진이 들어온 거예요. 그래서 전 아버지를 소개했죠. 진은 물론 아버지에게 달라붙기 시작했어요. 그녀의 그 간사한 교태에 대해선 알고 계시죠? 아버지의 책을 전부 읽었는데 도저히 표현할 수 없을 정도로 훌륭한 작품이라느니, 가장 좋아하는 작가라느니, 천재라느니, 언제 점심 식사를 함께 하지 않겠느냐 하는, 늘 써먹는 뻔한 대사 말이에요. 그것을 또 아버지는 곧이곧대로 받아들이고 만 거예요. 아버지는 무척 단순하시거든요. 남이 하는 말은 모두 진심으로 생각해 버려요.

그리고 다음에 일어난 일은, 어머니가 무척 걱정하면서 저에게 얘기한 거예요. 아버지는 요크셔에서 런던으로 가는 횟수가 점점 많아지고, 진을 자주 만나고 있는 것 같다는 거였어요. 어머니는 거기에 대해 뭔가 알고 있는 게 없느냐고 저에게 물었어요. 저는 약간 이상하다는 생각이 들었어요. 왜냐하면, 저는 아버지를 전혀 만나지 못했으니까요. 어쨌든 아버지가 극장에 찾아오지 않는 건 분명했기 때문에, 어머니에게 런던에 가는 건 일 때문이라고 아버지가 말한 것은 아마 사실일 거라고 말씀드렸어요. 그런데 그 다음 주에 런던에 오신 아버지는 그 뒤로 집에 돌아가지 않았어요. 그게 벌써 1년 전의 얘기예요. 그때 이후 아버지는 내내 집으로 돌아가지 않았어요."

"그렇지만 아버님은 어머니와 정식으로 헤어진 건 아니죠?"

"정식으로는요. 그래도 사실상 헤어진 거나 다름없어요. 아무튼 전 도무지 이해가 되지 않아요. 물론 진이 아버지를 교묘하게 다룬 건 틀림없지만, 아버지가 이렇게 무력하게 타락해 버릴 줄은 꿈에도 몰랐어요. 마치 가족 같은 건 존재하지 않는 것처럼 행동하시잖아요."

"당신의 언니인 파머 부인은, 이번 일로 아버지가 자기 행동에 거의 책임감을 느끼지 않는 상태에 빠져 있다고 생각하는 것 같더군요."

"어머, 그럼 바이올라 언니를 아시는군요? 네, 그래요. 일시적인 광기겠죠. 하지만 그런 모습을 보고 있는 건 정말 괴로운 일이에요. 더구나 자기 아버지일 경우에는요."

"맞는 얘깁니다." 토드헌터 씨는 상대가 최근의 사태에 대해 알고 있는지 궁금해서 넌지시 떠보았다. "하지만 그 여자가 지금은 다른 사람에게 손길을 뻗기 시작한 것 같던데요?"

"아버지를 버리려 하고 있다는 말씀이세요? 아! 그렇다면 다행이에요. 왜 좀 더 일찍 그렇게 하지 않았을까? 벌써 뼛골까지 다 짜내 버렸을 텐데. 누구예요, 그 새로운 희생자는?"

"아니, 그건 잘은 모르지만……." 토드헌터 씨는 자신의 경솔함을 후회하면서 꽁무니를 뺐다.

토드헌터 씨는 뛰어난 배우는 아니었다. 그는 2분도 채 지나지 않아 사실대로 털어놓고 말았다.

아가씨는 정말 놀란 모양이었다. 숨이 가빠지면서 가슴이 높게 물결쳤다. 눈은 눈물보다 분노로 번뜩이고 있었다.

"토드헌터 씨, 뭔가, 뭔가 손을 쓰지 않으면 안 돼요!"

"맞아요." 토드헌터 씨는 진지하게 말했다. "나도 진심으로 그렇게 생각합니다."

"그 여자는 지금까지 수십 명의 인생을 망쳐놓았어요. 제 장래도 그렇구요, 들으셨겠지만."

"예, 조금은……."

"저는 연극을 할 줄 알아요." 그녀는 몹시 천진난만하게 말했다. "그 사람은 아버지를 자기 마음대로 해 버리자 저를 쫓아내지 않을 수 없게 된 거예요. 어쨌든 그런 건 아무래도 상관없어요. 중요한 건 그 사람이 바이올라 언니의 인생까지 망쳐 버리도록 그냥 내버려 둬서는 안 된다는 사실이에요. 사실 빈센트는 조금 모자라는 남자예요. 그리고 그 여자는 악마라도 홀릴 수 있구요."

"맞아요. 하지만 어떻게 해서 막을 생각인가요?"

"모르겠어요. 하지만 해보겠어요. 만약 제가 막지 못하면 사태는 지금 얘기한 것보다 훨씬 더 나빠질 거잖아요? 사정을 어디까지 아시는지 모르지만, 어머니는 지금 아버지가 돈을 한 푼도 보내 주지 않아서 집과 가구까지 팔지 않으면 안 되는 형편이에요. 그래도 어머니는 이 문제를 법정으로까지 가져가고 싶어하지는 않으세요. 제가 그렇게 하는 게 좋을 거라고 권했지만요. 소송을 걸겠다는 말만으로 아버지가 정신을 차릴지도 모른다고 생각했어요. 하지만 어머닌 아시다시피 그런 성격이잖아요?"

"아니, 저 사실은, 난 아직 어머니를 만난 적이 없어요."

"어머, 그러세요? 어머니는 무척 완고하고 자존심이 강한 분이세요. 이혼 소송이나 아버지를 법정으로 끌어내는 속된 짓을 할 바에는, 차라리 귀부인답게 굶어죽는 편이 낫다고 생각하세요. 그리고 물론 아버지는 어머니의 그런 성격을 이용하고 있는 거죠. 어떤 의미에서는 가엾을 정도로 어리석은 분이니까요. 자신이 무슨 짓을 하고 있는 건지도 모르시는 거예요. 전 어머니에게 페이스에 대한 얘기를 꺼내 아버지에게 호소하라고 했어요. 하지만 어머닌 그것조차 하려고 하지 않아요."

"페이스?" 토드헌터 씨가 의아한 듯이 되물었다.

미스 팔로웨이는 놀란 것 같았다. "네, 페이스요. 아시죠? 어머, 모르셨어요? 페이스는 제 어린 여동생이에요. 그런데 두 달쯤 전에 어머니한테서 들은 얘기로는, 우리 집에 있는 그 사람 좋은 요리사가 어느 날 술에 취해서 이번 일을 모두 페이스에게 말해 버렸다지 뭐예요? 우리 모두가 충격을 받은 일인데, 열세 살밖에 안 된 다감한 아이에게는 어떤 충격을 주었을지, 아시겠죠? 그 이튿날 어머니는 동생을 학교에 보내는 데 얼마나 진땀을 흘렸는지 몰라요. 부끄러워서 학교에 갈 수가 없다는 거예요. 그 아이는 그 일만 생각하면서 점점 건강이 나빠져 갔어요. 정말 너무해요, 토드헌터 씨. 어떻게 이런 일이 있을 수 있어요? 이 모든 것은 다 그 혐오스러운 암여우의 허영심과 탐욕 때문이에요."

토드헌터 씨는 구식 신사여서 예쁜 아가씨의 입술에서 욕설이 튀어나오는 걸 듣자 약간 당황했다. 그러나 그런 말을 사용해도 좋을 때가 있다고 한다면 바로 지금이 그런 때일 것이다.

"아, 그럼요!" 그는 마지못해 맞장구를 쳤다. "나는 사태가 그렇게 심각한 줄은 생각지도 못했어요. 게다가 당신의 장래에 대한 것도 ……."

"아, 그거요?" 아가씨는 초조한 듯이 말했다. "네, 그것도 분명히 화가 나는 일이지만 진짜 중요한 건 아니에요. 정말로 화가 나는 건, 여배우로 일했으면 지금의 가게에서 일하는 것보다 세 배나 되는 돈을 벌 수 있기 때문에 어머니에게 열 배나 더 송금할 수 있다는 거예요."

"정말 그렇겠군요. 그래, 가게에서 일하고 있다면, 그건 무척 힘든 일일 텐데……." 토드헌터 씨는 모호하게 말했다. "카운터 뒤에 하루 종일 서서……."

"아니에요." 아가씨는 약간 미소지었다. "그런 일은 하지 않아도 돼요. 저는 작은 부인복 가게에서 조용히 일하고 있어요. 그 검은 유니폼을 입는 새침한 점원의 한 사람이죠. 물론 지금은 '부인복 가게'라고 하지 않고 '모드 가게'라고 해요. 이런 식으로 하는 거예요." 그녀는 쓱 일어서더니 젊은 여성이 시골의 뚱뚱한 부인을 상대하는 모습을 흉내내어 보였다. 그 동작이 무척 재미있고 진짜처럼 보였기 때문에, 모드 가게 같은 데는 한번도 가 본 적이 없는 토드헌터 씨조차, 그런 가게의 여자들에 대해 뭐든지 다 알고 있는 것 같은 기분이 들 정도였다.

"오오." 그는 큰 소리로 말했다. "당신은 루스 드레이버처럼 잘 하는군요." 미스 드레이버의 런던 공연이 있을 때면 빠지지 않고 보러 갔던 토드헌터 씨로 치자면, 이건 이례적일 정도로 칭찬하는 말이었다.

아가씨는 약간 웃으면서 의자에 앉았다. "아니에요, 천만에요. 루스 드레이버는 비할 데 없는 연기력을 가졌어요. 그렇게 말해주시는 건 기쁘지만."

"어쨌든 당신에게는 분명히 재능이 있어요."

"네, 그래요." 펠리시티 팔로웨이는 약간 슬픈 듯이 말했다. "정말이지 연극은 할 수 있어요. 저에게도, 또 어머니에게도 무척 도움이 되는 일인데."

"맞아요." 토드헌터 씨는 약간 허둥대며 말했다. "그래서…… 그러니까…… 생각이 났는데, 실례지만 당신 아버지의 옛 친구로서…… 어머니는 아직 만난 적이 없지만, 그 옛 친구의 특권으로서…… 에…… 그러니까……." 마지막에는 지리멸렬하게 말하면서 토드헌터 씨는 수표책과 만년필을 꺼내어, 귀까지 빨갛게 물들이면서 50파운드짜리 수표를 썼다.

"어머나!"

토드헌터 씨가 우물우물하는 말로 어머니에게 보내 드리라며 수표를 건넸을 때, 아가씨는 숨을 삼키며 이렇게 소리쳤다. "어머나, 아아! 친절하신 분! 정말 친절하신 분이세요!" 그녀는 의자에서 벌떡 일어나더니 아름다운 팔을 토드헌터 씨의 뼈가 앙상한 목에 감고 열렬하게 키스를 했다.

"하아! 이거, 고마워요! 고마워!"

토드헌터 씨는 무척 기뻐하며 격앙된 목소리로 말했다.

잠시 뒤 그는, 점심 식사를 꼭 하고 가라는 권유를 유감이지만 뿌

리치고──상점이 문을 닫았을 때 불의에 찾아온 손님을 대접하는 것이 얼마나 힘든 일인지, 자기 집 가정부한테서 듣고 있었기 때문에 ──크게 기뻐하면서 또 적지않게 허둥대면서 작별을 고했다.

VI

1

 이러한 나날을 보내는 동안, 토드헌터 씨가 인생을 맘껏 즐기고 있었던 것은 부정할 수 없었다.
 그는 팔로웨이 집안의 정황에 대해 다른 뜻은 없이 진심으로 염려하고 있었다. 요크셔의 그 불행한 열세 살짜리 아이를 생각하면 마음이 좋지 않았다. 그러나 자신의 역할을 생각하면 무척 즐거웠다. 하나는 그것으로 인해 자신이 썩 괜찮은 사람이 된 것 같은 기분이 들었기 때문이다. 토드헌터 씨는 이미 오랫동안 그런 기분을 느껴본 적이 없었다. 그것은 결코 불쾌한 기분이 아니었다. 그 사람들은 바이올라 파머도 그렇고, 매력적인 펠리시티 팔로웨이도 그렇도, 또 그 침울한 배드 씨까지, 모두 토드헌터 씨가 실제로 뭔가 중요한 일을 할 수 있는 사람인 것처럼 그를 바라보고 있었다. 토드헌터 씨는 그것이 다 자신이 은근히, 그리고 어쩌면 무의식적으로 조장했기 때문임을 알고 있었다. 그것은 약간 양심의 가책을 느끼게 했지만 결코 그의 즐거움을 깎아내리지는 못했다.

왜냐하면 그가 생각하기에, 만약 자신이 정말로 뭔가를 한다면, 그것은 실패로 끝나 모든 사람을 전보다 더 나쁜 상태로 몰아넣게 될 것이 뻔하기 때문이었다. 따라서 지금의 상태를 즐기면서 명예도 얻을 수 있고, 또 아무한테도 피해를 주지 않으니 얼마나 멋진 일인가!

 이런 생각은 토드헌터 씨를 몹시 객관적이게 만들고 우월감을 맛보게 했으며, 나아가서 자신이 마음만 먹는다면 뭔가 매우 유익한 일을 할 수 있다는 은밀한 신념을 가질 수 있게 해주었다. 그렇지만 물론 그럴 마음은 없었다. 그것은 얼마 전에 이미 결론을 내린 일이었다. 이런 어리석은 소동은 멀찌감치 서서 바라보는 편이 훨씬 좋은 법이다. 동정에 의한 관심과 철학적인 객관성, 그것이야말로 자신과 같은 입장에 있는 사람이 취해야 할 유일한 옳은 태도였다.

 그래서 토드헌터 씨가 화요일에 미스 노우드와 팔로웨이가 동거하고 있는 아파트에 갔을 때는 그는 여전히 개미집을 연구하는 곤충학 교수 같은 태도로, 자신이 개미가 되어 뚜렷한 목적도 없이 커다란 알을 지고 이리저리 기웃거리고 돌아다니는 것 같은 기분 속에 있었다. 그는 이 만남을 그다지 기대하지는 않았다. 진 노우드라는 여자는 등줄기를 스멀스멀 기어다니는 벌레 같은 종류의 여자였기 때문이다. 그러나 자신을 포로로 사로잡으려 하는 그녀의 노력을 구경해 주겠다는 냉소적인 즐거움은 있었다. 그 여자가 자신을 포로로 잡으려 하고 있는 것은 틀림없다고 토드헌터 씨는 생각했다. 아마 그 수작은 팔로웨이의 경우에 이용된 것과 같을 것이다. 포로가 된 척할지 어떨지는 아직 결정하지 않았지만, 그런 연극을 계속하는 것은 자신에게는 아무래도 어려울 거라는 생각이 들었다. 뭐, 모든 것은 등줄기가 스멀스멀하는 그 느낌의 정도에 달려 있었다. 그러나 토드헌터 씨는 그 여자를 감쪽같이 속이고 대부호인 척하는 것만은 계속하리라고 마음먹고 있었다. 적어도 그 정도는 해도 상관없는 여자였다.

그래서 그는 점심 식사 초대에 응해 그 집에 갔을 때 일부러 가능한 한 초라한 옷차림을 하고 있었다(정말 끔찍한 것이었다!). 그는 며칠 전에 미스 노우드가 그 아름다운 코를 찡그렸던 낡은 양복을 다시 입고, 진짜 대학 교수도 고개를 설레설레 흔들 것 같은 다 떨어진 헌 모자를 쓰고 조끼는 지난번의 계란 얼룩(이상하게도 아직 지워지지 않고 있었다)을 그대로 묻히고 있었다. 이상한 부자, 그것이 토드헌터 씨가 노리는 것이었다. 그는 초인종을 누르면서 자기만의 연극을 할 것을 생각하며 소리 없이 웃고 있었다.

2

토드헌터 씨는 나중에 미스 노우드에게 어떤 결점이 있다 해도, 훌륭한 점심 식사를 주문할 줄 안다는 것은 인정하지 않을 수 없었다(그 점심 식사는 미스 노우드가 직접 주문한 것이 아니라, 솜씨가 뛰어난 일류 요리사에게 모든 것을 맡겼을지도 모른다는 생각은 전혀 떠오르지 않았다). 유일한 문제라고 하면, 토드헌터 씨 같은 양심적인 병자로서는 식전의 칵테일을 비롯하여, 거의 모든 요리를 사양하지 않으면 안 되었다는 점이다. 무척 낙심한 여주인이, 그럼 대체 무엇을 드릴까요 하고 물었을 때, 토드헌터 씨는 정중하게 우유 한 잔과 비스킷 한 조각을 달라고 말했다. 그건 누가 뭐라 해도, 남자를 포로로 잡으려 하는 첫 작전치고는 신통치 못했다고, 여주인도 손님도 생각하지 않을 수 없었다.

그러나 토드헌터 씨가, 선정적인 옷을 입은 미스 노우드가 표범 가죽 깔개에 앉아 관능적으로 그를 응시하는, 무척이나 자극적인 장면을 연상했다면, 그건 완전히 예상을 빗나간 것이다. 점심 식사 뒤의 그들의 모습은 정말 예의바른, 우아함 그 자체라고 해도 좋은 것이었다. 미스 노우드는 커피를 마시면서, 최근 연극계의 여러 가지 문제에 대해 참으로 재치 있는 논평을 하며 손님을 즐겁게 해주었다. 토드헌터 씨는 이렇게 맛있는 향기가 나는 커피를 사양해야 하는 것을 애석하게 생각하면서 기분 좋게 얘기에 귀를 기울였다.

놀랍게도 그는 참으로 편안한 기분에 젖어 있었다. 더욱 놀라운 것은 미스 노우드가 최초의 방문 때 받았던 느낌과는 전혀 다르다는 것이었다. 그가 소유하고 있는 줄 믿고 있는 부에 대한 얘기는 한마디도 하지 않았고, 지난 번 팔로웨이가 동석했을 때 그의 신경을 건드렸던 교태와 거만함은 그림자도 보이지 않았다. 거기에는 다만, 상대와의 교제를 즐기면서 상대도 자신과 함께 있는 것을 즐겨주기를 바라는, 참으로 순수하고 매력적이며 총명한 여성이 있었을 뿐이라 해도 좋은 것이었다. 점심 식사 동안 내내 사라지지 않고 있었던 토드헌터 씨의 경계심은 조금씩 느슨해지더니 완전히 풀려 버렸다. 그는 허물없고 편안한 마음으로 한껏 기분이 좋아져 있었다.

이 여자는 확실히 매력적이라고 그는 생각했다. 그 사람들은 잘못 알고 있는 것이다. 이 여자는 악마가 아니다. 이렇게 자연스럽고 느낌이 좋은 여성을 만난 것은 처음이다. 조금만 더 있으면 자기마저 항복해 버릴지도 모른다.

그는 소리 높여 웃었다.

"뭘 그렇게 웃으세요, 토드헌터 씨?"

여주인이 예의 바르게 물었다.

"조금만 더 있으면 나도 당신한테 반해 버릴지 모른다는 생각을 했습니다."

여자는 미소지었다. "그건 안 돼요. 저에게는 무척 따분한 일일 테니까요. 저는 결코 당신에게 연애 감정을 느끼지는 않을 것이고, 여자에게 있어서, 자기가 사랑하지 않는 사람한테서 사랑받는 것만큼 따분한 일은 없거든요."

"예, 맞는 말입니다." 토드헌터 씨는 진지하게 동의했다.

미스 노우드는 한 팔을 위로 쳐들어 소매를 스르륵 떨어뜨렸다. 그리고 방심한 듯이 자신의 미끈하고 하얀 팔을 바라보았다.

"남자분들이 사랑을 할 때는 정말 묘해요." 그녀는 생각에 잠긴 듯이 말했다. "사랑한다는 것만으로 상대를 소유하기라도 한 것처럼 질투할 권리도 있다고 생각하는 것 같거든요. 뭐, 사실은 그렇게 생각해서 그런 건 아니겠지만요. 아무튼, 그런 상태에서는 아예 생각 같은 건 하지 못하는가 봐요, 가엾게도."

"하하하." 토드헌터 씨는 웃었다. "정말 생각을 하지 못할 겁니다. 다행히 나는 그런 경험이 한번도 없었지만."

"토드헌터 씨는 누군가를 사랑한 적이 없으신가요?"

"예, 한번도 없습니다."

미스 노우드는 우아한 손으로 손뼉을 쳤다. "어머나, 멋있어요! 당신이야말로 제가 오래 전부터 찾고 있던 사람이군요. 그런 분은 이제 찾을 수 없을 거라고 포기하고 있었어요. 자, 정말이라고 말씀해 주세요, 토드헌터 씨."

"뭐가 정말이란 말입니까?" 토드헌터 씨는 웃으면서 물었다.

"당신과 전 단순히 평범한 친구로 있을 수 있다는 것, 사람을 피곤하게 하는 그런 갈등이 없는 사이 말이에요. 그런 친구가 되어주실 수 있으세요, 토드헌터 씨?"

"진심으로 그러고 싶습니다."

토드헌터 씨는 열정이라고 해도 좋은 느낌으로 대답했다.

"아, 잘 됐어요! 그럼 약속하신 거예요. 자, 어떻게 축하할까요? 물론 〈떨어진 꽃잎〉의 특별석에 초대는 하겠지만, 그것만으로는 너무 평범하겠죠? 아, 맞아요! 조건 없는 약속을 하는 거예요.

서로 뭔가 원하는 것을 말하고, 그것이 무엇이든 반드시 들어주겠다고 약속하는 거죠. 그게 바로 진짜 스릴이에요. 찬성할 수 있으세요?"

"어떤 조건도 붙이지 않고?" 토드헌터 씨는 물었다. 경계심이 다시 고개를 쳐들었다.

"절대로 조건 없이예요. 그럴 용기가 있으실까? 저는 있어요." 미스 노우드는 완전히 흥분한 것 같았다. 의자에서 몸을 내민 그녀의, 그 어마어마하게 큰 눈──토드헌터 씨는 그것을 노골적이고 음란한 느낌의 눈이라고 생각한 적이 있다는 것을 떠올리자 부끄러워졌다──이 어린아이 같은 기쁨으로 빛나고 있었다. "네? 그럴 용기가 있으실까 몰라?" 그녀는 되풀이했다.

토드헌터 씨의 경계심은 마지막 저항을 보였지만 결국 반격하지 못하고 물러나고 말았다.

"예, 있습니다." 그는 만약 다른 사람이 그런 미소를 보였으면 틀림없이 바보라고 생각했을 미소를 지으며 대답했다. 사실 토드헌터 씨는 지극히 어리석게 행동하고 있었던 것이다.

"어머, 대단하세요! 자, 이것으로 결정된 거예요! 우리, 약속했어요, 그렇죠? 그럼 당신부터 말해 보세요."

"아니, 아니에요." 토드헌터 씨는 얼빠진 듯이 높은 소리로 웃으며 말했다. "노우드 양부터 먼저, 먼저 말해 보세요."

"그럼" 하고 그녀가 반짝이는 눈을 감더니, 매니큐어를 칠한 손가락을 가지런히 모으고 생각했다. "자, 무엇으로 할까요? 나의 첫 번째 진정한 친구에게 무엇을 해달라고 해야 할까?"

토드헌터 씨가 무사히 퇴각해 버렸다고 생각했던 경계심이 갑자기 다시 불쑥 고개를 내밀고 그에게 이렇게 말했다. '넌 정말 어리석은 놈이다. 저 여자가 널 조롱하고 있다는 것을 모르겠어? 다이아몬드

목걸이니 뭐니 하는 것을 갖고 싶다고 말할 거야, 이 얼간이! 넌 그것을 주겠다고 약속했어. 그녀가 어떤 여자인지 그렇게 얘기를 들었으면서.'

완전히 불안에 사로잡힌 토드헌터 씨는 의자팔걸이를 꽉 붙들고, 어떻게 해야 이 자리를 빠져나갈 수 있을지 필사적으로 생각했다.

여자가 눈을 뜨더니 미소지었다.

"결정했어요."

토드헌터 씨는 마른 침을 꼴깍 삼키며 떨리는 마음으로 물었다.

"그래, 뭔가요?"

"당신의 다음 책을 저에게 바쳐 주지 않으시겠어요? '나의 친구 진 노우드에게' 라고 써서요."

"오오!" 토드헌터 씨는 손수건을 움켜쥐고 이마를 닦았다. 한 순간 전의 고민 대신, 안도감이 이마에 식은땀이 맺히게 한 것이다.

"예, 좋고말고요. 기꺼이…… 커다란 영광이지요……."

토드헌터 씨는 지난날, 18세기 무명의 일기 작가에 대한 비평을 자비로 출판한 적이 있었다. 그 작가를 존 이블린과 새뮤얼 페피스에 필적하는 존재라고 칭찬을 아끼지 않은 그 책은 47부가 팔렸고, 그 일기 작가는 지금도 무명인 채로 남아 있다. 토드헌터 씨에게는 다시 책을 내겠다는 계획이 없었다. 그러나 그런 것까지 미스 노우드에게 말할 필요는 없다고 생각했다.

"이젠 당신 차례예요!" 미스 노우드는 기쁜 듯이 웃으며 말했다.
"뭐든지 상관없어요. 약속은 지킬 거니까. 저 상당히 용감하죠? 여자로서는. 하지만 전 언제나 자부하고 있답니다. 사람의 성격에 대해 잘 알고 있다고요. 자, 뭘까요?"

토드헌터 씨의 머리에 어떤 생각이 갑자기 떠올랐다. 그는 다시 한 번 더 생각하지 않고 바로 말했다.

"팔로웨이를 요크셔의 부인에게 돌려보내 주시오."

미스 노우드가 그를 빤히 쳐다보았다. 그녀의 눈이 사람의 눈이 이렇게 커질 수 있다는 게 믿어지지 않을 정도로 커졌다. 그리고 거침없고 자연스럽게 웃었다.

"어머, 그건 제가 지난 6개월 동안 노력해온 일이에요. 그 사람한테 그렇게 해달라고 얼마나 부탁했는지 몰라요. 하지만 아무리 해도 듣지를 않아요."

"그는 당신이 하는 말이라면 뭐든지 들을 겁니다." 토드헌터 씨는 완강하게 말했다. "당신은 약속했어요. 보내 주시오."

"네, 보내겠어요." 미스 노우드는 가볍게 웃었다. "그건 약속하겠어요. 하지만 그 사람이 갈지 안 갈지는 장담할 수 없어요."

"당신이 그렇게 하려고 마음만 먹으면 가게 할 수 있을 거요. 반드시 그가 가도록 해주시오."

미스 노우드의 아름다운 눈썹이 한 순간 꿈틀하더니 다시 원래대로 돌아왔다. 그녀는 미소지었다. 토드헌터 씨가 지금까지 한번도 본 적 없는 웃음이었다. 그것은 사실, 도발과 만족, 은밀한 승리의 기쁨, 그리고 희미한 조롱이 담긴 웃음이었으나 토드헌터 씨는 그런 건 전혀 눈치채지 못했다.

"토드헌터 씨." 미스 노우드는 조용히 말했다. "당신은 왜 그렇게 니콜라스를 북부로 돌려보내는 데 열심인 거예요? 친구 사이니까 말해 주세요."

"그만둡시다." 토드헌터 씨는 반발했다. "그걸 모를 당신이 아니지 않소?"

"그래요, 알지도 모르죠." 미스 노우드는 입속으로 중얼거렸다. 그녀의 미소는 약간 굳어 있었다.

"그럼, 그를 보내줄 거지요?" 토드헌터 씨가 진지하게 물었다.

"네, 보내겠어요. 약속할게요."

미스 노우드도 토드헌터 씨에 못지않은 진지한 태도로 대답했다.

"고맙소." 토드헌터 씨는 짤막하게 말했다.

그는 완전히 안도하여 웃는 얼굴로 여자를 바라보았다. 이제 그는, 미스 노우드는 완전히 중상 모략을 당한 거라고 단정하고 있었다. 그것은 위대한 자가 받지 않으면 안 되는 천벌이리라. 아마 질투인지 뭔지 하는 그런 것 때문일 것이다. 그녀를 진정으로 알면, 그녀가 얼마나 착한 여성인지 누구나 이내 알 수 있는 것을.

"하지만" 그 중상 모략을 당한 여성이 매력적이고 요염한 웃음을 지으면서 말했다. "당신은 아까운 기회를 낭비하고 말았어요, 토드헌터 씨. 두 번 다시 오는 기회가 아니에요. 저는 당신이 마음먹는 대로 될 수 있었어요. 네, 정말 그렇게 되었을지도 몰라요."

"그렇지만, 그러면 절대로 공평하다고 할 수 없겠지요."

토드헌터 씨는 장난스럽게 대답했다.

미스 노우드는 사랑스럽게 머리를 갸우뚱해 보였다. "전쟁에서든 그 어떤 일에서든, 공평한 일이란 결코 없지 않을까요?"

토드헌터 씨는 큰 소리로 유쾌하게 웃었다. 그리고 자신이 굉장히 멋진 남자가 된 느낌이 들었다. 지난 6주일 동안, 그는 처음으로 대동맥류에 대해서 완전히 잊고 있었다.

토드헌터 씨는 언제나 사람을 선의로 해석하는 사람이었다.

3

토드헌터 씨가 작별을 고한 것은 세 시가 지나서였다. 그는 아쉬운 기분으로 일어섰다. "무척 즐거웠어요, 노우드 양." 그는 여주인의 손을 잡고 말했다. "이렇게 즐거운 점심 식사는 처음이었소."

"어머, 안 돼요." 여자는 미소지으며 말했다. "친구들 사이에서 저는 진이에요. 노우드 양이라니 너무 거리감이 느껴지는군요."

"그럼, 내 이름은 로렌스요." 토드헌터 씨는 자기 손이 상대의 손에 잡혀 있는 것도 의식하지 못한 듯 기쁘게 대답했다.

두 사람은 가까운 시일 내에 다시 만날 것을 약속하고 헤어졌다.

계단을 내려갔을 때 비로소 토드헌터 씨는 자신이 터무니없는 거짓말로 여주인을 속였다는 것이 생각났다. 다음에는 미스 노우드가 리치먼드의 자신의 집으로 오는 것에 대한 얘기도 나왔는데! 그녀는 궁전 같은 대저택을 예상하고 있을 것이다. 그런데 그녀가 발견하게 될 것은, 판잣집까지는 아니지만 별로 볼 것도 없는 빅토리아풍의 2층집이다. 자신을 부자로 믿도록 그냥 내버려두는 건 공정하다고 할 수 없었다. 물론 그런 관대한 사람에게는 아무래도 상관없는 일일지도 모르지만……. 그래, 아무리 그렇다 해도 친구를 속일 수는 없다.

토드헌터 씨는 돌아가서 다시 엘리베이터에 올라탔다.

토드헌터 씨에게 이토록 결벽증이 없었더라면, 미스 노우드는 목숨을 구할 수 있지 않았을까 하는 의문이 남는다. 이를테면, 그가 편지를 쓰거나 전화를 걸어서 그 사실을 고백했다면, 미스 노우드는 그저 그와의 교제를 중단했을 뿐일 것이다. 니콜라스 팔로웨이는 그가 아니라도 어차피 북부로 돌아가야 했다. 왜냐하면, 이제 돈이 다 떨어진 그가 런던에서는 누구한테도 쓸모가 없는, 따라서 관심을 받지 못하는 존재였기 때문이다. 그리고 토드헌터 씨는 동맥류에 의해 예정된 시기에 순탄하게 세상을 떠났을 것이다. 하지만 이 간단한 운명의 각본은, 토드헌터 씨의 우정을 존중하는 성실성에 의해 뒤죽박죽으로 파괴되고 말았다.

토드헌터 씨가 돌아갈 때, 미스 노우드의 집 문은 아주 조금 열려 있었다. 사실을 말하면 자물쇠가 고장이 나서, 이날 아침 수선할 예정이었던 것이다. 그러므로 약속대로 고치러 오지 않은 열쇠 수리공

이야말로, 바로 자신의 손으로 미스 노우드의 관에 못을 박아 넣은 것이나 마찬가지였다. 그리하여 토드헌터 씨는, 미스 노우드가 침실 안에서 조금 전까지와는 전혀 다른 목소리로, 거실에 있는 하녀 메리에게 말하고 있는 것을 너무나 똑똑하게 듣게 되었던 것이다.

"메리, 브랜디 좀 가져 와. 어서! 무대 밖의 연극이 진짜 연극보다 더 피곤하다니까."

"네, 마님." 당돌한 하녀의 목소리가 들려왔다. "이번에는 좀 힘드셨던가 봐요, 마님."

"그게 무슨 말이야?"

"아뇨, 아무것도 아니에요, 마님."

"브랜디나 빨리 가져와."

"알겠어요."

토드헌터 씨는 초인종을 누르려고 올리던 손을 도로 내렸다. 엿들을 생각은 없었지만 들리고 말았다. 그는 초인종을 누를까 말까 주저했다.

그때 미스 노우드의 목소리가 다시 들려왔다.

"아, 그리고, 메리!"

"네, 마님?"

"앞으로는 팔로웨이 씨가 와도 난 집에 없을 거니까 다행이야. 적어도 리치먼드에서는 그럴 거니까 말이야. 한동안은 이곳에 있지 않으면 안 되겠지만."

"그럼, 우리, 이 집을 비워주지 않아도 되는 거예요?"

"그래, 메리. 비워주지 않아도 될 거야." 토드헌터 씨의 경험 없는 귀에도, 미스 노우드의 목소리는 불쾌할 정도로 의기양양하게 들렸다.

"마님은 그 사람을 감쪽같이 사로잡으신 것 같아요. 아무래도 그 사람은 집세를 내주고, 게다가 집 열쇠도 요구하지 않을 타입처럼 보이죠?"

"시건방진 소리 마, 메리. 도대체 지금 네가 누구에게 말하고 있는 건 줄 아는 거야?" 미스 노우드의 목소리가 갑자기 노기를 띠며 날카롭게 울렸다. "넌 네 분수도 아직 모르고 있는 거니? 내가 곧 그 버르장머리를 고쳐주지 않으면 안 되겠어. 네가 고용된 건, 내 시중을 들라는 거지, 내 개인적인 문제에 대해 쓸데없는 소리를 지껄이라는 게 아니란 말이야."

"죄송해요, 마님." 메리의 목소리는 틀에 박힌 사죄의 말을 하는 데 익숙한 앵무새 같은 어조였다.

토드헌터 씨는 발길을 돌렸다. 그는 경험자는 아니지만 절대로 바보는 아니었다. 그리고 그 순간 그의 분노는 당장이라도 동맥류를 파열시킬 수 있을 만큼 극심한 것이었다.

4

무엇보다 토드헌터 씨를 깜짝 놀라게 한 것은, 그가 엿들었던 그 장면의 속악함이었다. 토드헌터 씨는 약간 도도한 데가 있는 사람이었다. 그 도도함은 그저 자기보다 낮은 계층의 사람들을 알려고 하지 않는 소극적인 것이 아니었다. 그는, 계급이라는 것은 귀족과 마찬가지로 각각 의무를 가지고 있다고 믿고 있었다. 그리고 '숙녀'의 커다란 특질의 하나는, 하녀에게 터놓고 얘기하는 것은 절대로 있을 수 없다는 점이었다. 즉, 토드헌터 씨는 미스 노우드를 숙녀로 오해하고 있었던 것이다. 그는 자기가 얼마나 속고 있었는지 깨닫고 당황했다. 토드헌터 씨의 특이한 성격으로는, 미스 노우드가 자신의 매력으로 그를 사로잡았다고 생각하고 호화로운 아파트의 집세를 팔로웨이한테서 그에게 떠넘길 수 있다고 자신하고 있는 것보다, 오히려 그 점이 더 곤혹스러웠다.

다시 자기 서재에 앉아 이러한 일들을 불쾌한 기분으로 되돌아보면서 토드헌터 씨는 미스 노우드와 팔로웨이 같은, 이 속악한 희비극의 등장인물들과 인연을 끊는 것은 지극히 간단한 일이라고 생각했다. 그러나, 아직 아무래도 이해가 가지 않는 점이 몇 가지 있었다. 예를 들면, 왜 미스 노우드는 누군가에게 집세를 지불하게 하지 않으면 안 되는 것일까? 여배우 겸 매니저로서 롱런에 롱런을 거듭하며 한번도 실패한 적이 없는 그녀라면, 자기 집세를 지불할 정도의 돈은 충분히 벌고 있을 텐데. 게다가 그녀의 행동은 순수 연극의 방식과는 완전히 모순되는 점이 있는 건 아닐까? 그건 그야말로 본격적인 연극에 등장하는 품위 있는 인물의 행동이라기보다, 뮤지컬 코미디의 코러스걸 같은 행동이 아닌가?

여기까지 생각하니 바로 이어서 자기가 뭔가 완전히 오해하고 있는 것이 아닐까 하는 의구심이 끓어올랐다. 그리하여 하녀가 차를 가지고 왔을 때(정확하게 4시 15분에)는, 토드헌터 씨는 자기가 정말로 그런 대화를 들었던 것일까, 설사 뭔가 들었다 해도 잘못된 것이 아무것도 없는 대화에 당치도 않은 의미가 있는 것처럼 곡해한 것은 아닐까 하는 의심이 들기 시작했다. 완전히 곤혹스러운 일이 아닐 수 없었다.

그리고 두 잔째의 차를 따르고 있을 때, 토드헌터 씨는 〈런던리뷰〉의 평론가 조셉 플레델이 머리에 떠올랐다. 이 남자는 런던 연극계의 가장 뛰어난 비평가일 뿐만 아니라, 당대 제일가는 연극계의 소식통이라는 평판이었다. 토드헌터 씨는 크게 안도하며 차를 반쯤 따르다 말고 벌떡 일어나, 평소 같으면 적어도 20분 동안은 그린힐 부인과 의논하던 습관을 깨고, 즉각 플레델에게 전화를 걸어 그날 저녁 식사에 초대하려고 했다. 플레델 씨는 늘 그렇듯이 첫 상연되는 연극을 보러 가야 했기 때문에——토드헌터 씨는 그럴 가능성을 전혀 예상하지 못했지만——올 수 없었던 것은 어쩌면 행운이라고 할 수 있을 것이다. 그래도, 토드헌터 씨가 간곡히 부탁한 결과, 플레델이 토드헌터 씨의 집에서 반마일밖에 떨어지지 않은 푸트니에 살고 있다는 것을 알고, 연극이 끝난 뒤 30분쯤 이야기를 나누러 오기로 했다.

토드헌터 씨의 선택은 행운이었다. 자정 무렵에 이루어진 만남을 통해 그는 궁금했던 것을 모두 알 수 있었다.

그의 질문에 대해 플레델 씨가 설명해준 바에 의하면, 진 노우드는 기묘하고 재미있는 타입의 여자였다. 그녀는 돈에 대한 지나친 탐욕과, 대중의 갈채에 대한 병적일 정도의 집착, 그 양쪽을 다 가지고 있었다. 또 그녀는 예술적인 감각은 그리 뛰어나지 않지만, 그 부족한 점을 일종의 직감을 통해 충분히 메우고도 남음이 있었다. 즉, 진 노우드의 연극계에서의 지위는 바로 문학계에서의 어떤 타입의 대중작가의 지위와 같은 것이었다.

"평범이 평범에게 먹히든 거라고, 그렇게들 얘기하고 있지요." 플레델은 냉담하게 말했다. "그리고 분명히 큰 성과를 올리고 있습니다. 진 노우드는 매우 잘 다듬어진 평범 그 자체라고 할 수 있는 존재입니다. 그녀는 변두리의 대중이 연극에서 찾는 것을 적확하게 느낄 수 있고, 그들이 자신에게 원하는 것을 그대로 연기해 보여줄 수 있습니다. 그리고 단 한 번도 실패한 적이 없다는 것이 그 여자의 자만심의 근거지요."

"그럼 대단한 부자겠군요?"

"아닙니다."

"돈을 많이 벌었을 것 아닙니까?"

"그야 그렇지요."

"그럼 낭비가 심한가요?"

"천만에요. 아까도 말했지만 대단히 인색합니다. 누구든 남자에게 돈을 내게 할 수 있는 거면 절대로 자기가 지불하지 않습니다. 그리고 남자에게 돈을 내게 하기 위해서라면 어떤 짓이라도 태연하게 하지요."

"아하, 그래요?" 토드헌터 씨는 한심스럽다는 듯이 말했다. "하지만 아무래도 석연치가 않군요."

플레델 씨는 위스키소다를 한 모금 마신 뒤, 세심하게 손질된 끝이 뾰족한 턱수염을 쓰다듬었다.

"그게 바로 재미있는 점입니다. 그 점이 없다면 진 노우드는 아무 데서나 볼 수 있는 흔해빠진 여자지요. 그것 때문에, 영국 연극계에서 독특한 존재가 되고 있는 겁니다. 그녀의 복잡성을 푸는 열쇠는, 그 대중의 갈채에 집착하는 정열입니다. 그 갈채를 확보하기 위해서는 자기가 개인적으로 쓰는 경비를 극도로 절약하고, 단언하건대, 돈이 많은 동시에 사려 깊은 남자라면 누구의 첩이 되든 상관하지도 않아요. 사려 깊은 남자라야 하는 것은, 물론 그런 사실이 그녀의 팬인 대중에게 알려져서는 안 되기 때문입니다. 실제로 그녀는 그런 식으로 대중을 위해 자기를 희생하고 있다는 생각까지 하고 있을 겁니다."

"그렇지만, 어떻게 해서? 아무래도 아직 잘 모르겠군요."

"그 여자는 연극으로 번 돈은 사생활에 거의 사용하지 않습니다. 다만 일정한 사회적 지위를 유지하고, 제대로 된 복장을 갖추는 데 필요한 최소한의 돈을 사용할 뿐이지요. 연극에서 올린 이익 중에서, 맨 먼저 다음 공연물에 충당할 비용을 떼어놓습니다. 무엇보다 항상 직접 자신의 연극을 상연하고 있고, 어느 선까지는 상당히 견실한 사업가이니까요. 그리고 나머지 돈은 다시 무대로 되돌립니다. 자신이 번 상당히 거액의 돈을 거의 몽땅 쏟아 부어 돈을 벌 수 없게 되는 훨씬 뒤까지 자신의 극을 계속 상연하는 겁니다. 그것을 위해서는 어떠한 희생도 마다하지 않아요. 필요하다면 빵과 물만으로도 살아갈 여잡니다."

"하지만 왜?" 토드헌터 씨는 여전히 당혹해하며 물었다.

"왜냐하면, 그녀는 어떤 일이라도 다시 말해 지금까지 한번도 실패한 적이 없기 때문에, 실패가 아니라 대성공이 아닌 것은 참을 수가 없는 겁니다. 아시겠어요? 진 노우드의 연극 흥행은 갈수록 오래갑니다. 모든 롱런 기록이 몇 번이나 깨어졌고, 그 하나하나의 기록이 그 다음에 다시 깨어지지 않으면 안 되는 거지요. 정말 특이합니다. 아까도 말했듯이 이 기록을 깨기 위해서는 어떤 짓이라도 주저하지 않아요. 물론 신문도 좋아라 하고, 기록이 깨질 때마다 관중들은 지붕이 떠나갈 듯이 박수를 보냅니다. 사바랭 극장에서는 이것이 대단한 인기물이 되어 있습니다. 대중의 갈채, 그것을 위해 그 여자는 살고 있는 겁니다."

"정말 기묘하군요." 토드헌터 씨는 말했다.

"정말 기묘하지요. 내가 알고 있는 한, 자타가 공인하는 대여배우가 무대 밖에서 고급 창녀 노릇을 한 적은 없었습니다. 하지만 그녀는 바로 그 일을 하고 있어요. 뭐, 그녀로서는, 자기 입장이 그 옛날 신전의 매춘부 같은 것이며 완전한 믿음을 가지고 예술의 신에게 봉사하고 있는 거라고 마음속으로 확신하고 있을 겁니다. 물론 그런 여자는 어떤 일이라도 믿는 법이지요."

"그럼, 인간으로서의 그녀에 대한 당신의 개인적인 의견은 어떻습니까?" 토드헌터 씨는 흥미를 가지고 물었다.

"유해한 암캐입니다." 플레델 씨는 단번에 대답했다. "그리고 위대한 직업의 수치지요." 그는 약간 누그러져서 덧붙였다.

"아, 예에. 그래서 그녀는……." 토드헌터 씨는 이제 상당히 낡고 진부한 말을 사용하기 위해 단숨에 말했다. "그녀는 숙녀입니까?"
"성격적으로도, 또 태생으로 말해도 숙녀는 아닙니다. 아마 그녀의 아버지는 베람의 소매상이고 어머니는 고용인이었던 것 같습니다. 두 사람 다 지금도 버젓하게 살아 있어요. 하지만 최근에는 딸을 만나지 못했을 겁니다. 연극의 삼등석 표를 사서 들어가지 않는 한은 말이죠. 진은 벌써 오래 전에 자기 쪽에서 부모 자식 사이의 인연을 끊어 버렸습니다. 그리고 몬의 전투에서 전사한 근위 대령과, 플랜타지넷 집안인지 뭔지 잊었지만, 옛날 영국 왕가의 후손인, 가난하지만 자긍심 높은 부인을 가짜 부모로 날조하고 있습니다. 뭐, 대략 그 정도입니다."
"그 여자에게는 단 한 가지의 좋은 점도 없습니까?"
"글쎄요, 어떤 사람이라도 머리 끝부터 발 끝까지 악으로 똘똘 뭉쳐있는 일은 없겠지만, 진은 누구보다도 그 악의 덩어리에 가깝다고 생각합니다."
토드헌터 씨는 계속 파고들었다.
"그럼, 당신은 그 여자가 다수의 사람에게 큰 해를 끼치고 있다고 생각하십니까?"
"분명히 그렇다고 생각합니다. 그녀는 유해합니다. 그렇지만 그런 반면 좋은 일도 많이 하고 있어요. 그녀는 많은 사람들에게 건전한 오락을 제공하고 있으니까요."
"그런데 그런 일은 누구라도 할 수 있지 않습니까?"
"아니, 아니에요, 그렇지 않습니다. 진 노우드는 에셀 M. 델에 비견할 수 있을 정도로 보기 드문 존재입니다. 그리고 그녀 나름대로 위대한 천재예요."
"그래도" 토드헌터 씨는 이상한 마력에 사로잡힌 것처럼 물었다.
"만약 그 여자가 이 세상에 없으면 결과적으로 커다란 플러스가 될 거라고 생각하십니까?"
"그야 물론 큰 플러스지요." 플레델 씨는 주저하지 않고 찬성했다. 토드헌터 씨는 보리차를 한 모금 마셨다.

5

'하지만, 그렇다고 그 여자를 죽일 생각은 없어.' 토드헌터 씨는 앙상한 손을 침대 옆 스탠드로 뻗어 불을 끄면서 속으로 생각했다. "그런 어리석은 일은 이미 몇 주일이나 전에 끝났으니까. 정말 다행한 일이지." 그리고 그 일에 대해 마음이 정해지자, 토드헌터 씨는 평온한 기분으로 잠에 빠져들었다.

제2부 신파연극풍(트랜스폰타인)
정자에서의 살인

VII

1

 토드헌터 씨는 자기가 감쪽같이 속아 넘어갔던 미스 노우드의 못된 수작을 떠올리며 무척 재미있어했다. 토드헌터 씨는 지금은 눈을 제대로 뜨고 있어서, 그것이 어떻게 이루어졌는지 똑똑하게 볼 수 있었다. 또 아무런 의심도 없이 덫에 뛰어드는 산토끼처럼 자기가 얼마나 쉽게 거기에 걸려들었는지를 부끄러운 마음으로 회상했다. 바로 눈앞에 그물이 쳐져 있었고, 자기가 그 한복판으로 스스로 뛰어든 것이다. 만약 자기가, 거의 결벽과도 같은 양심의 가책에 의해 그 자리에서 몸을 돌려 엘리베이터에 타지 않았더라면⋯⋯.
 토드헌터 씨는 스스로에게 화가 났다. 진 노우드에게는 더더욱 화가 났다. 그러나 그것 때문에 뭔가를 할 생각은 없었다.
 아마 미스 노우드와의 점심 식사 뒤 얼마 안 있어 걸려온 전화가 없었더라면, 토드헌터 씨는 절대로 아무 짓도 하지 않았을 것이다. 그 전화는 팔로웨이의 둘째딸 펠리시티한테서 온 것이었다.
 "토드헌터 씨." 펠리시티 팔로웨이는 동요하고 있음이 분명한 목소리로 다짜고짜 용건부터 꺼냈다. "오늘 밤, 제 아파트에 와 주실 수 없을까요? 어머니가 런던에 오셨어요. 그리고…… 아, 전화로는 설명할 수 없지만, 저, 너무 걱정이 돼서 견딜 수가 없어요. 집안 문제로 폐를 끼치는 건 죄송한 일이지만, 달리 의논할 사람이 아무도 없어서요. 와주시겠어요?"

"물론 가고말고요, 팔로웨이 양."

토드헌터 씨는 흔쾌하게 대답했다.

8시 15분에 그는 택시를 불러, 요금 같은 건 신경도 쓰지 않고 메이다 벨로 달려갔다.

펠리시티 팔로웨이는 혼자가 아니었다. 키가 크고 회백색 머리와 온화한 눈을 가진, 기품 있는 부인이 함께 있었다. 토드헌터 씨는 그 얼굴을 보자마자 곧 어떤 타입의 부인인지 알 것 같았다. 그것은 유아의 건강 상태를 조사하고, 가난한 아동에게 우유를 주고, 탁아소를 설립하기 위한 위원회(토드헌터 씨도 사회적 의무감에서 마지못해 나가는 일이 있었다)에서 흔히 만날 수 있는 얼굴이었다.

펠리시티는 그 부인을 어머니라고 소개했다. 팔로웨이 부인은 먼저 폐를 끼치는 것에 대해 짤막하게 사과한 다음, 적은 말수로 수표를 보내준 것에 대한 감사의 말을 했다. 그 수표로 런던행 기차표를 샀다고 한다. 토드헌터 씨는 어쩔 줄 몰라하며 권하는 대로 의자에 앉아 뾰족한 무릎을 문지르고 있었다. 토드헌터 씨는 그 자리에 있는 것이 꺼림칙하게 느껴졌다. 그리고 양심이 다시 따끔거리기 시작했다.

"어머니는 문제를 직접 해결하려고 오신 거예요."

펠리시티 팔로웨이가 약간 거친 말투로 설명했다.

노부인이 고개를 끄덕였다. "그래요. 저 혼자만의 문제였다면 간섭할 생각은 하지 않았을 겁니다. 인간은 누구나 남에게 해를 끼치지 않는 한 자신의 행동을 선택할 권리가 있다고 믿고 있기 때문에, 니콜라스가 좋아하는 일이라면 마음대로 하도록 내버려 두자고 생각했어요. 하지만 토드헌터 씨, 당신이 바이올라한테 확인한 뒤에 이 펠리시티에게 알려주신 빈센트에 대한 얘기를 듣고, 더 이상 참아서는 안 된다고 생각했어요. 그 미스 노우드가 바이올라의 인생까지 망쳐 버리도록 내버려둘 수는 없어요."

펠리시티가 힘 있게 고개를 끄덕였다. "정말 나쁜 여자예요. 그 여자는 총에 맞아 죽어야 마땅해요. 그렇게 착한 바이올라 언니를!"

팔로웨이 부인은 딸의 거친 말투에 희미하게 미소지었다. "펠리시티는 뭔가 일을 꾸며서 그 여자를 감옥에 넣는다는, 무서운 계획에 열중하고 있어요. 그리고……"

"함정에 걸려들게 하는 거예요. 간단해요, 그런 건. 그 여자는 상당히 위험한 일을 하고 있거든요. 아빠는 아직 엄마의 보석을 전부 다 팔아치우지는 않았을지도 몰라요. 그 일부를 그 여자에게 준 것을 밝히는 건 쉬운 일이죠. 그렇게 하면 도난죄로 고발할 수 있어요. 그렇지 않으면, 그 여자의 소지품 속에 반지 같은 것을 슬쩍 갖다놓고 흔히 말하는 것처럼 훔쳤다고 하면 되죠……. 네, 얼마든지 할 수 있어요!" 작은딸은 기세 좋게 마지막 말을 덧붙였다.

팔로웨이 부인은 다시 토드헌터 씨를 향해 미소지었다. "저는 그런 멜로드라마 같은 방법은 좋지 않다고 생각해요, 토드헌터 씨. 당신은 니콜라스의 친구지만 이 혐오스러운 사태를 다소나마 객관적으로 볼 수 있으실 거예요. 뭔가 좋은 생각이 없을까요?"

어머니와 딸은 기대를 담아 손님을 응시했다.

토드헌터 씨는 머뭇거렸다. 아무 생각도 떠오르지 않고 머리는 텅 비어 있었다.

"모르겠군요." 토드헌터는 작은 소리로 말했다. "부인, 솔직하게 말씀드리면 팔로웨이 씨는 지금 완전히 망상에 사로잡혀 있습니다. 아무래도 상당히 과감한 수단을 취하지 않으면 효과가 없을 것 같군요."

"제 말이 그 말이에요." 펠리시티가 큰 소리로 말했다.

"저도 그럴 것 같아요." 팔로웨이 부인도 온화하게 동의했다. "그렇지만 함정에 빠뜨리는 건 안 된다고 생각해요. 달리 무슨 방법이 없을까요? 아무래도 이런 상황과 처리 방법에 대해서는 별로 아는 게 없어서요. 니콜라스에 대한 화려한 평판에도 불구하고, 우리는 지극히 조용하게 살아왔어요. 이런 일에 토드헌터 씨를 끌어들이는 건 죄송한 일이지만 아무도 의논할 사람이 없어요. 그리고 흔히들 말하죠……." 팔로웨이 부인은 슬픈 듯이 미소지으며 덧붙였다. "어미는 자식을 지키기 위해서는 누구라도 희생시킬 수 있다고. 아무래도 당신에 대한 한, 그 말은 맞는 것 같군요."

토드헌터 씨는 이 말에 반발하면서도 자기는 기꺼이 희생될 수 있다고 대답한 뒤, 뭔가 도움이 될 만한 생각을 짜내려고 열심히 노력했다. 그러나 이런 일에 있어서는 토드헌터 씨는 팔로웨이 부인보다 더 믿음직스럽지 못했다.

세 사람은 두 시간쯤 이러니저러니 이야기를 나누었지만 구체적인 결론은 단 한 가지, 팔로웨이 부인이 남편과 직접 얘기하는 것은, 그를 더욱 자극시킬 우려가 있으므로 그만두는 것이 좋다는 것이었다. 그리고 얘기는 자연스럽게 토드헌터 씨가 대신 하는 것이 좋다는 쪽으로 기울었다. 펠리시티가 지금과 같은 기분으로 그 일을 대신했다가는 엉뚱한 재앙을 부를 수도 있다는 것을, 세 사람은(펠리티시 자신도) 알고 있었기 때문이다.

그래서 토드헌터 씨는 팔로웨이의 감정상 약점과 세세한 사실 속에 공략하기 쉬운 부분이 있는지 전력을 다해 조사해 보기로 약속하고 집으로 돌아왔다. 그러나 아무래도 자신이 도움이 되지 못하는 것으로 그치지 않고, 그 이상으로 더 나쁜 결과가 될 것 같은 예감이 들었다.

그날 밤 토드헌터 씨는 잠을 이룰 수가 없었다. 차를 타고 집으로 돌아가면서도 내내 걱정스러운 생각만 떠올랐다. 팔로웨이 부인은, 어머니들은 자식을 지키기 위해서는 어떤 일도 주저하지 않는다고 말했다. 토드헌터 씨는 어떤 일도 주저하지 않았던 사람이 최근에 일으킨 한 사건을 떠올리지 않을 수 없었다. 그 베넷 청년을 토드헌터 씨가 마지막으로 만났을 때, 그가 이미 살인을 생각하고 있었을지도 모르듯이, 팔로웨이 부인의 온화한 이마 안쪽에도 같은 생각이 이미 자리잡고 있는 것은 아닐까? 토드헌터 씨는 이 가능성을 머리 속에서 쫓아낼 수가 없어 몹시 불안해졌다. 이번에야말로 정말 어떻게 해야 한단 말인가?

2

토드헌터 씨는 상황을 주의 깊게 돌아본 뒤, 팔로웨이에게는 계속 돈 많은 미술 애호가인 척하는 것이 좋겠다고 판단했다.

그러기 위해서는 리치먼드의 그리 볼 만한 것이 없는 집으로 팔로웨이를 부를 수는 없었다. 그렇다고 사고를 집중할 수 없는 레스토랑 같은 데서 다시 만날 마음도 없었다. 그래서 다시 곰곰이 생각한 끝에, 그는 팔로웨이에게 전화를 걸어보았다. 그러자 약간 뜻밖에도 팔로웨이는 집에 있었다. 토드헌터 씨는 용건이 있어서 오전 중에 방문하고 싶다고 말했다. 팔로웨이는 반가워하며 어서 오라고 대답했다.

두 마음을 품고 사람을 대하는 것은 처음 있는 일이어서, 토드헌터 씨는 긴장한 나머지 약간 떨면서 수화기를 놓고 천천히 차가운 이마를 닦았다. 그리고 어쨌든 상대를 납득시킬 만한 방문 구실을 생각하기 시작했다.
 이튿날 아침, 팔로웨이가 전화로 가르쳐 준 주소에 가 보았다. 베이스워터 거리에서 약간 들어간 곳의 커다랗고 음침한 건물에 들어가자마자 있는, 정말 초라한 방 두 개로, 전용 현관문조차 없어서 작은 아파트라고도 할 수 없는 곳이었다. 토드헌터 씨는 약간 어이없다는 표정으로 팔로웨이를 따라 거실로 들어갔다. 가구와 세간은 현재의 세입자가 아니라 집주인이 갖춰놓은 것임이 분명해 보였다.
 팔로웨이는 이 초라한 주거에 대한 변명이 필요하다고 느꼈던지 좀 민망하다는 듯한 표정으로 문을 닫으면서 이렇게 말했다.
 "대단한 곳은 아니지만 그래도 제법 편리합니다."
 "그렇군요. 아마 소설 작품을 위한 분위기를 조성하기 위해서?" 토드헌터 씨는 정중하게 말했다.
 "뭐, 그런 의미도…… 꼭 그런 건 아니지만. 어쨌든 앉으십시오. 그런데 용건은?"
 토드헌터 씨는 이 질문에는 대답하지 않고, 아무 술책도 부리지 않기로 결정했다. "그 또 하나의 집, 미스 노우드의 아파트도 당신의 것이라고 생각했습니다."
 팔로웨이는 얼굴을 붉혔다. "아, 예, 사실은 그렇습니다. 그러니까 진에게 빌려주고 있는 셈이지요. 낮 공연이 끝났을 때, 잠시 쉴 수 있는 장소가 웨스트엔드에 있으면 편리하니까요. 당신의 짐작이 맞습니다. 그건 사실 제 아파트입니다. 어엿한, 그러니까 제 방이 따로 있지요. 물론 자주 사용하지는 않습니다. 세상에 대한 진의 체면도 생각해야 하니까요. 여배우에 대한 스캔들은, 정말이지 놀랄 만큼 빠른 속도로 퍼지는 법이거든요. 이를테면 아무것도 아닌 경우에도……." 팔로웨이는 약간 도전하는 듯한 말투로 덧붙였다. "정말 아무것도 아닌 경우에도 말입니다."

"아, 물론 그렇고말고요." 토드헌터 씨가 달래듯이 말했다. 팔로웨이의 약간 흥분한 듯한, 장황한 설명이 흥미를 끌었다. 과연 미스 노우드는 그토록 쉽게 약속한 대로, 팔로웨이를 위한 방의 사용을 거부했을까?

"최근에 미스 노우드를 만났습니까?"

토드헌터는 온화하게 물었다.

"진 말입니까?" 팔로웨이는 약간 당황한 듯이 자신 없는 시선으로 방안을 둘러보았다. "예, 만났습니다. 하지만 지난 하루 이틀은 만나지 못했어요. 좀 바빴지요. 아, 그렇지. 토드헌트 씨는 며칠 전에 그 집에 가서 점심 식사를 하셨지요? 그녀는 어땠습니까? 잘 있던가요? 그녀는 몸이 무척 허약합니다. 그 일은 엄청난 과로를 동반합니다. 용케도 잘 버티고 있다고 이따금 감탄할 정도지요."

토드헌터 씨는 곤봉이라도 있으면 상대의 머리를 세게 때려주고 싶은 충동을 느끼면서, 지난번에 만났을 때 미스 노우드는 정말 건강해 보였고, 힘든 일에도 지지 않고 분발하고 있는 것 같았다고 대답했다. 그리고 그는 작은 폭탄을 던질 준비를 했다. 이 점에 대해서는 두 시간 정도 숙고한 끝에, 공격을 개시하는 데는 역시 그 폭탄을 사용하는 것이 가장 효과적이라는 결론에 도달했던 것이다.

"어제 당신 부인을 만났습니다." 토드헌터 씨는 가능한 한 아무렇지도 않은 듯이 말했다. "부인도 마찬가지로 잘 버티고 계시는 것 같더군요, 실례되는 표현이지만."

폭탄의 효과에 대해서는 의문의 여지가 없었다. 팔로웨이는 얼굴이 새파랗게 질려 있었다.

"제, 아, 아내 말입니까?" 팔로웨이는 말을 더듬었다.

"예, 당신을 만나러 온 것도 그것 때문입니다. 나는 부인께서 보낸 심부름꾼 자격으로 온 겁니다. 부인께서는 당신에게, 함께 집으로 돌아가서 이 불쾌한 문제에 단호하게 종지부를 찍어달라고 하셨어요. 당신이 그렇게 해준다면, 부인께서는 결코 다른 말은 하지 않을 거라고 생각합니다. 무척 훌륭한 여성이시더군요. 그런 부인에게 당신은 참으로 잔인한 처사를 하고 있어요."

토드헌터 씨가 말을 끝내자 긴 침묵이 이어졌다. 잠시 동안 멍하니 있는 것처럼 보이던 팔로웨이는 천천히 담배 케이스를 꺼내 궐련에 불을 붙였다. 그리고 의자 등에 기대어 곰곰이 생각에 잠기는 듯했다. 토드헌터 씨는 앞의 벽에 걸려 있는 판화를 유심히 바라보고 있었다. 그것은 수사슴과 그 한쪽 뿔을 애무하는 소녀를 그린 것으로, 토드헌터 씨는 무슨 제목일까 하는 실없는 생각을 하고 있었다.

마침내 팔로웨이가 가라앉은 목소리로 말했다.

"아마도 저를 부도덕한 남자라고 생각하시겠지요?"

"그렇습니다." 토드헌터 씨는 말했다. 그는 진실에 대해 불 같은 열정을 가지고 있어서, 그것을 입 밖에 내어 말하는 것을 억제하지 못하는 남자였다.

팔로웨이는 고개를 끄덕였다. "그러실 겁니다. 누구라도 그렇게 생각하겠지요. 하지만 뭐라고 할까, 변명을 하는 건 아니지만, 사람의 행위를 판단하는 데는 그 내면을 구석구석까지 알지 않으면 안 되는 법입니다. 말하자면 그 행위의 볼륨 말입니다. 당신은 이 문제의 표면을 볼 수 있을 뿐입니다. 전체를 보기 전까지는 결론을 내려서는 안 됩니다."

토드헌터 씨는 약간 놀랐지만 진부한 의견으로 얼버무렸다. "모든 문제에는 언제나 양면이 있는 법이다, 당신이 하고 싶은 말은 그런 거겠죠?"

"그렇습니다, 어떤 의미에서는. 이제부터 당신에게 모든 것을 얘기하겠습니다. 이야기하는 이유 중 하나는 제 마음이 편해질 것 같아서입니다. 자기 분석이라는 건, 그 결론에 대해 누구하고든 얘기할 수 있는 것이 아니면 소용없는 겁니다. 두 번째 이유는 만약 당신이 정말로 정식 심부름꾼이라면 알아두어야 할 문제이기 때문입니다."

팔로웨이는 기계적으로 성냥곽으로 손을 뻗었지만, 담배에 이미 불이 붙어 있는 것을 알자 다시 그것을 내려놓았다.

"먼저 얘기해 두어야 할 것은, 내 아내 그레이스는 훌륭한 여자라는 겁니다. 정말 좋은 여자입니다. 제 관점에서 보면, 아내가 이 문제를 진정으로 이해하고 있다고는 생각하지 않지만 완전히 이해하는 것처럼 행동했습니다. 그레이스는……." 팔로웨이는 유감이라는 듯이 덧붙였다. "늘 너무 훌륭한 여자였습니다." 그는 잠시 말을 중단했다. "거기에 비해 진은 천박하게 굴러먹은 여자에 지나지 않아요. 아마 당신도 눈치채셨겠지만."

토드헌터 씨는 깜짝 놀랐다. 팔로웨이는 아무런 감정도 섞지 않고, 생기 없는 밋밋한 어조로 얘기하고 있었다. 그 말은 토드헌터 씨가 꿈에도 예상하지 않았던 것이었다.

팔로웨이는 미소지었다. "당신이 눈치채고 있다는 건 알고 있습니다. 일부러 동의하실 필요도 없어요. 저는 오래 전부터 진이 어떤 여자인지 잘 알고 있었습니다. 저 같은 대중 작가의 상투적인 문구와는 달리, 사랑의 미혹이 인간의 눈을 멀게 하지는 않습니다. 놀라운 것은 제대로 눈을 뜬 뒤에도 미혹이 계속된다는 거지요.

어쨌든 모든 건 이렇게 시작되었습니다.

약 1년 전, 볼일이 있어서 런던에 왔을 때였습니다. 하루는 정말 아무 생각 없이 연극이 끝난 뒤에 펠리시티를 만나려고 프린세스 극장에 들렀습니다. 저녁이라도 사 주고 싶었지요. 그때 우연히 진이 분장실에 들어왔고 펠리시티가 우리를 소개했습니다. 좀 재미있는 아이러니 아닙니까? 딸이 아버지에게 장래의 정부를 소개했으니……. 그래요, 우리는 아이러니라는 것에는 늘 어떤 감각을 가지고 있습니다. 난처한 것은, 그것을 좀처럼 사용할 수가 없다는 거지요. 어쨌든 대중은 아이러니를 좋아하지 않으니까요.

그녀와 잠시 잡담을 나눈 뒤, 나는 펠리시티와 함께 밖으로 나갔습니다. 솔직하게 말해 그때 진은 저에게 아무런 인상도 주지 못했습니다. 비범한 여자라는 건 알았어요. 그런 타입의 여성은 전에도 보았지만, 대체적으로 그리 좋게 생각하지는 않았습니다. 그래서 그녀에 대해서는 완전히 잊어버렸지요.

그 뒤 2주일쯤 지나 다시 극장에 갔습니다. 그때는 오후였지요. 무대 연습이 끝난 뒤였어요. 그런데 펠리시티는 이미 돌아간 뒤였고, 대신 진을 만났습니다. 그녀는 무척 사교적이어서, 제 책에 대한 것을 포함하여 여러 가지 얘기를 하더군요. 그런데 적당히 둘러대는 것이 아니라, 정말로 제 책을 읽었다는 걸 알고 저는 기분이 상당히 좋아졌습니다. 그래서 블랜턴 거리에 있는 그녀의 아파트에 들러(예, 그때는 블랜턴 거리에 살고 있었습니다) 칵테일을 함께 마시지 않겠느냐고 그녀가 제의했을 때 기꺼이 승낙했지요. 1시간 정도 그녀의 아파트에 있으면서 우리는 친구가 되었습니다. 그녀는…….”

"친구가 되어 달라고 말했겠지요?"

토드헌터 씨가 중간에 끼어들었다.

"예, 그랬던 것 같은데 어떻게?"

"그냥 단순한 친구, 사람을 피곤하게 하는 그런 갈등이 없는 친구가 되어달라고 했나요?" 토드헌터 씨는 흥미를 가지고 파고들었다.

"그녀는 당신을, 지금까지 찾고 있었지만 이젠 찾을 수 없다고 포기했던 인물이라고 말하지 않던가요?"

"예, 그랬던 것 같습니다. 어떻게 그걸 아십니까?"

토드헌터 씨는 갑자기 소리 높여 웃었다. 그러다가 심각한 얘기 중이라는 것이 생각나서 갑자기 웃는 것을 그치고 사과했다.
"아니, 아닙니다. 아무것도 아니에요. 실례했습니다. 어서 얘기를 계속하세요."
팔로웨이는 약간 불안한 듯했으나 다시 얘기를 시작했다.
"어쨌든 이렇게 해서 그것이 시작되었습니다. 그것이라는 것은 일종의 시각적 망상을 가리키는 겁니다. 그 뒤로 무슨 일을 하고 있어도 일년 내내 그 여자의 모습이 마음에 떠오르는 겁니다. 정말 놀라운 일이지만, 아무튼 그녀의 모습이 보이는 거예요. 동경이니 정열이니 하는 것은 아니었어요. 물론 욕망도 아니었죠."
팔로웨이는 잠시 입을 다물고 천천히 담배를 비벼 껐다.
"그렇지만 진의 이미지를 뿌리칠 수가 없었습니다. 날마다, 날마다, 그런 상태가 계속되자 드디어 저는 어찌할 바를 모르고 고민하기 시작했습니다. 1주일 고민한 끝에 그녀에게 전화를 걸고 찾아갔습니다. 그리고 몇 번 더 찾아갔습니다. 진이 싫어하는 것 같지는 않더군요. 저는 그녀를 질리게 하는 것이 아닐까 하고 겁먹었지만, 그녀는 언제나 진심으로 기뻐하며 만나주는 것 같았습니다. 세 번째 방문 뒤에 저는 사태의 본질을 깨달았습니다. 즉, 저는 다른 무엇보다 그 여자를 원하고 있었던 겁니다. 시각적 망상은 명백하게 육체적인 것, 즉 흔하디흔한 욕망이 되어 있었습니다."
팔로웨이는 느릿하게 말을 이었다.
"이런 말을 하면 더욱 더 부도덕하게 생각될지도 모르지만, 진은 전혀 거부하지 않았습니다. 그리고 이거야말로 말도 안 되게 부도덕하다고 생각하겠지만, 그 여자는 무엇보다 먼저 제 재정 상태에 대해 자세하게 물었다는 것, 그리고 당시의 제 재정 상태는 어느 모로 보나 만족할 만한 것이었다는 사실을 덧붙이지 않으면 안 되겠군요. 어쩔 도리가 없었습니다. 진이 어떤 여자인지는 잘 알고 있었습니다. 그녀의 좋지 않은 면을 아무리 고쳐 주려 해봤자, 그 여자한테는 아무 소용없을 겁니다. 게다가 그녀에게 한번쯤 사실을 확실하게 말해 두는 것도 재미있을 거라고 생각했지요."

"그럼요." 토드헌터 씨는 불편한 듯이 말했다. 그는 진리를 진정으로 신봉하는 사람이기는 했지만, 그래도 타인의 입을 통해 노골적인 진실을 듣는 것은 어쩐지 꺼림칙한 기분이 들 정도의 인간미는 지니고 있었다.

"그렇게 하여 우리의 관계는 시작되었습니다." 팔로웨이는 토드헌트 씨의 묵인과 마음의 혼란 같은 것은 전혀 아랑곳 하지 않고 얘기를 계속했다.

"관계라는 말은 은근히 정취가 있는 말 같아요. 그 말을 자신에게 사용하면 일종의 쾌감이 느껴지지요. 다른 말에는 그런 맛이 없어요. 어쨌든 진 노우드와의 정사에는 이 말을 사용할 가치가 있습니다. 적어도 뭔가 프랑스풍의 멋진 표현을 사용할 만한 가치가 있어요. 그냥 정사라고 말하는 건 너무 진부합니다.

어쨌든 저는 아무것도 주저하지 않았습니다. 저는 제 자신에게 들려주었습니다. '이것이 사태를 해결하는 가장 좋은 방법이다, 결말을 내는 데는 이것 말고는 방법이 없다.'고 하지만 그와 동시에, <u>스스로를 속이고 있다는 것도 알고 있었습니다</u>. 그것은 제가 그 전에는 정욕의 포로였다고 한다면, 그때는 이미 완전히 제 지배력의 노예가 되어 있었기 때문입니다. 그렇습니다. 저를 실제로 그녀의 노예로 만든 것은, 완전히 그리고 돌이킬 수 없는 노예로 만든 것은, 제가 그녀를 소유했다는 사실에 있습니다. 심리적인 모순이라고 생각하시겠지요? 하지만 정말입니다. 여자에 대한 남자의 순수한 감정의 근간이 되는 것은 바로 이런 거지요. 여자를 소유하기 전의 본능은 단순한 동물적 본능에 지나지 않아요. 그러나 여자를 소유한 뒤의 것은……사랑이니 미혹이니 하는 여러 가지 말로 불리고 있는데, 그것이야말로 우리 인간을 동물과 구별해주는 것입니다. 저는 동물이 부러워요. 인간이라고 하는 것은 재미가 없으니까요, 조금도.

 무슨 일이 일어난 건지 스스로도 잘 모르는 사이에, 진은 이미 제 존재의 중심이 되어 있었습니다. 이런 표현은 진부하지만 정말 그랬어요. 다른 사람들은, 가족이건 누구건 모두 아득한 저편으로 밀려나고 말았습니다. 그녀는 흥행 기록을 깨기 위해 자신의 연극을 앞으로 1, 2주일 동안 더 상연할 수 있는 돈을 원했습니다(그 〈부적〉이라는 연극입니다. 저는 그 돈을 주었습니다). 또 그녀가 진열장 속의 자동차를 보고 멋지다고 한마디만 하면, 바로 그 차를 사주었습니다. 그리고 그녀가 그 아파트를 찾아내자, 저는 제 이름으로 빌려주었습니다. 제가 몸을 망치고 있다는 것은 알고 있었습니다. 가족들을 불행에 빠뜨리고 있다는 것도 알고 있었어요. 하지만 아무 생각도 나지 않더군요. 그리고 그녀에게 쏟아붓고 있는 돈을 만회할 만큼 벌 수도 없었지만, 그래도 아무렇지도 않았어요."

 팔로웨이는 생각을 정리하려는 듯이 새 담배에 천천히 불을 붙였다.

 "거, 왜 판에 박힌 연극 줄거리에 흔히 있지 않습니까? 아가씨는 젊은 남자와 결혼하고 싶어하지만, 어머니는 딸의 행복을 생각해 그 남자와의 결혼을 허락할 바엔 차라리 죽는 편이 낫겠다고 말하지요. 하지만 아가씨는 남자와 결혼하고 맙니다. 그리고 모든 사람이 그 아가씨에게 공감을 느낍니다. 설사 어머니가 근심 때문에 죽어 버린다 해도……. 그건 왜 그런 걸까요? 연애는, 성애는 다른 모든 애정보다 상위에 놓여 있기 때문입니다. 그것이 자명한 이치로 인정받고 있는 거지요. 그런데 어찌된 셈인지 사람들은, 결혼 뒤에 일어나는 연애에 대해서는 이것을 적용하려 하지 않아요. 그때는 이치가 달라지는 겁니다. 사람들은 이렇게 말하지요. '그건 안 돼. 그런 사랑은 억제해야 했어.' 그들이 그런 말을 하는 것은 스스로 그것을 경험한 적이 없기 때문입니다. 만약 억제할 수 없다면 어떻게 되는가? 그런 건 고려에 넣지 않고 있는 거지요. 하지만 만약 자신이 경험한다면 사랑이라는 것은——색욕, 정열, 망상, 미혹, 뭐라고 불러도 상관없지만——그것이 너무나 강렬할 때는 무슨 짓을 해도 억제할 수가 없다는 것을 알 겁니다. 숙명적인 타입이라는 것이 있습니다. 만약 운이 좋아서 그런 사람을 만나지 않는다면 평생 동안 평온하고 떳떳하게 살아갈 수 있을 겁니다. 하지만 그런 사람을 만났다 하면, 인생은 뒤죽박죽이 되고 사람은 완전히 망가지는 겁니다."

팔로웨이가 단조롭고 평온한 목소리로 이런 얘기를 하는 동안, 토드헌터 씨는 그저 고개를 끄덕이는 것 말고는 아무것도 할 수 없었다. 그는 자신에게 숙명적인 타입을 만난 적은 없었지만, 적어도 그것을 만난 남자에게 진지하게 동정을 표시할 수는 있었다. 팔로웨이의 독백은 그의 감정의 척도를 가지고는 도저히 이해할 수 없는 것이기는 했지만.

팔로웨이는 여전히 음울한 목소리로 계속했다.

"처음에는 자신과 싸웠습니다. 누구나 하듯이, 자신의 나약함을 저주하고, 하필이면 나에게 이런 일이 일어나다니 정말 어처구니없는 일이라고 스스로를 타일렀습니다. 나는, 여자에게 빠졌다고 내가 경멸했던 다른 모든 사람들보다 훨씬 더 어리석다고 스스로를 비난하며 괴로워했습니다. 그러나 강하다느니 약하다느니 하는 사고방식을, 이 경우에는 적용할 수 없다는 것을 깨달았습니다. 그런 것은 제가 빠진 상황과는 아무 상관도 없었습니다. 어떻게 설명하면 좋을까요? 그래요, 예를 들면, 수영을 할 때 물 속에 10분 동안 들어가 있겠다고 결심했다고 칩시다. 그런데 최초의 1분 만에 폐 속의 산소가 없어져서 중단한다면, 그 사람은 겁쟁이가 될까요? 그렇지 않습니다. 인간으로서는 도저히 어쩔 수 없는 일이니까요. 그럴 때 강하다거나 약하다고 하는 사고방식은 적용할 수 없지요. 저는 바로 그런 경우에 처해 있었던 겁니다.

물론 이런 일이 가족에게 무엇을 가져다 줄지는 잘 알고 있었습니다. 게다가 저는 악인이 아니었고, 가족을 사랑하는 마음에는 변함이 없었습니다. 하지만 제가 뭘 할 수 있겠습니까? 진을 단념하는 것은 불가능했습니다. 세계 제일의 수영 선수라도 2, 3분 이상은 물속에 있을 수 없는 것과 마찬가지로. 물론 저는 가족을 비참한 지경에 빠뜨렸습니다. 그건 저도 잘 알고 있고 잘못된 일이라고 생각합니다. 하지만 저 역시 비참했습니다. 가족을 가엾게 생각했기 때문에, 그리고 질투심 때문이었습니다. 나에게 질투심이 있을 줄은 꿈에도 몰랐습니다. 그때까지 한번도 그런 일이 없었으니까요. 하지만, 진 앞에서 저는 오셀로가 되고 마는 겁니다. 질투심은 어리석고 비열한 것이라는 건 알고 있었지만, 이 점에서도 역시 도저히 어쩔 방법이 없었습니다. 누군가가 또는 뭔가가, 자신이 호흡하고 있는 산소 자체를 빼앗아 가지 않을까 하고 두려워하고 있는 것과 같았습니다.

더구나 진에게는 제가 질투할 만한 충분한 이유가 있었습니다. 그 여자는 지금까지는 저에게 충실했을지 모르지만, 언젠가는 달라질 것이 뻔하기 때문입니다. 그건 그녀도 어쩔 수 없는 일이지요. 그녀는 끝없이 남자를 구하지 않고는 배길 수 없는 여자입니다. 남자 자체를 원해서라기보다 남자를 지배하는 자신의 힘을 시험하기 위해서죠. 그리고 그녀는 돈 없이는 살 수 없습니다. 아! 저는 환상 따위는 전혀 품고 있지 않습니다. 그녀는 당신한테도, 뭐라고 할까, 뭔가 유혹하는 말을 하지 않던가요?"
"예, 했습니다."
팔로웨이는 고개를 끄덕였다.
"그 여자는 저를 다 빨아먹었다는 것을 알고 있습니다. 가련한 여자예요. 그녀는 도덕 관념과는 전혀 상관이 없는 여자입니다. 아무리 위장을 하고 자신의 예술에 대해 과장되게 떠벌려도, 결국 그런 존재일 뿐입니다. 사랑 따위가 문제가 아니에요. 진은 남자를 사랑할 수 없습니다. 그녀가 사랑하는 것은 자기 자신뿐이기 때문입니다. 그녀는 스스로에게 반해 있고 그 생각에만 사로잡혀 있어요. 타인을 위해 뭔가 한다는 것은 그녀는 한번도 생각해 본 적이 없을 겁니다. 자신과 다른 인간이 존재한다는 것을 그녀는 생각하지 못하기 때문입니다.

정신병 학자인 제임스 보핸 경에 대해 들은 적이 있습니까? 그는 자기 전문 분야에 정통할 뿐만 아니라 굉장히 총명한 사람입니다. 저는 한번 어떤 만찬에서 그를 만나, 모임이 끝난 뒤에 잠시 얘기를 나눈 적이 있습니다. 그때 그가, 성이라는 것은 가장 조사하기 어려운 영역이라고 말한 것을 기억합니다. 우리 인간은 행동 뒤에 숨어 있는 동기에 대해서는 상당한 부분까지 알게 되었다, 하지만 성에 대해서는 구석기 시대에 살던 사람만큼의 지식도 없다, 특히 성에 있어서의 상대의 선택이라는 것은 그야말로 이치도 없고 이유도 없는 것 같다, 왜 A는 B에 대해 이성을 잃을 정도로 열중하는 것일까? 아무도 대답할 수 없다, 그것은 단지 있는 그대로 아무런 분석과 비판 없이 받아들이지 않으면 안 되는 하나의 사실일 뿐이다, A의 C에 대한 애정은 마음을 진정시키고 고결하게 하는 효과를 가지고 있는데, 다 같은 사람인 B에 대한 애정은 그를 미치광이나 다름없이 만들어 버리는 일이 있다는 것입니다.

저는 보헨에게 숙명적인 타입에 대한 제 이론을 얘기해 주었습니다. 그러자 그는 몹시 반가워하며 거기에 달려들어, 그건 화학적 반응으로 생각할 수 있다고 말했습니다. 하나하나를 두고 보면 두 가지 성분은 조금도 해로운 것이 아니며, 각각 다른 어떤 물질과 화합해도 아무런 해도 끼치지 않는데, 이 두 가지를 합하면 당장 폭발이 일어난다는 겁니다. 그리고 당연히 연기와 악취가 진동을 하게 된다는 겁니다. 저는 그에게 망상과 싸우는 건 가능한지 물어 봤습니다. 그러자 그는 탈출 방법은 단 한 가지, 그것을 뭔가 다른 형태, 이를테면 종교 같은 것으로 승화시키는 것 말고는 없고, 그 것은 계획적으로는 되지 않으며 저절로 그렇게 되지 않으면 안 된다고 했습니다.

저는 그의 말이 옳다고 생각합니다. 기다리는 것 외에 저는 아무 것도 할 수 없습니다. 어쩌면 앞을 보지 않고 달리는 자동차가 저를 치어 죽여 줄지도 모르고, 진이 이제 아무런 볼일이 없다고 저를 쫓아낼지도 모릅니다. 그러나 그녀가 저를 부르는 동안은 갈 것입니다. 오늘 아침의 전화에서도 저는, 얼마나 '아니'라고 말하고 싶었는지 모릅니다. 그렇지만 말할 수가 없었습니다. 저는 무력했어요. 물론 다른 남자가 나타나는 일도 있겠지요. 머지않아 틀림없이 그렇게 될 겁니다. 저는 그것을 두려워하고 있습니다. 통렬한 비탄에 빠질 테니까요. 진이 만약 죽는다면……. 그게 가장 좋은 일일 것 같아요. 하지만 그런 요행이 일어날 리가 있겠습니까? 그 여자는 죽어 줄 만큼 배려심이 있는 사람이 아니니까요. 물론 그 여자를 죽이려고 생각한 적도 몇 번 있었습니다. 아니, 그렇게 놀란 표정은 하지 않으셔도 됩니다, 토드헌터 씨."

팔로웨이는 하나도 즐겁지 않다는 듯이 약간 웃으며 말했다.

"열정적인 사랑을 하고 있는 남자는 누구나 한두 번은 애인을 죽이려고 생각하는 법이에요. 대부분 하찮은 이유에서입니다. 하지만 진의 경우는 하찮은 일이 아닙니다. 만약 죽일 가치가 있는 여자가 있다면, 그 여자가 바로 그런 여자입니다. 아시겠습니까? 그녀는 적극적으로 타인에게 고통을 주려는 건 아니라는 의미에서 악인은 아닙니다. 그렇지만 악인보다 더 나쁩니다. 왜냐하면, 타인의 존재를 전혀 생각하지 않기 때문입니다. 이런 종류의 여자가——여자든 남자든 마찬가지지만——인간 고통의 90퍼센트까지 그 원인을 만들고 있어요. 악은 흔히 있는 것이 아닙니다. 악이란 단순한 병리학적 현상에 지나지 않는다고 생각합니다. 정말로 무서운 것은 무관심이라는 거지요."

토드헌터 씨는 다음 말을 기다렸다. 그러나 팔로웨이의 얘기는 끝난 것 같았다.

토드헌터 씨는 입을 열었다. "실례지만 오늘 아침에 전화를 했다고 말하신 건 같은데, 미스 노우드가 전화를 걸어서 당신에게 와달라고 하던가요?"

팔로웨이는 멍한 표정으로 그를 쳐다보았다. "그렇습니다. 그런데 그건 왜? 하루나 이틀 가지 않으면 언제나 그러지요. '절 잊으셨어요?' 혹은 '이제 사랑하지 않는 거죠?'라고요. 개 끈은 확실하게 묶어두지 않으면 안 된다는 거지요."

"그렇군요." 토드헌터 씨는 말했다. 아무래도 미스 노우드는 고통 없이 죽도록 쫓아내겠다고 약속했음에도 불구하고, 새로운 개가 손에 들어올 때까지는 전의 개를 붙들어 두려고 신중을 기하고 있는 것 같았다. 그러나 토드헌터 씨는 입 밖에 내어 말하지는 않았다.

토드헌터 씨는 잠시 당혹한 모습으로 대머리를 긁었다. 방금 들은 팔로웨이의 고백은 지독한 패배주의의 표현처럼 생각되었다. 그러나 거짓은 없었다. 인간이 미혹이라는 것과 싸워 승리를 거둘 수 있는지 어떤지에 대해서는, 토드헌터 씨는 신중하게 결론을 내리지 않았다. 하지만 승리를 거둔 예가 없지는 않다고 생각했다. 그러나 팔로웨이는 명백하게 패배주의자였다. 그에게는 이제 투지 같은 것이 조금도 없었다. 다만, 다른 남자가 나타나면 한번쯤 대결을 할지는 모른다. 더구나 지금의 그의 미친 듯한 정신 상태에서는 무슨 짓을 할지 모르는 일이었다.

3

토드헌터 씨는 씁쓸한 기분으로 리치먼드로 돌아왔다.

그는 그 어리석은 생각은 완전히 잊었다고 생각하고 있었다. 첫째로, 그 생각은 처음부터 바람직한 것이 아니었고, 지금도 더할 나위 없이 혐오하는 동시에 두려워하고 있었다. 그러나 양심이 너무 강했다. 이제 한두 달 뒤, 세상을 떠나기 전에, 이 세상을 위해 작은 선행을 베풀 수 있는 길이 분명히 제시되었는데도, 그것을 회피하는 것은 양심이 허락하지 않았다.

중얼중얼 화를 내면서, 그리고 몹시 비참한 기분 속에서, 토드헌터 씨는 가능한 한 빨리 미스 노우드를 죽일 필요를 의식하며 초조감을 느끼기 시작했다.

VIII

1

 토드헌터 씨는 살인을 실행하지 않으면 안 된다고 생각은 했지만, 그 일을 광고할 이유는 전혀 없다고 여겼다. 많은 사촌들을 생각하자, 친척 중에 살인범이 있다는 것을 알면 얼마나 통탄할 것인지를 생각했다. 그래서 자기 의도는 조금도 부끄럽게 여기지 않았지만, 될 수 있는 한 사람들에게 알려지지 않도록 행동하는 것이 친척에 대한 의무라고 생각했다.
 그래서 약간 당혹한 토드헌터 씨는 상당한 돈을 들여 포켓판 미스터리소설을 많이 사서, 자기와 같은 경우에 어떤 방법으로 하면 가장 좋은지 알아보고자 했다. 그렇게 해서 얻은 결론은, 범행 현장과 그 부근에서 누구한테도 발견되지 않고, 어떤 증거나 지문도 남기지 않고, 또 희생자를 죽일 만한 동기를 아무것도 가지고 있지 않을 경우, 소설에서는 반드시 체포되지만 현실에서는 반드시 붙잡히는 것만은 아니라는 것이었다.
 하지만 이 결론만으로는 완전히 만족할 수 없었던 토드헌터 씨는,

다시 돈을 들여 이번에는 통속 범죄학 책을 사들여, 그 엉터리 문장과 씨름하면서 열심히 읽고 연구했다. 이들 책에 의하면, 가장 성공한 살인 예술의 전문가들(즉, 결국은 혐의를 받는 것으로만 그치지 않는 커다란 실수를 저지르지만, 그때까지 몇 번은 감쪽같이 완전범죄에 성공한 자들)은, 시체를 처리하는 데 불을 이용하는 방법을 선호하고 있는 것 같았다. 그러나 토드헌터 씨는 이 방법은 사용할 생각이 없었다. 가능한 한 자비로운 방법으로 죽인 뒤 최대한 빨리 달아난다는 것이 그의 생각이었다. 죽인 뒤에는 시체에 손가락 하나 대고 싶지 않았다. 따라서 그런 책들을 읽으면서 그가 가장 관심을 기울인 것은, 단서를 전혀 남기지 않고 재빨리 침묵 속에 실행된 살인 이야기였다.

이리하여 반쯤 후회하는 듯한, 그리고 공포에 사로잡히는 듯한 기분을 느끼는 가운데 여름이 다가옴에 따라, 토드헌터 씨의 마음속에는 살인 계획의 어렴풋한 1단계가 서서히 형태를 드러내기 시작하고 있었다.

이 계획의 가장 중요한 점은 미스 노우드의 리치먼드의 집에 대해 잘 알고, 그 집에 있을 때의 그녀의 습관에도 정통해야 한다는 것이었다. 그리고 이 조사는 의혹을 불러일으키지 않도록, 또는 누군가가 나중에 이런 조사가 있었다는 것을 떠올리지 않도록 하지 않으면 안 되었다. 이 문제를 곰곰이 생각한 끝에, 토드헌터 씨는 그 정보를 제공해줄 수 있는 가장 적임자는 미스 노우드 본인이라는 결론에 이르렀다. 하지만 그런 반면, 그는 미스 노우드와는 더 이상 아무 관련을 가지지 않도록 하여, 나중에 두 사람 사이에는 약간의 관계도 없었던 것처럼 보이고 싶었다. 그래서 가장 좋은 방법은, 밖에서 미스 노우드를 기다렸다가 가능한 한 그녀가 산책하러 나가는 것을 노려, 함께 몇 분 동안 산책을 하며 알고 싶은 정보를 알아낸 뒤 누구의 눈에도 띄지 않고 사라지는 것이라고 생각했다.

신파 연극의 악당이라도 된 기분으로, 토드헌터 씨는 미스 노우드가 휴식을 취하여 체력을 회복한 뒤 밤 공연을 위해 극장으로 가는 시간을 노려, 그녀의 집 근처에 숨어서 기다렸다. 이틀 동안은 그녀의 모습을 전혀 볼 수 없었다. 사흘째 되는 날 그녀는 팔로웨이와 함께 나와서 곧장 택시를 타고 가버렸다. 토드헌터 씨는 당황하여 달아났지만, 그래도 팔로웨이는 누가 봐도 기쁨에 취한 얼굴을 하고 있는 것을 놓치지 않고 볼 수 있었다. 방금 여자에게, 이제 싫증났으니 헤어지자는 말을 들은 남자처럼은 도저히 보이지 않았다. 나흘째가 되어서야, 토드헌터 씨의 분발은 겨우 보람을 거둘 수 있었다. 미스 노우드는 혼자 나와서 택시를 찾는 것처럼 거리를 둘러보았다. 동맥류가 파열할 위험을 무릅쓰고, 토드헌터 씨는 그녀 쪽으로 급히 달려갔다.

그녀는 환한 미소와 열정이 담긴 손을 내밀어 그를 맞이했다.

"어머, 토드헌터 씨 아니세요? 혹시 저를 잊어버리신 게 아닌가 하고 생각하던 참이었어요. 정말 무심하시군요. 어째서 제가 약속했던 초대권 일로 전화하지 않으셨어요?" 미스 노우드는 토드헌터 씨의 손을 잡더니 부드럽게 따지듯이 그 손에 꼭 힘을 주었다.

토드헌터 씨는 이 요염한 태도에 약간 거북해져서 손을 빼려고 했지만 소용없었다. "아니, 난 당신이 전화를 해줄 줄 알고 있었는데." 그는 입속으로 우물거리며 말했다.

"어머나! 그럼 당신은, 제가 하루 종일 전화로 당신을 방해하는 것밖에 할 일이 없다고 생각하셨단 말씀이세요? 제가 얼마나 바쁜지 이해해 주셔야 해요. 날마다 아침부터 밤까지요. 정말이지, 당신들, 대단하신 실업가들은 다 똑같다니까요."

"뭐가, 말입니까?" 대단하신 실업가가 물었다.

"자기만 바쁜 줄 알고 있는 것 말이에요." 미스 노우드는 이번에는 부드러운 목소리로 말했다. "하지만 이렇게 만나러 와주셨으니까 용서해 드려야겠죠? 그렇지만 전 이제부터 곧장 극장으로 가지 않으면 안 돼요. 정말 공교로운 시간에 오셨군요. 저와 같이 식사를 하실 생각이라면, 애석하지만 도저히 안 되겠어요."

토드헌터 씨는 남자의 힘을 발휘하여 손을 빼냈다. 미스 노우드의 집 현관 앞에서 두 사람이 이렇게 얼쩡거리고 있는 모습을 누가 보지 않을까 하는 걱정으로 머리가 약간 혼란스러웠다.

"아니오." 그는 불쑥 말했다. "나는 집에서 식사를 합니다. 그냥 잠시 들렀을 뿐이오."

한순간 미스 노우드는 약간 주춤하는 것처럼 보였다. 그러더니 갑자기 큰 소리로 웃기 시작했는데, 생각 탓인지 토드헌터 씨는 약간 부자연스럽게 들렸다.

"어머, 당신은 무척 기분좋은 분이에요. 그래서 제가 좋아하나 봐요. 다른 사람과는 다르거든요. 대부분의 남자들은 무척 좋아하면서 '찾아가겠소'라고 말할 수 있는 기회에 정신없이 달려드니까요."

"그래요?" 토드헌터 씨는 둔감하게 말했다. "왜 그럴까요?"

미스 노우드의 커다란 눈이 약간 가늘어졌다. "왜냐하면, 그건…… 아무튼 좋아요, 모르신다면. 그럼 토드헌터 씨, 이제 더 이상 머뭇거릴 시간이 없군요. 혹시 그렇게 바쁘시지 않다면, 잠시 시간을 내어 택시를 잡아주시지 않겠어요?"

"조금도 바쁘지 않아요." 토드헌터 씨는 지금까지보다 부드러운 목소리로 말했다. "극장까지 함께 가게 해 주신다면 큰 영광이겠소만."

여자는 냉담하게 말했다. "하지만 당신한테는 무척 지루한 일일 텐데요?"

 토드헌터 씨는 여자의 몸을 뒤흔들어주고 싶은 충동을 억제하면서 위선적인 미소를 지었다. "진, 우리는 서로 친구가 되기로 하지 않았던가요?" 그는 가능한 한 우둔한 표정을 지으면서 말했다.

 미스 노우드는 당장 태도를 바꿨다. "아직도 그렇게 생각하고 계신 거예요? 전 포기하려던 참이었는데……. 토드헌터 씨, 당신은 저에게 수수께끼예요."

 "내가 말입니까? 그건 무슨 뜻인가요?" 토드헌터 씨는 사라져 버리고 싶은 충동에 사로잡히며 신경질적으로 걷기 시작했다. 미스 노우드는 그 뒤를 따라가지 않을 수 없었다.

 "당신을 잘 이해할 수가 없다는 뜻이에요. 지난번 점심 식사 때는 서로를 잘 이해했다고 생각했어요. 그런데 오늘은 다르군요."

 "내가 말이오?" 토드헌터 씨는 걸음을 빨리하면서 말했다. "별로 다르다고 생각하지는 않소만. 그러니까…… 그…… 당신을 찬미하는 마음은 조금도 줄어들지 않았어요."

 미스 노우드는 다시 큰 소리로 웃었다. 토드헌터 씨는 누군가 지나가는 사람의 주의를 끌지 않을까 걱정되어 주위를 둘러보았다.

 "어머, 어머, 안 돼요." 미스 노우드는 웃으며 말했다. "빈말을 하시다니, 전혀 당신답지가 않군요. 당신의 좋은 점은 무뚝뚝하고 잔인할 정도로 솔직한 거예요. 그게 바로 우리들, 가련하고 연약한 여자를 열중하게 만드는 거죠."

 "그래요?" 토드헌터 씨는 그 끔찍한 모자를 벗고 손수건으로 가만히 머리를 닦았다. "그건 몰랐군요. 그런데 리치먼드에 집이 있지 않습니까?"

 "네." 미스 노우드는 약간 놀라서 대답했다. "그건 왜요?"

 "나도 리치먼드에서 살고 있어요." 토드헌터 씨는 될 대로 되라는 심정으로 말해 버렸다. "그래서 서로 같은 지역에 살고 있으니, 가까운 시일 안에 만나는 것이 어떨까 하는데."

"저야 물론 좋아요. 그럼 일요일 점심 때 오시겠어요? 아니면 저녁 식사라도?"

"일요일?" 이건 토드헌터 씨의 계획에는 좋지 않았다. 그래서 서둘러 핑계를 생각했다. "아……아, 애석하지만 일요일은 안 되겠군요. 그런데, 집이 도대체 어디쯤인가요?"

"강가에 있어요. 무척 좋은 곳이에요. 강둑이 그대로 뜰을 이루고 있거든요. 사람들이 배에서 바로 올라와서 잔디밭에서 피크닉을 하곤 해요. 모두들 울타리로 막으라고 하지만, 너그럽게 생각하는 게 좋지 않겠어요? 세상 사람들이 우리 집 잔디밭에서 피크닉을 하며 즐거워한다면 그렇게 하도록 해야죠. 실제로 아무런 피해도 주는 게 아니라면요. 미리 말해 뒀어야 하지만 저는 상당한 공산주의자예요. 놀라셨죠?"

"아, 아니오, 전혀. 나도 약간 공산주의자 기질이 있으니까요." 토드헌터 씨는 완전히 무의식적이지만 듣는 사람을 어리둥절하게 만들었다. 사실을 말하면, 토드헌터 씨는 아름답고 멋진 여성을 데리고 런던의 웨스트엔드 거리를 걷는 데 익숙하지 않았다. 거리를 지나는 한 사람 한 사람이 그녀에게 던지는 눈길은 그를 초조하게 만들었고, 모두가 그녀를 알고 있는 것처럼 보이는 것은 더욱 더 그를 불안하게 만들었다. 그리고 그녀의 어디서나 눈에 띄는 우아함과 자신의 초라함이 이루는 대비가 너무 뚜렷해서, 모든 사람의 기억에 남게 되고 그래서 증언대에서 확인될 것이 틀림없다고 생각하니 마음이 조급해졌다. 게다가 토드헌터 씨는 책에서 얻은 지식을 통해, 택시를 타도 눈 속의 발자국을 더듬는 것처럼 쉽게, 나중에 행적을 추적할 수 있다는 것을 알고 있었다.

그는 자신의 목적에 정신을 집중하려고 노력했다.

"아, 그러니까, 그럼, 집이 강가에 있다고요? 우리 집은 달라요. 그렇지만 강 쪽으로 자주 가지요. 틀림없이 여러 번 당신의 집 앞을 지나갔을 텐데, 정확하게 말해 어디쯤이죠?"

미스 노우드는 정확한 위치를 설명해 주었다. 강 부근을 상당히 자세히 알고 있는 토드헌터 씨는 어렵지 않게 그 집을 떠올릴 수 있었다.

"강에 자주 가시나요?" 미스 노우드가 물었다. "언젠가 한번 같이 데리고 가주지 않으시겠어요? 저는 배를 타는 걸 좋아해요."

"좋아요. 어쩌면……." 토드헌터 씨는 느릿한 어조로 말했다. 어떤 생각이 마음속에 떠올랐기 때문이다. "저녁에 당신이 뜰에 앉아 있는 모습을 보게 된다면……."

"저는 저녁에는 늘 극장에 있어요."

"아, 그렇군요. 내가 말하는 것은, 즉 일요일 저녁이라도……."

"일요일은 언제나 많은 사람들이 찾아오죠." 미스 노우드는 한숨을 쉬며 말했다. 그녀는 힐끗 고개를 돌려 토드헌터 씨의 얼굴에 떠올라 있는 낙담하는 표정을 보고 갑자기 어떤 결심을 했다. 그 남자의 얼굴에는 욕정이 생생하게 드러나 있었다. 미스 노우드가 그 표정 뒤에 있는 원인을 읽을 수 없었던 것은, 그녀에게는 불행한 일이었다. 그렇지 않았으면 그녀의 새로운 숭배자의 훤히 들여다보이는 욕망을 이루어 주기 위해, 자신의 스케줄을 바꾸거나 하지는 않았으리라.

"하지만 사실은……." 그녀는 얘기를 계속했다. "마침 이번 일요일 저녁에는 완전히 저 혼자예요. 저녁에 혼자 있을 때는, 그런 때를 위해 특별히 만든 은신 장소에 늘 앉아 있죠. 그곳은 장미 같은 향기로운 꽃들이 피어 있는 구석진 곳인데, 강이 약간 보일 뿐 주위는 완전히 차단되어 있어요. 뒤쪽에는 낡은 헛간의 목재로 만든 좁고 긴 정자가 있어요. 정말 더할 나위 없는 곳이죠." 미스 노우드는 요염하게 말했다. "그러니까 어쩌면 이번 일요일 저녁, 당신이 시간이 나서 우연히 강가에 오시게 되어, 저를 만나 달빛 아래에서 얘기를 나눠도 좋다고 생각하신다면…… 우리 집 잔디밭에 들어와서, 조금 왼쪽으로 뜰을 가로질러 오기만 하면, 그 구석진 곳에 숨어 있는 장소가 나와요. 그러면 돼요."

"정말, 그렇게 할 수 있기를 바랍니다."

토드헌터 씨는 극히 의례적인 말투로 기쁨을 숨기면서 말했다.

미스 노우드는 이런 말보다 좀 더 확실한 약속을 하고 싶은 듯했다. 그리고 짧은 순간, 일을 꾸미는 듯한 눈빛을 보였지만 이내 사라지고 없었다. 그러나 토드헌터 씨는 바로 그때 힐끗 시선을 돌려 그 표정을 보고 말았다.

"멋진 시간이 될 거예요." 미스 노우드는 꿈꾸는 듯한 목소리로 말했다. "한번이라도 좋으니까 친구와 진정한 친구와 얘기를 나누고, 마음속을 털어놓을 수 있다면……."

"그래요." 토드헌터 씨는 이렇게 말하면서 속으로는 미스 노우드가 지나치게 연극을 하고 있다고 생각했다.

두 사람은 이미 극장 부근에 와 있었다. 토드헌터 씨는 자기 동행이 종종 감탄의 시선과 때로는 인사까지 받게 되자 정신이 하나도 없었다. 두 사람이 마치 모든 사람의 눈길을 끄는 행진을 하고 있는 것 같다는 생각이 들었다. 미스 노우드는 거기에 익숙한 것 같았지만 토드헌터 씨는 그렇지 못했다. 그녀는 자신에게 향해지는 모든 눈길에, 호의와 오만함을 적당히 버무린 매력적인 눈인사로 응하고 있었다. 그리고 상대의 인사에 대해서는 형용할 수 없는 미소로 답하고 있었다.

토드헌터 씨는 이제 완전히 공황 상태에 빠질 지경이었다.

"미안하지만" 토드헌터 씨는 불쑥 말했다. "나는 저 무척 중요한 약속을 잊고 있었어요. 그러니까 수백만 파운드, 아니 수천만 파운드의 거래라서 그러니 부디 용서해 주시오. 그럼 다음 일요일에 꼭……. 이만 실례하겠소."

그는 황급히 몸을 돌려 걸어가 버렸다. 뒤에 남겨진 숙녀는, 런던에서 가장 깜짝 놀란 사람 같은 얼굴로 걸음을 멈춘 채 휘청휘청 멀어져가는 남자의 뒷모습을 바라보고 있었다.

길을 걸으면서 토드헌터 씨는 자기 주위의 공기가 다르게 느껴지는 것을 의식했다. 그건 미스 노우드가 항상 온몸에 뿌리고 다니는 향수의 구름에서 탈출했기 때문이라는 것을 깨닫는 데 약간 시간이 걸렸다.

토드헌터 씨는 치를 떨면서 생각했다. '흥! 저 여자한테서는 악취가 나.'

2

토드헌터 씨한테는 자신을 분석하는 습관은 없었지만, 그 뒤 며칠 동안은 자신의 감정 상태──첫 번째는 미스 노우드에 대한 감정, 두 번째는 그녀를 죽이는 것에 대한 감정──를 면밀하게 음미하고 있었다.

약간 놀랍게도, 이런 행동에 대해 그는 아무런 의문도 품고 있지 않았다. 이성적으로 생각해 보면, 이렇게 많은 사람들에게 고통을 주는 미스 노우드를 세상에서 제거하는 것은, 철학적으로 말해 인정할 수밖에 없는 행위라는 것을 금방 알 수 있었다. 물론 그 제거는 고통이 없는 것이어야 한다. 어떠한 생물에 대해서도, 설령 그것이 미스 노우드라 해도, 고통을 주는 것은 토드헌터 씨의 사고방식에 어긋나는 것이었다. 토드헌터 씨는 사후의 생명에 대해서는 아무런 관념도 갖고 있지 않았다. 다만 그는 사후 생명이 있었으면 좋겠다, 그리고 그것이 병마에 시달리고 있는 사람이 느끼는 것과 같은 불쾌한 것이 아니면 좋겠다는 희망을 가지는 것으로 만족하고 있었다. 따라서 미스 노우드를 죽이고, 그녀를, 이 세상에서 저지른 죄를 보상해야만 하는 세계로 보내게 되는 건지, 또는 그저 공백뿐인 무의 세계에 갖다버리는 것이 되는 건지, 아무런 의견도 가지고 있지 않았다. 뿐만 아니라 그런 건 아무래도 좋다고 생각했다.

그러나 심사숙고한 끝에 알게 된 것은, 설령 미스 노우드를 죽이는 것이 이치로 보아 훌륭한 일이라고 생각했다 하더라도, 자기가 방관하는 것이 부당한 일인 동시에 매우 위험한 일이라는 걸 느끼지 않았더라면, 이런 일을 스스로 할 생각은 결코 하지 않았을 거라는 사실이었다. 이런 지경에까지 오자 토드헌터 씨는 이제 이번만은 도저히 빠져나갈 수 없게 된 자기의 불운을, 적잖이 원망스럽게 생각했다. 만약 자기가 먼저 행동에 나서 미스 노우드를 죽이지 않으면, 팔로웨이나 팔로웨이 부인이 그것을 할 가능성이 크게 있다고 보았기 때문이다. 팔로웨이 부인은 결코 바보가 아닌 것 같지만, 두말할 것 없이 바보인 팔로웨이는 틀림없이 자수함으로써 자신의 불행한 가족에게 또다시 큰 슬픔을 안겨줄 것이다.

"바보 같은 놈!" 토드헌터 씨는 몇 번이나 괴로운 듯이 혼잣말을 했다. 그는 미스 노우드를 제거하는 것에 대해서는, 도덕적으로나 어떤 의미에서도 반대해야 할 이유는 없다고 생각했지만, 그래도 그것을 자신이 한다는 생각은 조금도 기쁘지 않았다.

그럼에도 불구하고 의무감과 만족할 줄 모르는 양심이라는 두 가지 격정에 사로잡혀, 그는 침실 서랍에 넣어둔 새 권총을 꺼내 약간의 혐오감과 함께 만지작거리면서 그 바깥쪽 전체에 주의 깊게 기름칠을 했다. 토드헌터 씨는 왜 권총에 기름칠을 하는 건지 스스로도 잘 알 수 없었지만, 아무튼 그렇게 해야 할 것 같은 기분이었다.

그러나 다음 일요일 밤을 위해 작은 배를 빌릴 생각은 하지 않았다. 토드헌터 씨는 그 정도로 바보는 아니었다.

3

그가 실제로 한 것은, 미스 노우드의 집 뜰에서 다른 집 뜰 두 개를 사이에 둔 강가로 통하는 오솔길을 찾아내어, 사람들에게 발견되지 않도록, 또 대동맥류가 앞으로 10분 동안은 파열하지 않도록(물론 그 뒤에는 어떻게 되든 상관없었다) 세심하게 주의하면서, 오솔길 옆 담장을 뛰어넘는 일이었다. 그리고 몇 번인가 담장을 넘어 무성한 산울타리를 헤치고 나아가, 일요일 밤 9시 15분이 지나 미스 노우드의 집 뜰에 들어섰다. 심장은 무서울 정도로 두근거리고, 입은 까칠하게 말라 있었다. 그는 이제부터 하려고 하는 일에 지금까지 어떤 일에서도 느낀 적이 없는 격렬한 혐오를 느끼고 있었다.

토드헌터 씨가 미스 노우드가 지시한 대로 뜰 안으로 소리 없이 나아갔을 때, 과연 완전히 제정신이었는지는 의심스럽다. 나중에 생각해 보니, 그의 마음은 일시적으로 공백 상태였던 것 같았다. 기억나는 것은, 끊임없이 호주머니에 손을 넣어 권총을 잃어버리지 않은 것을 확인한 일, 그리고 정자로 통하는 길이 끝없이 계속되어 영원히 도달할 수 없었으면 좋겠다고 절망적으로 생각한 것 정도이다. 또 여름 저녁의 어스름에 싸인 정원의 모습도 기억하고 있다. 그날 밤은 방금 드리워진 커다란 구름 때문에 여느 때보다 어두워, 몇 걸음 걸을 때마다 주위에 아무도 없는 것을 확인하려고 미치광이처럼 신경을 긴장시키며 귀를 기울였다. 그리고 기다란 전면이 열려 있는 건물에 당도하여 그 나무 들보에 장미꽃이 기어오르고 있는 것을 보았을 때,

그것이 운명의 정자라는 것을 깨달았다. 마지막으로 미스 노우드가 약속한 대로 혼자 의자에 기대앉아 있는 것을 얼핏 본 것을 희미하게 기억하고 있다.

그리고 그 뒤의 일은 아무것도 떠올리고 싶지 않았다.

4

토드헌터 씨는 권총을 호주머니에 집어넣고 주위를 둘러보았다. 누군가 총소리를 들었을까? 정자의 좁고 길고 나지막한 건물은, 강 쪽으로 내려가는 비탈 중간의, 평탄하게 고른 대지 위에 서 있었다. 그 뒤에는 무슨 꽃을 피운 관목이 높이 우거져 있는 둑이, 땅거미 속에 희미하게 떠올라 있었다. 집은 보이지 않았다. 토드헌트 씨는 숨을 죽이고 섰다. 아무 소리도 들려오지 않았다. 강 수면에서 나는 평소의 소리조차 들리지 않았다. 총소리를 들은 사람이 있을 리가 없다고 그는 확신했다.

그는 진 노우드를 바라보았다. 그녀는 여전히 정자 속에서 공들여 만든 흔들의자에 기대 앉아 있었다. 얼굴을 옆으로 돌리고 있고 두 팔은 축 늘어져 있었다. 유난히 호사스러운 하얀 공단 옷의 가슴에 붉은 얼룩이 커다랗게 계속 퍼지고 있었다.

토드헌터 씨는 간신히 앞으로 걸어가, 그녀의 얼굴과 가슴을 만져 보았다. 의심할 여지없이 그녀는 죽어 있었다. 구토를 느끼며, 그는 새빨간 얼룩을 들여다보았다. 정확한 사격이었다. 어쩌면 솜씨가 좋았다기보다 운이 좋았던 것일까? 탄환은 정통으로 심장을 관통한 것 같았다. 그는 그 탄환이 마음에 걸리기 시작했다.

그는 간신히 마음을 진정하고, 죽은 자의 축 늘어진 몸을 약간 일으켜 보았다. 드러난 매끄러운 등에 무서운 붉은 구멍이 뚫려 있었다. 토드헌터 씨는 하마터면 정신을 잃을 뻔했다. 그가 정신을 잃지 않았던 것은, 의자 쿠션을 씌운 천 속에 박혀 있는 칙칙한 색깔의 금속 조각을 발견했기 때문이었다. 그는 그것을 빼내고 시체를 원래의 위치에 털썩 내려놓았다. 그것은 바로 탄환이었다. 부드러운 납으로 만든 것임에도 불구하고, 형태가 거의 손상되지 않았다. 뼈를 건드리지 않고 그녀의 몸을 깨끗하게 관통한 것이 틀림없었다. 토드헌터 씨는 탄환을 재킷 호주머니에 넣었다.

그는 잠시 동안 죽은 여자를 내려다보았다. 그녀의 왼쪽 손목에 팔찌가 끼워져 있었다. 작은 타원형 시계와 다이아몬드와 진주를 박아 넣은 값비싼 물건이었다. 토드헌터 씨는 마치 매료된 것처럼 그 팔찌를, 이제 아무런 저항도 하지 않는 팔목에서 빼내어 탄환과 마찬가지로 호주머니에 넣었다. 그가 이때의 기념품을 갖고 싶었다고 하면 이상하게 들릴지 모르지만, 그러한 뭔가 평범하지 않은 기분이 거의 기계적으로 그런 행동을 하게 한 것이 틀림없었다.

그는 마음을 정하기 어려운 듯이 잠시 생각했다. 이성이 다시 활동하고 있었다. 해야 할 일이 여러 가지 있을 것 같았다. 안전책을 강구해 둘 것, 증거를 인멸할 것 등, 이것저것 중요한 예방 조치를 취해두지 않으면 안 된다.

그는 시체 옆에 서서 주위를 둘러보았다. 바로 옆에 있는 테이블 위에 브랜디 병과 두 개의 컵이 담긴 쟁반이 있었다. 토드헌터 씨의 금욕적인 생애에 한 잔 마시고 싶다고 생각한 적이 있다고 한다면 바로 이때뿐이었지만, 그는 마시지 않았다. 지금 미스 노우드 옆에서 쓰러져 죽는 것은 말할 수 없이 추악한 일이다. 집안 사람들은 그런 불명예를 견디지 못할 것이다.

그는 컵을 하나 집어 들어 손수건으로 주의 깊게 닦았다. 그가 침통한 유머를 느끼면서 생각해낸 것에 의하면, 컵이라는 것은 미스터리소설 속에서는, 항상 지문을 없애기 위해 닦아야 하는 것이었다.

제2부 신파연극풍

그렇게 하면 경찰의 수사에 혼선이 빚어질 수 있다.
   그는 컵을 조심스럽게 손수건으로 감싸서 내려놓았다. 그리고 또 하나의 컵을 집으려 하는 순간, 밖에서 무슨 소리가 들려 토드헌터 씨는 동맥류가 그 자리에서 터질 것처럼 놀랐다. 그것은 올빼미가 우는 소리였을 뿐이었는데, 토드헌터 씨한테는 마치 경찰차의 사이렌 소리처럼 들렸다.
   "신경이 터질 것 같군."
   그는 중얼거리면서 심장이 놀라도록 달아나기 시작했다.
   자신이 아는 한 이젠 더 이상 할 일이 없었다. 그러나 밤이슬이 내린 뜰을 불길한 그림자처럼 달려 빠져나가면서, 그는 미스 노우드를 죽인 자의 이름을 피로 바닥 가득히 써 남기고 온 것처럼 느꼈다.
   오솔길로 나오자 그는 오른쪽으로 돌아 강가까지 갔다. 그리고 호주머니에서 탄환을 꺼내, 가능한 한 멀리 던져 물속에 가라앉혔다. 총탄 전문가의 손에 걸리면 탄환이 얼마나 웅변과 같은 증거가 되는지 토드헌터 씨는 책에서 배웠던 것이다.

IX

1

 그날 밤 토드헌터 씨는 잠을 이루지 못했다. 축 늘어진 두 개의 팔과, 하얀 공단 가슴에 퍼진 붉은 얼룩의 이미지는, 생전의 미스 노우드 이미지가 팔로웨이의 시각에 어른거렸던 것처럼, 그의 시각을 끈질기게 따라다니고 있었다.
 게다가 아직 해야 할 일이 남아 있었다.
 우선 권총이 있다······.
 토드헌터 씨가 그 권총 때문에 한 행동은, 이튿날 아침 일찍 팔로웨이를 방문한 것이었다. 그는 팔로웨이가 권총을 가지고 있는지 어떤지를 알아내어, 만약 가지고 있다면 그 권총을 자기 것과 바꿔치기 할 생각이었다. 토드헌터 씨는, 그렇게 한다고 팔로웨이가 위험에 빠지지는 않을 거라고 생각했다. 언제나 알리바이라는 것이 있기 때문이다. 물론 팔로웨이는 확실한 알리바이를 가지고 있을 것이다. 만약 그렇지 않다면 자기가 알리바이를 제공해주면 된다.
 하지만 완전히 혼란에 빠져 버린 팔로웨이는 아무런 도움도 되지 않았다. 아직 10시도 되기 전이었지만 벌써 경찰이 다녀간 뒤였다. 게다가 신문에 이미 그 무서운 기사가 나와 있었기 때문에 거의 제정신이 아니었다. 그가 대놓고 큰 소리로 우는 것을 보고, 사학교육의 전통 속에 젖어 있는 토드헌터 씨는 정말 딱한 생각이 들었다. 그래도 토드헌터 씨의 단호한 질문에 대한 대답을 통해, 팔로웨이가 권총을 소지하고 있지 않다는 것, 또 움직일 수 없는 알리바이를 가지고 있다는 것을 알았다. 그는 간밤에 가까운 술집에서 밤새도록, 소설에 대한 대중의 취향 문제를 몹시 감상적으로 토로하고 있었다고 했다. 그러나 이 흥미로운 정보도 권총이 없는 이상, 토드헌터 씨한테는 아무런 가치가 없었다. 그래서 그는 돌아갈 준비를 했다.

"누가 그랬을까요, 토드헌터 씨?" 팔로웨이는 현관문에서 울면서 하소연했다. "누굴까요? 그리고 왜? 도대체 알 수가 없어요. 무서운 일이에요……. 가엾은 진."

"바로 2, 3일 전에 당신 자신이 하겠다고 말하지 않았소?"

토드헌터 씨는 가혹하게 지적했다.

"내가 그랬다고! 그래요, 누구든 입으로야 무슨 말인들 못하겠습니까? 하지만 그저 그뿐이었어요. 도대체 누가 이런 짓을 했을까?"

토드헌터 씨는 황망하게 달아났다. 설령 그가 미스 노우드의 죽음에 대해 후회하는 마음이 들었다 하더라도, 팔로웨이의 이런 모습을 보고 그 말을 듣고는, 더욱 더 마음을 냉혹하게 먹지 않을 수 없었다. 팔로웨이도 옛날에는 보통 사람과 같은 소양이 있는 독립적인 사람이었을 것이다. 여자가 그를 지금의 이런 상태에 빠뜨린 것은, 그것도 그의 돈을 빼앗기 위해 계획적으로 했다는 것은 정말 가련한 일이었다. 그렇다, 미스 노우드는 죽어서 마땅했다.

토드헌터 씨는 택시를 타고 메이다 벨로 달렸다.

이곳에는 경찰보다 먼저 도착한 것 같았다.

팔로웨이 부인이 문을 열어주었다. 부인은, 펠리시티가 충격에 빠져 일어나지 못하고 있으며, 조간신문에서 그 기사를 읽고 졸도해 버렸다고 했다. 그 아이는 무척 감수성이 예민한 아이라고 팔로웨이 부인이 해명했다.

작은 거실에서, 키 큰 부인과 방문객은 서로 신중한 눈길로 상대방을 가만히 응시했다.

"토드헌터 씨." 팔로웨이 부인이 천천히 생각에 잠긴 듯한 어조로 말했다. "당신한테는 솔직하게 말하는 게 좋을 것 같군요. 이 기회를 놓치면 다시는 없을 테니까요. 제 짐작으로는, 아니, 확신이라고 하는 편이 좋을 거예요, 당신은 미스 노우드를 살해한 사람이 누구인지 아시죠? 그리고 저도 알고 있다는 느낌이 드는군요."

토드헌터 씨는 고통으로 심장이 마구 뛰는 것이 느껴졌다. 그리고 스스로도 소름이 끼칠 만큼, 목소리가 메마르고 날카로워져 있었다.

"그래서 어떻게 하실 생각이신가요?"

"아무것도."

"아무것도?"

"네. 제가 알고 있는 건, 펠리시티와 저는 간밤에 이곳에 함께 있었다는 사실뿐이에요. 정말 다행스럽게도……." 팔로웨이 부인이 불길하게 냉소를 지으며 말했다. "우리는 11시 반쯤 잠자리에 들 때까지, 서로 한 번도 옆을 떠나지 않았어요. 알고 있는 건 그것뿐이에요."

"그것뿐……." 토드헌터 씨도 상대에 못잖은 신중한 어조로 말했다. "알고 계시는 것으로 충분합니다. 감사합니다. 그리고……."

"뭔가요?"

토드헌터 씨는 고개를 돌리고 창밖을 응시했다. "누가, 어떤 이유로 했든, 그 사람을 심판할 생각을 해서는 안 됩니다, 부인."
 팔로웨이 부인은 한순간 약간 놀란 것 같았다. 그녀는 고개를 끄덕이며, "네, 그런 짓은 하지 않아요. 제가 대체 누구를 심판할 수 있겠어요?"
 토드헌터 씨는 그 자리가 감정적으로 흐를 것 같은 것을 느끼고 홱 돌아섰다.
 "그래요." 그는 가능한 한 아무렇지도 않은 듯이 말했다. "또 한 가지, 묻고 싶은 것이 있습니다. 이곳에 혹시 권총이 있습니까?"
 팔로웨이 부인의 몸이 움찔했다. "권총이라고요? 네, 지금 이곳에 하나 있기는 해요. 빈센트의 것인데, 그 사람이 그걸 가지고 와서……."
 "잠깐 볼 수 있을까요?" 토드헌터 씨가 말을 잘랐다. "경찰이 언제 올지 모르고, 또……."
 "가지고 오겠어요." 팔로웨이 부인은 순순히 대답했다. 얼굴이 약간 창백해져 있었지만 목소리는 변함없었다.
 부인은 천천히 방에서 나가 3분쯤 지난 뒤 그 무기를 가지고 돌아왔다. 토드헌터 씨가 흠칫거리며 그것을 받아들고 살펴보니 탄알은 들어 있지 않았다. 그는 호주머니에서 자신의 권총을 꺼내 두 개를 비교해 봤다. 두 개 다 평범한 프리맨 앤드 스털링 군용형으로 완전히 똑같은 것이었다. 안도한 토드헌터 씨는 크게 숨을 내쉬었다.
 팔로웨이 부인이 놀란 얼굴로 지켜보고 있었다.
 "또 하나의 권총은 어디서 손에 넣으셨나요?"
 "제 것입니다." 토드헌터 씨는 진지하게 대답했다.
 팔로웨이 부인이 옆으로 다가와서 창가에 섰다. 방 안의 공기가 왠지 모르게 긴장한 듯하여 토드헌터 씨는 몹시 불편한 걸 느꼈다.
 "빈센트는……." 부인이 낮은 목소리로 말했다. "몸을 지키는 가장 좋은 방법은 아무것도 모르는 거라고 말했어요. 아무것도 보지 못하고, 아무 소리도 듣지 못하고, 아무것도 기억나지 않는 것이 좋다고……."

"빈센트?" 토드헌터 씨가 앵무새처럼 반복했다. "그 사람이 전화했나요?"

"아니에요, 이곳에 다녀갔어요, 한 시간 쯤 전에. 말씀드리지 않았던가요? 아시는 것처럼 그 사람도 진에게 빠져 있었으니까요. 물론 지금은 그런 마음도 조금은 사라졌겠지만. 그 사람도 몹시 동요하고 있어요. 그 여자의 죽음은 자기 책임이라면서요."

"그 사람 책임이라고요?" 토드헌터 씨는 미간을 찌푸렸다.

"도덕적으로 책임이 있다는 뜻이겠지요. 만약 자신이 그런 일에 휘말리지만 않았더라면, 그 여자는 죽지 않았을 거라는 생각인 거예요."

"하지만 그는 모르지 않습니까, 누가 그, 그녀를 죽였는지?"

토드헌터 씨는 걱정스럽게 물었다.

팔로웨이 부인은 주저하다가 천천히 말했다.

"짐작을 하고 있는지도 모르죠."

"이런 상황에서는 확실하게 모르는 편이 좋아요."

토드헌터 씨는 입속으로 우물거리며 말했다.

팔로웨이 부인은 고개를 끄덕였다. "네, 그 편이 훨씬 좋지요."

토드헌터 씨는 입 밖에 내어 말하지는 않았지만, 매우 많은 얘기를 주고받은 것 같은 느낌이 들었다. 그는 손수건을 꺼내 머리카락이 없는 정수리를 문질렀다. 상황은 결코 만만치가 않았다. 하기는 누가 뭐래도, 살인을 저질러 놓고 편한 상황을 기대할 사람은 없을 것이다.

그때 숨 막히는 침묵을 깨듯이 현관벨이 울렸다.

두 사람은 불안한 얼굴로 마주 쳐다보았다. 두 사람 다 경찰을 떠올리고 있었던 것이다. 팔로웨이 부인은 서둘러 문을 열어주러 나갔다. 토드헌터 씨는 자기도 모르게 숨겨야 한다는 본능에서, 두 개의 권총을 호주머니에 각각 집어넣었다. 호주머니가 눈에 띄게 불룩해졌다. 그는 태연한 표정으로 서 있었다.

복도 쪽에서 말소리가 들려왔다. 그리고 거실 문이 다시 열렸다.

"빈센트예요." 팔로웨이 부인이 말했다.

빈센트 파머는 우람한 체격에 여전히 자신만만한 모습이었지만, 지금은 명백하게 화가 나 있는 듯, 부인을 따라 큰 걸음으로 방안에 들어왔다. 그의 시선은 머뭇거리고 있는 토드헌터 씨한테 가서 머물렀다.

"누굽니까, 이 분은?" 빈센트가 냉담하게 물었다.

팔로웨이 부인은 남편의 친구 토드헌터 씨라고 설명했다.

"우린 한 번 만난 적이 있소." 토드헌터 씨가 덧붙였다. "기억할지 모르겠지만, 그 집에서……." 거북한 말을 했다는 걸 느꼈기 때문에 그의 목소리는 입 안에서 중얼거림이 되어 사라졌다.

"기억하고 있습니다. 그런데 여기서 뭐 하고 계시는 겁니까?"

"빈센트, 어리석은 소리 말게." 팔로웨이 부인이 온화한 목소리로 끼어들었다. "토드헌터 씨는 우리를 도와주기 위해서 오신 거야."

"아니, 도와주실 일 없습니다. 이건 우리끼리 처리하지 않으면 안 되는 문제입니다. 죄송하지만 토드헌터 씨……."

"그만하게, 빈센트." 팔로웨이 부인은, 토드헌터 씨가 감탄하여 그녀를 쳐다보았을 정도로 침착하고 위엄 있는 목소리로 말했다. 아무래도 이 부인은 까다로운 위원회를 다루는 데 익숙한 게 틀림없다.

"그건 그렇고, 자네는 왜 또 왔는가?"

청년은 기세가 한풀 꺾였지만, 그래도 여전히 적의가 담긴 눈길로 토드헌터 씨를 힐끗 쳐다보았다. "제가 온 건…… 그……그걸……."

"권총 말인가? 그건 토드헌터 씨가 가지고 계시네." 팔로웨이 부인은 사위의 미간에 순식간에 떠오른 험악한 천둥구름을 쫓아 버리려고 서둘러 말했다. "이보게, 빈센트, 그러지 말게! 토드헌터 씨는 그게 가장 좋다고 생각하시고……."

폭풍이 시작되었다. 구름에 가려 있었지만 불길한 그림자를 품고 있었다. "토드헌터 씨가 무슨 생각을 하시든 저는 관심 없습니다. 그 생각과 토드헌터 씨 자신이 방해만 하지 않으면 됩니다. 자, 제 권총을 돌려주십시오."

"물론 돌려주고말고." 토드헌터 씨는 주저하지 않고 대답했다. 자신의 권총은 윗도리 오른쪽 호주머니에 넣어둔 게 분명했다. 그는 그 오른쪽 호주머니에서 권총을 꺼냈다.

그는 권총을 바꿔치기하기 위해서는 빈센트에게 알리바이가 없으면 안 된다는 것을 떠올렸다.

"그 전에 물어볼 말이 있네." 토드헌터 씨는 위협하듯이 자기 쪽으로 뻗어 있는 손을 무시하고 말했다. "중요한 일이니까. 간밤에 9시에서 10시 사이에 어디에 있었나?"

"신문에는" 팔로웨이 부인이 끼어들었다. "9시 15분 전에서 9시 15분이 지난 사이에 살해된 것으로 되어 있더군요."

"그래요." 토드헌터 씨는 정정했다. "그럼 8시 반에서 9시 반 사이군요."

청년은 완전히 놀란 목소리로 대답했다.

"저, 저는, 집에 있었습니다."

"증거가 있나?" 토드헌터 씨가 진지하게 물었다.

"있습니다." 상대는 불만이라는 듯이 대답했다. "아내가 함께 있었으니까요."

"누군가 다른 사람은?"

"없습니다. 하녀는 외출중이어서 우리는 단둘이 저녁 식사를 했어요."

"식후에 뜰이나 어디든, 다른 사람의 눈에 띄는 장소에 나가지 않았나?"

"아니, 나가지 않았습니다. 집안에 있었어요. 이봐요, 당신! 도대체 무슨 말을 하고 싶은 겁니까? 마치 나에게 혐의를 두는 듯한 말투로군요."

"누구에게나 혐의가 걸리네. 바보인가 보군, 젊은이." 토드헌터 씨는 마침내 분통을 터뜨리며 말했다. "그런 것도 모른단 말인가? 자네도, 다른 누구도, 다 마찬가지란 말이네. 게다가 자네의 최근 행적을 알면 더 말할 것도 없지. 첼시의 꽃 전람회에서 자네를 본 사람은 나 혼자만이 아닐 테니까."

"체, 첼시의 꽃 전람회?" 젊은 파머는 더듬거리며 말했다.

"그렇네. 그렇지만 자네 알리바이는 누구보다 확실한 거겠지? 그러니까 이 권총은 돌려주겠네. 그리고 충고 한마디 하지. 방금 나에게 말한 것과 같은 태도로 경찰에게 말해선 안 돼. 이유도 없이 그들을 화나게 하면 좋을 것 하나도 없을 테니까. 그럼 팔로웨이 부인, 이제 가봐야겠군요. 무슨 볼일이 있으면 제 집에 와주십시오. 그리고 이 젊은 양반이 부인에게 한 말은 믿어도 좋을 겁니다. 다만, 이 사람과 함께 있을 때 다짐을 받으세요. 그 역시 아무것도 모르고 아무것도 보지 않았으며 아무것도 기억하고 있지 않다는 것을."

토드헌터 씨는 이리하여 방문 목적을 마치고, 다른 쪽 권총을 청년에게 넘겨주었다. 청년은 이제 완전히 온순해져서, 그 권총을 자신의 것으로 의심 없이 받아들고 살펴보려고도 하지 않았다.

토드헌터 씨는 크게 자기만족을 느끼면서 의기양양하게 퇴장했다.
팔로웨이 부인이 진실을 알고 있다는 것은, 어떤 의미에서는 유감스러운 일이었다. 그러나 토드헌터 씨는 그 진실이 팔로웨이 부인의 손에 있으면 안전하다는 걸 확신하고 있었다.

2

살인은 인간의 마음 상태를 바꾼다. 살인자는 범행 전의 자신과는 다른 사람이 되어 버린다. 수많은 살인자를 그르친 건 아마 이 사실에 있을지도 모른다. 그들은, 자신이 어떤 사람으로 바뀔지 예견하지 못한 것이다. 모든 사고와 감정의 흐름이 격변을 겪고 나면, 한동안 그들은 망연자실한다.

토드헌터 씨는 자신이 살인을 저질렀다고는 생각하지 않았다. 실제로 마음 깊은 곳에서는, 자신이 살인을 저지른 것이 아니라는 것을 잘 알고 있었다. 사형 집행인을 살인자라 부르는 사람이 어디에 있단 말인가? 그렇지만 토드헌터 씨가 몇 주일 동안이나 이번 계획에 익숙해져 있었음에도 불구하고, 또 하나하나의 세세한 사실을 마음속으로 수백 번이나 떠올리며, 실제로 피를 보아도 상상 이상의 것은 아닐 거라는 생각까지 했음에도 불구하고, 막상 그 행위가 과거의 것이 되자 그는 전보다 더욱 갈피를 잡지 못하고 있었다.

그가 팔로웨이 부인의 거처에서 보여준 자신감과, 권총을 바꿔치기하고 돌아왔을 때의 의기양양한 기분도 급속하게 사라져갔다. 마음으로 흔들렸고 걱정으로 가슴을 졸였다. 죽음이라는 사실과 죽은 여자의 모습, 그리고 자신이 여자에게 죽음을 부여하기로 결정했다는 의식까지, 그의 사고의 줄기를 흩뜨려 놓고 말았다.

그렇지만 모든 점에서 토드헌터 씨의 걱정은 불필요해 보였다. 경찰은 그의 곁에는 얼씬도 하지 않았다. 토드헌터 씨는 사건에 대한 신문보도는, 자기가 구독하고 있는 수수한 〈런던타임스〉 기사조차도 읽을 용기가 나지 않았다. 지금은 사건에 대한 것은 무엇이든 생리적으로 거부감이 느껴졌다. 그렇지만 경찰이 갈팡질팡하고 있다는 것만은 알고 있었다. 마지못해 훑어보는 표제만으로도 그것을 짐작할 수 있었다. 누구도 체포된 기색이 없었고, 특히 자신이 체포될 징후는 전혀 보이지 않았다. 토드헌터 씨는 이 정도 같으면 침대 위에서 죽을 수 있을 거라고 생각하기 시작했다.

뿐만 아니라 그 일이 가까운 시일 내에 일어날 것 같은 느낌이 들었다. 정신의 긴장과 매일 밤 시달리게 된 불면증이, 그를 소모시키고 있었다. 사건 1주일 만에 그는 15년이나 늙은 것처럼 보였다.

그것은 양심의 문제가 아니었다. 토드헌터 씨의 양심은 완전히 깨끗했다. 그것은 단순한 기우에 지나지 않았다. 그는 늘 조그만 일에 엄살을 떠는 성격이었다. 그리고 지금, 엄살을 떨기에 충분한 사건을 안고 있는 그는, 거기에 값할 만한 엄살을 유감없이 떨고 있었다. 나날이 히스테리에 가까운 불안한 정신 상태가 악화되어 갔다. 뭔가 손을 쓰지 않으면 안 된다는 생각이 들었다. 그렇지만 무엇을 어떻게 하면 좋단 말인가? 도대체 그걸 알 수가 없었다.

그는 고백해 볼까 하고 잠시 생각해 보았다. 그러나 그게 무슨 의미가 있을까? 그것을 통해 얻을 수 있는 것은 아무것도 없다. 게다가 토드헌터 씨는, 지금은 감옥에 가는 것을 몹시 두려워하고 있었다. 전에는 붙잡히든 말든 관심도 없었다. 감옥에 갇힌다는 것에 묘하게 악마적인 흥미까지 느낄 정도였다. 사형 집행일이 오기 훨씬 전에 죽어 버릴 것이기 때문이었다. 그리고 자신의 살인에 대한 재판을 완전히 객관적으로 바라볼 수 있을 것이었다. 아마, 그것은 전대미문의 상황이라고 할 수 있으리라. 하지만 그렇게 되면 안 된다고 생각한 것은 단지 집안의 명예를 생각한 것에 지나지 않았다.

그러나 지금은 모든 것이 변하고 말았다. 감옥에도 가고 싶지 않았고, 재판정에 서는 것도 싫었다. 번거로운 일은 일체 당하고 싶지 않았다. 그가 원하는 것은 달아나는 것이었다. 아직은 인생에 매력을 느끼고 있었고 남은 인생을 즐기고 싶었다. 지금은 전혀 즐겁지가 않은 것이 명백했다. 지금은 책을 읽을 수도 없고 음악을 감상할 수도 없다. 그토록 좋아하는 바흐도 매력을 잃고 있었다. 그는 생명력을 짓누르는 허탈 상태에 빠져 버렸다는 생각이 들었다. 옛날 대학 예과에 입학한 최초의 슬픈 2, 3일 동안에 인생이 얼마나 황량한 것인지 느끼기는 했지만, 그날 이후로는 그런 생각을 한번도 해본 적이 없었다.

토드헌터 씨는 이 모든 것에서 달아나고 싶었다. 달아나서는 안 된다는 것은 알고 있었지만, 더 이상 이런 신경의 긴장을 견딜 수가 없었다.

어느 날 그는 불현듯 택시를 타고 웨스트엔드에 가서, 세계를 반바퀴 도는 기선의 승선권을 샀다. 그 항해는 넉 달 가까이 걸릴 예정이었기 때문에, 살아서 돌아올 수 없다는 것을 알고 있었다. 비로소 그는 기쁨을 느꼈다. 사치와 안락 속에 죽어, 어디든 남해의 따뜻한 물 속에 잠긴다는 것은 유쾌해 보이기까지 했다.

3

토드헌터 씨는 말하자면, 저편을 내다볼 수 없는 높은 장벽으로 둘러싸인 작은 들판에 갇혀 버린 수소와도 같았다. 그 장소에 갇혀 있는 동안은, 그저 제자리를 맴돌면서 슬픈 소리를 지를 뿐이었다. 그러나, 그 장벽을 부수고 저쪽의 널찍한 풀밭으로 뛰어나가 보니, 인생은 완전히 달라 보였다. 바꿔 말하면, 일단 마음을 정하자, 그는 자신이 비로소 자기 것이 된 것 같은 느낌이 든 것이다.

그는 타고난 용의주도함으로 모든 것을 준비하기 시작했다. 리치먼드의 집은 그린힐 부인을 하녀 대표로 하여 지금처럼 그대로 놔두기로 하고, 유서를 써서 늙고 가난한 사촌 자매들에게 주기로 했다. 그는 이 두 사촌들이 자기가 없는 동안 복잡한 말썽에 휘말리지 않도록 조치했다. 유서에는 그밖에도 한두 항목이 더 추가되었다.

주치의에게도 갔는데, 이 의사는 여전히 최후의 순간이 다가오고 있는 것에 축하의 말을 하여, 토드헌터 씨를 어이없게 만들었다. 하지만 그 시기가 언제인지는, 동맥류가 놀랄 만큼 잘 버티고 있고 4개월 전과 상태가 조금도 달라지지 않았기 때문에 확실하게 말할 수는 없다고 했다.

마지막으로 짐을 꾸리고, 무엇 하나 빈틈이 없도록 조치한 토드헌터 씨는, 미스 진 노우드를 살해한 자초지종을 상세하게 기록하고, 그 증거인 미스 노우드의 팔찌가 권총과 함께 자기 침실 정리장의 자물쇠를 채운 서랍에 들어 있다는 것을 덧붙인 서류를, 커다란 봉투에 넣어 봉한 뒤 자기 변호사에게 맡기고 자기가 죽은 뒤 런던 경시청에 보내라고 지시했다.

토드헌터 씨는 이것으로 사건이 잘 처리될 거라고 생각했다. 메이다 벨을 방문한 이래 팔로웨이 일가로부터는 아무 연락도 없었고, 앞으로도 그럴 것이라고 그는 굳게 믿고 있었다. 그들을 위해 자기가 할 수 있는 일은 다한 것이다. 이제부터는 팔로웨이 집안 사람들도 스스로 행복해지는 길을 찾아갈 것이다.

단 한 가지, 토드헌터 씨는 이 결정에서 일탈하는 일을 했다. 이 사건은 암흑의 1주일 뒤에 그의 마음속에 일어난 새로운 결의를 보여주는 것으로서 기록할 만한 가치가 있다고 생각한다.

어느 날 우연히도 그는 프린세스 극장의 매니저인 배드 씨를 만났다. 그것은 전화를 걸면 금방 알 수 있는 자세한 얘기를 듣기 위해,

일부러 찾아간 선박회사 사무소 바로 밖의, 콕스퍼 거리 보도 위에서 일어난 일이었다.

배드 씨는 턱수염을 깎은 자리가 지난번보다 더욱 파릇파릇한 모습으로, 이내 토드헌터 씨를 알아보더니 놀라운 친밀감을 보이며 인사했다. 사실은 술집이 문을 닫는 시간이 얼마 남지 않았기 때문에, 마침 주머니 사정이 좋지 않았던 배드 씨는 잠시 한 잔 하지 않겠느냐는 토드헌터 씨의 권유를 기대하고 있었다. 꼭 한 잔 정도 얻어먹을 수 있는 시간은 있지만, 그것을 갚을 만한 시간까지는 없었던 것이다.

토드헌터 씨는 배드 씨든 누구든, 미스 노우드를 떠올리게 하는 사람은 만나고 싶지 않았다. 그러나 그는, 자신을 그토록 반갑게 대하는 배드 씨를 인정상 뿌리칠 수가 없었다. 배드 씨는 가능한 한 노력했지만 운이 없었다. 그 소중한 5분이 지난 뒤에도 두 사람은 여전히 길 위에 서 있었다. 배드 씨는 마침내 단념하고 토드헌터 씨를 분장클럽으로 가자고 권했다. 토드헌터 씨는 거절할 말이 얼른 생각나지 않았고, 거절해야만 하는 이유도 없다고 생각했기 때문에 그대로 따라갔다. 이런 아무것도 아닌 우연에 펠리시티 팔로웨이의 모든 미래가 걸려 있었던 것이다.

클럽 안에 들어가자 배드 씨는 잔뜩 우는 소리를 늘어놓더니(물론 프린세스 극장은 폐쇄되었고, 배드 씨는 극장의 임대 기한이 끝나는 대로 실업자가 될 신세였기 때문에), 그때부터 대화는 어느새 배드 씨가 지금 읽고 있다는 각본 쪽으로 옮겨가 있었다. 그 각본은 절대로 틀림없는 훌륭한 걸작이라고 배드 씨는 단언했다.

"그녀는 그것을 돌려보내라고 하더군요. 하지만 저는 돌려주지 않았어요. 도저히 그대로 버릴 마음이 들지 않는 거예요."

토드헌터 씨는 별로 흥미가 없었지만 예의상 "어떤 겁니까?" 하고 물었다. 배드 씨의 설명에 의하면 배드 씨가 하는 많은 일 중의 하나는, 의욕적인 아마추어 극작가들이 미스 노우드에게 보내는 수십 편의 각본을 읽는 것이었다. 그리고 좋다고 생각되는 것이 있으면 그녀에게 주어 읽게 하는데, 그 비율로 따지면 그런 각본들의 1퍼센트도 채 안 되었다.

"도저히 쓸 수 없는 것들뿐이거든요." 배드 씨는 강조했다. "백 편 가운데 99편은 쓰레기입니다. 태어나서 한 번도 무대 뒤를 들여다본 적이 없는 얼간이들이 쓰고 있어요."

그런데 그 각본만은 예외로 생각되었다. 한 무명 작가가 쓴 처녀작이었다. 배드 씨에 의하면 만약 그것이 상연되면 선풍을 몰고 올 것이라고 했다.

"그런데 토드헌터 씨, 전에도 말씀드렸지만 이 바닥에서 우리는 염소처럼 간이 작습니다. 예를 들면, XYZ 씨의 각본이 히트했다고 칩시다. 그 다음날 아침에는 온 런던의 극장 매니저들이 그의 집에 몰려와 다음 작품을 의뢰합니다. 그런데 아직 한번도 상연된 적이 없는 ABC 양의 각본의 경우에는, 런던의 매니저들은 단 한 사람도 모험을 하려 들지 않는 겁니다……. 하지만, 그녀가 이 각본을 퇴짜 놓은 이유는 그런 것이 아닙니다. 각본이 별로 좋지 않다고 그녀는 말했지만 그것도 진짜 이유가 아니에요. 그녀는 이것이 걸작이라는 것을 저와 마찬가지로 잘 알고 있었습니다. 그녀가 이것을 퇴짜 놓은 진짜 이유는, 자신이 그 역할을 할 수 없기 때문이었습니다. 첫째로 그것은 젊은 아가씨의 역할이었고, 두 번째로는 그것을 연기하려면 확실한 명배우의 연기력이 요구되었기 때문입니다. 뭐, 진을 위해 좋게 말하면 그녀는 자신의 한계를 알고 있었다는 얘기지요. 어떻게……."

그때 토드헌터 씨가 갑자기 의자에서 몸을 내밀며, 당장이라도 먹잇감에 달려들려고 하는 무서운 큰 새 같은 모습으로 끼어들었다.

"그게, 그렇게 좋은 각본이라는 말이오?"

"그렇습니다." 배드 씨는 약간 놀라면서 고개를 끄덕였다.

"그 젊은 아가씨 역할, 펠리시티 팔로웨이에게는 어떨 것 같소?"

"펠리시티, 아! 그 아가씨는 저도 기억하고 있습니다, 토드헌터 씨." 배드 씨는 감탄스런 목소리로 말했다. "두말 할 것도 없지요. 제대로 된 연출자가 그 아가씨에게 그 역할을 하게 하면, 런던의 어떤 여배우보다 훌륭하게 해낼 겁니다. 그래요, 그녀야말로 그 역에 안성맞춤입니다. 그런데 도대체 어떻게 그녀를 생각해냈습니까?"

"당신이 그 아가씨를 좋은 배우라고 말하지 않았소?"

"아하, 그랬군요. 생각납니다. 당신은 그 아가씨 아버지의 친구였죠. 가엾게도 그 양반, 완전히 충격을 받아서, 이번……."

"미스 팔로웨이를 주역으로 해서 그 연극을 상연한다면, 비용이 얼마나 들겠소?"

배드 씨는 어리둥절한 표정이었다. "한 3천 파운드면 가능할 겁니다, 넉넉잡아서. 그렇지만 토드헌터 씨, 그만두는 게 좋을 겁니다. 터무니없는 도박이니까요. 무명 여배우에 무명 극작가, 하나부터 열까지 불리해요. 뭐, 처음에 손님이 들었다 하면 기회가 있을지도 모르지만……. 그리고 도대체 누구에게 연출을 맡긴단 말입니까? 제 생각에는 덴이 적임자인 것 같지만……. 아, 매니저도 필요하겠군요?" 배드 씨가 갑자기 얼굴을 빛내면서 말했다.

"나는 사흘 뒤에 외국으로 나갑니다." 토드헌터 씨는 조용히 말했다. "그러니까 나는 아무것도 할 수 없어요. 당신이 모든 책임을 맡아서 해줄 수 있겠소? 원작자와 상의하고(계약은 작가협회의 승인을 얻지 않으면 안 돼요, 이것은 반드시 부탁하겠소), 미스 팔로웨이와 그 밖의 다른 출연자와 계약을 한 뒤, 연출자든 누구든 필요한 사람을 뽑아주시오. 내가 출발하기 전에 3천 파운드짜리 수표를 당신에게 맡긴다는 조건으로."

"그렇지만 당신은 저에 대해서 잘 모릅니다." 배드 씨는 거의 울 것 같은 목소리로 말했다. "그런 짓을 해서는 안 됩니다. 저는 그 돈을 가지고 달아날지도 몰라요. 정말 그럴 수도 있습니다……. 당신은 제정신이 아니에요."

"할 수 있겠소?" 토드헌터 씨가 새된 목소리를 질렀다.

"물론 할 수 있고말고요." 배드 씨도 소리쳤다. "하지만 당신을 위해 한 재산 만들어 드리지 못한다 해도 제 탓은 마십시오. 어이구, 이게 웬 날벼락이람! 이봐, 웨이터!"

4

사흘 뒤, 토드헌터 씨는 여객선 안큐사 호를 타고 출발했다. 노우드 사건에는 아무런 진전도 없었다. 신문은 경찰이 완전히 뒤통수를 맞았다고 말하며 공공연하게 공격하고 있었다. 경찰 쪽도, 신문의 비난이 전혀 엉터리는 아니라는 것을 인정하는 것처럼 보였다. 토드헌터 씨는 마침내 악몽에서 탈출했다고 생각했다.

그러나 그 점에서 토드헌터 씨는 완전히 잘못 생각하고 있었다.

빈센트 파머가 진 노우드 살해 용의자로 약 5주일 전에 체포되었다는 것을 토드헌터 씨가 안 것은, 일본 도쿄에서였다.

제3부 미스터리소설풍(디텍티브)
초완전 살인사건

X

1

 토드헌터 씨는 서둘러 일본을 떠나, 11월 말이 다 되어 영국으로 돌아왔다. 빈센트 파머의 재판이 시작되기 꼭 1주일 전이었다. 재판에 대해서는 칼레에서 승선하기 전에 산 영자 신문을 통해 알고 있었다. 이곳까지 온 이상 한두 시간 늦어진다 해서 큰일은 없을 거라고 생각한 그는, 빅토리아 역에서 차를 타고 리치먼드로 돌아가, 짐을 집에 두고 사촌들과 그린힐 부인에게 얼굴을 내비친 뒤, 런던 경시청으로 다시 달려갔다.

 토드헌터 씨가 체포되어 이 세상을 하직하게 될 것을 각오하면서, 자신의 인생행로의 종점으로 생각한 곳에 도착한 것은 오후 4시 반 무렵이었다. 그는 기분이 약간 상기되어 있었지만, 결코 당황하지는 않았다. 동맥류는 아직도 영국을 출발할 당시와 거의 변함이 없는 것 같았다. 물론 토드헌터 씨는 여행중에도 모든 주의를 기울이며, 병에 좋지 않은 긴장을 피하고 착실하게 알코올류는 일체 삼가고 있었다. 그리고 뱃길 여행이 좋은 결과를 가져다 주었다. 지금은 마음이 안정되어, 미스 노우드에 대한 것도 가끔 꿈에 나타나는 것 외에는 그럭저럭 잊을 수 있었다. 파머 청년이 체포된 것을 안 그는 몹시 가슴 아파하며, 경찰 당국이 그런 큰 실수를 저지를 수 있다는 것을 예상하지 못하고 외국으로 나가 버린 것에 자책감을 느꼈다. 그러나 물론 모든 것은 금방 시정될 것이다. 관청의 형식주의가 그렇게 심하지 않다면 파머는 저녁 식사 시간까지는 석방될 수 있다.

"저어……." 토드헌터 씨는 런던 경시청 건물 입구에 있는 거구의 경관에게 쭈뼛거리며 말했다. "노우드 사건 담당자를 만나러 왔는데요."

"그렇다면, 모스비 수석경위님 말씀이군요." 경관은 친절하게 말했다. "이 용지에 기입하고 면회 용건을 적어 주십시오."

토드헌터 씨는 상대방의 친절에 감동하면서, 형태가 찌그러진 모자를 테이블 위에 놓고 용지에 기입하기 시작했다. 모스비 수석경위를 번거롭게 할 용건란에는, '미스 진 노우드의 죽음에 대한 중대한 정보'라고 적어 넣었다.

거구의 경관은 토드헌터 씨에게 잠시 앉아 있으라고 말한 뒤 밖으로 나갔다.

10분 뒤 돌아온 그는 모스비 수석경위를 금방 만날 수 있을 거라고 말했다.

30분 뒤 경관은 토드헌터 씨의 질문에 대답했다. "모스비 수석경위님은 상당히 바쁜 분이라서요."

그로부터 다시 20분 뒤, 토드헌터 씨는 가까스로 모스비 수석경위 앞으로 안내되었다.

장식이 없는 책상 앞에 일어서서 그를 맞이한 사람은, 축 늘어진 해마 같은 콧수염을 기른 다부진 체격의 남자였다. 그 남자는 어리둥절할 정도로 친절하게 토드헌터 씨와 악수를 나누고 앉으라고 권한 뒤, 용건을 물었다.

"당신이 저…… 노우드 사건 담당이신가요?" 토드헌터 씨는 조심스럽게 물어보았다. 그렇게 오래 기다린 끝에 엉뚱한 사람과 대면하는 건 참을 수 없는 일이라고 생각한 것이다.

"예, 제가 담당입니다." 수석경위는 여전히 친절하게 대답했다.

토드헌터 씨는 머리를 긁었다. 연극적으로 말하는 건 무척 싫어했지만, 이 중대한 정보를 발표하는 데는 아무래도 약간 드라마틱한 것이 필요할 거라고 생각했다.

"저는 그러니까…… 최근에 외국에 나가 있었습니다. 그래서 파머 군의 체포 소식을 안 것은, 바로 2, 3주일 전에…… 실은 일본에 있을 때였습니다. 그 소식은…… 그러니까…… 저에게는 엄청난 충격이었습니다." 토드헌터 씨는 입속으로 우물거리며 말했다.

"아, 예." 수석경위는 참을성 있게 다음을 재촉했다. "파머 씨의 체포가 왜 그렇게 충격적이었습니까?"

"예, 그건 즉…… 그 이유는…… 그러니까." 토드헌터 씨는 하나도 드라마틱하지 않게 횡설수설하고 있었다. "미스 노우드를 살해한 사람은 바로 저이기 때문입니다."

수석경위는 토드헌터 씨를 응시했다. 토드헌터 씨도 수석경위를 응시했다. 약간 놀랍게도, 상대는 즉시 수갑을 꺼내어 토드헌터 씨가 벌써부터 내밀려 하고 있는 앙상한 손목에 철컥 하고 채우는 대신 이렇게 말했다.

"허어, 그래요? 그럼, 선생이 미스 노우드를 사살했다는 말씀이군요? 거참!" 수석경위는 마치, 어린아이라면 몰라도 어른은 어른답게 행동해야 하지 않겠느냐고 말하고 싶은 듯한 얼굴로 고개를 저어 보였다.

"그…… 그렇습니다." 토드헌터 씨는 약간 당황하면서 말했다. 수석경위는 조금도 놀라는 기색이 없었다. 빈센트 파머를 유죄로 보는 그의 논거가 송두리째 흔들리는 것을 분명히 느끼고 있을 텐데, 당황하는 기색조차 없었다. 그는 다만, 가볍게 비난하는 것처럼 고개를 계속 저으면서 콧수염 한쪽 끝을 잡아당겼다.

"저는 진술을 하러 왔습니다." 토드헌터 씨가 말했다.

"예, 물론 좋습니다." 수석경위가 달래듯이 말했다. "진술하고 싶다는 건 진심이시겠죠?"

"물론 진심입니다." 토드헌터 씨는 놀라서 말했다.

"잘 생각하시고 말씀하시는 건가요?" 수석경위가 다시 물었다.

"도쿄에서 런던으로 돌아오는 동안 내내 생각하고 또 생각했습니다." 토드헌트 씨는 신랄하게 되받았다.

"아시겠지만 살인범으로 자처하는 건 쉬운 일이 아닙니다."
수석경위는 부드럽게 일깨우듯이 말했다.

"물론 쉽지 않은 일이지요." 토드헌터 씨가 거침없이 대답했다. "살인 그 자체가 쉽지 않은 일이니까요. 그리고 범인을 잘못 체포하는 것도 쉽지 않은 일입니다."

"좋아요, 알겠습니다." 토드헌터 씨가 놀란 것은, 그가 마치 포기라도 했다는 듯이 장부를 끌어당겨 메모할 준비를 했기 때문이다.

"자, 어떻게 된 겁니까?"

"제 진술은 정식으로 기록되고 서명되어야 하는 것 아닙니까?"
토드헌터 씨는 자신의 텍스트북에 적혀 있던 것을 떠올리고 그렇게 물었다.

"우선 저한테 얘기해 주십시오. 필요하면, 나중에 진술서에 기록하면 되니까요." 수석경위는 어린아이의 비위를 맞추듯이 말했다.

가끔 말을 더듬으면서 토드헌터 씨는 얘기하기 시작했다. 몹시 서투른 얘기인 것은 분명했는데, 그 이유의 하나는 조금이라도 얘기를 하는 것이 그에게는 매우 어려운 일이었기 때문일 뿐이었다. 더 곤란한 것은 팔로웨이와 그 가족에 대한 얘기는 나오지 않도록 해야 하는 것이었다.

"그렇군요." 토드헌터 씨가 어색해하며 약간 불충분하나마 얘기를 마치자 수석경위가 말했다. 토드헌터 씨가 본 바로는, 그는 단 한번도 메모를 하지 않은 것 같았다. "그런데 선생은 왜 미스 노우드를 죽이려고 결심하셨습니까? 그 점이 아무래도 이해가 되지 않는군요."

"질투심 때문입니다." 토드헌터 씨는 자신이 한심스럽다는 듯이 설명했다. 그러나 스스로 생각해도 그다지 설득력이 있는 것 같지는 않았다. "저는 참을 수가 없었습니다. 그, 그 여자를 다른 남자들과 공유한다는 것이."

"그래요? 그런데 공유라는 문제가 실제로 있었습니까? 제가 알기로는, 선생은 그 여자와는 한두 번밖에 만나지 않았을 텐데요? 그만한 사이에 선생은…… 그러니까, 그녀의 눈에 들었다는 말씀인가요?"

수석경위는 미묘한 방식으로 질문했다.

"그건…… 아니, 약간 다릅니다. 그렇지만……."

"희망을 가졌다, 그런 얘긴가요?"

"그렇습니다." 토드헌터 씨는 안도한 듯이 동의했다. "저는 희망을 가졌어요."

수석경위는 속으로, 토드헌터 씨는 아무리 봐도 사랑에 몸을 맡길 사람으로는 보이지 않는다고 생각했을지 모르지만, 그 말을 입 밖에 내지는 않았다.

"그러면, 실제로는 공유라는 문제가 일어난 건 아니군요. 선생은 아직, 소위 말하는 공유권을 획득하지 않았으니까요."

"그렇지요."
"그리고 선생은, 그 공유권을 획득하기도 전에 여자를 죽였다는 거고요? 다시 말해 선생은 아직 희망이 있는 동안에 죽여 버렸다는 말이군요?"
"뭐, 그런 식으로 말하자면……."
토드헌터 씨는 불안한 듯이 말했다.
"어떤 식으로도 말하지 않았습니다. 저는 다만, 선생이 말씀하신 것을 되풀이했을 뿐이니까요."
"우리는 다퉜습니다." 토드헌터 씨는 처량하게 말했다. "그러니까 …… 저…… 연인끼리 옥신각신한 거지요."
"예에, 약간 화를 냈다 그런 말씀인가요?"
"무척 흥분했습니다."
"서로 소리 지르고 그랬습니까?"
"물론입니다."
"그게 몇 시쯤이었나요?"
"아마 대략 9시 15분 전이었을 겁니다."
토드헌터 씨는 조심스럽게 말했다.
"그래서 다투다가 여자를 죽였습니까?"
"그렇습니다."
"그녀는 집 쪽으로 뛰어가거나 선생한테서 달아나려고 하지 않았나요?"
"아니오." 토드헌터 씨는 당황하면서 말했다. "그렇게 하지는 않은 것 같습니다."
"상대가 그런 행동을 했다면 확실하게 기억하실 텐데요?"
"물론, 그렇지요."
"그럼, 그녀가 9시에 집 안에서 하녀와 얘기를 했다는 사실을 어떻게 설명하시겠습니까? 선생의 해석으로는 그 시간에는 이미 죽어 있었다는 얘기인데요."

"저는 아무것도 해석하지 않았습니다." 토드헌터 씨는 화가 나서 말했다. "사실을 말하고 있는 겁니다. 15분쯤 착각한 건지도 모르지만, 그런 건 중요하지 않습니다. 제가 말씀드리는 것이 주요한 점에 있어서는 사실이라는 것을 아실 겁니다. 예를 들면, 제가 사라졌을 때 현장의 광경을 한 치의 오차도 없이 설명할 수 있습니다. 미스 노우드는 이렇게 누워 있었습니다……."

토드헌터 씨는 가능한 한 정확하게 묘사해 보였다.

"그리고 테이블 위에는 컵이 두 개 있었어요." 그는 의기양양하게 덧붙였다. "하나는 지문을 지웠지만 다른 하나는 그대로 두었습니다."

"하나는 어째서 지문을 지우지 않았나요?"

수석경위는 다루기가 꽤 힘들다는 듯이 물었다.

"너무 무서워서입니다." 토드헌터 씨는 고백했다. "뭔가 소리가 난 것 같은 느낌이 들어서 최대한 빨리 달아나고 싶었습니다. 어쨌든, 한쪽 컵의 지문이 지워지고 다른 한쪽은 그대로라는 것을 알고 있다는 것은, 제가 현장에 분명히 있었다는 것을 증명하는 것 아닙니까?"

토드헌터 씨가 이런 말을 한 것은, 그제야 비로소, 이 어리석은 수석경위가 자신의 얘기를 몹시 회의적으로 듣고 있다는 것을 깨달았기 때문이다.

"그렇군요." 수석경위는 굵고 짧은 손가락 위에 연필을 올려놓고 균형을 잡기 시작했다. 그것을 보자, 토드헌터 씨는 몹시 초조해졌다. "토드헌터 씨, 신문을 읽으신 적이 있습니까?" 수석경위는 느닷없이 시치미를 떼며 물었다.

"아니, 저, 읽었습니다. 웬만큼. 하지만 이 사건에 대해서는 읽지 않았어요."

"왜 이 사건에 대해서는 읽지 않으셨나요?"

"괴로워서입니다." 토드헌터 씨는 짐짓 위엄을 보이며 말했다.

"자신이…… 그…… 사랑했던 여자를 살해한 것을 신문이 대서특필하는 것을 보고 싶지 않았습니다. 어째서 그런 질문을?" 토드헌터 씨는 갑자기 놀라서 물었다. "두 개의 컵에 대한 얘기가 신문에 났나요?"

수석경위는 고개를 끄덕였다. "그렇습니다. 그밖에 선생이 말씀하신 것은 모두 신문에 났던 얘기입니다. 하나도 빠짐없이."

"하지만, 제가 했습니다!" 토드헌터 씨는 몹시 동요하여 소리쳤다. "어떻게 이런 일이! 내가 그 여자를 죽였어요. 뭔가 증명할 수 있는 방법이 있을 텐데. 뭐든지 물어봐 주시오. 뭐든 좋으니까, 신문에 나지 않았던 세세한 것까지 물어봐 주시오."

"좋아요. 그럼 묻겠습니다." 수석경위는 하품을 씹어 삼키면서 토드헌터 씨를 향해, 헛간과 집의 정확한 위치관계, 헛간 가까이 있는 정자에 대한 것, 그리고 지형상의 상세한 점에 대해 물었다.

아무것도 대답하지 못한 토드헌터 씨는 밤에 보았기 때문이라고 열심히 해명했다.

수석경위는 고개를 끄덕인 뒤 이번에는 사살한 뒤에 권총을 어떻게 했느냐고 물었다.

"그건, 서랍 속……." 그 순간 토드헌터 씨는 철썩 하고 자신의 이마를 때리며, "아! 증명할 수 있어요!" 하고 의기양양하게 소리쳤다. "왜 그 생각을 못했을까? 머리가 좀 이상해진 거야. 얼마든지 증명할 수 있는 것을! 수석경위님, 저와 함께 리치먼드까지 가 주신다면, 제 얘기의 진실을 증명하는 움직일 수 없는 명백한 물적 증거를 보여드리겠습니다. 저는 미스 노우드가 죽은 뒤에 그녀의 손목에서 빼낸 다이아몬드 팔찌를 가지고 있어요."

비로소 수석경위는 진지한 관심을 표시했다.

"팔찌라고요? 어떤 물건인지 설명해 주시죠."

토드헌터 씨가 설명했다.

수석경위는 고개를 끄덕였다.

"없어졌다고 보도된 팔찌입니다. 그것을 선생이 가지고 있다는 말이죠?"

"없어졌다고 보도된 줄은 몰랐습니다. 하지만 지금 제가 가지고 있는 건 틀림없는 사실입니다."

수석경위는 책상 위의 벨을 눌렀다. "부장형사를 리치먼드에 함께 보내겠습니다. 선생이 한 말이 사실이라면, 이 문제를 진지하게 검토해 보지 않을 수 없으니까요."

"제가 한 말은 모두 진실입니다." 토드헌터 씨는 엄숙하게 선언했다. "절대로 진지하게 받아들이지 않으면 안 됩니다. 당신들은 죄 없는 사람을 가두고 있어요. 그 사람을 재판정에 세우면 제 증언으로 인해 참패로 끝나게 될 겁니다."

"그렇군요, 예." 수석경위는 온화하게 대답했다. "그렇지만, 우리는 충분히 주의를 기울여서 할 겁니다, 토드헌터 씨."

잠시 뒤 나타난 부장형사에게 수석경위가 뭔가 지시를 내렸다. 토드헌터 씨의 신병은 이 새롭게 등장한 사람에게 인도되어, 두 사람은 함께 계단을 내려갔다. 그리하여 경찰차에 탔을 때 토드헌터 씨는 무척 만족스러웠다.

"저는 체포되겠지요?" 차가 조심스럽게 화이트홀 거리의 혼잡 속에 들어섰을 때, 토드헌터 씨는 약간의 자기만족을 느끼면서 말했다.

"아니, 그렇지는 않습니다." 부장형사가 대답했다. 훈련 담당 하사관 같은 느낌의, 말수가 적은 남자였다.

그는 그밖에는 별로 말을 하지 않을 생각인 듯했다. 그래서 리치먼드까지 가는 길은 거의 침묵 속에 끝나 버렸다. 그 동안 토드헌터 씨는 자신감과 불안이 교차하는 묘한 심정이었고, 부장형사 쪽은 복잡한 감정을 숨기고 있는 것 같기도 하고 아닌 것 같기도 한, 박제된 바다사자 같은 표정을 하고 있었다.

토드헌터 씨는 가지고 있던 열쇠를 사용하여 집 안으로 들어갔다. 그리고 부장형사에게 소리나지 않게 걸으라는 신호를 하고, 이층으로 안내했다. 경찰차는 밖에서 기다리고 있었다. 아마 자기를 구치소로 호송해 갈 것이다. '나는 부장형사와 사복 운전기사 사이에 끼어 집에서 나가야 하는 걸까, 게다가 수갑을 차고?' 이런 생각이 토드헌터 씨의 머리에 얼핏 스치고 지나갔다.

맞는 열쇠를 신중하게 찾아내어, 토드헌터 씨는 서랍을 열었다. 몇 장의 손수건 밑에 권총이 얌전하게 그대로 있었다. 토드헌터 씨는 그것을 꺼내어 경사에게 넘겼다.

경사는 즉시 그것을 분해해 전문가의 눈으로 총신을 살펴보았다.

"이 권총은 깨끗한데요."

"그럼요, 깨끗하게 청소했으니까요." 토드헌터 씨는 서랍 속을 뒤지면서 신경질적으로 말했다.

"아니, 제가 하는 말은, 한번도 발사되지 않았다는 뜻입니다."

토드헌터 씨는 빙글 돌아서서 상대를 응시했다. "발사되지 않았다? 하지만, 하지만 발사했어요."

"이 권총은 한번도 발사된 적이 없습니다."

경사가 완강하게 되풀이했다.

"그렇지만……." 토드헌터 씨의 머리에 어떤 생각이 번뜩이고 지나갔다. "이것 큰일 났다!" 그는 혼잣말처럼 말했다. "저, 부장님,

물어봐도 될까요? 빈센트 파머는 권총을 가지고 있었습니까?"

"예, 가지고 있었습니다."

"그래, 그 권총은 최근에 발사되었나요? 제발 말해 주십시오. 무척 중요한 일이니까."

"파머가 소유한 권총이 최근에 발사되었다는 것은 치안판사 앞에서 입증되었습니다."

부장형사는 아무런 감정도 드러내지 않고 대답했다.

"맞아요, 그게 바로 제 권총입니다." 토드헌터 씨는 열심히 소리쳤다. "사건 이튿날 아침, 파머 씨의 권총과 제 것을 몰래 바꿔치기 했어요. 저는…… 그러니까…… 증거를 인멸하려고 했던 겁니다. 그에게 그런 혐의가 걸릴 줄은 꿈에도 생각하지 않았으니까요. 이건 제 과실입니다……, 범죄적인 과실. 하지만 확실히 제가 한 것입니다."

"그래요?"

"증명할 수 있어요. 증인이 있으니까요. 그 자리에 팔로웨이 부인이 함께 있었어요. 그건 팔로웨이 부인의 집에서……." 토드헌터 씨의 목소리는 서서히 사라져갔다. 엄격한 얼굴의 부장형사가 웃고 있지 않은가? "그건 그렇고, 팔찌는 어떻게 됐습니까?" 부장형사가 미소지으면서 물었다.

"아 참, 팔찌! 어쨌든 그거라면 절대로 속일 수 없으니까." 토드헌터 씨는 마치 도전이라도 하듯이 말하며 서랍 쪽으로 돌아섰다.

2분 뒤 서랍 속의 물건들은 모조리 바닥 위에 쏟아졌다. 다시 3분 뒤에는 다른 서랍들도 모두 그렇게 되어 있었다.

마침내 토드헌터 씨는 더 이상 찾는 시늉을 계속할 수가 없었다.

"사라졌어요." 그는 절망적으로 말했다. "영문을 알 수가 없군요. 틀림없이 누가 훔쳐간 겁니다."

"사라졌다고요?" 부장형사가 말했다. "그렇다면 저도 사라지지 않으면 안 되겠군요. 그럼, 이만 실례합니다."

"그렇지만 분명히 가지고 있었어요." 토드헌터 씨는 새된 목소리로 소리쳤다. "이게 어떻게 된 일이지? 내가 그 여자를 죽였습니다. 당신은 나를 체포하지 않으면 안 돼요."

"글쎄요." 부장형사는 놀랄 만큼 무신경하게 말했다. "그렇지만 우리는 아직 당분간 선생을 체포하지 않을 것 같습니다. 사실 제가 선생이라면 그런 건 두 번 다시 생각하지 않겠어요."

1분 뒤, 토드헌터 씨는 비참한 기분으로 창문에 서서, 부장형사가 경찰차 운전기사에게 다가가는 모습을 지켜보았다. 부장형사는 의미심장하게 이마에 손을 대고, 엄지손가락을 홱 젖혀서 등 뒤의 집을 가리켰다. 그가 무슨 말을 하고 있는지는 너무도 뻔했다.

2

이 참담한 실패가 있고 나서 10분 뒤, 토드헌터 씨는 변호사에게 전화를 걸고 있었다.

"저에게 맡긴 서류 말입니까?" 변호사는 자신의 인사말이 중간에 잘려서 약간 놀랐지만, 그래도 평소의 침착하고 능률적인 태도로 말했다. "예, 물론 기억하고말고요. 잘 보관하고 있습니다. 예, 그걸 돌려달라고요?"

"지금 당장, 런던 경시청으로 가지고 가 주게." 토드헌터 씨는 큰 소리로 되풀이해 말했다. "지금 당장 말이네. 알겠나? 고위직을 찾아가게. 누군가 알고 있는 사람이 있을 테지. 그리고 서류가 자네 손에 들어온 과정을 설명해 주게. 정확한 일시도. 필요하면 사무원을 데리고 가서 확인시켜도 좋아. 자네가 보는 앞에서 상대방 관리가 서류를 읽게 하게. 가능하면 끝날 때까지 지켜 보고, 그리고 우리 집으로 와 줘."

"도대체 무슨 일입니까, 토드헌터 씨?"

"그건 알 것 없고," 토드헌터 씨는 한마디로 잘랐다. "시키는 대로 하면 돼. 위급하고 중대한 사항이라는 말밖에 할 수 없네. 해 주겠나?"

"알겠습니다." 변호사는 선선히 승낙했다. "물론 당신은 자신이 하고 있는 일을 잘 알고 계실 테니까요. 그럼, 가능한 한 빨리 리치먼드로 찾아뵙겠습니다. 그럼."

"부탁하네."

토드헌터 씨는 한숨 돌리는 기분으로 수화기를 놓았다. 벤슨은 똑똑한 남자다. 벤슨이라면 믿을 수 있다. 그런 멍청한 경찰관들의 아둔한 머리를 깨우쳐 줄 수 있는 건 이런 벤슨 같은 사람이다.

그는 마음을 진정시키고 벤슨이 오기를 기다렸다.

벤슨은 세 시간이나 지난 뒤에 찾아왔다. 검은 코트에 줄무늬 바지, 빈틈없고 단정한 차림을 하고 있었다. 그는 벤슨 휘테커 더블베드 앤드 벤슨 합명회사 사장으로, 가정 전문 변호사의 전형 그 자체였다.

"어떻게 됐나?"

토드헌터 씨는 벤슨에게 숨 돌릴 시간도 주지 않고 물었다.

가정 전문 변호사의 특권으로서, 벤슨 씨는 생각한 대로 솔직하게 얘기하기 시작했다. 그는 토드헌터 씨를 빤히 응시하면서 말했다.

"토드헌터 씨, 당신은 지금 정신이 좀 정상이 아닌 것 같습니다."

"내 정신은 멀쩡하네. 내가 그 여자를 죽였어."

토드헌터 씨가 소리쳤다.

벤슨 씨는 고개를 설레설레 저으며 권하기도 전에 의자에 앉았다.

"우리, 천천히 얘기합시다." 그는 반듯하게 주름이 잡힌 바지 한쪽 다리를, 조심스럽게 다른 다리 위에 포갰다.

"명확하게 얘기하는 게 좋아." 토드헌터 씨는 거친 말투로 동의했다. "누굴 만났나?"

"전부터 약간 알고 지내는 범죄 수사 부장 버클리를 만났습니다. 지금은 그를 만난 것을 후회하고 있어요. 애초에 당신의 그 소중한 서류의 내용을 알았더라면 거기에 가지도 않았을 겁니다."

"가지 않았을 거라고?" 토드헌터 씨는 코웃음을 쳤다. "정의가 실현되도록 하는 것이 중요하지 않다는 말인가?"

"그 반대로, 무척 중요하다고 생각하고 있습니다. 그래서 당신이 그런 어리석은 짓을 못하게 하려는 겁니다. 당신은 오늘 오후, 일부러 경시청에 가서 체포되려고 했다더군요. 미리 저에게 의논해 주시지 않은 것은 실수였어요."

토드헌터 씨는 필사적으로 분노를 억제했다.

"그 사람한테 내 진술서를 보여줬나?"

"물론 보여 주었습니다. 당신의 명령이었으니까요."

"뭐라고 하던가?"

"웃더군요. 당신의 방문에 대해서 이미 얘기를 들은 모양이더군요."

"내 진술을 인정하지 않던가?"

"분명히 인정하지 않는 것 같았습니다."

"자네도?"

"토드헌터 씨, 저를 너무 순진한 사람으로 생각하지 말아 주세요."

"무슨 뜻인가?"

벤슨 씨는 빙그레 웃었다. 회심의 미소라고 할 수 있는 웃음이었다. "아시겠습니까? 저는 당신이 배를 타고 여행을 떠나기 전에, 당신의 새로운 유언장을 작성했습니다. 그러니까 당신이 그 집 사람들에게 관심을 가지고 있는 것도 알고 있고, 당신이 스스로 이제 곧 죽을 거라고 생각하고 있다는 것도 알고 있습니다. 또 당신의 돈키호테적인 성격도 알고 있고……."

"나는 돈키호테적인 성격이 아니네."

토드헌터 씨는 큰 소리를 지르며 거칠게 말을 가로막았다.

벤슨 씨는 어깨를 으쓱했다.

"이보게, 벤슨." 토드헌터 씨는 약간 목소리를 누그러뜨리고 말했다. "자네는 진심으로, 내가 이 사건을 모두 날조했다고 생각하고 있나?"

"분명히 그럴 거라고 생각합니다." 벤슨 씨는 미소지으면서 대답했다. "그 서류는 물론 아무 가치가 없는 것입니다. 주의 깊게 읽어 봤는데, 신문에 발표되지 않은 정보는 전혀 없고, 증거가 될 만한 것이 하나도 없습니다. 당신은 죽은 여자의 팔찌를 가지고 있다고 하시지만 그것도 보여주지 못하고 있어요."

"팔찌 같은 건 아무래도 좋네. 이제 곧 나올 거니까, 알겠나? 벤슨, 자네가 어떻게 생각하든 난 진실을 말하고 있는 거네. 그것을 입증할 수 없는 것은 인정하지만, 그 여자는 내가 쐈어."

벤슨 씨는 고개를 가로저었다. "안됐지만, 토드헌터 씨……."

"내 말을 못 믿겠다는 건가?"

"저는 당신을 너무 잘 알고 있습니다. 설사 당신이, 거의 의심할 여지 없는 증거를 제시한다 해도 전 믿지 않을 겁니다. 당신은 그게 어떤 사람이든, 사람을 쏠 수 있는 분이 아니에요. 하물며 여자를 죽인단 말입니까? 그러니까……."

"좋아, 그것을 증명해 보이겠네." 토드헌터 씨는 격정적인 어조로 말했다. "만약 내가 증명해 주지 않으면, 그 파머라는 사람은 자기가 저지르지도 않은 범죄 때문에 재판에 회부되네. 나는 경찰을 납득시키지 않으면 안 돼. 그리고 자네는 나를 도와줘야 해."

벤슨 씨는 다시 고개를 옆으로 저었다. "유감이지만, 이 일에 대해서는 당신의 대리를 맡을 수가 없습니다."

"무슨 말인가?"

"말 그대로입니다. 당신을 위해 행동할 수는 없습니다. 그런 경솔한 행동을 계속하실 생각이라면 다른 변호사와 의논하십시오."

"하는 수 없군." 토드헌터 씨는 짐짓 위엄을 부리며 말했다. "더 이상 얘기할 것 없겠어." 그는 일어섰다.

벤슨 씨도 일어섰다. 문 앞에서 그는 걸음을 멈췄다. "유감이군요, 토드헌터 씨……."

"죄 없는 청년이 교수형에 처해지면 더욱 유감스러워하게 될 거네."

토드헌터 씨는 무뚝뚝하게 말했다.

3

토드헌터 씨는 서재에 혼자 앉아 있었다. 늙은 두 사촌들은 곱슬머리를 연신 흔들면서, '여행이 로렌스에게 좋지 않은 영향을 준 것 같아, 저렇게 생각에 잠겨 걱정하고 있으니' 하고 의아하게 생각하면서 침실로 들어가 버렸다. 그리하여 가까스로 혼자가 된 토드헌터 씨는, 오래되어 지저분해진 타조 알처럼 보이는 머리를 앞으로 쑥 내밀고, 현재의 상황에 대해 생각하기 시작했다.

토드헌터 씨는 무척 당황하고 있었다. 물론 자신이 처한 상황은 잘 알고 있었다. 세상을 떠들썩하게 하는 커다란 범죄 사건이 발생하면, 어김없이 자기가 범인이라며 출두하는 머리가 이상한 자들 때문에 경찰이 골머리를 앓는다는 것은 책에서 읽어서 알고 있었다. 그래서 자신도 그런 미치광이의 한 사람으로 오인받고 있는 것이 틀림없었다. 정말 기가 막히고 어처구니없는 노릇이었다.

파머 청년의 입장에서 보면 이보다 비극적인 일이 어디 있겠는가. 그는 죄가 없다. 그러니 그가 유죄 선고를 받을 가능성은 거의 없다. 그러나 경찰은 무언가의 증거를 포착한 것이 분명하다. 그렇지 않다면 그를 체포했을 리가 없지 않은가. 도대체 그 증거가 무엇일까?

토드헌터 씨의 마음은, 파머 청년을 유죄로 보는 가공의 논거와 자기 자신을 유죄로 하는 현실의 논거 사이를 정처 없이 방황하고 있었다. 아무리 생각해도 자기의 설명은 너무 서툴렀다. 범죄 동기로서 질투를 가장한 것은 실수가 아니었을까? 그렇지만 그밖에 어떤 구실이 있을 수 있단 말인가? 팔로웨이와의 관계를 경찰도 알고 있는 이상, 팔로웨이가 휘말리지 않도록 보호해 주는 것은 그리 중요한 일이 아닐지도 모른다. 그러나 진짜 동기를 털어놓는다 해도 아무런 전망이 없지 않은가. 토드헌터 씨는 자기가 읽은 모든 범죄학 책을 통해, 경찰이란 상상력이 눈곱만큼도 없는 자들이라는 것을 알고 있었다. 그래서 자기가 그런 행동을 한 진짜 동기를 경찰에 얘기해도 소용없다는 결론을 내렸다. 경찰은 절대로 이해하려 하지 않을 것이다. 그들은 인간이 순수하게 이론적으로 이타적인 살인을, 생판 남이나 그 가족을 위해 할 수 있다는 것은 신용하지 않는 게 분명하다. 이 점만은 피할 수가 없다. 그런 식으로 말하고 보니 정말 기묘한 얘기로 들리지 않는가. 사태가 서서히 진행되어 가는 과정에서는 조금도 기묘하게 보이지 않았던 것이다.

아무리 그래도 질투를 동기로 내세운 것은 스스로 생각해 봐도 그 역할을 잘 연기한 것 같지는 않았다. 누가 봐도, 열정적인 질투에 사로잡힌 남자로는 보이지 않았을 것이다. 열정적인 질투에 사로잡힌 남자의 심정이 어떤 것인지도 아예 알지 못했다. 그 열정적인 질투란 토드헌터 씨에게는 한심한 것으로밖에 생각되지 않았다. 그래, 그런 동기를 선택한 것은 정말 현명하지 못한 짓이었다.

어쨌든 이제부터 어떻게 해야 한단 말인가?

토드헌터 씨는 갑자기 안절부절못하는 심정이었다. 만약 자신이 경찰을 설득하여 파머의 무죄를 믿게 하기도 전에 동맥류가 파열하면 어떻게 되지? 만약 파머 청년이 예상과 반대로 유죄 선고를 받아 자신이 저지르지도 않고, 저지를 생각도 하지 않은 죄 때문에 그 혐오스러운 교수형에 처해지게 된다면! 이 가정은 너무나도 그를 두렵게 했다.

토드헌터 씨는 무슨 짓을 해서든, 진실이 입증될 때까지는 살아 있지 않으면 안 된다고 생각했다. 그리고 살아 있기 위해서는 걱정은 금물이었다. 그런데 걱정을 하지 않으려면 도대체 어떻게 해야 한단 말인가?

문득 좋은 생각이 떠올랐다. 고통을 누군가와 나누면 그 고통은 반으로 줄어든다고 했다. 벤슨한테서 도움을 얻을 수 없게 된 이상, 누군가 비밀을 털어놓을 수 있는 사람을 찾아서 의논하자. 누가 좋을까? 이내 꼭 한 사람, 적임자가 떠올랐다. 퍼스다! 내일 퍼스를 만나러 가자. 그리고 모든 것을 털어놓자. 게다가 퍼스는 상당한 유력자다. 퍼스라면 이 어리석고 골치 아픈 일을 제대로 정리해줄 수 있을 것이다.

마음이 상당히 편해진 토드헌터 씨는 잠을 자려고 계단을 올라갔다. 파머 청년을 위해 살아 있으려고, 한 걸음마다 천천히 쉬면서……

4

"그래서 정말 그 여자를 살해했다는 거요?"

"그렇습니다." 토드헌터 씨는 공손하게 말했다.

퍼스는 턱을 긁적였다. "도대체 무슨 짓을 한 거요? 당신이 그때 진심으로 얘기하는 거라고는 꿈에도 생각하지 않았소."

"물론 그러시겠지요. 분명히 터무니없는 얘기로 들렸을 겁니다. 사실, 그때는 진심이었는지 어떤지 스스로도 의심스러울 정도니까요. 난처한 것은, 그러면서 저는 살인이라는 생각에 점점 익숙해지고 있었다는 겁니다. 그래서 공교롭게도 거기에 맞는 상황에 부딪쳤을 때는, 이미 반 이상 울타리를 넘어 버린 상태였던 것 같습니다."

"재미있군요." 퍼스는 고개를 끄덕였다. "분명히 살인을 계획한 것은, 그것을 실행하는 것에 반쯤 다가간 것이나 다름없소. 하지만 대부분의 사람들은 울타리 안쪽에서 급브레이크를 걸지요. 의지는 있지만 실행하는 데까지는 가지 않는다는 얘기요. 그런데 당신의 경우는 어떻게 해야 할지 알 수가 없군요."

"뭔가 손을 쓰지 않으면 안 됩니다." 토드헌터 씨는 단호하게 말했다. "저의 어리석은 변호사는······."

두 사람이 지금 이야기를 나누고 있는 그곳은 퀸 앤스 게이트 거리에 있는 퍼스의 작은 사무실이었다. 10시에 퍼스가 왔을 때, 토드헌터 씨는 이미 대기실에서 기다리고 있었다.

"일을 방해하는 건 아닌지 모르겠군요." 토드헌터 씨는 그제야 인사를 차렸다. "하도 긴급한 문제라서."

"알고 있소. 정말 어이가 없을 정도로 긴급한 사태군요. 그래서 내가 어떻게 해 주기를 원하는 건지?"

"아마, 당신이라면 경찰을 설득할 수 있지 않을까 해서······."

퍼스는 생각에 잠기는 눈치였다. "그건 그리 간단한 일이 아니오. 경찰을 설득할 수 있는 건 오로지 증거뿐이니까. 당신에게 없는 건 바로 그것이오. 맥그리거와 얘기를 해보기는 하겠소만. 그 사람은 경시 부총감인데 우리 클럽의 일원이오. 어쩌면 도움이 될지도 몰라요. 그렇지만 안 되는 경우에는······. 아무튼 그 팔찌가 있으면 어떻게 될 것도 같은데."

"도대체 그것을 어떻게 해 버렸는지 도무지 생각이 나지 않습니다." 토드헌터 씨는 슬픈 듯이 말했다. "권총과 함께 서랍에 넣은 건 확실합니다만……."

"그럼, 무엇보다 먼저 팔찌를 찾는 데 전력을 기울여야겠군. 그리고 그날 밤의 당신의 행동에 대해 뒷받침이 될 만한, 조리가 닿는 증거를 모으는 것이 좋을 것 같소. 경찰이 당신 얘기를 한마디도 믿지 않는 것은 확실한 것 같으니까. 그날 밤 당신이 노우드의 정원에 있었다는 것을 증명할 수 있으면 굉장히 유리해질 텐데. 게다가, 아! 치터윅에게 도움을 청하는 게 어떻겠소?"

"치터윅?" 토드헌터 씨는 멍하니 반복해서 말했다.

"그렇소, 그 사람은 이 방면에서는 상당히 실력이 있으니까. 살인에서는 말이오."

"살인에서? 아, 범인을 찾는다는 뜻이군요. 그래요, 맞아요. 분명히 어디서 본 기억이 있습니다. 아, 맞아요, 맞아. 저는 이 사건 때문에 그의 의견을 들으러 갔습니다. 정말이지 제 기억력이 무척 나빠졌어요."

"그럼, 치터윅에게 전화를 걸어 조사해 줄 수 있는지 물어보시오. 나는 맥그리거를 통해 경시청 쪽에 알아볼 테니까. 지금은 그 이상은 아무것도 할 수 없을 것 같은데. 틀림없이 이 중에서 뭔가 나올 거요. 물론 당신이 어떤 망상에도 사로잡혀 있지 않다는 전제하에서 하는 얘기지만. 정말로 그 여자를 쏜 게 틀림없소?"

"그 점에 있어서는 망상 같은 것 절대로 없습니다." 토드헌터 씨는 그녀의 축 늘어진 몸과 그 호화로운 흰색 가운의 붉은 얼룩을 떠올리고 진저리를 치면서 말했다.

"사실, 당신의 얘기가 나에게는 경찰이나 당신 변호사보다는 신뢰

할 수 있는 것으로 생각되는군요." 퍼스는 타고난 솔직함으로 말했다. "그리고 최악의 경우에는, 당신이 석 달 전에 살인을 계획하고 있었다는 것을 내가 증언할 수 있으니까. 이것은 치터윅도 어느 정도까지는 할 수 있을 거요."

"당신은 최악의 경우가 될 수도 있다고 생각하십니까?"

토드헌터 씨는 걱정스러운 듯이 물었다.

"파머라는 사람이 사형선고를 받는다는 의미인가요? 그렇다면 아니오." 퍼스는 단호하게 말했다. "그런 생각은 전혀. 당신의 얘기가 그에 대한 고발에 의문을 제기하는 이상, 무죄 석방은 거의 확실하다고 봐요."

"파머의 변호사부터 만나는 것이 좋을까요, 아니면 치터윅과 먼저 연락해야 할까요?" 토드헌터 씨는 이제 완전히 침착해진 모습으로 물었다.

"치터윅에게 전화해서 함께 가시오. 그렇게 하면, 더욱 신빙성 있는 것으로 받아들여질 거니까. 물론, 당신은 자신이 말하는 것을 하나도 증명할 수 없다는 것, 하지만 증거 수집에 최선을 다하고 있다는 것을 미리 말해 두어야 할 거요. 그리고 재판에서 증인으로 불려 나가도 좋다고 말하고, 모든 점에서 협조해 달라고 부탁해 보시오. 저쪽도 기꺼이 당신을 이용하려 할 거요, 설령, 당신을 머리가 이상한 사람으로 생각한다 하더라도, 단……." 퍼스는 생각에 잠기면서 덧붙였다. "변호사가 당신의 법정 소환에 반대할 경우는 다르지만. 당신의 얘기는 누가 들어도 기묘한 얘기니까, 오히려 해가 될지도 몰라요. 그렇지만 모든 건 변호인 쪽이 당신의 얘기가 아니더라도 얼마나 자신감을 가지고 있는가에 달려 있소."

"알겠습니다, 정말 감사합니다."

토드헌터 씨는 이렇게 말한 뒤 작별을 고했다.

5

 그러나 그가 먼저 찾아간 사람은 변호사가 아니었다. 그는 리치먼드를 출발하기 전에 한 약속을 지키기 위해, 택시를 타고 메이다 벨로 갔다.
 팔로웨이 부인과 한 약속이 있었던 것이다.
 미스 노우드가 죽은 지 벌써 석 달이나 지났기 때문에, 상상했던 대로 팔로웨이 부인은 그 시간을 그냥 흘려보내지는 않았다. 팔로웨이에게 최악의 고뇌에서 회복할 여유를 한두 주일 준 뒤, 그녀는 결단을 내려 남편을 데려왔다. 그리고 그의 신변을 깨끗하게 정리하고, 북부의 집으로 데리고 돌아가 버렸다. 그러나 사위가 체포되는 바람에 이내 돌아오게 되었는데, 이번에는 팔로웨이와 동행하지 않았다. 팔로웨이는, 실은 집에서 신경쇠약을 앓고 있는 중이었다. 신경쇠약 증세는 집으로 돌아간 직후부터 시작되었다. 전화로 이 얘기를 들은 토드헌터 씨는, 팔로웨이에게는 그것이 차라리 다행한 일이라고 말했다. 어쨌든 그 덕택에 그는 사건으로부터 떨어져 있을 수 있고 재판 때도 증인으로 소환되지 않아도 된다. 그리고 당연한 결과로서, 비열하고 구제할 길 없는 어리석은 자가 되어 사람들 앞에 얼굴을 내밀지 않아도 될 것이다.
 그리하여 팔로웨이 부인은 토드헌터 씨를 혼자서 맞이했다. 펠리시티는 옆방에서 아직 자고 있는 것 같았다.
 펠리시티의 동거인이 최근에 나간 듯, 두 번째 침실은 팔로웨이 부인이 언제든 마음대로 사용할 수 있었다.
 토드헌터 씨에 대해 팔로웨이 부인이 맨 처음 한 말은, 비극적인 사건에 대해서가 아니라, 그가 딸을 위해 해 준 일에 대한 감사였다.
 "아, 그래요, 맞아요!" 토드헌터 씨는 갑자기 생각난 듯 큰 소리로 말했다. "까맣게 잊고 있었군요. 그래요, 그 연극 말이지요? 그럼 그게 아직도 상연중이란 말입니까?"

"아직도 상연중이냐고요?" 팔로웨이 부인은 웃었다. "당신은 정말 이상한 흥행주시군요. 그건 대히트, 대단한 성공을 거두었어요. 그리고 펠리시티도 크게 성공했고요. 덕택에 저 아이는 평생의 소원을 이루었어요. 정말 몰랐단 말씀이세요?"

"그만, 극평을 보는 걸 잊었습니다." 토드헌터 씨가 변명했다. "그리고 저는 보루네오에 가 있었거든요."

"정말 뭐라고 감사의 말씀을 드려야 할지 모르겠어요. 돌아가시기 전에 펠리시티도 나와서 인사를 드릴 거예요. 그리고 당신이 상당한 재산가가 됐다는 것도 아시죠?"

"상당한 재산가라고요?" 토드헌터 씨는 큰 소리로 웃었다. "아닙니다. 전혀 몰랐습니다. 그게 정말입니까? 이렇게 고마울 수가, 허참! 그럼, 그 사람…… 이름이 뭐더라…… 아, 배드라고 했나요? 그 사람이 상당히 잘해준 거군요?"

"배드 씨는 훌륭하게 활약해 주셨어요. 그 분이 집행인한테서 프린세스 극장을 빌리고 또…… 아, 아니에요, 이런 얘기는 펠리시티가 직접 말씀드릴 거예요. 자, 토드헌터 씨. 앉으셔서 무슨 용건인지 말씀해 보세요."

토드헌터 씨는 자신의 볼썽사납게 긴 몸을 작은 의자에 가까스로 앉히고 다리를 뻗었다. 그는 눈앞에 손가락을 가지런히 펴고 그 손가락 너머로 팔로웨이 부인을 응시했다.

"부인은 물론 빈센트 파머가 무죄라는 걸 알고 계시겠지요?"

그는 느닷없이 말을 꺼냈다.

"네, 알고 있어요." 팔로웨이 부인은 또렷한 목소리로 대답했다.

"다시 말해, 부인은" 토드헌터 씨는 사이를 두지 않고 단호하게 말했다. "미스 진 노우드를 살해한 사람이 바로 저라는 것을 알고 계시는 거지요?"
 팔로웨이 부인이 예의 바르게 뭔가 항변하려는 것을 억제하는 듯이 토드헌터 씨는 잠자코 있어 달라고 황급히 손을 내저었다.
 "부인, 이 문제는 너무나 중대하기 때문에 빙 둘러서 말해서는 안 될 것 같군요. 서로 솔직하게 얘기해야 합니다. 저는 미스 노우드를 죽였습니다. 지금도 자신 있게 그럴 만하다고 생각하고 있는 이유가 있었기 때문입니다. 저는 그 일을 한번도 후회한 적이 없습니다. 이 한심한 재판이 잘 처리되기만 하면 앞으로도 후회하지 않을 겁니다. 그런데 부인이 아셔야 할 것은, 저처럼 그런 일에 전혀 인연이 없을 것 같은 사람이 어째서 살인을 저지르게 되었는가 하는 것입니다. 거기에는 이런 사정이 있었습니다."
 토드헌터 씨는 자신이 두세 달밖에 살 수 없다는 것을 안 순간부터, 도쿄에서 지나가는 여행자한테서 빈센트 파머가 체포되었다는 소식을 듣기에 이르기까지, 사건의 전모를 상세하게 얘기해 주었다. 그리고 권총을 바꿔치기하는 실수를 범한 자신을 책망하고, 런던 경시청에 찾아간 얘기를 덧붙인 뒤, 동맥류가 빨리 터져서 진상을 증명하려는 노력이 허사가 되어 버리는 게 아닌지 걱정하고 있다는 얘기와, 또 이제부터 자기가 하려는 일에 대해 설명했다.
 토드헌터 씨는 마지막으로 열렬하게 말했다. "지금 말씀드린 것을 가족분들에게도 얘기해 주시기 바랍니다. 따님들에게도, 남편분께도. 뭐 부인이 그렇게 하지 않는 게 좋겠다고 생각하신다면 모르지만. 하지만 여러분이 아시는 것은 참으로 정당한 일입니다. 아니 정당할 뿐만 아니라 필요한 일, 절대로 필요한 일입니다. 아시겠습니까?" 말을 마친 뒤 토드헌터 씨는 부인의 눈을 똑바로 응시했다.
 "잘 알겠어요." 팔로웨이 부인이 조용히 말했다. "전……."
 다음 순간 토드헌터 씨는 깜짝 놀라 어쩔 줄 몰라했다. 부인이 큰 소리로 울음을 터뜨리더니, 벌떡 일어나 토드헌터 씨의 손을 잡고 입을 맞춘 뒤 황급히 밖으로 나가 버린 것이었다. 평소에 좀처럼 감정을 겉으로 드러내지 않는 여성으로서는 놀라운 표현이었다. 하지만 지금이 바로 그 놀라운 경우였다.

토드헌터 씨는 펠리시티와 만나는 것은 다음날로 미루는 게 좋겠다고 생각하며 손톱을 깨물며 잠시 주저하다가, 이내 모자를 집어들고 발소리를 죽이며 휘청휘청 방에서 나갔다. 그리고 아파트를 빠져나가 그 건물에서 나가 버렸다.

6

"아니, 이게 웬일입니까!" 치터윅 씨는 전화로 새된 목소리를 질렀다. "그게 무슨 소립니까? 예, 예, 그렇군요……. 예, 물론…… 뭐든지 내가 할 수 있는 일이라면……. 예, 물론이고말고요……. 아, 이거야! 정말 놀랍군요."

"그럼, 곧 와 주겠소?" 토드헌터 씨가 물었다.

"그럼요, 곧 가겠어요. 아, 정말 엄청난 일이군요. 엄청난 일이에요."

"그렇소."

토드헌터 씨는 무뚝뚝하게 말하고 수화기를 놓았다.

XI

1

 "정말 놀랐어요!" 치터윅 씨는 말했다. "아아, 정말 놀랐습니다! 이렇게 놀라운 일은 난생 처음이에요."
 토드헌터 씨는 초조하게 상대를 쳐다보았다. 치터윅 씨는 거의 30분 동안 내내 이런 말밖에 하지 않았던 것이다. 토드헌터 씨는 별로 도움이 될 것 같지 않다는 생각이 들었다.
 "그 팔찌는……." 토드헌터 씨는 초조감을 감추지 않고 말했다.
 "아, 팔찌! 그렇지!" 치터윅 씨는 이제야 정신이 돌아온 것 같았다. 핑크색의 오동통하고 둥근 얼굴이 긴장의 빛을 띠었다. 살찐 작은 몸집이 당장이라도 행동으로 옮기려는 듯 눈에 띄게 긴장하고 있었다. "팔찌, 맞아요! 물론 그 팔찌를 찾아야 합니다." 치터윅 씨는 단호한 목소리로 말했다.
 두 사람은 치즈위크에 있는 치터윅 씨 집 특별실에 앉아 있었다. 치터윅 씨는 늙은 고모와 함께 살고 있었다. 이 고모는 옛날에는 숨통을 죄는 엄격함으로 그의 생활을 지배하고 있었지만, 상당한 명성을 얻은 뒤로 조금 대담해진 치터윅 씨는, 그 속박에서 벗어나 거실을 자기 전용 방으로 사용하는 데 간신히 성공하였다. 맹렬한 기세로 쉴 새 없이 불평하는 늙은 고모를 어르고 달래어, 자신이 원하는 만큼의 자유를 인정받기에 이른 것이다. 원하는 만큼의 자유라 해도 그리 대단한 것은 아니었지만.

치터윅 씨는 이미 리치먼드에 있는 토드헌터 씨의 집을 방문하여 비극의 자초지종을 다 들은 뒤였다. 물론 그는, 토드헌터 씨가 자기한테서 희생 대상자를 물색하려다가 실패한 것을 기억하고 있었다. 그리고 퍼스와 마찬가지로, 토드헌터 씨의 말을 전혀 믿지 못할 얘기는 아니라고 생각했다. 그는 기막힌 딜레마에 빠져 있는 토드헌터 씨를 능력이 닿는 한 도와주겠다고 약속했다.

그리하여 두 사람은 빈센트 파머의 변호사들을 만나러 갔다. 그곳에서는 깡마른 느낌의 수석 변호사가 맞이해 주었는데, 토드헌터 씨가 진심이라는 것을 믿게 하는 데는 상당한 시간이 걸려야 했다. 결국 이 방문자의 가장 큰 바람은, 피고석——어떤 피고석도 좋으니——그곳에 들어가서, 미스 노우드를 살해한 죄를 주장하는 데 있다는 것을 이해한 펠릭스스토 씨(이 깡마른 신사는 이런 까다로운 이름을 갖고 있었다)는, 토드헌터 씨를 도와 그 바람을 이루어주기 위해 전력을 다하겠다고 약속했지만, 성공 가능성에 대해서는 지극히 비관적이었다. 그는, 토드헌터 씨의 얘기에 단 한 마디도 진실성을 뒷받침하는 증거가 없기 때문에, 배심원들이 도저히 인정해 줄 것 같지 않고 검사 쪽은 처음부터 웃어넘기고 문제삼지 않을 거라는 것을 지적하며, 이번 재판관의 엄격함을 생각하면 토드헌터 씨는 오히려 위증죄로 고발당할 우려까지 있다고 말했다.

그래도 펠릭스스토 씨는, 이런 위험을 안은 증인을 소환하는 문제에 대해 여러 사람과 신중하게 의논해 볼 것을 약속했다. 그리고 지금의 자기 견해로는, 모든 점을 고려할 때 토드헌터 씨는 이 의심 많은 세상을 향해 폭탄을 던지기 전에 파머의 판결을 기다리는 게 좋을 것이다, 낙관할 수는 없지만 좋은 결과가 나올지도 모른다고 말했다.

"찾아주셔서 감사합니다." 펠릭스스토 씨는, 물고기같이 차갑고 깡마른 손을 토드헌터 씨에게 내밀며 말했다. 이 변호사는 토드헌터 씨의 얘기를 한마디도 믿지 않고 있으며, 그를 적어도 바보 아니면 미친 사람으로 생각하고 있는 것이 확실했다.

토드헌터 씨는 아무래도 변호사에게는 환영을 받지 못한 것 같았다. 그는 너무 화가 나서 동맥류가 다시 말썽을 일으킬 것 같다는 느낌이 들었다.

링커스 인(법학원 전)에서 치즈위크로 가면서 줄곧 치터윅 씨의 위로를 들었으나, 토드헌터 씨의 기분은 조금도 풀리지 않았다.

"아, 점심 식사가 준비됐군요." 치터윅 씨는 약간 안도하는 기분으로 말했다. 밖의 복도에서 식사 준비가 됐음을 알리는 종소리가 들려온 것이다.

식당에서 식사를 하는 것은 치터윅 씨 고모의 평소 습관이 아니었다. 그녀는 언제나 카나리아와 이끼류 컬렉션에 푹 파묻혀 지내고 있는 서재에서 식사하는 것을 좋아했다. 그런데 이 날은, 시중드는 부인의 부축을 받아 식당에 나타난 것이다. 마침 치터윅 씨가 요리조리 궁리하면서, 고모의 구미에 맞는 식사를 쟁반 위에 담는 중이었다.

"오! 벌써 시작했구나." 치터윅 부인이 음식 냄새를 킁킁 맡으면서 말했다. "날 좀 더 기다려 줘도 좋지 않니?" 그녀는 토드헌터 씨에게는 눈길도 주지 않았다.

시중드는 부인이 그녀를 의자에 앉혔다. 무릎덮개를 걸치고 바스락거리는 치마를 다시 매만지는 것이 보통일이 아니었다.

"저, 이 분은 토드헌터 씨예요, 고모님."

치터윅 씨는 고모가 자리를 잡자 입을 열었다.

"무슨 용건으로 오신 거냐?"

치터윅 부인은 여전히 토드헌터 씨 쪽은 쳐다보지도 않고 말했다.

"점심 식사하러 오셨어요……. 벨 부인, 함께 식사하시 그러세요?" 치터윅 씨는 고모를 시중들어 온 자그마하고 자글자글한 느낌의 부인이 조용히 방에서 나가려는 것을 보고 말했다.

"그러지 않는 게 좋아." 치터윅 부인이 말했다. "저 사람이 있으면 얘기가 재미없어지니까. 하녀에게 시켜서 쟁반을 자네 방으로 가져다 주면 되지? 내 방은 싫어. 언제 불을 낼지 모르거든. 고기는 조금만 잘라주면 돼, 앰브로즈. 너무 많으면 안 된다. 이 나이에는 많이 먹지 못해."

벨 부인은 침울하게 미소를 지으며 나갔다. 치터윅 씨는 고기를 자르기 시작했다.

"사람을 죽였나요, 당신이?"

치터윅 부인은 비로소 토드헌터 씨를 쳐다보며 불쑥 물었다.

"예, 그렇습니다." 토드헌터 씨는 마치 추궁당하는 소년이 된 것 같은 기분으로 대답했다.

"고모님이 그걸 어떻게 아세요?"

놀란 치터윅 씨가 높은 목소리로 말했다.

"문밖에서 들었다." 치터윅 부인은 재미있다는 듯이 대답했다.

"네가 이 양반을 데리고 왔을 때 뭔가 있다고 생각했지. 그래, 누구를 죽였나요, 스노드밴팅 씨?"

"무슨 말씀이세요, 고모님!" 치터윅 씨가 주의를 주었다.

"너에게 말한 게 아니다, 앰브로즈. 스노드밴팅 씨에게 물었어. 그런데 이 양반은 너무 점잖은 분이어서 대답해 주시지 않는 것 같구나."

"저는 그…… 진 노우드라는 숙녀를, 여배우를 죽였습니다."

토드헌터 씨는 당황하여 대답했다.

"여배우는 숙녀가 아니에요." 치터윅 부인이 정정했다.

"고모님은 그러니까 현대적인 표현에는 그리 익숙하지 않으셔서……." 치터윅 씨는 안절부절못하며 말했다.

"바보 같은 소리 마라, 앰브로즈." 치터윅 부인이 발끈해서 재빨리 쏘아붙였다. "나는 '걸(아가씨)'이라고 발음하고 있지 않니? 우리 어머니가 옛날에 그랬던 것처럼 '걀'이라고 하지 않고, 그게 현대적인 게 아니라는 거냐? 그 여자는 숙녀였나요, 스노드밴팅 씨?"

"아닙니다."

"거 봐라, 앰브로즈! 앞으로는 너무 건방진 말은 하지 마라. 아니, 이건 뭐냐? 오리 아니냐? 내가 오리를 싫어한다는 것, 모르니?"

"죄송해요, 고모님. 전……."

치터윅 부인은 노란 두 손으로 자기의 접시를 토드헌터 씨 코앞에 들이대고 분노에 몸을 떨면서 말했다. "자, 이 아이가 나에게 먹으라고 준 것을 좀 보시구려! 비둘기 모이도 안 되는 작은 조각 두 개뿐이에요. 자기는 많이 먹으려고 생각하면서. 정말 앰브로즈다워. 야비한 일이에요!"

"죄송해요, 고모님. 전 다만……." 치터윅 씨는 화를 내고 있는 노부인의 접시 위에, 얼른 새 가슴살을 한 조각 더 얹어주었다.

고모는 조용해져서 먹기 시작했다.

토드헌터 씨는 치터윅 씨와 눈이 마주치지 않는 게 상책이라고 생각했다.

2, 3분 동안, 점심 식사는 침묵 속에 진행되었다. 그리고…….

"왜 그 여자를 쏘았나요?"

치터윅 부인이 오리고기를 볼이 미어지도록 넣으면서 물었다.
토드헌터 씨는 더듬거리며 설명했다.
"그럼 당신은 교수형을 당하게 되나요?"
치터윅 부인이 눈을 반짝이며 물었다.
"유감이지만, 그렇지 않습니다."
토드헌터 씨는 입속으로 중얼거렸다.
"유감이지만이라는 건 무슨 뜻이우? 유감이지만 교수형이 된다고 말하는 거면 이해가 가지만. 애야, 앰브로즈, 어떻게 된 얘기냐? 이 분이 말씀하시는 건?"
두 남자는 난감하다는 듯이 서로 얼굴을 마주 쳐다보았다.
"아무래도 두 사람이 나를 놀리고 있는 모양이구나."
치터윅 부인이 힐책했다.
"아닙니다, 아닙니다." 토드헌터 씨는 하는 수 없이 다시 한번 얘기를 되풀이하기 시작했다.
치터윅 부인은 그가 쭈뼛거리며 이야기를 끝낼 때까지 귀를 쫑긋 기울이고 있었다. 그런 다음 조카 쪽을 돌아보며 말했다.
"내 생각에 이 사람은 정신 병원에 들어가는 게 좋을 것 같다."
"맞아요, 고모님." 치터윅 씨는 순순히 장단을 맞췄다.
"내 처녀 적에는 이 양반 같은 사람은 그런 곳에 넣었어."
"그럼요, 고모님."
토드헌터 씨는 여기서는 조금 화가 났다.
"아무래도 제가 말씀드린 얘기가 전혀 믿기지 않으시는 모양이군요?"
치터윅 부인은 빈틈없는 눈길로 그를 응시했다. "아니야, 그렇지 않아요. 나는 당신이 하는 말을 믿어요. 당신 같은 바보는 절대로 거짓말을 할 수 없으니까."

"맞아요, 제 생각도 바로 그거예요." 치터윅 씨는 안도하는 기분으로 맞장구를 친 뒤, 아차 싶어서 "아, 그러니까 저도 토드헌터 씨가 하는 말을 믿는다는 얘기였어요." 얼른 고쳐서 말했다.

"그렇지만 믿어주는 사람이 그리 많지는 않겠죠? 그것도 무리가 아니에요." 치터윅 부인이 말했다.

"그래서 무척 어려움에 처해 있습니다."

토드헌터 씨는 푸념하듯이 말했다.

"그럼, 교수형을 당하고 싶은 거유?"

"저는 제가 한 일에 대해 책임을 지고 싶습니다. 그리고 죄 없는 사람을 구하고 싶습니다." 토드헌터 씨는 엄숙하게 대답했다.

"그럼, 더더욱 바보로군요."

토드헌터 씨가 갑자기 큰 소리로 웃었다. "맞습니다. 어쨌든 그건 그렇다 치고, 제가 교수형을 당하려면 어떻게 하는 게 좋겠습니까?"

"아유, 나 같은 사람한테 그런 걸 물으시다니……. 앰브로즈한테 물어보는 게 나을 거유. 이 아이는 요즘 살인에 대해서는 대단한 권위자니까." 치터윅 부인이 조롱하듯이 말했다.

"그렇지만 저는 부인에게 물었습니다."

"오호, 나에게?" 치터윅 부인은 잠시 입을 다물었다. "요즘 신문에서 앰브로즈를 두고 탐정이라고 부르고 있는 것 같던데. 아마 이 아이가 얼마나 게으른지 모르는가 보우. 그러니까 당신도, 앰브로즈에게 자신이 살인한 것을 탐정해 달라고 하는 게 어떻겠수? 아무리 게으른 사람이라도…… 그러니까 가령 앰브로즈 같은 사람이라도…… 누가 살인자인지 알고 있으면 할 수 있을 것 같지 않아요, 안 그러우?"

"탐정해 달라?" 토드헌터 씨는 몹시 감탄한 듯이 되풀이해 말했다. "처음부터 말이군요. 처음부터 미해결 사건처럼 취급한다는 말씀이지요? 맞아요, 치터윅 부인! 그것 참 좋은 생각이십니다."
 치터윅 부인은 고개를 뒤로 젖히고 '흥!' 하며 화내는 것 같은 몸짓을 했다. 그러나 그녀의 모자에 붙어 있는 연보랏빛 리본이 흔들리는 모양을 보고, 조카는 고모님이 내심 기분이 좋아진 것을 알았다. 물론 고모는 기뻐하고 있다는 것을 인정할 바에는 차라리 죽는 게 낫다고 생각하겠지만……
 "맞아요!" 토드헌터 씨가 말을 이었다. "맞는 말씀입니다. 우리가 해야 할 일은 바로 그거요, 치터윅! 하기는 당신이 그만한 시간을 할애해 준다면 말이지만. 우리가 함께 살인 사건을 수사하는 거요. 그러니까 물론 범죄 현장도 보러 가고……"
 "그리고 그날 밤 당신을 목격한 증인을 찾아내고……" 치터윅 씨는 고모님이 기분이 좋아진 것을 보자 기뻐서 얼른 장단을 맞췄다.
 "그리고 내 발자국을 찾고……"
 "지문도……"
 "또 파머에 대한 고발이 잘못되었다는 것을 증명하고……"
 "그날 밤 강 근처에 있었던 사람이 없는지 조사하고……"
 "우리 집 하인들을 신문하고……"
 "총소리를 들은 사람을 찾아내고……"
 "내가 권총을 산 것도 증명하고……"
 "정확한 시간표를 작성하고……"
 "내 행적을 한발 한발 더듬어……"
 "당신이 산울타리를 지나간 곳을 찾고……"
 "아, 정말 놀랍군. 정말이지, 부인 말씀이 맞습니다, 치터윅 부인. 우리는 이 사건을 조직적인 방법으로 조사하여, 저를 유죄로 하는, 수긍이 갈 만한 기소사실을 증명해야 합니다. 누가 뭐래도 당신은 그것을 할 수 있소, 치터윅. 아무튼 살인자를 확실하게 알고 있으니까."

"확실히 일반적인 경우의 장애는 없는 셈이군요."

치터윅 씨도 싱글거리면서 말했다.

토드헌터 씨는 접시 위에 남은 마지막 오리고기 한 점을 먹어치웠다.

그는 평소의 냉소적인 유머를 담은 어조로 말했다. "어쨌든 당신이 정말 유능한 탐정이었으면 좋겠소, 치터윅. 나는 드물게 솜씨 좋은 살인자인 것 같으니까. 나는 감쪽같이 경찰의 눈을 속여 넘겼소. 당신 역시 속지 않기를 바랄 뿐이오."

"무슨 소리! 아무리 당신이라도 양쪽을 다 속일 수는 없을 겁니다."

"내 살인이 완전범죄가 아니라면."

토드헌터 씨는 다시 한번 소리 높이 웃었다. 사태의 중대함에도 불구하고, 자신이 그렇게도 오랜 시간을 들여 신중하게 계획한 살인사건을 수사하는 것이 커다란 어려움에 직면해 있다는 아이러니가, 그를 재미있게 한 것이다.

2

그것은 정말 어려운 작업이었다. 빈센트 파머에 대한 고발의 논거가 참으로 단순하고 강력했기 때문이다. 토드헌터 씨와 치터윅 씨는, 피고 측 변호사들한테서 몇몇 사실들에 대해 상세한 얘기를 듣고 있었다. 물론, 그 주요 논점은 치안 판사 앞에서의 토론 속에서 이미 밝혀져 있었다.

파머 청년이, 범죄 당일 밤에 아내와 함께 브롬리의 집에 있었다고, 토드헌터 씨와 경찰에 말한 것은 거짓말이었던 것 같다. 그는 리치먼드에 있었을 뿐만 아니라, 미스 노우드의 집 부지 내에 있었던 것이다. 적어도 세 사람의 증인이 그것을 증언했다. 그 증인들은 정자에서 다투는 소리와 날카로운 분노의 목소리도 들었다고 했다.

또 미스 노우드는 한눈에 알 수 있는 흥분한 모습으로 집으로 달려와서 자기 하녀에게, 오늘밤에는 다른 사람은 아무도 집에 들여놓지 말라고 객실 하녀에게 전할 것을 지시했다고 한다. 그녀는 정원 쪽으로 돌아갔고, 그 2, 3분 뒤에 총소리가 들렸다. 그 소리를 들은 것은 싸우는 소리를 더 들으려고 창문으로 고개를 내민 하녀였다(토드헌터 씨는 하녀 메리를 떠올리며 충분히 그럴 만하다고 생각했다). 하녀 메리는 그 소리를 총소리로 듣지 않고, 강물 위를 달리는 모터보트가 고장난 것이라고 생각했다.

토드헌터 씨가 불행히도 닦는 것을 잊었던 컵이, 파머에게 결정적으로 불리한 증거로 작용하고 있었다. 그 컵에 틀림없는 그의 지문이 묻어 있었던 것이다. 증인들의 말이 틀릴 수는 있다 해도, 이것은 파머가 그날 밤 브롬리가 아니라 리치먼드에 있었다는 사실을 말해주는 움직일 수 없는 증거였다. 이 증거가 너무나 결정적이어서 파머도 현장에 간 것을 시인하지 않을 수 없었다. 그리고 그가 진 노우드를 살해하지 않았다면 왜 거짓말을 했겠는가, 하는 쪽으로 기울었다. 게다가 그로부터 압수한 권총에는 최근에 발포한 흔적이 있는 것이 고발을 결정적인 것으로 만든 것이다.

이 증거 앞에서 치터웍 씨는, 토드헌터 씨가 여자를 죽인 탄알을 대담무쌍하게 빼내간 것은 큰 실수였다는 것을 지적하지 않으면 안 된다고 생각했다. 권총에 대한 실수는 쉽게 바로잡을 수 있을 것이다. 경찰이 총포점의 기록을 조사하면, 어느 권총이 토드헌터 씨가 산 것인지 금방 확인할 수 있기 때문이다. 그러나 어느 권총으로 미스 노우드가 살해되었는지는 탄알에 의해서만 확인할 수 있다.

토드헌터 씨는 풀이 죽어 그 말을 인정하는 수밖에 없었다.

"알겠습니까?" 치터윅 씨는 점심 식사 뒤, 고모를 설득하여 그녀를 서재로 돌려보내고 벨 부인에게 시중을 들게 한 다음, 다시 자기 방에 자리를 잡았을 때 이렇게 지적했다.

"파머의 권총은 증명에 아무런 도움도 될 것 같지 않아요. 그것은 파머 아버지의 군용 권총인데, 전쟁 때 사용한 것이고 번호도 그에게 교부된 기록도 전혀 남아 있지 않으니까요."

"그렇군." 토드헌터 씨는 동의했다. 변호사가 그 점을 지적한 것을 들었기 때문이다. "하지만, 전쟁 때 사용된 것이라고 해서 반드시 발포되었다고는 볼 수 없소. 첫째로, 그 권총은 영국 밖으로는 한번도 반출되지 않았을지도 몰라요. 내가 권총을 산 가게의 남자는, 그 총은 중고품으로 팔고 있지만 한번도 발포된 적이 없다고 했소. 그 사람은 내가 전쟁에 가지고 나간 권총이 어떻게 발포된 적이 없을 수가 있냐고 물었더니, 그렇게 대답했소. 그런데 권총이 발포되었는지 아닌지 당국이 알 수 있소?"

"전문가가 보면 알 수 있어요."

"그럼" 토드헌터 씨는 만족스럽다는 듯이 말했다. "우리 집에 있던 권총, 즉 파머의 권총을 조사한 부장형사는 전문가가 아니었단 말이군. 그렇지 않다면, 그의 증언으로 파머는 무죄가 될 수 있을 텐데. 왜냐하면 그는 그 권총은 한번도 발포된 적이 없었다고 말했으니까."

치터윅 씨는 이마를 문질렀다.

"그 두 개의 권총에 대한 문제는 정말 혼란스러워서 뭐가 뭔지 알 수가 없군요."

"정말이오." 토드헌터 씨는 동의하지 않을 수 없었다. "예를 들어, 내가 몰래 파머의 권총과 바꿔치기 했을 때는, 경찰이 총포점의 기록으로 내 권총을 확인할 수 있다는 것을 전혀 생각지 못했으니까. 전혀 몰랐소! 말도 안 되는 멍청이 같으니!"

"그럼 경찰이 가지고 있는 권총, 즉 파머한테서 압수한 권총이 당신이 산 것이라는 얘긴가요?"

"그렇소. 그리고 그들이 파머 아버지의 군용 권총이 누구 것인지 추적할 수 없다고 생각하는 바람에, 그것이 내 것임이 확인되지 않고 있는 것으로밖에 생각할 수 없소."

"하지만 그렇다 해도," 치터윅 씨는 살찐 얼굴을 생각에 잠긴 듯이 찡그리면서 중얼거렸다. "이건 경찰의 큰 실수예요. 정말이지 모스비답지 않군요. 무척 양심적이고 능력 있는 사람인데."

"그 사람을 알고 있단 말이오?" 토드헌터 씨가 소리쳤다.

"물론 잘 알고 있지요."

토드헌터 씨는 거칠게 혀를 찼다. "그렇다면 왜 빨리 말해주지 않았소? 당신이 하는 말이라면 들을 텐데. 둘이서 같이 만나러 가야겠군."

"아, 미안하게 됐군요. 나는…… 그래요, 분명히 말을 했어야 했어요." 치터윅 씨는 기운 없이 중얼거렸다. "하지만 내 말을 들을 거라는 건……."

"이봐요, 치터윅." 토드헌터 씨는 화가 나는 것을 간신히 참으면서 지적했다. "모스비에게 있는 권총이 총포점의 기록에서 내 것임이 밝혀지면, 파머에 대한 혐의가 풀리지 않겠소?"

"음, 동요는 하겠지요." 치터윅 씨는 밝은 얼굴이 되었다. "상당히 동요할 거예요. 하지만 아직 그가 현장에 있는 것을 보았다는 증인도 있고……. 사실, 지금은 스스로도 현장에 있었던 것을 시인하고 있으니까요. 물론…… 글쎄요, 거참! 그 경관이 당신 집에 있던 권총은 한번도 발사되지 않았다고 말했죠? 그래요, 그게 사실이라면, 그리고 그것이 파머의 권총이라는 것을 증명할 수 있다면……. 맞아요,

그러면 경찰도 파머에 대한 고발을 취하할 생각을 하게 될지도 모르겠군요."

"그러면 모든 것이 끝나겠군, 설사 팔찌가 나오지 않더라도, 우리는 이미 증거를 가지고 있는 셈 아니오?"

"분명히 그런 것 같군요." 치터윅 씨는 싱글벙글 웃었다.

"그럼, 당장 경시청에 갑시다." 토드헌터 씨는 휘청휘청 일어섰다.

"그 전에 리치먼드에 들러서, 또 하나의 권총을 가지고 가야 하지 않을까요?" 치터윅 씨도 의자에서 벌떡 일어나면서 말했다.

"아니, 아니오." 토드헌터 씨는 조급한 듯이 대답했다. "경찰이 나와 함께 와서 가지고 가겠지." 솔직하게 말하면, 토드헌터 씨는 다시 한번 경찰차를 타 보고 싶다는, 완전히 어린아이 같은 욕망을 느끼고 있었던 것이다.

치터윅 씨는 잠자코 따랐다. 아마 그는 토드헌터 씨에게 약간 압도당하는 기분이었을 것이다.

3

"아, 치터윅 씨, 어쩐 일입니까? 같이 오신 분은, 아! 그래요, 분명히 토드헌터 씨군요?"

"예, 맞습니다." 치터윅 씨가 쭈뼛거리며 대답했다.

"예, 맞습니다." 토드헌터 씨도 입속으로 우물거렸다.

"어쨌든 앉으세요. 그래, 무슨 일로 오셨습니까?"

"모스비 씨." 치터윅 씨는 지극히 진지한 모습으로 말했다. "당신은 큰 실수를 하고 있어요."

"거기 계신 토드헌터 씨도 어제 그렇게 말씀하시더군요."

수석경위는 밝은 태도를 조금도 바꾸지 않고 대답했다.

"하지만, 정말로 실수하고 있는 겁니다. 우리는 그것을 증명할 수 있어요."

"허어, 그럼, 그 팔찌를 찾으셨나요?"

토드헌터 씨는 다부진 체격의 경위가 눈을 반짝이는 것을 보고, 온 몸에 분노가 차오르는 것을 느꼈다.

"아니, 팔찌는 찾지 못했지만, 그러나……."

"그러나 당신이 가지고 있는 권총은 다른 것이라는 것을 증명할 수 있어요." 치터윅 씨는 흥분하여 말했다. "정말입니다, 모스비 씨. 제 얘기를 잘 들어주세요. 당신이 가지고 있는 권총은 토드헌터 씨의 것입니다. 그리고 토드헌터 씨의 리치먼드 집에 있는 것은 파머 청년의 권총이고요."

"토드헌터 씨도 어제 그런 말을 내 부하에게 한 것 같더군요."

모스비는 참을성 있게 장단을 맞춰 주었다.

"그래서 우리는 토드헌터 씨가 권총을 산 총포점의 이름을 알려 주러 왔어요. 이 사실은 가게 장부에 의해 증명될 테니까."

토드헌터 씨는 엄숙하게 고개를 끄덕였다.

"그럼, 이런 말씀이군요. 우리가 가지고 있는 권총의 번호는, 토드헌터 씨가 산 권총의 번호이며, 총포점 장부에 올라 있다는 얘기지요?"

"그렇습니다."

"얘기하고 싶으신 건 그것뿐인가요?"

"예…… 뭐, 그런 셈입니다. 하지만 그거면 충분하다고 생각하는데."

모스비는 너무나도 자비로운 목소리로 말했다.

"그럼 두 분이 잘못 알고 계신 겁니다."

"뭐라고요?"

"어제 제 부하도, 돌아오자마자 그 문제에 대해 조사해 봤습니다.

총포점을 조사할 필요도 없는 일이었지요. 그는, 토드헌터 씨에게 교부된 화기휴대 허가증의 기록을 조사하고, 토드헌터 씨에게 팔린 권총의 번호는 토드헌터 씨가 지금 가지고 있는 권총의 번호와 일치한다는 것을 확인했습니다."

잠시 침묵이 흘렀다.

"오, 이럴 수가!" 토드헌터 씨는 뭐라 말할 수 없는 혐오감을 느끼면서 말했다. 그 혐오는 다름 아닌 자기 자신을 향한 것이었다. 그 부장형사의 방문 이래 내내 마음속에 들어 있던 희미한 의구심이 현실로 나타난 것이다. 토드헌터 씨는 실수를 범하고 말았다. 터무니없는 실수, 그때의 두서없는 상황 속에서 사실은 권총이 바뀌지 않았던 것이다.

"아, 잠깐 나 좀 보고 가세요, 치터윅 씨." 모스비가 말했다.

토드헌터 씨는 혼자 차가운 포석이 깔린 거리로 나갔다.

4

"그리고 유일한 증거, 어느 권총이 살인에 사용되었는지를 말해주는, 의심할 여지가 없는 유일한 증거는, 지금 템스 강 바닥에 잠들어 있다는 말이군요." 치터윅 씨가 탄식했다.

토드헌터 씨는 대답하지 않았다. 대답할 말이 아무것도 없었던 것이다.

실망한 두 사람은 말없이 화이트홀(런던의 관청가)을 걸어갔다.

"그 수석경위는 왜 당신을 보자고 한 거요?"

토드헌터 씨가 불쑥 물었다.

치터윅 씨는 난처한 표정을 지었다.

"왜 당신을 보자고 한 거요?"

토드헌터 씨는 격렬한 목소리로 되풀이했다.

"아니, 별다른……." 치터윅 씨는 말을 얼버무렸다. "그는…… 그러니까 나에게 충고를……."

"어째서? 어째서 말을 못하는 거요?"

"그는, 당신의 정신이 온전치 않다고 생각하고 있어요."

치터윅 씨는 하는 수 없다는 듯이 말했다.

이때 토드헌터 씨의 동맥류가 터지지 않은 것은, 정말이지 기적이라고 할 수밖에 없다.

"그렇지만, 아직 팔찌가 있지 않습니까?"

치터윅 씨는 마침 적절한 때에 그것을 생각해 낼 수 있었다.

XII

1

"설마, 제가 그런 일에 관련되어 있을 거라고 생각하시는 건 아니겠죠?" 그린힐 부인이 엄격한 태도로 말했다. 분노로 타오르고 있는 토드헌터 씨한테는 이미 천 번이나 들은 것 같은 대답이었다.

"물론 그렇게 생각하는 건 아니오. 만약 그렇게 생각했다면, 분명하게 그렇게 말했을 거요. 우리는 다만, 그것이 어째서 없어졌는지에 대해, 뭔가 당신이 알고 있는 것이 있으면 얘기해 달라는 것뿐이오."

"설마, 제가 그런 일에 관련되어 있을 거라고 생각하시는 건 아니겠죠?" 그린힐 부인은 여전히 무표정하게 같은 말을 되풀이했다.

"그렇게 생각하지 않는다고 말하지 않았소? 그런데 그것이 없어졌어요."

"아무리 그렇게 말씀하셔도, 제가 가져간 건 절대로 아니니까요. 이렇게 오랫동안 일해 온 저를 그런 식으로 생각하고 계실 줄은 정말 몰랐어요."

"그런 얘기가 아니라고 하지 않소! 그게 없어졌단 말이오!"
토드헌터 씨가 소리쳤다.

그린힐 부인은 굳게 입을 다물어 버렸다. 이디의 흐느끼는 소리가 더욱 더 커졌다. 토드헌터 씨와 치터윅 씨가 교대로 벌써 20분 동안이나 이리저리 캐묻고 있었는데, 이디는 그중 19분 동안이나 자기의 무죄를 주장하며 울기만 할 뿐이었다.

치터윅 씨는 손을 저으며 토드헌터의 분노를 제지했다.

"잘 들어요, 그린힐 부인. 그리고 이디도." 그는 자못 설득력 있는 어조로 말을 꺼냈다. "요컨대 문제는……."

"징징 우는 소리 그만두지 못 하겠니, 이디!" 토드헌터 씨는 겁에 질린 하녀가 더 큰 소리로 엉엉 우는 통에 그만 화가 폭발하여 소리쳤다.

"하지만 전 그만둘 수가 없어요." 이디는 계속 흐느껴 울었다. "누구한테서도 이런 말은 들은 적이 없는걸요."

"아무도 너한테 뭐라고 하지 않았다, 이디." 치터윅 씨는 조금 엄하게 말했다. "다만 팔찌가 없어졌다고 말했을 뿐이야. 이건 사실이야. 단순한 사실을 가지고 그렇게 호들갑을 떨면, 우리도 그 뒤에 뭔가 있는 게 아닌가 하고 생각하게 돼."

이 말에, 치터윅 씨와 다른 모든 사람들이 어이가 없을 정도로 이디는 울음을 딱 그치고 말았다. "토드헌터 씨는 제가 가져갔다고 생각하고 계세요." 그녀는 분노를 담아 말했다.

치터윅 씨는 토드헌터 씨가 다시 분노를 터뜨리는 것을 저지하기 위해 얼른 말했다. "부탁이니까 진정하세요, 토드헌터 씨. 지금 파열하면, 즉 당신의 동맥류 말인데…… 그렇게 되면 모든 게 허사가 되고 맙니다." 그는 죄 없는 두 사람 쪽으로 돌아서서, 그 복스러운 얼굴에 최대한의 엄격함을 띠고 말했다. "두 사람 다, 토드헌터 씨의 건강이 무척 위태로운 상태라는 것을 잊어서는 안 돼요. 누가 당신들을 비난하고 있는 것도 아닌데, 취조라도 당하는 것처럼 어리석은 소동을 부려 토드헌터 씨를 계속 화나게 하면, 어떤 결과가 와도 난 몰라요."

"저는 그냥 토드헌터 씨든 누구든, 그런 것에 제가 관련되어 있는 것처럼 생각하지 말아 달라고 말씀드리는 것뿐이에요." 그렇게 항의하는 그린힐 부인은, 마치 잘 길들인 사랑새(앵무새과에 속하는 새)에게 느닷없이 귀라도 물린 것처럼 놀란 모습이었다.

"아니, 아무도 그렇게 생각하지 않아요." 치터윅 씨는 원래대로 사랑새처럼 상냥한 모습으로 웃으며 말했다. "그럼, 모두들 알고 있는 대로 얘기해 봅시다. 사실은 이렇게 된 겁니다. 토드헌터 씨는 항해에 나갈 때, 서랍장 맨 윗서랍에 값비싼 다이아몬드 팔찌를 넣어뒀어요. 서랍은 물론 잠갔지요. 그가 돌아왔을 때도 역시 잠겨 있기는 했지만 팔찌는 사라지고 없었어요. 내가 직접 서랍을 조사해 봤는데 억지로 연 흔적은 전혀 없었습니다. 하지만 그 반면에 자물쇠는 매우 간단한 것이어서, 숙련된 도둑이라면 쉽게 열 수 있었을 겁니다. 하지만 그린힐 부인도 이디도······."

치터윅 씨는 여전히 웃는 얼굴로 말을 계속했다. "숙련된 도둑은 아니에요. 따라서 당신들은 두 사람 다 용의선상에서 제외됩니다. 알겠어요?"

두 사람은 만족한 듯이 입을 맞춰, 동의를 표시하는 작은 한숨 소리를 냈다.

"그렇다면 누군가 다른 사람이 가져간 겁니다. 즉, 이 집 식구가 아닌 누군가가 되는 거지요. 그런데 그린힐 부인, 토드헌터 씨가 없는 동안 이 집에 누가 찾아온 사람이 없나요?"

그린힐 부인과 이디는 서로 얼굴을 마주 보았다.

"아무도 없었어요. 토드헌터 씨가 집을 비우신 동안 잠시라도 이 집에 들어온 사람은 한 사람도 없었어요."

"정말이오? 가스 미터 검침이나, 전기, 수도관 검사, 그 밖의 무슨 수선이나 청소 같은 일로 온 사람이 아무도 없단 말이오?"

"아, 그런 사람 말인가요?" 그린힐 부인이 몹시 놀라며 말했다.

참을성 있게 5분 정도 질문을 계속한 결과, 치터윅 씨는 미터 담당과 전기회사 사람 같은 자들의 명단을 손에 넣을 수 있었다. 모두 7명이었다.

"이게 전부인가요?"

"생각나는 건 그게 전부예요."

"알겠어요. 그럼, 누군가 다른 사람이 생각나면 토드헌터 씨에게 알려주세요."

"도둑이 들었을 거라는 생각은 하지 않으세요?"

그린힐 부인이 하녀와 함께 나가면서 물었다.

"물론 그럴 가능성도 있지요." 치터윅 씨는 웃는 얼굴로 대답했다. "하지만 누군가가 침입한 흔적은 어디에도 보이지 않더군요. 부인이나 이디나, 밤에 창문을 닫는 걸 잊어버리는 실수는 하지 않았겠지요?"

"물론이에요. 그 점은 믿으셔도 돼요. 매일 밤 자기 전에 모든 창문을 하나도 빠짐없이 닫고 잠그거든요. 그건 제가 직접 점검하고 있어요."

"그렇군요. 그럼, 더 얘기할 것이 없으면 두 사람 다 이제 나가도 좋아요."

두 사람이 나가자 치터윅 씨는 고개를 설레설레 저었다.

"아무래도 별로 도움이 되지 않은 것 같군요."

"저 두 사람 덕택에 나는 하마터면 죽을 뻔했소."

토드헌터 씨는 화가 치민다는 듯이 말했다.

"정말 그래요. 저 두 사람 정말 사람을 짜증나게 하더군요. 그렇지만 뭐 참을 수밖에 도리가 없지요! 저 두 사람도 같은 기분이었을 테니까."

"저 두 사람 중 한쪽이라는 생각은 하지 않소?"

토드헌터 씨는 뭔가 희망을 걸고 싶은 듯이 물었다.

치터윅 씨는 고개를 저었다. "아니에요, 내 느낌으로는 두 사람 다 상당히 정직합니다. 하지만……."

"하지만 뭐?"

"저 나이든 부인에게는 남편이 있나요?"

"그린힐 부인 말이오? 아니오, 그녀는 미망인이오."

치터윅 씨는 고개를 흔들었다. "그것 참 공교롭군요. 저런 여자한테는 흔히 무능한 남편이 있기 마련인데. 그랬다면 조사 대상에 딱 들어맞았을 거고."

"그렇군. 그렇지만 무능한 남편이 없다고 하면." 토드헌터 씨는 답답하다는 듯이 말했다. "그 팔찌는 어떻게 된 거라고 생각하시오?"

"그게 말이에요." 치터윅 씨는 몹시 낭패라는 듯이 말했다. "유감이지만 모르겠어요. 단서가 너무 없어요. 이곳에 온 사람들을 조사할 수는 있을 겁니다. 당신 방에 몰래 들어갈 기회가 있었을지도 모르니까요." 치터윅 씨는 조심스럽게 덧붙였다. "정말 그 서랍을 잠근 게 확실하죠?"

"물론이오."

"그렇겠죠, 물론." 치터윅 씨는 얼른 말했다. "다만, 약간……. 아니, 물론입니다."

토드헌터 씨는 야유하는 투로 물었다. "그리고 그런 자들의 행동이나 범죄 행위의 유무를 조사하는 데 시간이 얼마나 걸릴 것 같소?

두 달쯤 걸릴까?"
"사실, 시간은 좀 걸릴 겁니다."
치터윅 씨는 인정하지 않을 수 없었다.
"그럼, 다른 수단을 찾아보는 게 어떻겠소?" 토드헌터 씨가 소리를 질렀다. 분통이 터지기 직전이었다. "앞으로 닷새밖에 없다는 걸 잊고 있는 것 아니오?"
"아, 아니에요. 그걸 잊을 리가 있나요? 그 일은 늘 염두에 두고 있어요."
"에이, 어떻게 이런 일이!" 토드헌터 씨가 소리쳤다. "내가 그 여자를 죽였단 말이오! 사건에 대해서 처음부터 끝까지 다 털어놓았는데, 닷새 동안 그것을 증명할 수 없다니 그래 가지고서야 탐정이라고 할 수 있겠소?"
"걱정 마세요, 토드헌터 씨." 치터윅 씨는 거의 애원조로 말했다.
"제발 부탁인데 걱정해선 안 돼요."
"그렇지만 당신도 내 입장이 돼 보시오, 걱정 안 하게 생겼나, 응?" 토드헌터 씨는 갈라진 목소리로 말했다.
"물론, 저도 걱정하고 있습니다." 치터윅 씨는 대답했다. 그 표정에서 보아 그가 진실을 말하고 있는 것은 분명했다.

2

그날 밤, 토드헌터 씨는 치터윅 씨와 함께 식사를 했다. 그 뒤 두 사람은 족히 2시간 동안, 거의 냉정하게 사건에 대해 의견을 나누었다. 치터윅 씨가 사람을 진정시키는 힘은 대단한 것이어서, 그동안 토드헌터 씨의 동맥류는 한번도 위험에 처하지 않았다. 그러나 불운하게도 아무런 결론에도 도달하지 못했고, 그럴듯한 수사의 길도 보이지 않았다. 치터윅 씨가 돌아갈 때까지 결정된 것이라야, 이튿날 아침, 즉 토요일 아침, 사건 당일 밤 토드헌터 씨가 걸어간 행적을 낮에 둘이서 더듬어 본다는 것, 정원의 주인들이 뭐라 하든 눈길도 주지 않고 그렇게 해 보자는 것뿐이었다.

그리하여 12월 4일 토요일 오전 10시 정각에, 치터윅 씨가 리치먼드에 와서 두 사람은 함께 나갔다. 두 사람의 얼굴은 긴장으로 굳어 있었다. 치터윅 씨의 어린아이 같은 얼굴도 짐짓 냉정한 표정을 지으려 애쓰고 있는 것 같았다. 토드헌터 씨는 휘청한 긴 다리를 크게 움직여 보도를 걸어가고, 치터윅 씨는 그 옆에서 두세 걸음마다 큰 고무공이 튀듯이 잰 걸음으로 걸어갔다.

마침내 토드헌터 씨는 어느 좁은 샛길로 주저 없이 들어가더니, 높이 6피트(약 183 센티미터) 정도의 담장이 있는 지점에서 멈춰 섰다.

"이 근처에서 넘어갔소."

치터윅 씨는 놀란 얼굴로 그 담장을 쳐다보았다.

"저걸 넘었다고요? 야아, 놀랍군요."

"이래 보여도 어엿한 등산가였소. 이 정도 담장은 아무것도 아니지."

"그래요? 하지만 죽을 수도 있었을 텐데."

"차라리 그 편이 좋았을 테지요. 그러나 난 죽지 않았소. 의사의 말은 하나도 맞지 않았소."

"그런데 지금 타넘자는 얘기는 아니겠죠?"

치터윅 씨가 걱정스럽다는 듯이 물었다.

"아니, 이번에는 그러지 않을 거요. 지난번에 넘은 장소를 찾았으니 길을 둘러서 정원 속으로 들어갑시다."

치터윅 씨는 미덥지 않다는 표정이었다. "흔적이 남아 있을 것 같지 않군요. 워낙 오래 전 일이라서." 그는 잠시 망연하게, 의심스럽다는 듯이 담장을 응시했다.

"분명히 저 위에서 발이 미끄러졌던 것 같은데." 토드헌터 씨가 말했다. "판자 표면에 긁힌 자국이 있을지도 몰라요. 적어도 조사해 볼 수는 있지 않겠소?"

"아, 그렇지요." 치터윅 씨는 즉시 동의했다. "조사해 봅시다."

두 사람은 조사하기 시작했다.

몇 분 뒤 토드헌터 씨는 담장 꼭대기에서 30센티미터 정도 아래의 판자 표면에 희미하게 긁힌 자국이 있는 것을 뚫어지게 쳐다보고 있었다. 치터윅 씨도 같이 바라보았다.

"당신의 기억과 정확하게 일치합니까?" 치터윅 씨는 그렇게 말했지만 그리 희망을 걸고 있는 눈치는 아니었다.

"발끝으로 낸 자국 같지 않소?"

"그렇군요." 치터윅 씨는 그 자국을 더욱 자세히 살펴보았다. "하지만 반드시 그렇다고 단정할 수는 없어요. 즉, 당신이 담장을 타넘은 것이 이곳이라는 증거는 별로 없는 것 같군요."

"내가 뛰어내린 저편에 뭔가 자국이 있을지도 몰라요." 토드헌터 씨는 말했다. 드디어 수색이 시작되었다는 것만으로도 그는 전에 없이 쾌활해 보였다. "아마, 발자국 정도는 있겠지. 뛰어내렸으니까."

"이렇게 시간이 지난 뒤에 말인가요? 하기는, 저쪽에 꽃밭 같은 것이 없으면 그럴 수도 있겠지만……." 평소 낙천적인 치터윅 씨가, 막상 두 사람이 지금 하고 있는 수색은 별다른 도움이 되지 않을 것으로 생각하는 듯한 대답을 했다.

"담장을 타넘지 않고 정원에 들어갈 수 있는지 조사해 봅시다."

토드헌터 씨가 말했다.

두 사람은 오솔길을 잠시 더 걸어갔다. 강 쪽의 담장에 나 있는 여닫이 문이 운 좋게 잠겨 있지 않아서, 간단하게 정원에 들어갈 수 있었다.

치터윅 씨가, 긁힌 자국이 있는 위치 바로 위에 해당하는 담장 꼭대기에 표시를 해두었기 때문에, 두 사람은 그 바로 아래의 지면을 조사하기 시작했다. 담장을 따라 산울타리가 있었다. 그 아랫자락에 30센티미터 남짓한 폭으로 단단하게 다져진 지면이 있는데, 상당히 오랫동안 파헤친 적이 없는 것 같았다. 이 단단한 지면의 앞쪽은 자갈길이었다.

작업을 시작하자마자 거의 곧바로 토드헌터 씨가 기쁨의 소리를 질렀다. "저게 뭐지?" 그는 앙상한 검지손가락으로 지면에 틀림없이 움푹 패여 있는 곳을 가리켰다.

치터윅 씨는 납작하게 몸을 엎드렸다.

"발뒤꿈치 자국이군요, 틀림없어요."

"담장에서 뛰어내렸을 때 난 거겠지요?"

"그럴 가능성도 있습니다."

치터윅 씨는 어디까지나 신중하게 말했다.

"그럴 가능성도 있다는 건 무슨 뜻이오? 그런 게 확실한데."

"예, 분명히 그렇겠군요." 치터윅 씨는 당황하여 얼른 동의했다.

"물론입니다."

"그럼, 이건 만족할 만한 것이죠? 우리가 찾고자 했던 것을 찾은 셈 아니오? 저편의 산울타리가 있는 곳도 지금처럼 운이 좋다면, 이 정원을 통과하여 미스 노우드의 집 정원에 들어간 사람이 있다는 걸 증명할 수 있겠지. 파머가 정문으로 들어간 것으로 밝혀졌으니까."

"분명히 그렇군요." 치터윅 씨의 얼굴이 약간 밝아졌지만, 그래도 걱정하는 표정이 완전히 사라진 것은 아니었다.

"뭐가 그렇게 마음에 걸리는 거요?"

"아니, 다만 한 가지 걱정되는 것은 이런 발자국이 미스 노우드의 정원까지 이어지고 있다는 것을 밝혀낸다 하더라도, 이게 그때 생긴 발자국이라는 것을 경찰이 인정할지 그게 문제예요. 경찰은, 그런 건…… 그러니까 우연히 생긴 발자국을 우리가 멋대로 해석하는 것이라고 할지도 몰라요."
"그렇지만 우리는 그러지 않았소."
"난 다만 경찰의 대답을 상상하고 있을 뿐입니다."
치터윅 씨는 완곡하게 말했다.
토드헌터 씨는 동의할 수 없다는 듯이 콧방귀를 뀌었다. "자, 저쪽에 뭐가 있는지 조사하러 갑시다." 그렇게 말한 그는, 큰 걸음으로 잔디밭을 가로질러 갔다.
치터윅 씨는 아무래도 남의 집을 침입하는 것이어서, 집이 있는 쪽을 겁먹은 듯이 힐끗 보면서 뒤따라갔다. 치터윅 씨는 영국인답게 타인의 영역을 침범하는 것을 몹시 두려워하고 있었다.
이리하여 오전의 반을 소비한 작업 결과를 간단하게 말하면, 토드헌터 씨가 석 달 전에 지나갔음을 보여주는 흔적들이 장애물이 있는 장소에서마다 모두 발견되었다. 확실한 증거까지는 아니더라도, 그렇게 해석할 수 있는 것——꺾인 어린 가지나 휘어진 줄기 같은 것이 있었다. 그러나 발자국은 더 이상 발견되지 않았다.
두 사람이 미스 노우드의 정원을 따라 서 있는 마지막 산울타리를 조사하고 있을 때, 치터윅 씨가 걱정하던 일이 일어났다. 두 사람의 등 뒤에서 갑자기 험악하게 내지르는 목소리가 커다랗게 들린 것이다. 치터윅 씨는 입고 있는 코트에서 튀어나갈 듯이 놀랐고, 토드헌터 씨는 동맥류가 터질 것만 같았다.
"어이, 이봐! 당신들, 도대체 거기서 뭘 하고 있는 거야!"
영양 상태가 좋아 보이는 붉은 얼굴의 체격이 큰 남자가, 불쾌하다는 듯이 두 사람을 노려보고 있었다.

횡설수설 사죄의 말을 하기 시작한 치터윅 씨를 밀어내고, 호흡을 고르고 난 토드헌터 씨가 단호한 태도로 문제 해결에 나섰다.
"무례하게 들어온 것은 사과하겠습니다. 하지만 긴급한 용건이 있어서입니다. 우리는 단서를 찾기 위해 이 정원을 조사하고 있는 중입니다."
"단서? 무슨 단서?"
토드헌터 씨는 지극히 예의바른 태도로 얘기를 계속했다. "아마 들으셨겠지만 두세 달 전에, 댁의 이웃집 정원에서 한 여자가 살해되었습니다. 그래서……."
"그 얘기는 분명히 들었소만, 내 정원에서는 그런 일이 일어나지 않았으면 좋겠군." 이 갑작스럽게 나타난 남자가 퉁명스런 말투로 말을 가로막았다. "당신들, 경찰이오? 분명히 말하지만, 내 눈에는 그렇게 보이지 않는데."
"경찰은 아닙니다. 하지만……."
"그럼, 나가 주시오!"
토드헌터 씨는 정중한 태도로 말했다. "그러나 단순한 구경꾼도 아닙니다. 그렇게 생각하셔도 하는 수 없습니다만. 여기 있는 이 사람은 앰브로즈 치터윅 씨로, 몇 가지 중대 사건 때 런던 경시청과 협력하여 일했던 사람입니다. 저는 토드헌터라고 합니다. 우리는 미스 노우드를 살해한 혐의로 무고한 남자가 체포되었음을 확고한 이유에서 믿고 있습니다. 아니, 확실히 알고 있다고 할 수 있습니다. 우리는 진범이 이 정원을 지나, 이곳과 저편의 오솔길 사이를 통해 미스 노우드의 정원에 들어간 것을 알고 있습니다. 그 단서는 법률적으로는 불충분하지만, 우리는 이 점을 입증할 수 있는 중요한 증거를 발견했습니다. 그리고 그 진범이 미스 노우드의 정원에 들어간 마지막 증거를 찾아내려고, 댁의 산울타리를 조사하고 있던 중이었습니다. 저 개인으로서는 당신을 만난 것을 다행으로 생각하고 있습니다. 왜냐하면, 우리가 발견한 여러 가지 작은 증거에 대해 제3자의 증언이 필요하기 때문입니다. 그러니까 자기들이 체포한 사람의 유죄를 증명하고 싶어하는 경찰 측이, 나중에 이러한 증거에 트집을 잡을 경우에 대비해서입니다. 이런 사정이니 정의의 이름으로, 이 점과 다른 모든 점에서 우리를 도와주셨으면 합니다."

"이거야 놀라운 일이군!" 뚱뚱한 남자가 말했다. 한편 치터윅 씨는, 감탄의 빛을 생생하게 드러내며 자기 동료 토드헌터 씨를 바라보고 있었다. "그럼, 당신 말은 그 파머라는 자가 무죄라는 말이군?"

"저에게는 그가 무죄라는 것을 알고 있는 절대적인 이유가 있습니다."

"어떤 이유요?"

"그건 바로 미스 노우드를 살해한 사람은 다름 아닌 저이기 때문입니다." 토드헌터 씨는 대담하게 말했다.

뚱뚱한 남자는 눈을 크게 떴다. "당신, 미쳤군!"

"경찰도 그렇게 말하더군요. 하지만 걱정 마십시오. 저는 완전히 제정신입니다. 제가 미스 노우드를 살해했습니다. 그 사실은, 이성이 있는 사람이라면 누구나 만족할 수 있도록 증명할 수 있습니다. 그런데 아무래도 경찰은 만족해하지 않는 것 같더군요."

"그 말을 듣고 보니 미친 사람이 아닌 것 같기도 하고."

뚱뚱한 남자는 여전히 눈을 둥그렇게 뜬 채 중얼거렸다.

"저는 미치지 않았습니다." 토드헌터 씨는 조용히 되풀이했다.

"잠깐 기다려요!" 뚱뚱한 남자는 뭔가 결심한 것 같았다. "하여튼 우리 집으로 들어갑시다. 그 문제에 대해 얘기를 더 듣고 싶소."

"기꺼이 들어가겠습니다. 그런데 실례지만 존함을 물어봐도 괜찮을까요?"

"괜찮고말고." 뚱뚱한 남자는 토드헌터 씨를 지긋이 바라보았다.

"내 이름은 프리티보이. 어니스트 프리티보이요."

토드헌터 씨는 잠시 고개를 갸웃했다. 그에게 이 이름은 아무런 의미도 없었다.

그러나 치터윅 씨는 작은 비명을 질렀다.

"그럼 그, 어니스트 프리티보이 경이십니까?"

뚱뚱한 남자가 약간 고개를 숙여보였다. "당신에 대한 얘기는 듣고 있었소, 치터윅 씨" 하고 그는 덧붙였다.

"아, 이거 정말 반갑습니다." 치터윅 씨가 소리쳤다. "행운이군요, 정말 행운이에요. 토드헌터 씨, 이 분은 어니스트 프리티보이 경이십니다. 왕실 고문 변호사시지요. 자, 이분한테 당신 얘기를 들려주세요. 엄청난 결과가 나올지도 몰라요."

3

"정말 놀라운 얘기군." 왕실 고문 변호사 어니스트 프리티보이 경은, 커다란 머리를 뒤덮고 있는 짧고 검은 곱슬머리를 쓸어 올리면서 말했다.

"정말 놀라운 얘기지요." 토드헌터 씨가 고개를 끄덕였다.

"그러나, 난 믿소." 어니스트 경의 어조는, 이것으로 이 얘기가 진실이 되었음을 선언하는 것처럼 들렸다.

토드헌터 씨는 정중하게 인사했다.

"이제 어떻게 하면 좋겠습니까, 어니스트 경?" 치터윅 씨가 걱정스러운 목소리로 끼어들었다. "이건 완전히 변칙이니까요. 사무 변호사가 한 사람 증인으로 입회해야겠지요? 정규 의뢰에는……."

어니스트 경은 정규가 아닌 것은 상관없다는 듯이 손사래를 쳤다.

"우리가 생각해야 하는 건, 어떻게 하는 것이 가장 좋은 방법인가 하는 것이오." 그는 이 말에 어떤 의미를 담아서 말했다.
"그래요. 맞습니다." 치터웍 씨가 기쁜 듯이 동의했다.
"저도 바로 그 생각을 하고 있었어요."
어니스트 경은 토드헌터 씨를 보며 싱긋 웃었다. 이따금 법정에서의 몸짓이 무의식적으로 나오지만, 그는 결코 거만한 남자는 아니었다.
"당신은 엄청난 딜레마에 빠졌군."
"그렇습니다." 토드헌터 씨는 진심으로 말했다. "내가 그 여자를 죽인 것을 당국으로 하여금 믿게 하는 것이 이렇게도 어렵다니, 정말 어리석은 얘기입니다."
"그렇지만 경찰의 입장이 되어 생각하지 않으면 안 돼요. 첫째로 이 살인사건의 진범이라며 이미 8명이나 되는 사람이 자백했다고 하니, 그들이 약간 회의적이 되는 것도 무리가 아니지요."
"8명이라고요?" 치터웍 씨가 말했다. "그래요? 그랬군요. 하기는 그 여자는 유명인이었으니까, 그중에는 기묘한 성향의 사람들도 매료되는 게 당연할 겁니다."
"그렇소. 두 번째로, 당신의 얘기는 그런 사람들의 얘기와 마찬가지로 아무런 증거가 없소. 뒷받침이 될 만한 증거를 하나도 제시하지 못했어요. 맨 먼저 적절한 법적 조언을 구하지 않고, 충동적으로 경시청에 간 것은 유감이오. 범죄 사건을 다룬 적이 있는 변호사라면 누구든 이런 결과가 될 것을 예측할 수 있었을 텐데."
"그렇습니다. 지금은 잘 알고 있습니다. 그랬더라면 그런 식으로 법적인 조치를 취하는 것을 생각했을 겁니다. 하기는, 요즘은 기억력이 무척 나빠져서 확실한 것은 모르겠지만. 어쨌든 제 변호사는 아무 도움도 되지 않았던 것을, 나중에 알고······."
"좋은 사람을 소개하겠소. 그리고 이것만은 분명히 말할 수 있는

데, 오늘 아침 가택침입이라는 모험을 하다가 당신이 나를 만난 것은 큰 행운이었소. 그것은, 내가 이 사건에 대해 조금 알고 있기 때문이오. 무엇보다 그 여자의 옆집에서 살고 있다는 이유로, 두 달 정도는 매일같이 경관이 찾아왔소. 그리고 물론, 경관은 나에게는 아무것도 비밀로 하지 않았소. 그 결과로서, 난 이렇게 말할 수 있어요. 경찰에서는 지금 진범을 체포했다는 것을 조금도 의심하지 않고 있다고."
"그렇지만 그런 말도 안 되는 일이! 내가……."
"말이 안 되는 게 아니오. 그들의 견지에서 보면, 파머라는 남자에 대한 정황 증거는, 정황 증거로서 전혀 흠잡을 데 없을 만큼 강력한 것이오. 그건 유연성이 있는 단철(鍛鐵) 같은 것이지 깨지기 쉬운 주철(鑄鐵)이 아니오."
"그런데 그의 변호사는 낙관하고 있는 것 같던데요."
치터윅 씨가 입을 열었다.
"그럴 테지요. 빠져나갈 길은 여러 가지 있으니까. 그러나 동기도 그렇고, 기회도 그렇고, 수단도……. 아, 그 권총 얘기를 다시 한 번 들려주겠소?"
"맞아요." 치터윅 씨는 고개를 끄덕였다. "나도 이 권총 문제에는 약간 갈피를 잡을 수가 없었어요."
"바꿔치기했다고 생각했는데 그대로였습니다."
토드헌터 씨는 민망한 듯이 자신의 대실수를 다시 설명했다.
치터윅 씨도 장단을 맞춰 토드헌터 씨가 그 중요한 탄알을 버리고만 것을 설명했다.
"탄알이 없으면 일종의 증거 결함이 되지 않을까요?" 토드헌터 씨는 물었다. "그 탄알이 없으면, 여자를 살해한 것이 파머의 권총이라는 것을 실제로 증명할 수 없을 겁니다."

"분명히 작은 결함은 될 거요. 그렇지만 그 탄알이 있으면 파머의 권총에서 발사된 것이 아니라는 것이 확실하게 증명되니까, 그 증거의 가치에 비하면 전혀 문제가 되지 않아요."

어니스트 경은, 내내 손에서 떼지 않고 있던 커다란 맥주잔에서, 다시 한 모금 목을 축였다. 치터윅 씨도 맥주잔을 손에 들고 있었다. 토드헌터 씨는 레모네이드를 마시고 있었다.

어니스트 경은 의자 등에 상체를 기댔다. 세 사람은 왕실 고문 변호사의 서재에 앉아 있었다. 사방을 에워싼 책장에 빼곡히 차 있는 법률 서적은, 이 비정통적인 회의를 향해 이맛살을 찌푸리고 있는 것 같았다.

"난 당신의 사정을 이해할 수 있소. 어쨌든 불가능한 것은 아니오. 그러나 전문적인 심리학자도 아닌 경찰관은, 당신의 동기를 이해하기 어려울 거라고 생각해요."

"그래서 저는 질투심 때문에 살인을 했다고 말했습니다."

"그랬군요. 하지만 그건 아무래도" 어니스트 경은 짓궂은 눈빛으로 말했다. "더욱 더 이해하기 어렵게 만든 게 아닐까요? 변호사와 미리 상의하지 않은 건 정말 유감스러운 일이오. 그러나 지금도 말했듯이 나는 당신의 얘기를 믿소. 그리고 우리는 이제 어떻게 하면 좋을지를 생각해야 해요."

"우리를 도와주시겠습니까?" 치터윅 씨가 진지하게 물었다.

"내 직업적인 양심으로도, 옳지 않다고 생각되는 일이 벌어지는 것을 가만히 보고 있을 수는 없어요." 어니스트 경은 갑자기 빙그레 웃으며 말했다. "게다가 이 사건은 무척 흥미롭고 유익한 것이 될 것 같소. 그럼 어디, 내가 뭔가 도움이 될 만한 내부 정보를 가지고 있는지 조사해 봅시다. 그날 밤 범행 시각 무렵에, 미스 노우드의 정원 아래쪽에 보트가 매어져 있는 것을 본 증인이 몇 명 있었다는 것, 알고 있소? 경찰은 그 배에 타고 있던 사람을 아직 찾지 못하고 있소."

치터윅 씨가 고개를 끄덕였다. "예, 몇 사람이나 타고 있었는지는 모르지만 어쨌든 그런 사람을 찾는 라디오 방송을 들었습니다."

"그래요? 아, 그렇지. 분명히 그랬소. 그런데 아무도 나서지 않았지. 좀 묘한 일이지만."

"이유가 있을지도 모르겠군요." 치터윅 씨가 말했다.

어니스트 경은 살짝 윙크를 해보였다. "물론 이유가 있었겠지. 허나 정말 재미있는 것은, 한 증인이 배 옆을 지나갔을 때 그 배는 텅 비어 있었다고 증언한 일이오."

"아하!" 치터윅 씨가 어리둥절한 표정으로 말했다. "그런데 그것이 이 사건과 무슨 관계가 있습니까?"

"없을지도 몰라요. 다만 그날 밤, 정원에 누군가 다른 사람이 있었다고 한다면, 매우 유력한 증인이 있다는 얘기가 되지 않겠소?"

"그렇군요. 분명히 그래요. 그러니까 경은, 그 사람 또는 사람들이 상륙했을지도 모른다는 말씀이군요?"

"그렇지 않다면 어째서 배가 비어 있었겠소?"

"그렇군요, 두말할 필요도 없는 일입니다." 치터윅 씨는 자신의 우둔함에 화가 난 듯이 동의했다. "하지만 경찰도 못했는데, 그 자들을 우리가 어떻게 찾는단 말입니까?"

"바로 그거요." 어니스트 경도 인정했다. "그것이 바로 난점이오. 그런데 당신이 현장에 있는 동안, 정원에 누군가 다른 사람이 있는 듯한 느낌이 든 적은 없었소?"

"없었습니다." 토드헌터 씨는 단호하게 말했다. "거의 어두워져 있었던 데다, 저는 상당히 혼란에 빠져 있었기 때문에."

"그렇겠지요. 하여튼 이 문제는 잠시 보류해 두기로 합시다. 그런데 당신은 이렇게 시일이 지난 뒤에도, 당신이 오솔길에서 이 정원을 지나간 증거를 발견했다고 했소. 다같이 밖으로 나가서 그 문제를 검토해 보지 않겠소?"

약간 의기양양한 기분이 된 토드헌터 씨와 치터윅 씨는, 이 새로운 동지를 안내하여 오솔길을 걸어가서 토드헌터 씨가 타넘은 담장의 긁힌 자국을 보여주었다. 그 뒤부터는 아무런 어려움 없이 정원을 지나 발자국과 꺾인 나뭇가지, 곳곳의 산울타리에 있는 여러 가지 흔적을 보여줄 수 있었다. 또 이번에는, 어니스트 경의 집 부지 안에만 머무르지 않고 미스 노우드의 집 정원까지 들어갔다. 어니스트 경의 얘기에 의하면, 그 집은 아직 아무한테도 빌려주지 않고 있었다. 경찰은 이미 조사를 끝냈기 때문에 세 사람은 그곳을 마음대로 독점할 수 있었다.

"범행 현장을 가보는 것도 좋을 거요." 어니스트 경이 말했다. "이제 와서 새로운 것이 발견될 것 같지는 않지만."

토드헌터 씨는 새삼스럽다는 듯이 주위를 둘러보았다. 낮에 이 집 안을 둘러보는 것은 처음이었다. 그는, 그날 밤 그토록 길고 괴로운 길로 생각되었던, 산울타리에서 헛간을 개조한 정자까지 거리가, 생각보다 짧은 것을 알고 깜짝 놀랐다.

세 사람은 바깥쪽 둑의 잔디 위에 서서 그 정자를 관찰했다. 그것은 비바람에 시달린 잿빛 건물로, 진짜임에도 불구하고 어쩐지 모조품 같은 느낌이 들었다.

"생각했던 것보다 그리 크지 않군요." 토드헌터 씨가 중얼거렸다. "그날 밤에는 굉장히 크게 보였는데."

"밤에는 모든 것이 크게 보이는 법이지요."

치터윅 씨가 말했다.

세 사람은 계속 살펴보았다.

어니스트 경이 말했다 "아무래도 새로운 수확은 별로 없는 것 같군. 뭔가 생각나는 게 있소? 좋아요, 그럼 한번, 범행을 재연해 보지 않겠소? 이곳에 아직 정원 의자가 한두 개 있는 것 같군. 정확하게 그녀는 어디에 앉아 있었소, 토드헌터 씨?"

토드헌터 씨의 기억에 의거하여 범행 장면이 재연되었다. 어니스트 프리티보이 경은 진심으로 즐기고 있다는 기색으로, 토드헌터 씨에게 살인 동작을 되풀이하여 시켰다.

"분명히 이쪽 방향에서 다가갔습니다." 토드헌터 씨는 이런 연극이 몹시 싫었기 때문에 내키지 않는 듯이 말했다.

"나는 바로 옆까지 다가갔습니다. 그리고……."

"여자가 당신을 쳐다보았소?"

어니스트 경이 중간에 끼어들어 말했다.

"저를 쳐다본 것 같지는 않습니다." 토드헌터 씨는 무뚝뚝하게 대답했다.

"그래서, 그런 다음?"

"그런 다음 총을 쏘았습니다."

"그리고 여자는?"

"여자는…… 그…… 아니, 그건 최초로 쏜 것이 아니었어요, 그건 …… 앗, 이럴 수가!" 토드헌터 씨는 자기 이마를 철썩 하고 때렸다. "정말 미쳐 버릴 것 같군."

"자, 자!" 치터윅 씨가 곤혹스러운 듯이 혀를 찼다.

그러나 어니스트 경은 재빨리 요점을 파악해 버린 것 같았다. "어떻게 된 거요?" 그는 흥분한 나머지 펄쩍 뛸 듯이 소리를 질렀.

"자, 잘 생각해 봐요! 최초로 쏜 것이 아니라니? 그럼 당신이 쏜 것은?"

"그렇습니다." 토드헌터 씨는 망연하니 말했다. "저는 두 번 쏘았습니다. 지금까지 그 사실을 까맣게 잊고 있었습니다."

4

 "그렇지만 어느 방향으로 쏘았는지 정도는 기억하고 있을 것 아니오?" 어니스트 프리티보이 경이 절망적인 어조로 물었다.
 "저쪽이었습니다." 토드헌터 씨가 이렇게 말하는 건 벌써 열 번째였다. "그렇지만 전 그렇게 솜씨 좋은 사수가 아니라서요."
 어니스트 경은 신음소리를 냈다.
 벌써 정오가 지나 있었다. 오전 중에는 토드헌터 씨가 제공한 새로운 사실에 따라, 최초의 탄알을 찾아 30분이나 이 잡듯이 뒤졌지만 헛수고로 끝났다. 어니스트 경은 두 사람이 예의 바르게 사양했음에도 불구하고, 함께 점심 식사를 하자고 집안으로 데리고 들어갔다. 그리고 두 사람을 아내에게 소개했다. 부인은 두 사람의 존재를 아무렇지도 않게 받아들이는 기색이었다. 어린 아들과 딸에게도 소개했는데, 두 아이는 그런 것에는 전혀 관심이 없는 것 같았다. 양겨자를 바른 로스트비프와 사과파이로 식사를 하고, 치터윅 씨는 상당량의 클라렛까지 마신 뒤(상세한 것이 궁금한 독자들을 위해 알려드리자면, 이 클라렛은 1925년산 퐁테카네의 가벼운 포도주로, 아직 충분히 마실 수는 있지만 맛의 절정기는 이미 지난 것이었다), 그들은 다시 조사를 하기 시작했다. 권총을 발사했을 때 서 있었던 위치와 겨냥한 방향을 가능한 한 정확하게 가리켜 보라는 어니스트 경의 지시에, 토드헌터 씨는 벌써 여섯 번이나 다른 위치에 서서 그때마다 다른 방향을 가리켰다.
 "전, 아무래도" 치터윅 씨는, 이 자신감으로 가득한 위대한 인물 앞에서 아직도 약간 주눅이 드는 걸 느끼면서 말했다. "이 벽돌 바닥의 자국에 의미가 있지 않을까 하는 생각이 드는데요. 만약 이곳에 탄알이 맞아서 그것이 튀었다고 하면……."

"튕겨나갔다고 하면" 어니스트 경이 정정했다.

"튕겨나갔다고 하면" 치터윅 씨가 겸손하게 받아들였다.

"그렇다면 어디로 날아갔는지 알 수 없는 일 아닙니까?"

"아무리 그래도 지면을 맞히거나 하지는 않았겠지." 어니스트 경은 이의를 제기했다. "설마 지면을 맞힐 정도는 아니겠지요, 토드헌터 씨?"

"무엇이건 맞혔을 수 있습니다. 게다가 지면이 가장 넓으니까요." 토드헌터 씨는 구슬픈 미소를 지으며 말했다.

"사격이 그렇게 서투른 거요?"

"아마 영국에서 가장 서툴 겁니다."

"아아!" 어니스트 경은 탄식했다. 그런 다음 치터윅 씨와 함께 탄알이 있을 것 같은 곳보다, 오히려 그럴 가능성이 적은 엉뚱한 장소를 골라 찾기 시작했다.

이 작전은 뜻밖에 효력을 나타냈다. 찾기 시작한 뒤 거의 곧바로 헛간 저편의 연결들보에 박혀 있는, 형태가 찌그러진 작은 납조각을 발견한 것은 치터윅 씨였다. 그러나 어니스트 경이 약간 자찬하는 듯이 기뻐하는 탄성을 질렀을 때는, 그걸 발견한 것은 틀림없이 그라고 생각되었을 정도였다.

어쨌든 그 납조각을 주머니칼로 주의 깊게 빼낸 것은 어니스트 경이었다.

치터윅 씨가 이 중요한 증거는 손대지 말고 그냥 두는 것이 좋지 않을까 하고 주저했을 때 어니스트 경은 이렇게 말했다.

"내가 증인이오. 이건 완전히 타당한 일이고, 우리는 이것이 필요해요. 나는 화기에 대해서는 좀 알고 있지만 탄도학 전문가는 아니오. 이 탄알에 대해 조사를 받아 봐야 해요. 그리고 토드헌터 씨,

당신의 권총에서 발사된 것이 밝혀지면 경찰을 꼼짝 못하게 할 수도 있어요."

토드헌터 씨는 어니스트 경의 손바닥 위에 있는, 볼썽사납게 찌그러진 파편을 의심스러운 눈길로 응시했다.

"그것이 어느 권총에서 발사되었는지 정말 알 수 있을까요?"

"그건 뭐, 나도 확신할 수는 없소." 어니스트 경은 솔직하게 인정하지 않을 수 없었다. 그의 낙관은 조금씩 흔들리기 시작했다. "아무래도 별다른 특징이 없는 것처럼 보이는데, 납 탄알의 가장 곤란한 점이 바로 이거예요. 특히 바닥에 맞아서 튕겨나간 건 더더욱 그렇소. 이것이 만약 니켈이었다면……." 그의 말투는 토드헌터 씨가 경솔하게도 납 탄알 따위를 사용한 것을 책망하고 있는 것처럼 들렸다. 또 그것은, 다음에 사람을 죽일 때 이런 고생을 하지 않고 쉽게 찾고 싶으면, 니켈 탄알을 사용하는 게 좋을 거라는 말처럼 들리기도 했다.

"어쨌든 행운을 기도합시다. 이것을 보내 조사해 달라고 부탁할 만한 사람은 알고 있소. 그리고 당신의 권총도 함께 보내야 해요. 나도 그 권총을 한번 보고 싶으니 지금 차를 내오겠소."

"차라고요?"

토드헌터 씨는 얼이라도 빠진 듯한 목소리로 말했다.

어니스트 경은 놀란 표정이었다. "여기는 이제 볼일이 없는 것 아니오? 권총을 보러 갑시다. 우물거릴 시간이 없어요."

어니스트 경의 재촉에 토드헌터 씨는 채 20분도 되지 않아 자기 집 현관문을 열고 있었다. 그는 약간 압도되는 기분으로 두 손님을 이층으로 안내했다.

침실에 들어간 어니스트 경은 팔찌가 없어진 서랍을 흥미롭게 바라보았다. 그리고 화기를 다루는 데 익숙한 사람다운 거침없는 손길로 토드헌터 씨한테서 권총을 받아들었다. 토드헌터 씨는 어니스트 경이 총신을 아래위로 위치를 바꿔가며 들여다보거나 냄새를 맡기도 하고, 탄창을 돌려보기도 하면서 이리저리 총의 상태를 시험하고 있는 것을 흥미롭게 지켜보았다.

"그 부장형사는 바보군."

어니스트 경이 마지막으로 단호하게 선언했다.

"예?" 토드헌터 씨가 말했다.

"그 부장형사 말이오. 이 권총이 한번도 발사된 적이 없다고 말했다고 하지 않았소? 그런데, 틀렸소. 이 권총은 발사되었어요. 그것도 극히 최근에. 다만, 그 뒤에 세심하게 청소되었을 뿐이오."

"나도 그 사람한테 바로 그렇게 말했습니다."

토드헌터 씨는 약간 안도하는 마음으로 말했다.

"우리는 조금씩 전진하고 있는 셈이군요."

치터윅 씨가 싱긋 웃었다.

XIII

1

치터윅 씨는 지나치게 낙관하고 있었다.

이튿날인 일요일은 거의 할 일이 없었다. 빈센트 파머의 재판은 다음 목요일에 중앙형사재판소에서 열릴 예정이었다. 다시 말해, 토드헌터 씨의 유죄를 증명하기 위한 활동 기간이 꼭 사흘밖에 남지 않은 셈이었다. 사흘은 너무 짧았다.

그 사흘 동안 치터윅 씨는 미친 것처럼 활약했다. 그는 만 하루를 들여 사라진 팔찌의 행방을 밝히려고 노력했다. 그린힐 부인이 주인이 없는 동안 집에 온 적이 있다고 말한 사람을 한 사람도 빠짐없이 만나보았다. 하지만 누구의 경우도 아무런 수확이 없었을 뿐만 아니라, 그 상대가 도난과는 아무 관련도 없다는 것을 오히려 해명해야 했다. 또 그는, 초대받지 않은 손님이 집에 몰래 숨어들어 팔찌를 실례했다는 증거도 전혀 찾아내지 못했다. 그는 그린힐 부인과 이디가 울고, 항의하고, 분개하며 일을 그만두겠다는 말을 꺼내는 것도 아랑곳하지 않고 몇 번이나 신문을 되풀이했다. 그러나 단 한 발자국도 전진할 수 없었다.

　치터윅 씨는 모든 전국판 신문의 개인 통신란에, 사건 당일 밤 미스 노우드의 정원 아래쪽에 매어져 있던 보트의 주인에 대해 간절한 말로 호소했다. 하지만 아무도 나서는 사람이 없었다.

　더구나 탄도학 전문가가 정자에서 발견된 탄알에 대해 보고해 온 것은 완전히 실망스러운 것이었다. 형태가 너무 심하게 찌그러져 있어서 확인할 수 없다는 것이었다. 토드헌터 씨의 권총에서 발사된 것일 수도 있다는 정도의 결론이었다. 탄알은 그 뒤 런던 경시청에 넘겨졌는데, 나중에 모스비 수석경위가 치터윅 씨에게 은밀하게 얘기해 준 바에 의하면, 경찰쪽 전문가의 보고도 같다는 것이었다. 사건을 좌우하는 결정적인 요소로서 그렇게도 큰 희망을 걸었던 탄알은 아무런 도움도 되지 않았다.

　이 사흘 동안, 토드헌터 씨도 역시 바쁘게 보냈다. 처음에 치터윅 씨는, 마치 암탉이 병아리를 보호하듯이 그를 보살피려 했다. 일을 너무 서두르다가 토드헌터 씨가 동맥류를 예정보다 빨리 터뜨려서, 모든 것을 허사로 만들어 버릴 우려가 있었기 때문이다. 어니스트 프리티보이 경도 이 소중하고 허약한 증인을 마치 집 지키는 개처럼 지키고 있었다. 토드헌터 씨는 이 보호에 넌더리를 내며 자신의 동맥류는 스스로 잘 보호할 수 있으니, 아무 일도 없는 것처럼 냉정하고 조심스럽게 행동하겠다고 두 사람에게 약속하고 나서야, 가까스로 택시를 타고 자유롭게 사람을 만나러 가도 좋다는 허락을 받았다. 이리하여 그는 다시 퍼스를 만났다. 퍼스의 얘기로는, 경시 부총감에게 이 문제를 꺼내 보았지만 아예 상대조차 해주지 않았다고 했다. 경시청의 의견은 이미 완전히 결정되어 있었던 것이다. 그들은 이제 토드헌터 씨를 정신병자로 보지는 않고 있었다. 이미 그에 대한 조사가 이루어져서 그의 건강 상태도 확인되어 있었다.

"그래서 뭐라고 하던가요?"

토드헌터 씨는 퍼스가 말을 마치자 바로 질문했다.

"그들은 당신이 다만 그 일가의 친구로서 파머를 구하려 하는 데 지나지 않는다고 생각하고 있소. 즉, 살인죄를 뒤집어쓰더라도 여생이 얼마 남지 않은 당신에게는 별로 달라질 것이 없기 때문이라는 거지."

"무슨 소리입니까?" 토드헌터 씨는 간신히 냉정함을 유지했다.

"그럼 그들은 내가 제출한 증거는 하등의 가치도 없다고 생각하고 있나요?"

"그런 것 같소."

"하지만…… 하지만……."

"내 얘기를 들어봐요." 퍼스는 설명했다. "그들은 사건이 있던 날 밤, 당신이 그 정원에 있었다는 것은 믿어도 좋다고 생각하고 있소. 당신이 미스 노우드를 방문해서 안 되는 이유는 아무것도 없다는 거지. 사실 그들은, 그 텅 빈 배의 주인을 당신이라고 생각하고 있는 것 같소. 하지만 당신이 현장에 도착한 것은──정말로 갔다고 치고──그 여자가 살해된 뒤였다는 거요."

"빌어먹을!" 토드헌터 씨가 소리쳤다. "이런 얼간이들 같으니! 뭐 이 따위야!"

"진정해요!" 퍼스는 애원조로 토드헌터 씨를 달랬다. "제발 진정하세요."

"맞습니다." 토드헌터 씨는 엄숙한 얼굴로 동의했다. "지금 죽어서야 말이 안 되지요."

토드헌터 씨는 팔로웨이 부인도 한번 더 만났다. 그 만남에서는, 암시적이고 신중한 대화들이 많이 오갔다. 펠리시티는 극장에 가고 없었기 때문에 이번에도 만나지 못했다. 사실 토드헌터 씨는 만나는 것을 일부러 피하고 있었다. 그는 여배우에 대해서는 잘 알지 못했는데, 그나마 알고 있는 것도 그리 바람직한 내용이 아니었다. 또 그는, 펠리시티가 사생활까지 드라마의 연속으로 생각하지 않을까 하고 염려하고 있었다. 팔로웨이 부인은 놀라울 정도로 냉정했다. 그녀는, 토드헌터 씨가 자기 유죄를 증명하려고 하는 노력이 아직 아무 성과가 없는 것도, 사위가 무고한 죄로 재판을 받게 된 것도 그리 중요하게 생각하지 않는 것 같았다. 팔로웨이 부인은, 이번 사건은 그 고약한 빈센트에게는 약이 될 거라는 말까지 했다.
"하지만 정말로 유죄 선고를 받으면 어떻게 하실 겁니까?"
"그런 일은 없을 거예요."
팔로웨이 부인은 자신만만하게 미소지으며 대답했다.
토드헌터 씨는 그 낙관적인 모습에 오로지 감탄할 뿐이었다. 그 자신은 왠지 모르게 재판이라는 말만으로도 벌써 유죄라는 느낌이 들어 견딜 수가 없었다.
그러나 하룻저녁만큼은 토드헌터 씨도 약간 기분전환을 했다. 어니스트 경 부처와 함께(치터윅 씨는 너무 바빴다) 사바랭 극장에 가서 펠리시티의 연극을 관람한 것이다. 그런데 박스석이 매진되어 있어서 토드헌터 씨는 몹시 화가 났다. 겨우 마지막 회에 운 좋게 정면의 특별석이 세 개 비었다. 미리 극장에 연락하는 것도 미처 생각하지 못하고, 개막 1, 2분 전에 손님들을 데리고 도착해 놓고도, 토드헌터 씨는 이건 뭔가 잘못되었다고 느끼고, 일부러 막간에 지배인인 배드 씨에게 고충을 얘기하러 갔다. 그러나 배드 씨는 축하의 말을 나누고 위스키를 마시는 데 너무 바빠서, 토드헌터 씨가 투덜투덜 불평하는 얘기를 한 마디나 귀담아 들었는지 의심스러웠다.
연극이 끝난 뒤, 토드헌터 씨는 자신이 초대한 손님에게 사죄해야 한다고 느꼈다. 펠리시티 팔로웨이의 연기는 훌륭했다. 그녀는 정말 잘했지만 연극은 형편없었다고 그는 의견을 말했다. 그런데 손님이 두 사람 다 거기에 반대했기 때문에 그는 완전히 놀라서 그건 빈말이 틀림없다고 생각했다.

이튿날 오전 빈센트 파머의 재판이 시작되었다.

2

재판은 본격적인 것으로 열흘은 계속될 것으로 예상되었다. 그런데 막상 12월 9일부터 16일까지 8일 동안 계속되었다.

처음부터 변호인 측은 자신만만했다. 피고에 대한 소송 사실은 중대한 혐의가 틀림없지만, 결정적인 증거가 부족하다고 보았던 것이다. 파머의 권총이 최근에 발사되었다는 사실도 특별히 중요하게 여기지 않았다. 그 권총으로 미스 노우드를 사살했다는 것을 증명하는 탄알이 없었기 때문이다. 설사 탄알이 있다 해도, 그것이 파머의 권총에서 발사된 것이 아니라는 것만 증명되면, 그에 대한 고발은 완전히 무효가 될 것이었다(토드헌터 씨는 사람들이 몇 번이나 이런 말을 하는 것을 듣고, 약간 지겨워지기 시작하고 있었다). 그러나 변호인 측에 그런 구체적인 증거가 없었지만 검찰 측에도 그리 충분한 증거는 없는 것 같았다.

토드헌터 씨의 소환에 대한 문제는 마지막 시한까지 결정되지 않고 있었다. 파머 본인은 거기에 반대했다. 자신이 무죄임이 분명한 이상 유죄 판결이 내려지지는 않을 거라고 믿고 있었고, 또 토드헌터 씨가 왜 자신을 위해 일부러 살인범의 오명을 뒤집어쓰려고 하는 건지 이해할 수가 없었다. 다시 말해, 토드헌터 씨를 처음 보았을 때부터 어쩐지 마음에 들지 않았던 파머 청년은, 그런 식의 도움 같은 건 사절이라고 단호하게 선언했다. 변호사도 이 생각에 거의 찬성이었다. 경찰은, 토드헌터 씨가 끼어든 것은 엉뚱한 애타심 때문으로 생각하고 있으므로, 그 점을 이용하여 피고 측에 불리한 반대신문을 제기할 수도 있다고 예상했던 것이다. 게다가 배심원에게 미치는 영향도 있었다. 변호인 측이 그런 터무니없고 공상 같은 얘기에 의존하는 것은, 상당한 약점이 있기 때문으로 생각하게 할 우려가 있었다. 안타깝게도 토드헌터 씨의 얘기는 여전히 터무니없는 것으로 들리고 있었고, 토드헌터 씨 본인도 설득력이 거의 없는 증인으로밖에 보이지 않았다. 피고 측 변호사와 사무 변호사도, 토드헌터 씨의 얘기를 전혀 믿지 않고 있었던 것이다.

결국, 어니스트 프리티보이 경의 비공식적인 권고가 있었음에도 불구하고 토드헌터 씨는 소환하지 않기로 결정되었다. 그래서 이 신사, 토드헌터 씨는 화를 내야 할지 안도해야 할지 모르는 심정으로 방청 특별석에 앉아서 재판 과정에 귀를 기울일 수 있었다.

처음에는 모든 것이 순조롭게 진행되었다. 검사 측의 최초의 논고는, 파머에 대한 기소 사실의 취약점을 여실히 보여주었고, 직접 사건을 지휘하고 있는 법무장관도 말하는 태도가 몹시 온화했던 점으로 보아 피고의 유죄를 믿고 있는 것 같지는 않았다. 이리하여 마지막 증인의 증언이 끝나기 전까지는 형세는 피고 측에 압도적으로 유리해 보였다.

그러던 중에 이상한 일이 일어났다. 파머 자신이 매우 서툰 증인이 되어 버린 것이다. 그는 야만적이고 독단적이며 완고했다. 장인과 자신이 죽은 여자를 사이에 두고 라이벌 관계에 있었던 것을 인정했을 때의 비뚤어진 모습, 미스 노우드에 대해 얘기할 때의 경멸의 빛, 그녀에 대해 명백하게 변심한 듯한 기색(그 여자에 대한 것은 생각도 하기 싫다는 듯한 말투였다), 난처한 질문을 받았을 때 보여준 거친 태도, 이런 것들이 모두 배심원에게 나쁜 인상을 주지 않을 수 없었다.

이를테면, 사건 당일 밤 리치먼드에 있었던 것을 처음에 부인한 것은 무엇 때문이냐는 질문의 경우가 그랬다. 이 부인은 토드헌터 씨와 그의 상담자들이 알고 있듯이 경찰에 매우 나쁜 인상을 주었다. 집에 있었다는 파머의 진술을 뒷받침한 것은 원래 그의 아내의 증언뿐이었기 때문이다. 그가 노우드의 집에 있었던 것을 증명하는 움직일 수 없는 증거가 제시되자, 파머는 그제야 거짓말이었음을 인정하고 그 집에 있었던 것을 시인했다. 그는 아내가 자신의 말을 지지한 것은 자기 명령에 의한 것이었다고 덧붙였다. 경찰은 이것을 당연히 공모라고 간주하고 절대적으로 파머가 유죄임을 나타내는 것으로 생각했다.

 이 진술에 있어서 파머 부인의 역할에 대해, 부인을 법정에 불러 신문하는 것은 불가능한 일이었다. 그것은 자신의 남편에게 불리한 증언을 시키는 것과 같았기 때문이다. 또 파머 부인을 사후종범으로 고발할 수도 없었다. 그러나 파머 본인은 이 점에 대해 공격을 받았다. 그 결과 그는, 처음에 리치먼드에 있었던 것을 부정한 것은, 자신이 미스 노우드에게 관심을 가지고 있다는 것을 아내가 눈치채고 있는 이상, 그것을 인정하여 아내에게 고통을 주고 싶지 않았기 때문이라고 말했다. 그리고 리치먼드가 아니면 어디에 있었느냐는 질문에는, 횡설수설하며 자신의 아내가 그 진술에 대해 증언하게 되리라는 것은 미처 생각하지 못하고 집에 있었다고 말해 버린 것이라고 했다.

 토드헌터 씨는 이 설명을 듣고 의문을 느꼈다. 그는 파머에게, 부인이 그 말을 증명해 줄 수 있느냐고 물었다. 그때 파머는 그렇다고 대답했던 것이다. 아무래도 파머 부처 사이에는 공모가 있었던 것 같았다. 파머는 팔로웨이의 아파트에 두 번 찾아왔는데, 아마 그 사이에 입을 맞춰 두었던 것이리라. 만약 노우드 집안의 하인의 증언에 의해 거짓말이 들통 나지 않았더라면, 이 부부는 끝까지 거짓말을 계속 주장했을 것이다. 아무래도 그건 마음에 걸리는 데가 있었다.
 그리고 더 불리한 질문이 나왔다. 파머는 왜, 살인 뉴스가 전해지자마자 아침 일찍 자기 권총을 처제의 아파트로 가지고 갔을까? 이것은, 아무 잘못도 없이 혐의를 받을 것을 두려워한 무고한 사람의 행동인가, 아니면 죄를 지은 자의 행동인가? 여기에 대해 파머는 화를 내며 전자 쪽이라고 주장했다. 즉, 살해당한 여자와 다투는 소리를 누군가가 들었을지도 모르기 때문에, 자기 집에서 권총이 발견되지 않도록 하는 것이 좋다고 생각했다는 것이다. 그리고 그 권총에 최근에 발사된 흔적이 있는 것은 어떻게 된 거냐는 질문에는, 그런 흔적이 전혀 없었다고 부정하기만 할 뿐 설득력 있는 대답은 하지 못했다. 변호인은 재신문 때 이런 난점을 해결하려고 열심히 노력했지만, 한번 나쁜 인상을 준 것을 돌이킬 수 없었을 뿐만 아니라 파머의 태도는 사태를 점점 악화시킬 뿐이었다.
 게다가 어찌된 셈인지 판사는 명백하게 적의가 있는 태도를 보이고 있었다. 원고와 피고 양쪽의 주장을 요약할 때는, 말은 신중하게 공정을 가장하고 있었지만, 그의 개인적인 의견을 은근히 행간에 암시하고 있었다. 판사는 당연히 그럴 권리가 있지만 팔로웨이 씨가 오랜 병 때문에 법정에 설 수 없어서, 진술서 형태로밖에 증언을 들을 수 없는 것은 유감이라고 말했다. 만약 팔로웨이 씨가 출두했다면 불확실하게 남아 있는 몇 가지 사항도 밝혀졌을지 모르지만, 팔로웨이 씨가 출두할 수 없는 이상, 모든 문제에 대해 배심원들이 스스로 의견을 정리하지 않으면 안 된다고 덧붙였다. 판사가 암시한 것은 너무도 분명했다. 만약 팔로웨이 씨가 증언대에 서서 반대신문을 받았으면 피고에게 명백하게 불리하게 돌아갔을 것이며, 그가 출석하지 않은 것은 피고를 보호하기 위해 온 가족들이 공모하고 있다는 의미였다.
 배심원들은 거의 5시간이나 의논을 거듭했다. 그것은 토드헌터 씨에게는 생애에서 가장 긴 5시간이었다. 그리고 마침내 그들이 다시 들어왔을 때는, '유죄' 평결이 내려질 것을 예상하지 않는 사람은 법정 안에 한 사람도 없었다. 사실 그 평결은 유죄였다.

토드헌터 씨는 사람들을 따라 밖으로 나가면서 어니스트 프리티보이 경에게 높은 목소리로 물었다.

"이제 도대체 어떻게 해야 할까요?"

"쉿." 어니스트 경이 제지했다. "당신에 대한 건을 제시하기로 합시다. 그들은 틀렸소. 두고 보시오, 잘 될 테니. 그 사람을 사형에 처하지는 못할 거요."

3

내무장관은 어니스트 경과 의견을 달리하는 것 같았다.

당연한 과정으로 파머의 상고가 심리되었다. 증거의 가치에서 보아 판결이 부당하다는 상고였다. 그것은 세 명의 판사에 의해 엄숙하게 각하되고 말았다.

다음에는 고풍스러운 미문조의 청원서가 작성되었다. 그 안에는 로렌스 버터필드 토드헌터가 진 노우드의 죽음에 대해 책임을 져야 한다고 고백했음이 분명하게 기록되어 있었다. 그리고 그는 모든 필요한 신문에 응할 용의가 있을 뿐만 아니라 자기 행위에 대한 응보와 형벌을 받을 용의가 있으며, 이 사실이 피고 빈센트 파머의 유죄에 중대한 의혹을 제기하는 것이라는 점에 비추어 로렌스 버터필드 토드헌터의 진술이 영국 법무관에 의해 심사되는 동안, 피고 파머의 사형 집행일을 유예해 줄 것을 내무장관에 대한 청원자는 삼가 청원한다는 내용이 기록되었다(이 청원자들은 한번 사형 집행의 유예가 인정되면 더 이상 절대로 집행되지 않는다는 사실을 잘 알고 있었다). 이에 대해 내무장관은, 피고 빈센트 파머는 사실을 판단하는 충분한 능력을 가진 배심원들에 의해 유죄로 판단되었으며, 자기도 재판 담당 판사 및 상고를 심리한 판사들의 의견을 충분히 들었고, 그 결과 배심의 평결에 간섭할 이유가 전혀 없다고 판단한다는 대답으로 명쾌하게 거부하고 말았다.

이 소식은 극도의 신중을 기하여 토드헌터 씨에게 전해졌기 때문에, 요컨대 내무장관은 자기 주장을 계획적이고 약간 어린아이 같은 거짓말에 지나지 않는다고 생각하고 있다는 것을 그가 깨닫기까지는 두 시간이나 걸렸다.

"그래요?" 토드헌터 씨는 존경스러울 정도로 냉정하게 대답했다. "파머가 처형되는 날에는 내무성 현관 앞에서 권총으로 자살하겠습니다."

"오! 그것 좋군, 신문에 그렇게 얘기해 주지." 어니스트 프리티보이 경이 기운차게 소리를 질렀다. "선전은 효과적으로!"

어니스트 경은 자기 말을 그대로 실행에 옮겼다. 이튿날 아침, 모든 대중 신문은 그 말을 커다란 표제로 보도했고 약간 고상한 신문은 불쾌감을 표시하며 그리 중요하지 않은 페이지에 기사를 실었다. 토드헌터 씨는 대중 신문이 모두 자기를 지지하고 있는 것에 비해 다른 신문은 이 사건은 아마도 내무장관이 특별사면권을 행사해도 좋은 케이스가 아닌가 하고 말하면서도 피고의 죄에 대해서는 약간의 의혹도 표명하지 않은 것에 흥미를 느꼈다.

대문짝만한 표제는 아무런 효과도 없었다. 내무장관은 머리 속에 선례와 법률 용어만 가득 차 있는 무미건조한 법률가였다. 대중이 들끓었다는 것만으로도 경직되어서 얼마든지 인간미 없는 행동으로 치달을 수 있는 인물이었다. 내무장관의 뜻대로 된다면 빈센트 파머는 교수형이 될 것이다.

"곧 그를 구해 내겠어. 반드시 해내고 말 테다." 어니스트 경은 기염을 토했다. "정말이지 그런 형식밖에 모르는, 곰팡내 나는 서류 뭉치 같은 작자 대신 피가 통하는 인간이 내무성에 있어 주었으면 얼마나 좋을까. 우리의 목적에는 지난 백 년 이래 최악의 내무장관을 만났다고 해도 좋을 거야. 그러나 아직 모든 것이 끝난 건 아니야. 파웰 핸콕 경이 있으니까."

치터윅 씨는 눈을 빛내면서 고개를 끄덕였다. 토드헌터 씨는 의심스러워하는 기색이었다. 아서 파웰 핸콕 경은 어니스트 경의 '흑막' 가운데 한 사람이었다.

토드헌터 씨가 보기에, 자기가 은밀하게 '흑막'이라고 이름 지은 것에 대한 어니스트 프리티보이 경의 절대적인 신뢰는 정말 놀라운 것이었다. 언뜻 보기에 어니스트 경은 분명한 목적의식을 가지고 스스로 행동하는 사람처럼 보였다. 그러나 실제로 스스로는 아무것도 해서는 안 되는 규칙의 게임을 벌이고 있는 것 같았다. 항상 누군가 다른 사람과 교섭하여 일을 추진해야 하며 또 그 교섭의 통로도 가능하면 멀리 빙 둘러서 갈수록 좋은 것처럼 보였다. 이러한 교섭 상대들을 어니스트 경은 '실을 조종하는 사람'이라는 말로 표현했다. 예를 들면 이 사람은 왕실의 소송대리인과 연줄이 닿아 있고, 저 사람은 검찰총장과 같은 학교를 나왔으며 또 저 사람이라면 내무장관 부인의 육촌을 알고 있으니까 도움이 될지도 모른다는 식이었다. 모든 일이 사적인 입장에서 이루어지며, 실제로 문제의 선악에 근거하여 이루어지는 일은 아무것도 없는 것이다. 어니스트 경은, 이러한 고위층을 많이 알고 있었다. 하지만 그는 내무장관의 마지막 결정에 대해서는, 장관 부인의 늙은 백모가 베이스워터에서 차를 마시면서 얘기하는 의견이, 내무성의 뻔한 형식적인 분위기 속에서 이루어지는 무고한 남자의 처형의 정당성에 대한 논의보다, 훨씬 영향력이 있다고 생각하는 것 같았다. 토드헌터 씨가 더욱 놀란 것은, 사무 변호사를 비롯하여 사건의 내막을 잘 알고 있는 것으로 생각되는 사람들 모두가 이런 사고방식을 가지고 있을 뿐만 아니라, 다른 방법은 아예 있지도 않은 것처럼 생각하는 듯하다는 점이었다.

하지만 이러한 현상에 대해 토드헌터 씨로부터 이의를 제기받은 치터윅 씨는, 건전한 생각을 가지고 있었다. 그리고 상상력이 부족한 타성 덩어리 같은 관료 기구라는 것은, 개혁은 고사하고 약간의 인간미를 불어넣는 일에서조차 반드시 완강한 저항을 받는 법이라고 설명했다.

아서 파웰 핸콕 경은, 어니스트 경의 의회 방면 공작을 위한 '흑막'이었다. 빈센트 파머의 처형을 정치 문제화하여 처리하려는 움직임이 있다는 것을 알았을 때, 토드헌터 씨의 놀람은 더욱 커졌다. 정부 여당 의원들은 대부분 내무장관을 지지하며 파머의 처형을 인정하는 분위기였다. 한편 반대당 의원들은, 적어도 토드헌터 씨의 진술이 진실인지 여부를 조사할 가치는 있다는 의향을 표명하며, 정부는 박해와 부정, 어쩌면 오직(汚職)까지 자행하고 있다고 비난했다. 또 〈뉴스 크로니클〉은 그 사려 깊은 사설에서, 현재 스페인에서 번지고 있는 내전이 무고한 사람을 교수형에 처하려 한 정부의 사악한 의도에서 발단된 것임을 증명하고자 했다.

아서 파웰 핸콕 경은 정부 쪽임에도 불구하고 파머의 처형 문제를 하원에 제기하는 쪽으로 거의 기울고 있었다(토드헌터 씨의 추측에 의하면, 뭔가 아서 경의 선거구에 있는 다리 통행세 폐지 문제에 대한 토론에 의해 최종적으로 그를 아군으로 끌어들일 수 있게 되어 있는 모양이었다. 이것은 언뜻 보면 완전히 별개의 일로 생각되었지만 어니스트 경은 그 방법에 상당히 확신을 품고 있는 것 같았다).

빈센트 파머의 처형 예정일 나흘 전에 아서 경은 마침내 다리통행세 문제의 토론 유혹을 이기지 못하고, 휴회동의인지 뭔지, 의원이

의제를 낼 때의 방법으로 처형 문제를 의회에 제기할 뜻을 정식으로 표명했다. 토드헌터 씨는 일이 어떻게 돌아가는 건지 잘 모르고 있었다.

실제로 지난 2주일 동안 토드헌터 씨는 그저 당혹해하고만 있었다. 문제는 이미 그의 손에서 떠나가 버린 것 같았다. 자기가 주역인데, 지금의 그는 무대 밖에서 자기 역할을 연기하고 있는 것만 같았다. 어니스트 프리티보이 경이 그를 대신하여 말하고, 그를 대신하여 행동하고, 그를 대신하여 뛰어다니고, 그를 대신하여 식사까지 한다 해도 좋을 지경이었다. 사실 어니스트 경은 토드헌터 씨에게, 침대에 들어가서 꼼짝 말고 얌전하게 있으라고 강력하게 권고했다. 지금 토드헌터 씨가 해야 할 일은, 살아 있는 것 말고는 아무것도 없다는 것이었다. 아서 경이 의회에 동의를 낸 당일, 토드헌터 씨는 이 권고에 따랐다. 다만, 그 전에 메이다 벨에 가서, 팔로웨이 부인을 마지막으로 만났다. 부인의 참으로 자신감에 찼던 냉정한 표정 속에도 지금은 고뇌의 빛이 떠올라 있었다. 토드헌터 씨는 부인에게, 빈센트 파머의 처형일 오전 6시까지는 아무것도 하지 말고 아무 말도 하지 말고, 모든 것에서 멀리 떨어져 있으라고 마지막으로 간곡하게 부탁했다. 그 시간이 지나면 자기를 어떻게 해도 좋다고 그는 약간 절망적인 어조로 말했다.

4

하원의 상황에 대해서는, 그날 밤 직접 방청한 치터윅 씨에 의해 토드헌터 씨한테 보고되었다. 어니스트 프리티보이 경도 찾아왔다. 그는 모든 선례와 절차를 무시하고 있었기 때문에, 동료 법률가들 사이에 분개의 소리가 날이 갈수록 높아지고 있었다.

두 사람의 얘기에 따르면, 아서 파웰 핸콕 경은 약간 냉담한 의회 분위기 속에서 하원이 공급위원회를 열어야 한다는 동의안을 제출했을 때 파머의 처형문제를 함께 제기했다. 이 문제를 둘러싸고 의원들은 대략 다섯 그룹으로 갈라졌다. 먼저 이 문제를 정치적인 것으로 간주하고 간섭을 거부하는 내무장관을 지지하는 의원들이 있었다. 그리고 물론 더 자유로운 입장에서 배심원에 의한 재판에 절대로 잘못이 있을 수 없다고 진심으로 믿고 있는 의원들도 있었다. 한편 아서 파웰 핸콕 경을 지지하는 쪽에는, 토드헌터 씨의 진술을 믿고 있는 소수의 의원들이 있었다. 또 정치적 의식밖에 없는 반대당도 있었다. 마지막으로 상당수의 의원들은 파머의 유죄에 의문을 품고, 진범이든 아니든 토드헌터 씨의 고백을 재조사하기 위해 파머의 처형을 중지해도 무방하지 않다는 생각이었다. 어니스트 프리티보이 경이 가장 믿고 있었던 것은 이 마지막 그룹이었다. 의원들에 대한 그의 열성적인 활약은 주로 이 그룹의 인원수를 늘리는 것을 목적으로 하고 있었다.

그러나 그 어니스트 경의 웅변적인 진정 운동에도 불구하고, 또 신문이 파머의 처형에 대한 격렬한 찬반양론 기사를 앞 다투어 싣고 있는데도 불구하고, 어느 쪽 의원도 그리 열의를 보이지 않고 있었다. 그리고 아서 경의 약간 지루한 연설은 그 열의를 부채질하지 못하고 있었다. 토론은 지리멸렬해지고 점차 논쟁을 위한 논쟁으로 전락해 버려, 거기에 한 인간의 생명이 걸려 있다는 생각은 도저히 할 수 없게 되고 만 것이다. 사실 파머에게 가장 좋은 도움을 준 것은 다름 아닌 내무장관이었다. 그것은 그가 온정이나 이해심 따위는 전혀 보이지 않는, 거의 인간미가 느껴지지 않는 태도로 연설하는 바람에 그를 지지하던 의원들 중에서도 등을 돌리는 자가 나왔기 때문이다.

하지만 이러한 사소한 승리에도 불구하고 표결은 그에게 불리하게 나올 수도 있는 것으로 예상되었다. 그때 어니스트 경은 마지막 비장의 카드를 꺼냈다. 그것은 아무도 예상하지 못한 카드로, 그런 것이 있는 줄은 아서 파웰 핸콕 경도 전혀 모르고 있었다. 어니스트 경은 토론이 명백하게 자기 쪽에 불리해졌다고 판단되기 전까지는 그것을 꺼내려고 하지 않았다.

그때 아서 경에게 한 장의 쪽지가 전달되었다. 아서 경은 그것을 보고 잠시 어리둥절해하다가 이윽고 의장의 시선을 끌기 위해 얼굴을 들었다.

의장의 주의를 끌자 그는 자리에서 일어나 다음과 같이 발언했다.

"저는 방금 어떤 통지를 받았습니다. 그 의미는 그다지 확실하지 않지만 제가 해석하는 바로는……어험!……살인에 대한 소송이, 에……그러니까……어험!……로렌스 토드헌터 씨를 상대로 하여 현재 진행 중이라는 것입니다. 즉, 그……어험!……살인에 대한 민사소송이 제기되었다는 얘기지요. 이것이 정확하게 무엇을 의미하는지 이곳에 계시는 법률가 여러분이 저보다 더 잘 아실 거라고 생각하지만, 만약 이 신사를 상대로 살인소송이 재판소에 제기되었다고 한다면, 즉 빈센트 파머가 현재 유죄를 선고받은 것과 동일한 범죄에 대한 소송이라면, 이 재판──재판이라는 말을 사용해도 좋다고 치고──의 결과가 분명해질 때까지는, 적어도 파머의 처형을 연기해야 한다고 결의할 것을 제안해도 잘못된 것은 아니라고 생각하는데 여러분의 생각은 어떻습니까?" 사실을 말하면 아서 경은 완전히 당황하고 있었기 때문에 평소의 지루하고 장황하기 짝이 없는 연설을 할 정신도 없었다. 그리고 당장 표결에 부친 결과, 빈센트 파머의 처형 연기 동의안은 126표 대 107표라는 아슬아슬한 차이로 하원을 통과했다.

"도대체 어떻게 돌아가는 건지, 원!"

토드헌터 씨는 말하면서 포도를 한 알 집었다.

XIV

1

 자기도 모르는 사이에 토드헌터 씨는, 엄청난 사건에 휘말려 들어가 있었다. 그의 행동이 국회에서 논의되었고, 그의 이름에 의한 선례가 만들어졌다. 이제 그는, 전대미문의 법률상 위기의 중심 인물이 되어 있었다. 이 엄청난 대논쟁의 중심에 서 있으면서도, 지구를 도는 달의 궤도를 바꿀 수 없는 것과 마찬가지로 자기가 그 논쟁을 어떻게 할 수 없다는 것을 깨닫자, 기묘하고 초조한 무력감이 엄습해 왔다. 그는 단순하고 고정된, 움직일 수 없는 중심 인물일 뿐이어서 그에게는 침대가 가장 좋은 장소인 셈이었다.
 개인의 이름으로 살인소송을 제기한다는 생각은, 어니스트 프리티보이 경의 빛나는 업적 중에서도 가장 훌륭하고 천재적인 발상이었다. 사실, 이 방법은 전례가 전혀 없는 것은 아니었다. 하지만 이 묘한 시민권 회복을 위한 장치가 아직 완전히 유용한 상태에 있다는 것을 간파하는 데는 법률가로서의 천재성이 요구되었던 것이다.
 간단하게 설명하면 모든 형사소송에서 기소자로 이름을 거는 것은 항상 국왕으로 이론상 그 특권을 가지고 있기는 하지만, 실제로는 그다지 중대하지 않은 범죄의 경우는 일반적으로 피해를 입은 개인이 물론 경찰과 협조하에서 직접 기소한다는 것이다.

"하지만 토드헌터, 이 경우는" 어니스트 경은 굉장히 기분이 좋은 듯이 설명했다. "경찰은 우리를 도와주기는커녕 방해만 하려 하고 있소. 왜냐하면 그들은 이미 교수형 후보자를 내세웠기 때문이지. 게다가 다른 사람을 기소하는 걸 돕는다는 건, 최초의 유죄 판결을 웃음거리로 만들 뿐만 아니라 당국의 어리석음을 광고하는 것과 같으니까. 게다가 그들은 진범을 붙잡았다고 철석같이 믿고 있소."

"하지만 이건 중대하지 않은 사건이 아닙니다." 토드헌터 씨는 이의를 달았다. 그는 하나씩 순서를 밟아 확실하게 다져가고 싶었다.

"맞아요, 이건 작은 사건이 아니오. 하지만 말이오, 우리네 영국인들이 얼마나 교활한 사람들인지 알고 있소? 관습이니 뭐니 해서 경범죄를 단속하는 책임을 조금씩 피해자 자신의 어깨 위로 옮겨 버렸단 말이오. 그렇게 해서 당국의 짐을 가볍게 줄이고 있는 거지. 이게 바로 이 나라의 독특한 관행이오."

"그렇겠군요. 하지만 살인은 경범죄가 아닙니다."

"맞아. 하지만 경범죄의 경우에 허용된다면 중대 범죄의 경우에도 허용되어야 하지 않겠소? 물론 당국이 움직이려고 하지 않으면 여간해서 할 수 없는 일이지만. 개인이 고발을 하는 경우는 자신이 비용을 부담하지 않으면 안 돼요. 범인을 감옥에 처넣는 데 비용을 부담하지 않아도 된다면 누가 그런 기회를 놓치려 하겠소?"

토드헌터 씨는 끈질기게 반문했다.

"하지만 경께서는 그런 경우 고발하는 것은 피해자라고 했습니다. 살인사건에서는 그런 것을 적용할 수 없지 않습니까? 피해자는 이미 죽어 버렸으니까 스스로 고발할 수 없습니다."

"아니오, 언제나 피해자라야 한다는 법은 없어요." 어니스트 경이 교묘한 말로 대답했다. "비열한 밀고자 얘기를 들은 적 있소? 중범죄든 경범죄든 자기는 아무런 피해도 입지 않은 범죄를 고발하는 것 말이오."

"그럼 절 고발하는 사람은 밀고자라는 얘기군요?"

토드헌터 씨는 의기양양한 얼굴로 말했다.

"무슨 소리! 밀고자라는 건 범행에 상당하는 보상을 원하거나, 그 고통과 벌을 뒤집어쓸 각오로 고발하는 거요. 또는 검찰 측 증거를 뒤집어서 이익을 가로채기 위해 행동하는 법이지."

"그럼, 저를 고발한 사람은 뭐라고 부릅니까?"

토드헌터 씨는 절망하면서 물었다.

"기소자." 어니스트 경은 단호하게 대답했다. "이건 사실상 국왕의 임무를 살짝 가로채는 거요. 그것을 할 수 있게 될 때까지는, 한두 가지 장애를 극복하지 않으면 안 될 거요."

"장애라고요?"

"그렇소. 우선 첫째로, 대배심과 얘기를 나눠 당신에 대한 기소장 원안을 인정하게 만들어야 하고, 그 다음에는 치안판사를 설득하여 당신을 구치시켜야 해요. 만약 당국이 적의를 품으면 그 밖의 어떤 다른 장애를 더 만들어 낼지 알 수 없는 일이오."

"단지 목을 매달아 주기만을 원하고 있는 사람한테 정말이지 번거롭고 골치 아픈 일을 하는군요." 토드헌터 씨는 탄식했다.

"정말이오." 어니스트 경은 진심으로 동의했다. "그렇게라도 하지 않으면 이런 터무니없고 미묘한 양심을 가진 당신 같은 사람이, 이 나라의 모든 교도소에서 매일 아침 8시에 줄을 지어 점점 교수대를 향해 올라가 버릴 테니까."

2

 이렇게 복잡한 법적 입장에는 당연히 많은 논의가 필요했다.
 어떤 의미에서는 토드헌터 씨는 그런 논의를 즐기고 있었다. 왜냐하면 그것은 자기가 어쩐지 중요한 인물이 된 것처럼 느끼게 해주었고, 또 어니스트 경이 자기 대리인이라며 데리고 온 플러라는 젊은 사무 변호사가 무척 마음에 들었기 때문이다. 그 청년은 거의 변호사 티가 나지 않는 사람이었다. 그것은 토드헌터 씨가 스스로는 깨닫지 못하는 가운데 마치 변호사인 것처럼 거동하는 것과 좋은 대조를 이루었다. 플러는 더부룩한 금발 머리를 한 손으로 자주 긁는 버릇이 있었다. 때로는 두 손을 다 사용하여 마구 긁기도 한다. 그는 늘 꼬깃꼬깃 구겨진 옷을 입고 있었다. 또 매우 열광적인 성격이어서 흥분할 때면(종종 있는 일이지만) 말들이 모두 한꺼번에 쏟아져 나와 알아들을 수가 없을 정도였다.
 그러나 플러의 법률 지식은 1급 수준이었다. 그는 그 모든 지식을 이 매력적인 사건에 커다란 열정과 함께 토드헌터 씨를 위해 몽땅 바쳤다. 실제로 사건을 검토하기 시작한 플러 청년의 열의는 자기 의뢰인을 확실하게 교수대로 보내는 것──이론적으로는 그렇다 치더라도──외에는 아무것도 안중에 없는 것처럼 보여서 토드헌터 씨까지 약간 불안할 정도였다.
 명목상의 기소자 역할을 맡아줄 인물에 대해서는 토드헌터 씨가 묘안을 생각해냈다. 이 역할을 연기할 만한 인물은 단 한 사람 퍼스밖에 없다고 생각한 것이다. 어니스트 경은 참으로 그다운 정력을 발휘하여 당장 미들맨스 리그의 사무소에 뛰어들어 그 자리에서 퍼스에게 얘기를 꺼냈다.
 퍼스는 흔쾌히 승낙해 주었다. 그 역할은 그의 유다른 유머 감각을 자극하는 데가 있었다. 그는 늘 법률의 결함을 그 자체의 과잉성에 의해 타파하는 것을 즐기고 있었다.

그리고 재정 문제가 있었다. 자기 자신을 고발하는 비용은 물론 토드헌터 씨가 부담하지 않으면 안 되었다. 그 점에서 사바랭 극장에서 매주 굴러들어 오고 있는 돈은, 오로지 그 목적을 위해 있는 것 같았다. 토드헌터 씨는 그 돈을 낳아주고 있는 펠리시티 팔로웨이에게 감격스럽게 그 얘기를 했다.

자금이 소요되는 데는 많았다. 어니스트 프리티보이 경은, 당연히 기소자 측에 서 달라는 의뢰를 받았다. 아니, 사실 그 스스로 자신에게 의뢰하고 있었다. 그래서 그의 경우, 보수는 문제가 되지 않았다. 그러나 그 밖에도 하급 법정 변호사와 사무 변호사들에 대한 사례, 증인과 관련된 통상의 비용 등, 토드헌터 씨의 돈이 쉴 새 없이 흘러나가는 출구는 무수하게 많았다. 그것은 단순한 한 재판의 문제가 아니었기 때문이다. 먼저, 치안판사 앞에서의 취조가 있었다. 그리고 치안판사가 고맙게도 토드헌터 씨를 재판에 회부해야 한다고 인정해 주면, 거기에 이어지는 재판의 경우와 마찬가지로 토드헌터 씨는 자신의 기소 비용뿐만 아니라 그것에 대한 자기 자신의 변호 비용까지 물지 않으면 안 되었다.

사태는 갈수록 기묘한 양상이 되어갔다. 첫째로, 어니스트 프리티보이 경은 배심원이 마지막에 유죄 판결을 내리지 않지 않을까 하는 염려보다, 치안판사가 토드헌터 씨의 자기 고소를 인정하지 않는 게 아닐까 하는 염려가 더 컸다. 그 결과 어니스트 경과 젊은 플러는(물론 토드헌터 씨는 제외하고), 기소 이유는, 토드헌터 씨가 그토록 전부터 그리고 그토록 열심히 자백해온 대로 살인이지만, 모든 것이 법정에 가게 되면 토드헌터 씨는 무죄를 주장해야 한다고 결정했다.

"하지만 저는 유죄란 말입니다!" 토드헌터 씨는 침대에서 큰 소리를 질렀다. "도대체 왜 그런 말을 하시는 겁니까? 석방되어 버릴지도 몰라요."

"유죄를 주장하는 편이 훨씬 더 석방되기 쉽소." 어니스트 경이 대답했다. "알겠소? 유죄라고 주장하면 아예 재판이 성립되지 않아요. 당신은, 허술하게나마 존재하고 있는 당신의 증인들을 불러낼 기회마저 잃어버리고 말 거요. 게으른 배심원들을 설득하기 위해, 내가 큰 소리를 지르며 당신의 유죄를 주장할 수도 없어요. 그들은 단지, 당신의 호소를 빙글빙글 웃으면서 들은 뒤, 당신을 평생 정신병원에 처 넣을 뿐이오. 그리고 파머는 감옥에 내내 갇혀 있어야 할 거고. 이것이 내 의견이오."

"하지만 어떻게 제가 무죄라고 말할 수 있습니까?"

토드헌터 씨는 곤혹스러워하며 물었다.

"당신은 살인에 대해서는 무죄지만 치사에 대해서는 유죄라고 주장하는 거요." 어니스트 경은 거침없이 대답했다. "당신은 다만 권총을 가지고 위협할 생각으로 진 노우드를 만나러 갔을 뿐이오. 실제로도 그렇게 했지만 흥분과 총기 사용 미숙으로 탄알이 저절로 튀어나갔고 그래서 여자가 죽은 거란 말이오. 그렇지 않소?"

"말도 안 됩니다. 저는 처음부터 줄곧……."

"그렇지 않소?"

어니스트 경은 타고난 우렁찬 목소리를 한껏 질렀다.

"에잇, 하는 수 없군요." 토드헌터 씨는 불만이라는 듯이 동의했다. "맞아요. 결과적으로는 그렇습니다."

"내 그럴 줄 알았지." 어니스트 경은 만족한 듯이 말했다.

"하지만 그런 말 때문에 석방되는 일은 없도록 해주십시오."

토드헌터 씨는 주문했다.

"아, 이걸 잊으면 곤란해요." 어니스트 경이 되받았다. "나는 기소 측이라는 것 말이오. 무슨 일이 있어도 당신의 목숨을 가져가려 할 거요. 그대로 보여 주겠소."

"그럼 누가 저를 변호하는 겁니까?"

"아, 그렇군!" 어니스트 경은 생각에 잠겼다. "그걸 생각하지 않았군."

"제미슨이 어떨까요?" 플러가 말했다. "그 사람이라면 그럴 듯한 연기를 할 수 있지만 토드헌터 씨를 무죄로 할 만한 재능은 없습니다."

"그럼, 제미슨으로 하지." 어니스트 경은 동의했다.

"그래요?" 토드헌터 씨는 한심한 듯이 말했다.

3

아닌 게 아니라 한심해할 만한 일은 있었다. 토드헌터 씨는 원래 세세한 부분을 이해하는 것이 서투르긴 했지만, 이 자신의 소송 문제는 지금은 너무나 복잡하게 되어서 도저히 해결할 수 없을 것 같아서 거의 포기하고 싶은 심정이 될 때도 있었다.

이를테면 퍼스는 이따금 이런 모임에 참석하고 있었고 물론 그 자신의 사무 변호사도 두고 있었다. 그들도 역시 이 게임에 참여하지 않으면 안 되었다. 그리고 이들의 지시하에 어니스트 경은 명목상 행동하고 있었다. 그런데 토드헌터 씨는 자기를 고발하는 검사 측과는 끊임없이 얘기를 나누고 있으면서도, 자기가 할 수 있는 한의 수단을 다 동원하여 확실한 것으로 하려는 기소 사실에 대해 자기를 변호해 줄 변호사와는 단 한 번도 만난 적이 없었다. 도무지 어떻게 돌아가는 건지 알 수가 없는 상태였다.

신문도 아무래도 토드헌터 씨와 같은 상태에 빠져 있는 것 같았다. 어니스트 프리티보이 경은 이제 토드헌터 씨의 변호사로 불리고 있었다. 비공식적으로는 그렇지만 공식적으로는 전혀 반대였다. 그리고 그들은 토드헌터 씨를 기소자 측의 중요한 증인과 피고의 두 역할을 하는 것으로 보고 있는 것 같았다. 이것 역시, 법률상의 의제에서는 터무니없는 것이었지만 실제로는 그랬다. 비교적 진지한 신문은 가끔 독자를 위해 이 수수께끼를 불쾌해하면서도 마지못해 풀어 보여 주려 했다. 그렇지만 별로 진지하지 않은 신문은 세부적인 면과는 상관없이 토드헌터 씨를 위해 지면을 인심 좋게 할애하여 떠들어댐으로써 어니스트 경으로 하여금 회심의 미소를 짓게 했다.
"이것이 배심에 반드시 좋은 영향을 미칠 거야." 어니스트 경은 만족한 듯이 미소지었다. "반드시! 당신에게 유죄 판결을 내리지 않으면 엉터리라고 생각할걸. 틀림없어!"
소송 준비는 착착 진행되어 갔다. 사건의 시작부터 이 엉뚱한 이야기를 뒷받침해 줄 만한 모든 증인들과 면담이 이루어졌다. 토드헌터 씨에게는 첫 시작이었던 그 조촐한 저녁 모임도 지금은 백년 전의 유령의 만찬처럼 생각되었다. 다행히 그는 이론적으로 살인에 대해 많은 사람들과 토론했기 때문에 토드헌터 씨의 마음에 살인이라는 관념이 확실하게 자리 잡고 있었다는 것을 증명해 주는 사람이 적지 않았고, 특히 치터윅 씨와 퍼스 씨는 더욱 구체적인 의도에 대해 증언할 수도 있었다. 이러한 방면에 관한 한 사건은 더욱 더 순조롭게 추진되어 갔다. 그리고 토드헌터 씨는, '어렸을 때부터 약간 이상한 데가 있었다'는 등의 증언을 주저 없이 해주는 몇몇 증인의 도움까지 빌릴 수 있으면, 자신의 이 기묘한 이야기가 자꾸자꾸 되풀이됨으로써, 배심원들의 마음속에 점점 믿을 수 있는 것으로 각인되어 갈 거라고 생각했다.
하지만 실제적인 증거문제가 되자 고개를 가로 젓지 않을 수 없었다. 왜냐하면 완전히 불운한 것이기는 하지만 토드헌터 씨의 유죄를 뒷받침하는 증거가 빈센트 파머를 고발하는 논거만큼 뚜렷하지 않다는 것을 인정하지 않을 수 없었기 때문이다.
"그 팔찌만 있으면."
플러 씨는 신음하며 자신의 가슴을 칠 듯이 안타까워했다.
처음부터 플러 청년의 관심을 끈 것은 그 팔찌였다. 그의 지시하에 치터윅 씨의 수사가 재개되어, 전에 조사한 것도 다시 수사되었다. 하지만 그것은 전에 했던 것의 되풀이에 불과했다. 새로운 점은 하나도 발견되지 않았던 것이다. 결과는 여전히 그리고 완전히 부정적이었다. 그러나 네 사람 가운데 단 한 사람, 플러 씨만은 희망을 버리지 않고 있었다.
그 팔찌가 있으면 기소가 성립된다고 그는 계속 말했다.
"그게 없으면 어떻게 될지 알 수 없습니다."
"하지만 두 번째 탄알이 있지 않나?" 다른 한 사람이 지적했다.
"그건 토드헌터 씨가 그 존재를 알고 있었다는 얘기는 되지만 그것뿐입니다. 틀림없이 경찰은, 그날 밤 그가 정원에 있었을 때 두 발의 총소리를 들었고, 탄알이 한 발밖에 발견되지 않았다는 것을 알고, 또 한 발이 어디엔가 틀림없이 있을 것으로 추측했다고 주장할 겁니다. 그뿐이에요."
그 두 번째 탄알에 적잖은 기대를 걸고 있었던 토드헌터 씨는 더욱 더 실망하고 말았다.

4

그러나 팔찌를 분실한 것이 극복할 수 없는 핸디캡이 된 것 같지는 않았다. 왜냐하면 결국 토드헌터 씨는 침대에서 나와 치안판사 앞에 출두했고, 이윽고 또 한 번 나중에는 너무 자주라고 생각될 정도로 여러 번 출두한 끝에 어지간히 당혹해 버린 판사에 의해 마침내 재판에 회부되었기 때문이다. 다만 그것은 만일을 위한 조치에 불과해 보였다.

토드헌터 씨는 이 치안판사 앞에 출두하는 것을 몹시 싫어했다. 법정에 도착했을 때와 돌아갈 때는 늘 군중에 에워싸여 갈채까지 받았다. 어째서 이런 소동이 일어나는 건지 그는 이해하지 못했는데, 아마 대중의 우상이긴 하지만 어차피 사람 이상은 아니었던 여자를 살해했다는 이유에서일 것이다. 사람들은 그의 사진을 찍고 초상화를 그리고 신문의 표제에 냈으며, 거의 광적일 정도로 굳게 다문 입술에서 단 한 마디라도 끌어내기 위해 토드헌터 씨 주위에 몰려들었다. 만약 토드헌터 씨가 작위를 파는 귀부인 같은 종류의 사람이었다면, 자신이 불러일으킨 이 소동을 내심 뛸 듯이 기뻐했을 것이다. 그러나 사실은 그의 약간 고풍스러운 마음에 불쾌감만 주었을 뿐이었다.

어니스트 경은 이제 더 이상 뒷전에만 있을 수 없게 되어, 선례를 깨고 직접 치안판사의 법정에 얼굴을 내밀었다. 그런데 제미슨은 코빼기도 보이지 않았다(사실을 말하면 토드헌터 씨는 과연 제미슨이라는 인물이 존재하기는 하는 건지 의심하고 있었다). 피고석에 앉은 당사자는——아직 죄수도 아니고, 곧 그렇게 될 것 같지도 않았지만——흥분하고 있는 젊은 사무 변호사에 의해 변호되었다. 그리고 노렸던 대로 변호는 무사하게 실패로 끝나고 모두가 원하는 결과를 가져다 주었다.

토드헌터 씨는 자기를 재판에 걸어준 치안판사들에게 정중하게 감사의 뜻을 표하고 피고석에서 자기 침대로 돌아갔다.

아무래도 이 기간 중에는 당국의 고위층도 재판의 진행을 방해하려 하지는 않는 것 같았다. 경찰은 지금은 단념하고 팔짱을 낀 채 마음대로 해보라는 듯이 결과를 기다리고 있는 기색이었다. 그들은 토드헌터 씨를 살인방조와 교사죄로 체포하려 하지도 않았고, 범죄를 저지를 뜻을 품고 현장을 배회했다는 혐의로 체포하려고도 하지 않았다. 또 그들은 토드헌터 씨가 세상에도 없는 바보짓을 하려는 것을 적극적으로 막으려고도 하지 않았다. 경찰 측의 법률상 대표가 법정에 와 있었지만, 한번도 일어나서 발언하지 않았고 모든 것을 되어가는 대로 맡기고 있었다.

어니스트 경은 기분이 무척 좋았다.

"물론 하원에서 그렇게 표결이 난 이상, 정부 쪽에서도 꼼짝할 방법이 없었던 거지." 그는 지난 한 달 동안 걱정했던 기색과는 완전히 달라진 태도로 말했다. "하지만 치안판사 쪽은 예상할 수 없소. 그 이상한 늙은 너구리들은 나이를 먹으면 먹을수록 감당할 수 없어지는 법이니까."

그는 손에 들고 있던 잔에 다시 술을 따르더니 호방한 제스처로 토드헌터 씨와 판사와 이 소송 전체에 건배했다.

"그럼 당신은, 대배심도 마찬가지로 순조롭게 잘 될 거라고 예상하시는 겁니까?" 토드헌터 씨는 법정에서 돌아오자마자 말썽꾸러기 아이처럼 쫓겨 들어간 침대 속에서 물었다. 이제 그의 수명이 점점 줄어들고 있어서 위험한 것은 일체 피하지 않으면 안 되었기 때문이다. 자기가 사라지면——토드헌터 씨는 이 생각을 하지 않을 수 없었다——그와 동시에 세기의 재판도 사라지고 말 테니까.

"대배심? 아, 물론 순조롭게 갈 거요. 아마 기소장을 각하하는 일은 없을 테니까. 아무튼 온 나라가 당신의 재판을 고대하고 있지 않소? 그걸 중지하는 짓을 했다가는 혁명이 일어날걸."

"그 팔찌만 있었어도!" 플러 씨가 신음하듯이 말하며 두 손으로 몇 번이나 머리를 긁었다.

"그러니까 생각이 나는데." 치터윅 씨가 침대 저쪽에서 밝은 목소리로 주위의 기색을 살피며 말했다.

플러 씨가 갑자기 벌떡 일어서는 바람에 치터윅 씨는 깜짝 놀라 뒤로 물러섰다. 청년이 자기에게 달려드는 줄 알고 겁을 집어먹은 모습이었다.

5

도대체 팔찌라는 것이 정말로 있었던 것일까?

모든 사람은 처음부터 마음에 이 의문을 품고 있었던 것이 틀림없다. 토드헌터 씨는 그렇게 생각하고 마음이 꺼림칙한 것을 느꼈다. 특별히 꺼림칙해야 할 이유가 있었던 것은 아니다. 토드헌터 씨는 팔찌가 실재했다는 것을 잘 알고 있기 때문이다. 다만 다른 사람들의 마음속에 분명하게 숨어 있음에도 불구하고, 친절한 배려에 의해 결코 겉으로 드러나지 않는 의혹 앞에서는 어쩔 도리가 없었던 것이다.

치터윅 씨조차 팔찌가 실제로 있었다는 증거는 아무것도 가지고 있지 않았다. 하지만 자기 생각을 설명하기 시작한 치터윅 씨의 목소리에는 토드헌터 씨의 과민한 신경이 그렇게 느꼈을 뿐 그런 의혹의 그림자는 전혀 없었다.

"아시는 바와 같이 우리는 알고 있는 한에서 모든 가능성을 다 조사했습니다. 그리고 저는 지금까지 만난 사람 중에서 이 도난과 관련 있는 사람은 한 사람도 없다는 것을 확신합니다. 그것은 토드헌터 씨의 유능한 하녀들도 마찬가집니다. 그런데 이틀 전에 계단에서 그 이디라는 아가씨와 지나쳤을 때, 저는 그 아가씨가 울고 있었다는 것을 눈치챘어요. 그때도 아직 울고 있었지요."

치터윅 씨는 거기서 뜸을 들이면서, 듣고 있는 사람들을 웃는 얼굴로 둘러보았다.

"그래서 어떻게 됐소?" 어니스트 경이 답답한 듯이 물었다.

"아, 실례했습니다. 그래서 물론 그녀가 왜 울고 있을까 하는 의문이 생기더군요." 치터윅 씨는 또 뜸을 들이며 웃는 얼굴을 보였다.

"그러니까 왜 울고 있었소?"
어니스트 경이 다시 대답을 재촉했다.
"그건 저도 모릅니다."
치터윅 씨는 약간 허둥대며 대답했다.
"그럼, 도대체 무슨 말을 하고 싶은 거요?"
"한 가지 추측을 해봤는데……." 치터윅 씨는 당황하면서 부끄러운 듯이 말했다. "추측에 지나지 않지만 거 왜 남자에게 무슨 일이 일어나면 흔히 써먹는 속담이 있지 않습니까? 에…… 그러니까…… '셀세 라 팜므(여자를 찾아라)!' 그래서 생각이 났는데 여자가 울고 있을 때는 '셀세 롬므' 라는 말을 적용할 수 있지 않을까 하고 말입니다. 즉 남자를 찾으라는 얘긴데."
"불어는 나도 잘 알고 있소." 어니스트 경이 엄격하게 말했다.
"그게 아니라 제 발음이 나빠서." 치터윅 씨는 얼굴을 약간 붉히면서 변명했다. "경계는…… 그러니까 당신께 익숙한 발음과는 많이 다를 거라고 생각해서."
"어쨌건 그 남자가 어떻게 됐다는 얘기요?"
어니스트 경이 재촉했다.
"예, 혹시나 하고 생각했을 뿐입니다만." 치터윅 씨는 가정이라는 것을 크게 강조하면서 말했다. "만약 남자가 있다고 치고…… 그 자가 이디스를 울게 한 것이라면, 즉 그녀가 울고 있었던 것이 그 일 때문이라고 가정한다면 말입니다……. 그 일, 네? 아시죠?" 치터윅 씨의 목소리는, 전혀 무슨 소린지 알아듣지 못하고 있는 어니스트 경의 시선 앞에서 점차 가늘게 사라졌다. "즉, 그런 경우에는, 거 왜, 남자가 질이 좋지 않은 경우가 많지 않습니까……."
어니스트 경은 얼른 알아듣지 못했지만 젊은 플러 씨가 그것을 보충하고도 남음이 있었다. 그는 벌떡 일어나더니 치터윅 씨의 등을 감격을 담아 힘 있게 두드렸다.
"해볼 만한 가치가 있어요." 청년은 큰 소리를 질렀다. "그래요."
"뭐가 해볼 만한 가치가 있단 말인가?"
어니스트 경이 퉁명스럽게 물었다.
플러 씨는 벌써 초인종을 누르면서 단 한 마디로 설명했다.
"흥!" 어니스트 경은 자신의 둔감함에, 거꾸로 말하면 치터윅 씨의 좋은 착상에 화를 내며 말했다. "여자가 우는 이유가 남자뿐일까?"
"글쎄요, 모르겠군요." 치터윅 씨는 온순하게 대답했다. 실제로 그도 알 수 없는 일이었다.
"제가 얘기해 봐도 될까요?" 계단에서 가정부의 느릿한 발소리가 들려오자 플러 씨가 말했다.
그는 물론 모두들 동의해줄 거라고 생각한 듯 그린힐 부인이 들어오자마자 마치 아버지 같은 모습으로 그녀를 맞이했다.
"앉으세요, 그린힐 부인. 좀 더 물어보고 싶은 일이 있어서요. 어지간히 지겨우시겠지만."
"사정이 사정이니만큼 저도 가능한 한 도와드리고 싶어요."
그린힐 부인은 침울한 목소리로 대답했다.
"물론 당신이라면 그렇게 말해 주실 거라고 생각하고 있었어요. 뭐 그렇게 어려운 일은 아니에요. 그냥 이디스와 남자 친구에 대한 얘긴데, 에…… 그러니까 뭐라고 했더라, 그 남자가……."
"앨피예요. 앨피 블루어."
"아, 맞아요, 앨피 블루어였지. 그 두 사람은 결혼할 생각이겠죠?"
"네, 이디는 그럴 생각이지만." 그린힐 부인은 애매하게 대답했다. "앨피 쪽이 말이에요……. 그가 어떻게 생각하고 있는지 도무지 알 수가 있어야죠. 저 자신의 의견은 있지만."

플러 씨는 크게 고개를 끄덕였다. "그 점입니다. 제가 당신과 얘기하고 싶은 문제도 바로 그거예요. 물론 토드헌터 씨를 대신해서 말입니다. 토드헌터 씨는 이디를 무척 걱정하고 있어요. 그리고 아무리 사소한 걱정거리도 그 분의 건강에 좋지 않다는 건 아시죠? 그러니까 우리가, 요새 그 아가씨가 늘 눈물만 짜고 있다고 얘기하는 걸 들으면 무척 걱정할 거라는 얘깁니다."

"일하는 중에 울거나 해서는 안 되는데."

그린힐 부인은 엄격한 어조로 말했다.

"뭐, 그 아가씨는 여자니까요. 그래서 그 앨피에 대한 얘긴데……, 혹시 약간 건달기가 있는 청년 아닌가요?"

"하지만 말썽을 일으킨 적은 없어요." 그린힐 부인은 약간 자신 없는 듯이 대답했다. 이 말썽이라는 말이 특수한 경우, 즉 경찰과 관련된 일을 의미한다는 것은 토드헌터 씨도 알았다.

"그래도 가능성은 언제나 있어요. 그런 청년은 순간적으로 길을 잘못 들기 쉬운 법이니까요. 더군다나 그런 환경에 있으면, 그렇죠?"

"저는 항상 이디에게 말했어요. 스미스선 거리 같은 동네에 살고 있는 남자를 상대하면 자신이 싸구려가 된다고요."

"맞는 말입니다. 그런데 그의 부모는 그러니까?"

"아니에요. 앨피는 부모와 함께 살지 않아요. 둘 다 세상을 떠났대요. 지금은 하숙을 하고 있어요. 게스트라는 사람의 집에."

"그것 참 딱 맞는 이름 같군요(게스트는 숙박인이라는 뜻)." 플러 청년이 미소지었다. "그렇다면 그 앨피는 토드헌터 씨의 해외여행 중에 이 집에 자주 출입했겠군요?"

"아니요, 그건 아니에요. 전 그 남자를 싫어해서 이 집안에는 들이지 않았어요. 늘 그렇게 말하고 있죠. 만약 이디가 그런 젊은이를 상대로 어리석은 짓을 하고 싶다면, 제가 책임을 맡고 있는 집 이외의 곳에서 하라고요. 에그머니나!" 그린힐 부인의 눈이 갑자기 크게 열렸다. "그 팔찌 얘기군요!"

"그래요." 플러 씨는 고개를 끄덕였다. "그 팔찌 얘깁니다."

"그렇지만 전 앨피가 그 정도로 나쁜 사람이라고는 생각하지 않아요. 적어도…… 어쨌든, 이디를 위해서도 그런 일은 없기를 바라요. 그런데 바로 그 무렵에 그 남자가 돈이 몹시 궁했다는 것은 알고 있어요. 이디의 저금을 몽땅 빌려 가 버렸거든요. 글쎄 그걸 빌려줬다는 거예요! 차라리 돈을 강물 속에 처넣는 편이 훨씬 더 나았을 걸요. 저는 그렇게 말해줬어요. 그래도 앨피가 그런 못된 짓을 했다고는 생각하고 싶지 않아요. 이디에게는 좋은 교훈이 되겠지만, 속담에도 있는 것처럼, 너무 늦는 것보다 빠른 편이 좋으니까요."

"그렇다면 그린힐 부인, 부인이 알고 있는 한에는……." 플러 씨는 약간 달라진 어조로 말했다. "그 남자가 이 집 안에 들어온 적은 한번도 없다는 말이군요?"

"없어요, 제가 알고 있는 한에서는……. 그렇지만 제가 집에 없었을 때 이디가 데리고 왔을지도 몰라요. 그것까지는 장담 못한다고 생각해요. 앨피 블루어와 사귀게 된 뒤부터, 그 아이도 제법 교활해졌거든요."

"그래요. 나도 그렇게 생각하고 있었어요." 플러 씨는 어니스트 경을 향해 말했다. "팔찌가 아직 전당 잡히지 않았다는 것은 분명합니다. 또 장물아비에게 넘어갔다고도 생각할 수 없고요. 본격적인 장물아비가 다루기에는 너무 위험하니까요. 만약 그 남자가 훔쳤다면 틀림없이 아직 그의 주위에 있을 겁니다. 한번 그곳에 가서……." 그의 목소리는 뭔가 의심스러운 듯이 사라져 갔다.
 "아니, 그건 안 돼!" 토드헌터 씨가 갑자기 높은 목소리를 질렀다. "경시청에 전화를 걸어, 수색영장을 가지고 찾으러 가라고 하게. 그 자들은 내가 팔찌를 가지고 있었다는 것을 도통 믿어주지 않았어. 그게 나오면 아마 그 사람들 코가 납작해질 텐데."
 이 제안에 모두들 찬성했기 때문에 플러 씨는 전화를 걸러 갔다.
 어니스트 경은 등줄기를 꼿꼿이 펴고 의자 끝에 딱딱하게 앉아 있는 그린힐 부인을 근엄한 얼굴로 들여다 보았다.
 "이 일은 그 아가씨한테는 한 마디도 해서는 안 돼요, 알겠소?"
 "네, 그럼요." 그린힐 부인은 몸을 떨며 말했다. "저도 선악은 구별할 줄 안다고 생각해요."
 "나도 그렇기를 바라오." 어니스트 경이 말했다.

6

 그로부터 꼭 4시간 뒤에 경시청에서 전화가 와서, 잃어 버렸던 팔찌가 앨프래드 블루어의 방 굴뚝 속에서 발견된 것을, 지극히 정중한 태도로 알려왔다. 그들은 토드헌터 씨가 정보를 제공해 준 것에 대해 감사한다고 말했다.
 "치터윅에게 감사해야지." 어니스트 경이 공정하게 정정했다. 치터윅 씨의 얼굴이 기쁨으로 환하게 빛났다.
 "그럼, 이제 기소의 논거가 생긴 셈이군요."
 플러 청년도 싱글거리며 말했다.
 "흠! 나는 그 텅 빈 보트에 대해 좀 더 알고 싶군."
 어니스트 경은 별로 기쁘지도 않은 듯이 중얼거렸다.

7

 토드헌터 씨의 재판이 시작되기 전에 기록해 둘 만한 일이 또 한 가지 일어났다.
 재판 이틀 전 오후에, 펠리시티 팔로웨이가 토드헌터 씨를 찾아와서 한바탕 소동을 부린 것이다.
 토드헌터 씨의 침실에 들어온 펠리시티는, 처음에는 별다른 기색이 없다가 점점 흥분해서, "당신은 우정의 제단에 자신을 제물로 바쳤어요" 하며 그를 비난했다. 펠리시티의 주장에 따르면, 토드헌터 씨는 미스 노우드를 사살하지 않았고, 스스로 그것을 잘 알면서도 고결한 의협심에서 오명을 뒤집어쓰려 하고 있다는 것이었다. 그리고 펠리시티 팔로웨이는, 자기는 그런 것을 참을 수가 없으며 또 참을 생각도 없다고 말했다.
 토드헌터 씨는 무척 난감해하며 처음에는 온화하게 대답했지만, 차츰 그녀의 히스테리가 심해짐에 따라 격분하여 같이 소리 지르기 시작했다.
 자기 가족을 구하기 위해 토드헌터 씨가 고백을 하는 거라면 자기도 고백할 것이고, 파머도 뭐든지 고백하게 해주겠다고 미스 팔로웨이가 말함으로써, 바야흐로 애타적 고백의 홍수가 쏟아질 것 같은 형세가 되었을 때, 토드헌터 씨의 침실에서 새어나오는 큰 소리에 놀란 그린힐 부인이 플러 청년을 불렀고, 플러 씨는 당장 펠리시티를 집 밖으로 쫓아내고 말았다.
 토드헌터 씨는 안도하며 이마의 땀을 훔쳤다.
 "여자는 악마야." 토드헌터 씨는 그것을 사뭇 확신하는 듯이 말했다. 그리고 펠리시티가 그 엉뚱한 협박을 실행에 옮기지는 않을까 하고 진심으로 걱정되기 시작했다.
 그러나 치터윅 씨가 모든 것을 잘 처리해 주었다. 그 얘기를 들은 그는, 그날 밤에 펠리시티의 분장실에 찾아가(대단한 방탕아가 된 듯한 기분을 맛보면서) 어리석은 짓을 하지 말도록 설득한 것이다.

토드헌터 씨가 스스로 택한 길을 방해하는 것은 더 이상 나타나지 않았다.

제4부 신문소설풍(저널리스틱)
법정 장면

XV

1

로렌스 토드헌터 씨의 진 노우드 살해에 관한 재판은 어느 화창한 3월 아침, 런던의 중앙형사재판소에서 개정되었다. 토드헌터 씨 스스로가 큰 관심을 가진 구경꾼이었다.

재판이 열릴 예정인 제4법정 밖에서 토드헌터 씨는 처음으로 자기 변호인 제미슨 씨와 악수를 나눴다. 키가 큰 근육질의 남자로, 자기 머리보다 한 치수 작은 느낌의 가발을 쓰고 어두운 얼굴을 하고 있었다. 그는 그 어두운 눈길로 토드헌터 씨를 살펴보며, 강한 스코틀랜드 억양의 기운 없는 목소리로 불쑥 이렇게 말했다.

"정말 묘한 사건이군요."

어니스트 경은 여전히 토드헌터 씨의 안내역을 맡아 그를 법정으로 데리고 가서 피고석을 가르쳐 주고, 또 그를 대면하는 영광을 얻고 싶어하는 저명한 법률가들에게 토드헌터 씨를 소개했다. 토드헌터 씨가 이 법정 안에서 왕자의 지위에 있는 것은 의심할 여지가 없었다. 그가 등장하자 감동적인 정적이 법정 안에 가득 찼다. 높은 단 아래의 테이블에 둘러앉아 잡담을 나누고 있던 신문 기자들도 마치 약속이라도 한 듯 그를 주시했다. 법정의 관리들도 위엄을 잊은 채 지켜보았다. 기자들은 늘 그렇듯이 재판 전의 성명이라도 얻어내려고 애썼지만, 어니스트 경은 단호하고 엄격하게 보도진을 밀어냈다.

변호인과 사무 변호사에 에워싸여 날씨 얘기 따위를 하고 있으니 토드헌터 씨에게는 모든 것이 무척이나 편안하게 느껴졌다.

잠시 뒤 어니스트 경이 갑자기 자기 역할을 떠올린 듯 이마를 치며, 전문 간호사 같은 배려로 토드헌터 씨를 증인석에 앉혔다.

"하지만 기분은 정말 좋은데요." 토드헌터 씨가 불평했다. 실제로 그는 지난 몇 주일과는 달리 건강 상태가 좋아져 있었다. 겨우 침대에서 나와 오랜만에 몸을 움직였기 때문에 이제 얼마간 안심했기 때문이리라.

"잘 듣게." 어니스트 경은 위엄 있는 목소리로 말했다. "이 재판이 끝날 때까지 자네를 살려두는 것이 내 임무라네. 난 그 임무를 충실히 이행할 생각일세. 제미슨, 피고석에 의자를 준비해 달라고 부탁해 주게. 그의 병에 대한 얘기는 물론 들었겠지?"

제미슨 씨는 자기 의뢰인이 의자에 앉을 수 있도록 부탁해 보기로 했다. 그러나 그의 말투에는 그런 요구는 허용되지 않을 거라는 의구심이 담겨 있었다.

법정은 낮은 얘기 소리로 가득했다. 토드헌터 씨가 문득 시선을 들자, 이층 난간에서 상체를 내밀고 이쪽을 쳐다보고 있는 사람들의 머리가 일제히 늘어서 있는 것이 보였다. 모두들 눈은 커다랗게 뜨고 입은 대구처럼 쩍 벌리고 있었다. 토드헌터 씨는 놀라서 시선을 거두었다.

법정은 어느새 사람들로 가득 차 있었다. 유명한 프랑스 법률가와, 역시 유명한 미국의 판사가 와 있다는 얘기를 토드헌터 씨는 듣고 있었다. 확실히 그의 사건은, 국내뿐만 아니라 국제적으로도 관심을 불러일으키고 있는 것 같았다. 토드헌터 씨는 무척 우아한 차림의 많은 부인들이 이쪽을 빤히 바라보면서, 그의 오랜 여성관으로서는 어처구니없을 정도로 무례하게 소곤거리고 있는 것을 보고 깜짝 놀랐다. 불쾌감을 느끼면서 토드헌터 씨는 어니스트 경에게 저 여자들은 누구냐고 물었다.

"매춘부들이지, 뭐." 어니스트 경이 경멸하듯이 대답했다.

"이런 곳에 뭐 하러 왔습니까?"

"자네를 구경하러 온 거야. 싸구려 스릴을 맛보려고."

"그런데 어떻게 들어올 수 있었을까요?"

"아, 그런 것 따위는 시장이나 주(州) 장관에게 물어보는 게 좋을 걸. 그 자들은……."

"옛!" 젊은 플러 씨가 제지했다. "이제 나옵니다."

판사석 뒤 어딘가에서 노크 소리가 크게 세 번 들렸다. 모두들 서둘러 자리에서 일어섰다. 토드헌터 씨도 따라 일어섰다. 문이 열리고 사람들이 행렬을 지어 들어왔다. 맨 앞은 시장으로, 뚱뚱한 몸에 법의를 걸치고 손에는 열쇠를 들고 당당하게 걸어왔다. 그 뒤로 세 명의 시 참사회원과 주 장관 및 차관들이 들어오고, 마지막으로 몹시 자그마한 체구의, 쭈글쭈글한 노인이 나타났다. 농담은 물론 불필요한 말은 일절 하지 않고 사건을 심리하는 것으로 유명한 베일리 재판장이었다.

일행은 자리에 앉았다. 시장이 맨 중앙에 자리잡았다. 재판장은 가느다란 목소리로, 저명한 프랑스 법률가와 미국 판사 두 사람을 불러 함께 단상의 자리에 앉게 했다. 자리는 끝에서 끝까지 꽉 차게 되었다.

"자, 가게."

어니스트 경이 토드헌터 씨에게 속삭였다.

"가다니, 어디로?"

토드헌터 씨가 바보처럼 물었다.

"피고석 말이네."

약간 멋쩍었지만 그것을 숨기려고 애쓰면서 토드헌터 씨는 피고석으로 무릎걸음을 하는 것처럼 다가갔다. 한 경관이 정중하게 문을 열고 서 있었다. 안에 간수는 없었다. 토드헌터 씨는 아직 체포된 것이 아니었기 때문이다. 휑뎅그렁한 넓이에 놀라면서 토드헌터 씨는 휘청휘청 앞으로 걸어가, 급하고 신경질적인 동작으로 앞쪽의 굵은 가로대에 웅크리고 앉아, 판사 쪽을 향해 눈을 깜박거렸다. 말할 수 없이 바보 같은 기분이 들어 약간 화가 났다.

이윽고 그는, 누군가가 억양 없는 목소리로 빠르게 무언가를 낭독하고 있는 것을 알았다.

"우리의 국왕과 피고 사이의 신문이 열리기 전에 누구든 왕실의 판사 혹은 검찰총장에 대해, 피고가 범한 반역, 살인, 그 밖의 모든 중죄, 경죄에 대해 정보를 제공할 수 있는 자가 있다면 속히 얘기하라. 즉시 귀 기울이리라. 지금 이 피고는 자신의 평결을 받기 위해 이곳에 서 있기 때문이다. 또 서약에 의해 피고를 고발하고 그 유죄를 입증할 의무가 있는 자는, 즉시 나서서 고발하고 유죄를 입증하라. 그렇지 않으면 서약은 파기될 것이다. 국왕 폐하께 영광이 있기를!"

낭독이 끝나자 가발과 법의를 입은 다른 사람이 단상 바로 밑에서 나타나서 직접 토드헌터 씨를 향해 말했다.

"로렌스 버터필드 토드헌터, 당신은 작년 9월 28일에 이세르 메이빈스를 살해한 혐의로 기소되었습니다. 유죄입니까, 무죄입니까?"

"예?" 토드헌터 씨가 깜짝 놀라 말했다. 한 순간, 자기 사건이 누군가 다른 사람의 사건과 뒤바뀐 것이 아닌가 하고 놀란 것이다. 이세르 메이 빈스라는 여자를 살해한 기억은 없었기 때문이다. 그때, 진 노우드의 본명이 뭐라고 하는 것을 들은 것이 어렴풋이 생각났다. 그래, 이세르 메이 빈스는 본명일 것이다.

"예, 유죄입니다." 토드헌터 씨는 당황하며 말했다. 그러자, 어니스트 경의 커다란 얼굴에 경악의 표정이 생생하게 번지는 것이 눈에 들어왔다. 토드헌터 씨는 몹시 동요했다. "아니, 그러니까" 하고 토드헌터 씨는 다시 반쯤 일어서면서 말했다. "무죄입니다."

"무죄를 주장하신다고요?"

법정 서기가 단호한 목소리로 반문했다.

"살인에 대해서는 무죄입니다." 토드헌터 씨는 상대의 단호한 목소리를 그대로 흉내내어 대답했다.

그는 법정 안의 눈들이 자기에게 쏠리고 있는 것을 의식하며 난간을 꼭 붙잡았다. 그리고 어처구니없이 바보 같은 출발을 해 버렸다고 생각했다. 자신이 유죄로 보이지 않는 것은 아닐까? 그보다도 정신병자로 보이지는 않을까? 그는 절망적으로 생각했다.

제미슨 씨는 그리 기대를 하지 않는 듯한 말투로 재판정에 뭔가 요구하고 있었다.

"재판장님, 저는 피고의 변호인으로 출석했습니다. 현재 피고의 건강상태가 좋지 않은데, 배심 선서가 끝날 때까지 자리에 앉는 것을 허락해 주실 수 없겠습니까?"

재판장이 그 늙은 얼굴을 끄덕였다.

"좋습니다."

제미슨 씨는 약간 놀란 기색이었다.

친절해 보이는 경관이 토드헌터 씨 뒤에 의자를 갖다놓았다. 토드헌터 씨는 고마워하며 거기에 앉았다. 모든 것이 무대 위의 광경처럼, 아직은 현실과 동떨어진 것으로 생각되었다.

그는 배심원들이 차례차례 선서하는 모습을 꿈결 같은 기분으로 지켜보고 있었다.

배심원에 대한 기피 신청은 없었다. 토드헌터 씨는 열 명의 남자와 두 명의 여자로 구성되어 있는 배심원에 자신의 운명을 맡기게 된 것이다. 그들을 쳐다보니 모두들 당황한 듯 눈길을 피하려고 했다. 토드헌터 씨는 희미하게 얼굴을 붉히며, 뭔가 몹시 바빠 보이는 작은 체구의 법정 서기 쪽으로 시선을 옮겼다. 남이 자기 눈을 피하는 것에는 익숙하지 않았기 때문이다.

법정 서기는 배심원들에게 이렇게 말했다.

"배심원 여러분, 피고 로렌스 버터필드 토드헌터는 작년 9월 28일에 이세르 메이 빈스를 살해한 혐의로 기소되었습니다. 이 고발에 대해 피고는 무죄를 주장하고 있습니다. 따라서 증거를 잘 심리하여 피고가 유죄인지 무죄인지를 평결하는 것이 여러분의 임무입니다."

배심원들은 자못 엄숙한 얼굴을 하고 있었다.

'그렇게 함부로 버터필드, 버터필드 하고 부르지 말아줬으면 좋겠어.' 토드헌터 씨는 씁쓸하게 속으로 말했다. 그는 그의 가운데 이름을 무척 싫어하여 지난 20년 동안 줄곧 숨겨 왔다.

토드헌터 씨도 약간 놀랐을 정도로 태연스럽게 어니스트 프리티보이 경이 천천히 일어나더니 법의를 목욕 가운이라도 되는 듯이 몸에 두르고, 즐겁고 편안한 모습으로 발언하기 시작했다.

"재판장님, 그리고 배심원 여러분. 이것은 참으로 이상한 사건입니다. 우리 모두가 알고 있는 바와 같이, 현재 피고가 고발되어 있는 이 범죄에 의해 다른 사람이 이미 유죄 선고를 받고 처형을 기다리고 있습니다. 이 재판 결과가 나올 때까지 처형은 연기되었지만, 어쨌든 참으로 이상한 사건임에는 틀림없습니다. 더욱 이상한 것은, 이 살인 고발이 개인에 의해 이루어졌다는 사실입니다. 제가 의뢰를 받은 것은, 국왕으로부터가 아니라 퍼스 씨라는 한 시민으로부터입니다.

퍼스 씨는 이 전례가 없는 사건에서, 최고의 공덕심에 따라 행동하고 있습니다. 곧 그의 입을 통해 듣게 되겠지만 퍼스 씨는 지금 매우 특수한 입장에 있습니다. 그는 미스 빈스의 죽음은 실제로는 이 자리에 있는 토드헌터 씨에 의한 것이며, 지금 사형을 기다리고 있는 빈센트 파머의 행위에 의한 것이 아님을 확신할 수 있는 입장에 있습니다. 여러분은 퍼스 씨가 그렇게 확신하는 이유를 이제부터 알게 될 겁니다. 그 이유 중에서 간과할 수 없는 것은, 범죄 몇 주일 전에 토드헌터 씨가 퍼스 씨와의 개인적인 대화 속에서, 아직 미정인 한 사람을 살해할 생각이라고 말했다는 사실입니다. 뿐만 아니라 그는, 그 희생자로서 누군가 적당한 인물이 없겠느냐고 퍼스 씨에게 의논까지 했다고 합니다.

그리하여 이 범죄로 사형선고를 받은 것은 죄 없는 사람이라는 확신을 가진 퍼스 씨는, 이 놀라운 오심으로 생각되는 것을 바로잡기 위해, 이러한 형식의 재판을 제기한 것입니다. 또 그가 이것을 제기한 것은, 토드헌터 씨 본인의 완전한 승인을 얻어 이루어졌습니다. 토드헌터 씨는 이 재판의 잘못이 시정되기를 누구보다 간절히 바라고 있으며, 그가 스스로 인정하고 있는 이 불행한 사건을 일으킨 이래, 매우 몸을 삼가며 훌륭한 행동을 해왔습니다. 그것은 제 의무로서," 하고 어니스트 경은 이 부분에서 자못 장중하게 말했다. "무척 말하기 어려운 일이지만 피할 수 없는 의무로서, 다음의 사실을 강조하지 않을 수 없습니다. 즉, 관계 당국자 여러분, 아니, 더 분명하게 말하면 경찰과 국왕의 사법관들입니다만 이들 당국자들은, 토드헌터 씨가 빈센트 파머가 체포되었다는 소식을 듣고 곧바로 진상을 밝혔음에도 불구하고 그의 얘기에는 전혀 귀를 기울이지 않았습니다.
 저는 당국자 여러분의 동기를 비난하고자 하는 것은 아닙니다."
 어니스트 경은 속으로 가능한 한 강도 높게 비난해 주리라고 생각하면서 얘기를 계속했다. "저는 당국자 여러분이 토드헌터 씨의 놀라운 고백에 귀를 기울이지 않았던 것은, 그들이 이미 절대적으로 유죄로 만들고 싶은 한 용의자를 체포하고 있었고, 자신들의 실수를 공식적으로 인정하고 싶지 않았기 때문이라고 말할 생각은 추호도 없습니다. 그런 일은 절대로 없었을 거라고 확신하고 있습니다. 그런 악은——그것은 악이라고밖에 부를 말이 없을 것 같군요——어딘가 다른 곳의 경찰이라면 몰라도, 우리나라의 경찰과는 전혀 관계가 없는 일입니다. 저는, 경찰은 진범을 잡았다고 확신하고 있었고 그래서 토드헌터 씨를 불필요한 방해를 하는 정신병자로 진심으로 믿었다고 생각합니다. 그러나 토드헌터 씨 입장에서 보면 다른 한 사람의 생명이 위험에 처해 있는 걸 보면서도, 그것을 받아들이거나 모른 척 침묵하고 있을 수는 없는 일이었습니다. 또 진실을 알고 있는 사람들도 모른 체하고 있을 수가 없었습니다. 그래서 이 소송이 이렇게 거의 유례가 없는 형태로 제기되었고, 피고는 체포되지 않은 자유인으로서 피고석에 서 있게 된 것입니다. 이곳에 있는 피고는, 마음만 먹으면 언제라도 이 법정에서 나가 자취를 감출 수 있는 자유로운 사람입니다. 그것은 그에 대한 이 중대한 살인 고발에도 불구하고 당국자는 여전히 전혀 문제 삼지 않고 있기 때문입니다. 당국은 아직도 그에 대해 체포영장을 발부하지 않고 있습니다. 배심원 여러분, 제 임무는 당국자가 잘못 알고 있다는 것과 퍼스 씨의 주장이 정당하다는 것을 증명하는 일입니다."
 "재판장님." 어니스트 경은 강한 인상을 주려는 듯이 말했다. "허락해 주시기 바랍니다. 우리의 직무로서는 자기가 담당하고 있는 심의에 대해 일신상의 설명을 하는 것은 관습에 어긋나는 일이지만, 본건 같은 특이한 사건에 있어서는 개인적인 설명도 전적으로 부적절하지만은 않을 거라고 생각합니다. 그래서 재판장님의 허락을 받아 저 자신의 입장에 대해 몇 마디 말씀드리고 싶습니다. 재판장님, 그리고 배심원 여러분. 저는 단지 이것만 말씀드리겠습니다. 그것은 법조계의 한 사람으로서, 또 국왕폐하의 명령하에 다년간 활동해 온 자로서, 국가 당국자의 행위가 저 자신과 저의 박학한 동료(법정에서 상대방 변호사를 부르는 경칭) 양쪽으로부터 혹독한 비판을 받고 있는 이러한 중대한 사건에서는, 자신의 책임을 충분히 자각하지 않는 한 행동해서는 안 되기 때문입니다.

저는 바로 그 책임을 통감하고 있습니다. 제가 이 사건과 관련을 가지게 된 것은, 몇 주일 전 우연히 피고의 유죄를 증명할 수 있는 모종의 발견에 대한 증인이 되었을 때부터였습니다. 이 발견에 대해서는 언젠가 말씀드리겠지만, 그때는 이 법정에서 변호인이 증언대에 올라 피고에게 불리한 증언을 하는 전대미문의 광경을 보시게 될 것입니다. 이러한 행동은 참으로 희귀한 것이지만 그것이 불가능하다고 볼 만한 이유는 전혀 찾을 수 없습니다. 그리고 이렇게 여러 가지 점에서 이례적인 이 소송사건에서는, 통상의 경우에는 관습에 어긋나는 것으로 보이는 행동도 너그럽게 봐주실 뿐만 아니라, 동정과 이해로 환영해 주실 거라고 생각합니다. 왜냐하면 제가 증인이 되어줄 것을 요구받은 그 발견들과 사건 때문에, 저는 이 슬픈 범죄의 범인으로서 이미 형의 선고를 받은 사람의 무죄를 확신하게 되었기 때문입니다. 그 뒤에 일어난 일련의 사건들도 이 신념을 더욱 확고한 것으로 만들어 주었습니다. 따라서 오늘, 이 사건에서 제가 자발적으로 열의를 가지고 여러분 앞에 서 있는 것은, 인간의, 그중에서도 한 개인의 자유에 봉사하기 위해서가 아니라 순전한 정의를 위해서입니다. 재판장님 그리고 배심원 여러분, 부디 이 개인적인 해명을 용서해 주십시오. 이것은 저뿐만 아니라 여러분도 알아야 할 의무가 있다고 생각했기 때문입니다.

자, 그럼, 이세르 메이 빈스의 죽음에 이르기까지 여러 가지 사건을 순서대로 얘기하고자 합니다.

작년 6월 14일, 토드헌터 씨는 자신의 주치의를 찾아갔습니다."

그리고 어니스트 경은, 토드헌터 씨가 정확하게 언제까지라고는 말할 수 없어도, 자신의 수명이 얼마 남지 않았다는 것을 안 순간부터, 저녁 모임에서 아무것도 모르는 대화자들로부터 중대한 조언을 들은 일, 그리고 오늘 아침 토드헌터 씨가 자발적으로 피고석에 들어간 순간까지의 행동을 간략하게 얘기했다.

토드헌터 씨는 훌륭한 요약이라고 생각했다.

그는 〈런던리뷰〉의 기사를 위해 자신의 심정을 기록해 두어야 하지 않을까 하는 냉소적인 생각을 해보았다. 사형 집행일이 올 때까지 그것을 기록할 시간은 충분히 있을 것이다. 물론 유죄 판결이 내려진다면 말이지만.

진정한 과학적 정신을 발휘해야겠다고 생각하면서, 그는 피고석 칸막이 너머로 작은 목소리로 펜과 종이를 청구했고, 그것을 받자 진지하게 적어 넣었다.

'E.P의 모두진술은 예상 이상으로 간결하여 크게 만족스럽다. 그의 논고는 참으로 설득력 있는 것이었다. 어쩌면 성공할지도 모른다는 예감이 든다.'

2

점심 휴식 시간까지 증언대에 선 증인은 한 사람뿐이었다. 그것은 중요한 증인 페라스였다.
 페라스의 증언은 두 가지 항목으로 나뉘어 있었다. 지금은 악명 높은 것이 된 저녁 모임에서의 대화와, 〈런던리뷰〉 편집자로서의 토드헌터 씨와의 개인적인 관계였다. 여전히 온화하고 냉정한 페라스는, 그 저녁 모임을 완벽하게 기억하고 있었다. 그는 의사한테서 죽음을 선고받은 사람이 인류를 위해 무엇을 하면 좋은가 하는 문제를, 토드헌터 씨가 상당히 관심 있게 탐구하는 것처럼 보였다는 것을 인정했다. 또 그 자리에서의 결론이 거의 만장일치로 살인으로 결정된 것도 확실하게 기억하고 있었다.
 "바꿔 말하면, 피고가 누구의 얘기라는 것은 밝히지 않고 그 문제에 대해 조언을 구하자, 당신들이 살인을 하라고 권했다는 말인가요?"
 어니스트 경은 놀란 듯이 얼굴을 찌푸리면서 물었다.
 "아무튼, 그를 제외한 사람들은 토론을 그다지 심각하게 생각하지 않았습니다." 페라스는 희미하게 웃으며 대답했다. "그렇지 않았다면 우리의 조언은 달랐을 겁니다."
 "하지만 실제적으로 당신들은 그에게 그렇게 권한 셈이지요?"
 "그렇게 말하면 그렇게 되겠지요."
 "그렇게 말할 수 있고말고요."
 페라스는 온화하게 말했다.
 "그렇다면 아니라고는 할 수 없겠군요."
 "그렇지만, 피고가 그 권고대로 행동하리라고는 생각하지 않았겠죠?"
 "모두들 그런 것은 꿈에도 생각하지 않았습니다."
 "피고를 잘 알고 있는 당신으로서는, 그가 그것을 실제로 행동으로 옮겼다는 것을 알면 놀라실까요?"

페라스는 잠시 생각했다. "아마 놀랄 겁니다."
그것은 어니스트 경에게 두 번째 항목으로 옮기는 계기를 제공했다.
"피고에 대해 잘 알고 계시는군요?"
"예, 알고 있다고 생각합니다."
"피고는 상당히 오랫동안 당신 밑에서 잡지일을 하고 있었죠?"
"그는 오랫동안 제가 편집하는 〈런던리뷰〉의 고정 기고가였습니다." 페라스는 선전하기에 좋은 기회라는 듯이 대답했다.
"그 동안 당신은 그의 일하는 능력뿐만 아니라 인간 됨됨이를 관찰할 기회가 많이 있었겠군요?"
"그렇습니다."
그리고 어니스트 경은, 페라스가 집무 시간이나 그 밖의 시간에 수없이 토드헌터 씨를 만나 관찰하고 얘기를 나누었을 때의 상황을 캐물었다.
"그래서 그 오랫동안 피고가 자신의 행동에 완전히 책임을 지는 사람이라는 결론을 얻었습니까?"
"물론입니다."
"피고한테서 뭔가 비정상적인 징후를 보신 적이 있습니까?"
"아닙니다, 한번도 없었습니다. 큰 의미에서는."
"그 말은 무슨 뜻인가요?" 어니스트 경은 약간 비웃듯이 물었다.
"즉, 흔히들 말하는 독신자 특유의 약간 특이한 점은 있다는 뜻입니다."
"의심할 여지없이, 우리는 모두 그런 것을 가지고 있습니다. 하지만 그러한, 누구한테나 있는 약간의 특이한 점을 제외하면, 피고가 이상한 정신의 소유자라고 생각되는 점은 한 번도 본 적이 없는 거군요."
"토드헌터는 제가 알고 있는 한, 가장 건강한 정신을 가진 사람이라고 늘 생각하고 있었습니다."
"감사합니다."
어니스트 경은 말하고 자리에 앉았다.
페라스는 예의 바르고 친절한 태도로 제미슨 쪽을 향했다.
"페라스 씨, 당신은 편집자시죠?" 제미슨이 신문을 시작했다.
"맞습니다."
"즉 당신은, 픽션과 사실에 대한 많은 글들을 읽으셨겠군요."
"그렇습니다."
"아마 모든 종류의 책을 읽으실 겁니다. 예를 들어, 업무와 관련하여 심리학을 다룬 책을 읽어야 할 때도 있습니까?"
"예, 자주 있습니다."
"범죄심리학도?"
"예."
"그 독서의 결과로서 당신은 범죄심리학을 포함한 근대심리학 원칙을 충분히 알고 있다고 말할 수 있을까요?"
"저는 전문가는 아닙니다." 페라스는 대답했다. 그 반대 표시가 너무나 강했기 때문에, 사람들은 이내 그는 전문가가 틀림없다고 생각했다. "하지만 그런 사항에 대해 상식적인 지식은 가지고 있습니다."
"그런 독서 중에서 말입니다, 뭔가 커다란 정신적인 용기를 필요로 하는 중대한 행동을 결행하기로 작정하고, 행동 직전까지 준비를 진행했다가, 막상 중요한 순간에 갑자기 공포에 사로잡혀 주저앉아 버리는 예를 읽으신 적이 있습니까?"
"그것은 극히 일상적인 현상입니다."
페라스는 전문가 같은 태도로 긍정했다.
"그런 사람은 증오하는 사람을 죽이려고 마음먹고 권총을 사서 살인을 실행할 결심을 굳히고 상대를 찾아가는 것까지는 하지만, 막상 최후의 순간에 용기를 잃고 권총을 휘둘러 위협하는 것으로 만족하는, 그런 경우 아닙니까?"

"그렇습니다."

"그럼, 그런 일이 있을 수 있다고 생각하시는 거군요?"

"그렇습니다."

"그렇다면 그런 상황에서, 예를 들어 본인이 화기를 다루는 게 서툴러서 권총이 폭발하고 만 경우, 당신의 범죄심리학 지식에서 보면 그것은 계획적인 살인일까요, 아닐까요?"

"아니지요."

"감사합니다, 페라스 씨." 제미슨은 예상 이상의 수확을 거두었다는 표정으로 말했다. "아주 유익한 얘기였습니다. 방금 당신은, 재판장과 배심원 여러분 앞에서 피고를 가장 건강한 정신의 소유자로 생각한다고 말했는데, 그 발언은 당신의 심리학 지식에 근거한 것인가요?"

"제 심리학에 대한 약간의 지식이 작용했다고 생각합니다."

"알겠습니다. 그래서 그 발언은 역시 변함없는 거군요?"

"변함없습니다."

"그렇다면 페라스 씨, 조금 전에 예를 든 인물의 경우, 즉 살인을 하기로 결심하고 그 목적을 위해 권총을 사서 희생자에게 다가갔지만 결국 자발적 의도하에서는 발포하지 않았던 사람의 경우 완전히 제정신이고 정상이라고 생각하십니까?"

"그 정도 사실만 가지고" 하고 페라스는 신중하게 말했다. "그런 사람을 정상이 아니라고 판단할 근거는 아무것도 없습니다."

"재판장과 배심원 여러분을 위해 그 점을 좀 더 상세하게 설명해 주시겠습니까?"

"그것은 단순히 그 사람의 신경이 견디지 못한 것뿐이라고 생각합니다." 페라스는 재판장을 향해 조용히 설명했다. "제가 본 바로는, 이상한 정신 상태를 나타내는 것은 아무것도 없다고 생각합니다. 우리 대부분의 사람은 신경이 이따금 견디지 못할 때가 있습니다. 물론 저는 이런 사항에 대해 전문가는 아닙니다만."

재판장이 말했다.

"그런데 제미슨 씨, 질문하고 싶은 것이 있소. 아무래도 당신의 반대신문의 의도가 명확하지 않군요. 피고는 그의 행동에 책임이 없다는 것을 말하려는 겁니까?"

"아닙니다, 재판장님." 제미슨은 노기를 띠며 대답했다. 화가 나면 그의 말투는 더 강해졌다. "실례지만, 제 의도는 그 반대입니다. 제 의뢰인은 자신의 행동에 전적인 책임이 있습니다."

"그렇다면, 기소자 측과 차이가 없군요. 어니스트 경도 같은 의견입니다. 따라서 왜 당신이 그런 것을 장황하게 강조하는 것인지 모르겠군요."

"그것은 이렇습니다, 재판장님. 다른 방면에서 그 점이 문제가 될 수 있다고 생각하기 때문입니다." 제미슨 씨는 침울하게 말했다. "그리고 제 의뢰인의 정신 상태에 의혹의 그림자를 던지려는 시도가 있을지도 모르기 때문입니다. 이 논점은 기소자 측의 박학한 동료에 의해 이미 제기되었기 때문에, 피고를 알고 있는 증인들이 얘기할 수 있는 모든 증거를 제시하고 싶은 것입니다. 그럼으로써 배심원 여러분은 가장 권위를 가지고 말할 수 있는 있는 사람들의 견해를 들을 수 있을 것입니다."

"그렇다면 알겠소." 판사는 참을성 있게 말했다.

그러나 제미슨 씨는 이미 그 점을 밝히고 있었고, 그가 한 첫 번째 신문에 의해 변호가 어떤 방향으로 가닥을 잡을지 분명해진 것처럼 보였다. 페라스는 증언대에서 내려가도 좋다는 허락을 받았다. 그는 재판장을 향해 고개를 숙여 보인 뒤 얼른 증언대를 떠났다.

3

"그 제미에게 그런 힘이 있을 줄은 몰랐어." 어니스트 경은 분한 듯이 감탄의 빛을 띠며 말했다. "자네의 신경이 그 중요한 순간에 더 이상 견디지 못하게 되었다고 말한 건 정말 현명했네. 그래서 상해치사에 머무르게 하려는 거지. 정말 머리가 좋아."

세 사람은 플리트 거리의 작은 레스토랑에서 점심 식사를 하고 있었다. 중앙형사재판소는 보통 재판소와는 달리 변호인과 증인들의 빈 배를 채워줘야 할 의무가 없었기 때문이다. 레스토랑 안의 다른 손님들은 자기들 속에 토드헌터 씨 같은 유명인이 섞여 있는 것을 알고 무척 흥미로워하며, 그로부터 시선을 떼지 못한 채 거의 귀소본능처럼 음식을 입에 나르고 있었다.

지금은 대중의 노골적인 주시의 대상이 된 것에도 약간 익숙해진 토드헌터 씨는, 제미슨 씨가 상당히 능란한 변호를 했다는 것에 동의했다.

"자네가 약간 괴짜라는 말을 처음부터 말해둔 것은 상당히 현명했어." 어니스트 경은 스테이크와 콩팥파이를 먹으면서 그렇게 말했다.

"맞습니다." 토드헌터 씨는 뭔가 생각에 잠겨 있는 기색이었다.

그는 자신의 혹독한 시련의 이런 부분을 그렇게 즐기며 기다리고 있었던 것은 아니었다. 그것은 공개법정에서 이 문제를 최종적으로 해결하기 위해서는 경찰 측 대표에게 증인석의 토드헌터 씨를 반대신문하게 하고, 그런 다음 배심원에게 호소하도록 하는 것이 가장 효과적이라고 결정하고 있었기 때문이다. 그렇게 하면 토드헌터 씨는 미스 이세르 메이 빈스의 죽음과 아무 관계도 없다는 경찰 측 견해가 충분히 설명될 것이고, 배심원도 거기에 합당한 고려를 하게 될 것이다. 그러나 토드헌터 씨는 그의 무죄를 증명하려고 혈안이 되어 있는 적의에 찬 변호사에게 대항할 수 있을지 확신이 서지 않았다. 대부분의 사람들이 그렇듯이, 토드헌터 씨는 증인으로서의 자신의 능력을 믿지 않았다. 게다가 지금은 기억력이 몹시 떨어져 있어서, 유능한 변호사에게 걸리면 절체절명의 위기에 처하게 되지 않을까 하고 속으로 몹시 걱정하고 있었다.

"어쨌든 앞으로 형세가 어떻게 돌아갈 것 같습니까?"

그는 우유를 홀짝이면서 물었다.

"그리 나쁘지 않네." 어니스트 경은 기운차게 대답했다. "배심원들은 아직 약간 당황하고 있는 것 같지만 곧 가닥을 잡게 해주겠네. 두고 보게."

4

배심원들은 사실 당황하고 있는 것처럼 보였다.

오후 내내 증인들이 차례차례 등장해서는, 처음에는 약간 애매했지만 토드헌터 씨가 분명히 살인의도를 가지고 있었음을 증언하는 말을 듣자, 그들의 당혹감은 해소되기는커녕 점점 더 깊어지는 것 같았다. 동포에게 약간의 선행을 베풀기 위해 누군가 불특정한 사람 또는 사람들을 완전히 애타적인 동기에서 죽이려는 생각을 하는 사람이 있다는 것을, 배심원들은 아무도 이해하지 못하는 눈치였다.

그러나 그런 배심원들도, 토드헌터 씨가 옛날에 그런 의도를 품고 있었다는 사실만은 이해하게 된 것 같았다. 문제의 저녁 모임에 참석했던 사람들이 한 사람씩 소환되어, 페라스의 증언을 뒷받침했다(치터윅 씨는 예외로서, 그는 나중에 비장의 카드로 등장할 예정이었다). 그들에 이어, 컨솔러데이티드 출판사에서 선발된 사원들이 등장했다. 윌슨 청년은 토드헌터 씨가 피셔맨에 대한 얘기를 듣자, 굉장한 혐오를 나타냈다고 증언했다. 오길비는 토드헌터 씨와의 대화를 회상하며 토드헌터 씨가 "그런 자는 사살되어야 합니다!" 하고 격분하여 소리친 것을 얘기했다. 스테이시스, 젊은 베츠, 베네트 세 사람은, 베네트의 사무실에서 주고받은 얘기를 간략하게 얘기했다. 베네트는 또, 다른 두 사람이 나간 뒤에 토드헌터 씨가 방에 있는 것을 발견했으며, 아마 자신들의 얘기를 엿듣고 있었던 것 같다고 말했다. 베네트는 약간 겁을 먹고 있는 것처럼 보였는데 그 이유를 아는 사람은 토드헌터 씨 한 사람뿐이었다.

또 젊은 베츠는 계단에서 만났을 때 토드헌터 씨가 어디 가면 권총을 살 수 있느냐고 물은 것도 증언했다. 그는 또 토드헌터 씨의 표정이 딱딱하게 굳어 있었고 무서운 결단을 내린 사람처럼 결연했으며 숨결도 거칠었다고 덧붙였다. 다음에, 총포점 점원이 같은 날 토드헌터 씨가 가게에 찾아와서 권총을 산 것을 증언하고 그 권총이 법정에서 제시된 것과 동일한 것임을 확인했다.

이렇게 하여 어니스트 경은 다수의 증인을 활용하여 토드헌터 씨가 미스 노우드를 만나기 상당히 오래 전부터 분명히 살인 의도를 품고 있었음을 증명하여, 배심원들까지 확실하게 만족시켰다. 토드헌터 씨는 피셔맨 사건이 일어난 것을 그때는 대실패로 생각했지만, 지금은 매우 다행으로 여기고 있었다. 지금은 그 가치가 헤아릴 수 없는 것이 되어 있어서 그것이 없으면 유죄 판결을 어떻게 얻어낼 수 있을지 의심스러울 정도였다.

"배심원들은 완전히 감탄한 모양이더군요." 토드헌터 씨는 중앙형사재판소 밖에서, 마치 자애로운 어머니처럼 자신을 감싸 안고 택시에 태우려 하는 어니스트 경에게 말했다. 치터윅 씨와 플러 청년은 호기심에 찬 군중을 뿌리치는 데 정신이 없었다.

"정말이야, 배심원들은 완전히 감탄했어." 어니스트 경은 택시 창문으로 머리를 들이밀며 말했다. "내가 그렇게 되도록 만들었으니까."

치터윅 씨는 재빨리 차에 올라탔다. 택시는 군중의 환호 속에서 출발했다.

"피고석에 선 기분이 어땠어요, 토드헌터 씨? 이제 희망이 이루어진 셈인가요?"

치터윅 씨는 좌석 옆으로 다가가서 살찐 짧은 다리를 꼬면서 물었다.

토드헌터 씨는 상체를 흔들면서 앙상한 무릎을 손으로 비볐다. 그의 초라한 모자는 대머리 앞쪽에 살짝 얹혀 있었다. 아무리 봐도 살인자처럼은 보이지 않았다.

"사진 찍힐 때와 같은 기분이더군."

토드헌터 씨는 말했다.

5

토드헌터 씨는 이제 런던에서 제일가는 인기인이 되어 있었다.

만약 경찰이 그의 집을 경호하려고 생각했다 하더라도 그럴 필요가 전혀 없었다. 그가 두 번째 군중의 환호 속에 택시에서 내린 순간부터 이튿날 아침 세 번째 군중의 환호 속에 다시 택시를 타는 순간까지, 토드헌터 씨의 집은 24시간 보도진에 의해 경호되고 있었다. 이따금 기자 한 사람이 뭔가 새로운 수를 써서 인터뷰를 시도하지만 언제나 실패로 끝났다. 수많은 기자들이 집 주위에 진을 치고 토드헌터 씨 본인과 치터윅 씨(그는 지금은 이 집에서 기거하고 있었다), 또는 토드헌터 씨의 사촌 자매들, 요리사, 하녀, 그리고 토드헌터 씨가 분개하며 저항했음에도 불구하고, 어니스트 경이 그의 귀중한 생명을 감시하기 위해 붙여준 의사와 간호사에 이르기까지, 아무리 사소한 움직임이라도 기록하기 위해 대기하고 있었던 것이다.

집에 돌아오자마자, 토드헌터 씨는 이 의사와 간호사에게 붙잡혀 몹시 저항했지만 침대로 끌려가고 말았다. 그러나 치터윅 씨는 의사와 늙은 사촌들과 함께 기분 좋은 저녁 식사를 하고, 토드헌터 씨가 무척 아끼는 1921년산 샤또 라피트를 마신 뒤, 토드헌터 씨와 함께 밤을 보내며 그날의 진행 상황과 이튿날의 전망에 대해 얘기를 나누는 것을 허락받았다.

토드헌터 씨는 재판이 진행되는 동안 무사히 살아 있을 수 있는 가능성에 대해 의사가 뭐라고 말했는지 알고 싶었다. 치터윅 씨는 그럴 가능성이 충분하다고 보고할 수 있었다.

"의사는 과로와 충격을 특별히 조심한다면 앞으로 두 달 정도는 살 수 있을 거라고 했어요." 치터윅 씨가 말했다. 그는 토드헌터 씨와 자신이 시시각각 다가오고 있는 이 죽음에 대해, 저 세상으로 가는 것이 아니라 마치 연극 구경이라도 가는 것처럼 아무렇지도 않게 얘기할 수 있다는 것에 약간 놀라움을 느끼고 있었다.

"아, 그래요?"

토드헌터 씨는 만족한 듯이 말했다.

그날 밤은 거의 아무 일 없이 지나갔다. 다만 11시 반쯤 토드헌터 씨는, 자기 유언에 덧붙일 말이 있으니 사무 변호사를 불러달라고 요구했다. 그것은 그가 이유도 없이 끔찍하게 혐오하고 있는 간호사에게 5파운드의 돈을 유증하여, 찰스 디킨스 전집을 사게 하기 위한 것이었다. 토드헌터 씨가 속으로 멋진 야유라고 생각하며 꺼낸 '미세스 갬프'(디킨스의 《마틴 처즐윗》에 나오는 간호사의 이름. 그녀가 가지고 있는 박쥐우산에서 따온 것이다.)라는 말의 의미가 상대 간호사에게 통하지 않았기 때문이다.

사무 변호사 벤슨 씨는 지금은 완전히 포기하고 있었다. 토드헌터 씨의 유언은 이미 백 번이 넘게 수정되었고, 지난 5개월 동안 일곱 번이나 완전히 새로 작성되었던 것이다.

XVI

1

공판 이틀째의 첫 번째 증인은 퍼스였다.

어니스트 경은 피고석의 토드헌터 씨가 너무 과장스러운 게 아닌가 하고 생각했을 정도로 지나치게 정중하게 증언대를 향해 인사했다.

"퍼스 씨, 피고에 대해 이 중대한 살인을 고발한 것은 당신이지요?"

"그렇습니다."

"그런 중대한 조치를 취하신 이유를, 재판장님과 배심원 여러분에게 얘기해 주시겠습니까?"

"중대한 오심이 내려졌고, 그것을 바로잡는 데는 이렇게 하는 수밖에는 방법이 없다고 확신했기 때문입니다."

"그렇군요. 그럼 당신은 순전한 공덕심에서 행동하고 있을 뿐이며, 다른 이유는 아무것도 없다는 말씀이군요?"

"그렇습니다."

"그것이야말로" 하며 어니스트 경은 가볍게 고개를 숙여보인 뒤 말했다. "오랫동안 공익을 위해 일해 오신 당신 같은 분이 아니면 기대할 수 없는 일이지요, 퍼스 씨. 무엇보다 미들맨스 리그에 대한 당신의 사심 없는 훌륭한 활동은, 제가 이 자리에서 새삼 말할 것도 없이 이곳에 계신 배심원 여러분들도 잘 알고 계실 겁니다. 그런데 퍼스 씨, 오심이라고 생각하시게 된 이유는 무엇입니까?"

"토드헌터 씨와 두 번에 걸쳐 대화한 결과입니다."

퍼스는 커다란 안경 안에서 눈을 깜박이며 대답했다.

"재판장님과 배심원 여러분에게 그 대화 내용을 말씀해주시겠습니까?"

피고석에서 지켜보고 있던 토드헌터 씨는, 퍼스의 태도가 무척 좋다고 생각했다. 침착하기 그지없고, 겉으로 보기에도 매우 진지하다는 느낌이었다. 토드헌터 씨는 퍼스가 증인으로서 더할 나위 없는 자격을 갖추고 있는 것 같다고 메모를 했다. 그는 질문에만 대답했고, 그가 진실을 말하고 있다는 것을 의심할 사람은 아무도 없었다.

"맨 처음 만난 것은 6개월 전 저희 클럽에서였습니다. 무척 이상한 대화였기 때문에 지금도 똑똑히 기억하고 있습니다. 토드헌터 씨는 난데없이 누군가 죽일 필요가 있는 사람을 알고 있지 않느냐고 물으면서 이 문제에 대한 서두를 꺼냈습니다. 저는 농담처럼 누구든 내가 추천하는 사람을 죽일 생각이냐고 되물었습니다. 그러자 토드헌터 씨는 그렇다고 대답하더군요. 그리고 히틀러와 무솔리니 중 한 사람을 암살하는 가능성에 대해 얘기했습니다. 토드헌터 씨는 그 생각에 몹시 끌리는 것 같았는데, 저는 단념하는 것이 좋을 거라고 충고했습니다. 그 이유는 많이 있지만 여기서 말씀드릴 필요는 없을 것 같습니다."

"맞는 말씀입니다." 어니스트 경은 만족한 듯이 헛기침을 했다.

"그런데 방금 당신은, 당신이 지명하는 사람을 죽이겠다는 토드헌터 씨의 말을 농담처럼 받아들였다고 하셨습니다. 그 농담 같은 기분은 그 뒤 대화가 이어지는 동안 내내 유지되었나요?"

"그렇습니다."

"그의 말을 진지하게 받아들이지 않으셨군요?"

"유감이지만 그렇습니다. 지금 생각하면 큰 착각이었지요."

"그러나 그 착각은 당신 탓이 아닙니다, 퍼스 씨. 그런데 당신은 물론 토드헌터 씨가 몇 달밖에 살 수 없다는 것을 알고 계셨지요? 그래서 그 남은 시간을 사람을 죽이는 것보다, 다른 일에 사용하는 것이 좋을 거라고 권고하셨고요?"

"예, 더 즐거운 생각을 하고, 히틀러 같은 건 싹 잊어 버리라고 말했습니다."

"지극히 실제적인 권고군요. 토드헌터 씨가 거기에 따르지 않았던 것은 유감스러운 일입니다. 그밖에 또 배심원 여러분들이 알았으면 하는 얘기는 나오지 않았습니까?"

"협박자든 다른 어떤 사람이든, 여러 사람의 인생을 불행하게 만들고 있는 인물을 살해하는 가능성에 대해 얘기한 것 같습니다."

"아, 그렇군요. 누군가 완전히 미지의 사람으로, 주위 사람들의 불행과 비참함의 원인이 되고 있는 것을 확인할 수 있는 인물을 살해한다는 생각에 대해 토론한 거군요?"

"그렇습니다."

"하지만 당신은 그 얘기를 곧이들은 건 아니었지요?"

"예, 전혀."

"토드헌터 씨가 진심이라는 것을 몰랐습니까?"

"그가 그 생각을 이론이나 공상 속에서 즐기고 있는 거라고 생각했습니다. 설마 실행에 옮길 줄은 몰랐지요."

"예, 알 것 같습니다. 당신은 두 번에 걸쳐 얘기했다고 하셨는데,

두 번째 만났을 때는 어떤 얘기를 하셨나요?"
"그를 다시 만난 것은 약 두 달 전이었습니다. 파머가 살인죄로 체포된 뒤였는데, 그 재판이 열리기 전이었지요. 토드헌터 씨는 제 사무실에 찾아와서 그 사건의 진범은 자기라고 털어놓았습니다. 그리고 경찰이 자기의 자백을 믿지 않는 것 같은데 어떻게 하면 좋겠느냐고 묻더군요."
"그래서 뭐라고 하셨나요?"
"그렇다면 자기 주장을 증명할 필요가 있다고 대답했습니다. 그리고 우리 두 사람의 친구인 치터윅 씨를 만나보라고 권했습니다. 범죄 수사에 경험을 가지고 있는 그 사람에게 이 살인사건을 조사하는 것을 도와달라고 부탁해 보라고 했지요."
"그러니까 토드헌터 씨는, 자기의 범죄를 수사하기 위해 치터윅 씨와 협조하게 된 것이군요?"
"그렇습니다."
"다른 얘기는 없었습니까?"
"예, 저는 토드헌터 씨에게 파머에게 유죄 판결이 내려지는 일은 없을 테니까, 그리 걱정하지 않아도 될 거라고 말했습니다. 실제로 저는, 토드헌터 씨의 얘기에서 생각건대 파머가 유죄 선고를 받을 줄은 꿈에도 몰랐습니다."
"그럼, 그 판결을 듣고 무척 놀라셨겠군요?"
"정말 놀랐습니다."
"그래서 오심이라고 생각하신 거죠?"
"놀라운 실수를 저지른 거라고 확신했습니다."
"뭔가 조치를 취하셨나요?"
"예, 고위 경찰 한 사람을 만나 경찰이 진범을 체포했다고 믿고 있다는 것을 확인했습니다."

"하지만 그것만으로는 당신의 걱정은 사라지지 않았겠죠?"
"사라지기는커녕 걱정이 더 커졌습니다. 사건을 다시 조사한다 해도 경찰은 방해만 될 것이 뻔했으니까요."
"치터윅 씨의 수사 상황에 대해서는 계속 알고 있었습니까?"
"예."
"그의 수사에서 밝혀진 사실을 통해 오심이라는 당신의 생각은 더욱 확실해졌습니까, 아니면 의심하는 마음이 들었습니까?"
"제 생각은 더욱 확고해졌습니다."
"그래서 결국 토드헌터 씨 본인의 승낙과 협조를 얻어, 개인적으로 그를 살인죄로 고발하는 비상 수단을 취하신 거군요?"
"그렇습니다."
"감사합니다, 퍼스 씨."

제미슨은 두세 가지 질문만 했을 뿐이었다. 그중에서 그는 토드헌터 씨가 살인이라는 착상을 즐기고 있었을 뿐이라는, 퍼스가 맨 처음 받은 인상을 강하게 부각시키고자 했다. 인간은 이런 그럴 듯한 연극을 마지막 순간까지 보여주기는 하지만, 마음 깊은 곳에서는 절대로 살인을 할 생각은 하지 않는 법이라는 점에 대해서는 퍼스도 동의했다.

2

증인의 행렬이 이어졌다.

그것이 만 사흘 동안이나 계속되었기 때문에, 모든 사람들의 증언을 요약하는 것은 다소 도움이 될지는 몰라도 도무지 불가능한 일이다.

플러 청년은 자신의 역할을 잘 해냈다. 아무리 사소한 일이라도 증언할 수 있는 사람은 모두 소환되었다. 판사는 지극히 참을성 있게 그 과정을 지켜보았다.

증인들은 대부분, 이야기 속에 나오는 순서에 따라 소환되었다.

어느 단계에 들어서자 토드헌터 씨는 뜻밖의 일에 부딪쳤다. 그는 팔로웨이에게 소환장이 발송된 것은 알고 있었지만 설마 당사자가 나타날 거라고는 생각하지 않았다. 당연히 의사의 출정불능 증명서가 제출될 거라고 예상했던 것이다. 그런데 플러 청년의 방식이 파머의 변호사가 한 방식보다 효과적이었는지는 알 수 없지만, 아무튼 팔로웨이가 호명되자 증인석에 들어온 것은 팔로웨이 본인이었다.

어니스트 경은 팔로웨이를 가능한 한 관대하게 상대했다. 그와 진 노우드의 관계에 대해 언급은 했지만 조금도 강조하지 않았다. 팔로웨이의 증언이 필요한 것은, 주로 그가 토드헌터 씨와 나눈 몇 번의 대화에 대해서였다. 어니스트 경은 그 일에 대해 그에게 질문했다.

팔로웨이의 대답 방식은 참으로 훌륭했다. 어니스트 경은 그를 관대한 자세로 대하려 했지만, 그 자신이 스스로를 조금도 용서하려 하지 않았던 것이다(토드헌터 씨는 이 점에 대해, 팔로웨이의 아내가 그에게 뭔가 엄중하게 충고한 것이 아닐까 하고 생각했다). 또 팔로웨이는 다른 점에서도 효과적인 증인이었다. 그것은, 그가 토드헌터 씨의 범죄 사실에 대해 조금도 의혹을 가지고 있지 않았던 것이 분명했기 때문이다. 그렇게 확신하고 있는 사람이 많으면 많을수록, 배심원들이 그 의견에 따를 가능성이 높아질 것이었다.

팔로웨이는 미스 노우드에 대한 자기의 맹목적인 사랑과, 그것 때문에 자기 가정이 파괴된 것을 토드헌터 씨가 처음으로 알았던, 고급 레스토랑에서의 점심 식사 때 두 사람이 나눈 대화에 대해 얘기하고, 이어서 팔로웨이의 하숙집에서 나눈 숙명적인 긴 대화도 얘기했다.

팔로웨이가 증언하는 동안 법정은 쥐 죽은 듯이 고요했다. 이따금 팔로웨이의 목소리는 거의 속삭이는 소리처럼 작아졌지만, 더 큰 소리로 말하라고 주의를 줄 필요가 전혀 없었다. 배심원과 판사는 아무리 작은 속삭임이라도 알아들을 수 있었다.

"저는 그에게 이렇게 말했습니다." 팔로웨이가 너무나 침울한 기색으로 중얼거리자 피고석의 토드헌터 씨는 몹시 불편한 느낌이 들었다. "그 여자보다 더 나쁜 여자는 본 적이 없다, 때로는 죽이고 싶도록 밉지만 그럴 용기가 없다고 말했습니다. 아마 제가 알고 있는 사람 중에서, 그 여자는 누구보다 죽일 가치가 있는 사람이라는 말도 한 것 같습니다. 물론 저는 그 여자를 사랑하고 있었습니다……." 팔로웨이는 있는 용기를 다해 중얼거렸다. "하지만 그녀가 어떤 여자라는 것을 깨닫지 않을 수 없었습니다."

"팔로웨이 씨." 어니스트 경도 상대방 못잖게 엄숙한 어조로 말했다. "무척 괴로운 질문을 하지 않을 수 없는데, 피고가 당시 그 여성을 죽여야 할지 망설이고 있었다고 가정하고, 그때의 당신의 말과 태도가 그의 행동을 결정하게 했다고는 생각하지 않습니까?"

팔로웨이가 고개를 들었다. "예, 그렇게 생각합니다." 그는 지금까지보다 큰 소리로 말했다. "그것은 피할 수 없는 결론입니다. 제가 그를 부추겨서 그 여자를 죽이게 한 것이 틀림없습니다."

제미슨이 던진 두세 가지의 질문은, 팔로웨이가 소설가이며 따라서 인간의 성격에 대한 연구가이기도 하다는 점에서, 토드헌터 씨는 미스 노우드를 죽이려 한 것이 아니라 그저 권총으로 위협할 생각에 지나지 않았다는 것을 팔로웨이가 알고 있었음을 증명하려고 했지만, 무척이나 맥 빠진 것이 되고 말았다.

대체로 팔로웨이의 증언은 지금까지의 어떤 증언보다 효과적이었다. 배심원들에게 강한 인상을 심어준 것이 틀림없었다.

다음에 등장한 것은 배드 씨였다. 그는 자기가, 극장에서의 미스 노우드의 방자한 행동에 대해 길게 얘기함으로써, 토드헌터 씨의 생각을 더욱 자극했음을 팔로웨이 못잖게 당당하게 인정했다. 배드 씨는 또, 토드헌터 씨는 명백하게 미스 노우드에 대해 여러 가지로 조사하고 있었으며, 특히 그녀의 나쁜 점에 대해 주의해서 들었다는 사실을 강조했다. 이것은 또한, 플레델 씨도 확인해준 사실이었다. 플레델 씨는 토드헌터 씨가 미스 노우드가 없으면 모든 점에서 더 좋은 세상이 되지 않겠느냐고 말했던 사실을 덧붙였다.

파머 부인에게도 일련의 질문이 이어졌는데, 그것은 지극히 불가해한 질문이었다.

"지금까지 당신은" 하고 어니스트 경은 몹시 교활해 보이는 표정으로 물었다. "남편이 총을 가지고 있는 것을 본 적이 있습니까?"

파머 부인은 본 적이 있다고 대답했다.

"남편은 총을 가지고 있었군요?"

"네."

"당신도 거기에 손댄 적이 있나요?"

"네."

"쏜 적이 있습니까?"

"네."

"왜 그랬나요?"

"모르겠어요. 그냥, 어느 날 남편이 집에 없을 때, 어떤 것인가 하는 호기심에 한번 쏘아보고 싶은 마음이 들더군요."

"그게 언제였죠?"

"확실한 날짜는 모르겠지만 그렇게 오래되지는 않았어요."

"작년인가요?"

"물론이에요."

"지난 6개월 이내입니까?"

"네, 아마도 여름, 작년 늦여름이었던 것 같아요."

"무엇을 겨냥하여 쏘았나요?"

"정원의 화단에 쏘았어요."

마술사처럼 어니스트 경은 앞의 책상에서 한 장의 종이를 꺼냈다.

"이것을 한번 봐 주십시오." 법정 안내인이 그 종이쪽지를 가지고 가자 파머 부인은 그것을 한참 동안 들여다보았다. 토드헌터 씨는 무척 감탄하며 부인을 지켜보았다. 부인은 참으로 멋진 연기를 하며, 그 종이쪽지를 정말로 처음 보는 것 같은 모습을 해보였다. 하지만 토드헌터 씨도 이 무렵에는, 증인이 증언대에 오르기 전후에 받는 여러 가지 조치에 대해 조금은 알고 있었다.

"파머 부인, 그것은 댁의 정원 도면인가요?"

"네, 맞아요."

"화단 위치가 정확하게 표시되어 있나요?"

"네, 정확하군요."

"당신이 어느 화단에 총을 쏘았는지, 배심원 여러분을 향해 가리켜 주시겠습니까?"

"이 화단 안이에요. 붉은 십자 표시가 되어 있어요."

"감사합니다, 부인. 이상입니다."

배심원들이 도면을 들여다보는 동안 파머 부인은 조용히 법정에서 나갔다. 토드헌터 씨도 잘 알고 있듯이 파머 부인에게 이것은 가혹한 시련이었다. 그러나 부인은 그것을 용감하게 이겨냈다.

어니스트 경은 토드헌터 씨의 시선을 붙잡아 윙크라도 하려는 눈치였다. 토드헌터 씨는 당황하여 시선을 돌렸다.

지금의 증인에 대한 질문은, 그에게는 조금도 불가해하지 않은 것이었다. 사실을 말하면, 그 질문 뒤에 있는 착상은 토드헌터 씨 자신이 생각해낸 것으로, 그는 그것을 매우 자랑스럽게 생각했다.

파머의 총에 최근 발사된 흔적이 있었던 것은, 재판에서 파머를 불리한 입장으로 몰아넣었다. 파머 자신은 그 총을 벌써 몇 년이나 쏜 적이 없다고 주장했다. 그렇다면 그의 변호사가 누군가 다른 사람이 쏘았을 가능성을 생각해낸 건지, 아니면 파머 부인이 이유는 알 수 없지만 자기가 쏘았다는 것을 잊어버린 것이리라. 어쨌든 아직 자유롭게 직접 여러 가지 조사를 할 수 있었을 때, 토드헌터 씨는 어느 날 치터윅 씨의 눈을 피해 브롬리에 다시 한번 찾아가서, 파머 부인에게 아무런 서두도 없이, 권총을 발사한 것은 그녀가 아니냐고 솔직하게 물은 것이다. 그러자 파머 부인은, 오랫동안 침묵한 끝에 그럴지도 모른다고 대답했다.

그리고 토드헌터 씨는, 실제로 파머 부인이 화단에 총을 쏘았다는 사실을 밝혀냈다. 그래서 런던으로 돌아온 뒤, 치터윅 씨와 화기 전문가를 브롬리에 보냈다. 전문가는 삽을 가지고 가서 화단을 파헤쳤다. 이윽고 그는 납탄알을 파냈다. 군용 권총에서 발사된 것이 틀림없었다. 그 탄알을 정밀하게 검사한 결과, 파머의 권총에서 발사된 것임을 어렵지 않게 증명할 수 있었다. 게다가, 물론 이 사실에는 어느 모로 보나 수상한 조작이 통할 여지가 전혀 없었다. 파머의 권총은 아직 경찰의 손에 있었기 때문에, 증거 위조라는 불순한 목적을 위해 그것을 빌리는 것은 도저히 불가능했기 때문이다. 그리하여 약간의 교묘한 작업에 의해 토드헌터 씨는, 파머에게 가장 불리한 증거 중 하나인 그것에, 증거를 무효로 하는 것까지는 몰라도 커다란 타격을 준 것이다.

사태를 밝히기 위해 어니스트 경은 이번에는 화기류 전문가를 불러, 탄알을 발견한 장소와 그것이 어느 권총에서 발사되었는지에 대해 증언하게 했다.

그런 다음 어니스트 경은 그 탄알을 증거물로 제출하고, 또 하나의 의외의 카드를 꺼내들었다. 그것은 미스 노우드의 정자에 있는 들보에서 파낸 찌그러진 탄알이었다. 그는 그 볼품없는 납조각을 화기 전문가에게 보여주고, 그것도 같은 권총에서 발사된 것이냐고 물었다. 그러자 요행히도 전문가는 그럴 리가 없다고 대답했다.

"어째서 그것을 확신할 수 있는지, 배심원 여러분에게 설명해 주겠소?" 어니스트 경이 말했다.

"좋습니다. B라는 표시가 있는 권총의 총신에는 특징이 있는 홈이 나 있어, 여기서 발사되는 탄알에는 다른 것과는 명백하게 다른 흔적을 남깁니다. 이 C라는 표시가 있는 탄알은 형태는 망가졌지만 B권총의 총신 마크는 분명히 없습니다. 눈이 있으면 금방 알 수 있는 사실입니다."

"그렇다면, 그 탄알이 B권총에서 발사된 것이 아니라는 것은 증명할 수 있지만, 그렇다고 해서 어느 권총에서 발사된 것인지 반드시 알 수 있는 건 아니라는 뜻인가요?"

"그렇습니다."

"A표시가 된 권총을 조사하셨나요?"

A권총은 토드헌터 씨의 것이었다.

"조사했습니다."

"그 총이 이 C표시 탄알을 발사한 것일까요?"

"테스트를 해봤지만, 확실하게 말할 수 있는 것은 그럴지도 모른다는 정도입니다. 그렇지만 틀림없이 발사했다고 단정하는 것은 불가능합니다."

어니스트 경은 고개를 끄덕인 뒤 이 증언을 두 번 세 번 다른 표현으로 되풀이하게 하여, 아무리 둔감한 배심원이라도 정자에 남아 있었던 탄알은 빈센트 파머가 쏜 것이 아니라, 토드헌터 씨가 쐈을 가능성이 있다는 것을 확실하게 이해시켰다.

이 흥미로운 요점이 입증되자 증인들의 증언이 다시 이어졌다.

먼저 팔로웨이 부인이 등장하여 토드헌터 씨의 호의에 대해 증언하고, 그가 부인과 그 가족에게 준 도움과 부인들을 위해 가슴 아파해 준 사실 등을 밝혔다. 부인은 또, 그가 미스 노우드에게 격렬한 반감을 품고 있었던 것 같으며 그런 감정을 숨기지 않았다는 것을 증언했다. 그렇지만 펠리시티 팔로웨이가 호출되지 않아서 방청객들을 적지 않게 실망시켰다. 펠리시티에게 증언하게 해도 어차피 어머니의 증언을 뒷받침하는 것일 뿐인 데다, 토드헌터 씨가 자기 침실에서 당했던 그 소동을 떠올리고, 그녀를 법정에 불러내는 것을 단호하게 반대했던 것이다. 아무리 봐도 히스테리 발작은 자기에게 아무런 도움도 되지 않을 것 같았다.

그러나 펠리시티를 부르지 않는 대신 어니스트 경은 이날의 마지막 증인으로 스릴 만점의 인물을 불러낼 수 있었다.

그는 낭랑한 목소리로 말했다.

"그럼 다음 증인으로 빈센트 파머를 소환하고자 합니다."

온 법정 안에 기쁨의 술렁거림이 번져갔다. 오직 재판장만이 평온을 유지하고 있는 것 같았지만 그 가발 밑에서는 그도 충격을 받았을 것이 틀림없었다. 재판장이, 현재 완전히 다른 사람을 피고로 심리하고 있는 이 살인 사건을 위해 이미 사형선고를 받은 남자가 증인으로 불려나온다는 말을 들었을 때는, 아무리 법복을 입고 있는 재판장이라 해도 희미하게 몸을 떨지 않을 수 없었으리라.

그렇다고, 파머 청년이 뭔가 특별히 중요한 증언을 할 예정은 아니었다. 어니스트 경은 법정에서의 시간을 절약하기 위해, 또 미스 노우드의 죽음이 모든 각도에서 고찰되고 있음을 확실하게 하기 위해, 파머의 재판에서의 신문과 반대신문의 공식기록을 증거로 도입할 것을 제안했다. 재판장은 이에 동의했으며, 배심원들은 타이프한 서류를 건네받고 기회를 봐서 잘 읽어 두라는 지시를 받았다.

이 공식 기록에 의하면 파머는 사건 당일 밤 미스 노우드를 방문한 것을 시인했지만, 9시 전에 그녀의 곁을 떠났고 그때는 그녀가 멀쩡하게 살아 있었다고 주장하고 있었다. 미스 노우드가 그 시간 이후에도 살아 있었던 것은 증인까지 있는 사실이었다. 그러나 파머가 그 시간에 떠났음을 말해 주는 증거는 아무것도 제시되어 있지 않았다. 경찰의 견해로는 미스 노우드가 2, 3분 동안 그의 곁을 떠났다가 다시 돌아온 것으로 되어 있었다.

파머는 지금 어니스트 경의 질문에 대해 미스 노우드의 집에서 상당히 떨어진 길을, 버스 정류장 쪽을 향해 걷고 있을 때 교회 시계가 9시를 치는 것을 들었다고 다시 주장했다. 그리고 그것을 기억하고 있는 것은, 무의식중에 시계소리에 박자를 맞춰 걸으며 종이 한번 울릴 때마다 네 걸음씩 걸을 수 있다는 사실을 알았기 때문이라고 말했다. 그것은 흥미로운 일이었지만 그런 발견은 물론 언제라도 할 수 있고, 또 파머가 9시까지 그 길에 도착하려면 적어도 8시 55분까지는 미스 노우드의 집을 나서지 않으면 안 된다는 추론도 언제든 시험해 볼 수 있는 것이었다.

"그래서 그녀의 집에서 나올 때, 정원에서 다른 사람의 목소리를 듣거나 모습을 보지는 못했나요?"

"예, 없었습니다. 날이 점점 어두워지고 있었고 저는 흥분해 있었습니다. 싸움을 했으니까요. 누가 있었다 하더라도 기색을 알아차리지 못했을 겁니다. 어쨌든 아무도 보지 못한 것은 확실합니다."

"그것은 우리 모두에게 참으로 유감스러운 일입니다……. 재판장님, 우리의 판단에 의하면" 어니스트 경은 재판장을 향해 마치 비밀이라도 털어놓는 것처럼 말했다. "이 증인이 현장을 떠난 것은, 바로 피고가 현장에 찾아왔을 때가 분명합니다." 어니스트 경은 이렇게 자못 자기 좋을 대로 해석했지만, 피고 측 변호인한테서 으레 나오기 마련인 항의는 전혀 없었다. "정원에 있는 동안 그 아래쪽 둑에 보트가 매어져 있는 것을 보았습니까?"

"아닙니다, 저는 강 쪽으로 가지 않았습니다."

"그런데, 음…… 그러니까." 어니스트 경은 타이프한 공판 기록을 황급히 뒤적였다. "당신은 그곳에 20분도 있지 않았다고 주장했군요. 그 동안 내내, 그날 밤 미스 노우드의 집안에 초대받지 않은 손님이 와 있는 듯한 징후를 보거나 듣지는 못했군요?"

"그렇습니다."

변호사는 다시, 사건 이튿날 펠리시티의 아파트에서 파머와 토드헌터 씨가 만났을 때의 상황에 대해 두세 가지 질문을 했다. 그러나 여기서도 역시 파머는 별로 얘기할 말이 없었다. 그는 아파트에 갔을 때 자기 총을 토드헌터 씨가 가지고 있는 것은 봤지만, 그것이 어째서 토드헌터 씨의 호주머니 속에 들어 있는지, 또 어째서 토드헌터 씨가 거기에 흥미를 가지고 있는지 그 이유를 하나도 지적하지 못했다. 그러나 지금은 토드헌터 씨가 자기 것과 같은 형의 권총을 가지고 있었다는 것, 그리고 팔로웨이 부인은(그녀가 증언 속에서 말한 대로) 파머가 오기 전에, 그 총을 토드헌터 씨가 가지고 있는 것을 알고 있었다는 사실은 알고 있었다. 그리고 상황을 알았으면 토드헌터 씨가 뭔가 켕기는 데가 있는 사람이 대부분 그렇듯이, 경찰이 의심하는 것은 자신 한 사람일 거라고 믿고, 그렇다면 유죄의 증거가 자기 손에 있는 것보다 누군가 다른 사람의 손에 있는 쪽이 안전하다고 여겨, 파머의 죄 없는 권총을 자기가 범행에 사용한 총과 바꿔치기할 속셈이었다는 설명을 타당하다고 생각하느냐고, 어니스트 경이 물었다. 파머는 약간 불쾌한 얼굴을 했지만 아무 말도 하지 못했다.

어니스트 경은 빙그레 웃음으로써 파머의 불쾌한 얼굴을 무시했다. 법정의 배심원 앞에서 이렇게 빨리 중요한 득점을 한 이상 다른 건 아무래도 상관없었던 것이다.

파머가 두세 개의 사소한 질문을 더 받은 뒤, 자신의 사건에는 아무런 도움도 되지 못한 채 간수 두 명의 호위 속에 증언대에서 나갔을 때도, 어니스트 경은 아무것도 걱정하지 않는 것 같았다. 그는 잘못된 판결을 받은 사람을 배심원들 앞에 끌어내어, 그들에게 최고의 스릴을 맛보게 해준 것이었다. 틀림없이 그들은 평결을 통해 그것에 보답해줄 것이다.

3

이튿날은 치터윅 씨 차례였다.

치터윅 씨는 상당히 오랫동안 어니스트 경의 질문에 대해, 맨 처음 토드헌터 씨한테서 누군가 적당한 살인 희생자가 없겠느냐는 상담을 받았을 때부터 분실한 팔찌를 발견하기에 이르는, 중요한 증언을 할 수 있었다. 그의 겸손하고 삼가는 태도가 모든 관계자들에게 매우 좋은 인상을 주었고, 그것이 어니스트 경의 교묘한 유도와 더불어, 사람들이 무의식 속에 치터윅 씨처럼 인상이 좋은 인물이 하는 말이라면 사실이 틀림없을 거라고 생각하게 하는 효과를 낳았다.

치터윅 씨 뒤에, 공판 사흘째의 주역인 거물 어니스트 프리티보이 경 자신이 증언대에 직접 서서, 부하인 하급 법정 변호사의 신문을 받게 되었다. 이것은, 영국의 사법 역사에 새로운 선례를 여는 것이었다. 어니스트 경은 무서울 만큼 엄숙한 태도로, 치터윅 씨가 앞에서 증언한 정원에서의 발견을 재확인했다. 그리고 그런 증거를 토드헌터 씨가 발견한 것은, 자기가 그 흔적을 남긴 장본인이 아니었다면 불가능한 일이라는 의견을 교묘하게 삽입했다. 그런 다음 어니스트 경은, 범행 당일 밤 그 시간에 미스 노우드의 집 정원에 토드헌터 씨가 있었던 것을 부정한 사람이 아무도 없으며——경찰조차 거기에 이의를 제기하지 않았으므로, 아무리 그가 침입한 흔적이 있다 해도 그것이 권총 방아쇠를 당긴 사람이 그라는 증거는 되지 않는다는 것을, 판사와 그 밖에 나서기 좋아하는 사람들이 배심원들에게 암시하기 전에 얼른 증언대에서 내려와 버렸다.

다음에 증언대에 선 것은, 토드헌터 씨가 제공한 정보에 따라, 도난당한 팔찌를 찾아내는 임무를 맡았던 경관들이었다. 말할 것도 없이 어니스트 경은 이때를 놓칠세라, 이 증언의 중요성을 배심원들에게 강조해 보였다. 오후 시간은 미스 노우드의 사망 시간으로 보아, 죽음의 원인은 아마 파머보다는 토드헌터 씨의 총알이 아닌가 하는 의학상의 증언에 할애되었다.

그 뒤 다른 증언으로 이어졌는데, 토드헌터 씨의 주치의, 그린힐 부인, 이디, 여러 명의 그의 친구들에 의해, 토드헌터 씨가 작년에 런던을 걸어다녔던 사람들 중에서 가장 건강한 정신의 소유자라는 것을 증명하는 증언이 있었다. 판사는 이 끝없이 이어지는 수많은 증언이 약간 지겨워져서, 어니스트 경에게 피고의 정신상태를 의심하는 사람은 아무도 없으며, 피고 측 변호인도 그 점에 대해서는 이미 결말을 지은 이상, 그렇게 새삼스럽게 강조할 필요가 없다고 말했다.

"재판장님, 피고의 정신 문제에 대해, 저는 피고 측 변호인과 완전히 의견이 일치하고 있지만, 그것이 다른 방면에서 문제가 되는 일이 있지 않을까 하고 우려하고 있습니다. 그래서 피고가 자기의 행동에 대해 완전히 책임을 질 수 있는 사람임을 증명하는 것이 제 의무라고 생각합니다."

어니스트 경은 대답했다.

"그렇군요, 좋습니다."

재판장은 포기한 듯이 말했다.

4

토드헌터 씨는 이렇게 메모했다.
'우리의 기소가 이토록 강력한 논거를 가지고 있었다니, 그저 놀라울 뿐이다. 개정 전에는, 사람들을 이해시키기는커녕 그럴 수도 있다고 생각하게 하는 것조차 힘들 거라고 여겼다. 하지만 이렇게 사건의 시작에서부터 끝까지 증언이 차례차례 이루어지는 것을 듣고 있으니 전혀 다른 느낌이 든다. 지금은 우리의 논거는 결정적인 힘을 가지고 있다 해도 무방할 것 같다. 나 자신이 증언대에 서서 말을 덧붙이는 것은 쓸데없는 사족에 지나지 않을 것이다. 정말 더할 나위가 없을 정도다.'
그러나 어니스트 경은 그다지 확신을 가지고 있지 않았다.
"경찰의 주장을 들을 때까지 기다리세. 이쪽의 얘기에는 커다란 구멍이 뚫려 있어. 거기에 경찰이 손을 집어넣어 더욱 크게 벌려놓고 말 테니까."
"경찰을 불러 방해 같은 걸 하지 못하게 했으면 좋았을 텐데요."
토드헌터 씨는 그 예언을 두려워하며 말했다.
"아니, 그 편이 차라리 나아. 그렇지 않으면 만약 자네가 유죄 판결을 받는다 하더라도, 배심원에게 사건에 대한 그쪽의 의견을 고려할 기회가 한번도 주어지지 않았다는 이유로 상고심에서 뒤집혀 버릴 수도 있네."
"하지만 기소 측과 피고 측 양쪽이 판결에 만족하면 상고하지 않을 것 아닙니까?"
"국가가 상고할 거네."
"아무리 국가라도, 자신이 관련되지 않은 재판에 상고 같은 걸 할 권리가 있습니까?"
"그런 바보 같은 질문은 하지 말아 주게." 어니스트 경은 말했다.

5

 이튿날 오전, 피고 측 변론은, 제미슨이 예정한 대로 그의 짧은 모두진술로 시작되었다. 그런 다음 그가 하늘과 땅을 통틀어 단 한 사람뿐인 증인을 호명하자 토드헌터 씨가 다리를 끌면서 증언대에 섰다.
 토드헌터 씨는 간밤에 잠을 이룰 수가 없었다. 그는 이 임무를 몹시 두려워하고 있었다. 위증을 해야 한다는 사실에 적잖은 혐오감을 느끼고 있었기 때문이다. 재판을 성립시키기 위해 위증을 해야 한다는 것은 그에게는 가장 참을 수 없는 일이었다. 그러나 현실적으로는 위증을 하지 않으면 안 되었다.
 처음에는 상당히 수월하게 넘어갔다. 하기는 제미슨의 교묘한 유도에도 불구하고 자신을 미스 노우드의 집 정원으로 몰아낸 심적 상태를, 정확하게 배심원들에게 이해시켰는지 어떤지 확신할 수는 없었지만.
 "저는…… 에…… 그러니까…… 저어, 많은 사람들이 스스로도 의식하지 못하는 사이에 제공해 준 조언에 따라 결심을 굳혔습니다."
 그는 어째서 살인이라는 극단적인 수단에 호소할 결심을 하게 되었는지에 대해 재판장과 배심원들에게 설명하라는 요구를 받았을 때, 입안에서 이렇게 우물우물 중얼거렸다.
 "제가 진심이라는 것을 알면, 아무도 절대로 속마음을 얘기해 주지 않을 거라고 생각했습니다. 그래서 저는…… 그러니까…… 가공의 문제로 제시했던 겁니다. 거기에 대해, 모든 사람이 살인을 권고해 왔을 때 저는 정말 감동했습니다. 그리고 생각하면 할수록 이치에 맞는다는 생각이 들었습니다. 완전히 이타적인 살인이야말로…… 그러니까…… 저에게 딱 맞는 일로 생각되었습니다."
 "친구들이 농담을 하는 거라고는 생각하지 않았습니까?"

"아니, 그렇게 생각하지 않았습니다. 뿐만 아니라 저는 지금도" 토드헌터 씨는 약간 도전적으로 말했다. "그들이 농담을 했다고는 생각하지 않습니다. 모두들 진심이었다고 믿고 있습니다."

"살인이야말로 당신에게 딱 맞는 일로 생각되었다는 의미를, 좀 더 자세히 설명해 주시겠습니까?"

"그것은…… 저는 교수형에 처해질 때까지 살 수 없을 거라고 생각했기 때문입니다." 토드헌터 씨가 간단하게 대답했다.

"그럼, 지금까지 살아남게 될 줄은 몰랐다는 말이군요?"

"그 당시, 저는…… 그러니까…… 지금부터 한 달 전쯤에는 틀림없이 죽어 있을 거라고 생각했습니다."

토드헌터 씨는 약간 부끄러운 듯이 말했다.

"일이 이렇게 된 이상, 당신이 죽지 않은 건 행운이었다고 말해야 할 것 같군요." 변호사는 냉정한 어조로 말했다.

치밀한 질의응답을 통해 토드헌터 씨는 자신이 미스 노우드를 이 세상에서 제거하지 않으면 안 된다고 결심한 데까지 천천히 얘기를 이어갔다.

"그때는 이미 모든 조사를 마친 뒤였습니다. 그 여자의 죽음이 많은 사람들에게…… 어쨌든…… 행복을 가져다 주게 될 거라는 결론을 피할 수가 없었습니다."

"그녀가 나쁜 여자라는 결론에 도달한 거군요?"

"그 여자는 유해한 매춘부입니다." 토드헌터 씨는 이렇게 대답함으로써 법정 안의 사람들에게 완전한 쾌감을 주었다.

5분 뒤에 그는 단호하게 위증을 해치웠다.

"저는 그 여자와 얼굴을 마주하는 순간까지는 정말 죽일 생각이었습니다. 그런데……."

"그런데?" 제미슨 씨는 쥐 죽은 듯한 법정 안이 기대감으로 차오르는 가운데 얘기를 재촉했다.
"어쨌든 저는…… 그러니까…… 겁을 먹었던 것 같습니다."
"여자를 권총으로 위협했습니까?"
"예, 그리고…… 그…… 권총이 저절로 발사되고 말았습니다. 그것도 두 번이나. 아무튼 무기류에는 익숙하지 않았기 때문에."
토드헌터 씨는 변명했다.
"어째서 두 번이나 발사되고 말았을까요?"
"그러니까, 그 첫 번째 발사로 저는 깜짝 놀라서 몸을 꿈틀 움직였습니다. 그것은…… 정말…… 생각지도 못한 일이었습니다. 그래서 그 충격으로 제 손가락이 방아쇠를 움켜잡았던 것 같습니다. 저는…… 뭐…… 어쨌든…… 그렇게밖에는 생각할 방법이 없습니다."
"그리고 어떻게 됐나요?"
"잠시 망연자실해 있었습니다." 토드헌터 씨는 다시 진실을 말할 수 있게 되었기 때문에 안도하면서 말했다. "그리고 그 여자가 의자에 앉은 채 쓰러져 있는 모습을 보았습니다. 여자의 옷 가슴께에서…… 그…… 피가 가득 흘러내리고 있었습니다. 저는 어떻게 하면 좋을지 몰라 그저 망연자실해 있었습니다."
"그래서 어떻게 됐죠?"
"가까스로 용기를 내어 여자에게 다가가서 살펴보았습니다. 죽어 있는 것 같았습니다. 저는 여자의 몸을 앞으로 약간 일으켜보았습니다. 그때…… 탄알이 관통하여…… 없어진 것을 알았습니다. 탄알은 의자 등받이에 박혀 있었습니다. 저는…… 그…… 탄알을 꺼내 호주머니 속에 넣었습니다. 그리고 나중에 강물에 던져 넣었습니다."
"왜 그렇게 하셨습니까?"

"탄알에 의해 발사한 권총을 확인할 수 있다는 것을 어디선가 읽은 적이 있었습니다. 그래서 탄알을 처리해 버리는 것이 자신을 보호하는 데 가장 좋을 거라고 생각한 것입니다. 지금 생각하면 몹시 유감스러운 일이지만."

"그곳을 떠나기 전에 다른 일은 하지 않았나요?"

"테이블 위에 컵이 두 개 있었는데 하나는 손수건으로 닦고, 다른 하나는 그대로 두었습니다."

"왜 그렇게 하셨나요?"

"모르겠습니다." 토드헌터 씨는 고백했다.

"그밖에 또 무엇을 했습니까?"

"미스 노우드의 손목에서 팔찌를 뺐습니다."

"무슨 목적으로?"

"지금은 잘 모르겠습니다." 토드헌터 씨는 한심스럽게 말했다. "저는 그때 무척 당황했고 큰 충격을 받았습니다."

"하지만 뭔가 목적이 있었을 것 아닙니까?"

"예. 뭔가 필요한 경우가 생길 때, 저의…… 그러니까…… 유죄를 입증할 수 있을 거라고 생각했습니다."

"그건 지금 일어나고 있는 것과 같은 사태가 일어났을 때라는 의미인가요?"

"그렇습니다."

"이런 사태를 예상하고 있었습니까?"

"그렇지 않습니다. 이런 일이 일어날 줄은 꿈에도 생각하지 않았습니다. 정말 당치도 않은 말입니다."

"당신이 한 일 때문에, 누군가 다른 사람이 죄를 뒤집어쓸지도 모른다는 것은 전혀 예상하지 못했군요?"

"물론입니다. 그렇지 않았으면……."

"그렇지 않았으면?"

토드헌터 씨는 위엄을 가지고 말했다.

"그렇지 않았으면 저는 절대로 그런 짓을 하지 않았을 겁니다."

"좋습니다, 토드헌터 씨……. 재판장님!" 제미슨 씨는 강한 어조로 말했다. "피고에 대한 신문은 건강상의 이유로 가능한 한 간단하게 하고 싶습니다. 여기, 피고의 주치의가 써준 진단서를 가지고 있는데, 거기에 따르면 그는 도저히 재판에 출석할 수 있는 건강 상태가 아니지만, 재판에 나가지 못하면 그에게 그 이상으로 심적 고통을 주어 나쁜 결과를 초래하게 될 거라고 합니다. 실제로 이 의사는 지극히 솔직하게, 피고는 이제 언제 어느 때 죽을지 모르는 상태이며, 사소한 긴장과 흥분도 즉시 죽음을 초래할 수 있다고 했습니다. 제가 이 사실을 의뢰인의 면전에서 말할 수 있는 것은, 그 자신도 이 사실을 모두 알고 있기 때문입니다. 그런 이유로 제 신문은 여기서 마치고자 합니다. 필요한 점은 모두 다뤘다고 생각하지만, 만약 재판장님께서 아직 배심원 여러분이 알아야 할 점 중에서 제가 빠뜨린 것이 있다고 생각하신다면 직접 제 의뢰인에게 질문해 주실 것을 부탁드립니다."

"제미슨 씨, 더 이상 질문할 것이 없을 것 같군요. 당신의 의뢰인은 그 죽은 여인을 살해한 것은 자신이라고 인정했습니다. 그가 계획적으로 살인한 것인지 아니면 상해치사로 해석할 수 있는지, 하는 점을 밝히고자 합니다. 그럼 한 가지 간단한 질문을 해보겠습니다……. 토드헌터 씨, 당신은 이세르 메이 빈스를 계획적으로, 그리고 법률용어로 말하자면 범의를 가지고 쏘았습니까?"

"에……그러니까…… 아닙니다. 재판장님." 토드헌터 씨는 약간 한심스럽게 대답했다. "그렇지 않습니다. 그것은…… 그러니까…… 범의를 품고 있었던 것은 아닙니다."

제4부 신문소설풍 345

어니스트 경이 갑자기 일어섰다.

"재판장님, 피고 측 변호인의 말을 참작하여 피고에 대한 반대신문은 하지 않기로 하겠습니다."

법정 뒤쪽에서 박수 소리가 잠시 일어나는 듯하다가 곧 조용해졌다.

그때 여위고 창백한 얼굴의 법정 변호사가 자리에서 일어섰다.

"재판장님, 저는 경시총감 대리입니다. 제미슨 씨의 발언에 의해 제 입장이 좀 난처해졌지만 제가 반대신문을 하기 위해 나온 것은 피고 본인의 분명한 희망에 의한 것입니다. 이러한 정통적이지 않은 절차가 승인될 수 있는 것인지에 대한 판정은 재판장님께서 하셔야 한다고 생각합니다."

"베인스 씨, 그 정통적이지 않은 일은 이미 지나칠 정도로 많이 벌어졌으니, 한두 가지 더 보탠다 해서 어떻게 되는 건 아닐 겁니다. 그러나 피고가 당신의 질문에 대답할 의사가 있는지는 확인해야 합니다." 재판장은 그 늙은 머리를 토드헌터 씨 쪽으로 돌렸다. "경시총감을 대신하여 변호사가 하는 질문에 대답하시겠습니까?"

"재판장님, 그것은 정의를 위해 절대적으로 필요한 일이라고 생각합니다."

"좋습니다. 그럼, 베인스 씨."

앙상한 체격의 베인스 씨는 법복이 흘러내리는 것이 염려되는 듯, 끝자락을 약간 들어올려 두 손으로 꼭 움켜잡았다.

"저의 어려운 입장을 헤아려 주실 것으로 믿습니다." 그는 토드헌터 씨를 향해 조용하고 확신에 찬 목소리로 입을 열었다. "제 질문이 당신의 마음을 어지럽히게 할지도 모릅니다. 그런 경우에는 즉시 알려 주십시오. 재판장님께서 당신에게 마음을 진정할 여유는 주실 겁니다."

토드헌터 씨는 증언대 의자에서 가볍게 목례했다.
"정말 죄송합니다……, 법정에 심려를 끼쳐드려서."
그는 벌써부터 마음이 동요되는 듯이 우물거리며 말했다.
그는 함정에 걸려들지 않겠다는 필사적인 결의를 굳히고 상대를 지그시 응시했다. 그도 잘 알고 있었던 것처럼 재판은 바야흐로 가장 큰 고비에 접어들고 있었다.
"가능한 한 짧게 말씀드리지요" 하고 베인스 씨는 말하며, 마치 거기서 영감을 얻으려는 것처럼 천장을 뚫어지게 응시했다. "재판장님이 허락하시면, 아마 저는 많은 개별적인 질문들을 하나의 집합적인 것으로 정리할 수 있을 것으로 생각합니다. 그래서 제가 말씀드리고 싶은 것은, 당신은 그 여자를 전혀 쏘지 않았다는 것입니다. 당신이 여자를 보았을 때 여자는 이미 죽어 있었습니다. 그리고 팔로웨이 일가에 대한 우정에서 당신은 이 범죄의 책임을 자신의 한 몸에 떠맡았는데, 그것은 그 범죄로 인해 사형에 처해질 때까지 살아있을 수 없다는 걸 알고 있는 당신에게는, 거의 아무런 영향도 미칠 수 없었기 때문입니다."
토드헌터 씨는 뭔가 말하려고 노력했지만 얼굴이 무섭도록 창백한 녹색으로 변하더니 손이 급히 가슴으로 올라갔다. 그리고 의자에 앉은 채 앞으로 푹 고꾸라지고 말았다.
법정 안의 사람들이 일제히 그를 향해 물결치는 것처럼 보였다.

XVII

1

 토드헌터 씨는 증언대에서는 죽지 않았다.
 1, 2분 만에 그는 완전히 의식을 회복하여 자기에게 손을 내미는 주위 사람들을 신경질적으로 뿌리쳤다. 그러나 재판장은 그에게 더 쉴 수 있는 시간을 주기 위해 30분의 휴정을 선언했다. 토드헌터 씨는 큰 소리로 불평하면서, 거구인 두 사람의 경관의 부축을 받으며 밖으로 인도되어 나갔다. 그동안 매일 출정하도록 되어 있던 그의 주치의는 법정 뒤쪽에서 불안한 듯 초조해하고 있었다.
 "아까는 정말 위험했어요." 어떤 법률상의 목적에 사용되는 건지 전혀 짐작이 가지 않는 커다란 빈 방에서 토드헌터 씨와 둘만 남았을 때 주치의는 사정을 두지 않고 그렇게 말했다. "무엇 때문에 또 그렇게 충격을 받았습니까?"
 의사의 코트를 베개 삼아 본의 아니게 접이식 테이블 위에 누운 토드헌터 씨는 힘없이 웃었다.
 "늘 그렇게 되는 게 아닌가 하고 걱정하고 있었소. 내가 여자를 죽일 의도를 가지고 있었다는 건 증명할 수 있어요. 그런 종류의 것을 증명할 수 있는 범위에서는. 물론 그날 밤 내가 그곳에 있었다는 것도 증명할 수 있어요. 하지만 여자를 실제로 죽였다는 것을 어떻게 증명해야 할지 모르겠소. 프리티보이 경도 모르고, 치터윅도 모르고, 플러도, 그 누구도 몰라요. 정말이지 그 탄알을 버린 건 어처구니없는 바보짓이었소. 하지만 사실이니까 하는 수 없지. 아아, 프리티보이 경이 그토록 분투하여 성립시킨 이 멋진 재판을, 그 자가 단 하나의 질문으로 엉망으로 만들고 말았소. 그리고 그 멍청한 배심원들은, 나의 의심스러운 점을 선의로 해석할 것이고, 설령 그들이 그렇게 하지 않는다 하더라도 경찰 쪽이 이것을 이용하여 파머를 종신형으로 만들어 버리겠지. 정말 잔인한 일이야."

"자, 자, 그만하고 진정해요. 도대체 왜 이런 살인사건에 말려들려고 하는지 난 이해할 수가 없어요." 의사가 투덜거렸다. "토드헌터 씨, 당신은 누구보다 멀쩡한 사람이었어요. 그런데 뭐 하러 이런 고생을 사서 합니까?"

"그렇게 자기 자신만 생각해서는 안 돼요."

토드헌터 씨가 대꾸했다.

"맞아요, 당신은 지금 다른 많은 사람들까지 끌어들이고 있어요." 의사는 고개를 끄덕였다. 그는 속으로 미소짓고 있었다. 토드헌터 씨는 그가 아는 어떤 환자보다 만족스러운 환자였다. 다른 사람이 자극제에 반응하듯이, 토드헌터 씨는 약간의 정신적인 타격에도 즉시 반응해 주었다.

이리하여 30분 뒤 토드헌터 씨는 다시 법정에 들어섰다. 그는 볼썽사나운 모습을 보여주었다고 연신 불평했지만, 기분은 다시 원래대로 좋아져서 최악의 시간이 지나간 것에 안도하고 있었다.

베인스 씨는 토드헌터 씨에게 고통을 준 것에 대해 정중하게 사과했고, 토드헌터 씨는 걱정 말라고 예의 바르게 대답했다.

재판장은 토드헌터 씨에게 계속하여 신문에 응할 수 있겠느냐고 물었다.

토드헌터 씨는 신문에 응할 수 있을 뿐 아니라 적극적으로 응하고 싶다고 대답했다.

베인스 씨는 다시 천장을 응시했다.

"토드헌터 씨, 사실 당신은 제가 아까 한 질문에 아직 대답하지 않았습니다. 지금 대답해 주시겠습니까?"

"물론입니다." 토드헌터 씨는 약간 거칠게 대답했다. "당신이 말한 모든 것에 대한 답은 전혀 근거가 없다는 것, 이 한마디입니다."

"부인하시는 겁니까?"

"사실무근이니까요."

"그러나 실례지만, 그 질문에 상당한 충격을 받으신 것 같은데?"

"그렇습니다."

"이유를 설명해 주시겠습니까?" 베인스 씨는 마치 천장의 판자가 한 장 늘어져 있는 것을 발견하여, 당장이라도 누군가 높으신 양반의 머리 위에 떨어지지 않을까 하고 기대하는 것처럼, 무척이나 흥미롭다는 모습으로 천장을 응시하면서 물었다.

"오해를 풀기 위해서라도 기꺼이 대답하겠습니다." 토드헌터 씨는 거침없이 말했다. "제가 할 수 있는 것은, 미스 노우드를 살해한 것은 나라는 것을 주장하는 것뿐입니다. 저는…… 무의식적이든 아니든…… 방아쇠를 당긴 것이 바로 제 손가락이었다는 것을 증거를 들어 증명할 수 있습니다. 그리고 이 작은 약점이 커다란 실수를 하고 있는 사람들의 체면을 위해, 무고한 사람을 감옥에 가두는 데 이용될지도 모른다는 걸 생각하니 가슴이 아프지 않을 수 없었습니다."

놀라서 숨을 삼키는 소리가 법정에서 들렸다. 그 약점을 솔직하게 인정하고 그것을 거꾸로 유리하게 이끌어 가려고 하는 것은 대담하기 짝이 없는 방식이었다. 어니스트 경은 걱정스러운 듯했다. 이러한 대담한 방식은 때로는 배심원들의 마음을 사로잡을 수 있지만, 대부분의 경우 실패로 끝나는 게 보통이다. 재판장은 토드헌터 씨에게 발언의 자유를 너무 허락한 것이 아닌가 하고 생각하는 듯한 표정이었다. 다만 베인스 씨만은 여전히 천장 이외의 것에는 아무 데에도 흥미가 없는 듯한 기색이었다.

"그렇다면 어째서 범행 뒤에 즉시 경찰에 가서 자백하지 않았습니까?"

"그럴 필요를 느끼지 않았기 때문입니다."

"무고한 사람이 체포될 때까지 기다리는 편이 낫다고 생각하셨나요?"

"누군가가 고소될 거라는 생각은 전혀 하지 않았습니다."

"하지만 경찰이 조사를 하리라는 것은 알고 있었지요?"

"조사 말인가요? 그건 알고 있었습니다. 그러나 이렇게 큰 실수를 할 줄은 몰랐습니다."

"당신보다 더욱 뚜렷한 동기를 가진 사람이 혐의를 받을 거라고는 생각하지 않았습니까?"

"예, 모든 것을 잊으려고 했습니다."

"항해에 나가셨더군요?"

"예."

"무슨 목적으로?"

"일본에 가 보고 싶었습니다, 죽기 전에."

"이 나라에 머물며 자신이 한 행위의 결과에 직면하는 것보다 일본에 가는 것이 더 중요했습니까?"

"결과에 대해선 아무것도 예상하지 않았습니다."

토드헌터 씨는 이마의 땀을 닦다가, 그렇게 하면 또 쓰러질 거라고 생각할까봐 그만두었다.

"당신이 생각하고 있던 살인을 누군가 대신 실행해 준 것에 안심하고, 마음 놓고 일본 관광에 나섰던 것은 아닙니까?"

"당치도 않습니다."

"양심에 찔리지 않던가요?"

"전혀 그렇지 않았습니다. 저의…… 그…… 행동은 정통적이지 않았을지는 몰라도, 어디까지나 타인을 유익하게 하는 것이라고 지금도 생각하고 있습니다."

"토드헌터 씨, 저는 당신이 가능한 한 자유롭게 말씀해 주기를 바라고 있지만, 증인은 질문한 것에만 대답하고, 마음대로 의견을 말해서는 안 된다는 것을 잊지 말아 주십시오."

"아, 실례했습니다."

"아니, 괜찮습니다. 그럼 당신은 파머가 체포된 사실을 알았을 때, 처음으로 자신이 한 일을 고백할 때가 왔다고 생각하신 거군요?"

"그렇습니다."

"하지만 당신의 예상으로는 그 무렵에 당신은 이미 죽었을 수도 있었습니다."

"그 말은 맞습니다. 그런데 저는 제 변호사에게 제가 한 일을 써 놓은 서류를 맡겨, 제가 죽으면 경찰에 보내라고 지시해 두었습니다."

"그렇군요. 그 서류는 분명히 증거로 제출되어 있습니다. 그렇지만 그것은 단순한 진술의 나열에 지나지 않는다는 것에 동의하십니까?"

"제가 한 일에 대한 진술입니다."

"증거의 뒷받침이 전혀 없는 진술이죠?"

"저는 그 안에 많은 증거가 들어 있다고 생각했고, 지금도 그렇게 믿고 있습니다."

"그것을 읽었을 때 경찰 측 태도는 어땠나요?"

"웃었던 것 같습니다." 토드헌터 씨는 씁쓸하게 말했다.

"어쨌든 경찰은 그것에 근거하여 아무런 행동도 하지 않았지요?"

"그렇습니다."

"경찰, 즉 양심적인 공복의 조직이 행동을 일으키지 않았던 이유에 대해서는, 그들이 그것을 거짓으로 지어낸 이야기에 지나지 않는다고 생각한 것 외에 뭔가 다른 이유가 있었다고 생각합니까?"

"지어낸 이야기라고 생각한 것이 틀림없습니다."

"그런데도 당신은 자신이 죽어 스스로 그것을 증명할 수 없게 된 경우에도, 그런 서류만으로 경찰을 납득시킬 수 있다고 생각하셨나요?"

"그렇습니다."

"토드헌터 씨, 당신은 출판사의 동료와 그 밖의 여러 사람들에 의하면, 보통 이상의 지적 능력의 소유자라고 하더군요. 따라서 당신이 실제로 그 여자를 쏘아 죽였다면, 진정한 증거가 되지 않는다는 걸 알고 있었을 터인 그런 애매한 진술에 만족하지 않고, 다른 누군가가 혐의를 받을 가능성이 없도록, 당신의 유죄를 입증하는 확실한 조치를 취했을 거라고 생각합니다만?"

"저는 제 진술을 애매한 것이라고도, 증거가 되지 않는 것이라고도 생각하지 않았고, 지금도 그렇습니다."

"당신이 주장하시는 것처럼 당신은 가장 정의로운 동기에 의해서만 행동했고, 그 죄가 세상에 알려져도 아무것도 잃을 것이 없다는 점을 고려하면, 살인 뒤에 당신이 취한 행동은 범인보다는 무고한 사람에 가깝다고 생각하지 않습니까?"

"아니, 그렇게 생각하지 않습니다."

"그럼 처음부터 잘못된 생각이기는 하지만, 선한 뜻을 가지고 이른바 공명정대한 살인을 기도한 남자가 말입니다, 자기는 달아나고 대신 다른 사람이 혐의를 받아 나중에 당신이 말하는 그런 진술을 한다 해도 죄는 여전히 타인이 뒤집어쓰도록, 그대로 둘 거라고 생각하십니까?"

"그 달아났다는 말에는 승복하기 어렵군요."

"그럼, 이런 식으로 말해 보겠습니다. 범행 뒤의 당신의 행동은, 당신이 주장하는 공명정대한 동기와 모순된다고 생각하지 않습니까?"

"물론 모순되지 않는다고 생각합니다. 어리석었을지는 몰라도……."

"그럼, 한 가지만 더——부디 마음 아파하지는 말아주십시오——이 법정에서 당신을 위해 이루어진 변호인 측의 주장은 진실이라는 것을 말씀드리고 싶습니다. 즉, 당신은 아마 이 지상에서의 마지막 몇 주일 동안, 시시각각 다가오는 죽음으로부터 마음을 달랠 수 있는 자극으로서 살인이라는 착상을 즐기고 있었을 뿐입니다. 마음 깊은 곳에서는 실행하려는 생각이 전혀 없었습니다. 왜냐하면 막상 실제적인 장면에 부딪치면 그런 일은 도저히 할 수 없다는 것을 알고 있었기 때문입니다. 그리고 당신이 애정과 호의를 품고 있었던 한 가족의 일원이, 이론상으로 자신이 계획하고 있었던 살인을 저질렀다는 얘기를 듣고, 당신은 자신에게 혐의가 걸리도록 증거를 왜곡할 수 있다고 생각하고, 존경스럽고 의협심 강한 신사가 되어 자기가 범하지도 않은 죄를 자수하고 나선 것 아닌가요?"

사람들은 이 말에 토드헌터 씨가 다시 쓰러질 거라고 생각했지만 그 예상은 빗나갔다.

"그렇지 않습니다."
토드헌터 씨는 놀라울 만큼 확고한 태도로 대답했다.
고문은 끝났다.

2

토드헌터 씨는 오전 내내 증언대에 앉아 있었다.
의사가 점심을 먹으러 나가는 것을 허락하지 않았기 때문에 그 살풍경한 방에 덮개를 씌운 식사 쟁반이 운반되어 왔다.
어니스트 경이 점심을 먹으러 외출하기 전에 그가 있는 곳에 찾아와 축하의 말을 했다.
"정말 잘 했네. 깨끗하게 역전의 반격을 가했어. 그건 위험한 방법이지만 그만한 가치는 있지. 그게 실패로 끝났더라면 당신이 쓰러진 일이 우리 쪽의 입장을 난처하게 만들었을 수도 있었을 텐데."
"배심원들은 상대의 발언을 어떻게 받아들일 것 같습니까?"
토드헌터 씨가 걱정스럽게 물었다.
어니스트 경은 심각한 표정을 지었다.
"아직 뭐라고 말할 수 없네. 틀림없이 자네를 살인자보다는 의협심이 있는 훌륭한 남자로 평결을 내리고 싶어하겠지."
"하지만 그러면 파머는 역시 유죄가 되는 것 아닙니까?"
"그렇지."
"흥! 저는 의협심 있는 훌륭한 남자 따위가 아닙니다."
토드헌터 씨가 울컥하여 소리쳤다.
"아, 아, 진정하게."
어니스트 경은 그를 달랜 뒤 서둘러 나가 버렸다.

3

점심 시간이 끝난 뒤, 법정에서 맨 처음 배심원들을 향해 연설한 변호사는 베인스 씨였다. 그는 먼저 피고와 피고 측 변호인이 관대하게도 자신에게 발언할 기회를 준 것에 대해 과장스러울 정도로 감사의 뜻을 표했다. 그러나 감사는 감사, 그는 전혀 사양하는 기색 없이 비상한 솔직함과 확신을 가지고 사건에 대한 경찰 측 견해를 연설하기 시작했다.

그의 연설은 주로 토드헌터 씨에 대한 질문에 내포되어 있는 생각을 상세하게 설명한 것이었는데, 한두 가지 점에서 더욱 날카로운 견해를 발표했다. 이를테면, 토드헌터 씨가 탄알을 처분한 것에 대해 베인스 씨는 지극히 효과적인 수법을 썼다.

"피고는, 이 여자의 죽음은 자신이 책임을 져야 하는 것이며, 그것이 계획적인 것인지 아닌지는 크게 중요하지 않다고 주장하고 있습니다. 그러나 그의 행동에는 어느 것 한 가지라도 그가 무죄라는 사실과 모순되는 것이 없습니다.

피고는, 여자를 죽인 탄알을 버린 것은 자신의 안전을 위해서라고 말했습니다. 이것은 얼핏 들으면 그럴듯하게 생각되지만 신문을 하면 금방 무너져 버릴 허약한 변명입니다.

이 공판에서는 원고와 피고, 양쪽 변호인한테서 심리라는 말이 여러 번 나왔습니다. 사실 법정에서도 다소는 심리학을 고려하지 않으면 안 된다고 저도 생각합니다. 그렇다면 이 탄알을 버렸다는 행위의 심리는 어떤 것일까요? 피고는 단순한 자기보존 본능이라고 말했습니다. 그렇지만 무엇으로부터의 자기보존이란 말입니까? 일반적인 살인자와 비교해, 피고는 법의 손길이 아무리 가혹하다 해도 두려울 것이 아무것도 없는 사람입니다. 그 자신도 말했듯이 그는 그 당시 그렇게 생각하고 있었습니다. 그럼 무엇 때문에 범인의 정체를 확인할 수 있는 그 귀중하고 가장 설득력 있는 유일한 증거를 파기해 버렸을까요?

자유롭게 일본에 가기 위해서라고 피고는 설명했습니다. 뒷일은 될 대로 되라 하고 일본으로 관광 여행을 떠나, 죄 없는 사람들이 의심을 받고, 그중 한 사람이 체포되는 대로 내버려 두기 위해서일까요? 그렇지 않습니다. 피고가 그때까지 보여준 심리에 합당한 유일한 설명은 다음과 같습니다. 그가 그 탄알을 버린 것은, 그것이 자신의 권총에서 발사된 것이기 때문이 아니라, 누군가 다른 사람의 권총에서 발사된 것이었기 때문입니다. 다른 누군가, 피고가 그 정체를 알고 있는 누군가, 그 행동을 진심으로 인정하고 있는 누군가, 무슨 짓을 해서라도 지켜주려고 결심한 누군가의 것입니다. 배심원 여러분, 제가 본 바로는 이것이야말로 피고가 그 피할 수 없는 증거인 탄알을 버린 이유입니다."

토드헌터 씨는 불안한 표정으로 어니스트 경 쪽을 쳐다보았다. 이 변론은 그를 무척이나 놀라게 했다. 하지만 어니스트 경은 살찐 등을 구부리고 있는 무심한 덩어리처럼 보였다. 그의 시선을 붙잡으려 해도 눈이 보이지 않았다.

토드헌터 씨의 당혹감이 더욱 커진 것은, 베인스 씨가 천장을 노려본 뒤 다신 한번 비장의 카드를 꺼냈을 때였다.

"저는 조금 전에, 피고의 행동에는 가장 사소한 것에조차 무고한 자의 행동으로 해석할 수 없는 것이 하나도 없다고 말씀드렸습니다. 그 한 예로서 권총 바꿔치기를 생각해 봅시다. 토드헌터 씨는 이 바꿔치기를 시도했고, 한때는 그것에 성공했다고 믿고 있었습니다. 이 권총 바꿔치기의 목적은 무엇이었을까요? 거기에 앞서 일어난 일은 알고 있습니다. 즉, 피고는 팔로웨이 부인에게 주의 깊게 질문을 하여, 그때 그 집 안에 권총이 있다는 것, 그리고 그 권총은 팔로웨이의 사위인 파머가 그날 아침, 이상하게 이른 시간에 가지고 왔다는 것을 알아냈습니다.

그런 다음 그는 무엇을 했을까요? 그 권총을 보여 달라고 부인에게 부탁했습니다. 그리고 무엇을 봤습니까? 파머의 권총이 자신의 것과 똑같은, 낡은 표준형 군용 피스톨이라는 것입니다. 이때, 만약 권총이 다른 형의 것이었다면 피고가 어떤 행동으로 나왔을 거라거나, 그가 그 탄알을 처분해 버린 것처럼 그 총도 처분하기 위해 가지고 가지 않았을까 하고 추정하는 건, 제 본분을 벗어난 일일지도 모릅니다. 어쨌든 그가 실제로 한 것은, 파머의 총을 자신의 것과 바꿔치기하여 가져 가려고 한 것입니다.

이것은 물론 피고가 그렇게 설명한 것은 아닙니다. 피고는 자신의 권총을 그곳에 두고 오는 것이 목적이었다고 말했습니다. 그러나 저는, 그것은 결코 사실이 아니라고 말씀드리고 싶습니다. 즉, 그의 진정한 목적은 파머의 총을 가지고 가는 것에 있었던 것입니다.

그럼, 왜 그렇게 하려고 생각했던 것일까요? 탄알을 버린 것처럼, 그것도 강물 속에 던져 넣을 작정이었을까요? 그렇지 않다고 생각합니다. 피고가 파머의 것으로 생각했던 총은, 그가 배를 타고 외국에 나갔을 때는 그의 책상 서랍 속에 들어 있었습니다. 필요한 경우에는 언제라도 꺼낼 수 있도록 말입니다. 이 묘한 장치의 목적은 무엇일까요? 피고는 총포에 대해서는 아무런 지식이 없었다고 말했습니다. 그렇다면 아마 총포의 번호에 대해서도 아무것도 모르지 않았을까요? 즉 어떤 라이플이든 피스톨이든 각각 고유번호가 있고, 그것에 의해 확실하게 구별할 수 있다는 것을 전혀 모르지 않았을까요?

그가 총을 바꿔치기했다고 생각했을 때 그의 마음속에 있었던 생각은, 경찰이 파머의 총은 자신의 것으로 오인하고 자신의 총은 파머의 것으로 오인하리라는 것이었습니다. 아마 여러분이나 저라면 그런 실수를 범하는 일이 거의 없을 겁니다. 그러나 세상 물정을 모르는 은둔자나 문인 같은, 화기에 대한 지식이 전혀 없는 사람들은 흔히 이런 어리석은 실수를 범하는 수가 있습니다.

그렇다면 피고가 이렇게 총을 바꾸려고 한 까닭은 무엇일까요? 제 해석이 옳다면 파머의 총에는 범죄의 증거가 되는 뭔가가, 그리고 피고 자신의 것에는 무죄를 나타내는 뭔가가 있었음이 틀림없습니다. 그것은 대체 무엇이었을까요? 탄알의 흔적 마크 등과 관계가 있는 것일 리는 없습니다. 탄알은 이미 처리되어 버렸기 때문입니다. 그것은 파머의 총은 최근에 발포되었으며 피고의 총은 그렇지 않다고 하는, 피할 수 없는 사실이라고 저는 말씀드리고 싶습니다. 그것이, 오직 그것만이 이 불가사의한 권총 바꿔치기 미수를 설명할 수 있는 유일한 답이라고 생각합니다. 그 목적이 피고가 주장하고 있는 것과 같은 것이라고 하면, 그가 그렇게도 호의를 가졌고 또 보호하고 싶었던 가족에게 피할 수 없는 범죄 증거를 떠넘기는 것이 되어 사전에서 심리라는 말을 삭제해 버리는 것과 마찬가지로 아무런 의미가 없는 것이 되고 맙니다."

토드헌터 씨는 신음소리가 나오려는 것을 참았다. 이건 아니다. 정말 말도 안 된다. 저 남자를 법정에 부른 것은 명백한 실수다. 치명적일 수도 있는 실수다. 이런 악마처럼 교묘한 변설에 걸리면, 누구라도 솔깃해지지 않을 수 없지 않은가?

그런데 이어서 더욱 나쁜 일이 일어났다.

베인스 씨는 재판장에게 이렇게 말하고 있었다.

"재판장님, 이미 설명한 것처럼 저는 이 소송사건에 아무런 자격도 가지고 있지 않은 사람입니다. 다만, 다른 분들의 관대한 배려에 의해 출정한 것에 지나지 않습니다. 따라서 피고 이외의 증인을 반대신문하거나 반증을 들기 위한 증거와 증인을 요구할 특권도 청원도 하지 않았습니다. 그러나 현재 이 법정에 계시는 분들은——'단 한 사람을 제외하고'라고 말하지 않을 수 없지만——모두 진실을, 진실만을 알고 싶으실 겁니다.

그래서 저는, 재판장님이 이 단계에서는 지극히 변칙이라고 생각하실 것이 틀림없는 부탁을 드리고 싶습니다. 우선, 이미 증언대에 오른 증인의 한 사람인 마저스 경사를 재소환하고, 이어서 제가 선택한 두 사람의 증인을 소환하는 것에 대해, 재판장님 및 쌍방의 변호인의 허락을 얻고 싶습니다. 제가 이런 부탁을 하는 것은, 이들 증인에 대한 한두 가지 질문을 통해, 아직 법정에 알려지지 않은 매우 중대한 새로운 사실이 밝혀짐으로써, 이 기이한 수수께끼가 저절로 해결될 거라고 믿기 때문입니다."

재판장은 그 홀쭉한 뺨을 문질렀다.

"그 증거가 그렇게 중대한 것임이 분명한가요?"

"예, 분명합니다."

"좋습니다. 그럼 어니스트 프리티보이 경의 의견은?"

어니스트 프리티보이 경은 딜레마에 빠져 있었지만, 그렇다고 진실 같은 것은 아무래도 상관없다고 생각하는 듯한 태도를 보일 수는 없었다.

"전혀 이의 없습니다."

"제미슨 씨, 당신은?"

제미슨 씨는 피고석 난간 너머로 의뢰인과 소곤소곤 얘기한 뒤, 재판장 쪽을 향했다.

"제 의뢰인은 경찰 측 변호인이 제시하는 어떠한 증거도 환영합니다. 다른 분들과 마찬가지로 그 역시 정의만을 위해 봉사하기를 원하고 있으니까요."

이 말은 그다지 진실이라고 할 수 없었다. 토드헌터 씨는 제미슨이 작은 목소리로 질문한 것에 대해 불길한 웃음을 지으면서 "저 베인스가 무슨 생각을 하고 있는 건지 도무지 모르겠지만 자신에게 유리하다고 생각되면 약간의 증거 조작쯤은 아무렇지도 않게 할 수 있을 거요"라고 대답한 것이다. 그 말을 들은 제미슨 씨는 상당히 놀라는 것 같았다.

사람들이 조용히 기다리고 있는 동안 마저스 경사가 증언대에 불려 나왔다.

"작년 11월, 피고가 경시청에 찾아왔을 때 당신은 피고와 함께 그의 집에 갔는데 그때 피고가 권총을 보여 줬습니까?"

"보여 줬습니다."

"조사해 봤습니까?"

"조사했습니다."

"어떤 사실을 알았습니까?"

"신품이라는 것을 알았습니다."

"그건 무슨 뜻인가요?"

"한번도 발포된 적이 없다는 뜻입니다."

"확실합니까?"

"확실합니다."

"한번도 발포된 적이 없다는 것을 어떻게 알 수 있었나요?"

"총신의 내부를 조사해 봤습니다. 약간 오래되어 바짝 말라버린 기름이 묻어 있었습니다. 기름이 묻어 있지 않은 부분은 완전히 매끈했습니다."

"그 기름은 칠해진 지 얼마나 되는 것으로 보이던가요?"

"제가 보기에 몇 달은 된 것 같았습니다."

"만약 권총이 최근에 발포되었다면 어땠을까요? 예를 들어 2, 3주일 이내에 쏘았다고 하면?"

"그런 경우에는 기름이 그렇게 말라붙지 않았을 겁니다. 게다가 총신의 노출 부분에 가느다란 줄이 나 있을 것이고, 납 그을음이 묻어 있었을 겁니다."

이것은 완전히 치명적인 증거였다. 어니스트 경이 반대신문을 위해 일어섰을 때, 이곳이 미국이라면 얼마나 좋을까 하고 생각한 것도 무리가 아니었다. 미국의 법정이라면 변호사가 증인에 대한 대처 방안을 생각할 수 있도록 한두 시간의 휴식을 주는 것이 관례다. 그러나 이곳은 그렇지 못해서 어니스트 경은 제1차 세계대전 당시에 익힌 화기에 관한 어슴푸레한 지식과, 타고난 기지에 의지하는 수밖에 없었다.

"마저스 씨, 당신은 런던 경시청의 화기 전문가지요?"

그는 부드러운 미소를 띠면서 입을 열었다.

"아닙니다."

"아니라고요?" 어니스트 경은 놀란 표정을 지었다. "하지만 당신은 전문가죠?"

"전문가는 아닙니다. 화기에 대한 실제적인 지식은 가지고 있습니다만."

"어허, 그 정도는 대부분의 남자들이 가지고 있는 건데요. 당신의 지식이 보통 사람의 그것보다 낫다고 할 수 있는 것은 어떤 점인가요?"

"저는 직무 교육의 일부로서 화기에 대한 교육 과정을 마쳤습니다."

"그럼, 그 교육 과정이라는 것이 당신을 전문가로 만들어 주지는 않았지만, 조금만 살펴보면 그 총이 언제 발포되었는지 또는 발포되지 않았는지 단언할 수 있는 능력을 주었다는 말인가요?"
"그 덕택에 권총이 언제 발포되었는지 알 수 있게 되었습니다."
"이 총을 분해하여 조사했습니까?"
"아닙니다."
"렌즈를 사용하여 조사했습니까?"
"아닙니다."
"그럼 당신은 조사를 했습니까? 아니면, 잠깐 보았을 뿐입니까?"
"제가 필요하다고 생각한 만큼 조사했습니다."
"바꿔 말하면 총신을 잠시 들여다본 것뿐이지요?"
"아닙니다."
"그럼, 들여다보지도 않았나요?"
"저는 매우 주의 깊게 총신을 보았습니다."
"아, 그래요? 매우 주의 깊게, 게다가 뛰어난 시력을 가진 눈으로 보았기 때문에, 보통 사람은 렌즈를 사용하지 않으면 발견할 수 없는 납 탄알의 그을음과 총신에 줄이 난 흔적이 없다는 것을 알았다는 거군요?"
"저는 제 검사에 만족하고 있습니다."
"물론 그러실 테지요. 그렇지만 저는 만족할 수 없군요. 아시겠습니까? 이 점을 분명히 하고 싶습니다. 당신은 실제로 총신에 줄이 난 흔적과 납 그을음을 찾으려고 조사했습니까? 아니면, 그저 총신을 이리저리 살펴보다가, 말라붙은 기름이 묻어 있는 걸 보고 이 권총은 발포되지 않았을 거라고 생각한 것에 지나지 않는 겁니까?"
"그 총이 발포되지 않았다는 것은 저에게는 명백했습니다."
"그건 제 질문에 대한 대답이 되지 않는군요. 하지만 좋습니다. 그 점에 대해선 이만 넘어가기로 하겠습니다. 그런데 경사님, 분명히 당신은 '이 권총은 최근에는 발포된 적이 없다'고 말하지 않고, '이 권총은 한번도 발포된 적이 없다'고 말씀하셨지요? 말라붙은 기름이 묻어 있었다는 것은, 그 권총이 몇 년 전에 발포되었고 안 되었고 하는 것과는 아무런 관계도 없는 것 아닌가요? 이 점은 어떻게 설명하시겠습니까?"

"조회한 결과, 그 권총은 한번도 발포되지 않았다는 것이 밝혀졌습니다."

"어디에 조회하셨습니까?"

"그것을 판 총포점입니다."

"그럼, 그 조회를 통해 권총이 토드헌터 씨의 손에 넘어갔을 때는 신품이었다는 사실을 아신 거군요?"

"아닙니다, 신품과는 좀 다릅니다."

"그러나 당신은 경찰 측 변호인에게 신품이라고 말했습니다."

"아, 그 의미를 한정하고 싶군요. 한번도 발포되지 않았다는 점에서는 신품입니다." 경사는 완강하게 대답했다. "그렇지만 좀 오래된 권총이었습니다."

"낡고 녹슨 권총을 신품이라고는 하지 않지요."

"녹슬어 있지는 않았습니다."

"아니, 녹슬어 있지 않았습니까? 아무튼 그 문제는 나중에 곧 다루기로 하고, 요컨대 그것은 옛날 전쟁 때의 권총으로, 실전에는 한번도 사용된 적이 없는 것이죠? 당신이 하는 말은 그런 의미인가요?"

"그렇습니다."

"그러면 20년 전의 것이라는 얘기군요? 그런데도 녹이 슬어 있지 않았나요?"

"보관이 잘 되어 있었으니까요."

"오래되어 말라붙은 기름이 녹을 방지합니까?"

"모르겠습니다."
"하지만 당신은 전문가죠?"
"기름 전문가는 아닙니다."
"그러나 화기를 제대로 보관하는 것도 중요한 지식의 하나가 아닌가요? 거기에는 기름에 대한 것도 포함될 텐데요."
"전문적 지식은 가지고 있지 않습니다."
"오래된 쓸모없는 기름이 녹을 방지하지 못한다는 것을 설명하는데는 그다지 전문적인 지식이 필요하지 않다고 생각되는데요. 그래도 당신은 그 권총에 녹이 슬지 않았다는 말씀이군요? 총신의 보이는 부분은 반짝반짝 윤이 났나요?"
"제가 기억하기로는 그렇습니다."
"최근에 그 권총이 발포되었고 그 뒤 녹이 제거되고 깨끗하게 손질되었다는 것이 녹이 전혀 없었던 것에 대한 설명으로 합당하다고 생각하지 않습니까?"
"그렇게 생각하지 않습니다."
"그럼, 그 오래되어 말라붙은 기름에 마법 같은 힘이 있어서, 기름으로서 기능할 수 없게 된 뒤에도 녹을 방지하는 효과를 발휘했다는 쪽이 더 설득력이 있다는 건가요?"
"오래된 기름이 녹을 방지하지 못했다고는 할 수 없습니다."
"말라붙은 기름에 대한 문제는 있다 하더라도 이 권총이 최근에 발포되지 않았음을 나타내는 것은 아무것도 없었던 거지요?"
"발포되지 않았다고 확신했습니다."
"아, 그랬군요. 당신이 조회한 것에 의하면, 그것을 조회한 것은 언제였습니까?"
"작년 11월입니다."
"당신이 권총을 본 뒤인가요, 아니면 전인가요? 조사했다고는 말하지 않기로 하겠습니다."
"뒤입니다."
"그래서 총포점이 이 권총은 한번도 발포된 적이 없다고 증명한 거군요?"
"그렇습니다."
"그렇지만 당신은 권총을 잠시 보고 바로 피고의 면전에서, 한번도 발포된 적이 없다고 단언하지 않았습니까?"
"그랬을지도 모릅니다."
"그렇게 말한 것을 인정해 주셨으면 합니다만."
"있을 수 있는 일입니다."
"즉, 그것은 총포점에 조회하기 전이라는 얘기군요?"
"그렇습니다."
"그러나 그 조회에 의해, 게다가 그것에만 의해, 권총이 발포되지 않았다는 것을 수긍한 거라면, 그 조회를 하기 전에는 어떻게 그것을 사실로서 주장할 수 있었던 겁니까?"
"말라붙은 기름이 묻어 있다는 것과 총신에 줄이 간 흔적과 납 그을음을 발견할 수 없는 것에 의해 발포되지 않았다는 인상을 받았고, 그 뒤 조회를 통해 그 사실을 확인한 겁니다."
"허어, 그럼 단순한 인상의 문제로군요?"
"저는" 하고 경사는 토드헌터 씨가 화가 나서 큰 소리를 지르고 싶을 만큼 둔감하고 완고하게 되풀이했다. "그 권총은 한번도 발포된 적이 없다고 확신했습니다."
"그런데 당신은 토드헌터 씨의 집을 조사한 적이 있을 겁니다. 어떤 느낌이 드는 집이었습니까?"
"상당히 좋은 집이었습니다."
경사는 그 경험에도 불구하고 약간 당황한 빛을 보였다.

"쾌적함을 추구하는 사람의 집이라는 느낌이었나요?"

"그렇다고 할 수 있다고 생각합니다."

"뭐, 너무 그렇게 조심스럽게 대답할 필요는 없습니다. 눈으로 보면 판단할 수 있는 일이니까. 예를 들면 청결한 집이었습니까, 아니면 불결한 집이었습니까?"

"지극히 청결한 집이라고 생각했습니다."

"그럼, 따뜻한 집이었습니까, 추운 집이었습니까?"

"무척 따뜻한 집이었습니다."

"뭔가 쾌적함의 상징 같은 것이 있는 걸 보셨나요? 예를 들면 중앙 난방 장치라든가?"

"중앙 난방 장치가 설치되어 있었습니다."

"그래서 모든 침실에 전기 스토브가 있던가요?"

"제가 본 침실은 하나뿐이었습니다."

"그럼, 그 방에 전기 스토브가 있었습니까?"

"있었습니다." 그제야 상대방의 질문 의도를 깨달은 경사는 분한 듯이 대답했다.

어니스트 경은 이제 가면을 벗어던졌다. "그렇습니다. 그런데 당신은 기름이, 특히 화기 보관에 사용되는 순도 높은 기름이 열에 약하다는 사실은 아시죠?"

"저는 기름 전문가는 아닙니다."

"기름이 따뜻한 공기 중에서 급속하게 마르는 것을 이해하는 데 전문가일 필요가 있을까요?"

"없습니다."

"당신이 이 권총을 본 것은 11월이 된 뒤라고 했습니다. 미스 노우드가 사망한 것은 9월입니다. 따뜻한 집의 난방이 잘 되는 방안에 권총이 두 달 이상 방치되어 있었을 경우 당신은 그 기름이 말라

버리지 않는다고 맹세코 단언할 수 있습니까?"
"기름에 관해서는 아무것도 맹세코 단언할 생각이 없습니다."
경사는 이렇게 대답하는 것이 고작이었다.
"그런데 당신은 맹세하지 않았을 때는 문제없이 단언했던 것 같은데요?"
"의견을 말했을 뿐입니다."
"그래요? 그럼 이렇게 되는군요. 당신은 필요한 경험도 지식도 없이, 자신이 발언할 자격이 없는 의견을 말했다. 또 그것을 의견으로서가 아니라 사실로서 상관에게 보고했다. 그리고 지금은, 자신의 독단적인 근거가 없는 주장을 어떻게든 정당화해야 할 입장에 있다. 그런 건가요?"
어니스트 경은 드디어 이 경사를 화나게 하고 말았다.
"그런 식의 표현은 공평하지 않습니다." 그는 분개하며 말했다.
"이것이 제가 표현하는 방식입니다."
어니스트 경은 말한 뒤 빙그레 웃으면서 자리에 앉았다.
베인스 씨는 약간 당황한 기색의 증인을 주의 깊게 다루었다.
"고도로 기술적이고 불필요하다고 생각되는 세부적인 것을 생략하고 말하면, 당신은 직무상의 훈련을 통해, 예를 들어 기름의 특수한 성질에 대해 전문적이지는 않더라도, 그 권총을 조사했을 때 그것이 한번도 발포되지 않았다는 것을 즉시 알 수 있는 정도의 지식은 갖추고 있었다는 거지요?"
"그렇습니다." 경사는 이렇게 대답하고 누가 봐도 알 수 있는 안도하는 표정으로 증언대에서 내려갔다.
토드헌터 씨는, 이 경사의 직접신문을 분노하는 심정으로 듣고 있었음에도(그 엉터리 지레짐작에 지나지 않는 것을 사실로 주장하다니 정말 뻔뻔스러운 자다) 역시 그를 동정하지 않을 수 없었다. 그리고 그 자신도 경사 이상으로 안도하고 있었다. 어니스트 경은 놀라운 수완으로 궁지에서 멋지게 빠져나간 것이었다.

그러나 베이스 씨는 아직 일을 끝낸 것이 아니었다.

그는 서류를 팔랑팔랑 넘기며 안내인 쪽을 쳐다보았다.

"줄리아 페일리 부인을 불러 주십시오."

줄리아 페일리 부인이 도대체 누구일까? 토드헌터 씨는 고개를 갸우뚱했다.

그 의문은 이내 풀렸다.

등이 활처럼 구부러진 검은 옷의 기묘한 노부인이 커다란 달팽이처럼 증언대에 힘겹게 올라가 쥐 같은 목소리로 선서했다.

나중에 신문에 보도된 바에 의하면 그녀의 증언은 다음과 같은 것이었다.

"저는 리치먼드의 해밀턴 거리 86번지에 살고 있어요. 거기서 요리사로 일하고 있는데, 그 집은 죽은 미스 노우드의 이웃집이죠. 저는 미스 노우드가 자기 집 정원을 산책하는 모습을 자주 봤어요. 우리 집 창문에서 저편의 정원 여기저기가 보이거든요. 그래서 미스 노우드의 정원의 지형에 대해서는 잘 알고 있답니다. 석 달 전쯤, 연극을 보러 갔다가 해밀턴 거리 86번지로 돌아올 때였어요. 무척 늦은 시간이었는데 아마 자정 무렵이었던 것 같아요. 1년 이상 가지 못했던 런던 웨스트엔드로 연극 구경을 간 날이어서 날짜까지 똑똑히 기억하고 있어요. 바로 12월 3일이었지요. 그런데 집에 들어가려고 할 때 미스 노우드의 정원 쪽에서 큰 소리가 들려왔어요. 그 소리는 정자 부근에서 들려온 것 같았어요. 저는 미스 노우드가 작년 가을 그곳에서 살해된 사실이 생각나서 무서워서 집안으로 뛰어 들어갔어요. 그 소리는 권총 소리 같기도 하고 뭔가가 폭발하는 소리 같기도 했죠. 이튿날 함께 일하는 사람들에게 그 얘기를 했지요. 우리는 그때부터 며칠 동안, 누군가가 또 미스 노우드처럼 살해된 것이 아닌가 하고 신문 기사를 열심히 살펴보았어요."

어니스트 경이 일어섰다. 약간 미심쩍다는 표정이었지만 그래도 태연하게 말했다.

"부인은 그 묘한 소리가 권총 소리 같았다고 하셨지요?"

"꼭 권총 소리 같았어요."

"페일리 부인, 당신은 지금까지 총소리를 몇 번이나 들으셨습니까?"

"한번도 들은 적 없어요."

"그렇다면 어째서 그 소리가 총소리 같다는 걸 알았습니까?"

그것은 이 증인에게는 한번도 생각해 본 적이 없는 사고방식인 것 같았다. "그렇지만 그렇게 들렸는걸요."

"불꽃이 폭발하는 소리라면 틀림없이 몇 번은 들은 적이 있으실 텐데 불꽃 소리처럼 들렸다고 말씀하시는 게 낫지 않을까요?"

"그러고 보니 분명히 불꽃 소리 같기도 했어요. 커다란 불꽃 소리요."

"또는 자동차의 엔진 역화(逆火, 화염을 역류시킴) 소리 같지는 않았나요?"

"맞아요, 그런 소리였어요."

"아니면, 강 위를 달리는 모터보트 소리는 아닐까요? 거 왜, 엔진을 걸려고 할 때 나는 소리 말입니다. 그런 소리는 여러 번 들은 적 있으시죠? 그런 소리였나요?"

"맞아요. 꼭 그런 소리였어요."

어니스트 경은 온화하게 말했다.

"그렇다면 부인이 살고 있는 집은 제 집에서 한 집 건너가 분명한데, 그러면 우리는 대략 같은 경치를 늘 보고 있는 셈이군요. 그런데 부인이 서 있었던 위치에서 보면, 미스 노우드의 정원에 있는 정자는 부인과 강 중간에 해당하지 않습니까?"

"네, 그렇게 되겠군요."

"그럼, 정자에서 들려온 것 같은 그 소리가 실제로는 그 건너편의 강에서 난 소리일지도 모르겠군요?"

"네, 그럴지도 몰라요. 말씀을 듣고 보니 그렇군요."

"하지만 정자에서 총소리가 들려왔다고 하는 편이, 이튿날 아침 다른 사람들에게 들려주는 얘기로는 더 재미있었겠지요?"

"무슨 말씀인지 잘 모르겠어요."

"아, 걱정 마세요. 페일리 부인, 지금 연세가 어떻게 되시죠?"

"쉰여섯이에요."

"정말입니까? 아, 죄송합니다만 혹시 감각 기관의 기능이 좀 약해지지 않으셨나요?" 어니스트 경은 약간 소리를 낮춰서 말했다.

"뭐라고 하셨죠?"

어니스트 경은 똑같이 한 단계 낮은 목소리, 그래도 토드헌터 씨에게는 완전히 들리는 목소리로 계속 말했다.

"감각 기관의 기능이 좀 약해지지 않았느냐고 물었습니다."

"죄송하지만 도저히 알아들을 수가 없어서……."

어니스트 경은 반음 정도 목소리를 더욱 낮췄다.

"그러니까 부인의 귀가 잘 들리지 않는 게 아니냐고 물었습니다."

"질문이 뭔지 잘 모르겠군요."

페일리 부인은 천진난만하게 한 손을 귀에 대고 반문했다.

"제가 물은 것은" 어니스트 경은 이번에는 아주 큰 목소리로 말했다. "부인의 귀가 좀 어두워진 것이 아니냐고요?"

"아니에요, 그렇지 않아요." 페일리 부인은 분연하게 대답했다.

"목소리만 제대로 내어서 말한다면요." 법정 안에 왁자한 웃음소리가 일자 그녀는 깜짝 놀라 주위를 둘러보았다.

웃음소리가 소용돌이치는 가운데 어니스트 경은 자리에 앉았다.

베인스 씨는 이번에도 천장과 의논했다.

"페일리 부인, 어쨌든 당신이 12월 3일 밤 무슨 소리를 들은 것은 틀림없는 사실이죠? 그 소리는 총소리처럼 들렸고 죽은 미스 노우드의 정자 쪽에서 들려온 거라고 생각하셨죠?"

"그래요, 전 바로 그것을 얘기한 거예요." 페일리 부인은 아직도 조금 화난 듯이 대답한 뒤 달팽이처럼 퇴정했다.

"경찰관 실버사이드를 불러 주십시오." 베인스 씨가 요구했다.

경찰관 실버사이드는 책을 읽듯 술술 증언했다.

"12월 3일 밤, 저는 자정부터 아침 4시까지 근무했습니다. 제 순찰 구역에는 하(下)파트니 거리가 포함되어 있어서 저는 피고의 집을 잘 알고 있습니다. 여러 가지 용건으로 몇 번 방문한 적도 있고 가끔 피고를 만나기도 했지요. 그도 자주 저에게 아침 저녁 인사를 건네곤 했습니다. 그의 집이 야간에 어떠한지 저는 잘 알고 있습니다. 제 순찰 구역에서 가장 빨리 불이 꺼지는 집의 하나지요. 항상 12시 전에 불이 꺼지니까요. 그런데 12월 3일 밤에는 1시가 지날 때까지 불이 켜져 있었습니다. 그것은 이층의 불빛이었습니다. 제가 처음 순찰했을 때는 불이 켜져 있지 않았는데, 밤 12시 반 무렵 집 앞을 지나갈 때 켜져 있는 것을 보았습니다. 그 불빛은 30분 정도 켜져 있었습니다. 그 사실이 제 인상에 남아 있는 것은 그 집 주인의 건강이 좋지 않다는 것을 알고 있었기 때문입니다. 저는 그의 건강이 나빠진 것이 아닐까 하고 생각했습니다. 그래서 뭐 도울 일이라도 있지 않을까 하고 현관까지 가봤습니다. 문이 잠겨 있었는데 저는 벨을 누르지는 않았습니다. 그곳에 서 있는 사이에 불이 꺼지더군요. 날짜는 틀림없습니다. 수첩에 적어 두었으니까요. 왜 그렇게 했냐 하면 그 집 주인이 갑자기 아프게 되면, 나중에 그 시간을 증명할 필요가 있을지도 모른다고 생각했기 때문입니다."

어니스트 경은 이 기묘한 증언에 들어 있는 의도를 깨닫기 시작했다. 그러나 이 증인에 관한 한 거의 손쓸 방법이 없었다.

"당신은 순찰 구역의 주민들을 위해 간호사 역할을 하려고 늘 그렇게 대기하고 있습니까?"

어니스트 경은 몹시 빈정대는 투로 신문하기 시작했다.

"아니오, 그렇지 않습니다."

"그럼, 왜 이 경우에는 그렇게 행동하셨나요?"

"그 집 주인의 병이 어떤 병인지 알고 있었기 때문에 급히 사람을 부를 필요가 생길지도 모른다고 생각했기 때문입니다."

"전화 쪽이 빠를 거라는 생각은 하지 않았습니까?"

"그분의 병이 나빠지면 그 집에 여자들만 남는다는 것을 알고, 누군가 남자가 가까이 있어 주면 좋겠다고 생각했습니다."

"얼마 동안 그곳에 있었습니까?"

"불이 꺼질 때까지 겨우 1, 2분이었습니다."

"당신은 처음에 12시 반에 불이 켜져 있는 것을 보았다고 했는데 그때는 그 집에 가지 않았습니까?"

"예."

"어째서요?"

"그때는 그럴 필요를 느끼지 않았습니다. 30분 뒤에 그곳을 지났을 때 처음으로 가봐야겠다는 생각이 들더군요. 불이 그때까지 켜져 있어서 약간 놀랐습니다. 하지만 그곳에 서 있는 사이에 불이 꺼졌습니다."

"그날 밤의 근무 시간은 어떻게 되어 있었습니까?"

"자정부터 새벽 4시까지입니다."

"매일 밤 그 시간에 그곳을 순찰하시나요?"
"아니, 교대로 합니다."
"차례가 올 때까지 간격이 얼마나 됩니까?"
"6일 간격입니다."
"그렇다면 6일 가운데 닷새는, 밤의 그 시간에 피고의 집을 관찰할 기회가 없는 셈이군요."
"그렇습니다."
"그럼, 그 시간에 불이 켜져 있는 것이, 평소와 다른지 어떤지 실제로는 뭐라고 말할 수 없는 것 아닌가요?"
"전에는 한번도 그런 적이 없었습니다."
"커튼을 통해 불빛이 보였나요?"
"커튼 사이로 불빛이 보였습니다."
"그럼, 커튼이 제대로 쳐져 있지 않았군요?"
"커튼 사이에서 빛줄기가 새나오고 있었습니다."
"만약 커튼이 제대로 잘 쳐져 있었다면, 그 방에 불이 켜져 있었는지 어떤지 알 수 없었겠군요?"
"글쎄요, 잘 모르겠는데요."
어니스트 경은 어깨를 약간 으쓱해 보인 뒤 자리에 앉았다.
다시 베인스 씨는 자신의 증인에게 딱 한 가지만 질문했다.
"어쨌든, 당신이 한밤중인 12시 반부터 1시 사이에 피고의 집 이층에 불이 켜져 있는 것을 보고, 평소와 다르다고 생각한 것은 틀림없는 사실이지요?"
"그렇습니다."
어니스트 경이 재판장에게 간청했다.
"재판장님, 다시 한번 관대한 조치를 부탁드려야겠군요. 방금 제기된 문제는 피고에게 답변할 기회를 주는 것이 공평한 일이라고 생각합니다. 피고를 잠깐만 다시 증언대에 소환하는 것을 허락해 주셨으면 합니다만."

"좋습니다." 재판장은 한숨을 내쉬며 말했다.

30분이 지나는 동안, 가면처럼 무표정한 얼굴로 간신히 냉정함을 유지하고 있던 토드헌터 씨는, 다시 한번 자기 생명을 걸고 직원의 보호를 받으면서 증언대에 들어섰다.

"토드헌터 씨." 어니스트 경은 참으로 동정을 금할 길 없다는 듯이 말했다. "작년 12월 3일 오전 0시 30분부터 1시까지, 당신의 집 이층에 불이 켜져 있었는지 기억하고 계십니까?"

"전혀 생각이 나지 않습니다."

"뭔가 짚이는 데가 없나요?"

"그렇다면 간단합니다. 저는 잠을 깊이 자지 못하는 체질이라 밤중에 깨는 일이 자주 있습니다. 그럴 때 한동안 잠이 올 것 같지 않으면 불을 켜고 책을 읽습니다."

"그런 일이 자주 있습니까?"

"매우 자주 있습니다."

"당신의 침실에는 어떤 커튼이 걸려 있습니까?"

"면으로 뒤를 댄, 무겁고 골이 있는 천으로 짠 커튼입니다." 토드헌터 씨는 명쾌하게 대답했다. 집안의 사소한 일에서 허점을 보여서 말이 되겠는가.

"그렇다면 밖에서는 실내의 불빛이 보이지 않겠군요?"

"그럴 거라고 생각합니다."

"밤에는 항상 커튼을 빈틈없이 닫아 둡니까?"

"예, 제가 아는 한에는."

어니스트 경은 갑자기 문제와 정면으로 맞섰다.

"토드헌터 씨, 당신은 12월 3일 밤에 집에서 나가 미스 노우드의 정원까지 가서, 정자 부근에서 자신의 권총을 처음으로 쏘고 오전 0시 반쯤 집으로 돌아갔습니까?"
토드헌터 씨는 눈을 크게 뜨고 상대를 쳐다보았다.
"다시 한번 말씀해 주시겠습니까?"
어니스트 경이 질문을 되풀이했다.
"당치도 않습니다. 그런 일은 하지 않았습니다."
어니스트 경은 어떠냐는 듯이 베인스 씨 쪽을 쳐다보았다. 그러나 베인스 씨는 천장을 응시한 채 말없이 고개만 저었다.
"감사합니다, 토드헌터 씨." 어니스트 경이 말했다.
이날은 그것을 끝으로 폐정되었다. 토드헌터 씨에게는 이제야 겨우 끝났구나 하는 느낌이었다. 긴장은 걱정하던 것 이상으로 그에게 혹독한 타격을 주었다.

4

"그럼, 그가 노린 것은 바로 그것이었습니까?" 택시가 호기심 많은 군중 속에서 빠져나왔을 때 담요를 두른 토드헌터 씨가 말했다.
"그렇네, 정말 교묘하지 않나? 머리가 상당히 좋더군, 베인스 라는 작자." 어니스트 경이 호방하게 칭찬했다.
치터윅 씨는 입을 열 적당한 찬스가 오기를 기다렸다가 이렇게 말했다.
"하지만, 어니스트 경이 머리가 더 좋은 것 같더군요. 반대신문에서 그렇게 보기 좋게 날려 보내 버리지 않았습니까?"
어니스트 경은 빙긋이 웃었다. "빈틈없이 반격해 줬다고는 생각하네만 아직 안심하기는 일러. 배심원이란 묘한 인종이거든. 있는 힘을 다해 내 친구를 무죄로 만들 작정을 하고 있을 테니까."
"정말 그렇게 생각하십니까?"

치터윅 씨는 걱정스러운 듯이 물었다.

"뭐, 너무 낙관해서는 안 된다는 얘길세. 그뿐이야." 어니스트 경은 불그스름한 턱 언저리를 문지르고 있었다. "도대체 그 작자는 어떻게 그런 것을 생각해냈을까? 정말 교묘하더군. 토드헌터, 혹시 정말로 그 한밤중에 원정을 한 것은 아닌가?"

"어떻게 그런 생각을!" 토드헌터 씨가 펄쩍 뛰며 말했다.

"하하, 진정하게." 어니스트 경은 놀라서 말한 뒤 자기의 클럽 앞에서 택시에서 내릴 때까지 얌전하게 입을 다물고 있었다.

XVIII

1

이튿날 오전, 베인스 씨는 자신의 변론을 더욱 상세하게 전개했다. "기소자 측이 이 피고를 범죄와 연관짓는 데 의지하고 있는 중요한 사항이 두 가지 있습니다. 즉, 피고가 죽은 여자의 팔찌를 소지하고 있었다는 것과, 헛간을 개조한 정자에서 발견된 유일한 탄알이 빈센트 파머의 권총에서 발사된 것이 아니기 때문에 피고의 권총에서 발사된 것으로 추론할 수 있다는 것, 이 두 가지입니다.

그러나 잘 조사해 보면 이들 사실은 둘 다 아무런 가치도 없는 것들입니다. 팔찌를 가지고 있었던 것은 단 한 가지 사실, 즉 피고가 고인과 접촉이 있었다는 것을 증명하는 것에 지나지 않습니다. 그것은, 이미 죽은 여자에게 피고가 다가갔다는 증거조차 안 됩니다. 왜냐하면 보석을 바꿔 달라거나, 모조품을 만들어 달라거나, 그 밖의 무슨 이유로 여자가 살아 있었을 때 팔찌를 그에게 줬을지도 모르기 때문입니다. 그럼에도 불구하고 경찰은 여자가 살해된 뒤 토드헌터 씨가 현장에 있었을 수도 있다는 건 인정해도 좋다고 생각하고 있습니다. 그러나 그가 직접 살인을 했다는 것에 대해서는 인정할 생각이 없습니다."
그는 권총 탄알 건에 대해서는 정말 어이가 없다는 듯이 말했다.
"이 탄알은 정자의 가장 먼 구석의 들보에서 발견되었습니다. 그런 엉뚱한 곳에 총을 쏜다는 것은 정말 상상도 할 수 없는 형편없는 사수라고 말하지 않을 수 없습니다. 게다가 토드헌터 씨는 이 두 번째 탄알에 대해서는(두 번째 탄알이라는 것은 그 자신의 얘기에 의한 것 일뿐이지만) 탄창에 처리해야 할 빈 약협이 하나가 아니라 두 개 있으므로 생각나지 않을 수가 없음에도 불구하고 까맣게 잊어버리고 있었다고 했습니다. 그리하여 그는 참으로 편리하게도 두 사람의 증인이 함께 있을 때 그 탄알을 떠올렸고 그것을 찾게 되었던 것입니다. 그 일 자체가 어딘가 이상하지 않습니까?

이 삽화를 더욱 이상하게 만드는 것은 배심원 여러분도 들으신 두 증인의 얘기입니다. 어느 날 밤 그 정자가 있는 방향에서 총소리와 매우 비슷한 소리를 들었다는 한 부인의 증언과, 같은 날 밤 피고의 집에 평소와 다른 시간에 불이 켜져 있었다는, 토드헌터 씨가 외출했다는 것까지는 몰라도 적어도 일어나 있었던 것을 의미하는 순찰 경관의 증언입니다. 이들 사실에 대해서는 그밖에도 여러 가지 해석을 할 수 있겠지만, 사실은 어디까지나 사실인 것입니다.

이들 사실에서 어떤 결론을 내릴 수 있을까요? 의심할 여지없이, 토드헌터 씨의 두 번째 탄알 이야기는 날조된 것이라는 사실입니다. 그 탄알은 작년 9월에 발사된 것이 아니라 12월에 발사된 것입니다. 토드헌터 씨는, 처음에는 경찰에 출두하여 자신이 범인이라고 말하기만 하면 그 자리에서 체포될 줄 알았던 것 같은데, 그 무렵이 되자, 자신을 유죄로 하는 논거가 전혀 없다는 것을 깨달았습니다. 그래서 그는 그 논거를 날조하기 시작했습니다. 이런 경우에 무엇보다 필요한 것은, 뭐니 뭐니 해도 그 자신의 총에서 발사된 탄알입니다.

그래서 그는, 12월 2일 자정이 되기 직전에 외출하여 총을 한 발 쏘고 돌아왔습니다. 그리고 그때, 이튿날 아침 그럴싸하게 발견되는, 정원을 돌아다닌 흔적을 남긴 것이 틀림없습니다. 그리고 이튿날 아침, 두 사람의 증인이 있는 앞에서, 그 두 번째 탄알을 발사한 것을 때맞춰 생각해낸 겁니다. 이렇게 생각하는 편이, 피고의——오히려 자기 고발이라고 부르는 편이 좋다고 생각하지만——그 황당무계한 주장보다는 훨씬 이치에 맞고, 직접적인 증거의 뒷받침도 있는 타당한 해석이 아닐까요?

게다가 또 그렇게 생각하면, 두 사람의 증인에 의해 정원 여기저기에 발자국이니 꺾인 가지니 하는 것이, 그럴싸하게 발견된 것도 잘 설명이 되는 이점까지 있습니다. 그렇지 않으면, 하필이면 이 영국 같은 풍우가 많은 나라의 겨울을 넘기고도 몇 달씩이나 그런 흔적이 남아 있다는 것은, 어떤 이치와 경험에도 어긋나는 것이 되지 않습니까?

토드헌터 씨의 얘기를 잘 검토해 보십시오. 그것은 모두 주장에 의해 성립된 것으로, 증거는 단 한 가지도 없습니다. 어느 것이든 좋으니까 예를 들어 봅시다. 결정적인 증거가 되는 살인의 탄알을 버렸다는 사실은 어떨까요? 토드헌터 씨는 자신이 버렸다고 주장하고 있지만, 그것을 증명하는 것은 그의 말 외에는 아무것도 없습니다. 그리고 이러한 사안에서는 말에 의지할 수는 없는 일입니다. 우리는 이미 그러한 행동이 얼마나 비정상적인가에 주목하고 있었는데, 그 동기만 문제삼고 행동 자체는 문제삼지 않았습니다. 그럼, 그 행동을 문제 삼으면 무엇을 발견할 수 있을까요?

그것은 아마, 그 행동은 토드헌터 씨의 풍부한 상상력 속에만 존재하고 있었을 것이라는 사실입니다. 다시 말해, 그는 어떤 탄알도 버리지 않았다는 거지요. 그러나 그는, 한 개의 탄알이 버려졌으며, 그것을 누가 버렸는지도 확실하게 알고 있었습니다. 어쩌면 그것이 버려지는 광경을 목격했을지도 모릅니다. 증거, 증거야말로 법정에서 필요한 모든 것입니다. 그리고 이 어처구니없는, 영국의 법정이 시작된 이래 그야말로 어처구니없는 자기 고발의 소송사건에서 빠져 있는 것은 바로 그 증거라는 것입니다.

 이 자기 고발자가 자기 말을 바꾸는 방법에 주의를 기울여 주십시오. 그는, 맨 처음 경찰에 가서 고백했던 얘기는 거짓말이었다고 말하고 있습니다. 왜 거짓말이라고 했을까요? 정말이라는 것보다는 그 편이 더 그럴듯하게 들릴 거라고 생각했기 때문입니다. 모든 수수께끼를 푸는 열쇠는 바로 거기에 있는 것이 아닐까요? 어떤 점에 대해서도 그럴듯한 설명이 필요해지게 되자, 토드헌터 씨는 곧 그것을 제공합니다. 그러나 그것은, 그 얘기가 반드시 진실이라는 증명은 되지 않습니다. 그리고 증거를 요구받으면 그 대답은 어김없이, '증거는 없습니다. 하지만 제 말을 믿어야 합니다'라는 식입니다. 이런 고발 방식을 어느 누가 진심으로 받아들일 수 있겠습니까?"

베인스 씨의 변호는 이런 식으로 계속 전개되어 갔다.

 토드헌터 씨는 벌써부터 듣는 것을 그만두고 말았다. 그는 두 손으로 귀를 꼭 막고, 혼자 피고석 의자에 웅크리고 앉아 끝없이 절망하고 있었다. 이제 와서 남의 시선 따위를 생각한들 무슨 소용이 있겠는가? 이젠 졌다. 이 베인스라는 자가 모든 걸 완전히 뒤엎고 말았다. 파머는 이제 구할 수가 없다.

 어니스트 경이 고발 측 최종 변론을 하기 위해 일어섰다. 그러나 토드헌터 씨는 눈도 들지 않았다. 어니스트 경은 유능한 변호사다.

그러나 세상에서 가장 유능한 변호사라도, 배후에 경찰의 위신이라는 중요한 것이 숨어 있는 최강의 상대와 어떻게 겨룰 수 있으랴.

2

그러나 어니스트 경은, 자기 임무의 불가능성을 알고 있는 것 같지 않았다. 그가 입을 열었을 때의 표정은 참으로 밝은 것이었다.

"재판장님, 그리고 배심원 여러분, 이 재판의 지극히 이상한 성격에 대해서는 새삼 강조할 필요도 없을 것입니다. 여러 가지 점에서 본건은 영국 법정사상 유례가 없는 사건이지만, 다음에 말씀드리는 것도 그에 못지않게 그 이상한 성격을 말해 주고 있습니다. 그것은, 기소자 측과 변호인 측이 가장 중요한 논점, 즉 실제로 죽음의 방아쇠를 당긴 것은 누구의 손가락인가 하는 문제에 대해서는 실질적으로 의견이 일치하고 있다는 것, 그리고 양측은, 정확하게 말해 이 법정에 아무런 권리도 없는 제3의 소송 참가자의 견해에 함께 반대하고 있다는 사실입니다.

그러나 이 사건은, 저도 피고 측 변호인 제미슨 씨도 원하지 않는 평결, 즉 무죄 평결을 요구하며 배심원 여러분 앞에 호소하는 것이 당연하다는 것을 알고 있습니다. 그리고 지금 여러분을 향해 변론을 한 변호사가, 이러한 사건의 설명으로서는 그야말로 나무랄 데 없이 훌륭하고 설득력 있는 설명을 한 것도 부언해 두지 않으면 안 될 것입니다. 그의 교묘한 논지는, 저와 더불어 여러분도 확실히 아셨을 것입니다.

그러나 그것은 단순히 교묘한 논지에 지나지 않습니다. 이를테면 그는 기소자 측의 논거는 피고 본인의 주장에 의지하고 있을 뿐, 진정한 증거는 아무것도 없으며, 피고가 했다고 인정하고 있는 행동은 모두 두 가지로 해석할 수 있다고 말했습니다. 그러나 이와 같은 비난을 다른 법정에서 열린 파머에 대한 고발에 적용해 보십시오. 그 재판의 경우는 그 비난에 해당하지 않는다고 말할 수 있을까요? 그 재판의 증거에 대해서는 기록을 읽어서 알고 계실 겁니다. 파머가 살인을 했다는 진정한 증거가 하나라도 있었습니까? 단 한 가지도 없었습니다. 파머에 대한 고발은 처음부터 끝까지 추론만으로 구성되어 있습니다. 저의 동료 베인스 씨는, 경찰의 추론은 증거로 인정되지만 한 개인의 추론은 난센스에 지나지 않는다고 말하는 겁니까? 그가 그런 말을 할 줄은 몰랐습니다. 그러나 이론적으로 말하면 그의 변론의 요점은 바로 그것이었다고 생각됩니다.

하지만 지금 피고석에 있는 사람을 이 범죄로 고발하면서, 우리는 결코 베인스 씨가 말한 것처럼 피고의 주장에만 의지하고 있는 것이 아닙니다. 베인스 씨는 우리가 아무런 증거도 가지고 있지 않다고 말합니다. 여기에 대해 우리는 압도적인 증거를 가지고 있다고 대답하겠습니다. 여러분은 그 증거를 들으셨습니다. 그 증거는 이를테면 샴페인이 진저 와인보다 독한 술인 것과 마찬가지로, 파머 청년의 유죄의 증거로 통용된 박약한 것보다 훨씬 강하지 않은가, 바로 그것을 결정하는 것이 여러분의 역할입니다. 여러분은 이미 차례차례 순서대로 증인들의 입에서 진실을 들으셨지만, 여기서 다시 한번 피고가 이 불행한 입장에 서게 된 사정에 대해 설명하고자 합니다."

어니스트 경은 그로부터 1시간 15분 동안 토드헌터 씨가 유혹에 빠지고, 결국 그것에 지게 될 때까지의 과정을 묘사해 들려주었다. 참으로 다채롭고 화려하게 장식된 연설이었다.

그 얘기에 귀를 기울이는 동안 토드헌터 씨의 태도가 변하기 시작했다. 작은 대머리는 점점 높이 올라가고 그에 따라 손은 내려갔으며 등줄기는 꼿꼿하게 펴졌다. 도저히 믿을 수 없다는 듯한 미소가 자기도 모르는 사이에 얼굴에 피어오르고, 여윈 가슴은 다시 희망으로 부풀기 시작했다. 어니스트 경은 이제 예술가의 붓을 휘두르고 있었다. 그의 얘기를 듣고 있으니 토드헌터 씨조차 자신이 극악무도한 악인인 것 같은 느낌이 들 정도였다.

그는 배심원 쪽을 살짝 훔쳐보았다. 바둑판 무늬의 옷을 입은 뚱뚱한 상인과 시선이 부딪쳤다. 그 사람은 당황하며 얼른 눈길을 돌려 버렸다. 토드헌터 씨는 기쁜 나머지 하마터면 큰 소리로 웃음을 터뜨릴 뻔했다.

이제 어니스트 경의 변론은 클라이맥스에 다가가 있었다.

"죽음의 탄알을 발사한 방아쇠를 당긴 것은 피고의 손가락이었을까요? 그것이 이 재판의 진정한 논점입니다. 여러분은 이 행동의 동기를 주제넘은 간섭이라고 느끼실지도 모르고, 어쩌면 또 반드시 비열한 것은 아니라고 생각하실지도 모릅니다. 그러나 그 어느 쪽이든 거기에 주의를 기울일 필요는 없습니다. 여러분은 사실의 심판관이지 동기의 심판관이 아닙니다. 그 사실을 염두에 두고 평결을 내려 주시지 않으면 안 됩니다. 제가 꼭 말씀드리고 싶은 것은 그의 행동은 계획적이었다는 것입니다. 피고 측 변호인은 마지막 순간에는, 과실치사로 간주할 수 있는 것에 지나지 않는다고 주장할 것입니다.

그러나 여러분은, 단순히 우리 중 어느 한쪽으로 결정하는 것만이 아닙니다. 지금 이 순간, 같은 범죄 때문에 사형선고를 받은 다른 한 인간이 존재하고 있습니다. 여러분은 그 남자가 증인석에 서는 것을 보셨습니다. 그의 태도와 행동거지를 스스로의 눈으로 판단할 수 있었을 것입니다. 또 여러분은 그 남자가 유죄 판결을 받았을 때의 논지도 들으셨습니다. 그리고 지금 이 자리에 출정해 있는 피고가, 우리가 여러분에게 말씀드린 이야기를 이 무서운 범죄의 진상으로서 고백하는 것을 들으셨습니다. 거기에 또, 오심이라는 엄청난 실수를 바로잡기 위해 그가 필사적으로 노력하고 있는 것도 보셨습니다.

이런 말씀을 드리는 것은 사법 당국이 무서운 실수를 범했다는 것을 주장하는 점에서, 피고 측 변호인과 제가 완전히 일치하고 있기 때문입니다. 우리는 심혈을 기울여 이 사실을 여러분에게 강조하고 싶습니다. 조금 전에 경찰 대표자한테서 들으신 장황한 논증과 미묘한 사실의 왜곡을 올바르게 평가해 주시기 바랍니다. 그리고 단순명쾌한 설명 쪽을 인정해 주시기를 부탁드립니다.

지금 피고석에 앉아 있는 사람은 크나큰 책임을 짊어지고 있습니다. 우리들도 변호인도, 그와 그것을 함께 나눠 지고 있습니다. 그는 스스로 그것을 말할 수는 없습니다. 여러분에게 진실을 이해시키기 위해 우리를 의지하고 있는 것입니다. 그의 최초의 행동이 어떠한 것이었든, 그가 여러분에게 자신이 한 것이라고 고백한 범죄 때문에 무고한 사람이 고발된 것을 안 뒤부터, 토드헌터 씨의 행동에는 한 점의 나무랄 데도 없었습니다. 이 오심을 바로잡고자 하는 노력이 너무나 처절해서 경찰을 대표한 변호인은, 그가 그 가족의 옛 친구이기 때문에 그 사람을 구하려 하는 거라고 말하고 있을 정돕니다. 하지만 사실은 그렇지 않습니다.

여러분도 들으신 바와 같이 그에게 그 일가는 거의 생판 남이나 다름없습니다. 그는 사형선고를 받은 그 남자를 법정 밖에서는 지금까지 단 두 번밖에 만난 적이 없고, 그것도 두 번 다 겨우 2, 3분 동안이었습니다. 경찰 측이 말하는 것 같은 애타주의에서가 아닙니다. 토드헌터 씨는 친구를 위해 한 목숨을 바치려는 것이 아닙니다. 그의 목적은 그것보다 더욱 고귀한 것입니다. 그는 이제 2, 3주일――어쩌면 2, 3일일지도 모르지만――밖에 살 수 없는 몸입니다. 그 2, 3주일의 1시간 1시간, 또 그 1분 1분을, 이 무서운 오심을 바로잡는 데 바치고 있는 것입니다. 죽는 순간이 왔을 때, 자신이 저지른 죄로 타인이 고통을 받고 있다는 것을 아는, 무섭고 비참한 기분을 안고 죽고 싶지 않다는 유일한 목적을 위해서입니다.

배심원 여러분, 제 책임은 이제 끝났습니다. 이번에는 여러분 차례입니다. 여러분은 그 손 안에 한 사람이 아니라 두 사람의 운명을 쥐고 있는 것입니다. 신의 가호에 의해 올바른 판단을 내리실 수 있기를 기원합니다."

어니스트 경이 이 최후의 말을 했을 때, 그의 목소리는 떨리고 있었다. 그는 2, 3초 동안 가만히 선 채, 배심원들의 얼굴을 강렬한 눈빛으로 응시했다. 그리고 자리에 앉았다.

법정은, 어니스트 경이 아마 지금까지 받은 가장 큰 상찬임을 의미하는 정적 속에서 낮 휴식에 들어갔다.

3

어니스트 경은, 사람들이 줄 수 있는 최대한의 상찬을 받을 자격이 있는 인물이라고 토드헌터 씨는 믿었다.

"그렇게 훌륭한 법정 변론은 처음 들었습니다." 토드헌터 씨는 어니스트 경과 나란히 법정을 나서면서 이렇게 말했다. 그러나 토드헌터 씨는 지금까지 법정 변론 같은 것은 한번도 들은 적이 없었다.

"아아, 그렇지만 우리의 난관은 아직 끝난 것이 아니네." 어니스트 경은 지금은 완전히 평소의 자신으로 돌아가 장난스럽게 눈빛을 반짝였다. "재판장의 표정을 봤나? 이쪽이 배심원의 감정에 호소하고 있을 때, 그 영감의 눈은 심술궂게 반짝이고 있었어. 그건 좋지 않은 징조야."

"우리 쪽이 이긴 거나 다름없다고 생각하는데요." 토드헌터 씨는 평소와는 달리 낙관적으로 말했다. "치터윅 씨, 당신 생각은 어떻소?"

"저는……." 치터윅 씨는 조심스럽게 입을 열었다. "이렇게 유능한 변호인을 만난 것은 정말 행운이었다고 생각합니다."

"어허! 이거 한잔 사지 않을 수가 없겠는걸." 어니스트 경이 유쾌하게 말했다. "토드헌터, 당신은 당신 전용 식당으로 가야겠군. 술을 마시면 안 되니까."

4

점심 시간이 지난 뒤 처음 20분 동안 제미슨 씨는, 짚도 없이 흙벽돌을 빚으려 하는 가상한 노력을 보여 주었다.

제미슨 씨는 얘기할 것이 거의 없었다. 주장할 만한 논거가 전혀 없었기 때문이다. 그래서 결국 제미슨 씨는, 고발 측 변호인의 적절한 말에 편승하여, 이제 그 자리에는 없는 베인스 씨의 머리에 몇 번 돌을 던져본 뒤, 교수형에 처하는 건 너무 가혹하다는 어설픈 논거로, 토드헌터 씨를 살인이 아니라 상해치사로 유죄 판결을 내려줄 것을 배심원에게 호소하는 것이 고작이었다.

마침내 재판장이 요점을 개략적으로 연설하기 시작했다.

"배심원 여러분," 재판장은 노령 때문에 가늘어지기는 했지만 그래도 또렷한 목소리로 말했다. "이 사건에서 제출된 증거를 여러분과 함께 검토하는 것이 본관의 의무입니다. 변호인이 지적한 대로, 본건은 아마 법정이 시작된 이래 가장 특이한 사건일 것입니다. 아시는 바와 같이, 이 동일 범죄 때문에 이미 다른 사람이 사형 판결을 받은 상태입니다. 그리고 퍼스 씨가 이 살인소송을 제기한 것은 그 사람을 무죄라고 믿고 그 생명을 구하기 위해서라고 했습니다. 이러한 퍼스 씨의 동기를 의심할 이유는 전혀 없습니다. 또 그가 가장 높은 도의에 따라 행동했다는 것을 의심할 이유도 없습니다. 그가 보여준 공평무사의 정신에는 찬사를 보내는 것이 마땅할 겁니다. 다만, 그가 믿고 있는 것이 사실이냐 아니냐를 결정하는 것이 여러분의 임무입니다.

이렇게 중대한 사건의 경우, 국왕의 이름으로 소송이 제기되는 것이 통례임에도 불구하고 본건은 한 개인에 의해 제기되었습니다. 그렇지만 이 사실은 여러분에게는 아무런 차이도 없습니다. 그러나 무엇 때문에 국왕 측이 그것을 제기하지 않았는지, 또 무엇 때문에 여러분이 실제로 들은 모든 증거와 진술이 있음에도 불구하고, 당국이 거기에 따라 행동을 일으킬 필요를 인정하지 않았을 뿐만 아니라, 오히려 행동을 일으키지 않는 편이 좋다고 생각했는지, 이 점들을 생각해 보는 것은 정당한 일일 것입니다.

당국 측의 변호인 베인스 씨가 지적했듯이, 단순한 자백만 듣고 행동을 일으킬 수는 없습니다. 허위 자백은 범죄 사상 드문 예가 아닙니다. 그러한 자백은, 정신착란에서 죄 지은 자를 보호하겠다는 생각에 이르기까지, 다양한 동기들에 의해 이루어지고 있습니다. 또한 그런 자백은, 죄 지은 사람의 안전이 보장된 순간 종종 부정되어 버리지요. 따라서 여러분은 이 사건의 경우, 피고의 자백에 구애받지 말고 그것을 뒷받침하는 증거에 따라 판단을 내려야 합니다.

본관은 이 사건의 중요성에 비추어, 여러분을 위해 그 증거를 약간 상세하게 되풀이해서 말씀드리고자 합니다."

그 말대로 재판장은 천천히 체계적으로, 그리고 완전히 공정하게 설명해 갔다. 거기에 그날 오후가 전부 할애되었고 이튿날 오전에도 법정이 열리자마자 다시 계속되었다.

노인의 목소리가 오랫동안 단조롭게 이어지는 것을 듣고 있는 사이 토드헌터 씨는 여러 가지 감정을 경험했다.

이 잔잔한 목소리를 통해 듣는 증거는, 어니스트 경의 힘찬 미문조의 말에서 강하게 부각되는 증거보다 훨씬 약한 인상을 주었다. 아니, 실제로 거의 빈약한 것처럼 들렸다. 범죄 의도에 대한 증거는 많이 있지만 실행했다는 증거는 아무것도 없는 것 같았다. 그것은 토드헌터 씨도 이미 잘 알고 있는 사실이었으나, 왠지 모르게 그런 것은 중요하지 않다고 생각하고 있었다. 그런데 판사의 말을 듣고 있는 동안, 점점 걱정이 되기 시작하는 것이었다. 판사가 일부러 그것을 축소하고 있다고는 말할 수 없지만 결과적으로는 매우 축소되어 있었다. 토드헌터 씨는 어떤 주장이든 그것을 표현하는 연설의 힘에 얼마나 크게 좌우되는지를 깨닫고 약간 동요되는 걸 느꼈다.

 그날 오전 판사의 연설이 시작된 지 얼마 안 되어 나온 한 대목은 특히 그의 불안을 증폭시켰다. 판사는 토드헌터 씨가 범행 전이 아니라 범행 뒤에 현장에 있었음을 나타내는 증거에 대해 언급하고 있었다. 그는 잠시 말을 중단한 뒤 이렇게 덧붙였다. "이와 관련하여 여러분이 주의해야 할 것이 있습니다. 그것은 설령 여러분이 이 피고를 유죄로 인정한다고 해도 그것이 반드시 전의 재판 판결을 오심으로 결정하는 것은 아니라는 사실입니다.

 아직 아무도 여러분 앞에서 말하지는 않았지만, 고려하지 않으면 안 될 가능성이 있습니다. 즉, 파머와 토드헌터, 이 두 사람이 합의 하에 행동한 것이 아닌가 하는 가능성입니다. 그렇다는 것을 나타내는 증거는 아무것도 없지만 그렇지 않다는 증거도 없습니다. 이것은 한 가지 가능성으로서 여러분이 유의해 주시기 바라는 것으로 이런 말을 하는 것은, 여러분이 어차피 죽을 운명에 있는 사람의 생명을 희생시키는 대신, 아직 젊은 한 청년의 생명을 구한다는 생각에서 이 사건에 유죄 평결을 내리는, 감상적인 기분에 빠지지 않도록 하기 위해서입니다. 그것은 가장 타당하지 않은 감정이므로 여러분은 그런 감정에 좌우되지 않을 거라고 확신합니다. 또 설령 그런 감정에 따라 움직인다 하더라도, 결과는 반드시 의도한 대로 되지 않을 것입니다."

토드헌터 씨는 불안한 마음이 들었다. 아마 그는 바로 이러한 감상에 너무 의지했고, 그것이 무의식중에 배심원들의 마음에 전해지리라고 믿고 있었는지도 모른다. 자신이 유죄 선고를 받으면, 당연한 결과로서 파머의 무죄가 증명되는 것이라고 믿고 있었던 것은 사실이었다. 그러나 지금은, 뭔가 전문적이고 불공정한 샛길을 이용하여 당국은 여전히 그 불행한 청년을 붙잡아둘 수 있는 것처럼 보였다.

토드헌터 씨는 일어서서 큰 소리로 이렇게 외쳐주고 싶었다.

"그 사람은 무죄야! 쓸데없는 말은 그만하고 진실을 밝혀라. 그는 틀림없이 무죄야. 난 누구보다 그걸 잘 알 수 있는 이유를 가지고 있어."

이 세상에서 단 한 사람, 토드헌터 씨만이 파머의 무죄를 확신할 수 있는 유일한 이유를 가지고 있다는 것은 확실했다. 그러나 그 간단한 진실을 남에게 이해시키는 건 무엇보다 어려운 일이었다. 토드헌터 씨는, 사실이라는 것이 화강암 바위처럼 단단하고 튼튼하게 버티고 있어서, 아무도 딴죽을 걸 수 없는 존재라면 좋겠다고 생각했다.

그러나 토드헌터 씨가 정말 한계점에 도달한 것은, 판사의 연설이 결론 단계에 들어선 뒤였다.

거기에 이를 때까지 판사가 얘기하는 모습은 실은 상당히 좋은 느낌이었다. 대부분의 판사들이 말하지 않고는 못 배기는 인생철학 같은 것, 인생은 법률책에 따라 살아야 한다느니 뭐라느니 하는 설교의 유혹에도 불구하고, 그는 제대로 문제에 입각하여 얘기를 전개해 가고 있었다. 그러나 역시 마지막에 가자 그도 유혹을 이기지 못하고 말았다. 그리고 아니나 다를까, 그의 마지막 말은 흡사 자기가 법의 심판관으로서보다 도덕의 심판관으로서 그 높은 의자에 앉아 있다는 걸 과시하는 것 같았다.

"배심원 여러분, 여러분들 중에는 지금까지 아무도 말하지 않았던 또 하나의 다른 판결을 생각하고 계신 분이 있을지도 모릅니다. 즉 '유죄지만 광기'라는 판결 말입니다. 변호인 측에서 이러한 판결이 제안된 경우에는, 사실에 입각하여 인정해야 하는지 어떤지를 판사가 지시하는 것이 관례로 되어 있습니다. 따라서 여러분들 중 누군가가 이러한 판결을 생각하고 있다 해도, 그 점에 관한 증거가 전혀 없기 때문에 그 판결은 인정되지 않음을 미리 말씀드려 두겠습니다. 이것은 실제로는 당연한 일이지만, 변호인 측에서는 제안되지 않았습니다. 다만, 피고의 자유로운 성격 자체가 약간 광기 비슷한 것을 드러내고 있는 것처럼 보일지도 모르기 때문에 특별히 이런 말을 하는 것입니다.

여러분은 피고가 스스로 인정하고 또 자랑으로도 여기고 있는 것 같은 놀라운 개입, 즉 자신이 다른 사람의 생사를 관장하는 심판관이 된 기분 같은 생각은 광기와도 같은 과대망상광(誇大妄想狂)의 징후로 생각될지도 모릅니다. 그러나 법률은 광기라는 것의 정의를 매우 엄밀하게 한정하고 있습니다. 그리고 피고가 줄곧 자신의 행동과 그 의도를 제대로 자각하고 있었던 것은 확실합니다. 이것이 바로 문제의 요점인 것입니다.

또한 마찬가지로 피고에 대한 혐오감으로 인해——이것은 마음이 올바른 자라면 누구나 느끼는 거겠지만——여러분의 결정이 좌우되지 않도록 주의하시기 바랍니다. 만약 피고에 대한 고발의 논거가 성립되지 않는다고 생각하신다면, 그의 냉혹한 책모에 어떤 모욕과 혐오의 정을 느끼든, 무죄 판결을 내리는 것이 여러분의 의무입니다. 피고가 한때 아무 죄도 없는 사람을 암살한다는 어리석은 일을 계획하고 있었던 것에 대해서는, 본관이 이미 설명한 증거가 있습니다. 그 정신이상자 같은 얘기가 단순히 친구들을 재미있게 해 주려고 한 것인지, 아니면 그 밑바닥에 범죄 의도가 흐르고 있었는지를 결정하는 것은 여러분의 몫입니다.

그러나 아까도 말한 것처럼 피고가 사회의 일원으로서 꺼림칙하고 변칙적인 의무감을 가진 비인간적이고 무책임한 인물로 생각된다 하더라도, 또 그것을 부당한 일이라고 할 수는 없겠지만 그래도 자신의 분노 때문에 평결에 영향을 주어서는 안 됩니다. 그것은 바로, 같은 범죄로 또 한 사람이 유죄 선고를 받았다는 사실 때문에 평결을 왜곡해서는 안 되는 것과 같은 이치입니다. 여러분은 여러분에게 제시된 사실에 근거하여, 또 거기에만 근거하여 이 사건을 판단해야 합니다."

그런 다음 판사는, 살인과 상해치사에 관한 두세 가지 계몽적인 말, 그리고 각각의 판결을 내리기 위해서는 어떠한 근거가 있어야 하는지에 대한 간단한 설명으로 얘기를 마치고, 배심원에게 퇴장하여 심의하라고 명령했다.

5

토드헌터 씨는 더 이상 도저히 참을 수 없는 기분이었다.

"저 늙은 영감이 나를 혐오스러운 놈이라고 하다니, 도대체 무슨 생각을 하는 거야?" 그는 피고석에서 나가자마자 소리를 질렀다.

"이쪽은, 놈이 사람들 앞에서 귓구멍을 후벼 판다 해도 정면에 대고 불쾌한 놈이라는 말은 하지 않아. 이렇게 안하무인에 터무니없는 말은 들은 적이 없어."

"그렇게 생각할 것 없네, 다 저런 식으로 하는 거니까." 어니스트 경이 태평하게 대답했다. "나도 언젠가는 할 거고."

"그렇다면 쓸데없는 일은 그만두고 자신의 본업으로 돌아가시지 그래요!" 토드헌터 씨는 쏘아붙였다. "모욕과 혐오의 정? 어떻게 그런 말을! 나만큼 자신에 대해 겸손하게 생각하는 사람도 없을 거요. 그런 내가 경멸해야 마땅한 불쾌한 놈이란 말이오?" 토드헌터 씨는 이상하리만치 맹렬한 기세로 치터윅 씨에게 물었다.

"아니에요, 아닙니다." 치터윅 씨는 부정했다. "전혀 그렇지 않습니다. 뭐, 굳이 말하자면 그 반대지요."

"굳이 말하자면? 나는 성실한 사람이오, 안 그렇소?"

"맞습니다, 내가 그렇다고 하지 않았습니까?" 치터윅 씨는 부리나케 맞장구를 쳤다. "그 반대라고요."

"그런 내가 어째서 바보인 동시에 정상이고, 책임감이 있는 동시에 무책임하단 말이오?" 토드헌터 씨는 여전히 분노가 가라앉지 않는 듯 계속 퍼부어댔다. "응? 좀 가르쳐 줘 보시오. 불쾌한 인간은 살아있는 것보다 없어지는 편이 세상을 위한 것이라는 걸 이해하려면, 과대망상광이 되지 않으면 안 된단 말이오? 흥! 이런 헛소리는 정말 난생 처음이군."

"그만하게, 그만!"

어니스트 경이 약간 놀란 듯이 말했다. 그래도 토드헌터 씨는 흥분이 가라앉기는커녕 갈수록 더 화가 나는 것 같았다.

어니스트 경은 치터윅 씨에게 작은 소리로 물었다.

"그 의사라는 작자는 도대체 어디에 있는 거야?"

다행히 의사는 토드헌터 씨가 정말로 폭발해 버리기 전에 나타나, 환자의 노기를 진정시키기 위해 별실로 데리고 갔다.

이 토드헌터 씨의 흥분은, 그래도 한 가지 좋은 효과를 가져다 주었다. 그것은 2시간이 넘도록 배심원들이 심의하는 동안 지루한 시간을 잊게 해주었고, 그 덕택에 평결을 기다리는 긴장감이 상당히 줄어들었던 것이다.

배심원들은 2시간 40분 동안 별실에 있었다. 그런 뒤 직원이 그들이 법정으로 돌아오는 것을 알렸다.

"자, 토드헌터 씨." 의사는 걱정스럽게 말했다. "이제부터 약 2분 동안 엄청난 긴장을 겪을 텐데, 부디 조심해야 합니다."

"걱정 마시오." 토드헌터 씨는 약간 창백한 얼굴로 말했다.

"뭔가 꿈을 꾸고 있는 거라고 생각하세요. 아니면 뭐, 시 한 구절을 읊조리는 것도 괜찮을 겁니다." 의사는 권했다 "거 왜, '다리 위의 호레이쇼'(마코레이 이야기의 주인공, 애꾸눈의 로마인. 두 명의 친구와 함께 아군 병력이 건너는 다리를 지탱했다), 아시죠? 그리고 어떤 판결이 나와도 좋다는 배짱을 가져요. 결과가 어떻게 되든 놀라서는 안 돼요. 주사를 한 대 놔 드릴까요?" 의사는 이미, 환자의 신경 반응을 약화시키고 심장의 작용을 늦추는 주사를 놓고 있었다.

"아니, 필요 없소." 토드헌터 씨는 퉁명스럽게 대답한 뒤 앞장서서 걸어갔다. "이젠 끝났어요. 어떻게 되든지 판결은 이미 결정 났소. 더 이상 아무것도 할 일이 없어요. 만약 운 좋게 유죄가 된다면 죽는 건 빠를수록 좋지. 설마 교수형을 당하게 될 때까지 살아 있을 리는 없을 테니까."

"알았어요, 알았어. 좋을 대로 하세요. 아무튼 당신은 운이 좋은 사람이오."

토드헌터 씨는 시선을 돌렸다.

법정 안에 있는 사람들의 열기 어린 시선이, 토드헌터 씨와 돌아오는 배심원들 양쪽에 쏠리고 있었다. 모두들 배심원들의 심중을 헤아리려고 그 얼굴을 뚫어지게 응시했다. 그런데 으레 그렇듯이 그들의 거만한 표정은 보는 사람의 시각에 따라 어느 쪽으로도 해석할 수 있는 것이었다.

토드헌터 씨는 숨을 죽이며 자기도 모르게 한 손을 가슴에 대었다. 적어도 판결이 나올 때까지는 돌발적인 사고를 저지하겠다는 듯이. 꿈을 꾸고 있는 기분이 아니라 그는 정말 꿈속에 있는 심정이었다. 모든 광경은 정말 기묘하게 보였고, 그 속에서의 자신의 역할도 무척 기묘한 것으로 생각되었다. 형사법정에 나가 사형을 결정하는 재판을 받고 있는 것은 정말로 나인 것일까? 저곳에 있는 사람들이 판결을 선고하려는 것은 정말로 바로 나에 대해서일까? 모든 것이 참으로 믿기 어려웠다.

일종의 황홀 상태 속에서 토드헌터 씨는 법정 서기가 배심원들을 향해 얘기하고 있는 말을 들었다.

"배심원 여러분, 평결이 나왔습니까?"

배심원 대표는 볼품없는 콧수염을 기른, 키 큰 중년 남자였다(토드헌터 씨는 뚜렷한 이유도 없이, 이 남자는 부동산 중개업자일 거라고 생각했다). 그는 상당히 단호한 어조로 대답했다.

"예, 평결이 나왔습니다."

"이세르 메이 빈스 살해에 대해 피고를 유죄로 인정합니까, 무죄로 인정합니까?"

배심원 대표는 목청을 가다듬었다.

"유죄입니다."

토드헌터 씨는 자기 손을 들여다보고 있었다. 그 손이 이상한 색을 띠고 있었다. 그는 가까스로 알아차렸다. 피고석 가장자리를 두 손으로 너무 세게 움켜잡고 있었기 때문에, 손가락 관절뿐만 아니라 손등 전체가 새하얗게 변해 버린 것이다.

그는 온몸에서 힘이 빠져나가는 걸 느꼈다. 배심원들이 유죄를 선고해 주었다. 아아, 이제 됐어. 암, 그래야지! 이 배심원 같은 분별력 있는 자들이라면, 자기를 반드시 유죄로 해주리라는 것을 처음부터 알고 있었다. 그렇게 마음을 졸일 필요가 없었는데……
 토드헌터 씨는 배심원들을 향해 가볍게 목례했다. 배심원들은 아무 반응이 없었다.
 토드헌터 씨는 서기가 이번에는 자신을 향해 말하고 있다는 것을 알았다.
 "로렌스 버터필드 토드헌터, 당신은 고의적인 살인에 의해 유죄로 인정되었습니다. 이 법정이 당신에게 형을 선고해서는 안 되는 이유가 있다면 지금 말씀해 주십시오."
 토드헌터 씨는 미친 듯한 충동이 끓어오르는 것을 느꼈다. 그는 그는 킬킬 웃으며 '나를 버터필드라고 부르지 말아줘' 하고 서기에게 소리쳐 주고 싶었다……. 그는 그 충동을 필사적으로 억제하며 대답했다.
 "아무것도 없습니다."
 간신히 스스로를 억제한 토드헌터 씨는, 한 관리가 작은 사각형의 검은 헝겊을 재판장의 가발 위에 얹는 광경을 흥미롭게 지켜보았다.
 "그래, 저것이 검은 캡(사형선고 때 판사가 쓰는 모자)인 모양이군." 토드헌터 씨는 생각했다. "저런! 저건 재판관을 더 바보처럼 보이게 할 뿐이잖아?"
 "로렌스 버터필드 토드헌터." 이것이 마지막 말이 될지도 모르는 노인의 목소리가 들려왔다. "배심이 내린 평결에 따라 당신에게 형을 선고하는 것이 본관의 임무입니다. 이 선고는 더 이상 설명 없이 내려질 것입니다. 어니스트 경, 본관이 선고해야 하는 형에 대해 뭔가 법률상의 질문이 있습니까? 본관이 무슨 말을 하는 건지는 아시겠지요?"
 어니스트 경은 자리에서 벌떡 일어섰다.
 "제가 생각해낼 수 있는 한, 아무것도 질문할 것이 없습니다."
 "그럼, 로렌스 버터필드 토드헌터, 이 법정이 당신에게 내리는 선고는, 이 장소에서 법이 정하는 교도소로 연행되어 그곳에서 형장으로 끌려간 뒤, 죽음에 이르기까지 교수(絞首)되며, 그 뒤 유해는 유죄 선고 뒤에 감금되었던 교도소 부지 내에 매장된다는 것입니다. 당신의 영혼에 신의 가호가 있기를!"

"아멘" 하고 판사 옆에 서 있던 교회사(教誨師)가 읊조렸다.

토드헌터 씨는 이제 아무런 원망도 없이 재판장을 향해 정중하게 인사했다.

"감사합니다, 재판장님. 마지막 부탁을 한 가지 드려도 될까요?"

"안 돼요, 이제 아무것도 들어 줄 수 없습니다."

"아닙니다." 토드헌터 씨는 여전히 정중한 태도이지만 단호하게 말했다. "재판장님, 꼭 들어 주셔야 합니다. 제 부탁은 지금 이 자리에서 저를 체포해 달라는 것입니다."

토드헌터 씨는 자신의 이 말이, 이튿날 아침 신문에 의심할 여지없이 대서특필되는 소동이 벌어진 것을 보고 만족했다. 평결과 형의 선고 같은 중대한 절차에 골몰하느라, 관계자들은 토드헌터 씨가 아직 체포되지 않았다는 사실을 전혀 생각하지 못하고 있었다. 이제 평결이 내려짐으로써 체포는 자동적으로 성립된 것이다.

판사는 법정 서기에게 귓속말을 하고, 서기는 안내인에게 귓속말을 하고, 안내인은 친절한 경관 한 사람에게 귓속말을 했다. 경관이 크게 발소리를 내며 피고석으로 들어오더니, 토드헌터 씨의 어깨에 손을 얹었다.

"로렌스 버터필드 토드헌터, 작년 9월 28일 밤, 이세르 메이 빈스를 살해한 혐의로 당신을 체포합니다. 미리 말해 두는데, 어떠한 일도…… 즉…… 그러니까…… 에……."

"적당히 합시다."

토드헌터 씨는 말했다.

제4부 신문소설풍

제5부 괴기소설풍(고딕)
지하감옥

XIX

1

 토드헌터 씨에 대한 판결은 온 나라에 열광적인 반응을 불러일으켰다는 표현만으로는 부족한 느낌이 든다.
 영국의 사법 조직은 세계 최고이다. 모든 사람이 항상 영국인들에게 그렇게 말하고 있고, 영국인들도 모든 사람에게 그것을 선전하고 있다. 그럼에도 불구하고 여기 두 사람이 동일한 범죄로 사형을 선고받았다. 그중 한 사람은 무고한 사람이 틀림없다. 그렇다면 비할 데 없는 영국 사법 조직은 무고한 자를 가두고 죄 지은 사람은 놓아주는 맹점을 안고 있는 것일까?
 〈런던타임스〉의 사설은 자못 우려하는 표정으로, 영국의 사법 조직에는 아무것도 잘못된 점이 없다는 것을 증명하고, 재판관의 신중한 자세에도 불구하고 토드헌터 씨가 유죄 선고를 받은 것을 애석해하는 동시에, 그러고도 빈센트 파머가 석방되지 않은 것을 비난했다. 〈데일리텔레그래프〉도 마찬가지로 근심스러운 사설을 실었지만, 상당히 긴 그 문장은 전혀 아무 말도 하지 않은 것이나 다름없었다.

〈모닝포스트〉는 어딘가 미묘한 공산주의 선동이 작용하고 있는 것이 틀림없다고 말했다. 〈뉴스크로니클〉은, 스페인 내란이 이러한 불행한 사건의 간접적인 결과라는 것이 더욱 명백해졌다고 썼다. 대중지는 공공연히 기뻐하고 호들갑을 떨며, 알고 있는 모든 최상급의 언어를 동원하여 배심원을 추켜세웠다. 어째서 그런 건지 토드헌터 씨는 이해하지 못했지만 대중지는 처음부터 그의 편이었다.

　대중은 으레 그렇듯이 누군가가 지도해 주기를 기다리고 있었다. 그리고 정부 역시 으레 그렇듯이, 여론의 선도를 기다리고 있었다.

　사실을 말하면, 대중은 꼭 48시간 동안 우왕좌왕하며 이리저리 몰려다니고 있었다. 그 동안 대중의 의견은, 토드헌터 씨를 유죄로 보는 편과 이타적인 동기에 의한 무죄로 보는 편으로 크게 양분되었고, 후자 쪽이 낭만적이라는 점에서 지지자가 약간 더 많았다.

　전기(轉機)는 너무나도 대중 사회다운 특징을 보여 주는 것이었다. 어찌된 일인지, 어디선가, 그리고 어딘지 알 수 없는 계통에서, '파시즘이다!'라는 속삭임이 번져가기 시작했다. 토드헌터 씨는 완전히 독단으로 누군가를 죽여야 한다고 결정했고, 그 여자의 살해에 착수한 것이다. 이것이 파시즘이 아니고 무엇이란 말인가? 그 자신이 실제로 그것을 했고 안 했고는 문제가 아니다. 그는 그럴 의도를 가지고 있었다. 그것은 이미 한 것이나 마찬가지다. 어쨌든 배심원은 그가 한 것으로 결정하지 않았는가? 배심원이 인정한 일이면, 우리도 인정할 수 있는 일이 틀림없다. 이건 비영국적이다! 파시즘이다!

　〈데일리텔레그래프〉는 어딘가 의도적인 냄새가 나는 사설을 내걸어, 자기 마음에 들지 않는 사람을 제거하는 파시스트 독재자의 습벽과 토드헌터 씨의 행동을 극히 흥미롭게 대비해 보여 주었다.

　이리하여 대중이 분노를 발산하며 기분풀이를 하는 동안, 영국 사법 조직의 오점에 대한 것은 까맣게 잊혀지고 말았다.
 정부는 이제 대중의 전면적인 지지를 얻어, 정치적 양심에 거리낌 없이 토드헌터 씨를 홀가분하게 처형할 수 있게 된 것이다.

2

 토드헌터 씨는 바깥 세상의 이러한 사태에 대해서는 아무것도 모르고 있었다. 이제 걱정거리가 사라진 그는, 지금은 자기가 처한 기계적인 절차 쪽에 완전히 관심이 옮겨가 있었기 때문에, 여론이라는 하찮은 것에 신경 쓸 틈이 없었다. 토드헌터 씨는 살인자가 사형선고를 받은 뒤 처형되기까지 어떤 과정의 행동을 하는지에 대해, 진정한 교육을 받은 사람이 직접적으로 관찰한 적이 여태까지 한번도 없었을 거라는 생각을 하며, 거기에 대한 책임감을 느끼고 있었다.
 그래서 피고석에서 친구들과 작별하고 드디어 자신을 호송할 교도관 뒤를 따라갈 준비를 할 때도, 그는 생생한 호기심을 느끼고 있었다. 친구들과 그들이 표상하는 모든 것과 영원히 헤어진다는 것에 대한 미련은 조금도 없었다. 자신이 사형수가 되었다고 하는, 기쁨까지는 아니더라도 그 새로운 느낌이 토드헌터 씨를 호기심으로 가득 채워주었다.
 재판의 종료에 이어서, 조촐한 축하의 광경이 벌어졌다. 어니스트 경과 토드헌터 씨가 서로 축하의 말을 하고, 치터윅 씨도 싱글벙글거리며 두 사람에게 축하의 인사를 한 것은, 마치 토드헌터 씨가 가는 길은 장례식이 아니라 결혼식인 것 같은 광경이었다. 의사도 역시, 이 기회를 이용하여 교도관에게, 토드헌터 씨는 심장이 지극히 예민한 상태에 있으므로 빨리 걷고 물건을 들게 하거나, 조금이라도 힘이 드는 일은 시켜서는 안 된다고 말하고, 그렇게 하지 않으면 교도관은 산 죄수 대신 시체를 떠안게 될 거라고 경고했다. 교도관은 완전히 감동한 듯, 이 경고를 토드헌터 씨의 다음 교도관에게도 전할 것을 약속했다. 모든 것은 매우 좋은 분위기에서 형식을 벗어던지고 자유롭게 이루어졌다. 토드헌터 씨의 결별은, 마치 주말을 즐기러 온 손님들이 돌아갈 때 같은 자연스럽고 가벼운 느낌이었다.

교도관은 인상 좋은 초로의 남자였다. 그는 토드헌터 씨를 데리고, 상부가 유리로 되어 있는 문을 지나 콘크리트 경사 통로로 나갔다. 그 통로를 조금 내려가자 철문이 나왔다. 교도관은 문을 열었고, 두 사람이 들어간 뒤에는 다시 주의 깊게 닫았다. 문에서 2, 3야드쯤 나아가자, 경사로는 돌이 깔린 좁고 긴 복도로 이어졌다. 그 복도를 따라 여러 개의 문이 나란히 나 있었다. 문 하나하나는 상부에 유리창이 있고, 그 안으로 희미한 사람 그림자와 말없이 이쪽을 응시하는 얼굴들이 보였다.

"죄수들이군요." 토드헌터 씨가 밝은 표정으로 물었다.

"그렇습니다." 교도관은 고개를 끄덕였다. "수형자나 재판을 기다리고 있는 사람들입니다."

"아하, 재판에 회부되기 전에도 이곳에 갇힙니까? 그건 좀 너무하군요."

"달리 마땅한 장소가 없어서요."

"아니지, 없어서는 안 되지요" 하고 토드헌터 씨는 말하며, 이제부터 쓰려고 하는 논문의 재료로 쓰기 위해 머리 속에서 메모를 했.

잠시 뒤 토드헌터 씨도 그 어두컴컴하고 작은 독방들 가운데 하나로 들어갔고 문이 잠겼다. 친절한 교도관은 토드헌터 씨가 언제까지 이곳에 있게 될지 모른다고 말했다.

토드헌터 씨는 독방 문의 유리창에 코를 붙이고, 교도관과 수형자와 미결수들이 어두운 복도를 오가는 모습을 지켜보았다. 때로는 가발을 쓰고 법복을 입은 법정 변호사가 거만한 걸음걸이로 지나가는 모습도 보였다.

"야, 이것 참 재미있군." 토드헌터 씨는 혼잣말을 했다. "분명히 범죄는 이로운 게 아니야."

한참 뒤, 그는 다시 불려나가 그 복도를 걸어갔다. 막다른 곳에 사무실 같은 것이 있고, 백발이 희끗희끗한 경찰관이 분필로 석판 위에 뭔가 묘한 표시를 하고 있었다. 토드헌터 씨가 무엇을 하는 거냐고 묻자, 그는 안뜰에서 대기하고 있는 각종 죄수 호송차(블랙마리아)와 그 정원을 표시하는 거라고 말했다.

"아, 블랙마리아 말인가요?" 토드헌터 씨는 죄수들을 곳곳의 교도소로 호송하기 위해 대기하고 있는, 검은색으로 반짝이는 호송차를 보고 기뻐하면서 말했다.

그는 교도관이 약간 미안해하는 기색으로 뭔가 금속제의 것을 짤랑거리고 있는 것을 알았다.

"아참, 그렇군." 토드헌터 씨는 말했다. "수갑이군요. 이런 경우에는 필요없겠지요?"

"경우에 따라서는 필요하지요." 교도관은 중얼거렸다. "규칙이라서요."

"규칙을 어길 생각은 털끝만큼도 없어요." 토드헌터 씨는 유쾌하게 말하면서 손목을 내밀었다. 그는 그 결과를 흥미롭게 지켜보았다.

"오, 그래. 바로 이런 느낌, 아주 재미있어요."

그런 다음 그는, 검문소에서 수속을 마치고 한 호송차에 타라는 명령을 받았다.

놀랍게도 그 호송차의 내부는 작은 독방으로 나뉘어져 있었다. 그 한 독방에 들어가자 겨우 앉을 만한 공간밖에 없었다. 그는 주어진 좁은 자리에 가까스로 앉은 뒤 이건 약간 야만적이라고 생각했다. 주위에서 나는 소리로 짐작컨대, 다른 소형 독방에도 마찬가지로 죄수가 갇혀 있는 것이 분명했다. 이윽고 호송차가 움직이기 시작했다. 토드헌터 씨는 자기가 어디로 가는지 알고 있었다. 템스 강 북쪽 지구의 죄수를 수용하는 유명한 교도소였다. 만약 미스 노우드가 강 저편에 살고 있었더라면, 토드헌터 씨는 원스워스 쪽으로 가고 있었으리라.

'폐소공포증이 없어서 다행이야. 아무리 그래도 환기창이 없다는 건 너무하군.' 그는 생각했다.

마침내 호송차가 멈춰 섰다. 토드헌터 씨가 귀를 쫑긋 기울이고 있으니, 커다란 문이 열렸다가 다시 닫히는 소리가 들렸다. 호송차는 조금 더 앞쪽으로 나아갔다. 그런 다음, 눈에 보이지 않는 동승자들이 내리는 소리가 들렸다.

마침내 토드헌터 씨는 도착했다.

3

사형수에 대한 취급은 엄격 그 자체다. 교도소 규칙에는 이렇게 적혀 있다.

"사형집행 영장 또는 집행명령을 받은 모든 죄수는, 형을 언도받은 뒤 교도소에 도착하는 즉시, 교도소장 또는 그 명령을 받은 자에 의해 신체검사를 받으며, 소장이 죄수가 지니고 있기에 위험하거나 부적당하다고 판단하는 물품은 모두 압수된다. 사형수는 다른 모든 죄수로부터 격리되어 독방에 감금되며, 주야로 교도관의 끊임없는 감시하에 놓인다. 사형수에게는 소장이 행형위원회의 허가를 얻어 지시하는 식사와 매일 운동이 허락된다. 교회사는 언제라도 죄수와 접견할 수 있다. 단, 죄수가 영국 국교가 아닌 다른 종교를 믿는 자인 경우에는, 그 종파의 목사가 언제라도 그 죄수를 접견할 수 있다. 이상의 예외를 제외하고는, 방문위원 혹은 교도소 직원이 아닌 자는 어떠한 자도, 형행위원회 또는 방문위원회의 명령을 집행할 경우를 제외하고는 죄수를 접견하는 것이 허용되지 않는다.

사형집행을 준비중이거나 사형집행중에는, 누구를 막론하고 법적으로 그 권리를 가지지 않는 한 교도소 안에 들어갈 수 없다.

사형수는 그가 원하는 사람들, 친척, 친구, 변호사 중에서, 방문위원회의 일원으로부터 서면으로 방문허가를 받은 자를 면회할 수 있다.

만약 누군가가 방문위원회의 일원에게 사형수와 얘기할 중대한 용건이 있다고 표명한 경우, 방문위원회의 일원은 사형수와 면회하는 것을 서면으로 허가할 수 있다."

토드헌터 씨는 자기가 이러한 규칙과 관례 속에 완전히 갇혀 버렸다는 것을 알았다.

그는 이제 동료들과는 완전히 격리된 존재였다. 다른 사람들의 모습이 전혀 보이지 않게 된 뒤에야 그는 호송차에서 나오는 것이 허락되었다. 그는 잠시 쉬며 처음으로 담장 안에서 보는 교도소의 벽을 바라보았지만, 그런 즐거움도 이제부터는 허락되지 않을 것이었다. 토드헌터 씨는, 강하면서도 배려심이 있는 손에 의해 팔을 붙잡힌 채, 안마당을 지나고 통로를 지난 뒤, 운동장을 가로질러 그의 생애의 마지막 주거로 끌려갔다. 신선한 공기를 마시기 위한 극히 짧은 시간 외에는 절대로 나갈 수 없는 주거였다.

"아, 이것이 사형수의 독방인가요?"

토드헌터 씨는 커다란 호기심을 느끼며 그렇게 물었다.

"이곳이 당신이 있을 곳입니다."

교도관은 직접적인 대답을 회피했다.

토드헌터 씨는 주위를 둘러보았다. 대부분의 사회개혁 문제와 마찬가지로, 근대의 교도소 상태에 대해서도 전혀 모르는 바는 아니었지만, 상당한 쾌적함과 공간의 여유가 있는 것에 놀라움을 느꼈다. 독방이라기보다 오히려 하나의 방이라고 하는 편이 나을 것 같았다. 쇠창살이 끼워진 창문은 벽의 높은 곳에 있었지만, 크기가 제법 커서 햇빛과 공기가 듬뿍 들어오도록 되어 있었다. 몇 개의 의자와 상당히 큰 테이블이 있고, 방 한구석에 청결한 시트, 베갯잇, 요, 겉커버가 갖춰진 침대는 무척 안락해 보였다. 침대 정면에는 십자가에 못 박힌 예수의 커다란 그림이 있고, 다른 벽에도 밝은 색깔의 그림이 걸려 있었다. 작고 산뜻한 난로에는 불이 활활 타오르고 있었다.

"야, 좋은데요." 토드헌터 씨가 말했다.

"소장님이 곧 오실 겁니다."

교도관은 토드헌터 씨의 수갑을 풀어주었다.

토드헌터 씨는 모자를 벗고 코트를 의자 위에 던진 뒤, 앉아서 무릎을 끌어안았다.

다음 순간, 찰칵 하고 열쇠를 돌리는 소리가 났다(토드헌터 씨는, 이 쾌적한 방에 자신이 갇혀 버렸다는 것을 거의 의식하지 못하고 있었다). 키가 크고 머리가 반백이며 군인 같은 잿빛 콧수염을 기른 남자와, 검은 머리에 뚱뚱하게 살찐 작은 남자, 그리고 또 한 명의 교도관이 들어왔다. 토드헌터 씨는 일어섰다.

"소장님이십니다." 첫 번째 교도관이 말하며 차렷 자세를 취했다.

"처음 뵙겠습니다." 토드헌터 씨는 예의 바르게 인사했다.

"아, 예." 소장은 대답하며 자기 콧수염을 잡아당겼다. 약간 침착하지 못한 모습이었다. "이쪽은 의사인 파징겔 선생입니다."

토드헌터 씨가 인사를 했다.

"우리는 당신에 대해 모든 걸 알고 있습니다." 의사는 밝게 말했다. "동맥류를 진찰하고 싶습니다. 당신의 주치의가 그 일로 전화를 했더군요."

"지금은 상당히 미묘한 상태에 있습니다."

토드헌터 씨는 내키지 않는다는 듯이 말했다.

"아, 충분히 주의해서 볼 테니까요."

토드헌터 씨는 소리 높이 웃었다. "그러시겠지요. 앞으로 약 한 달 동안 버티지 못하면 난처하실 테니까."

소장이 얼굴을 찌푸렸다. "아, 토드헌터 씨, 알아두셔야 할 것이 있어요. 규칙이란 것이 있어서 말입니다……. 그 정도의 분별은 있을 거라고 생각하는데……."

"아, 물론이지요." 토드헌터 씨는 고풍스러운 스타일의 목례를 하며 대답했다. "필요한 규칙에는 따를 겁니다. 모범수가 되어 보이겠어요."

"좋아요, 됐습니다. 그럼 우선 신체검사부터 받아야 합니다. 당신의 경우 완전히 형식적인 거지만 그래도 하지 않으면 안 됩니다. 당신은 아마 내가 해주기를 원할 것 같은데, 규칙으로 인정되어 있는 대로 말이죠. 지금 몸에 지니고 있는 물건을 모두 꺼내 보세요, 검사하겠습니다."

"테이블 위에 올려 놓죠." 토드헌터 씨는 흔쾌하게 말했다. 그리고 만년필, 연필, 수첩, 양면에 금 뚜껑이 있는 몸시계를 테이블 위에 꺼내놓았다. "이것들은 모두 지니고 있고 싶은데, 허락해 주실 수 있습니까?"

"이것뿐입니까?"

"예, 다른 물건은 모두 사무 변호사에게 주고 왔으니까요."

"좋습니다, 가지고 있어도 됩니다. 잠시 동안 가만히 서 있어요."

토드헌터 씨는 익숙한 손이 재빨리 자기 몸을 더듬는 동안 움직이지 않고 서 있었다.

"됐습니다. 그럼 괜찮다면, 그 가리개 뒤에서 옷을 벗어주세요. 선생의 진찰이 끝나면 정해진 옷으로 갈아입어야 합니다." 소장은 약간 망설였다. "사실은, 입소하면 즉시 목욕을 하게 되어 있지만 뭐 생략해도 무방할 것 같군요."

"아, 목욕은 오늘 아침에 했습니다."

"그럼 됐군요." 소장은 가볍게 고개를 끄덕인 뒤 나갔다.

교도관 한 사람이 하얀 칠을 한 커튼을 쳐서 난로 옆의 한쪽을 가렸다. 이 조심스러운 배려를 고맙게 생각하면서 토드헌터 씨는 그 가리개 안으로 들어갔다.

"먼저, 재킷과 셔츠를 벗으세요." 의사가 말했다.

의사는 이내 토드헌터 씨의 가슴에 청진기를 대고, 맥을 재어보는 등 하나하나 진찰을 하기 시작했다. 물론 동맥류에는 특별한 주의를 기울였다. 그런 다음 의사는 증상을 정확하게 진단했다.

"언제 어떻게 될지 알 수 없는 상태라고 하더군요." 토드헌터 씨는 늘 자기가 처해 있는 죽음에 대해 얘기할 때의 그 약간 미안한 듯한 말투로 얘기했다.

"어서 침대에 들어가세요." 의사는 얼른 청진기를 치우면서 말했다. "그리고 반드시 침대 속에 누워 있어야 합니다, 하루 종일."

토드헌터 씨는 갑자기 침대가 그리 그립지 않은 것도 아니라는 느낌이 들었다.

"하긴 약간 과로했어요."

그는 입안으로 중얼거리듯 그렇게 말했다.

4

다음날부터 이틀가량 토드헌터 씨를 무척 괴롭힌 것이 딱 한 가지 있었다.

그것은 두 사람의 교도관이, 이 독방 안에 항상 함께 있는 일이었다. 그가 자고 있든 깨어 있든, 책을 읽든 생각을 하든, 침대에 있든, 아니면 독방에서 떨어진 곳에 있는 좀 더 개인적인 장소에 있든, 교도관들이 반드시 옆에 있었다. 특별히 눈에 거슬리는 감시를 하는 것은 아니지만, 그에게서 절대로 주의를 돌리지 않는 것이었다. 어쩌다 보니 독방에 오게 되었지만 원래부터 혼자 있는 것을 좋아하는 토드헌터 씨는 이따금 그들의 존재가 정말 견디기 힘들 때가 있었다.

교도관들이 불쾌한 자들이어서가 아니었다. 여섯 사람 다——8시간 교대로 두 사람씩 근무하고 있으므로——상당히 좋은 사람들이었다. 특히 정오에서 오후 8시까지 근무하는 두 사람은, 늘 기다려질 정도였다. 이 두 사람 가운데 나이가 많은 쪽인 버치맨은, 그를 맨 처음 독방으로 데리고 온 교도관으로, 대머리에, 그것을 보충하듯 해마 같은 콧수염을 기른, 다부지고 체격이 큰 남자였다. 그는 남의 눈을 전혀 의식하지 않고 허물없이 대하는 성격으로, 토드헌터 씨가 침대 속에서 뭔가 부탁하면, 언제나 선선히 들어주는 멋진 친구였다.

폭스라고 하는 다른 교도관은, 그다지 허물없는 태도를 보이지는 않고, 확실히 자기 입장을 약간 의식하고 있는 것 같았다. 그는 군인 타입의 약간 딱딱한 데가 있는 남자로, 버치맨처럼 아버지 같은 부드러움은 없는 사람이었다. 하지만 토드헌터 씨는, 아무리 보아도 그 사람한테서 불평할 거리를 찾을 수가 없었다. 이 세 사람은 정말 멋진 트리오를 이루고 있었다. 만 하루도 지나지 않아, 토드헌터 씨의 냉소적인 높은 웃음소리가 이따금 들려왔고, 이어서 버치맨이 크게 껄껄 웃고 나면, 이번에는 폭스의 낮은 웃음소리가 꼬리를 끌곤 했다.

토드헌터 씨는 교도관들을 잘 알게 되었고 그들이 좋아졌다. 그리고 토드헌터 씨의 마음을 현재와 미래로부터 돌리기 위해, 체커 같은 게임을 하지 않겠느냐고 그들이 늘 열심히 권유하는 것에 무척 감격하고 있었다.

"당신과 마찬가지로 우리도 괴롭습니다." 버치맨은 솔직하게 말했다. "어떤 의미에서는 우리가 더 힘들지 몰라요. 특히 이번 경우에는 말이죠."

"이번 경우에는 아무것도 괴로워할 필요가 없어요." 토드헌터 씨는 높은 소리로 웃으면서 말했다. "사실을 말하면 버치맨, 나는 지금의 상황을 무척 즐기고 있소."

"정말이지 어이가 없군요. 당신이 즐기고 있는 게 분명한 것 같으니." 버치맨이 대머리를 긁으며 토드헌터 씨가 기분 좋게 침대 속에 누워 있는 것을 바라보면서, 아무래도 이해할 수 없다는 듯이 우스꽝스러운 표정을 지으면, 토드헌터 씨는 다시 한번 크게 웃는 것이었다.

소장도 종종 들러서 잡담을 하고 가게 되었다. 그가 맨 처음에 보였던 당혹스러워하는 태도는 이내 사라지고 없었다. 토드헌터 씨는 소장이 당혹했던 것은 자신의 높은 악명과, 자신과 그가 같은 사회적 계층에 속한다는 것, 그 두 가지에 의한 것이라고 생각했다. 소장은, 형법 개정이니 교도소의 상태니 하는 문제에 대해 상당히 총명한 열정을 가지고 이야기했다. 분명히 그는 그런 문제에 깊은 관심을 가지고 있는 것 같았다. 그가 교도소 소장이라는 부류에 흔히 있는 상상력이 부족한 반동적인 잔소리꾼과는 전혀 다르게, 지극히 인간미가 있는 사람이라는 것을 알자, 토드헌터 씨는 무척 기뻐하며 그에게서 여러 가지 얘기를 기술적으로 끌어내어 그 착상을 〈런던리뷰〉에 쓰는 논문 속에 많이 도입했다.

의사도 하루에 서너 번씩 찾아와서는 대개 잡담을 나누다가 돌아갔다. 그리고 교회사도 역시, 토드헌터 씨가 교리 같은 것에는 흥미가 없어서 그리스도교의 정통적인 텍스트를 공부하는 것은 질색이며, 자기 영혼의 상태(토드헌터 씨는 뻔뻔스럽게도 거기에 완전히 만족하고 있는 척하지 않을 수 없었다)에 대한 얘기는 할 생각이 없다는 것을 이해시켜 버린 뒤에는, 제법 얘기가 잘 통하는 남자가 되었다. 그리고 토드헌터 씨가 교도관들의 상당히 한정된 지능에 약간 싫증이 났을 때 그를 부르면, 2분 만에 찾아와서 이 세상의 모든 문제에 대해 함께 얘기를 나누었다.

또 종이도 부족하기는커녕 교도소 이름이 들어 있는 용지가 무제한으로 지급되었다. 덕택에 토드헌터 씨는 그 작고 모난 글씨로 〈페라스〉와 〈런던리뷰〉에 기고할 원고를 쓸 수 있었다. 그는 그 일련의 논문을 비평 저널리즘의 역사에 유례가 없는 것이라고 자부했다.

마지막으로 음식과 기호품에 대해서는, 토드헌터 씨에게 담배가 허용되지 않았고(의사의 명령에 의한 것에 지나지 않지만) 그도 피울 생각이 없었다. 식사도 생각보다 훌륭한 것에 몹시 놀랐고 또한 기뻤다. 물어보니 표준 병원식이라 하는데, 특별히 그가 마음에 들어한 아침 식사 때의 베이컨과 계란만은 의사의 지시로 특별히 만든 것이라고 했다.

이리하여 쾌적한 주거에서 친절한 배려 속에 지내고 있으니, 토드헌터 씨는 자기가 이 교도소에 있을 수 있는 기간(판결일에서 만 3주일)이 매우 짧다는 것이 아쉬울 정도였다.

단지 교수형을 기다리고 있는 사람을 이렇게 소중하게 대우해 준다는 것은 여간해서 이해하기 힘든 일이었지만.

5

토드헌터 씨가 몹시 강하게 느끼고 있었던 아이러니가 한 가지 있었다.

그 교도소에는 사형수의 독방이 두 개 있는데, 그 하나에는 자기가 들어 있고 또 하나에는 빈센트 파머가 수용되어 있다는 사실이었다.
 그것은 토드헌터 씨가 희미하게 예상했던 대로, 그의 유죄 판결은 자동적으로 파머가 변명의 말과 함께 석방되는 결과로 이어지지는 않았기 때문이다. 그뿐만이 아니었다. 당국은 파머를 사형수의 독방에 넣은 채 내내 감금해 둘 작정인 것처럼 보였다.
 이틀이 지나고 사흘 나흘이 지났지만 파머가 석방되었다는 소식은 여전히 들려오지 않았다.
 토드헌터 씨는 몰랐지만 이 일로 마음이 편치 않았던 사람은 그만이 아니었다. 실은, 당국은 48시간 뒤에 토드헌터 씨를 무사히 교수형에 처할 수 있을 거라고 생각하고 있었다. 그렇지만 그들은 파머를 석방할 결심은 아직 서지 않은 듯했다. 사흘째에 하원에서 질문이 나왔다.
 상황은 절박해지고 있었다. 그러나 영속적인 형의 집행유예 절차를 서둘러 취할 수 있는 시간은 있었다. 그 사실을 내무장관은 약간 감정이 상한 듯한 태도로 하원에 보고할 수 있었다. 그러나 그는, 그 집행유예에 이어서 완전한 사면이 이루어질 거라는 발표는 할 수 없었다. 반대당의 질문자가, 파머 재판의 배심원보다 더 많은 사실을 검토한 배심원이 토드헌터 씨의 진술을 믿은 이상, 파머는 당장 석방되어야 한다고 주장한 것에 대해, 옹색하게 변명하는 답변을 했을 뿐이었다. 반대당의 집요한 추궁에 내무장관은, 당국 측은 파머가 사전 또는 사후종범일 가능성이 있다고 보고, 아직 결코 의심을 버리지 않았음을 시사했다.
 이 애매한 변명은, 아마 당사자인 내무장관을 제외하고는 아무도 반기지 않는 것 같았다. 이튿날 각 신문은 신문사상 처음 있는 일치단결을 보이며, 의심만으로는 처벌하지 않는다는 원칙에 따라 파머를 당장 석방해야 한다고 주장했다. 그러자 완고한 이론가인 내무장관은, 그 자리에 힘껏 버티고 서서 꿈쩍도 하지 않을 태세를 보였다. 덕택에 파머는 사형수 독방에서 일반 감방으로 옮겨져서, 도둑과 흉악범, 정신병 환자들 틈에 끼어드는 결과가 되었을 뿐이었다.

토드헌터 씨는 소장한테서 이 소식을 듣고 분개한 나머지 발작을 일으켰고, 폭스가 당장 의사를 부르러 달려가는 소동으로 이어졌다.

"아니, 괜찮아요." 토드헌터 씨는 무서운 얼굴로 말했다. "난 파머를 이곳에서 내보낼 때까지는 죽지 않을 거요. 주사기 같은 건 저리 치우시오!"

의사는 토드헌터 씨의 신경을 진정시키려고 모르핀을 주사하려다가 주춤했다. 결국 죄수의 흥분을 가라앉히는 데 성공한 것은 소장이었다.

"걱정 마세요, 토드헌터 씨. 내가 이런 말을 해서 되는 건지 잘 모르겠지만, 모든 신문들이 파머의 석방을 강경하게 주장하고 있고, 나라 안의 모든 사람들도 그것을 지지하고 있어요. 그런데도 버틸 수 있는 용기는 어떤 정부에도 없을 겁니다."

"그래야지요." 토드헌터 씨는 신음하듯이 말했다.

밖으로 나오면서 의사는 소장에게 빙그레 웃으며 말했다.

"좋은 생각이었소. 주사를 놓으려 했으면 반항했을 테니까. 아마 그 정도만으로도 당장 죽었을 거요."

"무슨 일이 있어도 그건 피해야지." 소장은 중얼거렸다.

그들 뒤로 문이 잠기는 소리가 들려왔다.

토드헌터 씨는 모든 기력이 다한 듯이 쿠션 위에 누워 있었다. 소장과 의사 두 사람은 문을 나가면서 작은 소리로 얘기하고 있었다. 토드헌터 씨는 심신이 지쳐 있기는 했지만 예민한 청력을 잃지는 않고 있었다. 그는 흥미를 가지고 그들의 얘기를 엿듣고 있었다.

6

 토드헌터 씨의 도청 결과는 그 이튿날 아침 작고 뚱뚱한 의사가 맨 처음 찾아왔을 때 드러났다.
 "난 일어나야겠소."
 토드헌터 씨는 평소처럼 진찰이 끝나자 이렇게 말했다.
 "안 돼요, 미안하지만 그건 안 됩니다."
 의사는 쾌활하게 대답했다.
 "예에? 안 돼요?" 토드헌터 씨는 심술궂게 높은 소리로 웃었다.
 "왜 안 됩니까?"
 "일어날 수 있는 상태가 아니에요."
 "그럼, 누가 만나러 오면 어떻게 합니까?"
 "여기서 만나면 됩니다."
 토드헌터 씨의 높은 웃음소리에는 한층 더 야비한 데가 느껴졌다.
 "잘 알고 있어요. 당신은 나를 살려 두지 않으면 안 되니까."
 "당연하지요."
 "마치 갓 태어난 아기처럼 소중하게 보살피지 않으면 안 되지. 당신에게 이토록 소중한 환자는 지금까지 한번도 없었지? 무슨 일이 있어도 나를 살려두지 않으면 안 돼. 밧줄로 목을 조를 때까지는."
 의사는 어깨를 한번 으쓱했다. "토드헌터 씨, 정황이라는 것을 아실 겁니다. 나도 그걸 알고 있어요."
 "너무 야만적이라고 생각하지 않소?"
 "굳이 반대하지는 않겠어요. 사실 굉장히 야만적이지요. 그렇지만 그렇게 되어 있는 걸 어떡합니까?"
 "그럼, 내가 일어나는 것을 허락해 주지 않겠다?"
 "안 됩니다."
 토드헌터 씨는 다시 높은 소리로 웃었다. "미안하지만 선생, 나는 일어나고 싶소. 일어날 생각이오. 당신이 그것을 어떻게 막을 수 있을까?"

의사는 미소지었다. "뭡니까, 그 협박은?"

"나만큼 잘 알고 있을 텐데. 나를 힘으로 침대에 묶어둘 수는 없을 거요. 그런 짓을 하면 있는 대로 몸부림을 칠 테니까. 내가 몸부림을 치면……." 토드헌터 씨는 독기마저 감도는 웃음을 흘렸다.

의사도 큰 소리로 웃었다. "당신은 죄수치고는 머리가 너무 좋아요. 그럼 일어나도 좋다고 말하면 얌전하게 있을 건가요?"

"한 가지 거래를 합시다." 토드헌터 씨는 빙그레 웃었다. 유명한 람즈바탐 씨처럼 그는 모든 것을 계획하고 자신의 뜻을 관철한 것이다. 그는 큰 소리로 웃거나 하여 모든 것을 위험에 빠뜨리는 짓을 할 생각은 없었다. "교도소 안을 견학하고 싶소. 그것을 허락해 주면, 그리고 이따금 햇볕을 쬐고, 걷고 싶을 때 걷는 것을 허락해 준다면, 교도소 관리와 싸움을 벌여 업무를 방해하거나 하지는 않겠소." 토드헌터 씨는 소름 끼치는 목소리로 냉소했다. "자, 동의하겠소?"

"그건 내가 아니라 소장이 결정할 일이군요. 의논할 동안 기다려 주겠습니까?"

"좋소." 토드헌터 씨는 웃으면서 대답했다.

의사는 나갔다.

토드헌터 씨는 교도관들에게 웃어 보였다.

"나는 당신들 모두를 내 마음대로 휘두를 수 있어."

폭스는 국왕 폐하의 관리가 죄수에게 마음대로 휘둘린다는 말을 듣고 약간 놀란 것 같았지만 버치맨은 큰 소리로 껄껄 웃었다.

"그건 사실이에요. 우리는 당신에게 손을 대면 안 된다고 주의를 받고 있으니까. 당신은 정말 머리가 좋은 사람 같군요. 이것만은 사실이오."

"그것으로 사실은 두 가지겠지."
토드헌터 씨는 그럴싸하게 정정해주었다.
소장은 토드헌터 씨를 향해 얼굴을 찌푸렸다.
"당신의 요구는 인정할 수 없습니다. 규칙에 따라 당신은 다른 죄수로부터 격리되어야 하고, 다른 죄수들은 당신을 힐끗 보는 것조차 허락되지 않습니다."
"이거야 놀라운 일이군. 정말 끔찍한 천민 취급이군요. 그렇다면 소장님, 당신과 둘이서만 얘기할 수 없을까요?"
소장이 두 명의 교도관에게 눈짓하자 두 사람은 방에서 나갔다.
"아니, 선생은 있어 주시오."
토드헌터 씨가 말하자 의사는 그대로 남았다.
토드헌터 씨는 신중하게 침대에서 기어나갔다. 비틀거리는 긴 몸이 엷은 분홍색 잠옷에 싸여 있었다. 그는 테이블 가장자리를 붙잡았다.
"당신이 당황하는 모습을 남에게 보이고 싶지 않을 거라고 생각했소. 자! 보시오. 나는 이 테이블 가장자리를 잡고 있소. 내가 말하는 대로 해 주지 않으면 이 테이블을 들어올릴 거요. 그런 힘을 쓰는 일은 나에게는 치명적이라는 걸 모르지 않겠지? 당신의 발 아래 당장 쓰러져서 죽어 버릴걸? 의심스러우면 의사 선생한테 물어보시오."
소장은 자신의 동료 쪽을 걱정스럽게 쳐다보았다.
"사실이라고 말하지 않을 수 없군요." 의사는 인정했다. "그런 짓을 하면 죽어 버릴 겁니다."
소장은 콧수염을 잡았다.
"이봐요, 토드헌터 씨. 억지를 부리면 곤란합니다."
"아니, 나는 억지를 부리겠소."
토드헌터 씨는 반항적으로 말하며 테이블을 약간 기울였다.

"잠깐만!" 소장은 애원했다. "그건 나 혼자의 권한으로 결정할 수 있는 일이 아닙니다. 교도소의 규율을 어기는 것이니까요. 잠깐! 기다려요, 내무성의 허가를 받아볼 테니까."

"아, 좋아요." 토드헌터 씨는 예의 바르게 말했다.

소장은 휴 하고 안도의 한숨을 쉬었다. "선생은 그와 함께 있어 주시오. 지금 바로 전화를 걸어 보고 오겠소." 소장은 그렇게 말하고 나갔다.

의사와 토드헌터 씨는 서로 얼굴을 마주보며 빙그레 웃었다.

"기다리고 있는 동안 침대로 돌아가는 게 어떻겠어요?"

"아니, 됐어요. 이곳에 앉아 있겠소." 토드헌터 씨는 불 옆의 안락해 보이는 의자에 천천히 앉아 무릎을 비비기 시작했다.

의사는 담배에 불을 붙였다. 이것은 그의 문제가 아니었다. 오히려 지루함을 달래 주는 재미가 있었다.

소장은 20분쯤 지나 돌아왔다.

토드헌터 씨는 그의 표정에서 일이 잘 되지 않았음을 알았다.

"토드헌터 씨, 안됐지만." 소장은 냉담하게 말했다. "내무성에서는 당신의 요구를 인정할 수 없는 모양이오. 그렇지만 누워만 있지 않아도 괜찮답니다. 일어나도 좋고, 또 정해진 시간에 정해진 장소에서 운동하는 것은 좋습니다."

"하지만……." 토드헌터 씨가 말하려 하자 소장이 가로막았다.

"내가 말할 수 있는 건 그것뿐이오."

7

토드헌터 씨는 화가 나서 미칠 것만 같았다.

자기가 당한 것이다. 다 알고 있다. 그 교활한 내무성 놈들은 자기를 교수형에 처할 생각이 없는 것이다. 이 토드헌터가 스스로 죽어

주면 그보다 더 고마운 일은 없을 거라고 생각하고 있는 것이다. 그렇게 되면 자기의 처형이라는 문제로 골머리를 앓지 않아도 되고, 빈센트 파머도 마음대로 처형할 수 있을 테니까.

"빌어먹을!" 토드헌터 씨는 다시 침대 속에 들어가면서 분노를 억누르며 말했다. "빌어먹을, 이렇게 되면 무슨 일이 있어도 사형을 당해 줄 테니까, 두고 봐!"

8

당국자들은 아직도 파머를 범인으로 믿고 있었다. 그것이 첫 번째 문제점이었다.

토드헌터 씨가 아무리 항변해도 소용없었다. 그는 교회사에게 그 어떤 것이라도 맹세코 파머는 절대로 무죄라고 말했다. 교회사는 신약성서에 맹세하는 것을 허락하고 그의 말을 믿어 주었다. 의사도 그의 말을 믿었다. 교도소장까지 그를 믿어 주었다. 그러나 내무성은 참으로 관청답게 태연한 채였다. 이번에는 들끓는 여론에도 시치미를 뚝 떼고 있었다. 파머는 여전히 교도소에 갇혀 있었다. 그리고 내무성은 다음과 같은 성명을 발표했다.

"내무장관은 심사숙고한 끝에 국왕에게 빈센트 파머에 대한 사형판결의 정지를 진언했다. 그리고 현재 이 판결을 종신형으로 바꾸는 것의 타당성에 대해 고려중이다. 이것은 한 재판의 배심에 의해, 이세르 메이 빈스에게 살의를 가지고 권총을 발사한 것은 파머가 아니라는 평결이 나오기는 했지만, 그렇다고 이 평결이 파머가 이 살인 행위의 공범자가 아닌가 하는 의혹을 완전히 불식시키는 것은 아니라는 견지에서 나온 것이다. 내무장관의 결정은 추후에 발표한다."

이 성명은 〈런던타임스〉까지도 분노케 하여 냉소적인 기사를 발표하게 만들었다.
 〈런던타임스〉는 다음과 같은 기사를 냈다.
 '아마 파머의 형을 종신형으로 바꾼 것은, 파머의 유죄를 믿는 자와 무죄를 믿는 자 양쪽, 즉 모든 사람들을 만족시키려는 의도로 보인다. 하지만 우리는 내무장관에게, 그것은 어떤 사람도 만족시켜주지 못한다는 것을 보장한다. 또 파머가 정당한 권위에 의한 재판도 거치지 않고 따라서 거기에 대해 유죄를 인정받지도 않은 채, 다만 어떤 범죄를 저질렀을 것이라는 내무장관의 억측에만 근거하여 종신형을 받는 것은 영국 사법의 근본적인 뜻에 어긋나는 것이다.'
 다른 신문들도 이 〈런던타임스〉의 노선을 그대로 따랐다. 〈뉴스 크로니클〉은, 에티오피아도, 스페인도, 실업 문제도 끼워 넣지 않고, 오로지 이 문제만을 논한 사설을 실었을 정도였다.
 그러나 내무성은 여전히 아랑곳하지 않는 표정이었다.
 토드헌터 씨는 가능한 한 화를 내지 않기 위해 침대 속에서 이를 악물고 분발하고 있었다.

9

 대중의 흥분은 우편물의 양에서도 어김없이 드러났다. 하루에 수천 통을 헤아리는 편지의 홍수가 교도소의 토드헌터 씨 앞으로 쏟아졌다. 그러나 그는 그중 한 통도 뜯어보려 하지 않았다. 또 기운을 북돋우는 음식과 약, 성서, 기계화된 완구 등, 모든 물건들이 끊임없이 보내져 왔다. 그러나 토드헌터 씨에게는 다행히도, 교도소의 규칙에 의해 그런 것들이 모두 본인에게 전달되지 않도록 규정되어 있었다.
 진정한 방문자는 몇 명밖에 없었다. 토드헌터 씨는 팔로웨이의 면회는 거절했고, 팔로웨이 부인은 딱 한번 몇 분 동안만 만났으며, 그 다음에는 파머 부인을 만났다. 벤슨 씨는 유언장을 새로 작성하기 위해 몇 번 더 만났다. 그리고 어니스트 경과 치터윅 씨, 플러 청년 말고는 아무도 만나려 하지 않았다. 이 세 사람은 그의 독방에 들어가는 것을 허락받아, 두 명의 교도관의 삼엄한 호위 속에서 테이블을 사이에 두고 침대에 누워 있는 토드헌터 씨와 대화를 나눌 수 있었다.

이 세 사람과 토드헌터 씨는 파머에 대한 대중의 소동이 주효하도록 시간을 벌기 위해 상고하는 것을 검토했다. 그러나 당국의 태도로 보아 증거불충분으로 반대 판결이 나올 우려가 컸기 때문에 그런 모험은 할 수 없다는 결론을 내렸다.

사형 집행일까지 앞으로 2주일밖에 남아 있지 않았다.

토드헌터 씨는 처형당하고 싶은 마음은 전혀 없었지만 일을 도중에 내팽개치고 싶지는 않았다. 내무성이 어떤 성명을 내든 그가 교수형에 처해지는 건 파머를 석방시키는 데 가장 강력한 힘이 되어 줄 것이다.

"아마 이렇게 될 거네." 어니스트 경은 설명했다. "사형이 집행되는 순간 대소동이 일어나서, 정부가 파머를 석방하지 않으면 정권을 잃게 될 수도 있네. 그건 사실일세. 정부는 파머를 계속해서 감금해 둘 수 있을 만큼 의회에서 다수를 차지하고 있지는 않으니까. 이건 시간 문제에 지나지 않아."

"하는 수 없군요." 토드헌터 씨는 답답하다는 듯이 말했다. "그 사람이 자기 무죄를 증명할 수 있으면 좋겠는데."

그러나 그 점에서는 모든 가능성이 이미 탐색되었지만, 죽음의 탄알이 발사되기 전에 그 집에서 나갔다는 파머의 주장을 뒷받침하는 증거는 아무것도 발견할 수 없었다.

"그 텅 빈 보트 말인데……." 어니스트 경은 화가 난다는 듯이 말했다. "누군가가 비밀을 풀 열쇠를 쥐고 있는 거야. 그건 절대적으로 확실해. 누군가가 그날 밤 당신과 함께 정원에 있었던 거란 말이네, 토드헌터."

"그렇지만 저는 전혀 모릅니다."

토드헌터 씨는 도리 없이 사실대로 말했다.

"어쨌든." 어니스트 경은 우울한 듯이 말했다. "치터윅은 그 건으로 지금도 분주하게 뛰어다니고 있지만 아무 소용없을 것 같네."

토드헌터 씨는 파머를 만나고 싶어한 적은 없었다. 만난다 해도 아무런 의미가 없는 것으로 생각되었다. 치터윅 씨와 어니스트 경은 파머를 만났다. 파머를 꺼내 줄 수 있는 정보가 있다면 이 두 사람이 알아내지 못했을 리가 없다.

방문자가 또 한 사람 있었는데 토드헌터 씨는 정말이지 마지못해 만날 것을 승낙했다.

그가 사형선고를 받은 이래 펠리시티 팔로웨이는 줄기차게 면회를 신청하고 있었다. 토드헌터 씨는 만나봤자 아무런 도움도 되지 않는다고 생각했다. 게다가 펠리시티가 또 히스테리를 일으켜 주위 사람들에게 폐를 끼칠까봐 두려웠다. 그렇지만 결국 그는 면회하는 동안 그녀가 말은 한마디도 하지 않는다는 엄중한 조건을 붙여서 만날 것을 승낙했다. 펠리시티는 그저 고개를 끄덕이거나 옆으로 흔들기만 하고, 그 이상은 아무것도 하지 말라는 주의를 받았다. 펠리시티는 이 잔인한 조건에 따르겠다는 눈물어린 전언을 보냈다.

"오, 이게 누군가!" 토드헌터 씨는, 그녀가 테이블 앞에 앉아 슬픈 듯한 커다란 눈으로 자기를 응시하자, 억지로 꾸민 듯한 쾌활함으로 말했다. 몹시 침착하지 못한 기분이어서, 어서 빨리 이 면회가 끝났으면 좋겠다고 생각했다. "어때요, 잘 지내고 있소? 연극은 여전히 잘 되고 있고? 그래, 다행이군. 그런데⋯⋯. 흠! 미리 말해둘 것이 있는데, 연극에서 나오는 내 몫의 돈은 당신에게 주기로 유언에 명시해 두었으니까 그리 알아요. 당신도 그 여배우 겸 매니저라느니 뭐니 하는 것으로 자유롭게 살아갈 수 있을 것이오. 알겠소?"

펠리시티는 그의 얼굴만 계속 응시했다.

"그런데, 펠리시티 양." 토드헌터 씨는 초조한 듯이 말했다. "당신이 무슨 생각을 하고 있는지 다 알고 있어요. 알겠어요? 난 다 알고 있어요. 그러니까 아무 말도 할 필요가 없소. 그러니까 당신은, 아무래도 내 쪽에서 말하기는 좀 뭣하지만, 즉 당신은…… 그러니까…… 감사의 뜻을 표하는, 뭐 그런 말을 하고 싶은 거겠지. 알아요, 잘 알고 있어요. 우리는 둘 다 당신 형부가 무죄라는 것을 알고 있소. 그리고 난, 자신이 한 행동을 전혀 후회하지 않는다는 것을 당신도 알아 줬으면 좋겠소. 그 여자는 유해한 사람이었소. 필요악이니 하는 말은 모두 헛소리요. 악마는 죽어서도 천사가 될 수 없어요.

자, 부탁이니까 더 이상 아무 생각 하지 마시오. 당신 어머니는 무척 현명한 분이오. 당신도 어머니처럼 현명해져야 해요. 그리고 나를 위해 슬퍼하는 건 그만두시오. 나는 그런 건 싫어하니까. 알겠죠? 내가 한 행동은 모두 내가 좋아서 한 것이오. 어차피 인생이란 나에게는 무의미하니까. 아, 그런 눈으로 날 쳐다보면 안 돼요! 자, 웃어요, 웃어!"

펠리시티는 눈물겹게 미소지어 보였다.

"저는 당신을 교수형에 처하게 할 수는 없어요."

아가씨는 눈물을 꾹 참았다.

토드헌터 씨는 높은 소리로 웃었다. "아직 교수형에 처해진 건 아니오. 게다가 고통이 전혀 없다고 하더군. 어쨌든 내 병보다 편

한 것임은 분명한 것 같소. 내 병과 어느 쪽이 더 빠른지 경주하는
거요. 자, 기운을 내요, 팔로웨이 양. 우린 모두 언젠가는 죽기 마
련이오. 그리고 사실은 나는 이미 한 달 전에 죽었어야 하는 몸이
니까."

"당신의 집행유예 탄원서에 서명했어요." 펠리시티는 잠시 눈물
을 훔치면서 작은 소리로 말했다. 파시즘이라는 선전에도 불구하고
토드헌터 씨의 유덕한 행위에 의해 영국인의 위대한 마음의 가장
순수한 부분이 움직인 것이다. 그의 처형을 중지하고 자연사할 때
까지 교도소에 있게 해야 한다는 강력한 운동이 추진중이었다.

토드헌터 씨는 얼굴을 찌푸렸다. 이 운동에 대한 것은 알고 있었
지만 그는 찬성하지 않았다. 그의 생각으로는 그것이야말로 내무성
이 바라는 바에 지나지 않았다. 안전을 위해서라는 이유로 파머를
교도소에 내내 가두어둘 구실을 다시 주는 것이었다.

"내 일에는 더 이상 관계하지 말아줬으면 좋겠군."

토드헌터 씨는 엄격하게 말했다.

"그렇지만 저는 그 일과 관계가 있는걸요!" 펠리시티는 우는
목소리로 말했다. "우리 모두 관계가 있는걸요. 제가 당신에게 그
런 일을 하게 만들었어요. 저만 아니었으면 아마 당신은 절대로……
……"

"버치맨!" 토드헌터 씨가 소리쳤다. "이 아가씨를 데리고 나가
요."

"싫어요!" 펠리시티는 소리치며 테이블에 매달렸다.

"당신은 약속을 어겼소." 토드헌터 씨가 지적했다.

"하지만 어쩔 수가 없었어요."

펠리시티는 흐느껴 울고 있었다.

"바보 같으니! 당신은 자신을 통제하는 법을 배워야겠소. 당신은

여배우가 아니오? 좋아, 그렇다면 연기를 하시오. 면회인이 독방 안에서 울고불고 하면 그걸 보는 사람은 기분이 좋을 것 같소?"

펠리시티는 가만히 그를 응시했다.

"그래, 훨씬 낫군." 토드헌터 씨는 낮게 웃었다. "이제 얌전하게 집으로 돌아가요. 만나서 무척 반가웠소. 하지만 소동은 내 몸에 좋지 않아요. 약간의 흥분도…… 그래요."

펠리시티는 두 사람 중 동정심이 있어 보이는 교도관에게 작은 소리로 물었다.

"작별의 키스를 해도 될까요?"

"안됐지만 아가씨, 더 이상 가까이 가서는 안 됩니다." 버치맨은 이 멋진 아가씨에게 키스를 받는 기쁨을 토드헌터 씨한테서 빼앗는 건 너무 안됐다는 표정이었다.

토드헌터 씨는 키스 같은 건 조금도 받고 싶지 않았기 때문에 얼른 버치맨을 응원했다. "아니, 안 돼요. 그런 짓을 하면 독약이라도 건네준 것으로 의심받을 뿐이오. 그런 것에는 무척 규칙이 엄격하니까. 그럼……, 거기서 키스를 보내시오. 그거면 돼요. 그럼 잘 가요, 펠리시티 양. 앞으로도 연극이 잘 되길 바라겠소. 정말 도움이 되어줄 수 있어서 무척 기쁘게 생각하고 있어요, 여러 가지 의미에서. 그럼, 안녕히."

펠리시티는 가만히 그를 응시했다. 그 입술이 꿈틀 움직였다. 그러더니 그녀는 그 입을 손으로 틀어막고 문 쪽으로 달려갔다. 폭스가 벌떡 일어나 그녀를 밖으로 데리고 나갔다.

"아, 다행이다, 이제 끝났어."

토드헌터 씨는 이마의 땀을 훔치면서 그렇게 중얼거렸다.

10

 시간이 지남에 따라 대중은 감상적인 마음뿐만 아니라 정의감까지도 불타오르기 시작했다. 토드헌터 씨의 유죄를 전혀 의심하지 않았던 사람들조차 그의 교수형을 원하는 사람은 거의 없었다. 또 토드헌터 씨가 거기에 따라 행동했다고 생각되는 출신교의 정신이라는 전통을 존중하는 사람들은, 여러 개의 이름으로 집행유예 탄원서에 몇 번이나 서명했다(일종의 커닝과 비슷한 행위이다). 요컨대, 모든 사람들이 토드헌터 씨가 교수형에 처해지기 전에 자연사하는 데 성공하기를 원하고 있었던 것이다.
 이러한 대중의 감정을 재빨리 간파한 신문들은 당연히 그들의 비위를 맞춰주었다. 매일 아침 신문에는 '토드헌터 씨 아직 건재'라는 표제가 붙었고, 맨체스터의 주교로부터 영국을 방문중인 미국 영화배우에 이르기까지, 유명인이라는 유명인은 모두 동맥류와 토드헌터 씨에게 남은 수명에 대해 관심을 나타냈다.
 클럽에서는 토드헌터 씨가 교수형을 당하기 전에 죽을 가능성에 대한 은밀한 도박이 성행했고, 외과의학 서적이 이상한 매출 현상을 보였다. 사실상 토드헌터 씨 대 교수형 집행인의 대결 같은 양상을 띠고 있었는데, 감정적으로는 아주 약간 전자가 유리한 것 같았다. 로이드 보험회사는 어느 쪽이 이기든, 보험 같은 것은 접수할 수 없다는 내용의 성명을 발표하지 않으면 안 될 지경이었다.
 이런 정세의 진전은 토드헌터 씨를 무척 기쁘게 했다. 그 역시 게임을 보통 사람 이상으로 좋아하여, 크리켓에서는 미들섹스 팀의 열렬한 팬일 정도였기 때문이다. 그는 한번은 치터윅 씨에게 자신을 위해 내기를 해달라고 부탁하고, 자기 동맥류의 승리에 5대 4의 비율로 걸려고 했다. 그러나 치터윅 씨는 완전히 다른 용건으로 찾아왔기 때문에 그런 하잘 것 없는 일에 관여하고 싶은 마음이 없었다.

"이보세요, 토드헌터 씨. 어떤 일이든 이제 와서 당신의 희망을 흔들고 싶지는 않지만." 그는 금테 안경 너머로 눈을 깜박이면서 말했다. "이제야 겨우 파머에 대해 약간의 사실을 알아낸 것 같아요."

"파머라고?" 토드헌터 씨는 그 어린아이 같은 높은 웃음소리를 거두고 날카로운 눈빛이 되었다. "무슨 얘기요?"

"그러니까 그가 미스 노우드의 집에서 나간 시간에 대한 증거입니다."

"응? 그것 대단하군, 정말 대단해." 토드헌터 씨는 이 탐정을 추켜세웠다. "그렇지만 그것으로 그에 대한 의혹을 풀 수 있을까?"

"그건 모르겠어요. 아직 찾아내지 못했으니까요."

"그건 도대체 무슨 소리요?" 토드헌터 씨는 재촉했다.

"내 얘기를 들어도 흥분하지 않겠지요?"

치터윅 씨는 다시 눈을 깜박거리며 걱정스럽게 물었다.

"당신이 얘기하지 않으면 흥분할 거요."

토드헌터 씨는 엄격한 목소리로 말했다.

"그럼 얘기하겠습니다, 어떻게 된 얘긴고 하니……."

치터윅 씨는 얘기하기 시작했다.

11

교도관들이 옆에 있어서 치터윅 씨는 적당히 판단하여 중요한 요점은 빼고 암시적으로 토드헌터 씨에게 얘기했다. 그것은 다음과 같은 내용이었다.

전날 아침, 치터윅 씨는 멋진 착상이 떠올랐다. 그는 급히 서둘러 브롬리까지 가서 파머 부인에게 그것을 설명했다.

그 착상이라는 것은 손목시계에 대한 것이었다. 파머 부인은 처음에는 무슨 말인지 몰라 잠시 어리둥절한 모습이었다. 그러나 곧 그

의미를 알아채자 당사자인 치터윅 씨보다 부인이 더 흥분했다. 그래서 부인은 치터윅 씨에게, 남편의 여러 개의 손목시계에 대해 알고 있는 대로 다 얘기해 주었다. 그중에는, 미스 노우드가 빈센트에게 준 것이라고 치터윅 씨가 지적한 것도 포함되어 있었다.

그리고 파머 부인은, 치터윅 씨가 남편의 소지품과 집안을 뒤져 그 손목시계를 찾는 것을 허락했다. 치터윅 씨는 철저한 수색을 한 끝에 만면에 웃음을 지으면서 아무래도 찾지 못하겠다고 부인에게 말했다. 그 말을 들은 파머 부인 역시 생긋 웃었다(지난 몇 달 동안 처음으로 웃은 거라고 치터윅 씨는 생각했다). 부인은 꼭 점심 식사를 함께 하자고 권했고 치터윅 씨도 기꺼이 거기에 응했다.

그날 오후 치터윅 씨는 어니스트 경과 둘이서, 가능한 한의 이면공작을 펼쳐 교도소에 있는 파머에 대한 특별면회 허가를 받아냈다. 관리 쪽의 방해가 다소 있었지만 치터윅 씨는 이튿날 아침 면회하는 데 성공했다.

약속한 시간에 치터윅 씨는 쇠창살이 끼워진 박스 같은 방에서 테이블을 사이에 두고 파머와 마주 앉았다. 교도관 한 사람이 문에 기대어 서 있었다. 전만큼 비뚤어진 느낌은 없는 대신 불안이 더 심해진 것 같은 파머는, 규칙으로 정해져 있는 간격을 두어 두 손을 테이블 위에 얹고 의자 위에 단정하게 앉아 있었다.

치터윅 씨는 신중하게 얘기하기 시작했다. "나는 당신의 무죄를 증명하는 데 도움이 될지도 모르는 증거를 찾을 수 있을지 모른다고 생각하고 있어요. 이번 면회를 신청한 것은, 당신한테 두세 가지 사실을 확인하면 그 수사에 도움이 될 것 같아서요."

"어떤 증거입니까?"

파머는 낮은 목소리로, 그리 희망을 거는 기색도 없이 물었다.

"손목시계에 대한 거요, 미스 노우드가 당신한테 준 손목시계."

"미스 노우드는 그런 것······."

"아, 잘 들어요." 치터윅 씨는 열심히 말했다. "나중에 후회하지 않도록 단정적으로 말하지는 말아 주시오. 나는 이미 미스 노우드가 분명히 당신한테 손목시계를 선물했다는 사실을 다 확인했으니까. 게다가 당신의 부인——당신의 부인이 말이오——그 시계 뚜껑 안쪽에 핀 같은 것으로 조잡하게 새긴 'J가 V에게'라는 문자가 있었다고 말했어요. 그러니까 이건 틀림없는 거요. 자, 그렇게 결론이 난 이상 부정하거나 하지는 말아 주시오. 알겠소?" 치터윅 씨는 말하면서 호의와 교활함과 경고가 한데 합쳐진 듯한 미소를 청년에게 던졌다.

청년은 천천히 미소지었다. "확실하지는 않지만 그런 것 같군요."

"좋아요." 치터윅 씨는 안심한 듯이 한숨을 내쉬었다. "그럴 줄 알았소. 어쨌든 내가 하는 얘기를 부정하지 않을 거라는 건 알았으니까. 부인은 이미 알고 있어요. 그렇다면 하나의 얘기를 재현해 봅시다. 그날 밤 당신은 미스 노우드와 심하게 다투고 화가 나서 정원에서 나갔소. 아마 두 번 다시 그녀와는 상관하지 않겠다고 결심했겠지. 그녀는 물론 그녀의 소유물과도 전혀 상관하지 않겠다고, 안 그렇소? 바로 그때, 당신은 그녀가 준 손목시계를 차고 있다는 것이 생각났소. 그리고 화가 난 김에 그것까지 보기 싫어져서 그것을 손목에서 끌러 마침 지나가고 있던 다른 집의 앞뜰에 던져 버렸소. 그래, 바로 그거요. 모든 걸 알고 있으니 다른 소리는 할 생각 마시오. 요컨대 문제는 그것을 내팽개친 곳이 어디인가 하는 것이오."

"생각이 나지 않는데요." 파머는 모호하게 말했다.

"당신의 행적을 더듬느라 내가 얼마나 고생했는지 아시오? 당신은 리버사이드 거리에서 하링게이 거리로 갔어요, 그렇죠?"

"맞습니다."

"그런 다음 퍼시몬 거리로 들어갔나요?"

"예." 파머는 교도관 쪽을 힐끗 쳐다보면서 대답했다.

"퍼시몬 거리로 갔으면 버스를 탔겠군. 그렇다면 그 시계를 던진 곳은 리버사이드 거리나 하링게이 거리가 틀림없다는 얘기가 되는데. 어느 쪽이었는지 기억해요? 물론 기억 못하겠지." 치터윅 씨는 사이를 두지 않고 얼른 말했다. "아무튼 당신은 그때 몹시 화가 나 있었으니까. 자신이 무엇을 하고 있는지도 알 수 없었을 거요. 그렇지 않았으면 그 시계에 대한 걸 까맣게 잊어버렸을 리가 없지. 아니면 그리 중요한 일로 생각하지 않았던 건가? 뭐, 상관없소. 중요한 것은 그 시계를 던졌을 때, 뭔가 단단한 것에 부딪쳐서 망가졌을지도 모른다는 거요. 자, 이해하겠소? 만약 그 시계가 그때 정확하게 가고 있었다면, 당신이 그 장소를 지나간 정확한 시간을 증명해 줄 거요. 당신이 무죄라면 그 시각은 9시 전일 것이고, 그렇지 않다면 9시가 지나 있을 것이고. 무슨 말인지 알겠소?"

"잘 알겠습니다." 파머는 희미하게 웃었다.

치터윅 씨는 그 미소가 마음에 들지 않았다. 이건 어렵고 미묘한 일이다.

"그럼, 흥하든 망하든 한번 위험을 무릅써 볼 마음이 있소?" 치터윅 씨는 교도관이 자기들의 얘기를 한 마디도 빠뜨리지 않고 듣고 있다는 것을 의식하면서 물었다.

"어떤 위험입니까?"

"그 시계가 발견되는 위험. 아직 그 자리에 있을지도 모르니까."

"예, 좋습니다, 하고말고요."

"만약 그것이 발견되고, 부서져 있다면, 당신의 무죄가 증명될 거라고 생각하시오?"

"당연히 증명됩니다. 저는 결백하니까요."

치터윅 씨는 다시 안도의 한숨을 쉬었다. "그럼 좋소. 그거야말로 이 시계에 대한 가장 중요한 정보요. 당신이 왜 좀 더 일찍 그것을 생각하지 못했는지 이유를 알 수가 없군. 그런데 지금 그것을 얘기해 주었고, 아직 너무 늦은 건 아니오. 적당한 안전 조치를 취하고 즉시 수색하게 하겠소."

"예, 그렇게 해 주십시오." 파머는 희미하게 웃으며 말했다. "정말 감사드립니다. 제가 가까스로 생각해낸 것이 그나마 행운이 될지도 모르겠군요. 그렇지만 그날 밤에는 정말 정신이 없어서 마치 꿈속 같았어요."

"그럴 테지, 그랬을 거요." 치터윅 씨는 웃는 얼굴로 말했다.

"정말 다행한 일이오, 정말. 아! 부인이 안부 전해 달라고 했어요. 어서 빨리 돌아오기를 기다리고 있는 것 같더군. 왜 안 그렇겠소?"

치터윅 씨는 교도관에게, 돌아가는 길에 토드헌터 씨에게 잠깐 들르겠다고 통보했다.

12

같은 날 오후, 치터윅 씨와 어니스트 프리티보이 경(늘 그랬던 것처럼 무슨 일이든 함께 하지 않으면 승낙해 주지 않았다), 그리고 수사계 경위와 형사 네 사람이, 리버사이드 거리와 하링게이 거리에 있는 주택의 앞뜰을 수색하기 시작했다. 수색은 2시 15분에 시작되어 5시쯤 거의 끝났지만 시계는 끝내 나오지 않았다.

"분명히 앞뜰에 던졌다고 했는데." 치터윅 씨는 몹시 낙담한 기색으로 말했다. "그 점은 확실하다고 했어요."

"으음, 도대체 어디일까?" 어니스트 경은 날카롭게 물었다.

"기억을 못해요. 그땐 정신이 없었다고 하니까. 어쩌면 우리가 보지 못하고 지나친 건지도 모릅니다. 하지만 혹시……"

"혹시 뭔가?"

"실은 퍼시몬 거리에서 버스를 탔다고 했는데, 버스 정류장은 보시는 바와 같이 이 모퉁이에서 90미터쯤 떨어져 있습니다. 그리고 이 거리의 집에도 앞뜰이 있어요. 어쩌면……."

"그래, 그럴 가능성도 있지." 어니스트 경은 동의했다. "보시오, 경위. 퍼시몬 거리도 찾아보는 게 좋지 않겠소?"

"그게 좋겠다고 생각하신다면." 경위는 그리 내키지 않는 듯이 말했다.

시계는 결국 모퉁이의 세 번째 집 뜰에서 발견되었다. 겨울의 낙엽 밑에서 진흙을 뒤집어 쓴 채, 가죽 줄에는 온통 곰팡이가 끼어 있었다. 그것이 찾고 있던 시계임은 의심할 여지가 없었다. 뚜껑 안쪽에 'J가 V에게'라는 문자가 조잡하게 새겨져 있었기 때문이다. 치터윅 씨는 그걸 찾아낸 경위에게 그의 탐정 못지 않은 재능을 침이 마르도록 칭찬했다.

시계 바늘은 9시 20분 전을 가리키고 있었다.

"당신이 말한 대로군요." 경위는 치터윅 씨에게 경의를 표했다.

"이것으로 파머는 나갈 수 있게 되었어요. 정말이지 좀 더 일찍 발견되지 않았던 게 유감이군요."

"그토록 많은 사람에게 크나큰 피해와 비용과 걱정을 끼치지 않아도 되었을 것을." 어니스트 경도 말했다.

치터윅 씨는 아무 말도 하지 않았다. 어니스트 경의 말이 맞는지 어떤지 그는 확신이 서지 않았다.

13

당연히 치터윅 씨에게는, 이튿날 아침 이 뉴스를 토드헌터 씨에게 알리러 갈 특권이 주어졌다. 그는 또, 집을 나서기 전에 어니스트 경한테서 얻은 정보도 전하게 되었다.

토드헌터 씨는 이 뉴스를 냉정하게 들었다. "정말 어리석은 남자로군. 좀 더 일찍 생각해 줬으면 좋았잖아!" 그는 정나미가 떨어진다는 듯이 말했다. "그랬으면, 나도 이런 지독한 곳에 있는 대신 아직 일본에 있을 수 있었을지도 모르는데."

토드헌터 씨는 다른 점에서는 상당히 반듯한 사람이었지만, 묘하게 이 '지독한'이라는 과장된 형용사를 사용하고 싶어하는 경향이 있었다.

치터윅 씨는 흥분하여 얘기를 계속했다. "그리고 어니스트 경한테서 들었는데 파머의 석방은 이제 시간 문제라고 합니다. 당신은 오늘 아침 신문을 보지 못했겠지만 신문에 다 나와 있습니다. 나는…… 그가…… 확실하게 석방되어야 한다고 생각했으니까요. 모두들 정식으로 다뤄 주었더군요. 어떤 정부라도 이런 여론의 폭풍에는 저항할 수 없을 겁니다."

"아! 정말 고맙게도, 이제야 겨우 약간의 평화를 얻을 수 있게 된 셈이군." 토드헌터 씨는 냉소적으로 말했다. 그러나 곧 후회한 듯이 부드럽게 덧붙였다. "정말 잘해 주었소, 치터윅 씨."

치터윅 씨는 주인이 머리를 쓰다듬어 준 스파니엘견 같았다. 기뻐서 어쩔 줄 몰라하며 그 작고 뚱뚱한 몸을 의자 위에서 비비 꼬는 모습이 꼭 꼬리를 흔들고 있는 것처럼 보였다.

14

그날 오후 파머는 아무런 조건 없이 석방되었다. 그 내용을 밝히는 내무성의 성명에는, 새로운 증거는 지금까지 남아 있던 파머에 대한 공범 의혹을 완전히 일소하는 것이라고 당당하게 설명되어 있었다 (단 하나, 이름도 없는 한 주간지가, 새로운 증거는 결코 의혹을 일소하는 것이 아니며, 알리바이를 만들기 위한 파머 측의 교활한 조작일지도 모른다고 써댔지만, 아무도 관심을 두지 않았다).

그날 저녁, 내무장관은 여론의 폭풍에 밀려 사임하고 말았다. 수상은 하원에서 짧은 성명을 발표하여, 개인적으로는 동료들 앞에서의 단호한 태도에 감탄하고 있었으면서도, 물러가는 그의 엉덩이에 공개적으로 일격을 가했다.

이 뉴스를 듣고도 토드헌터 씨는 아무런 감동도 나타내지 않았다.

"당연한 결과지." 그는 논평했다. "그 사람은 지독한 멍청이였으니까."

15

이리하여 토드헌터 씨의, 지상에서의 마지막 1주일은 평화 그 자체였다. 교도소 밖에서는 집행유예의 탄원 운동은 세력을 잃어갔고, 그것을 간파한 정부는 철벽 같은 결의를 보이고 있었다. 교도소 안에서는 토드헌터 씨가 이제 면회인을 만나지 않겠다는 의지를 표명하며, 어니스트 경과 치터윅 씨와 플러 청년에게 마지막으로 감사에 찬 작별을 고했다. 마침내 그는 마음의 짐을 내려놓을 수 있게 된 것이다. 그리고 그 마음의 짐을 내려놓을 생각이었다.

이젠 무슨 일이 일어나든 상관없었다. 그래서 그는 이전에 따낸 허가에 따라 한두 번 침대에서 일어나 잠옷과 실내복 차림으로 교도관의 부축을 받으며, 4월의 햇살 속에서 천천히 운동장을 거닐었다. 그럴 때는 물론 다른 죄수의 모습은 전혀 보이지 않도록 되어 있었다. 토드헌터 씨는 외계로부터 완전히 차단되어 있었다.

그는 많은 시간을 저술에 소비하여 피고석에서 계획했던 재판과 판결, 죄수의 관점에서 쓴 사형수의 독방에 대한 일련의 논문을 완성할 수 있었다. 한 가지, 마찬가지로 이례적인 각도에서 처형에 대한 기사를 쓸 수 없는 것은 유감이었다. 영국 사법 조직의 활동에 대해서도, 흥미롭고 의연한 의견을 많이 쓸 수 있었다. 토드헌터 씨는 자기가 중요한 일을 무척 잘 해냈다고 생각했다. 페라스한테서 온 편지에, 〈런던리뷰〉에 게재된 이러한 논문들이 세계적인 관심을 불러 모으고 있다고 한 것을 보고, 토드헌터 씨는 남몰래 기쁨을 느끼고 있었다.

나머지 시간은 대개 교도관들과 잡담을 하며 보냈다. 범죄에 대해 약간이라도 언급할라치면, 교도관 중 누군가가 하나부터 열까지 노트에 기록하는 것을 보고 우스꽝스럽다고 생각했다. 그러나 그 보답으로 폭스가 없을 때 버치맨이 같은 독방의 전 거주자였던 유명한 사형수들의 일화를 얘기해 주었다. 토드헌터 씨와 버치맨은 서로 그 교제가 이렇게도 짧게 끝나는 것을 아쉬워했다.

처형일이 다가옴에 따라, 토드헌터 씨는 사람들이 보여준 커다란 배려에 감동하지 않을 수 없었다. 소장은 그를 찾아와서 지극히 친절한 태도로 오랫동안 얘기를 하고 갔고, 교회사는 언제든지 부르면 달려와서 얼마든지 오래 함께 있어 주었으며, 의사는 언제나 쾌활한 모습만 보여주었다.

"처형이 마음에 걸립니까?" 토드헌터 씨는 어느 날 소장에게 물었다. 그 대답은 지극히 비공식적인 것인 동시에 단호한 긍정이었다.

"물론 무척 싫어합니다! 무서운 일이에요. 대부분의 경우 야만 그 자체니까요. 때로는 자업자득인 경우도 있지만 우리 같은 공무원에게는 정말 소름끼치는 임무지요. 다른 죄수들은 동요하고 직원들은 마음을 졸이니까요……. 처형은 정말 괴로운 일입니다. 처형 전 이틀은 밤에 잠을 잘 이루지 못해요."

"부디, 나 때문에 괴로워하지는 말아 주시오." 토드헌터 씨도 마음을 졸이며 말했다. "나도 불면증 때문에 자주 시달립니다. 나 때문에 하룻밤이라도 잠을 못 이루는 사람이 있다는 건 정말 견딜 수 없는 일이오."

16

처형 날 아침, 토드헌터 씨는 7시가 지나 잠에서 깨어났다. 그는 달게 잘 잤다는 느낌이었다. 그리고 자기 마음 상태를 잘 관찰하여, 약간의 기대와 흥분은 있지만 자기가 완전히 냉정하다는 것을 알고 재미있다고 생각했다. 이때는 이미 토드헌터 씨는, 죽는 것도 그리 나쁘지만은 않다는 결론에 도달해 있었다. 실제로 그는, 그것을 조금 설레는 마음으로 기다리고 있었다. 반드시 죽음이 찾아올 거라는 생각이 너무나 오랫동안 마음속에 있었기 때문에, 이미 모든 준비는 끝나 있었고, 진정한 죽음이 실현된다는 것에 왠지 모르게 안도하는 기분이었다. 또 죽음은 참으로 멋진 휴식처럼 생각되었다. 토드헌터 씨는 자기의 비능률적인 육체를 이제 지겨워하고 있었다(토드헌터 씨의 주치의라면, 자기의 환자가 결국 이렇게 홀가분한 기분에 도달한 것을 알았더라면 틀림없이 기뻐했을 것이다).

그는 인생의 마지막 행사를 타고난 호기심으로 맞이했다. 그가 일어났다는 얘기를 듣고 교회사가 서둘러 찾아왔을 때, 토드헌터 씨는 종교 얘기는 그만두라고 진지하게 부탁했다. 자신은 기쁜 마음으로 죽을 수 있고, 모든 사람에 대해 평화로운 마음을 가지고 있으니 그것으로 충분하지 않느냐고 토드헌터 씨는 생각했다.

그는 뭔가 생각에 잠긴 듯이 사형 집행인은 어떻게 하고 있느냐고 물었다. 그리고 사형 집행인이 전날 밤 교도소에서 지낸 것을 알고 있는데, 그가 편히 잤으면 좋겠다고 말했다. 또 그 사형 집행인이 간밤에, 로프가 얼마나 필요한지 알아보려고 몰래 들여다보러 왔다는 얘기를 듣고, 그것을 가르쳐 주지 못한 것을 애석해했다. 그런 일이라면 기꺼이 일어나서 정확하게 계산할 수 있도록 가능한 한 협조를 했을 텐데.

8시 조금 전에 독방에 찾아온 의사는, 자기 환자가 태연자약한 모습을 보고 속으로 경탄해마지 않았다. 토드헌터 씨가 조금도 긴장을 느끼지 않는다고 말했을 때는 도저히 믿을 수 없는 기분이었다.

토드헌터 씨의 특별한 부탁으로 마지막 교도관에는 버치맨과 폭스가 지명되었다. 이 두 사람은 토드헌터 씨보다 훨씬 더 감정이 격앙되어 있었다.

아침 식사로 베이컨과 계란을 먹고 맛있는 커피를 두 잔 마신 토드헌터 씨는 스스로 약간 놀라서 말했다.

"사형수가 이렇게 배불리 먹다니 놀라운 일이군! 그렇지만 먹어서 안 될 이유도 없지 않소? 아, 참 맛있게 먹었다!"

그리고 그는 담배를 한 대 얻어 맛있게 피웠다. 몇 달 만에 피우는 담배였다.

"오래 피우지 않으면 맛을 모른다고 하던데, 그건 틀렸소. 내게는 무척 맛있었어요." 그는 폭스에게 말했다.

8시 조금 지나 찾아온 소장은 몹시 침착하지 않은 모습이었다.

"괜찮습니까, 토드헌터 씨?"

"아, 괜찮고말고요." 토드헌터 씨는 갑자기 높은 웃음소리와 함께 말했다. "나는 공포 때문에 쓰러지거나 하지는 않을 겁니다. 당신이 걱정하는 것이 그거라면 말입니다."

"원한다면 브랜디를 한 잔…… 마셔도 좋습니다."

"의사가 술은 먹지 말라고 했어요." 그는 말하며 다시 높은 소리로 웃었다. "술은 생명을 빼앗아갈 수도 있으니까요. 그런 일이 생기면 당신 책임이에요."

소장은 웃으려고 했지만 그리 잘 되지 않았다. 그는 손짓을 하여 교도관을 밖으로 내보냈다.

"토드헌터 씨, 우리도 모두 이 일이 못 견디게 싫습니다. 물론 당신보다는 덜하겠지만 어떤 기분인지 아시겠지요. 나는 다만 이것을 뭔가…… 수술 같은 것으로 생각해야 한다고 말하고 싶군요. 절대로 고통은 없습니다. 사형 집행인이 찾아오면 나머지는 그저 몇 초의 문제에 지나지 않아요. 틀림없이 당신은 용감하게 마주할 수 있을 것입니다. 아무튼 내가 하는 말을 이해하시겠지요?"

"이해하고말고요." 토드헌터 씨도 진지하게 말했다. "당신한테는 늘 감사하고 있습니다. 너무 괴로워하지 마세요. 나는 조금도 두렵지 않으니까요."

"정말 두려워하지 않으시는 것 같군요." 소장은 어이가 없다는 듯이 말했다. 그리고 약간 우물거리며 말했다. "그렇지만 이젠 어쩔 수가 없군요. 우리는 모두, 다른 한 가지가 먼저 찾아와서 당신을 이 세상에서 데려가기를 바랐는데, 그렇게 되지 않았어요. 그래서 이 일을 하지 않을 수 없게 되었군요. 그럼, 9시에 주장관과 다른 사람들과 함께 돌아오겠소."

"그러시죠." 토드헌터 씨는 온화하게 대답했다.

토드헌터 씨는 테이블 앞에 앉아서, 유서 속에 써 남길 말이 더 없는가 하고 생각했다. 뭔가 있다 해도 이제 너무 늦었다는 것이 기묘한 느낌을 주었다.

"음, 놀랍군. 마치 기차를 타려고 역에 너무 일찍 도착했을 때와 비슷한 느낌이야. 버치맨, 다른 사람들은 마지막 30분을 어떻게 보내던가요?"

"아, 흔히들 편지를 쓰더군요."

교도관은 초조한 기색으로 대답했다.

"그것 좋은 생각이군! 나도 친구에게 편지를 써 볼까?"

그는 의자에 앉아 퍼스 앞으로 짧은 편지를 썼다. 그러나 뭔가 기대하는 듯한 공허감 외에는 아무것도 느껴지지 않아서 그 감정을 잘 설명할 수가 없다고 쓰고 나자 더 이상 쓸 말이 없었다. 그래서 퍼스가 지금까지 해준 일에 대해 감사의 말을 다시 한번 한 뒤 시계를 보니 채 5분도 걸리지 않았다.

"요즘 다른 죄수들은 감방에 갇혀 있소?" 그가 뚱딴지 같은 질문을 했다. 버치맨은 고개를 저었다. "요즘은 그렇지 않아요. 그들은 대개 건너편의 작업장이나 어딘가에 있습니다."

토드헌터 씨는 고개를 끄덕이며 하품을 했다. 오늘 아침, 그는 거의 한 달 만에 제대로 옷을 갖춰 입고 있었다. 자기 옷이었다. 교수형 때는 죄수복을 입히지 않기로 되어 있었기 때문이다.

"이제 뭔가 게임이라도 하는 게 좋을 것 같군." 그는 나른한 듯이 말했다. "놀라운 일이야. 오늘 아침이 이렇게 지루할 줄은 몰랐어. 그런데 지루하군, 너무 지루해. 정말 이상하다는 생각이 드는데 어째서 그런지 아시오?"

"알아요." 폭스가 말했다. "당신이 두려워하지 않기 때문이지요."

토드헌터 씨는 깜짝 놀라며 교도관를 응시했다. "당신이 심리학자일 줄은 몰랐소, 폭스, 당신 말이 정말 맞는 것 같소. 이렇게 기다리고 있는 기분이, 다른 별것 아닌 것을 기다리고 있는 기분과 조금도 다르지 않은 건, 다가오고 있는 것을 조금도 걱정하지 않기 때문일 거요. 실제로 치과 대합실에 앉아 있는 기분보다도 나쁘지 않으니까. 이런 식으로 느낀 사람이 많이 있을까요?"

"많지는 않겠지요." 버치맨이 말하며 테이블에 카드를 놓았다.

"무슨 게임을 할까요?"

"브리지." 토드헌터 씨는 주저 없이 대답했다. "뭐니 뭐니 해도 게임은 그게 최고지. 교회사를 넣어서 넷이서 할까?"

"다시 불러들일까요?" 폭스가 약간 의심스럽다는 듯이 말했다.
토드헌터 씨는 아침 식사가 끝나자 이내 교회사를 쫓아 버렸다. 기회만 있으면 설교를 하려 들었기 때문이다. 토드헌터 씨는 기숙제 사립 중학교 시절의 경험에서 설교를 무척 싫어했다.
"불러 주시오." 토드헌터 씨는 고개를 끄덕였다.
폭스는 문까지 걸어가서 밖에 서 있던 누군가에게 뭔가 말했다.
2분도 되지 않아 교회사는 방 안에 있었다. 토드헌터 씨가 이 세상에서 남은 마지막 몇 분을 사용하는 방법을 인정했는지 어떤지는 모르겠지만, 사교성이 좋은 교회사는 아무 말도 하지 않았다. 짝이 정해지자 폭스가 카드를 돌렸다.
토드헌터 씨는 자신의 패를 집어 들더니 높은 소리로 웃었다. 스페이드의 그랜드슬램이었던 것이다.
그는 그랜드슬램을 차지했다.
9시 2분 전, 바깥의 콘크리트 복도에서 발소리가 들려왔다.
"왔어요." 교회사가 낮은 목소리로 말했다.
교회사는 토드헌터 씨를 응시하더니 느닷없이 테이블 너머로 몸을 내밀면서 그의 손을 잡았다.
"잘 가세요, 토드헌터 씨. 난 당신이 감상을 싫어하는 줄은 알고 있지만, 나는 이 말을 하고 싶군요. 당신을 알게 되어 무척 기쁘다고. 당신이 무슨 짓을 했든 나보다 좋은 사람이오."
"정말로 그렇게 생각합니까?"
토드헌터 씨는 놀라는 동시에 만족하여 말했다.
독방 문이 열리자 그는 자리에서 일어섰다. 기쁘게도, 그리고 약간 놀랍게도, 그의 심장은 평소보다 빨리 뛰고 있는 것 같지 않았다. 손을 보았지만 조금도 떨고 있지 않았다.
제법 거창한 행렬이 들어왔다. 소장, 소장대리, 의사, 그리고 처음

보는 두 남자. 그중 한 사람은 주장관이 틀림없었다. 그리고 또 한 사람은······.

그 남자가 줄에서 빠져나와 종종걸음으로 앞으로 나왔다. 다부지고 힘이 세어 보이는 남자였다. 토드헌터 씨는 그 자가 손에 들고 있는 것을 신기한 듯이 바라보았다.

"토드헌터 씨, 2, 3초 만에 끝납니다." 사형 집행인은 온화한 목소리로 말했다. "잠시 손을 뒤로 돌리고."

"잠깐만 기다려 주시오." 토드헌터 씨가 말했다. "나는 호기심이 무척 강해서 말이오. 그것을 잠깐 보여 주지 않겠소? 그, 뭐라고 하더라? 손을 묶는 가죽끈인가요?"

"그렇게 말씀하시면 하기 힘들어집니다, 토드헌터 씨." 사형 집행인이 사정하듯이 말했다. "시간이 없어요, 게다가······."

"보여 주게." 소장이 불쑥 끼어들었다.

사형 집행인은 주저했다. 그 사이 토드헌터 씨는, 그가 손에 들고 있는 가벼운 가죽끈을 관찰할 수 있었다.

"생각보다 무척 간단하군요." 그는 말했다. 그의 호기심에 넘치는 시선이 사형 집행인의 얼굴 쪽으로 옮겨갔다. "뭐 좀 물어 보겠소만, 당신이 지금과 같은 일을 하고 있을 때 누군가 당신 턱에 한 방 먹인 자가 있었나요?"

"아니, 없습니다." 사형 집행인은 말했다. "모두들 대부분······."

"그럼, 여기 당신이 평생 잊지 못할 자가 있소!" 토드헌터 씨는 그렇게 말하자마자, 있는 힘을 다해 그 앙상한 주먹을 상대의 얼굴을 향해 날렸다.

그 일격은 정통으로 남자의 턱에 명중했다. 사형 집행인은 그대로 뒤로 뻗어 버리고 말았다. 토드헌터 씨도 그 위에 엎어지듯이 쓰러졌다.

다음 순간 그곳은 아수라장으로 돌변하고 말았다. 교도관들이 뛰어나갔다. 사형 집행인은 스스로 일어났다.
 그러나 토드헌터 씨는 움직이지 않았다.
 의사는 무릎을 꿇고 앉아, 급히 토드헌터 씨의 조끼 밑에 손을 넣었다. 그리고 소장의 얼굴을 올려다 보며 고개를 끄덕였다.
 "운명하셨습니다."
 "다행이군." 소장이 말했다.

에필로그

 치터윅 씨는 옥스퍼드 케임브리지 클럽에서 퍼스와 함께 점심 식사를 하고 있었다.
 토드헌터 씨가 죽은 지 꼭 1주일 뒤였다. 퍼스는 치터윅 씨에게, 토드헌터 씨가 보냈던 편지에 대한 얘기를 하고 있었다.
 "그는 아무런 공포도 느끼지 않았던 모양이네. 그건 확실해. 그리고 우리 또한 공포를 느낄 필요가 없어. 죽음이란 무서운 것이 아니네. 그것을 무서워하는 건 우리의 상상일 뿐이지."
 "편안하게 떠났을 겁니다." 치터윅 씨가 중얼거렸다. "그는 훌륭한 사람이었고 편안하게 죽을 자격이 있는 사람이에요. 그 독방에서 일어난 일을 자세히 알고 싶군요."
 신문에는 토드헌터 씨는 결국 교수형에 처해지지 않았으며, 사형 집행인에게 반항하다가 자연사했다고 보도되었다.
 정부 측 비밀이라면 뭐든지 알고 있는 퍼스는, 사건의 진상을 치터윅 씨에게 얘기해 주었다.
 치터윅 씨는 무척 기뻐했다.

"정말 그 사람답군요. 줄곧 그럴 작정이었던 게 틀림없어요. 정말 이지 나는 내가 그를 도울 수 있었다는 걸 커다란 명예로 생각합니다."

퍼스는 손님의 얼굴을 빤히 쳐다보며 이렇게 말했다.

"맞아, 자네는 그를 도왔지. 어니스트 경과 함께. 하지만 어니스트 경을 비난할 수는 없어. 그는 모르고 한 일이니까."

"무, 무슨 말입니까?" 치터윅 씨가 당황하며 물었다.

퍼스는 웃었다. "괜찮네, 걱정할 것 없어. 그렇지만 이번 일은 이제 고백해 버리는 게 어떻겠나?"

"뭘 고백한단 말입니까?"

퍼스는 솔직하게 말했다. "뭐긴, 우리 두 사람 다 토드헌터 씨는 절대로 미스 노우드를 죽이지 않았다는 걸 알고 있었다는 것 말이지."

이번에는 치터윅 씨가 상대를 응시했다.

"알고 있었단 말입니까?"

"물론이네. 나는 재판 도중에 알았네만 자네는 언제부터인가?"

"그러니까…… 그게, 그가 증거를 날조하기 시작했을 때부터입니다." 치터윅 씨는 주눅이 든 듯이 말했다.

"언젠가, 그게?"

"우리가 정원에서 어니스트 경을 만난 날부터입니다."

"그랬군. 나도 그럴 거라고 생각했네. 그래, 그때 눈치챘단 말이지? 어떻게 의심하게 되었나?"

"그게," 치터윅 씨는 약간 거북한 듯이 말했다. "그는 그곳에 어두울 때 외에는 간 적이 없는데도 길을 너무 잘 알고 있었습니다. 게다가 수풀을 헤친 자국이 너무 뚜렷했고 발자국도 그랬어요. 담장에 발이 미끄러진 자국은 너무 생생했고, 가지가 부러진 것도 이상하게 오래 되어 보이지가 않더군요……."
"미리 조작해 두었다는 얘긴가?"
치터윅 씨는 고개를 끄덕였다. "경찰 쪽에서 말한 대로 그 전날 밤 나하고 헤어진 뒤에 한 것 같습니다."
"그럼, 두 번째 탄알은?"
치터윅 씨는 얼굴을 붉혔다. "재판 때 경찰 측 변호사가 그것도 설명했을 텐데요."
"그 설명이 맞았다는 말인가?"
"유감이지만 그렇습니다."
"요컨대 그 변호사가 한 말은 모두 옳았던 거군. 경찰이 우리의 친구에 대해 추리한 것은 하나부터 열까지 맞았단 말이지?"
"예, 하나부터 열까지." 치터윅 씨는 의기소침한 얼굴로 말했다.
두 남자는 얼굴을 서로 마주보았다.
"그런데도 경찰 측은 배심원들을 설득할 수 없었던 거군?"
"그렇습니다. 못했지요, 다행히도."
퍼스는 붉은 포도주를 한 모금 마셨다.
"아무리 그렇다 해도 치터윅, 자네도 어지간히 대담했군. 그런 일을 할 수 있을 거라고는 꿈에도 생각지 못했네."
"무슨 말씀이신지?"
"어허! 자네도 증거를 조작했잖은가? 그리고 감쪽같이 속여 넘겼지. 그 시계 말일세……. 정말 교묘했어. 파머 부인을 설득하는 게 힘들지는 않았나?"
"아니, 조금도. 그녀는…… 그 전에도 화단 속의 탄알에 대해 잘 협조해 주었으니까요. 그건…… 토드헌터 씨가 다 꾸민 거지만."
"총을 쏘았다는 얘긴가? 그렇지만 권총은 경찰이 가지고 있었는데?"

"그야 쏘기는 쏘았지만 오래 전의 일이지요. 파머 부인은 그 날짜를 좀 앞당겼을 뿐입니다. 게다가 탄알은 납이니까 녹이 슬지 않았지요. 그래서 그녀의 얘기가 거짓말이라고 아무도 증명할 수 없었던 겁니다."

"그건 가장 나쁜 일이네, 위증."

"아닙니다, 그녀는 위증을 한 게 아니에요." 치터윅 씨는 놀랐다는 듯이 말했다. "심중유보(心中留保, 진술이나 선서에서 중대한 관련 사항을 숨기는 것. 법률 용어)도 고려하지 않으면 안 돼요."

"그리고 그 시계 말일세. 머리문자를 새긴 건 자네였나?"

"아닙니다, 파머 부인이 했지요. 그녀의 필적이 더 가벼울 거라고 생각했거든요. 게다가 물론 미스 노우드는 파머에게 시계 같은 건 선물하지 않았습니다."

"물론 그랬겠지. 그런 다음 자네가 시계를 숨겨놓은 거로군. 거 참! 다시 한번 말하지만 자네가 그럴 수 있을 줄은 정말 몰랐네. 그렇게 큰 위험을 무릅썼으니 말일세."

"그래요, 그렇지만 하지 않을 수 없었지요." 치터윅 씨는 열심히 해명했다. "파머는 무죄였습니다. 그건 무서운 일이었지요. 내버려두면 그들은 파머를 평생 감옥에 처넣어 둘 게 뻔했어요. 그리고 토드헌터 씨와 마찬가지로, 그도 스스로는 아무 말도 할 수 없는 입장이었습니다. 게다가, 만약 토드헌터 씨가 자기 희생은 허사로 돌아가고, 파머는 평생 감옥 생활을 면치 못하게 되는 것으로 아는 상태에서 죽게 된다면, 그것보다 괴로운 일은 없을 테니까요."

"그럼, 토드헌터는 파머가 무죄라는 걸 알고 있었군?"

"물론입니다. 그것이 그의 마음을 괴롭혔던 겁니다."

"그는 누가 했는지 알고 있었을까?"

"알고 있었던 게 확실할 겁니다. 그리고 틀림없이 그녀를 훌륭하다고 생각했을 겁니다."

"바로 그 빈 보트 말이군." 퍼스는 생각에 잠기면서 말했다.

"그래요. 그녀는 그것을 타고 갔습니다. 그리고 그녀는 틀림없이 바지를 입고 있었을 거예요." 치터윅 씨는 민망해하면서 말했다.

"요즘에는 바지도 여자 옷의 하나가 되었으니까요."

"진상을 알고 있는 사람이 몇 명이나 될까?"

"우리 외에는 세 사람뿐일 겁니다. 파머 부부와 그리고 물론……."

"그럼 파머도 알고 있었군?"

"예, 알고 있었던 게 틀림없어요. 처음부터 권총 문제가 있잖아요?"

"그래, 그 권총은 아무래도 수상하다고 전부터 생각했어. 그런데 그날 아침 파머는 왜 권총을 그 아파트로 가지고 갔는지 그걸 아직 모르겠단 말이야."

"그는 가지고 가지 않았어요." 치터윅 씨는 테이블 위로 몸을 내밀며 열심히 말했다. "그가 그 아파트에 권총을 가지고 간 것은 그 4, 5일 전입니다. 그는 자기가 권총을 가지고 있는 줄도 몰랐을 겁니다. 사실을 말하면 이렇게 된 겁니다. 파머 부인은 미스 노우드와의 일이 걱정되기 시작했어요. 그녀는 자신의 남편이 상당히 격한 성격의 소유자라는 걸 알고 있었기 때문에, 무슨 일이 생기면 안 된다고 생각하고 권총을 남편 옆에 두지 않는 것이 좋겠다고 판단한 겁니다. 그래서 여동생에게 전화를 걸어 권총을 맡아달라고 부탁한 뒤, 그것을 싸가지고 남편에게 갖다 주라고 했습니다. 별것 아닌 가정 용품이라고 하면서 말이죠. 그래서 파머는 미스 노우드가 살해되었다는 뉴스를 들은 뒤에야 권총을 찾았고 없어진 것을 안 겁니다. 그리고 그것이 어디로 갔는지 얘기를 듣자 곧 그 아파트로 달려갔던 거지요."

"그래서 그날 아침 그렇게 일찍 아파트에 간 거로군?"

"맞습니다. 그리고 그때 누가 미스 노우드를 죽였는지 깨달은 것 같아요. 다행히 그는 당황하지 않고, 처제와 장모에게 일요일 밤에는 줄곧 함께 아파트에 있었다고 끝까지 주장하게 한 겁니다. 경찰은 두 사람의 말을 그대로 믿었지요."

"그리고 토드헌터가 살해에 사용된 실제의 흉기는 자기 손에 넣고, 팔로웨이 일가에게는 아무것도 아닌 권총을 갖고 있게 하기 위해 권총을 바꿔치기 하려고 한 거군, 베인스가 말한 것처럼?"

"그렇습니다. 물론 토드헌터 씨는 그것을 파머에게 설명할 수는 없었지요. 사실 파머는 그를 크게 오해하고 있었어요. 어쨌든 그는 토드헌터 씨를 남의 일에 쓸데없이 끼어드는 걸 좋아하는 사람이라고 생각했지요. 토드헌터 씨가 실제로 한 일을 깨달은 것은, 이미 결말에 가까워졌을 때였습니다."

"그날의 방문에서 토드헌터와 팔로웨이 부인 사이에 무언가의 양해가 있었던 것일까?"

"틀림없이 그랬을 겁니다. 사실 팔로웨이 부인은 저에게 그것을 암시했어요. 부인은 그가 힘이 되어 주려 하는 것을 알았습니다. 물론 그가 그런 행동까지 할 생각이었다는 건 훨씬 뒤까지 몰랐겠지만."

"파머가 재판에 회부되는 것을 왜 그냥 내버려 뒀을까?"

"그건 말이죠, 그가 유죄 판결을 받으리라고는 아무도 예상하지 못했기 때문입니다. 게다가 파머 자신의 희망이기도 했지요. 요컨대 그는 미스 노우드가 죽게 된 건 자신의 어리석은 행동 탓이었다는 걸 알고, 가상하게도 진짜 살인자를 보호하려고 결심한 겁니다. 아마 어디까지나……. 그렇다고 해서." 치터윅 씨는 덧붙였다. "그녀가 스스로 보호받기를 원했던 건 아닙니다. 그녀의 가족은 그녀를 가만히 있게 하기 위해 엄청난 노력을 했을 거예요. 그녀는 자수하여 진실을 밝히는 것밖에 생각하지 않았으니까요. 그래요, 나 역시 그녀와 옥신각신하며 굉장히 애를 먹었으니까요."

"자네가?"

"그렇습니다. 난 그날 밤 그녀를 방문했습니다. 진실을 알고 있다고 분명하게 말하고, 토드헌터 씨를 그가 하고자 하는 대로 행동하게 해 주라고 말했습니다. 그녀의 동의를 얻어내는 데는, 정말 거창한 이유를 늘어놓지 않으면 안 되었어요." 치터윅 씨는 거북한 듯이 말했다. "어쨌든 나는 토드헌터 씨가 타인에 대한 봉사를 위해 한 귀중한 생명을 구함으로써, 살아 있는 동안 할 수 없었던 선을 행하고 싶어한다느니 하는 말을 했지요. 그런 말까지 하면서도 결과는 여전히 장담할 수 없는 상태였지만." 치터윅 씨는 그 곤혹스러웠던 30분을 떠올리며 휴 하고 깊은 숨을 토했다.

"아!" 퍼스는 와인 잔의 다리를 빙글빙글 돌리면서 말했다. "모든 진상을 다 아는 건 도저히 불가능할 것 같군. 예를 들면 그 경관 말이네. 증언대에 선 그 사람, 정말 안 됐더군. 그가 한 말은 다 사실이었지? 그가 조사한 토드헌터의 권총은 한번도 발포된 적이 없었다는 것."

"물론입니다. 사실 허세와 요설이 오히려 더 잘 먹힐 때가 있어요. 어니스트 경은 도저히 믿을 수 없는 허세와 요설로 결국 멋지게 해내고 말았지요."

"그것도 감상적인 배심원들 덕택이지. 내가 배심원이었다면 그리 호락호락하게 넘어가진 않았을걸?" 퍼스는 미소지었다. "그런데 토드헌터는 정말 탄알을 버렸을까?"

"예, 버렸습니다. 베인스가 한 추리 중에서 틀린 것은 딱 그것뿐이었어요. 그는 그날 밤에 강물 속에 버렸어요. 물론 그 행동이 상황을 구하는 결과가 되었지요. 만약 그 탄알이 발견되었더라면 어느 권총이 그 여자를 죽였는지 명백하게 드러났을 겁니다. 다행히도 토드헌터 씨는 그때 그걸 깨달았던 겁니다. 물론 그때는 누가 범인인지 몰랐겠지만. 정말 행운이었죠."

"그럼 자네는" 퍼스는 놀리듯이 말했다. "토드헌터의 행동을 인정하는 건가? 정의를 도외시해도 된다고 생각하나?"

"아이고, 곤란한 질문을 하시는군요. 하지만 정의란 과연 무엇일까요?" 치터윅 씨는 거북한 듯이 말했다. "살인은 어떤 경우에도 정당화되지 않는다고들 말합니다. 그런데 그럴까요? 한 인간을 제거함으로써 많은 사람에게 행복을 가져다 주는 것보다, 아무리 진드기 같은 사람이라도 죽여서는 안 될 만큼, 인간의 생명이라는 것은 귀중한 것일까요? 우린 거기에 대한 것을 그날 밤 토드헌터 씨의 만찬회에서 토론했지요. 이건 어려운 문제입니다. 무서운 문제예요. 토드헌터 씨는 그것을 회피하지 않았습니다. 나는 그가 잘못되었다고 말할 수 없습니다."

"그러나 피할 수 없는 마지막 순간에, 무슨 일이 있어도 자기가 하지 않으면 안 되게 되었다면, 그가 정말로 그 여자를 쏘아 죽였을 거라고 생각하나?"

"난들 그런 걸 어떻게 알겠습니까? 나로서는 아마 할 수 없었을 거라고 생각합니다. 그렇지만 그것도 경우에 따라 다르지요. 만약 누군가가 자신의 의도가 옳다고 믿고 있고, 일종의 무아지경 상태에 빠져 버린다면……. 이런 일은 아마 그런 식으로 해서 일어나는 게 아닐까요? 그리고 사실 일어났지요. ……휴이 롱도……." 치터윅 씨는 몹시 슬픈 표정을 지으며 애기를 중단했다.

"치터윅, 도대체 누가 이세르 메이 빈스를 죽였나?"

치터윅 씨는 그 자리에서 펄쩍 뛸 듯이 놀랐다. "무슨 소립니까, 그걸 몰랐단 말입니까?" 그는 완전히 겁먹은 듯이 물었다. "나는 또

……. 이것 큰일 났군, 입을 잘못 놀리고 말았어. 비밀을 누설하고 말았어. 이것 큰일났군."

"나도 짐작 못 한 바는 아닐세." 퍼스는 천천히 대답했다. "그렇지만 알았다고는 말할 수 없네."

"그렇다면 나도 모릅니다." 치터윅 씨는 해 볼 테면 해 보라는 듯이 잡아뗐다. "모르는 것이 가장 좋지 않겠어요? 우리 인간에게는 옳고 그른 것에 대한 관념이 있습니다. 만약 죽어도 좋은 사람이 있다고 한다면, 그건 바로 진 노우드입니다. 만약 사람을 죽일 권리가 있는 사람이 있다고 한다면, 그건 바로 그녀를 죽인 사람이에요. 만약 죽음이 결과에 의해 정당화될 수 있다고 한다면, 그건 바로 그 죽음입니다. 그리고 이 진실을 알고 있는 사람은 우리뿐입니다. 어떻습니까, 이 진실은 이대로…… 의혹을 입 밖에 내지 말고 그대로 두어야 하는 게 아닐까요?"

"아마, 자네가 하는 말이 옳을 걸세."

치터윅 씨는 안도의 깊은 한숨을 토해냈다. 이것으로 펠리시티 팔로웨이의 비밀은 안전하게 보장될 것이 틀림없었다.

버클리의 최정점
미스디렉션에 응용한 극적 심리 묘사

《시행착오》는 앤서니 버클리의 작품 중, 1, 2위를 다투는 걸작이다. 이 작가의 최정점을 보여 주고 있다 해도 무방할 것이다.

그러나 일반 독자들에게는, 버클리의 수많은 작품 중에서 프랜시스 아일스라는 필명으로 쓴 《살의》가 대표작으로 알려져 있다. 특히 영국에서는, 제2차 세계대전 뒤에 활발해진 범죄심리 소설의 선구작으로 간주되는 이 《살의》야말로 버클리(아일스)의 가장 혁신적인 작품이라는 평가가 정착되어 있는 것 같다. 한 예로, 영국의 페이퍼백 총서, 팬북스에서 〈팬 클래식 크라임〉이라는 새로운 시리즈를 간행했다. 이 시리즈는 과거의 영국 미스터리 중에서 명작을 추려내어 재간한다는 기획으로, 그 첫 번째 책으로서 니콜라스 블레이크의 《야수는 죽어야 한다》와 나란히 《살의》가 올라와 있다.

1930년의 작품 《제2의 총성》에 실린 유명한 서문에서 버클리는, 줄거리에만 의존했던 미스터리소설은 '탐정적 흥미 혹은 범죄적 흥미를 결부시킨' 소설로 발전했고, 그것은 '수학적인 것으로 독자의 관심을 끌어들이는 소설이 아니라 심리학적인 것으로 끌어들인다'라고 말했다. 그 실천이 1931년 발표된 《살의》임은 명백하다. 《살의》에서의 버클리는, 첫머리의 문장('에드먼드 비클리 박사가 아내를 죽일 결심을 한 뒤, 그것을 실행으로 옮긴 것은 몇 주일이 지난 뒤의 일이었다')에서 살인자의 이름을 밝히고, 어떤 상황인지 독자는 알고 있는데도 등장인물은 모르는 것에서 오는 야유, 이른바 극적 아이러니 수법을 구사하면서, 등장인물 간의 심리적 갈등과, 살인계획과 실천의 차이를 그려 수준 높은 서스펜스를 자아내는 데 성공했다.

이 책 《시행착오》는 그 《살의》가 나오고 나서 6년 뒤인 1937년의 작품이다. 여기서 작품이 발표된 순서를 정리해보면, 《살의》에 이르기까지 버클리라는 이름으로 발표된 작품에는 《독초콜릿 사건》《피카딜리의 살인》《제2의 총성》 등, 이른바 본격 추리물의 명작이 자리잡고 있다. 그리고 《살의》 뒤에 아일스라는 이름으로 범죄 심리 소설 《레디에게 바치는 살인이야기》와, 버클리라는 이름으로 《지하실의 살인》이 있고, 몇 년 뒤에 이 책으로 이어지고 있다. 《시행착오》는 《독초콜릿 사건》 같은 계열에 포함되는 작품이면서 《살의》 이후의 작품이라는 것을 여기서 강조해 두고 싶다.

영국의 미스터리(탐정소설) 황금시대가 제1차, 제2차, 양 대전 사이의 시기에 해당한다는 것은 널리 알려져 있다. 1918년부터 1935년까지의 그 '긴 주말'(로버트 그레이브스)도 끝나감에 따라 세상은 상당히 어수선해졌다. 《시행착오》에도 여러 가지 형태로 그 시대의 풍조가 들어 있다. 그걸 특히 알 수 있는 것은, 첫머리의 토론 중에서 히틀러와 무솔리니를 암살하면 어떨까 하는 가능성이 검토되는 부분일 것이다. 히틀러가 총통에 취임한 것이 34년, 무솔리니에 의한 에티오피아 병합이 36년으로, 여기에는 유럽의 위기 의식이 여실히 반영되어 있다. 또 히틀러 같은 독재자의 암살 계획으로 시작되는 조프리 하우스홀드의 걸작 《쫓기는 남자》가 출판된 것은 1939년의 일이다.

또 하나, 미스터리 속에서 살해되는 피해자에게는 흔히 시대가 반

영되기 마련인데, 이 책에서 최초의 피해자로 선택되는 증오의 대상
은, 이른바 구조조정 담당이사로, 한 출판사에 뛰어든 유대계 미국인
이다. 이것은 영국 미스터리에 자주 등장하는 전형적인 피해자 캐릭
터로, 해외의 어느 논자가 말한 대로, 여기서 작자의 반유대주의를
읽을 수 있다. 이 책에는 유머 미스터리의 측면도 있어서 주인공이
손을 댈 필요도 없이, 타살 같기도 하고 사고사 같기도 한 미묘한 형
태로 횡사한다는 전개를 봐도, 이 인물은 패러디 효과를 노리고 만들
어진 인물로 생각된다.

그렇다면 실제의 '피해자=증오의 대상'인 진 노우드라는 여배우의
경우는 어떨까? 죽는 편이 세상을 위해 득이 되는 인물로서 너무나
리얼하게 그려진 이 캐릭터에는, 여성을 싫어하는 작자의 성격이 반
영되어 있는 것으로도 생각되지만, 그것과는 별개로 뭔가 현실적인
뒷받침이 있는 게 아닐까? 이 작품에는 모델이 된 실제의 재판이 있
는 것 같은데, 그것만으로는 설명이 되지 않는 데가 있다. 《지하실의
살인》에 대한 해설이 실린 한 책에는 다음과 같은 구절이 있다.

'왕관을 버린 사랑'으로 세상에 알려진 에드워드 8세와 심프슨
부인의 결혼이 버클리는 왠지 마음에 들지 않은 듯, 부인의 재혼을
저지하기 위해 변호사와 사립탐정까지 고용하여 국왕과 부인의 불
륜의 증거를 찾게 했다. 그리고 부다페스트의 호텔에서 여행 비용
의 국비 지불에 대해 증인을 소환할 것을 신청했지만 물론 인정될
리가 없었다.

심프슨 사건으로 알려진 이 사건이 표면에 드러난 것은 1936년의
일이다. 국왕 조지 5세가 샌드링엄 별장에서 사망한 것은 (말기암의 고통에서 벗어나기 위해 모르핀 주사로 안락사했다.) 1월 20일. 즉시 아들 에드워드가 후계자가 되었지만, 그 에

드워드 8세는 5년 동안 교제해 온 미국인 이혼녀 월리스 심프슨과 결혼하기 위해 12월 10일에 퇴위하고, 동생 조지가 새 국왕 조지 6세로 오르는 것이 사건의 개략이다. 이 근대 영국 왕실사상 최대의 스캔들 때 보여준 버클리의 기행이, 이듬해 출판된 《시행착오》의 피해자의 조형과 모종의 관계가 있다고 단정할 만한 증거는 물론 없다. 그러나 이 악녀상을 단순한 미스터리 피해자의 틀을 넘어서 생생하게 그린 필치에서는, 그 기괴한 정열과 닮은 것이 느껴진다.

그것은 망설의 일종일지도 모르지만, 그 망설에 덧붙여서 이 '1936년 문제'에 대해 또 하나의 가설을 말해 둔다면, 버클리와 마찬가지로 세계대전 시대를 대표하는 미스터리 작가, 도로시 L. 세이어스가, 윔지 경이 활약하는 장편 〈Thrones, Dominations〉를 쓰다가 미완인 채 중단되고 만 것도 같은 36년의 일이다. 왕실의 분규가 그 일과 관련되어 있는지 어떤지 이것 역시 증거는 없지만 버클리도 《시행착오》 이래 갑자기 필력이 줄어든 것을 생각하면, 어떤 형태로 이 희대의 스캔들이 시대에 민감한 작가들에게 영향을 미쳤다고 생각하지 못할 것도 없다.

그런데 그 세이어스와 버클리에 애거사 크리스티를 포함한 세 사람을, 30년대 영국 미스터리의 개혁자로 보는 시각이 있다(줄리언 시몬스 등). 앞의 두 사람은 의도적으로, 뒤의 한 사람은 순수하게, 그 당시 자리를 잡아가고 있던 미스터리소설의 틀을 깨고, 일종의 관습을 깨는 작품을 썼다는 주장인데, 지금까지 소개가 늦어졌던 버클리의 경우는, 《살의》에서의 장치, 즉 '도서형식(倒敍形式, 시간의 흐름과 반대의 순으로 서술하거나 범인 측이 주도한 범행을 먼저 그려놓고 탐정의 해결이 나중에 이어지도록 엮은 구성)'의 현대적 부활이 가장 큰 형식타파로 간주되어 온 경향이 있다. 《독초콜릿 사건》 이전의 작품들로 버클리의 다양한 시도의 실체가 독자들 앞에 드러나고 있는데, 이 작품 《시행착오》에서도 《독초콜릿 사건》보다 나았으면 나았지 못하지 않은, 미스터리적인 눈부신 장치가 있음을 알게 된다.

우선 목차만 봐도 알 수 있는 것은 '제1부 악한소설풍' '제2부 신파연극풍' '제3부 미스터리소설풍' '제4부 신문소설풍' '제5부 괴기소설풍'과 같은 흡사 오락소설의 장르를 망라한 듯한 구성으로 되어 있다. 이것은 어디까지나 기지에 찬 즐거운 유희이지, 작자의 장치의 본질이 거기에 있다고는 생각되지 않는다.

그럼, 그 장치란 무엇일까? 눈에 보이는 형태로 그것이 드러나고 있는 것은 이 책의 두께이다. 하나의 사건에 6가지의 해결을 보여 주는 《독초콜릿 사건》도 300쪽 정도인데, 이 책은 450쪽이 넘는다.

그리고 그 두께의 대부분은 주인공 로렌스 토드헌터 씨의 심리 묘사에 할애되어 있다. 그 심리 묘사란 이를테면 다음과 같은 것이다.

토드헌터 씨에게는 프레드릭 슬레이츠라는 이름의 학교 시절의 친구가 있었다. 그는 그 친구에 대해 얘기할 때는 '그 슬레이츠란 놈'이라고 하는 약간 험한 표현을 하는 것이 보통이었다. 그런 식으로 말하는 이유는 슬레이츠라는 이름을 꺼냄으로서, 자신이 거물 인사를 알고 있다는 것을 과시하고 있다는 오해를 받는 것이 두려워서였다. 슬레이츠 씨는 소설을 쓰고 있는데 그의 작품이 토드헌터 씨의 견해로는 매우 훌륭한 것이었기 때문이다. 그러나 그의 의견은 세상 사람들에게는 적용되지 않았기 때문에, 슬레이츠 씨를 알고 있는 사람도 거의 없었다. 따라서, 토드헌터 씨의 거친 말투는 의도는 나쁘지 않았지만 거의 필요가 없는 것이었다.

이러한 묘사를 읽고 현대의 독자는 무엇을 느낄까? 어떤 초월적인 심리가 수직으로 인간을 사로잡는 순간을 그리는 프랑스류의 심리소설과 비교하여 (참고로, 이 책의 발간에 전후하여 프랑스에서는 사르트르의 《구토》가 나왔다), 냉소적인 유머의 기색은 있지만 진부한 듯한 필치로 속물의 범용한 심리를 장황하게 설명하는 이 묘사는 너무나도 촌스럽다. 그렇게 생각하는 독자도 많을 것이다. 소위 심리소설로 생각하면 2급품이라고밖에 할 수 없을 것이다. 하지만 이 작품은 무엇보다 먼저 미스터리이다.

그런 관점에서 결말까지 읽은 뒤에 새삼 전체를 돌아보면 뜻밖의 사실을 깨닫는다. 이런 '심리묘사' 자체가, 실은 장대한 미스디렉션(misdirection)의 역할을 하고 있는 것이다. 즉, 버클리는《살의》에서 성공한 심리적 수법을, 이 책에서는 미스터리의 장치 자체에 응용한 것이 아닐까?

《살의》와 같은 범죄심리 소설로 보이면서, 실은 그 심리묘사를 미스디렉션에 이용한다는 것이 이 책의 최대 장치이며,《살의》이후에 나오지 않으면 안 되었던 이유도 바로 거기에 있다. 또한《독초콜릿 사건》같은 다중해결의 묘미도 있다. 버클리의 도달점을 보여 주는 작품이라고 판단하는 까닭이 여기에 있는 것이다.